BASTEI
LÜBBE

Von Richard Dübell sind bei Bastei Lübbe Taschenbücher lieferbar:

12935 Der Tuchhändler
14393 Der Jahrtausendkaiser
14757 Eine Messe für die Medici
15102 Die schwarzen Wasser von San Marco
15354 Das Spiel des Alchimisten
15441 Im Schatten des Klosters
15641 Die Tochter des Bischofs

Über den Autor:

Richard Dübell, geboren 1962, lebt mit seiner Frau und zwei Söhnen bei Landshut. Nach dem erfolgreichen literarischen Einstieg mit seinen ersten beiden Historienkrimis DER TUCHHÄNDLER und DER JAHRTAUSENDKAISER bescherte sein dritter Roman EINE MESSE FÜR DIE MEDICI dem Autor zum ersten Mal den Sprung auf die Bestsellerliste. Seither zählt er zu den beliebtesten Autoren im Bereich des historischen Romans.
Richard Dübell ist Träger des Kulturförderpreises 2003 der Stadt Landshut.
www.duebell.de
www.brautdesflorentiners.de

Richard Dübell

Die Braut des Florentiners

Historischer Roman

BASTEI LÜBBE

BASTEI LÜBBE TASCHENBUCH
Band 15714

1. Auflage: August 2007

Bastei Lübbe Taschenbücher in der Verlagsgruppe Lübbe

Originalausgabe

Published by arrangement with
Anke Vogel Literaturagentur, München
Lektorat: Martina Sahler
Titelillustration: akg-images/Electa
Umschlaggestaltung: Guido Klütsch, Köln
Satz: hanseatenSatz-bremen, Bremen
Druck und Verarbeitung: GGP Media GmbH, Pößneck
Printed in Germany
ISBN 978-3-404-15714-3

Für Walter Kurtz, Wolf Larsen und Mori Katsumoto,
und für jenen verzauberten Augenblick,
wenn die Morgensonne durch die Pappeln hindurch
die Nebelbahnen über den Dämmen vergoldet
und der Strom die Gedanken des Betrachters
mit sich nimmt bis zum Meer.

PROLOG

Eine Botschaft, dachte der Abt. Aber nein … welche Botschaft könnte ich mir ausdenken, die wichtig genug ist, dass ich sie dem Heiligen Vater selbst überbringe? Wenn sie nicht plausibel ist, schickt er mich wieder zurück, und dann muss ich die verdammte Reise zweimal machen – wo es schon fraglich ist, sie auch nur einmal zu überleben … Vielleicht ein Geschenk?

»Man muss dem Heiligen Vater Bericht erstatten«, sagte die Äbtissin. »Vielleicht kann er das Leid unseres Landstrichs lindern.«

Ein Geschenk – aber was? Kirchenschmuck? Hier, Heiliger Vater, ich bin in eigener Person aus Parma angereist, um Euch diese schöne Monstranz zu bringen. Sie ist ein wenig angesengt, weil sie aus einer der vielen Kirchen stammt, die niedergebrannt worden sind … Der Abt schüttelte sich.

»In Rom hat man die schlimmen Gerüchte gehört«, sagte Bruder Girolamo.

Na klar, dachte der Abt. Papa Giulio Guerriero gehört ja auch zu denen, deren Armeen hier im Norden die Felder zertrampeln. Im gleichen Atemzug seufzte er in sich hinein: Ach, Rom!

»Deshalb hat man meine beiden Mitbrüder und mich hierhergeschickt, um uns umzusehen und Nachricht zurückzubringen«, sagte Bruder Girolamo. »Mit Ihrer Erlaubnis, ehrwürdiger Vater, ehrwürdige Mutter, möchte ich Ihnen gern berichten, was ich dem Heiligen Vater mitzuteilen habe.«

Rom, dachte der Abt. So weit weg von hier. So herrlich weit weg. War die letzte Armee, die Rom bedroht hat, die von Hannibal? Wie auch immer, das Beste, das man derzeit von Rom sagen kann, ist, dass die Stadt ein paar Tagesreisen von hier entfernt und ein ganzer Gebirgszug dazwischenliegt.

»Wir wissen, dass unsere Schäflein überall leiden«, sagte die Äbtissin. »Obwohl nur bruchstückhaft Neuigkeiten hinter diese Mauern dringen. Berichte uns, Bruder Girolamo.«

Ich muss irgendeinen Weg finden, nach Rom zu gelangen und so lange dort zu bleiben, bis der Wahnsinn sich hier gelegt hat, dachte der Abt. Nicht, dass ich damit rechne, in diesem Leben noch mal zurückzukommen. Dafür dauert der Wahnsinn schon viel zu lange.

»Vielleicht finden wir dann auch einen Weg, wie wir unserer Herde helfen können, was meinen Sie, ehrwürdiger Vater?«

Die Herde?, dachte der Abt. Die Herde ist nichts. Der Schäfer ist es, auf den es ankommt – Schafe gibt es überall. Wenn du willst, dann bleib hier, du alte Kogge, und behüte die verdammten Hungerleider, denen man das Dorf unterm Hintern weggebrannt hat. Lass dir von deinen dürren Weibern helfen, besonders von der Jungen da, die du zu unserem Gespräch mitgebracht hast und die mich schon die ganze Zeit anstarrt, als wollte sie mir in den Schädel gucken. Ich mache mich aus dem Staub, sobald ich einen guten Grund gefunden habe, nicht gleich wieder vom Heiligen Vater zurückgeschickt zu werden.

»Dem Schutz unserer Herde dient unser ganzes Trachten und unser Lebenszweck. Dafür sind wir auf der Welt«, sagte der Abt laut und nickte Bruder Girolamo gemessen zu. Dann schenkte er der jungen Klosterschwester ein väterliches Lächeln.

Er hatte keine Ahnung, dass Schwester Magdalena Caterina in seinen Gedanken lesen konnte wie in einem offenen Buch.

»Norditalien ist ein gesegnetes Land. Es heißt, dass Gottes Hand von jeher darauf liegt«, sagte die Äbtissin. »Wenn sie leicht darauf ruht, gibt es im richtigen Maß Sonne und Regen, Trockenheit und Überschwemmung, Anbauflächen und Wälder voll Niederwild, Straßen und schiffbare Flusswege, Gemüse und Kräuter im Frühling, Getreide im Sommer, Wein und Kastanien im Herbst.«

Und jenen mildsanften Nieselregen in blau verschwimmender Stille, die alles einhüllt und zur Ruhe bringt im Winter, dachte Schwester Magdalena. Die mein Herz aufschreien lässt, weil ich den Horizont nicht sehe und mich nur auf den Glauben verlassen kann, dass es jenseits des Nebels noch eine Welt gibt; weil das Leben im Winter noch zäher verläuft als sonst und ich jeden Tag Zeit habe, mir die Frage zu stellen: Wozu bin ich auf der Welt?

»Und wenn sie schwer darauf liegt«, fuhr die Äbtissin fort, »dann bringt sie Hitze und Kälte im Ungleichgewicht, verheerende Unwetter, Winterstürme, Überschwemmungen, Malaria und Ernteschädlinge und dann und wann einen Kaiser des Reichs, der entweder wie Friedrich Barbarossa die Städte niederbrennt oder wie Maximilian das Land als Exerzierplatz für seine Kriegstaktiken missbraucht.«

»Kriege kommen von den Menschen, nicht von Gott«, murmelte der

Abt, der nur bruchstückhaft zum Gesprächsstoff fand und dessen andere Gedanken für Magdalenas besonderen Sinn durch die Luft wehten wie kleine panische Schreie: Rom! Ich muss hier weg! Rom! Es war nicht so, dass Magdalena tatsächlich Gedanken lesen konnte; aber die Wellen und Signale, die sie von manchen Menschen auffing, ließen sich deuten. Die Signale, die der Abt sendete, bedurften allerdings keinerlei Interpretation.

»Nicht von allen Menschen, ehrwürdiger Vater. Nur von denen, die sich auserwählt fühlen und Gottes Namen für ihr Werk missbrauchen«, sagte die Äbtissin. »Ob der deutsche Kaiser, der französische oder der spanische König – all die gesalbten Häupter, die ihre Armeen durch unser Land trampeln lassen!«

»Und doch sind das nur Schafe im Vergleich zu den Wölfen, die die Menschen aus purer Mordlust quälen«, erwiderte Bruder Girolamo mit seiner brüchigen, aggressiven Stimme und im toskanischen Dialekt.

»Welche Wölfe, Bruder Girolamo?«

»Die Söldner, ehrwürdige Mutter«, sagte Bruder Girolamo. »Die Mordhaufen. Die *condottieri* und ihre fleischgewordenen Monstren. Die Schwarze Schar!«

»Bruder Girolamo«, sagte der Abt, »berichte uns, was du erfahren hast, und lass nichts aus.«

Bruder Girolamo setzte sich zurecht. Er hatte ein blasses, nichtssagendes Gesicht, aber seine Gedanken waren eine Art weißer Flamme in Magdalenas besonderem Sinn; so wie die Signale, die sie vom Vater Abt spürte, kleine hektisch umherflatternde Vögel waren und die der Mutter Oberin ein unverständliches, unartikuliertes Geräusch, als würde jemand hinter einer dicken Mauer flüstern.

»Ich bin überzeugt, dass die Hand Gottes nicht schwer auf Norditalien ruht«, sagte Bruder Girolamo. »Sicher, die Menschen in diesem Land blicken zu Gott auf und fragen ihn: Warum folgt stets auf einen kurzen Sommer des Friedens ein langer Herbst des Mordens? Warum werden die Kinder, die die Fülle des einen Jahres ihnen geschenkt hat, in der Not des folgenden Jahres wieder abberufen? Es gibt zwei Antworten auf diese Fragen, ehrwürdige Mutter. Die eine ist theologischer Natur und könnte lauten, dass es vielleicht daran liegt, dass all die Gebete von den kleinen Flüssen zum Strom getragen und dort ins Meer geschwemmt werden, ohne Gott jemals zu erreichen.«

»Der Strom bringt den Segen, er nimmt ihn nicht mit sich fort«, hörte

Magdalena jemanden sagen und stellte überrascht fest, dass sie es selbst gewesen war. Die Äbtissin warf ihr einen scharfen Seitenblick zu.

»Nun, so ist es hier«, sagte sie. »Wer auch immer festgestellt hat, dass Gottes Wege unergründlich sind, war vermutlich ein Piemonteser, ein Veneter, ein Lombarde ... eben ein Norditaliener.«

»Ich komme aus den Bergen, Schwester«, sagte Bruder Girolamo. »Dort sind die Flüsse die, die unsere Felder unterhöhlen, unsere Brücken mit sich fortreißen, unsere Dörfer überschwemmen und die Frucht unserer Arbeit stehlen.«

»Der große Strom gibt uns mehr, als er nimmt.«

»Ja – Fieber, Schwüle, schwarze Gedanken ...«

»Bruder Girolamo«, sagte die Äbtissin, »ich bitte dich, in deinem Bericht fortzufahren. Teile dein Wissen mit uns, die wir hinter diesen Mauern das Gefühl für die Weisheit derjenigen, die die Welt gesehen haben, zu verlieren drohen.«

»Die andere Antwort lautet ... nun, ehrwürdige Mutter, Sie wissen, dass Norditalien von jeher den Neid all seiner Nachbarn erweckt hat. Sie zerren alle an diesem Land – sie halten sich für Jagdhunde, die einen geflohenen Hirsch aufgespürt haben, dabei sind sie schlimmer als Straßenköter, die sich um eine Ratte balgen. Und ich bitte um Verzeihung ...«, Bruder Girolamo machte eine kleine Verbeugung in Magdalenas Richtung, die zwar nicht spöttisch aussah, aber die junge Nonne fühlte, wie sie gemeint war, »... wenn ich anmerke, dass die Ratte in diesem Fall halb verhungert ist. Die spanischen *hidalgos* und ihre Truppen sind verarmt, verblendet und allesamt syphilitisch, und sie liefern sich unwichtige, aber grausige Scharmützel mit den nur ein bißchen weniger verarmten, ein bißchen weniger verblendeten, aber mindestens genauso syphilisverseuchten französischen Generälen, wenn sich nicht beide Seiten ihrer Lieblingsbeschäftigung hingeben, nämlich ihre Krankheit emsig zu verbreiten.« Bruder Girolamos Gedanken loderten hell vor Zorn. In Friedenszeiten verbrennen in diesem Feuer Bücher, dachte Magdalena.

»Daneben geraten sich beide Seiten mit den deutsch-habsburgischen Landsknechtsheeren in die Haare, die noch ein bisschen verarmter, ein bisschen verrohter, ein bisschen skrupelloser sind.«

»Wenn auch nicht im gleichen Maß syphilitisch, was daran liegt, dass die deutschen Landsknechte ihre Huren aus der Heimat mitgebracht haben«, sagte die Äbtissin zornig. »So viel haben wir schon gehört!«

Aus dem Herzen des Abtes flog ein besorgter Vogel und trug die erschrockene Frage mit sich, ob die Magd, der der Abt letztens nach der Beichte Trost gespendet hatte, etwa von einem syphilitischen Spanier oder Franzosen geschändet worden war, sowie die Hoffnung, dass es ein deutscher Landsknecht gewesen sein mochte. »Fahr fort, Bruder Girolamo«, sagte die Äbtissin.

»Sie alle tragen ihre Schlachten auf den Feldern und in den Dörfern der Menschen in Norditalien aus«, sagte Bruder Girolamo. »Und wenn sich der Staub über dem Totenacker lichtet, kommen die Schlimmsten von ihnen heran, die Aasfresser, die struppigen, zerlumpten, hinterlistigen Wölfe – die Haufen der *condottieri*!«

In Magdalenas besonderem Sinn färbte sich die Flamme von Bruder Girolamos Gedanken dunkel. Das ist nicht wahr, dachte sie, während der Mönch ausholte und von Städten wie Venedig, Florenz oder Genua sprach, die zweihundert Jahre lang ihre Streitigkeiten mit käuflichen Söldnern ausgetragen hatten, damit ihre eigene Bevölkerung sich der lukrativeren Beschäftigung des Geldverdienens hingeben konnte. Nicht, dass die Laufbahn des *condottiere* selbst nicht auch lukrativ gewesen wäre ... Sie erinnerte sich an die Geschichten, die ihr Großvater ihr in einer Ecke der streng nach Farbe riechenden Werkstatt erzählt hatte, wenn weder der Vater noch die großen Brüder Zeit hatten für das kleine Mädchen. Klingende Namen kamen ihr in den Sinn: Malatesta da Verrucchio, der spätere Herr von Rimini; Castruccio Castracane, Herr über Lucca; John Hawkwood, dem sie in Florenz ein Denkmal errichteten; Facino Cane de Casale, der eine byzantinische Prinzessin zur Frau gewann; Muzio Attendolo Sforza, dessen Söhne als Herzöge nach Mailand gingen – bis der französische König hundert Jahre später Mailand in seine Gewalt brachte –, und viele andere, die entweder Herzöge oder Bischöfe oder wenigstens reich wurden, indem sie nichts weiter taten, als mit ihrem Auftraggeber und dessen Feind gleichermaßen geschickt zu verhandeln, im Bedarfsfall die Seiten zu wechseln und im Übrigen dafür zu sorgen, dass die Schlachten, die ihre Männer gegeneinander führten, möglichst grandios und dramatisch aussahen, möglichst wenig Blut dabei vergossen wurde und vor allem möglichst wenig Besitz der Zerstörung anheimfiel. Der Schutz des Besitzes war es ja nicht zuletzt, der ihre Existenz begründete.

Und warum gibt es keine condottieri mehr?, fragte das kleine Mädchen in Magdalenas Erinnung, das die Antwort auf diese Frage längst kannte, aber den Redefluss des alten Mannes, auf dessen Knien es saß, nicht zum Versiegen bringen wollte. *Sind sie alle gestorben?*

Genau, pflegte Magdalenas Großvater zu sagen. *Weil sie einen Ehrenkodex hatten. Weil sie ihm nicht untreu werden wollten.* Und – unweigerlich und zu Magdalenas stillem Entzücken – glitten die Gedanken ihres Großvaters nach diesen Worten zuverlässig zurück in die Zeit, als die Werkstatt noch ihm gehört hatte. Als die *condottieri,* sobald sie den Franzosen, den Spaniern, den Deutschen, den Schweizern gegenüberstanden, ihre Champions vortreten ließen und den Gegner aufforderten, seine eigenen besten Kämpfer zum Duell heraustreten zu lassen, anstatt Tausende von Mann sich gegenseitig abschlachten zu lassen. Die *condottieri* handelten, wie es ihr Ehrenkodex vorgab – und sahen schockiert, wie ihre fähigsten Leute unter einem kurzen, brutalen Hagel von anonymen Pfeilen und Armbrustbolzen zusammenbrachen. Sie ließen ihre Reiterei und Fußsoldaten brüllend und singend und fahneschwenkend in die Reihen der Gegner hineinstürmen, die lediglich ihre Spieße auf dem Boden verankern, nach vorn senken und standhaft bleiben mussten, während die Angreifer sich selbst daran aufspießten. Sie ritten an der Spitze ihrer Männer in die Schlacht, und wenn sie röchelnd unter ihrem sterbenden Pferd lagen und ungläubig realisierten, dass sie von den langen Piken der Schweizer, den Pfeilen der Engländer, den Musketenkugeln der Franzosen und den Bolzen der Spanier zerfetzt worden waren und dass nicht ein gleichwertiger Anführer des Gegners sie besiegt hatte, sondern eine anonyme Gruppe von ungewaschenen Soldaten, die zufällig dort gestanden hatten, wohin sie galoppiert waren – wenn sie mit verlöschendem Blick zu dem Hügel hinübersahen, auf dem sich die Anführer des Gegners weit hinter den Kampfhandlungen aufhielten und ihr Sterben mitleidlos betrachteten, dann war es für das Eingeständnis zu spät, dass die Zeit irgendwie an ihnen vorbeigelaufen war.

»Malatesta da Verrucchio, Castruccio Castracane, John Hawkwood«, sagte Bruder Girolamo. »Verfluchte, mörderische Wölfe. Bartolomeo d'Alviano, Nicolo di Pitigliano – Raubtiere. Sie sind alle tot und jammern im neunten Kreis der Hölle um die Erlösung, die sie nie erhalten werden. Doch es gibt einen von ihnen, der immer noch sein Unwesen treibt – den schlimmsten von allen, den die anderen Todsünder nicht einmal in ihre Nähe gelassen hätten, wenn er dafür bezahlt hätte. Im Vergleich zu ihnen ist er nicht einmal ein Wolf, sondern ein Hund; aber ein entlaufener, streunender Hund, der zudem noch tollwütig ist. Er hat all die anderen streunenden, tollwütigen Hunde um sich gesammelt und zieht durch das Land: eine Bestie in Menschengestalt, ein Ungeheuer mit einem Herzen aus Hass, ein Teufel aus der Hölle, dessen Haufen um nichts weniger teuflisch ist als ihr Anführer.«

Magdalena spürte die Stille im Kapitelsaal. Die aufgescheuchten Gedanken des Abtes schienen plötzlich vor Schreck wie gelähmt zu sein. Im Herzen der Äbtissin hallte Schweigen wider, als hätten die hinter der undurchdringlichen Mauer gefangen gehaltenen Flüsterer erschrocken den Atem angehalten. Bruder Girolamo hatte hektische rote Flecken auf den Wangen und kleine weiße Schaumhalbmonde in den Mundwinkeln.

»Ich spreche von Konrad von Landau und seiner Schwarzen Schar. Man hat mir gesagt, dass, wenn man seinen Namen in einer Kirche ausspricht, die Glocken beben und das Weihwasser kocht. Im großen Dom von Piacenza hat der Herrgott am Kreuz blutige Tränen geweint, als die Gemeinde um Erlösung von diesem Teufel betete. Niemand weiß, wo er herkommt. Es heißt, die Hölle habe ihn ausgespuckt, weil er Luzifer selbst bedroht hat, und habe ihm so viele Dämonen zur Seite gestellt, wie er sich gewünscht hat, um die Christenheit zu terrorisieren. Es heißt, in ihm wohnt die verdammte Seele von Sulla dem Verräter, Julius Cäsar dem Eroberer, Theoderich dem Höllenreiter oder Attila der Gottesgeißel; er ist nicht menschlich oder hat vergessen, dass er einmal ein Mensch gewesen ist, er kann nicht in den Himmel gelangen und wird in die Hölle nicht eingelassen, eine wandernde Seele, ein Verdammter zwischen den Winden, schlimmer noch verflucht als der Mann, der den Herrn Jesus Christus auf dem Weg zur Schädelstätte nicht unter seinem Dach hatte rasten lassen, verlorener noch als Kain der Brudermörder. Wer ihn angreift, wird mit Blitz und Höllenfeuer zurückgeschlagen; wer ihm in den Weg kommt, wird zermalmt wie Ungeziefer unter den Klauen eines Drachen. Das ist Konrad von Landau und seine Schwarze Schar, ehrwürdige Mutter: eine Armee von Geistern, ein Heerwurm aus Hass – absolut mörderisch, absolut gnadenlos, absolut tödlich.«

Bruder Girolamo holte tief Atem.

»Dies ist die andere Antwort auf die Fragen der Menschen, warum sie leiden, ehrwürdige Mutter, und sie hat nichts Theologisches: Weil es die Schwarze Schar gibt. Und deshalb glaube ich auch, dass die Hand Gottes nicht schwer auf Norditalien lastet – denn wo Konrad von Landau und seine Armee sich nähern, zuckt selbst die Hand des Herrn zurück.«

Nach diesen Worten, die von den Wänden des Kapitelsaals zurückprallten und den Raum zwischend den Säulen füllten, dauerte das Schweigen lange. Die Äbtissin warf Magdalena einen Seitenblick zu, den diese nicht deuten konnte, aber nach der Zurechtweisung hatte sie ohnehin nicht vorgehabt, sich noch einmal in das Gespräch zu mischen.

»Es ist also nicht ratsam, die schützenden Mauern zum Beispiel des Klosters zu verlassen und über Land zu ziehen?«, fragte die Äbtissin zuletzt.

»Es ist lebensgefährlich.«

»Bruder Girolamo«, sagte die Äbtissin, »dich hat der Herr im rechten Augenblick zu uns geschickt. Ich weiß nun, wie ich mich verhalten muss, um meine Schäflein zu schützen.«

Sie lächelte Magdalena unerwartet an. Instinktiv horchte diese mit ihrem besonderen Sinn nach den Signalen der Äbtissin, aber wie gewöhnlich vernahm sie nur das unartikulierte Flüstern der eingesperrten Gedanken hinter ihren Festungsmauern.

1.

Lorenzo setzte sich auf und überblickte das Lager. Seine Männer lagen wie formlose Deckenbündel im ersten Morgengrau. Das leise Schnarchkonzert war keinem Einzelnen zuzuordnen und schwebte über dem Platz wie die Rauchschwaden aus den glimmenden Resten des Feuers und der leise Dunsthauch. Lorenzo streifte seine eigenen Decken ab, stand auf und vollführte das übliche männliche Morgenritual: Gähnen, Strecken, Gliederschütteln, ausgiebiges Kratzen von Bauch, Gemächt, Gesäß und Gesicht (in dieser Reihenfolge), während die Verdauung sich bemühte, ihrer Pflicht mit melodischen Tönen nachzukommen; schließlich die Suche nach einem Platz abseits des Lagers, um die Gegend ein bisschen zu wässern. Erst nach Verrichtung all dieser Dinge fühlte man sich einem neuen Tag gewachsen.

Als Lorenzo zurückkam, waren die Ersten ebenfalls aufgewacht und saßen da, die Augen noch blicklos und die Münder weit aufgerissen. Lorenzo stapfte zu einem der unbeweglichen Deckenbündel hinüber und stupste es an, bis ein Gesicht zwischen den Falten zum Vorschein kam. Über Stirn, Nasenrücken und Kinn des Mannes zog sich eine frische Schürfwunde. Die Salbeiblätter, die Lorenzo gestern auf die Verletzung gedrückt hatte, sahen aus wie Schmutz unter dem über Nacht getrockneten Wundschorf. Lorenzo wusste, dass es kein Schmutz war; sie hatten die Besinnungslosigkeit Michèles genutzt und die Wunde sofort mit Wein und Urin ausgewaschen. Auf die spezielle Salbe, die sie für größere Verletzungen mit sich führten, hatten sie verzichtet – sie half, aber sie hätte selbst carrarischen Marmor blind geätzt.

»Alles klar, Michèle?« Lorenzo grinste.

»Der Schädel brummt noch, aber ich sehe nicht mehr doppelt«, sagte der Mann zwischen den Decken schwach.

»Ein Segen, wenn man bedenkt, dass du sonst Lorenzos holdes Antlitz zweifach sehen müsstest«, brummte der Mann, der neben Michèle hockte und gähnte. Er lächelte Lorenzo freundlich an. »Guten Morgen, *capitano*.«

»Das ist ganz allein Ihre Verantwortung, Ghirardi«, sagte Niccolò. »Wenn wir gestern weitergeritten wären, hätten wir unser Ziel noch erreicht. Ohne große Anstrengung.«

Lorenzo wandte sich zu seinem Truppführer um. Niccolòs Blick war unversöhnlich. Lorenzo hielt es für möglich, dass der Mann vor Ärger die ganze Nacht wachgelegen war.

»Wir hätten Michèle einfach liegen lassen können«, sagte Niccolò. »Wer nicht anständig reiten kann, ist selber schuld. Dann hätten wir den Treck gestern Abend noch erreicht.«

»So siehst du aus«, erklärte der Mann neben Michèle. »Einen Bewusstlosen, den sein Pferd abgeworfen hat, einfach neben der Straße liegen lassen, hilflose Beute für jeden Halunken.«

»So haben wir den Treck von *monna* Clarice hilflos am Treffpunkt auf uns warten lassen.«

»Hilflos, du meine Güte. Der holde Apfel ist mit mindestens genauso viel Mann Geleitschutz in Mailand aufgebrochen, wie wir hier sind, um sie nach Florenz zu bringen. Hilflos ...«

Lorenzo, der inzwischen den Rest seiner Truppe geweckt hatte, hockte sich an die Feuerstelle und stocherte mit einem Ast hinein. Die Glut ließ sich leicht zum Feuer wiedererwecken. Er hängte den Kessel mit der dicken Mehlsuppe niedriger und spähte dann über ihn hinweg in die Weite. In Lorenzos Rücken erhoben sich die Hügel des Appenin, aber vor ihm und zu beiden Seiten war das Land flach wie eine Tischplatte. Dunst lag darüber und glänzte golden in den Strahlen der aufgehenden Sonne, der Himmel war eine weite, fliederfarbene Kuppel. Einzelne Kiefern standen wie die Masten von voll getakelten Schiffen, die über diese ebene Fläche eines zu Landschaft erstarrten gewaltigen Meeres trieben. So sehe ich dich wieder, dachte er. Und dabei hatte ich gehofft, es wäre damals ein Abschied ohne Rückkehr gewesen.

Er senkte den Blick und spähte in die erstarrten Schlieren der dicken Suppe, betrachtete den Ring aus Fettaugen, den das erkaltete Schmalz am Kesselrand entlanggezogen hatte, und wusste, dass er diesen Tag ohne warme Mahlzeit beginnen würde. Niccolò, der eifersüchtig auf Lorenzo und scharf auf dessen Posten als *capitano* des Hauses Bianchi war, ahnte nicht, dass Lorenzo es kaum weniger eilig hatte, zum Treffpunkt zu gelangen, die künftige Schwiegertochter ihres Herrn in Empfang zu nehmen und wieder nach Hause zu kommen. Es beschwerte die Seele eines Mannes, wenn er statt Brot und Suppe auf seinen Erinnerungen kaute.

»Etwas mehr Respekt vor der jungen Herrin, wenn ich bitten darf«, sagte Niccolò.

»Wenn sie erst mal die junge Herrin ist, werde ich ihr schon den nötigen Respekt erweisen. Bis dahin ist sie für mich ein holder Apfel wie die anderen Röcke auch, mit Kerngehäuse und allem.«

»Ich werde deine Bemerkungen Ser Domenico weitermelden, Pietro Trovatore!«

»O hab Erbarmen mit mir Armen«, sang Pietro und grinste über das ganze Gesicht.

Buonarotti tauchte neben Lorenzo auf und hängte den Kessel höher. »Du brennst alles an, *capitano*«, brummte er missmutig. »Das Zeug schmeckt ohnehin schon wie Pietros Leibhemd, da muss es nicht auch noch nach *angebranntem* Leibhemd schmecken.« Buonarotti begann mit einem geschälten Ast die Suppe umzurühren. Eigentlich hieß er Giuliano; seinen Spitznamen verdankte er seiner platt geschlagenen Nase, von der jemand vor langer Zeit behauptet hatte, sie sehe aus wie die Nase jenes schrulligen Bildhauers, dessen Zornesausbrüche ihn in ganz Florenz bekannt gemacht hatten, bevor er endlich nach Rom gegangen war. »Morgen, *capitano*«, sagte er. Buonarotti pflegte den Tag missmutig zu beginnen und ebenso zu beenden; dazwischen war er ungenießbar. Wenn Lorenzo seine Zuverlässigkeit in Gefahrensituationen nicht bekannt gewesen wäre und seine Kenntnisse in Wundheilung, hätte er sich gefragt, warum ihn die anderen Männer unter sich duldeten.

»Du musst es wissen, du hast es gekocht«, sagte Lorenzo und stützte sich auf Buonarottis Schulter, um aufzustehen. Er hätte die Stütze nicht gebraucht; Lorenzo Ghirardi war klein und sehnig und kannte die morgendliche Steifheit lediglich in ersten zarten Ansätzen; dennoch, die Zeit seiner Jugend lag hinter ihm. Definitiv, mein Held, dachte er und starrte wieder über die Ebene, durch die irgendwo weit entfernt im Norden der große Strom floss. Und hier ist der Ort, wo sie geblieben ist. Er klopfte Buonarotti auf den Rücken und trottete zu den Pferden hinüber. Er wusste es nicht, doch inmitten seiner Männer sah er aus wie ein magerer struppiger Wolf unter einer Horde von Wachhunden. Man sah sie an und wusste, sie konnten beißen; in Lorenzos Fall ahnte man, dass er beißen *würde*.

Nach der Morgenmahlzeit und nachdem sie das Feuer gelöscht und sich vergewissert hatten, dass keine Glut mehr darin war, stiegen sie auf ihre Pferde. Michèles Gaul zuckte beim ersten Schritt zusammen und lahmte dann gehorsam vorwärts. Lorenzo stieg ab und strich am Vorderbein des Pferds hinab; Pietro Trovatore gesellte sich zu ihm.

»Hat doch mehr abgekriegt, als es gestern den Anschein hatte«, brummte Lorenzo.

»Wird es gehen, *capitano?*«, fragte Michèle vom Pferderücken herunter. Er hing blass und krank darauf und versuchte, den Anschein zu erwecken, dass er sich auf die Fortsetzung ihrer Mission freute.

»Wenn er noch mal in ein Loch tritt, ist es sein Ende«, sagte Lorenzo.

»Und wenn du noch mal runter und auf deine Fresse fällst, deines auch«, sagte Pietro und zwinkerte Michèle fröhlich zu.

»Ihr seid alle meine Zeugen«, begann Niccolò. »Ich stelle ausdrücklich fest, dass Michèle unsere Mission gefährdet und Ghirardi, indem er sich meinem Rat, Michèle zurückzulassen, beständig und beharrlich widersetzt, obwohl ich ihn mit allem Respekt geäußert habe …« Er stellte fest, dass er den Faden verloren hatte, und endete: »Jedenfalls rufe ich euch alle zu Zeugen an.«

»Steck dir 'ne Rübe in den Mund, Niccolò«, sagte Pietro. »Am besten so tief, dass sie sich mit der Rübe in deinem Arsch trifft.«

»Ich lasse mir deine Frechheiten nicht gefallen, Pietro!«

»O hab Gnade, um mich wär's schade«, sang Pietro.

Im Regelfall arbeiteten Lorenzo und sein Truppführer nicht zusammen; war Lorenzo als Geleitschutz für eine der Handelskarawanen unterwegs, sicherte Niccolò Haus und Hof ihres Herrn Domenico Bianchi in Florenz; im umgekehrten Fall hätte Lorenzo den Besitz seines Herrn bewacht, nur dass es den umgekehrten Fall nicht gab, weil Domenico Bianchi senior allen Menschen auf der Welt misstraute außer seiner vor fünf Jahren verstorbenen Mutter und Lorenzo Ghirardi. Niccolò hätte er nicht einmal im Traum mit der Sicherung einer seiner wertvollen Karawanen betraut. Dass Niccolò diesmal mit von der Partie war, lag an Domenico Bianchi junior, der darauf bestanden hatte, seiner zukünftigen Gattin jeden nur möglichen Schutz auf der Reise nach Florenz angedeihen zu lassen, und nicht davon zu überzeugen gewesen war, dass es in diesem Fall am besten gewesen wäre, Niccolò dort zu belassen, wo er sonst auch immer war, nämlich zu Hause.

Lorenzo schwang sich in den Sattel. »Langsamer Trab«, sagte er. »Wenn Michèles Gaul sich ein paar Meilen bewegt hat, wird die Schwellung zurückgehen. Der Treffpunkt liegt ein kleines Stück nordwestlich von Castelfranco. Länger als bis zum Mittag dürfte die Reise nicht mehr dauern.«

Er setzte sich an die Spitze seines Trupps und ritt in den beginnenden Morgen hinaus. Von Nordwesten bis Südosten hin erstreckte sich die Ebene des Po, begrenzt von der Horizont umspannenden Bergkette der Alpen: Reisfelder, auf die Ernte wartend, Obstbaumwiesen, vereinzelte Weinanbaugebiete, Gerste- und Haferinseln, baumbestandene Flächen, Wiesen ... majestätisch durchzogen vom Po und seinen Nebenflüssen, akribisch durchkreuzt von Dämmen und Bewässerungskanälen, behütet von den fernen Kränzen der Alpenkette. Nach Süden erhoben sich die von Weitem harmlos scheinenden Hügel des nördlichen Appenin, durch deren Täler sie in den letzten zwei Tagen schweigend geritten und deren Kämme sie schwitzend erklommen hatten, ruhend auf einem Kissen aus Morgennebel und Dunst, vor allem aber ruhend in sich selbst. Die Vogelstimmen verkündeten schrill, dass es immer noch Sommer war, und verstummten nur kurz beim Vordringen der Männer. Aufgereiht auf und neben der Straße, die der alten Via Claudia folgte, lagen die Orte, die den letzten Teil ihrer Reise in übersichtliche Wegabschnitte eingeteilt hatten: Oberhalb von Bologna waren sie aus den Bergen gekommen, hatten sich nach Nordwesten gewandt, Zola Predosa nahe im Süden, Anzola fern im Norden.

Lorenzo versuchte vergeblich, die lässige Schönheit der Umgebung nicht auf sich wirken zu lassen. Florenz war herrlich, aber der Anblick der Natur in ihrer letzten Pracht vor dem Eintreffen des Herbstes war göttlich. Florenz war ein Wunder an Schönheit, das die Menschen geschaffen hatten, um die Natur auszuschließen. Die Landschaft, durch die er ritt, war ebenfalls von Menschen geschaffen worden, aber über Jahrhunderte und um mit den Früchten der Natur vereint zu leben. Selbst die ausgetretene Straße, die hindurchlief und deren Staub den Duft von trocknendem Gras, reifem Laub und verwehendem Dunst überdeckte, konnte daran nichts ändern. Daran nicht und nicht an den Bildern, die aus Lorenzos Geist emporstiegen, so unwillkommen sie auch waren. Er erinnerte sich an viele Morgende, die wie der heutige von den Sinneseindrücken des freien Landes um ihn herum und von den halb ernst, halb spöttisch gemeinten Sticheleien der Männer geprägt gewesen waren; sie waren vorbei, und wenn sie bisher – so wie jetzt – unerwartet in seine Seele zurückkehrten, dann hatte er stets gewusst, wie er sie wieder daraus verdrängen konnte. Sie gehörten zu einer anderen Zeit, zu einer anderen Person; zu einem anderen Leben. Anfangs, nach seiner Wiedergeburt, hatte er die Tage gezählt, dann die Wochen, schließlich die Monate: sechsunddreißig an der Zahl. Sechsunddreißig Monate in einem neuen Leben, die er gegen die ungezählten anderen aufrechnen konnte, die aus seiner Seele zu tilgen und für immer in sich abzutöten er sich vorgenommen hatte. Alles in allem war er schon recht weit damit gekommen. Namen verwehten, Gesichter verblassten, Geschehnisse verwirrten sich … die guten jedenfalls; die schlechten hatten eine Tendenz zum Überleben. Aber auch sie würde die Zeit ausradieren, jeder Tag, an dem er nicht an sie dachte, war ein Sieg, und es hatte doch den einen oder anderen solchen Tag gegeben in den letzten tausend. In der Tat, ich habe Glück gehabt, dachte Lorenzo und stellte im gleichen Augenblick fest, dass die Namen und Orte und Begebenheiten nur darauf gewartet hatten, bis er in die große Ebene zurückkehrte, um sich auf dem Pergament seiner Erinnerung wieder von selbst aufzufrischen.

Niccolò schloss auf.

»Die Männer *reden*«, sagte er mit einem Anstrich von mühsam errungener Vertraulichkeit. Lorenzo schwieg.

»Es geht um diese Ausgeburt der Hölle und seine Teufel«, fuhr Niccolò fort. Er spuckte aus und bekreuzigte sich dann. »Sie sollen hier in der Gegend gesichtet worden sein. Die Schwarze Schar. Ich brauche Ihnen nicht zu sagen, was geschieht, wenn wir auf sie stoßen! Oder wenn sie *monna* Clarices Treck sichten. Deshalb ist es mir wichtig, dass wir uns beeilen; nur deshalb. Wir sind erst wieder sicher, wenn wir zusammen mit der jungen Herrin zurück in den Bergen sind.« Er richtete sich im Sattel auf und gab sich den Anschein, besorgt in die Ferne zu spähen. »Die Schwarze Schar«, sagte er. »Niemand kann sie besiegen, niemand kann ihnen entrinnen. Wer ihnen in die Hände fällt, ist verloren. Sie nehmen den Zorn Gottes vorweg. Es heißt, ihr *condottiere* sei eine verdammte Seele und streife schon seit …«

»Mit mir haben die Männer noch nicht *geredet*«, erklärte Lorenzo.

Niccolò ließ sich im Sattel zurücksinken. Er presste die Lippen zusammen. Lorenzo betrachtete ihn aus dem Augenwinkel und empfand Widerwillen gegen Niccolòs weibische Mimik, mehr noch aber gegen seinen Versuch, seine eigene Furcht auf die Gruppe abzuwälzen. Niccolò wandte sich im Sattel um, auf der Suche nach einem anderen Thema, mit dem er Lorenzo beweisen konnte, dass dieser im Unrecht war.

»Michèle fällt zurück«, sagte er. »Nicht, dass ich deshalb Überraschung heucheln würde.«

»Weißt du, was den Menschen vom Tier unterscheidet?«, fragte Lorenzo. »Ein Tier kann nicht anders, als auf das zu reagieren, was es erlebt. Wird es angegriffen, flieht es. Wird es in die Enge getrieben, kämpft es. Läuft ihm eine saftige Beute vor die Fänge, frisst es. Ist es in der Brunft, pflanzt es sich fort. Ist seine Zeit gekommen, legt es sich hin und stirbt.«

»Mhm«, machte Niccolò, vergeblich bemüht, Lorenzos Ansprache zu folgen oder herauszufinden, ob sie als Angriff gegen ihn gemeint war.

»Der Mensch dagegen kann sich entscheiden. Er muss nicht fliehen, sondern kann verhandeln. Er muss nicht kämpfen, sondern kann seinen Gegner überlisten. Er muss nicht essen, sondern kann fasten, um seinen Geist zu klären. Er kann sogar über die Lust triumphieren.«

»Aber wenn seine Zeit gekommen ist, legt er sich hin und stirbt wie alle anderen«, sagte Niccolò, erfreut darüber, eine Lücke in Lorenzos Argumentation entdeckt zu haben.

»Nein«, sagte Lorenzo. »Er kann versuchen, seinem Tod einen Sinn zu geben.«

Niccolò schwieg beleidigt. »Warum erzählen Sie mir das Ganze, Ghirardi?«, fragte er schließlich.

»Weil ich möchte, dass du weißt, dass du dich stets entscheiden kannst.«

»Wofür? Umzukehren? Das würde Ihnen so passen!«

»Niccolò, mein Held«, sagte Lorenzo und lächelte seinen Truppführer an, »fürs Erste würde es schon reichen, wenn du dich dafür entscheiden könntest, zwei Meilen lang die Klappe zu halten.«

Er zügelte sein Pferd, wendete es und wartete neben der Straße darauf, dass Michèle aufschloss, um eine Strecke lang neben ihm zu reiten.

2.

Votum stabilitas, dachte Schwester Magdalena. Eine Stimme in ihr drängte: Halte sie auf. Rette sie. Die Stimme war leise, doch es schien, als würde sie lauter werden, wenn man sie nur ließe.

Die Novizin kniete vor dem Altar der Klosterkirche auf dem Steinboden. Die Ordensschwestern standen in einem Halbkreis um sie herum: strenge Gesichter, beschattete Augen, grobe, abgearbeitete Hände, finstere Gestalten in den dunklen Kukullen, Trauervögel; Raben, die sich versammelten, weil sie das Aas witterten. Die Novizin war so blass wie der Tod und wagte die Augen weder zur Äbtissin noch zum Kruzifix zu heben, das mit groben Tauen an der Rückwand der Apsis befestigt war; ein krummes, knochenweißes Kreuz, das der Legende nach aus den beiden Hauptästen zweier Bäume bestand, die bei den Rodungsarbeiten während der Klostergründung genau an dieser Stelle entdeckt worden waren, an der Basis ineinander verschlungen zu einem Liebesknoten und in Schulterhöhe auseinanderstrebend, so die Form eines Gekreuzigten mit ausgebreiteten Armen nachahmend. Alle im Kloster außer Magdalena fanden das Kruzifix hässlich.

Die Liturgie näherte sich ihrem Höhepunkt – der zeitlichen Profess der jungen Novizin vor dem Altar.

Die Äbtissin stand vor der knienden jungen Frau wie ein vierschrötiger Racheengel in Schwarz, die Arme erhoben. Ihr Gesicht wirkte steinern. Die Lippen der Novizin bebten. Hinter der Äbtissin stand, klein und mager und zappelig wie immer, der ehrwürdige Vater Abt. Er war der Abt des benachbarten Mönchsklosters und eigentlich Vorsteher von San Paolo. Bei den Weihen der Novizinnen war er so überflüssig wie ein Hühnerauge, weil er die vorgeschriebenen Riten niemals zelebrierte, sondern stets der Äbtissin überließ – die jedoch die Jungfrauenweihe nicht selbst durchführen durfte, weil sie eine Frau war. Insofern war der Vergleich mit dem Hühnerauge nicht so weit hergeholt; seine Gegenwart schmerzte die Äbtissin, ohne dass sie etwas dagegen hätte unternehmen können. Die Signale der Panik, die er seit dem Gespräch am Vorabend aussandte, gingen in den Stimmen unter, die in Schwester Magdalenas Geist riefen.

»Sprich, Schwester Immaculata«, sagte die Äbtissin.

Natürlich hat die Kleine sich den Namen Immaculata ausgesucht, dachte Magdalena. Sie hatte um diese Namenswahl gewusst, kaum dass das Mädchen in ihre Obhut gegeben worden war. Manche Herzen waren nur zum Teil einsehbar, wie das Herz der Äbtissin; andere, wie das der Novizin – oder das des Abtes –, waren wie ein offenes Buch.

»Ich, Schwester Immaculata Veronica ...«, begann die Novizin.

»Lauter, Schwester«, sagte die Äbtissin. »Jede in der Gemeinschaft soll dich hören.«

»Ich, Schwester Immaculata Veronica, lege zur Ehre Gottes und der Jungfrau Maria dieses Versprechen ab: Ich bin fest entschlossen, mich Gott zu weihen und zeit meines Lebens im Ordensstand der seligen Jungfrau und ihrem Sohn, unserem Herrn Jesus Christus, nachzufolgen.«

»Amen«, sagten die Schwestern. Die Äbtissin nickte. Zwei Schwestern, die erst vor kurzer Zeit die Profess abgelegt hatten, traten herbei und zogen Schwester Immaculata sanft die schwarze Kukulle über den Kopf, ordneten sie vorne und hinten und legten sie über der knienden Gestalt in elegante Falten – ein Detail, das Schwester Magdalena eingeführt hatte und von der Äbtissin mit einigem Grimm als unnütze Eitelkeit betrachtet wurde. Schwester Immaculatas Unterkiefer zitterte, doch es gelang ihr, die Tränen zurückzuhalten.

Anders als du bei deiner Profess, sagte die leise Stimme in Magdalenas Kopf. Aber das mag daran liegen, dass Schwester Immaculata Veronica, vormals Beatrice Casagrande aus Ferrara, Tränen der Freude zurückhält.

»Die selige Jungfrau und Gottesmutter Maria schütze und behüte dich«, sagte die Äbtissin.

Schwester Immaculata holte Atem.

Votum conversatio morum, dachte Magdalena.

»Ich gelobe den hier anwesenden Schwestern in ihre Hände und Schwester Giovanna Maria, meiner Mutter Äbtissin, für immer ein Leben in eheloser Keuschheit, Armut und Gehorsam, gemäß der Regel des heiligen Benedikt, dem Glauben des großen Bernhard von Clairvaux und der Lebensform des Ordens von Citeaux.«

Magdalena spürte eine leichte Berührung an der Hand und wandte den Kopf, während die beiden Schwestern den schwarzen Schleier brachten und gegen Schwester Immaculatas weißen Novizinnenschleier austauschten. Schwester Radegundis lächelte Magdalena verstohlen an. Ihre Augen glänzten, weniger aus Rührung denn aus Begeisterung dafür, dass auch sie bald Mittelpunkt dieser Feierlichkeit sein würde. Sie stand stolz aufrecht in der groben Novizinnenkutte, und Magdalena, deren Haltung sich ebenfalls deutlich von den runden Rücken der anderen Ordensschwestern unterschied, konnte nicht umhin zu bemerken, dass Radegundis selbst die unförmige Novizinnentracht wie eine Prinzessin trug. War nicht die heilige Radegundis Prinzessin gewesen, bevor sie sich für das Klosterleben entschieden hatte? Selten hatte ein Ordensname so gut gepasst. Mittelpunkt des Klosters zu sein, und sei es auch nur für die kurze Zeremonie der Profess – Magdalena konnte Radegundis' Streben klar in ihrem strahlenden Gesicht sehen. Die Demut, die damit einhergehen sollte, die Bereitschaft zum Gehorsam und die Gewissheit, dass die Zeremonie nicht der Erhöhung diente, sondern den Eintritt in eine Welt aus Hingabe und Selbstverleugnung darstellte, konnte Magdalena nicht erkennen. Vielleicht verschloss Radegundis diesen Aspekt ihrer Begeisterung ja in einem Teil ihres Herzens, den Magdalena nicht sehen konnte.

»Der Herr Jesus Christus nehme dich an als seine Braut und fahre ein in dein Herz«, sagte die Äbtissin. Magdalena vernahm mit ihrem besonderen Sinn das leise Stöhnen der Verzückung, das Schwester Immaculata entschlüpfte. Plötzlich spürte sie, wie Übelkeit in ihr aufstieg. Sie musste den Blick von den weit aufgerissenen Augen Schwester Radegundis' abwenden.

»*Votum oboedientia*«, flüsterte Schwester Radegundis.

»Ich stelle mich dieser Ordensgemeinschaft aus ganzem Herzen zur Verfügung, um durch die Gnade des Heiligen Geistes, im Vertrauen auf die Fürbitte der seligen Jungfrau Maria und unseres seligen Vaters Bernhard von Clairvaux im Dienste Gottes und der Kirche zur vollkommenen Liebe zu gelangen«, stammelte Schwester Immaculata.

Die Äbtissin beugte sich vor. Magdalena beobachtete mit immer weiter aufsteigender Übelkeit, wie sie der jungen Schwester den Friedenskuss auf die Lippen drückte. Als die Äbtissin sich wieder aufrichtete, schwankte Schwester Immaculata.

»Was ist dein Streben, Schwester im Glauben?«, fragte die Äbtissin.

Der Welt zu entsagen und ein Leben in Demut und der Entsagung aller Lüste zu führen, dachte Magdalena. Sie hörte sich selbst vor wenigen Jahren die Formel sprechen und erinnerte sich, dass sie damals dieselbe Übelkeit verspürt hatte wie soeben. Das Gefühl verging nicht. Sie schluckte krampfhaft. Ihr Mund war sofort wieder voller Speichel, und ihr Magen hob sich. Warum jetzt?, dachte Magdalena panisch. Warum bei der ersten Profess, die einer ihrer Schützlinge ablegte? Warum so heftig?

»Der Welt zu entsagen und ein Leben in Demut und der Entsagung aller Lüste zu führen«, sagte Schwester Immaculata.

»Wer hat deine Liebe, Schwester im Glauben?«, fragte die Äbtissin.

»Die Ordensgemeinschaft und der Herr Jesus Christus, in dessen Bett ich eingestiegen bin.«

Etwas stieg brennend in Magdalenas Kehle auf; sie würgte es hinunter. Es schüttelte sie. Schwester Radegundis, die neben ihr stand, bemerkte nichts. Sie hatte die rechte Hand vor ihre Brust gehoben und die Finger ausgestreckt. Weiter vorn, unterhalb des Freskos im Kapitelsaal, vollführte Schwester Immaculata das Spiegelbild dieser Geste; die Äbtissin steckte ihr einen Ring auf den Ringfinger der rechten Hand. Magdalena hörte nicht, was die Äbtissin sagte. In ihren Ohren gellte ein Misston. Sie spürte kalten Schweiß auf Stirn und Oberlippe und wusste, dass sie es beim nächsten Mal nicht würde zurückhalten können. Und dann würde Schwester Immaculata sich an ihre Profess ständig als den Tag erinnern, an dem Schwester Magdalena Caterina, Ordensschwester seit dreizehn Jahren, Novizinnenmeisterin in San Paolo di Parma seit zwei Jahren und verantwortlich für ihren reibungslosen Übergang vom Noviziat zur Gemeinschaft, auf den Fliesenboden des Kapitelsaals gekotzt hatte.

Rette sie, hörte sie die Stimme in sich selbst rufen. Plötzlich verstand sie, dass sie die ganze Zeit über nicht richtig zugehört hatte. Die Stimme rief: Rette *dich.*

In ihrer Zelle kniete Magdalena auf dem Boden. Die Gebetsformeln waren längst in den Läufen ihrer Gedanken verloren gegangen, stattdessen hallten Fragen durch ihre Versenkung. Letzten Endes hatte sie weder den Fliesenboden verunreinigt noch Schwester Immaculatas Gelübde in sonst einer Weise gestört. In ihrem Herzen war sie dennoch erschüttert. Noch nie war ihr übel geworden, wenn sie Zeugin wurde, wie eine Mitschwester sich mit ihrem Gelübde an den Orden band – und heute … Es hatte auch nicht geholfen, dass sie sich vorgesagt hatte, es handle sich nur um die zeitliche Profess und Schwester Immaculata könne in den folgenden drei Jahren jederzeit in die Welt zurückkehren, bis sie sich mit der feierlichen Profess auf immer an die Gemeinschaft band: Sie hatte noch nie erlebt, dass eine Schwester während dieser Zeitspanne die Gemeinschaft verlassen hätte.

Erst recht hatte es nichts geholfen, dass sie sich bewusst gewesen war, dass sie selbst, Schwester Magdalena Caterina, die neue Schwester Immaculata Veronica auf diesen Weg gebracht und ans Ziel geleitet hatte.

Als Beatrice Casagrande ins Kloster aufgenommen worden war, hatte Magdalena noch einmal einen Blick durch die kleine Klappe im Tor der Klosterpforte nach draußen geworfen. Mit der Erinnerung an das strahlende, verzückte Gesicht des jungen Mädchens hatte sie in das graue Antlitz eines Mannes geblickt, der die geschlossene Tür anstarrte. Eine ältere Frau stand neben ihm, verschlossen und mit stolzer Haltung. Die Casagrande waren erfolgreiche Kaufleute in Ferrara – die Äbtissin pflegte genaue Erkundigungen einzuziehen, bevor sie ein junges Mädchen als Postulantin aufnahm, und der Klostertratsch pflegte die Ergebnisse dieser Ermittlungen erfolgreich zu verbreiten. Beatrice war ihre einzige Tochter. Noch während Magdalena nach draußen gespäht hatte, hatte der Mann plötzlich die Fassung verloren, und er war in Tränen ausgebrochen. Sie hatte die Klappe leise geschlossen und gewusst, dass hier eine Tochter dem Vater das Herz gebrochen hatte.

Aber auch das war nicht der Grund für den Ansturm von Gefühlen, der sie im Kapitelsaal überwältigt und ihren Magen zum Rebellieren veranlasst hatte. Der Grund dafür lag ganz allein in ihr selbst.

Rette dich.

Sie versuchte, genügend Vernunft für ein sinnvolles Gebet zu sammeln: Herr, ich danke Dir, dass Du mir die Kraft gegeben hast, mich zum rechten Zeitpunkt selbst zu retten. Doch sie sprach es nicht aus. Wie konnte sie diese Worte zu ihrem Gatten senden, wenn sie bedeuteten, dass sie Ehebruch begehen wollte?

Wer hat deine Liebe?

… der Herr Jesus Christus …

Und wem hast du dein Gelübde gegeben?

… in dessen Bett ich eingestiegen bin.

Sie hörte das Räuspern vor der Tür. Als Magistra stand Magdalena eine eigene Zelle zu, um mit ihren Schülerinnen allein sein zu können, aber die Tür ließ sich nicht versperren. Magdalena versuchte, die verstörenden Gedanken in ihr wundes Herz zurückzudrängen. Eine Träne lief ihre Wange hinab; sie wischte sie mit einer wütenden Bewegung weg. Sie erwartete, dass Schwester Immaculata ihr für ihre Führung während der vergangenen zwölf Monate danken wollte, und mochte ihr ihren Tag nicht verderben.

»Wer ist da?«

»Isabella.«

Magdalena atmete ein. Sie kämpfte gegen die Versuchung, die junge Frau wegzuschicken, doch sie war ihr anvertraut, und ganz gleich wie sie sich fühlte, Schwester Magdalena Caterina würde einen ihr anvertrauten Schützling erst dann wegschicken, wenn sie dem Tod näher war als dem Leben.

»Schwester *Radegundis Benedikta*«, sagte Magdalena.

»Richtig«, sagte Schwester Radegundis Benedikta und trat ein. »Ich vergesse dauernd diesen neuen Namen.«

»Warum hast du ihn dir dann ausgesucht?«

Schwester Radegundis zuckte mit den Schultern. Magdalena seufzte.

»Man möchte eigentlich meinen, dass zehn Monate die Kraft hätten, alles Neue in Gewohntes zu verwandeln.«

»Ich darf mit«, sagte Schwester Radegundis. Ihre Wangen glühten noch stärker als während der Profess.

Magdalena wartete.

»Ich darf mit«, wiederholte die Novizin, und ihre Stimme überschlug sich vor Eifer.

»Wir wollen beten«, sagte Magdalena. »Knie hier an meiner Seite nieder. Gnädiger Herr Jesus Christus, wir danken Dir für Deine Güte, die Du uns auf allen Wegen erweist, für Deine Führung durch die Dunkelheit unseres Daseins und dafür, dass Du unsere Gebete erhörst. Heilige Maria Mutter Gottes, wir danken Dir für Deine Liebe und für Deine Fürsprache bei Deinem Sohn.« Und mit besonderer Betonung: »Heiliger Geist, wir danken Dir dafür, dass Du über die Menschen gekommen bist und ihnen die Macht verliehen hast, ihre Zungen in einer Weise zu steuern, die andere Menschen verstehen können. Amen.«

»Amen«, sagte Schwester Radegundis, ein wenig ruhiger, aber auch weniger beschämt, als Magdalena gehofft hatte.

»Wohin darfst du mit?«

»Wir geben Schwester Beatrice das Geleit nach Perugia.«

»Schwester Immaculata Veronica.«

»Ja, das habe ich ja gemeint.«

»Wohin?«

»Santa Giuliana di Perugia.«

»Und *wir*«, sagte Magdalena mit Betonung, »geben ihr das Geleit?«

»Novizinnen können doch nicht aus der Obhut der Magistra entlassen werden.«

»Es gibt derzeit nur eine einzige Novizin in diesem Gemäuer, und die kniet neben mir.«

»Ich!«, erklärte Schwester Radegundis strahlend.

»Lass den heiligen Geist in dein Herz, Schwester, und nutze seine Kraft, um deine Rede zu steuern.«

»Ich habe die Mutter Oberin gefragt, und sie hat gesagt ...«

»Was hat sie gesagt?«

»Dass sie dich bitten lässt, sie im Kapitelsaal aufzusuchen, und dass ich dir nichts davon erzählen soll ...«

»Wovon? Dass ich sie aufsuchen soll?«

»Nein!«, rief die junge Novizin und umarmte ihre Meisterin plötzlich so stürmisch, dass Magdalena vor Überraschung steif wurde. »Dass wir Abschied voneinander nehmen müssen! Ach, Schwester Magdalena, ich und die anderen hier im Kloster vermissen dich schon jetzt!«

3.

Man konnte nicht behaupten, dass Clarice Tintori ihre Reise zu ihrem künftigen Bräutigam nicht mit angemessener Ausstattung angetreten hätte. Sie war in einem Hangelwagen mit schwingend aufgehängter Kabine gefahren. Das stämmige Fahrwerk und der Wagenkasten, dessen Rippen in einem schwungvollen Bogen von einer Längsseite zur anderen führten und genügend Raum darunter ließen, dass man sich im Inneren des Wagens aufrecht hinstellen konnte, ohne mit dem Kopf an das Planendach zu stoßen, waren durch ein kompliziertes Geflecht aus Ketten und Lederriemen verbunden, das die gröbsten Stöße abfing. Rippen und Flanken waren mit geschnitzten Ranken verziert, die sich rot von der dunkelgrünen Bemalung des Wagens abhoben und mit Goldfarbe erhöht waren. Selbst die Räder waren in der Mischung aus Grün, Rot und Gold bemalt. Die Plane, die den Fahrgastraum des Wagens verhüllte, war zart pastellfarben und schlug im leichten Wind wie ein ermatteter Vogel mit den Flügeln. Die Kissen, mit denen der Wagen ausgepolstert war, ähnelten der Ausstattung im Schlafgemach des Hauses Bianchi, und in Lorenzos Erinnerung stieg das Bild auf, wie *monna* Beatrice, die Herrin des Hauses, zwischen den Kissen gelegen und ihn aufgefordert hatte, sich danebenzulegen. Dass er der Aufforderung nicht gefolgt war, hielt Lorenzo für seine beste Tat der letzten Monate. Der Lohn für die gute Tat bestand in der eisigen Feindschaft Beatrice Bianchis.

Nicht nur die Ausrüstung des Brautzugs, auch der Geleitschutz war beeindruckend gewesen; mindestens sieben Männer in einheitlichen Farben, ausgerüstet mit Brustharnischen und Kesselhauben.

Lorenzo und sein Trupp betrachteten die Szene, die sich vor ihnen ausbreitete, mit unbewegten Gesichtern.

»Eine gute Stelle haben sie sich ausgesucht«, sagte Pietro. »Leicht zu verteidigen, mit dem Wäldchen und dem Landbruch im Rücken und der freien Ebene direkt vor sich. Da kann man gestern schon sehen, wer morgen kommen wird.«

»Was hat's ihnen genützt?«, fragte Buonarotti.

Lorenzo richtete sich im Sattel auf und spähte zu der Stelle hinüber, an der Niccolò und ein weiterer seiner Männer standen, kleine Gestalten in der Ferne. Sie sahen das Lager des Brautzugs von einer anderen Perspektive ein; Lorenzo hielt es mit der Ansicht, dass zwei Paar Augen immer mehr sehen als eines. Einer der beiden, wahrscheinlich Niccolò, winkte mit wichtiger Geste zurück.

»Die Luft ist rein, wir können hinein«, sang Pietro Trovatore, weniger aus Überschwang denn aus Gewohnheit. Er schloss mit einem Misston und kratzte sich nachdenklich am Kinn.

Lorenzo winkte zurück und beobachtete, wie die beiden Männer in der Ferne sich in Bewegung setzten. Er nickte seinem Trupp zu. Der Brautwagen würde die Stelle sein, an der die Fährten beider Truppenteile zusammentreffen würden. Lorenzos Herzschlag war langsam und dumpf; es fiel ihm schwer, die unbewegte Miene aufrechtzuerhalten. Er spürte die Seitenblicke seiner Männer, aber er wusste, dass sie nichts sagen würden, solange er selbst keine Bemerkung zu der Situation vor ihnen machte – dazu hatten sie Niccolòs Sticheleien gestern Abend und heute zu deutlich vernommen.

Der Hangelwagen lag auf der Seite. Zwei der sechs Rippen über dem Wagenkasten waren gebrochen und reckten ihre zersplitterten Bruchstellen in die Luft. Das Fahrwerk, in seiner schwingenden Aufhängung aus Ketten und Gurten verrutscht, sah aus wie gebrochene Gliedmaßen unter einem zerschmetterten Körper. Die Kissen lagen um den Wagen herum, aus einigen von ihnen bluteten die Daunenfedern, die der Wind immer weiter verstreute. Federn tanzten über das Lager, punkteten das zusammengetrampelte Gras weiß, taumelten zwischen den reglosen Gestalten, die dicht nebeneinander in der Nähe des Wagens lagen, und wirbelten mit der Asche aus der erloschenen Feuerstelle um die Wette. In der Sonne blitzten die Rüstungsteile der Männer, als steckte noch Leben in den Körpern, aber Lorenzo bezweifelte, dass dies der Fall war.

»Wo ist der Trosswagen?«, brummte Buonarotti. Niemand antwortete. Die Frage würde sich entweder klären, wenn sie das Desaster vor ihren Augen genauer untersucht hatten, oder nie. Alle wussten, dass überdies eine andere Frage wichtiger war: Wo war Clarice Tintori? Die Gestalten auf dem Boden waren samt und sonders Männer in Harnischen – der Geleitschutz. Lorenzo spähte zu dem Wäldchen hinüber und fürchtete, dass er wusste, was sie dort vorfinden würden. Ihm war übel.

»Lange Reihe bilden«, befahl er. Der Trupp zog sich auseinander. Wer immer sie von der Ferne mit Pfeilen oder Armbrustbolzen angreifen wollte, hatte jetzt viele einzelne, sich bewegende Ziele. Keiner seiner Männer fragte ihn, wozu dieser Befehl nötig war, wo sie doch festgestellt hatten, dass sich im Lager nichts mehr regte. Sie dachten alle an das Wäldchen, das von außen uneinsehbar war. Wenn dort hundert Mann im Hinterhalt lägen, würden sie sie dennoch nicht sehen. Niccolò und sein Begleiter trabten eng nebeneinander heran. Lorenzo glaubte, Pietro Trovatore etwas singen zu hören, das die Wörter *Idiot* und *tot* enthielt, aber er ignorierte es. Alles, worauf er sich konzentrierte, lag vor ihm im freundlichen Licht der vormittäglichen Sonne.

Sie trafen vor dem umgestürzten Reisewagen zusammen. In Niccolòs Gesicht stritten Triumph darüber, dass seine Warnungen offenbar rechtmäßig gewesen waren, und Bestürzung über ihren Fund. Alle warteten schweigend, eine Hand am Zügel, die andere am Schwertknauf – bis auf Michèle, der seine Armbrust in der Rechten hielt und an seiner Seite herunterhängen ließ, von seinem Körper gedeckt. Er hielt einen Bolzen zwischen Zeige- und Mittelfinger und ließ ihn leise wippen. Lorenzo musterte ihn, und Michèle gab den Blick kurz zurück. Wenn es zu einem Angriff kam, würde Michèle wahrscheinlich nicht bei der Flucht mit den anderen Schritt halten können. Aber er würde mit seiner Armbrust Angreifer um Angreifer fällen, bis diese ihn erreicht hätten – oder bis Lorenzos Trupp in Sicherheit war. Lorenzo wandte seine Aufmerksamkeit wieder dem Wäldchen zu, versuchte das Blattwerk mit den Blicken zu durchdringen, versuchte festzustellen, ob sich etwas bewegte, und wenn, ob der Wind der Verursacher war oder ein Mann im Hinterhalt, der sich eine andere Position suchte. Die Vögel füllten die warme Luft mit Melodien, begleitet von den Grillen im Gras. Vom Wald her ertönte das beständige Sirren der Zikaden, dem nur der leichte Wind den Anschein von an- und abschwellender Lautstärke verlieh. Die Pferde von Lorenzos Trupp stampften, schnaubten oder versuchten, gegen die straffen Zügel anzugehen, um Gras zu rupfen. Die Stille, die sich hinter all diesen Geräuschen über die Szenerie wölbte und die bis zur tiefblauen Kuppel des Spätsommerhimmels hinaufreichte, schien sich langsam um die Männer herum zu drehen, als seien sie der Mittelpunkt eines gigantischen Musikmechanismus, dessen Musik darin bestand, ein vollkommenes Schweigen zu produzieren. Lorenzo lockerte den Sitz seines Schwertes. Er spürte, wie sich Pietro Trovatore und noch ein Mann – Franceschino der Barbier – neben ihn schoben. Das grelle Sirren der Zikaden setzte Lorenzos Schädelknochen in Schwingungen, bis es in seinem Kopf lauter schwirrte als in Wirklichkeit.

Er war ziemlich sicher, was das Sirren bedeutete, aber er war auch sicher gewesen, dass eine Verspätung von einem Tag kein Problem darstellte.

Bei jeder Unternehmung gab es einen Moment der Wahrheit. Bei Geschäftsverhandlungen war es der Moment, in dem man ahnte, die Schliche des Verhandlungspartners durchschaut zu haben, es aber nicht genau wusste – und die Hand des Partners über dem Tisch in der Luft hing, darauf wartend, dass man einschlug. In Liebesdingen war es der Moment, an dem die kühle Schönheit, die die Gattin des Herrn war, einen einlud, zu ihr ins Bett zu kommen – und man sich dagegen oder dafür zu entscheiden hatte, wissend, dass jede Entscheidung einen in Schwierigkeiten bringen würde. Im Augenblick war es der Entschluss, abzusteigen und so zu tun, als seien alle Ankömmlinge völlig sorglos und man biete einem Bogen- oder Armbrustschützen gedankenlos seinen ganzen Körper zur Zielscheibe ... und ihn damit herauszufordern, sein Hiersein preiszugeben. Lorenzos Rücken prickelte, während er ein paar lange Momente ohne Deckung herumstiefelte, ohne dass etwas passierte. Dann stieg Pietro ab, nach ihm Franceschino ... dann Bernardo und Uberto ... Buonarotti, mit dem Gesichtsausdruck äußerster Verdrossenheit ... Das Gefühl, als liefe Ungeziefer über Lorenzos Rücken, verging. Dieses Mal hatte er recht gehabt: Wären Männer im Wald im Hinterhalt gelegen, hätten die Zikaden nicht gesungen.

»Niccolò, Maffeo, reitet einmal um den Treffpunkt herum – vielleicht hat sich jemand retten können und versteckt sich oder liegt verletzt irgendwo unter einem Busch. Versucht festzustellen, wie viele es waren, die den Treck überfallen haben, und wohin ihre Spuren führen.«

Maffeo zog am Zügel seines Pferdes – er und Niccolò waren die Einzigen, die noch im Sattel saßen –, doch Niccolò rührte sich nicht.

»Was ist mit dem Wagen?«, fragte er. »Wollen Sie nicht reinschauen, Ghirardi?«

»Alles zu seiner Zeit.«

»Ich warte, bis es so weit ist.«

Lorenzo spürte, wie die anderen darauf warteten, dass er Niccolòs Herausforderung annahm.

»Meinetwegen«, sagte er stattdessen. »Wir sehen zusammen nach. Steig ab. Maffeo, du und Buonarotti übernehmt die Patrouille.«

Als hätten sie es vorher miteinander abgestimmt, hatten sie sich dort versammelt, wo die Unterseite des Wagens aufragte. Das Holz war staubig und unbemalt, der Wagen breit genug, dass man nicht wirklich darüber hinweg-

und ins Innere des Wagenkastens blicken konnte, wenn er so wie jetzt auf der Seite lag. Eine Bahn der Plane, mit der der Wind spielte, wehte über den Rand des senkrecht stehenden Wagenbodens, winkte ihnen, näher zu kommen.

»Das ist der Grund, warum der Wagen noch hier ist«, sagte Niccolò und deutete auf die gebrochene Vorderachse. Sie war lenkbar und hatte vermutlich nachgegeben, als der Kutscher zu fliehen versucht hatte. Lorenzo ging nicht davon aus, dass der Anführer des Trecks so unvorsichtig gewesen war, die Zugpferde auszuspannen. Die Ketten und Lederbänder, die die Tiere an der Deichsel gehalten hatten, pendelten träge herab. Eine der Ketten, die den Wagenkasten mit dem Fahrwerk verbunden hatten, war aus der Halterung gerutscht; sie schwang ebenfalls lose und klopfte von Zeit zu Zeit leise an die Unterseite des Wagens. Niccolò richtete sich auf und zögerte, um den Wagen herumzugehen. »Also haben sie nur die Pferde mitgenommen. Und den Trosswagen.« Er warf Lorenzo einen Blick zu.

»Nach dir«, sagte Lorenzo und wies mit einer scheinbar höflichen Geste um den Wagen herum.

Niccolò straffte sich und kletterte über die Deichsel. Lorenzo folgte ihm auf dem bequemeren Weg außen herum. Niccolò starrte den umgekippten Wagen an. Die Plane war an den Rippen festgehakt und nur dort über dem Innenraum zusammengefallen, wo die Rippen zerborsten waren. An den Stellen, an denen man ins Innere blicken konnte, waren weitere Kissen zu sehen und der blanke Boden des Wagenkastens. Etwas hatte den Boden an einer Stelle nass und dunkel gefärbt. Niccolò sah sich zu Lorenzo um und dann zu den anderen, die bei der Deichsel warteten, als hätte ihre Auseinandersetzung ausschließlich ihnen beiden das Recht verliehen, den Wagen zu untersuchen. Mit einem kleinen Winseln zog Niccolò die Plane beiseite. Der Wagen war bis auf die verstreuten Kissen leer.

Lorenzo fuhr mit dem Finger über die feuchte Stelle und schnupperte. »Wein«, erklärte er. Dann atmete er langsam aus. Er hatte nicht angenommen, dass sie im Wageninneren die Leiche von Clarice Tintori finden würden. Wenn überhaupt, würde sie im Wald sein … wenn überhaupt. Die Angreifer hatten nur das mitgenommen, was sich leicht transportieren ließ: Decken, aber nicht die Kissen; den unversehrten Trosswagen, aber nicht den ungleich wertvolleren, defekten Reisewagen. Lorenzo fragte sich, ob der Zweck des Überfalls das Beutemachen gewesen war oder etwas anderes.

»Sehen wir im Wald nach«, sagte er schließlich. »Niccolò, Pietro, stellt fest, ob die Männer dort jenseits aller Hilfe sind oder ob noch einer lebt – und wie kalt sie sind, damit wir eine Ahnung davon bekommen, wann der Überfall stattgefunden hat. Die anderen kommen mit mir.«

»Der Überfall geschah in der Nacht, *capitano,* denkst du nicht?«, sagte Pietro.

»Sieh dir das Feuer an. Es ist ordentlich gelöscht. Wenn sie nachts überfallen worden wären, hätte es unbeachtet weitergebrannt, bis nur noch Asche übrig gewesen wäre.«

Pietro stapfte hinüber und trat die halb verkohlten Äste und Holzstücke auseinander. Asche wallte auf und hüllte ihn ein. »Ein bisschen Glut ist noch da. Kann noch nicht allzu lange her sein.«

»Das ist alles Ihre Schuld, Ghirardi«, erklärte Niccolò. »Ser Bianchi wird Sie zur Rechenschaft ziehen.«

Ausnahmsweise fühlte Lorenzo sich mit seinem Truppführer einer Meinung. Er schwang sich aufs Pferd und galoppierte die wenigen Hundert Fuß zum Waldsaum hinüber, ohne darauf zu warten, dass sich ihm der Rest seiner Truppe anschloss.

Das Waldstück erwies sich als niedrig und verfilzt, das Spiel von Sonne und Schatten auf seinem Boden ein Albtraum für jeden, der etwas zu finden versuchte oder immer noch nicht völlig ausschließen konnte, dass Angreifer im Hinterhalt lagen. Es war warm und beinahe stickig unter den Bäumen, der Duft von Harz, Kiefernnadeln und trockenem Laub jenseits der Schwelle, an der er anregend wirkte. Den Landbruch weiter vorn verriet ein heller Streifen Himmel, in den die Wipfel der am Fuß des Abbruchs wachsenden Bäume ragten. Lorenzo hielt seine Männer zurück, als er die unterdrückten Stimmen vernahm, die von unten herauftrieben. Er legte sich auf den Bauch und kroch die restliche Strecke bis zur Kante des Abbruchs, schob seinen Kopf darüber und spähte nach unten. Sie hatten keine Spur von Clarice Tintori gefunden, noch nicht einmal einen Kleiderfetzen, der darauf hingewiesen hätte, dass sich Lorenzos anfängliche Befürchtung, die Angreifer hätten sie in den Wald gezerrt und sich an ihr vergangen, bewahrheiten könnte.

Was immer man *monna* Clarice angetan hatte, im Wald war es nicht geschehen.

Der Landbruch stellte sich als die scharfe Kante einer Art gewaltigen

Erdrutschs dar, als hätte sich unter dem Boden eine weite Höhle befunden, die irgendwann eingestürzt war. Vom Fuß des Abbruchs zog der Boden sich sanft in die Höhe, bis er weit jenseits der Bruchkante das hiesige Niveau wieder erreichte. Die Bruchkante zog sich etliche Hundert Fuß links und rechts von Lorenzos Standort weiter, bis sie sich in völlig undurchdringlichem Unterholz verflachte. Sie ging senkrecht fünf oder sechs Mannslängen nach unten und endete in einem breiten Streifen schartiger Felsen und Gerölls, das sich dort aufgehäuft hatte und keinen Bewuchs zuließ außer Flechten und kleinem Gesträuch, das aus den Zwischenräumen wucherte. Zwei Männer waren dort unten damit beschäftigt, den reglosen Körper einer Frau an ein Tau zu binden, das von einem der Bäume an der Abbruchkante nach unten führte, nur knapp außerhalb der Reichweite Lorenzos. Lorenzo starrte nach unten und merkte erst, dass er den Atem anhielt, als das Blut in seinen Ohren zu rauschen begann.

Die Männer trugen die gleiche Ausrüstung wie die Toten beim Reisewagen. Einer hatte den Kopf notdürftig verbunden und eine lederne Klappe über einem Auge, einer schien unverletzt. Eine gespannte und geladene Armbrust lag neben ihnen auf einem Stein. Sie gingen behutsam mit dem schlaffen Körper in dem hellen Kleid um. Auf den Felskanten unweit der Stelle, an der sie arbeiteten, war eingetrocknetes Blut zu sehen, schwarz im Sonnenlicht. Lorenzo bildete sich ein, das Summen der Fliegen darüber zu hören. Die Art und Weise, wie der Kopf der Frau umherpendelte, die Haltung ihrer Gliedmaßen, vor allem aber das viele Blut auf den Felsen und in ihrem Gesicht ließ nur den Rückschluss zu, dass sie tot war.

Der Mann mit dem Verband um den Kopf sah plötzlich nach oben. Sein gesundes Auge kreuzte die Blicke Lorenzos. Für einen Moment spiegelte sich die gleiche Überraschung in den Pupillen beider Männer. Im nächsten Augenblick schnappte sich der Mann unten die Armbrust, Lorenzo warf sich zurück, und der Bolzen prallte mit einem hässlichen Klang von der Bruchkante ab, wo sich eben noch Lorenzos Kopf befunden hatte, sirrte nach oben und schlug knallend in einen Baumstamm. Kiefernnadeln regneten auf Lorenzo herunter, der sich zur Seite wälzte und noch ein wenig weiter vom Rand zurückrutschte. Er sah die Bestürzung, die seine Männer lähmte, bevor sie sich alle nach vorn warfen, die Fäuste an den Schwertgriffen. Michèle schwang die Armbrust. Lorenzo hielt sie mit ausgestreckten Händen davon ab, näher zu kommen. Dann holte er Atem, ohne aus seiner liegenden Position aufzustehen, und schrie: »Gut Freund!«

»Leck mich!« Die Steilwand dämpfte den Schall, aber er konnte die Stimme des Mannes dort unten gut verstehen.

»Nein, wirklich. Gut Freund!« Er schloss die Augen. »Im Namen Gottes und des Geschäfts ...«.

Es dauerte einige Momente, bis die Antwort kam: »... beten wir für das Gedeihen unserer Güter und nicht für den Verderb unserer Konkurrenten.«

So siehst du aus, dachte Lorenzo, wie er schon gedacht hatte, als Ser Bianchi ihm das mit Ser Tintori vereinbarte Kennwort mitgeteilt hatte.

»Ich komme wieder nach vorn!«, schrie er. »Einverstanden? Ich habe vier Männer bei mir, aber ich werde allein nach vorn kommen.«

»Schon gut. Ich habe sowieso keine Bolzen mehr.«

Der Mann mit der Armbrust und dem Kopfverband sah nach oben und blickte Lorenzo fragend an. Der andere Harnischträger hatte sich so weit wie möglich von seinem Kameraden entfernt. Er wog Steine in der Hand, die groß genug waren, einem Mann den Schädel einzuschlagen, wenn er sie schleuderte und gut treffen konnte.

»Sind Sie Lorenzo Ghirardi?«, rief der Verletzte. Er stand so dicht neben der Leiche, als wolle er sie auch jetzt noch beschützen.

»Ja. Und Sie ...?«

»Wo waren Sie so lange?«

»Wir wurden aufgehalten, weil ...«

»Sie haben sich aufhalten *lassen,* weil Sie ein Schwachkopf sind.«

»Ist das ...?« Lorenzo deutete auf den Frauenkörper. Der andere Mann senkte den Kopf und sah auf sie hinunter.

»Das ist *monna* Clarices Magd«, sagte der Mann. »Wenn sie nicht zu rennen angefangen hätte, wäre das Ganze glimpflich abgegangen. Und wenn Sie sich beeilt hätten. So gesehen ist sie genauso ein Schwachkopf wie Sie, nur, dass sie schon dafür bezahlt hat.« Er sah wieder nach oben und zog eine Grimasse. »Wenn Sie hier runterspringen so wie sie, werden Sie sie sicher in dem Kreis der Hölle treffen, der für die Schwachköpfe reserviert ist.«

»Sie kennen sich ja gut aus, wenn's um Schwachköpfe geht«, sagte Lorenzo.

Der Mann musterte ihn eine ganze Weile. Sein Gesicht – hager, voller Falten, die unter der senkrecht stehenden Sonne wie Gräben und Furchen wirkten – war unter der Bräune von der Farbe nassen Lehms und mit Schweißperlen übersät. Die Augenklappe bedeckte eine alte Narbe, die sich darunter hervor über die Stirn bis unter den Kopfverband zog und in der anderen Richtung über die halbe Wange. Er legte die Armbrust beiseite, und Lorenzo sah, dass sich an seiner linken Hand nur noch der Daumen befand, die Finger waren kurze, unterhalb des ersten Glieds endende Stummel.

»Helft uns, sie hochzuschaffen«, sagte er und setzte sich hart auf einen Stein. »Wir haben genug geschuftet. Klettert an dem Seil runter, so sind wir auch hinabgestiegen.« Er wischte sich mit der verstümmelten Hand den Schweiß vom Gesicht und starrte angewidert in die feuchte Handfläche. »Ich bin Antonio Bandini, der Treckführer, der euch *monna* Clarice hätte übergeben sollen.«

»Antonio Bandini?«, echote Franceschino, der Barbier. »*Der* Antonio Bandini?«

»Wie viele gibt's wohl, die so heißen?«, brummte Lorenzo.

»Du lieber Gott«, sagte Franceschino.

Lorenzo spähte über die Schulter hinunter auf den Grund des Abbruchs zu den drei Gestalten, die dort auf sie warteten. Er versuchte zu ergründen, ob er darüber erleichtert war, dass die Tote sich nicht als Clarice Tintori entpuppt hatte, aber tatsächlich war es ihm völlig unklar, was er empfand. Sein ganzes Wesen war eine hallende Anklage, und welche bösen Worte Niccolò auch immer in den Sinn kamen oder Ser Bianchi noch einfallen würden, keines davon war so schlimm wie die Schimpfworte, die Lorenzo selbst für sich fand.

»Pass auf, die Wand ist brüchig«, sagte Lorenzo zu Franceschino. »Ich folge dir dichtauf. Bandini hat es geschafft, obwohl er angeschlagen ist, da wird es uns auch gelingen, heil hinunterzukommen.«

»Bandini«, sagte Franceschino nicht ohne Ehrfurcht. »Weißt du, was man über ihn sagt, *capitano*?«

»Franceschino wird Bandini nach oben helfen; danach bringe ich die Tote rauf«, erklärte Lorenzo seinen Männern. »Bandinis Mann ist unverletzt, er kann sich selber helfen. Wenn wir ein zweites Tau hätten, könntet ihr uns sichern. Es ist nicht hoch, aber es reicht dafür, in die Hölle zu fahren, wenn man abstürzt.« In den Kreis, der für die Schwachköpfe reserviert ist. »Passt also auf, wenn wir über die Kante gehen, das ist am gefährlichsten.«

»Es heißt, Bandini wäre der Einzige, der mit Konrad von Landau und der Schwarzen Schar fertig werden könnte«, bemerkte Franceschino.

»Aber er tut es nicht, weil die Mütter sonst niemanden mehr haben, mit dem sie ihre Kinder ängstigen können«, sagte Lorenzo.

»Er tut es nicht, weil der verfluchte Konrad es nicht wagt, Antonio Bandini im ehrlichen Kampf gegenüberzutreten.«

»Na, so ein Pech«, sagte Lorenzo. »Gehst du jetzt, oder hat dein Lied über Antonio Bandini noch eine Strophe?«

Franceschino packte das Tau und begann damit, rückwärts über die Kante zu steigen. Lorenzo wartete, bis Franceschino weit genug unten war, dass ihre wechselnden Griffe am Tau sie nicht gegenseitig aus dem Takt bringen würden, dann begann auch er mit dem Abstieg. Er fragte sich, ob er der Erste war, der aus freien Stücken und mithilfe eines Seils in die Hölle hinabstieg.

4.

Der Kapitelsaal war das Herz der Klosteranlage; zusammen mit der Kirche bildete er den Mittelpunkt und zugleich die Achse des Kreuzes, das die sakralen Bauten der Anlagen beschrieben. In der Regel diente der Kapitelsaal Beratungen, die von hinreichender Wichtigkeit waren, dass die Gemeinschaft aller Schwestern darüber zu befinden hatte, oder den Einkleidungen der Novizinnen; die Klostergemeinschaft wählte dort die Äbtissin und tat so, als hätte ihre Entscheidung Einfluss darauf, wer im nahen Mönchskloster Abt würde und somit ihr oberster Vater.

Magdalena trat in den Saal ein und versuchte, sich ihre stechenden Bauchschmerzen nicht anmerken zu lassen. Schwester Radegundis' Worte hatten den Schmerz geweckt, und als Magdalena ihre Zelle verlassen hatte, war er mit jedem Schritt stärker geworden. Sie wusste, was er bedeutete. Eigentlich hätte sie die nächsten Tage in stiller Klausur in ihrer Zelle verbringen und das Vorübergehen der Krankheit abwarten müssen; danach hätte sie mit einer Beichte, vielen Gebeten und dem Verrichten niederer Dienste dazu beitragen müssen, dass die Unreinheit, die die Frauen der Erbsünde wegen jeden Monat befiel, wieder von ihr gewaschen wurde. Es fiel ihr schwer, an ihre Regel als Sühne für die Sünde zu glauben, die Eva begangen hatte; immerhin hatte sich Adam nicht weniger schuldig gemacht, indem er den Apfel genommen hatte, und die Männer waren nicht mit demselben Übel geschlagen worden. Es wäre ihre Pflicht gewesen, die Äbtissin über ihren Zustand einzuweihen – doch dann hätte diese sie in die Zelle zurückgeschickt, und alle Entscheidungen wären gefällt worden, ohne dass Magdalena wenigstens dazu angehört worden wäre. Nein, dazu nahm sie lieber den Schmerz und die vermeintliche Sünde in Kauf; blieb nur zu hoffen, dass sie nicht übermäßig bluten würde. Wenn ihre Regel so wie jetzt außer der Zeit kam, pflegte sie zu bluten, als hätte jemand ein Messer in ihr Allerheiligstes gestoßen; sie hatte nicht nur einmal auf ihren letzten eiligen Schritten zum Abtritt eine kleine Tröpfchenspur über den Steinboden gezogen.

»Ihr wünschtet mich zu sprechen, ehrwürdige Mutter?«, sagte Magdalena zu der massigen Gestalt, die vor dem Wandfresko im Kapitelsaal kniete.

»Komm an meine Seite, und bete mit mir, mein Kind«, erwiderte die Äbtissin.

Magdalena kniete vorsichtig nieder. Sie faltete die Hände und hob den Blick zum Kruzifix auf dem Wandfresko. Der gekreuzigte Christus schaute darauf mild auf die beiden Frauen herab, die der Künstler im Vordergrund verewigt hatte: die selige Jungfrau Maria Hand in Hand mit einer Frau in Ordenstracht. Die Ordensschwester auf dem Fresko trug die Züge der Äbtissin. Zuvor hatte sie die Züge einer der Vorgängerinnen getragen, aber die Äbtissin stammte aus einer reichen Familie im nahen Piacenza und hatte es sich leisten können, einen Künstler mit der Überarbeitung des Freskos beauftragen zu können. Wie es Fresken so an sich haben, war die Ausbesserung trotz der ehrgeizigen Bemühungen des Malers stets zu sehen, mit den Jahren sogar deutlicher denn je. Dieser Umstand war für die Äbtissin ein stetiger Anlass zu Gram. Schwester Magdalena hätte ihr mitteilen können, dass genau das herauskommen würde, wenn man ein altes, trockenes Fresko anrührte, aber niemand hatte Magdalena gefragt, und so war diese Erinnerung an das Gebrummel ihres Vaters und ihrer älteren Brüder, die sich in der Werkstatt über unmögliche Aufträge neureicher Patrizier mokierten, in Magdalenas Herz verschlossen geblieben.

Gott hat gefügt, dass die ausgebesserte Stelle in unserem Wandfresko so deutlich zu sehen ist, um uns alle und mich im Besonderen darauf hinzuweisen, dass wir auf den Schultern unserer Vorgänger stehen, pflegte die Äbtissin zu sagen, wenn sie einem Besucher das Wandfresko zeigte, doch Magdalena konnte, wenn auch sonst nichts anderes, stets erkennen, dass die Enttäuschung der Mutter Oberin darüber jeden Tag größer wurde. Mit ihrer Gabe, ihren Mitmenschen ins Herz zu sehen, spürte sie, dass die Äbtissin Magdalenas geheimes Wissen durchaus ahnte und auch jetzt argwöhnte, dass Magdalenas Gedanken sich mit der unsichtbaren Wunde in der Seite ihrer Oberin beschäftigten.

»Herr, wir sehen zu Dir auf und vertrauen Dir unser Tagwerk an«, betete die Äbtissin. »Du lenkst unsere Schritte, Du bestimmst unser Geschick, und was Du für uns bereitet hast, nehmen wir dankbar und in Demut an.«

»Amen«, sagte Magdalena. Ihre Kehle war eng. Sie wollte aufstehen, doch die Äbtissin blieb auf den Knien. Magdalena versuchte, eine bequemere Stellung zu finden. Der harte Steinboden drückte gegen ihre Knie.

»Du wirst unsere Gemeinschaft verlassen«, sagte die Mutter Oberin in die Stille hinein, die nach dem Gebet über den Kapitelsaal gesunken war. Ihre Stimme hallte.

Magdalenas Worte schmerzten in ihrem Hals, als drücke ihn eine unsichtbare Hand zusammen. Der Schmerz in ihrem Unterleib war nicht weniger stark. »Wo der Herr mich hinstellt, dort will ich wirken«, flüsterte sie.

»Deine neue Wirkungsstätte ist das Kloster Santa Giuliana bei Perugia.«

Magdalena wartete, ob die Äbtissin weitersprach, doch als die letzten Silben in der Stille nachhallten, folgte nichts mehr – keine Begründung, keine Erklärung, kein Trost. Die Hoffnung, dass Schwester Radegundis den Namen des Klosters falsch verstanden hatte, war ohnehin schmal gewesen. Magdalena wartete noch einen Augenblick länger, um ihre Stimme in die Gewalt zu bekommen. Sie hörte Schwester Radegundis' Worte in sich: *... vermissen dich jetzt schon.* Sie kämpfte einen schweigenden Kampf um ihre Fassung.

»Amen«, sagte sie schließlich.

Die Äbtissin bewegte sich nicht. Der Schleier lag so um ihren gesenkten Kopf, dass Magdalena ihr Gesicht nicht sehen konnte. Statt die Frau neben sich anzustarren, blickte Magdalena in das gemalte Gesicht auf dem Fresko. Eine jüngere, schmalere Version der Mutter Oberin blickte dort in die Ferne. Was andachtsvoll hätte wirken sollen, sah unbeholfen und leer aus, fehl am Platz – vielleicht war der Freskenmaler tatsächlich besser gewesen, als es den Anschein hatte, und er hatte die eigentliche Äbtissin hinter ihrer Fassade aus Demut und Gläubigkeit porträtiert. Magdalena konzentrierte sich auf den Schmerz in ihren Knien und darauf, ihren Unterleib anzuspannen; hätte sie dem viel größeren Schmerz in ihrem Herzen Aufmerksamkeit geschenkt, wäre es mit ihrer Selbstbeherrschung vorbei gewesen.

Die Äbtissin schlug das Kreuz und richtete sich auf. Magdalena tat es ihr mühsam nach. Die Äbtissin trat vor das Fresko und betrachtete es aus der Nähe. Sie fuhr mit dem Finger über die hässliche Linie um die ausgebesserte Stelle herum, strich über das jugendlichere Abbild ihrer selbst innerhalb des Kreises und ließ die Hand schließlich sinken.

»Du darfst sprechen, Schwester Magdalena Caterina«, sagte sie.

»Wobei habe ich gefehlt, ehrwürdige Mutter?«, fragte Magdalena.

Die Äbtissin drehte sich langsam um. Ihr Gesicht unter dem Schleier war reglos, die Straffheit seiner früheren Jahre für immer verschwunden, konserviert in einer hässlichen Stelle auf einem Fresko, die jeder Betrachter sofort als störend empfand. Magdalena fühlte den bohrenden Blick ihrer Oberin auf sich ruhen und erkannte, ohne ihren besonderen Sinn zu benötigen, die Abneigung, die in diesem Blick mitschwang, ohne zu wissen, womit sie sie verdient hatte – jedoch wohl wissend, dass sie schon immer da gewesen war.

»Weshalb betrachtest du die Abordnung nach Santa Giuliana als Strafe, mein Kind?«

Magdalena hätte antworten können: Weil ich gehört habe, dass die Gemeinschaft von Santa Giuliana so klein ist, dass sie nur mit Mühe ihre eigene Arbeit bewältigt und keinerlei gutes Werk in der Welt draußen verrichtet; weil es dort nicht einmal eine Priorin gibt, sondern die Schwestern in allem den Ratschlüssen des Vater Abts von San Salvatore unterworfen sind, ohne dass sie auch nur angehört würden; weil ich weiß, dass dort weder Postulantinnen noch Novizinnen aufgenommen werden, und welche Aufgabe soll ich unter diesen Umständen dort erfüllen, ehrwürdige Mutter, WOZU BIN ICH AUF DER WELT?

Sie brachte die schreiende Stimme in sich zum Schweigen. Stattdessen sagte sie: »Ich betrachte es als Strafe, die Geborgenheit dieser Gemeinschaft verlassen zu müssen, ehrwürdige Mutter.«

»Wir tun alle unsere Pflicht, so wie es die Apostel taten, die der Herr aus ihrer Heimat gesandt hat, um sein Wort zu verbreiten. Schwester Immaculata freut sich in Demut darauf, in Santa Giuliana zu wirken.«

»Schwester Immaculatas Herz ist reiner als das der meisten von uns.«

»Santa Giuliana braucht dringend neues Blut. Die meisten der Schwestern dort sind kurz vor dem Greisenalter. Schwester Radegundis wird ebenfalls dort bleiben. Sie weiß es nur noch nicht.«

»Isa ... Schwester Radegundis hat die Profess noch nicht abgelegt.«

»Der Vater Abt von San Salvatore wird sie ihr abnehmen, wenn er die Zeit dafür als gekommen sieht.«

Magdalena senkte den Kopf. Sie spürte, wie der Blick der Äbtissin sie maß. Das Ziehen in ihrem Leib war in den Kopf gestiegen und pochte an der Stelle, an welcher der Nacken endete; sie spürte, wie sich die Wunde in ihr bereit machte, aufzugehen.

»Folge mir«, sagte die Äbtissin plötzlich. Sie wandte sich ab und stapfte in eine entfernte Ecke des Kapitelsaals, wo sie stehen blieb und an einen Schatten an der Wand deutete. Der Putz wirkte hier dunkler und feuchter als anderswo im Kapitelsaal; dünner, als hätten die Steine, aus denen das Kloster bestand und die in allen anderen Räumlichkeiten roh geblieben waren, sich geweigert, die Schicht aus Kalk und Lehm haften zu lassen. »Sag mir, was du siehst.«

Magdalena kniff die Augen zusammen. Der Schatten wirkte wie ein ungeschlachtes Kreuz ... der Querbalken merkwürdig geschwungen ... nein, es war kein Querbalken, das sah eher wie Flügel aus ... sichelförmige Schwingen ...

»Ein Falke«, sagte Magdalena. »Was für ein merkwürdiger Zufall.«

Die Äbtissin nickte. Sie drehte sich um und vollführte eine Geste, die den gesamten Kapitelsaal umfasste.

»Als ich hierherkam, waren alle Wände hier mit diesem merkwürdigen Zufall bedeckt – nur, dass es kein Zufall war, sondern eine Wandbemalung, die der Künstler anbringen ließ, der das ursprüngliche Fresko an der Stirnwand erschaffen hat. Vögel ... Hunderte von Vögeln, die über die Wände flogen, aufwärts, abwärts, in alle Richtungen, ganz, wie es dem Künstler gefiel und wie es den Vögeln zu belieben schien. Ganz egal, was die Gemeinschaft hier drin verrichtete – die Vögel waren immer da und flogen umher. Wenn man die Hände zum Gebet faltete, breiteten sie die Schwingen aus; wenn man still saß, flatterten sie über ihren Wandhimmel; wenn man dem Schweigegebot folgte, schienen sie zu trillern und zu singen.« Die Äbtissin schob die Hände in ihre Ärmel und sah Magdalena an. »Als ich zur Oberin ernannt wurde, habe ich die Wände putzen lassen, um die Vögel zu überdecken. Sie gehören nicht hierher. Sie störten die Ruhe, wenn man sie nur anblickte. Dies ist ein Kloster, nicht der freie Himmel Gottes.«

Die Äbtissin schritt zu der Wand zurück, an der sich das Fresko befand, ohne Magdalena zum Mitkommen aufzufordern. Magdalena folgte ihr dennoch; sie wusste, dass die Äbtissin noch nicht fertig war.

»Sieh hierher«, sagte die Äbtissin und reckte sich, um auf eine Stelle im Fresko zu zeigen. »Was erkennst du hier?«

Magdalena kam es so vor, als sähe sie das Detail zum ersten Mal. »Da ist der Falke wieder«, rief sie.

Die Äbtissin nickte erneut. »Ein Falke ... Das ist der Heilige Geist, mein Kind. Der Heilige Geist wird als Taube dargestellt. Du aber siehst einen Falken.« Sie zeichnete einen Segen in die Luft, und Magdalena senkte den Kopf. Die Worte hallten in ihr nach wie ein Fluch. Der Steinboden verschwamm vor ihren Augen, und nur die flache, tonlose Stimme der Oberin schnitt durch ihr Entsetzen. Wer hatte in wen hineingesehen? Sie fühlte, wie etwas in ihr zerriss, und gleich darauf die feuchte Wärme, die an ihren Schenkeln hinunterkroch wie ein Bündel Schlangen. »Leb wohl, Schwester Magdalena Caterina. Der Herr behüte dich in deinem neuen Heim, und der Heilige Geist verhüte, dass du wiederkehrst.«

5.

»Hunde«, sagte Antonio Bandini. »Zerlumpte, verwilderte, ausgehungerte, verrohte Bastarde von Hunden.« Er hob den Weinschlauch zum Mund, den Lorenzos Trupp mitgeführt hatte, und trank. Sein Gesicht war immer noch lehmfarben. »Kein schlechter Tropfen«, sagte er.

Lorenzo beobachtete ihn und die anderen, während er sich an seinem Sattel zu schaffen machte, den Gurt lockerte, mit der Hand darunterfuhr und nachprüfte, wie sehr sein Gaul schwitzte. Er zog die Hand seifig zurück. Es war nicht schlimmer, als den Umständen nach zu erwarten gewesen war. Das Pferd war ein Prachtstück aus dem Stall von Domenico Bianchi senior und würde noch eine ganze Weile durchhalten, bevor es auch nur müde wurde. Er tätschelte seine Kruppe und zog den Gurt wieder fest. Lorenzos Männer saßen und standen um Antonio Bandini herum und sogen jedes Wort von seinen Lippen.

»Das Wäldchen«, sagte Lorenzo. »Eine gute Rückendeckung, aber nur, wenn man sicherstellen kann, dass sich kein Feind drin aufhält.«

»Also bitte«, erklärte Niccolò, »kein vernünftiger Mensch auf der Welt konnte ahnen, dass die Schufte sich von dort anschleichen würden. Selbst mir wäre der Platz perfekt erschienen.«

»Ich lehnte ab, dort das Lager aufzuschlagen«, sagte Bandini. »Ich erklärte, dass ich mit den paar Männern das Wäldchen nicht sichern könnte. Selbst wenn wir es bei unserer Ankunft durchkämmten, könnte ich nicht garantieren, dass sich niemand im Schutz der Nacht dort anschleichen würde. Ein guter Platz zum Lagern, auf alle Fälle – wenn wir doppelt so viele Männer gewesen wären.«

»Ich habe Ihnen gesagt, dass wir zu spät kommen würden«, sagte Niccolò und starrte Lorenzo mit zusammengepressten Lippen an.

Lorenzo rollte die Decke auseinander, die hinter seinem Sattel festgebunden war, und nahm die Dinge in Augenschein, die zum Vorschein kamen. In einem ledernen Köcher steckte das Schreiben, das Domenico Bianchi ihm mitgegeben hatte für den Fall, dass der Treckführer des Brautzuges eine Legitimation verlangen würde. Er wusste nicht, was darin stand; der Behälter war versiegelt. Irgendwie hatte sich keine Notwendigkeit ergeben, ihn zu übergeben. Er warf ihn auf den kleinen Haufen, der aus seinem festen Mantel bestand, seinem zweiten Paar Stiefel, dem Schmalztiegel und dem grobwollenen Überwurf, den Domenico Bianchi junior, stets praktisch veranlagt, seiner Braut hatte zukommen lassen wollen. Als er auf das Kästchen mit dem Schmuck stieß, den Domenico Bianchi senior als erstes Willkommensgeschenk ausgesucht hatte, zögerte er. Er wog es in der Hand.

»Sie hat nicht auf Sie gehört, nehme ich an«, sagte er über die Schulter zu Bandini.

Bandini verdrehte das Auge und nahm einen weiteren Schluck. Er warf einen kurzen Blick zu Buonarotti, Uberto, Maffeo und seinem eigenen Knecht hinüber, die – weit genug vom Waldrand entfernt, um die Wurzeln zu vermeiden – ein Grab aushoben. Lorenzos Männer benutzten ihre Spieße und Schwerter; Bandinis Knecht schaufelte mit einem Brett, das er aus dem Wagenboden gelöst hatte. Die Angreifer hatten nichts aus Eisen zurückgelassen, und schon gar keine Waffen. »Weiber«, brummte Bandini. »Die guten Männer sterben immer der Weiber wegen. Das war schon bei Troja so.« Er gab den Weinschlauch an Pietro Trovatore weiter. »Wenn Sie mit Ihren Männern rechtzeitig hier gewesen wären, hätten wir das Wäldchen sichern können.«

Pietro nahm einen tiefen Schluck aus dem Schlauch und stieß dann Franceschino an, der Antonio Bandini mit offenem Mund anstarrte. Franceschino blinzelte und trank, ohne darauf zu achten. Lorenzos legte das Schmuckkästchen nach kurzem Nachdenken ebenfalls auf den kleinen Haufen und trat zu den Männern hinüber.

»Ich habe von Anfang an gesagt …«, begann Niccolò.

»Sie waren auch zu spät dran«, sagte Lorenzo. »Wir sollten gestern irgendwann um die Vesperzeit hier zusammentreffen.« Er deutete auf das gelöschte Feuer. »Das hier ist die Asche von höchstens einer Nacht. Wären wir pünktlich gewesen, hätten *wir* auf euch gewartet.«

Bandini grinste Lorenzo an. Lorenzo grinste zurück.

»Weiber«, sagte Bandini.

»Wie stark war die Gruppe, die Sie überfallen hat?« Lorenzo klaubte die Streifen getrockneten Schinkens aus dem Proviant heraus, den sie auf einem Leintuch neben das erloschene Feuer gelegt hatten. Er nahm den kleineren Beutel mit dem Mehl an sich und war sich des nachdenklichen Blicks bewusst, mit dem Pietro Trovatore ihn musterte.

»War es die Schwarze Schar?«, fragte Niccolò. Pietro Trovatore und noch ein paar von den Männern blickten überrascht auf und schauten sich sichernd um.

Bandini ignorierte die Frage. Er betrachtete Lorenzos Gesicht. »Habe ich Sie schon irgendwo gesehen?«, fragte er. »Ich habe das Gefühl, ich kenne Sie.«

»Vielleicht waren Sie vor Kurzem in Florenz?«, erklärte Franceschino eifrig. »Lorenzo ist seit gut drei Jahren unser *capitano* – vielleicht sind Sie ihm dort über den Weg gelaufen?«

»Kein Bandini war mehr in Florenz, seit mein verfluchter Onkel seinerzeit Giuliano de'Medici ermordet hat«, sagte Bandini.

Die Männer schwiegen verlegen. Offensichtlich hatte noch keiner von ihnen die naheliegende Verbindung hergestellt. Bernardo Bandini hatte während der Ostermesse des Jahres 1478 einen Anschlag auf Giuliano und Lorenzo de'Medici verübt. Er war nicht allein gewesen, und er hatte auch nicht die Idee dazu gehabt; dafür zeichneten der Bischof von Pisa und Papst Sixtus verantwortlich. Aber es war sein Schwert gewesen, das Giuliano ins Herz gedrungen war. Wer von der Sippe der Bandini in den Tagen danach nicht der Rache der Medici-Anhänger zum Opfer gefallen war, hatte Florenz auf immer verlassen.

»Vierzig Jahre her«, sagte Lorenzo, der nicht geblinzelt hatte. »Eine Ewigkeit.«

»Ich war ein kleiner Junge«, erwiderte Bandini. »Man empfindet die Zeit anders, wenn man in einer Sache drinsteckt. Ich könnte schwören, ich hätte Sie schon mal gesehen.«

»Ich habe ein Dutzendgesicht«, sagte Lorenzo und lächelte.

»Zusammen hätten wir die Schurken zur Hölle geschickt«, knurrte Niccolò und hieb mit einer Faust in die Handfläche. »Dann würden wir *sie* jetzt einscharren anstatt Ihrer tapferen Männer und der armen Magd von *monna* Clarice.«

»Das blöde Stück«, erklärte Bandini. »Ohne sie hätte ich einen Weg gefunden, uns alle herauszuhauen. Die waren nicht so viele – ein Dutzend Kerle und ihr Räuberhauptmann. Habt ihr noch was in dem Weinschlauch? Ich habe das Gefühl, mein Brummschädel vergeht, je mehr ich davon trinke. Hoffentlich hält er noch vor, bis wir aufbrechen und die Bastarde verfolgen.«

»Mhm«, sagte Lorenzo. Zu Bandinis kreidigem Teint hatte sich mittlerweile ein schmutzigfarbener Schatten unter seinem gesunden Auge gesellt. Der Kopfverband war dort, wo er auf der Stirn auflag, nass vom Schweiß. Wortlos wandte er sich ab und schlug Schinken und Mehlsäckchen in einen Leinenfetzen ein.

Dies war geschehen: Antonio Bandini hatte mit seiner Schutzbefohlenen und seinen Männern spät am vorigen Tag den Treffpunkt erreicht. Er erkannte sofort die Nachteile des Platzes und dass die Planung der Übergabe eine Schönwetterplanung gewesen war, die Verspätungen nicht berücksichtigte. Er drängte darauf, noch ein paar Meilen weiterzuziehen, Lorenzos Trupp entgegen. Alles wäre gut gewesen, wenn sich Clarice Tintori nicht geweigert hätte, seine Anordnungen zu befolgen.

»War schon ein Wunder, dass wir nur um einen halben Tag zu spät waren«, sagte Bandini. »Je näher wir dem Treffpunkt kamen, desto langsamer wurden wir.«

Unter den Bäumen des Wäldchens war die Nacht schon angebrochen, sodass Bandini nicht sicher war, ob die Angreifer sich im Schutz der Finsternis angeschlichen hatten oder schon vorher dort gelegen waren. Kein Reisender konnte ausschließen, dass er von den berittenen oder zu Fuß gehenden Aasvögeln der Landstraße nicht schon seit Tagen beobachtet wurde. Jedenfalls erwachten Bandini und diejenigen seiner Männer, die er nicht zur Wache eingeteilt hatte, von unzarten Fußtritten und starrten danach auf die eisernen Spitzen mehrerer Spieße, auf gespannte Langbögen und eine Armbrust und auf ein kleines Wäldchen aus Schwertklingen; vor allem aber auf das lächelnde Gesicht eines kahlköpfigen, mittelgroßen Mannes, der mit sich und der Welt in diesem frühen Morgengrauen völlig im Reinen schien. Die drei Wachen lagen reglos neben dem Feuer. »Ihr anderen müsst nicht sterben«, erklärte der Kahlköpfige, »wenn wir alle miteinander vernünftig sind.«

»Sie umzingelten uns und nahmen uns alle Waffen ab«, erzählte Bandini. »Die einen durchsuchten den Trosswagen, die anderen den Reisewagen. Was sie auch taten, sie taten es so diszipliniert wie die Schweizergardisten des Papstes. Ihr Anführer, dieses kahlköpfige Schwein, sah sich währenddessen alles durch, was sie ihm brachten, und sortierte aus. Was nicht Proviant, Waffen oder wertvoller, leicht zu transportierender Schmuck war, warf er weg.«

Als die Angreifer den Reisewagen enterten und Clarice Tintori und ihre Magd nach draußen zerrten, schien die Disziplin der Männer kurz zu wanken – Geschrei, Pfiffe, obszöne Gesten, Becken, die ruckartig nach vorn geschoben wurden. Es bedurfte nicht mehr als eines Blickes vonseiten des Anführers, um wieder geordnete Zustände herzustellen. Clarice hielt sich tapfer und versuchte, den Kahlkopf mit Blicken zu erdolchen, als dieser einmal um sie herumging. Ihre Magd war weniger gefasst und schluchzte und zitterte am ganzen Körper.

»Ich ließ kein Auge von ihr. Wenn jemand durchdrehen und uns alle in Gefahr bringen würde, dann sie – das war mir klar. Und ich will verdammt sein, wenn ich nicht einen Blick dieses Schurken mit der Glatze auffing, aus dem sich herauslesen ließ, dass er sich über genau dasselbe Gedanken machte und besorgt darüber war.«

Franceschino hielt es nicht mehr aus. »Glauben Sie, dass das Konrad von Landau war?«

Bandinis Antwort bestand aus einem taxierenden Blick seines gesunden Auges. »Dem Bastard war vollkommen klar, über was für eine glückliche Situation er und seine Scheißkerle gestolpert waren«, knurrte er.

Der Anführer der Gesetzlosen erläuterte seinen Plan: Bandini und seine Männer zu fesseln und in den Wald zu bringen, wo sie darauf warten konnten, bis das Abholkommando eintraf. Clarice, die er nur »Die Madonna« nannte, und ihre Magd würden sie hingegen mitnehmen und gegen ein anständiges Lösegeld freilassen, für dessen Einforderung Bandini freundlicherweise den Boten spielen wolle. Dann fügte er in scherzhaftem Ton hinzu, dass sie die Magd vielleicht doch nicht freilassen würden, weil sie ganz schmackhaft aussähe …

… und das genügte, dass das junge Mädchen vollends in Panik geriet und kreischend losrannte.

Die Gesetzlosen starrten ihr einen Augenblick lang verblüfft hinterher: eine schlanke Gestalt, die mit wedelnden Armen und wehendem Kleid davonrannte, schreiend und heulend, pumpende Beine, ein fliegender Rock, Haar, das sich auflöste und wie ein blonder Schleier hinter ihr hertanzte. Dann setzten ihr zwei von den Angreifern nach; Bandini fing einen Blick eines seiner Männer auf …

»NEIN!«, schrie er oder versuchte es zu schreien.

… doch was immer er hoffte aufzuhalten, hatte sich bereits in Bewegung gesetzt.

Zwei Männer vom Geleitzug wirbelten herum, griffen nach den beiden, die der Magd nachsetzten, und rissen sie zu Boden – stürzten mit ihnen zusammen und begannen auf sie einzudreschen …

Der Glatzköpfige fluchte und schrie einen Befehl. Bandini sprang auf ihn zu, obwohl er wusste, dass er keine Chance hatte und dass er und seine Männer nun doch verloren waren, weil eine ängstliche Ziege die Nerven verloren hatte.

Einer der beiden, die auf die Verfolger der Magd gestürzt waren, riss sich los, taumelte ein paar Schritte zurück und fiel dann wie eine Lumpenpuppe zu Boden. Sein Kamerad sprang auf und starrte ihn an, seinen Gegner reglos auf der Erde liegen lassend, da drang plötzlich die Spitze eines Spießes unter seinem Brustharnisch aus seinem Leib, und er fiel nach vorn.

Aus dem Augenwinkel sah Bandini, wie einer seiner Männer – Giuliano – Clarice packte, sie an sich riss wie ein Kind, mit ihr auf den Kutschbock sprang und an den Zügeln zerrte, sodass die Pferde vor dem Reisewagen in ihrem Geschirr in die Höhe stiegen.

Dann stellte er fest, dass der Glatzköpfige ihm ausgewichen und er ins Leere gerannt war, und hörte den Mann brüllen, jemand solle den Reisewagen aufhalten.

Ein weiterer von Bandinis Männern ging in die Knie und versuchte, den Bolzen aus seiner Kehle zu zerren, noch während seine Augen nach hinten rollten.

Der Reisewagen kam nur ein Dutzend Schritte weit, dann kenterte er über die Vorderachse, Clarice und der Kutscher flogen durch die Luft wie Spielzeug. Und der Glatzkopf fuhr herum, gerade als Bandini die Hände nach seinem Hals ausstreckte. Bandini sah noch den eisernen Schuh eines Lanzenschaftes heranfliegen und spürte ohne Schmerz, wie er mit seinem Schädel zusammenprallte.

»Scheiße«, sagte Bandini und fuhr sich mit der verstümmelten Hand vorsichtig über den Kopfverband. Sein Gesicht troff jetzt vor Schweiß. »Ich kam wieder zu mir, als Giuliano mich schüttelte. Außer ihm und mir waren alle tot.« Er sah trüb zu den schaufelnden Männern hinüber, wo Lorenzos Leute eine Pause machten, Giuliano aber verbissen weitergrub. »Giuliano hatte die Besinnung verloren, sonst hätten sie ihn auch kaltgemacht. Mich ließen sie liegen, weil dieser Glatzkopf sicher dachte, er habe mir den Schädel eingeschlagen. Nachdem wir unsere Knochen sortiert hatten, gingen wir im Wald auf die Suche nach der verfluchten Ziege von einer Magd – es konnte ja sein, dass die Schufte es sich erspart hatten, den Wald nach ihr durchzukämmen, wenn ich es auch nicht glaubte. Aber man lässt ja nie einen seiner Leute allein zurück, wenn die Chance besteht, dass er noch lebt.«

Niccolò presste die Lippen zusammen und versuchte, nicht zu Michèle hinüberzuschauen.

»Sie lebte aber nicht mehr«, sagte Lorenzo und zerrte an seinem Sattel. Er saß fest genug. Dann ließ er seine Blicke über die Waffen schweifen, die sie ordentlich zusammengestellt hatten.

»Entweder ist sie einfach weitergerannt, bis sie in den Abgrund fiel, oder die Kerle haben sie dort hinuntergehetzt.« Bandini händigte den Weinschlauch blindlings dem Nächstbesten aus und stand auf. »Also los«, sagte er. »Ich bin wieder auf dem Damm. Ich denke, Sie haben nichts dagegen, Ghirardi, wenn ich das Kommando übernehme – ich habe meine Aufgabe, die Kleine bei Ihnen abzuliefern, noch nicht erfüllt. Wir teilen uns auf – Sie folgen mir mit Giuliano und den anderen, sobald das Grab fertig ist, und ich reite mit dem Rest Ihrer Leute voraus.« Seine Stimme war mit den letzten Worten immer leiser und verschliffener geworden. Sein Gesicht war kalkweiß, die Narbe auf seiner Wange ein blauroter Striemen, der sich über seine Haut zog wie aufgemalt. Er sah Lorenzo erstaunt an, dann knickte er ein, ging in die Knie, beugte sich vornüber und erbrach sich stöhnend. Lorenzos Männer starrten ihn entsetzt an.

»Sie gehen nirgendwohin, Bandini«, sagte Lorenzo. »Ihr Schädel mag nicht eingeschlagen sein, aber angeknackst ist er sicherlich. Sie kämen keinen halben Tag weit. Und was unseren Haufen hier betrifft«, er machte eine Bewegung über das Lager hin, »so hätte er gegen die Angreifer keine Chance, schon gar nicht, nachdem die Kerle im Besitz all Ihrer Waffen sind und Clarice als Geisel haben. Wir sind ihnen eins zu zwei unterlegen. Sie, mein Alter, werden mit meinen Männern ganz gemächlich nach Florenz reisen und zusehen, dass Ihr Schädel wieder zusammenwächst.«

Bandini kniete auf allen vieren am Boden und stierte mit seinem blutunterlaufenen Auge zu ihm hoch. Sein Körper zuckte von den Spasmen, mit denen sein Magen sich auszuleeren versuchte. Unter dem Kopfverband sickerte ein dünnes Rinnsal Blut heraus, ein weiteres tröpfelte plötzlich aus seiner Nase hervor.

»Und Sie«, stöhnte Bandini heiser, »was haben Sie vor?«

»Ich ziehe allein los und befreie Clarice, was haben Sie gedacht?«

6.

Antonio Bandini versuchte in die Höhe zu kommen. Als Franceschino nach seinem Arm griff, stieß er ihn beiseite. Das Blutrinnsal lief unter seinem Kopfverband hervor über seine gesunde Wange, das Blut aus seiner Nase zerplatzte in roten Blasen vor seinen Nasenlöchern. Er grunzte laut, als er sich auf die Beine quälte.

»Das werden Sie *nicht* tun«, stöhnte er. »Ich habe Clarice noch nicht an Sie übergeben, also ist sie in meiner Verantwortung. Und diese Dreckskerle müssen zur Rechenschaft gezogen werden – wie wollen Sie das als einzelner Mann …« Er ächzte. Seine Knie gaben nach. Pietro Trovatore und Franceschino griffen nach ihm, aber Niccolò war schneller. Bandini wehrte ihn dieses Mal nicht ab. Er keuchte und versuchte, sich zu straffen. Sein Auge tränte. »Sie werden nichts erreichen … Sie werden die einzige Chance, die wir haben, zunichtemachen.«

»Ghirardi, wie können Sie dem Mann nicht …«, begann Niccolò.

»*Capitano*«, sagte eine Stimme in Lorenzos Rücken ruhig. Lorenzo spähte über seine Schulter. Maffeo, Uberto und Bandinis Mann Giuliano standen vor den zu Begrabenden und sahen auf sie hinab. Buonarotti kniete vor einem der reglosen Körper. Er hatte sein finsteres Gesicht auf Lorenzo gerichtet. »Hier lebt noch einer.«

Der Überlebende war ein junger Mann mit fransigem Bart und langem Haar. Sein Gesicht war geschwollen und sah aus, als hätte es jemand mit Fußtritten traktiert. Seine Augen waren offen und starrten sie an, zuckten von einem zum anderen. Lorenzo und seine Männer starrten zurück. Plötzlich holte der Junge pfeifend Atem, dann lag er still. Einen langen Augenblick später stieß er die Luft wieder stöhnend aus. Ihm zuzusehen war schmerzhaft. Buonarotti deutete auf seinen Unterleib. Sein Hemd war dunkel und triefend nass von Blut.

»Er lag allein neben den anderen und machte plötzlich die Augen auf«, sagte Buonarotti. »Wer von euch Trotteln hat die Kerle untersucht und gesagt, sie seien alle hinüber?«

Bandini torkelte heran und drängelte sich durch die Reihe. Er sah nicht weniger elend aus als der junge Mann auf dem Boden. Giuliano hob den Kopf und sah seinen Anführer an. »Das ist einer von denen«, murmelte er.

»Kannst du was für ihn tun, Buonarotti?«, fragte Lorenzo.

Buonarotti zog das durchweichte Hemd vom Körper des Jungen weg. Es riss in seinen Händen wie nasses Papier. Die Männer atmeten ein. Sie alle hatten die zerrissene Bauchdecke gesehen, von Einstichen übersät. Die Wunden waren vom gestockten Blut längst verstopft, aber keiner zweifelte daran, dass die Blutungen innerlich weitergingen. Buonarotti breitete die Fetzen des Hemdes wieder über den geschundenen Leib und legte die Hände in den Schoß.

»Gebt ihm was zu trinken«, sagte Lorenzo.

»Nein«, rief Niccolò. »Bei solchen Verletzungen darf man auf keinen Fall etwas zu sich …« Er schwieg, als sich die Augen des Verwundeten auf ihn richteten.

»Er sieht nicht dich an, Junge, sondern den Tod, der hinter uns steht und ihn über unsere Schulter beobachtet«, krächzte Bandini. »Wir können ihn nicht retten, wir können's ihm nur leichter machen.«

Buonarotti versuchte, dem Sterbenden den letzten Wein einzuflößen, den sie hatten, aber die Flüssigkeit lief aus seinen Mundwinkeln und nach hinten in seine Haare. Er sprach kein Wort. Seine Blicke huschten weiterhin zwischen den Männern hin und her, und sein Brustkorb hob und senkte sich mit den pfeifenden, ruckartigen Atemzügen, zwischen denen lange Pausen lagen. Abgesehen davon hätte er schon tot sein können. Buonarotti ließ seinen Kopf langsam zurücksinken und wischte sich dann die Hände im Gras ab. In Giulianos Gesicht lieferten sich unwillkürliches Mitleid und der Gedanke, dass hier einer der Männer lag, denen seine Kameraden zum Opfer gefallen waren, einen stummen Streit; Lorenzos Männer sahen reihum betroffen aus, Menschen, die einen schrecklichen Vorgang beobachteten, ohne eingreifen zu können. Bandinis Züge waren zu einer Grimasse verzerrt, aber das waren sie schon, seit seine Kopfverletzung ihn in die Knie gezwungen hatte. Rings um sie her sangen Grillen, sirrten die Zikaden, kroch und krabbelte und hüpfte Leben oder schwang sich durch die Luft.

»Kürzen wir sein Leiden ab«, schlug Niccolò vor, der offenbar über Bandinis Zurechtweisung nachgedacht hatte. Als er die Blicke der anderen auf sich ruhen sah, ballte er eine Faust. »Er ist doch ohnehin schon an der Schwelle. Ein Schlag gegen den Kopf reicht wahrscheinlich.«

»Immer voran, wackerer Mann«, sang Pietro Trovatore und verzog den

Mund. Er trat beiseite und tat so, als wolle er Niccolò den Vortritt lassen. Niccolòs Augen wurden groß.

»Das ist nicht meine Aufgabe«, sagte er. »Ghirardi ist der *capitano.*«

Jemand zischte. Lorenzo gab den bohrenden Blick Bandinis zurück, der ihn die ganze Zeit über gemustert hatte.

»Richtig«, sagte Lorenzo. »Ich bin der *capitano.*«

Er legte Buonarotti eine Hand auf die Schulter. Buonarotti blickte auf und machte dann den Platz an der Seite des Verwundeten frei. Lorenzo schaute auf ihn hinab. Der Junge starrte ihn an. Einatmen – Pause – Ausatmen – lange Pause. Lorenzo erinnerte sich an die Fische, die er früher aus dem Bach geholt hatte, und wie sie manchmal, selbst wenn man ihnen mit dem Messergriff den Schädel zertrümmert hatte, noch minutenlang krampfhaft nach Luft schnappten, wenn das, was ein Fisch anstelle einer Seele hatte, längst in der Dunkelheit angekommen war, während der Körper sich noch gegen das Sterben wehrte. Er nahm den Griff seines Schwerts in die rechte Hand.

»Um Gottes willen, *capitano*«, sagte Pietro. Lorenzo blickte nicht auf. Einatmen – Pause – Ausatmen. Der Wein, den sie dem jungen Mann hatten einflößen wollen, warf Bläschen auf seinen Lippen. Lorenzo drückte das Schwert beiseite, damit es ihn nicht behinderte, und kniete sich neben dem Mann auf den Boden.

»Ego te absolvo«, sagte er. »Was immer du an Bösem getan hast in der Welt, wird bald ein höherer Richter wiegen. Welchen Weg du auch immer geschritten bist, du hast dich selbst dafür entschieden, denn der Mensch ist in seinen Entscheidungen frei. Vielleicht wärst du irgendwann umgekehrt, wenn du genug Zeit gehabt hättest. Du bist an der Schwelle; kein irdischer Richter hat mehr Gewalt über dich. Tröste dich damit, dass Gott der Herr gnädiger ist als wir Menschen und verstehen wird, warum du getan hast, was immer du tatest, weil er es auch war, der dir die Fähigkeit gegeben hat, frei darüber zu befinden. Was uns betrifft, wir vergeben dir.« Er machte das Kreuz über dem Sterbenden. »Was wir im Leben tun, findet sein Echo in der Ewigkeit.«

Lorenzo zwang sich ein Lächeln ab und sah dem jungen Mann ins Gesicht. Die tränenglitzernden Augen starrten ihn unverwandt an. Nach einigen Augenblicken wurde Lorenzo klar, dass das krampfhafte Atemholen aufgehört hatte. Irgendwann zwischen dem Beginn seiner Rede und jetzt war der Junge gestorben, ohne erkennen zu lassen, dass auch nur ein Wort davon bei ihm angekommen war. Lorenzo öffnete seine Börse und suchte nach zwei kleinen Münzen. Eine Hand schob sich in sein Blickfeld und hielt ihm zwei Kupfer-Denari hin. Er sah auf. Antonio Bandini kniete auf der anderen Seite des Leichnams und begegnete seinem Blick mit zusammengebissenen Zähnen. Er machte eine auffordernde Geste. Lorenzo nahm die Münzen aus Bandinis Hand, drückte dem Toten sacht die Augen zu und legte die Münzen auf die geschlossenen Lider. Dann richtete er sich auf und musterte seine Männer. Sie gafften alle den jungen Mann an, als hätten sie noch nie einen Toten gesehen.

»Sie haben ihn einfach zurückgelassen«, sprach Franceschino schließlich aus, was alle dachten. »Obwohl er noch nicht mal tot war.«

»Entscheiden Sie selbst, ob Sie ihn mit Ihren Männern begraben wollen oder in einem eigenen Grab«, sagte Lorenzo zu Antonio Bandini. Er wandte sich ab und stiefelte zu seinem Pferd hinüber. Bandini taumelte ihm nach und hielt ihn auf halbem Weg auf. Lorenzo spürte die Schwere der Hand und ahnte, dass der Mann ihn nicht nur zurückhielt, sondern sich auch auf ihn stützen musste.

»Die Männer werden eine Trage für Sie bauen«, sagte Lorenzo. »Verlassen Sie sich auf Buonarotti, seine Kochkünste kommen aus der Hölle, aber als Bader ist er erstklassig. Er wird Sie am Leben erhalten, bis Sie in Florenz sind.«

»Sie … werden … nicht allein … gehen«, sagte Bandini.

Lorenzo löste die Hand von seinem Ärmel. Die beiden Männer sahen sich in die Augen. Beide wussten, dass Bandini zu Boden gesunken wäre, wenn Lorenzo ihm auch nur den Hauch eines Stoßes gegeben hätte. Der Blutfaden war auf Bandinis Wange eingetrocknet, das Blut aus seiner Nase bildete zwei schwarze Ringe um seine Nasenlöcher.

»Seien Sie kein Narr, Bandini«, sagte Lorenzo. »Man hat Ihnen halb den Schädel eingeschlagen. Nichts wird an Ihrer Reputation kratzen, wenn Sie diese Mission nicht beenden. Abgesehen davon wissen Sie so gut wie ich, dass mein Alleingang die einzige Chance ist. Reisen Sie nach Florenz weiter. Meine Männer verehren Sie. Vertrauen Sie ihnen.«

»Sie sind es, dem ich nicht vertraue«, sagte Bandini und machte sich von Lorenzos Griff los. Er stand schwankend wie ein Betrunkener. »Ich habe Sie schon irgendwo einmal gesehen, und ich wette, mit Ihrem Gesicht ist keine gute Erinnerung verbunden.«

Lorenzo wandte sich ab. Bandini torkelte ihm hinterher. Lorenzo war sich bewusst, dass alle Männer ihre Auseinandersetzung verfolgten, auch wenn sie bei dem Toten stehen geblieben waren.

»Sagen Sie's mir!«, krächzte Bandini. »Woher kenne ich Sie? Sagen Sie's mir. Bleiben Sie stehen, und sagen Sie mir ins Gesicht, dass ich Sie nicht kenne.«

Lorenzo seufzte und drehte sich um. »Sie kennen mich nicht.«

»Ich vergesse nie ein Gesicht.«

»Wie auch immer«, sagte Lorenzo. »Meine Männer werden nach Florenz zurückkehren, ob Sie mit ihnen gehen oder nicht. Sie stehen ja nicht unter meinem Kommando. Ich kann es nicht verhindern, wenn Sie sich in den Kopf setzen, hinter mir herzulaufen. Aber keiner meiner Männer wird Ihnen sein Pferd abtreten, und keiner wird Sie begleiten.« Er wandte sich ab und begegnete dem Blick Niccolòs, der ihn aus der Gruppe der anderen Männer heraus musterte. Nach ein paar Momenten senkte Niccolò die Augen. Pietro Trovatore sah von einem zum anderen und trat dann zögernd auf Lorenzo zu.

»Wir wollen dasselbe«, sagte Lorenzo zu Bandini. »Leben Sie wohl.«

»Sie wissen nicht, was ich will«, ächzte Bandini. Seine Knie gaben plötzlich nach, und er sank zu Boden. »Wir sind noch nicht fertig, Sie und ich.«

Giuliano löste sich von den anderen und eilte herüber, um seinen Anführer zu stützen. Bandini sank halb in seine Arme. Lorenzo schüttelte den Kopf und stellte den Fuß in den Steigbügel. Pietro Trovatore hielt die Zügel seines Pferdes. Mit der freien Hand reichte er Lorenzo den schlaffen Weinschlauch. Lorenzo musterte ihn, dann machte er eine Kopfbewegung zu Bandini hin. »Gebt ihm, was noch übrig ist. Wenn er betrunken ist, schläft er vielleicht ein. Wenn er keine Ruhe gibt, ist er in zwei Tagen tot. Er mag den Verlust seines Auges und seiner Finger überstanden haben, aber meine Mutter pflegte zu sagen, dass ein Mensch ohne Kopf zeitlebens ein Krüppel ist. Bringt den sturen Bock wohlbehalten nach Florenz.«

»Er ist kein schlechter Mensch, *capitano*.«

»Er ist ein besserer Mensch als ich, da bin ich sicher. Niccolò ist für die Rückreise euer Anführer, aber ich verlasse mich auf dich und Buonarotti, dass er keinen allzu großen Unfug anstellt.«

Pietro Trovatore sagte: »Dass sie sie gekriegt haben, ist nicht dein Fehler, *capitano*. Im Gegenteil. Wenn wir pünktlich gewesen wären, lägen wir jetzt zusammen mit den anderen armen Schweinen auf der Erde, ohne dass uns jemand einbuddelt – und *monna* Clarice wäre doch in der Gewalt der Schurken. Allein hast du keine Chance. Und was die Kleine betrifft: Entweder ist sie jetzt schon verdorben für die Welt, oder sie behüten sie wegen des Lösegelds – und dann werden sie sie weiter behüten und ihr kein Härchen krümmen, bis Ser Bianchi und Ser Tintori sich geeinigt haben, wer von ihnen beiden zahlt.«

»Du hast recht, Pietro.«

»Dann kommst du mit uns zurück?«

»Nein.«

Lorenzo schwang sich in den Sattel. Pietro schaute zu ihm hinauf. Lorenzo nickte ihm zu. Er ließ seinen Blick über den zerstörten Lagerplatz schweifen, über den Reisewagen, der seine geborstenen Rippen in den Himmel reckte, das auseinandergetretene Feuer, die kleine Gruppe Toter in ihren Harnischen, von denen sich das leuchtend weiße Kleid der toten Magd und die zerlumpte Gestalt des jungen Mannes absetzten, die Grube am Waldrand, die Männer, die ihn anstarrten. Etwas war unwiderruflich zu Ende gegangen, ein Traum, von dem nie klar gewesen war, ob er ein guter oder schlechter Traum gewesen war. Er schnalzte mit der Zunge und trieb das Pferd in einen leichten Trab. Die Spuren wiesen ihm den Weg zurück dorthin, woher er gekommen war.

7.

Am dritten Tag ihrer Reise spürte Magdalena ihre Füße nicht mehr. Die ersten beiden Tage war sie dankbar dafür gewesen, dass der immer stärker werdende Schmerz ihre Gedanken so sehr beansprucht hatte, dass andere Überlegungen keinen Platz mehr hatten; etwa Überlegungen darüber, dass San Paolo nun schon das dritte Kloster gewesen war, das sie aus seiner Gemeinschaft verstoßen hatte. Konnte man es anders sagen? Nein, man konnte es nicht anders sagen, und man konnte auch nicht umhin zu bemerken, dass die Zeiten ihrer Zugehörigkeit zur Gemeinschaft mit jedem Mal kürzer wurden. Solange die wunden Stellen an ihren Zehen, wo die engen, flachen Schuhe an ihnen rieben, die Blasen an ihren Fersen und die Überanstrengung, die sich über die gesamte Wölbung ihrer Füße hinzog, sie beschäftigten, hatten diese Überlegungen im Hintergrund ihres Hirns gelegen.

Jetzt, stellte sie fest, hatten sich ihre Füße an die Beanspruchung gewöhnt, die wunden Stellen an den Zehen waren fühllos, die Blasen aufgegangen und von härter werdender frischer Haut überzogen und der Schmerz in der Wölbung ihrer Füße vergangen. Die Gedanken stellten sich wie ungebetene Gäste ein, die man, solange es irgend ging, vor der Tür hatte warten lassen, und ergriffen nicht nur Besitz von ihrem Denken, sondern auch von ihrem Herzen.

Sie hätte auf der Frage bestehen können: »Ehrwürdige Mutter, was habe ich Falsches getan?« Die Äbtissin hätte geantwortet: »Da du es nicht selbst erkennst, macht es keinen Sinn, es dir zu erklären.« Sie hätte sagen können: »Das Bild an der Wand war so verwischt; jede x-Beliebige hätte darin einen Falken erkennen können.« Und die Äbtissin hätte erwidert: »Nein, von den anderen Schwestern hier keine.« Abgesehen davon war die Verwechslung des Heiligen Geistes mit einem Falken nicht die Ursache, sondern nur die Wirkung.

Magdalena hatte sich ans Ende der kleinen Gruppe zurückfallen lassen, sehr zum Verdruss des jungen Mannes mit der Pike, den sein Scharführer zur Nachhut erklärte hatte und der als Letzter hinter allen herzugehen hatte. Magdalena hatte in sein Herz gesehen und erkannt, dass er sich fürchtete, seitdem sie die unmittelbare Umgebung des Klosters verlassen hatten, und dass er sich nur dann halbwegs in Sicherheit wähnte, wenn er sich möglichst in Tuchfühlung mit seinem Scharführer und seinem Kameraden befand. Sie fühlte seine Not, aber sie konnte sie nicht lindern. Ihre Not war größer; sie hätte es weder ertragen, Schwester Immaculatas in stiller Demut leuchtendes noch Schwester Radegundis' aufgeregt glühendes Gesicht zu sehen. Eine merkwürdige Gruppierung, wenn man darüber nachdachte: drei Klosterschwestern und drei Waffenknechte – und gleichsam als Puffer zwischen beiden Fraktionen die drei Mönche, die noch kein Wort gesprochen hatten, seit Magdalena, Immaculata und Radegundis außerhalb ihrer Mauern auf sie gestoßen waren: Bruder Girolamo und seine Begleiter. Offenbar kehrten sie nach getaner Erkundung zurück nach Rom, um dort zu berichten, dass die Menschen in Norditalien an ihrem Unglück selbst schuld waren, weil sie den großen Strom als Glücksbringer verehrten, während er – wenn es nach Bruder Girolamo ging, der aus den Bergen stammte – doch in Wahrheit das Glück von ihnen fortschwemmte. Magdalena wusste nicht, ob dies tatsächlich die Absicht Bruder Girolamos war. Die Mönche waren so still und finster, dass Magdalena keinen Versuch unternommen hatte, in sie hineinzuschauen; die Dunkelheit, die sie in ihrem Herzen fühlte, reichte vollkommen aus für diese Reise in die Verbannung, die Finsternis anderer Menschen noch dazuzupacken war höchst überflüssig.

»Wir müssen aufschließen, heilige Schwester«, sagte der junge Mann in Magdalenas Rücken nervös. Sie stellte fest, dass er so dicht hinter ihr ging, dass er seinen Schritt dem ihren hatte anpassen müssen.

»Wir sind noch immer in Sicht- und Hörweite«, erklärte Magdalena.

»Der Scharführer mag es nicht, wenn wir eine so weit auseinandergezogene Linie bilden.«

Magdalena blinzelte in den weißen Himmel.

»Es ist heiß«, sagte sie. »Es muss irgendwann zwischen der Sext und der Non sein. Wann rasten wir?«

Die Mittagssonne brachte einen weißen Himmel zum Gleißen, der wie eine umgestülpte Schüssel über dem Land lag und alles in Hitze einhüllte. Der Sommer neigte sich, aber er ergab sich nicht kampflos; selbst die Brise, die die Pappeln auf den Dämmen zum Beben brachte, war heiß. Die Straße lag vor ihnen als regelmäßiges Muster von blassem Licht und unklarem Schatten, das die Pappeln links und rechts am Wegesrand darüber warfen. Magdalena hatte den Scharführer reden gehört, dass sie sich auf der Via

Aemillia bewegten und dass die Straße weit über tausend Jahre alt war. Die römischen Legionen waren bereits über sie gezogen auf dem Weg nach Norden. Magdalena spürte die Schwingungen, als liefe die Straße auf einer Linie entlang, die eine beunruhigende Kraft ausströmte und die auch dem Harthörigsten in die Seele flüsterte: Voran, voran, je schneller du gehst, desto eher kannst du mich verlassen. Die römischen Straßenbauer hatten gewusst, wie sie die Legionen zur Eile antreiben konnten, ohne dass ihre Offiziere die Peitsche schwingen mussten.

Über der Straße bewegte sich der Duft, den das Land ausströmte wie ein unruhiger Schläfer: fünfzig lähmende Schritte durch den trockenen Geruch von sonnengebackenem Lehm, fünf erfrischende durch den Duft von Kamille, Thymian und Rosmarin, hundert durch das schwach beißende Odeur von Exkrementen, und dann – abrupt – ein langer, wundersamer Gang durch eine Ahnung von klarem Wasser, einen Hauch von frisch gemähtem Gras, eine Andeutung von Nadelwald und eine Spur von in der Sonne reifenden Äpfeln. Woher die Brise die Gerüche brachte, war nicht festzustellen; selbst der Duft der wilden Kamille drang einem an Stellen in die Nase, an der die staubig-grünen Kräuter weit und breit nicht zu sehen waren.

»Der Scharführer gibt die Befehle.«

»Und wann, glaubst du, wird er den Befehl geben zu rasten?«

Sie drehte sich nicht um; sie ahnte das Schulterzucken des jungen Mannes auch so. Ihre Unterhaltung war unbeholfen: Magdalena sprach über ihre Schulter und er zu ihrem Rücken.

»Wo sind wir überhaupt?«

Als keine Antwort kam, ging sie davon aus, dass der junge Mann es selbst nicht wusste. Sie wandte den Kopf weit genug, um sein Gesicht aus dem Augenwinkel sehen zu können. Er blickte um sich, maß den Stand der Sonne, seine Lippen bewegten sich, und sie erkannte erstaunt, dass er auszurechnen versuchte, wie weit sie schon gekommen waren.

»Zwei Tage und ein halber«, sagte er schließlich langsam. »Und der Umweg über die Abtei von Nonantola, wo wir von gestern auf heute genächtigt haben … Wir müssten in der Nähe von Piumazzo sein. Oder auf der Höhe von Castelfranco.« Er deutete vage nach Norden. »Ja, das müsste stimmen.« Sie sah sein Grinsen und wandte sich noch weiter zu ihm um, ohne stehen zu bleiben. Er freute sich wie ein Hündchen, das ein Kunststück vollbracht hatte. »Heute Abend müssten wir in der Nähe von Bologna Quartier finden.«

»Warst du schon einmal hier, dass du das weißt?«

»Ich bin rumgekommen, als ich noch jünger war.«

»Mit deiner Familie?«

»Ja.«

»Und dann hat sich deine Familie in Parma niedergelassen? Vom Land in die Stadt?«

Er schüttelte den Kopf. Sie musterte ihn über die Schulter hinweg. Etwas warnte sie davor, ihn weiter zu fragen, etwas, das wie ein leiser Hauch von ihm zu ihr wehte und in dem sie Sorge, dann Überraschung, Panik und das schreckliche Gefühl zu erkennen meinte, plötzlich allein zu sein inmitten eines tödlichen Chaos. Es schnürte ihr den Hals zu. Der Blick des jungen Mannes schien in die Vergangenheit zu gehen; er blinzelte, als würde es ihn in den Augen schmerzen, was er dort sah. In Magdalenas Kopf wirbelten Bilder, die ihr eigenes Gehirn zu den Schwingungen hinzuerfand, die sie empfing.

»Genug für den Augenblick«, sagte plötzlich eine Stimme an ihrem Ohr. Sie schrie erschrocken auf und fuhr herum. Die Bewegung ließ sie in eine Gestalt hineinrennen, die sie an den Armen packte und vor einem Fall bewahrte und dann einen Schritt zurücktrat. Mit wildem Herzklopfen spähte sie in den Schatten unter der halb verrutschten Haube eines Skapuliers. Bruder Girolamo machte ein tadelndes Geräusch mit der Zunge und zerrte seine Kopfbedeckung wieder zurecht. »Der Scharführer meint, dass eine Pause angebracht sei. Da vorne, das Gehöft – wir werden um einen Platz im Schatten und frisches Wasser bitten.«

Magdalena folgte dem Fingerzeig. Undeutlich sichtbar im Wabern der Mittagshitze über den Feldern und noch einige Minuten zu Fuß entfernt erkannte sie die symmetrischen Umrisse von Pächterhütten und Unterständen.

»Danke, Bruder«, sagte sie und lauschte ihrem eigenen Herzschlag, der sich langsam wieder beruhigte. Zuweilen war ihre Gabe ein Fluch: wenn sie starke Emotionen zu erkennen glaubte, die ihre eigene Fantasie in Tätigkeit versetzten. Als der Mönch sie angefasst hatte – war da ein Bild aus dem Wirbel von Gefühlen, die von dem jungen Mann ausgingen, hochgeschleudert worden? Dass er von groben Händen angefasst worden war? Oder dass er hatte zusehen müssen, wie es jemand anderem geschehen war?

»Die Menschen dort sind freundlich«, sagte Bruder Girolamo und musterte sie aus dem Schatten seiner Mönchskapuze heraus.

»Kennst du sie, Bruder?«

»Wir haben schon beim Herweg dort gerastet. Schließ auf, Schwester. Der Scharführer mag es nicht, wenn wir nicht dicht beisammen sind. Du versündigst dich gegen diesen jungen Mann, wenn du es ihm verwehrst, seinen Befehlen zu folgen.« Bruder Girolamo beschleunigte seinen Schritt und strebte wieder nach vorn, ohne seine Anklage wenigstens durch ein Lächeln oder ein Schulterzucken abzuschwächen.

Der Weg von der Straße zum Gehöft war ein Trampelpfad mit einer ganzen Anzahl von Nebenpfaden, die von ihm abzweigten, sich wieder mit ihm vereinten oder neben ihm herliefen. Es war offensichtlich, dass ein reger Verkehr von und zur Straße bestand. So weit das Auge reichte, befanden sich keine weiteren Bauten in der Nähe – die Ansammlung von Häusern, in denen vermutlich zwei oder drei Familien lebten, waren die einzige Möglichkeit zum Rasten und zum Kauf von etwas Proviant innerhalb mindestens eines halben Tages Fußmarsch. Die Beschaffenheit des Weges verleitete die Gruppe dazu, ungeordnet in Richtung der Gebäude zu schlendern; wenigstens, dachte Magdalena, waren sie nun enger beisammen als auf der Straße.

Schwester Immaculata schritt durch das hohe Gras und ließ die Hände verträumt über die Samenstände der Halme gleiten. Das Gras war von einheitlicher Höhe, changierte von Grün zu Gelb und reichte der schmalen jungen Frau bis zur Hüfte. Magdalena beobachtete sie von Weitem, das Zucken ihrer Lippen, wenn das Gras ihre Handflächen kitzelte, ihre halb geschlossenen Augen, ihre gekräuselte Nase, als würde ihr der reife Geruch, der hier überall in der Luft hing, erst jetzt bewusst. Magdalena lächelte. Sie wandte sich zur anderen Seite und sah Schwester Radegundis, die selbstvergessen versuchte, durch den schweren Stoff des Ordensgewandes hindurch eine Stelle an ihrer Kehrseite zu kratzen, wo die Flohbisse sie juckten. Die junge Novizin schien den Blick zu spüren; sie zog die Hand weg und schaute sich dann schuldbewusst um. Als ihre Blicke sich mit denen Magdalenas trafen, grinste sie entschuldigend; dann zogen sich ihre Brauen plötzlich zusammen, und sie blickte über Magdalenas Schulter hinweg und kniff die Augen zusammen. Ihr Gesicht nahm einen fragenden Ausdruck an. Magdalena drehte sich beunruhigt um.

Schwester Immaculata war stehen geblieben. Sie starrte nach unten, auf etwas, was sich direkt vor ihren Füßen befinden musste. Etwas flirrte um sie herum wie eine Rauchwolke. Eine Hand war ausgestreckt und liebkoste weiterhin die Spitzen der Grashalme, als hätte sie sich vom Rest ihres Körpers selbstständig gemacht. Die andere war zur Faust geballt und steckte in ihrem aufgerissenen Mund.

Magdalena setzte sich in Bewegung. Sie traf gleichzeitig mit dem Scharführer bei Schwester Immaculata ein, doch das lag nur daran, dass sie im Habit nicht so schnell rennen konnte, wie ihr zumute war. Sie hörte das Zirpen der Grillen, die Schritte der anderen, die nach ihnen heranstürmten, die schrillen Rufe eines Vogels hoch über der Ebene, die kleinen Geräusche, die an Schwester Immaculatas Faust vorbei aus ihrer Kehle drangen, und am lautesten das Gesumm von Tausenden von Fliegen, die über den Grashalmen tanzten und deren kleine, harte, glänzende Körper ein glitzerndes Muster woben. Von Weitem hatten sie ausgesehen wie eine Rauchwolke. Der Geruch war dort, wo die junge Frau stehen geblieben war, bestialisch.

Im Gras lag ein Mann auf dem Gesicht. Er hatte eine lange Spur durch das hohe Gras gezogen. Die Spur wies wie ein dunkler Finger zu den Gebäuden des Weilers, die hinter den Grashalmen in der Luft waberten. Er trug ein graubraunes, grobes Hemd und Beinkleider, die an den Waden in ausgefransten, ungleich langen Hosenbeinen endeten. Ein Bein hatte er ausgestreckt, das andere angezogen, als habe er sich noch einmal vorwärtsstoßen wollen und die Bewegung nicht mehr vollenden können, weil der Tod die Geduld verloren und in seinen Leib gegriffen und seine Seele genommen hatte. Die Füße, die unterhalb der fransigen Hosenbeine zu sehen waren, waren schwarz und blau und aufgedunsen; die Hände waren Fäuste, um Grasbüschel gekrallt und ebenfalls verfärbt. Etwas, das aussah wie ein von geronnenem Blut schwarzer Strang aus Grashalmen, schien sich unter dem Leib verfangen zu haben und war mitgeschleift worden, bis der Mann nicht mehr hatte kriechen können. Die Fliegen schraubten sich in einer Bewegung wie von einem einzigen Körper wieder herab und sanken auf den Leichnam herunter, eine schillernde, geschäftig tupfende, krabbelnde und sich labende Decke aus Aasfressern, die sich gegenseitig bekämpften, um zu dem Loch in der Mitte des Rückens zu gelangen. Das Loch war nur so groß, dass man einen dicken Daumen hätte hineinstecken können, und an seinen Rändern war nur wenig Blut zu sehen gewesen, bevor die Fliegen sich darauf gesetzt hatten – es hätte ein Schaden im Hemd des Toten sein können, wenn man nicht hätte erkennen können, dass das Loch sich in seinen Körper hinein fortsetzte. Magdalena fand ihre Blicke von der Wunde beinahe unwiderstehlich angezogen und ahnte, dass sie etwas tun musste, wenn sie nicht in wenigen Augenblicken ebenso gelähmt dastehen wollte wie Schwester Immaculata.

»Bleib stehen«, rief sie Schwester Radegundis zu, die sich durch die Männer hindurchdrängen wollte. Die Novizin, von einem Jahr Gehorsam genügend geschult, erstarrte.

»Was ist denn los?«, rief sie. »Was fehlt Beatrice?«

Magdalena schob einen der Waffenknechte beiseite und nahm Immaculata bei den Unterarmen. Sie zog sie sanft herum, bis ihr Körper sich vom Leichnam abwandte. Ihr Kopf blieb wie an unsichtbaren Fäden mit dem Toten am Boden verbunden; sie hatte keinen Blick für ihre ehemalige Magistra.

»Schwester Immaculata!«, sagte Magdalena scharf. Sie spürte das Zittern der jungen Schwester und mühte sich, ihr Entsetzen nicht auf sich selbst überspringen zu lassen.

»Schwester Magdalena?«, sagte Radegundis. »Was ist los? Was hat Beatrice gefunden?«

»Schwester Immaculata, ich möchte, dass du mich ansiehst.«

Magdalena schüttelte die junge Schwester. Hinter der Faust hervor drangen noch immer die kleinen Geräusche.

»Bringen Sie sie weg«, sagte der Scharführer. Magdalena sah, dass er seine Aufmerksamkeit von dem Toten im Gras abgewandt hatte. Er musterte die Gebäude, auf die die Spur aus niedergedrückten Gräsern wies. Mit einer Hand lockerte er den langen Dolch in seinem Gürtel.

Zwei der Mönche knieten neben dem Toten nieder. Sie schlugen die Kapuzen zurück und betrachteten die stille Gestalt. Magdalena erinnerte sich daran, dass sie auf dem Herweg hier genächtigt hatten. Sie mussten den toten Mann kennen. Sie wandte ihre Blicke ab, als die beiden Mönche die weiten Ärmel ihres Habits nach vorn schüttelten, bis ihre Hände bedeckt waren, sich mit einem Nicken verständigten und dann unter den Toten griffen, um ihn herumzudrehen. Die Fliegen wolkten wieder auf und summten laut und zornig.

»Schwester Immaculata«, sagte sie und schüttelte die Jüngere noch einmal. »Beatrice! Sieh mich an. Beatrice!«

Schwester Immaculatas Blicke irrten von Magdalenas Gesicht ab und fielen wieder auf den Leichnam. Magdalena nahm das Handgelenk, an dem die Faust in Immaculatas Mund hing, und versuchte sie herauszuziehen. Zu ihrer Rechten, von dem Leichnam, hörte sie das Ächzen, mit dem die Brüder die Leiche auf den Rücken drehten, und ein noch lauteres Aufsummen von Fliegen, das fast wie ein Kreischen war, als schrien alle Teufel in der Hölle, weil man ihnen ihre Beute wegnehmen wollte, und das Echo des Aufschreis drang bis herauf in die Welt. Sie hörte das Keuchen der Männer und wurde gerempelt, als einer der Waffenknechte einen Schritt zurückwich. Mit dem Stoß drang ein Gestank heran, der übler war als alles, was Magdalena jemals gerochen hatte, und sich wie ein feuchtes Tuch um ihr Gesicht legte. Schwester Immaculatas Augen weiteten sich. Ihr Kiefer fiel herab, die Faust folgte Magdalenas Zug und gab den Mund frei, und die junge Frau begann zu schreien.

Schwester Immaculata kauerte abseits im hohen Gras und schluchzte. Schwester Radegundis bemühte sich um sie. Als die Männer alle unwillkürlich zurückgewichen waren, hatte auch sie einen Blick auf den Leichnam erhaschen können. Sie hatte die Hände vor den Mund geschlagen und trocken gewürgt, sich ansonsten aber tapfer gehalten. Die Mönche knieten neben der Leiche auf dem Boden und beteten für die arme Seele, offenbar unbeeindruckt von Gestank und Anblick. Magdalena stand für sich allein und beobachtete die beiden anderen jungen Frauen. Wären der Gestank, das Fliegengesumm, vor allem aber die Erinnerung an das nicht gewesen, was die Leiche offenbart hatte, nachdem sie umgedreht worden war, hätte das Bild geradezu bukolisch sein können: die jungen Frauen in der Schwesterntracht, die im hohen Gras saßen und sich gegenseitig in den Armen hielten, im Hintergrund das helle Band der Straße mit den hohen, im Wind sich leise regenden Pappeln und darüber der tiefblaue Spätsommerhimmel, über den die Silhouetten von Vögeln zuckten. Falken, dachte Magdalena unwillkürlich, hier gibt es echte Falken, und die Tauben, die sich hierher verirren, werden von ihnen geschlagen.

»'ne Schweizer Pike«, murmelte einer der drei Waffenknechte. »Die haben verfluchte Haken unten an der Klinge. Sie stechen sie dir in den Bauch, drehen sie einmal rum, und wenn sie sie wieder rausziehen, reißen sie dir alle Därme raus.«

»Keine Pike«, hörte sie die halblaute Stimme des Scharführers. »Ich sage euch, das war eine Flintenkugel. Denkt an das Loch im Rücken.«

»Das glaub ich nich' …«

»Doch. Die Kugel verformt sich, wenn sie dich trifft. Rein geht sie als Kugel, raus geht sie als zackiger Pilz, wenn sie nicht gleich in ein Dutzend

Splitter zerplatzt. Rein macht sie ein Loch, raus reißt sie deine Bauchdecke und deine Eingeweide auf … PLUFF!«

»Das arme Schwein hätte doch gleich tot sein müssen.« Der dritte Waffenknecht, der mit der Angst davor, den Anschluss zu verlieren. In Magdalenas Kopf machten ihre Gedanken hilflose Purzelbäume angesichts der halb gehörten Unterhaltung, ihr Magen revoltierte.

»Muss nicht sein. Du siehst ja, wie weit er es noch geschafft hat und seine Därme hinter sich herzog.«

»Ich glaub nich', dass es 'ne Flinte war. Keiner schießt mit der Flinte auf einen waffenlosen Idioten, der die Hosen voll hat und davonrennt. Viel zu teuer. Außerdem wäre der Kerl über alle Berge, bis du bloß mal das Pulver eingefüllt und die Lunte angezündet hast. Auf größere Entfernung treffen die Büchsen nicht mal 'n Scheunentor.«

»Ja«, sagte der Scharführer. »Das ist das Rätsel daran, nicht wahr?«

Magdalena stand hilflos halbwegs zwischen ihren abseits kauernden Schwestern und den Waffenknechten. Sie fühlte sich, als würde sie nirgends dazugehören. Die Angst, die sie fühlte, war so mächtig, dass sie sich nur an einen einzigen Zeitpunkt in ihrem Leben erinnern konnte, an dem sie ebensolche Furcht gespürt hatte – an ihrem ersten Tag im Kloster.

In der Nacht zwischen dem Abschiedsgespräch mit der Äbtissin und dem Aufbruch hatte sie schlaflos in ihrer Zelle gelegen und versucht, einem hartnäckig immer wieder auftauchenden Gedanken keinen Raum zu geben: dem Gedanken, dass sie die Verbannung nach Santa Giuliana und der vermutlich auch von dort folgenden weiteren Verbannung entgehen konnte, indem sie von sich aus die Konsequenzen zog und um Befreiung von ihrem Gelübde bat. Danach konnte sie versuchen, ihr Glück in der Welt zu machen.

Sie hatte den Gedanken schließlich zum Schweigen gebracht – oder doch nicht. Unhörbar war er immer noch da gewesen, das erkannte sie jetzt, unhörbar, aber doch stark genug, um ihr die Kraft zu geben, über die alte Straße vorwärtszumarschieren. Und nun? Da war sie, die Welt, in der sie sich behaupten wollte, die sie zuletzt als kleines Mädchen gesehen hatte – und sie stellte sich ihr nach noch nicht einmal drei Tagen als ein Platz vor, an dem Schwerverletzte sich durch das hohe Gras schleppten, bis sie von allen unbeachtet und ohne die Gnade der letzten Ölung in der heißen Spätsommersonne starben. Sie hatte volles Verständnis für Schwester Immaculata und dafür, dass sie vor Entsetzen hysterisch war wie ein Kleinkind.

Magdalena hob den Kopf und starrte zu den Gebäuden hinüber, von denen der tote Mann zu flüchten versucht hatte. Sie hätte allen Grund gehabt, noch hysterischer zu sein als Schwester Immaculata; sie konnte sich vorstellen, welcher Anblick sich in den stillen – *zu* stillen – Häusern und Hütten bieten würde, zu denen der Tote gehört hatte. Ihr Bauch verkrampfte sich. Die meisten Blutungen waren vorüber, aber die Wunde in ihrem Leib war noch frisch, und ihr Körper war so angespannt, dass sie schmerzte.

Die Mönche erhoben sich, machten das Kreuzzeichen; zwei von ihnen blieben neben dem Toten stehen, Bruder Girolamo kam zu den Waffenknechten. Für ein paar Augenblicke standen die vier Männer schweigend zusammen, vereint in der Zugehörigkeit zu ihrem Geschlecht. Magdalena spürte, wie ein Seitenblick sie streifte.

»Wir müssen nachsehen«, sagte Bruder Girolamo schließlich.

Ein erneuter Seitenblick fiel in ihre Richtung.

»Sie könnten noch da sein«, wandte der Scharführer ein.

»Dann hätten wir sie schon am Hals, oder nicht?«

»Wahrscheinlich.«

»Wir können den armen Teufel nicht mit bloßen Händen begraben. Dort in dem Gehöft werden sich Werkzeuge finden.«

Die Männer nickten.

»Außerdem müssen wir nachsehen, nicht wahr? Wir sind Christen, das ist das Mindeste, was wir tun können.« Magdalena hörte förmlich die unausgesprochenen Worte: und die, die wir dort vorfinden, ebenfalls begraben.

»Ich gehe mit Ihnen, Bruder«, sagte der Scharführer. »Ihr beiden bleibt hier und passt auf die ehrwürdigen Schwestern auf.«

»Danke.«

»Schließen Sie mich in Ihr Gebet ein, Bruder«, sagte der Scharführer und lockerte unwillkürlich den Kragen seines Wamses. Bruder Girolamo schritt zu Magdalena herüber.

»Ein schrecklicher Anblick, Schwester«, sagte er. »Ich verstehe, wie dir zumute ist. Die Welt ist nicht nur voller Sünde, sondern oft auch voller Gemeinheit.«

»Ich hätte auch gern für ihn gebetet«, hörte Magdalena sich sagen.

»Wir wollten dir und deinen Mitschwestern ersparen, in der Nähe des Toten zu sein.«

Magdalena deutete zu den Häusern hinüber. »Dort sind die anderen.«

»Die Menschen, die das getan haben, sind schon weg.«

»Ich meine: die anderen Opfer.«

Bruder Girolamo machte eine lange Pause. »Ja, aber das ist nicht ...«

»Ich gehe mit«, sagte Magdalena.

»Wie bitte?«

»Zu den Häusern. Ich gehe mit euch und dem Scharführer nachsehen, ob es Überlebende gibt.«

»Meine liebe Schwester, das ist die Sache von ...«

»Nenn mich nicht deine liebe Schwester!«, schrie Magdalena plötzlich. Bruder Girolamo zuckte zurück. »Das ist die Sache von Männern? Und wenn ihr dort drin auf eine Frau stoßt, die sie so oft vergewaltigt haben, dass sie nur noch aus zerrissenem Fleisch besteht und nichts sehnlicher wünscht als zu sterben? Wollt ihr sie dann als *Männer* trösten? Wenn dort ein Kind ist und wimmert, weil seine Mutter mit eingeschlagenem Schädel danebenliegt und von den Fliegen aufgefressen wird, während das Kind verhungert und verdurstet, wollt ihr es dann als *Männer* auf den Arm nehmen und ihm etwas zu essen und trinken suchen?« Magdalena schloss den Mund, weil ihr bewusst wurde, dass sie in den höchsten Tönen gekreischt hatte. Tränen liefen ihre Wangen herunter. Das war die Welt, die ihren einzigen Zufluchtsort aus der stillen, demütigen Hölle des Klosterlebens darstellte?

»Wir könnten auch das«, sagte Bruder Girolamo würdevoll. »Mitgefühl ist nicht die Domäne des weiblichen Geschlechts.«

Magdalena starrte in das beschattete Gesicht unter der Kapuze. Wütend wischte sie sich die Tränen ab. »Verzeih mir, Bruder«, flüsterte sie erstickt.

»Komm mit«, sagte der Mönch. »Du hast recht mit allem, was du sagtest. Komm mit. Vielleicht kannst du wirklich helfen. Aber ich warne dich: Das dort drüben ist nicht nur eine Ansammlung von Häusern, in denen Tote liegen. Das ist eine der Pforten zur Hölle, und wenn du uns begleitest, wirst du einen kurzen Blick in die Fratze der ewigen Verdammnis werfen.«

8.

Den Spuren war leicht zu folgen gewesen. Die Angreifer bewegten sich scheinbar völlig sorglos, doch als es Lorenzo gelungen war, sie abseits der Straße zu überholen und sich zu verstecken, erkannte er, dass die Lässigkeit zum Teil auf einer klugen taktischen Planung beruhte. Dem Haupttrupp voran bewegten sich zwei Berittene mit mindestens zweitausend Schritten Abstand. Ihnen folgte, tausend Schritte später, ein einzelner, ebenfalls berittener Mann. Diese Vorhut war zu stark auseinandergezogen, um sie gemeinsam ausschalten zu können; ignorierte man sie und konzentrierte sich auf den Haupttrupp, musste man stets damit rechnen, dass diese drei Männer umkehrten und einem in den Rücken fielen. Lorenzo, der sich in einen Heuhaufen nicht weit von der Straße entfernt hineingewühlt hatte und die Männer aus dieser feucht-heißen, erstickend duftenden Deckung heraus an sich vorbeiziehen ließ, wurde sich aber auch bewusst, dass der andere Grund für die Gelassenheit seiner Feinde ihre schiere Zahl war. Antonio Bandini hatte von einem Dutzend Männer gesprochen. Der Anführer der Angreifer musste mindestens die Hälfte seiner Truppe als Eingreifreserve irgendwo versteckt gehalten haben. Zusammen mit der Vorhut zählte Lorenzo wenigstens zwei Dutzend Männer, als der Haupttrupp schließlich an ihm vorbeimarschierte, und theoretisch konnten sich unter der Plane des mächtigen Trosswagens der Familie Tintori weitere zehn Männer verbergen. Eine Truppe wie diese erfolgreich anzugreifen erforderte mindestens eine dreifache Übermacht. Das waren weder Gesetzlose, die sich das allgemeine Chaos in Norditalien zunutze machten, um eigene Fischzüge zu begehen – dafür waren sie zu viele und zu organisiert –, noch ein Teil eines der Söldnerheere, die zwischen Genua und Rimini die Straßen unsicher machten; dafür hatten sie es sichtlich zu wenig eilig. Marodierende oder fouragierende Truppenbestandteile waren in der Regel heftig bemüht, mit ihrer Beute so schnell wie möglich wieder zum Hauptheer zu stoßen.

Zusammen mit den Pferden der Vorhut und den beiden schwergliedrig gebauten Zugtieren des Trosswagens verfügten sie über exakt zehn Gäule. Das bedeutete, dass weniger als die Hälfte der Männer beritten war. Sie marschierten in einer Doppelreihe, weit genug auseinandergezogen, um ein schwieriges Ziel zu bieten, nahe genug beieinander, um sich im Fall eines Angriffs gegenseitig beistehen zu können. Zwei saßen auf dem Kutschbock, zwei fuhren auf den Steigbrettern links und rechts mit. Sie hielten Piken und Äxte; einer der beiden auf dem Kutschbock hatte einen Langbogen quer über seine Knie gelegt.

Lorenzo atmete den Staub ein, den die Hufe, Räder und Füße aufwirbelten, als sie sein Versteck passierten, und lauschte den Wortfetzen und dem Gelächter. Clarice war nirgends zu erblicken. Er hoffte, dass sie im Inneren des Trosswagens war.

Noch eines wurde ihm klar, als er sie beobachtete: Sein Plan, sich in der Nacht in das Lager zu schleichen, die Wachen unschädlich zu machen und sich mit Clarice davonzustehlen, war undurchführbar. Sie waren zu viele, und sie waren zu professionell. Lorenzo hatte keine Ahnung, wer die Männer und ihr Anführer waren, aber in das übliche Schema der Galgenvögel, die sich über die norditalienischen Straßen bewegten, passten sie nicht.

Die Plane des Trosswagens bewegte sich, und Lorenzo beobachtete ungläubig, wie zwei Kinder, Jungen im Alter von vielleicht zehn und zwölf Jahren, herauskletterten, zu Boden sprangen und sich zurückfallen ließen, bis sie sich unter die Männer mischten, die hinter dem Wagen hergingen. Die Marschkolonne teilte sich und integrierte sie, bis man sie von außen nur noch erblicken konnte, wenn man wusste, dass sie da waren. Lorenzo sah die meisten der Männer grinsen. Jemand streckte den Kopf aus dem Wagen und schien vor Entsetzen beinahe herauszufallen, als er die Kinder nirgends erblicken konnte. Der Mann kletterte hektisch nach draußen, sah sich suchend um und versuchte schließlich, in die Marschkolonne einzudringen. Die Marschkolonne schloss sich enger zusammen. Gelächter wurde hörbar. Der Mann wurde abgewiesen, stolperte an den Rand der Straße und sprang dort wie ein dicklicher Gaukler mit begrenztem akrobatischen Programm auf und ab, um über die Köpfe der Marschierenden hinwegsehen zu können. Lorenzo erspähte die beiden Jungen plötzlich beim Trosswagen; sie mussten sich an der anderen Seite der Marschkolonne herausgeschlichen haben. Rasch kletterten sie hinein, blieben für ein, zwei Augenblicke unsichtbar, dann schlugen sie die Plane beiseite und riefen und winkten dem Mann, der immer noch am Rand der Kolonne auf und ab sprang. Er schlug die Hände über dem Kopf zusammen und rannte mit wedelnden Armen zu ihnen; die Männer in der Marschkolonne röhrten vor Lachen.

Ratlos blieb Lorenzo in seinem Versteck liegen, nachdem die Männer an ihm vorbeigezogen waren und die Staubwolke über der Straße langsam durchsichtiger wurde. Er fühlte das Kitzeln und Stechen der Halme überall an seinem Körper und den Schweiß, der ihm in Bahnen über die Haut lief. Nur die Tatsache, dass die Spuren vom Ort des Überfalls ihn unfehlbar hierher gewiesen hatten, und das Zeichen der Tintori ließen Lorenzo nicht daran zweifeln, dass er auf die Richtigen gestoßen war. Eine stilisierte Färberdistel auf strahlend gelbem Grund zierte den Trosswagen; offensichtlich war Clarices Familie ebenso stolz auf ihre Herkunft aus dem Färbermilieu wie auf den Grund ihres Reichtums – das Strecken von Safran mit dem Extrakt der Blütenblätter –, worauf die gelbe Farbe unverhohlen hinwies.

Kinder? Sogar mit einem Aufpasser oder Lehrer, denn als nichts anderes war ihm der aufgeregt hüpfende Mann erschienen … Was hatten sie bei dieser Truppe zu suchen?

Er wartete lange genug ab, um sicher zu sein, dass nicht noch eine Art Nachhut hinterherkam, dann arbeitete er sich aus seinem Versteck heraus, schob den Haufen mit den Füßen notdürftig wieder zusammen und machte sich auf den Weg zu einem entfernten Gebüsch, in dem er sein Pferd verborgen hatte. Da der ursprüngliche Plan nicht zum Einsatz zu bringen war, benötigte er einen zweiten Plan. Während er zu dem Gebüsch trabte, erkannte er, dass er sich die ganze Zeit über vor diesem zweiten Plan gefürchtet hatte und dass diese geheime Ahnung der wahre Grund dafür war, warum er sich allein auf den Weg gemacht hatte.

9.

Der Grauschimmel stand in den seitlich einfallenden Strahlen der frühen Abendsonne und warf einen langen lavendelfarbenen Schatten über das Gras. So wie er da stand, allein für sich und offenbar jedes Meisters ledig, schien er nie einen anderen Herrn gehabt zu haben als sich selbst. Sein schimmernd graues Fell ließ das Licht in goldenen Wellen über seinen Körper gleiten, wenn er ein paar Schritte machte oder wenn die Muskeln zuckten, um die Fliegen zu vertreiben. Der Grauschimmel war ein Hengst mit breitem Brustkorb, langen, kräftigen Beinen und einem fein geschnittenen Profil; er hätte am Hof eines Fürsten bei einer Parade nicht in der hintersten Reihe stehen müssen. Seine einsame, gelassen wirkende Erscheinung forderte geradezu heraus, sich ihm vorsichtig zu nähern, ihm sanfte Worte zuzuflüstern, die für das Nachtmahl vorgesehenen Reste von Hafer, Karotten und frischem Wasser zu opfern, um ihn anzulocken, sich ihm einzuschmeicheln, ihn zum Freund zu gewinnen und ihm den Zügel überzustreifen und ihn zu besitzen.

Abgesehen davon, dass er mit seinem Sattel, seinem Zaumzeug mit metallisch blitzenden Beschlägen, seinem gestutzten Schweif und seiner geflochtenen Mähne ganz offensichtlich schon jemandem gehörte und es unwahrscheinlich war, dass dieser jemand sich mit dem Verlust des prächtigen Tieres abfinden würde.

Fabio erwog all dies in wenigen Augenblicken, während er und sein Nebenmann langsam auf der Straße voranritten, beide die Köpfe nach dem abseits im Feld grasenden Schimmel gerichtet und die Unterkiefer weit herabgesunken vor der zum Greifen nahen Schönheit. Schließlich zog Fabio am Zügel und brachte sein eigenes Pferd mit einigen Schwierigkeiten zum Stehen. Er war nicht ungeschickt im Umgang mit Tieren, aber den Gaul kannte er erst seit Kurzem, und sein Vorgänger hatte ihn offenbar lange genug geritten, dass das Pferd sich nur schwer an die fremden Bewegungen des neuen Reiters gewöhnte.

»Na gut«, sagte er. »Na gut. Es besteht die Möglichkeit, dass es keinem gehört oder aus dem Stall des Papstes entlaufen ist oder seinen Reiter irgendwo einen halben Tag von hier abgeworfen und mit gebrochenem Genick am Straßenrand hat liegen lassen oder dass es ganz einfach hierhergestellt worden ist von einer unbekannten Macht, die diesen frühen Abend zum Austeilen von Geschenken nutzt.«

»Und das soll heißen, Fabio?«, fragte der andere Mann mit einem halben Lächeln.

»Dass du so schnell wie möglich zurückreitest, Giuglielmo hinter uns anhalten lässt, damit die Marschordnung nicht durcheinanderkommt, und Corto ausrichtest, dass er es bereuen wird, wenn er nicht wenigstens versucht, sich diesen Gaul zu schnappen.«

»Corto und ein Pferd«, sagte der andere Mann. Er zog am Zügel, um seinen Gaul zu wenden. Das Tier drehte sich einmal mit tänzelnden Hufen um sich selbst und stand dann wieder mit der Nase in der gleichen Richtung wie zuvor. »Scheiße«, sagte der Mann.

Schließlich errang der menschliche Intellekt Oberhand über die Kreatur, und Fabio blieb allein zurück. Er musterte die Umgebung, die friedvoller nicht hätte daliegen können. In einiger Entfernung war ein niedriges Gebüsch, nicht groß genug für einen Hinterhalt; ein Obstbaum stand daneben, der so alt war, dass er keinerlei Früchte mehr trug und seine Äste knorrig und missgelaunt nach allen Seiten ausstreckte. Wieder eine kleine Strecke weiter standen mehrere Bäume beisammen, kaum weniger alt als der einsame Methusalem auf seinem Wachtposten. Wahrscheinlich hatte es hier irgendwann ein Gehöft gegeben; typischerweise waren die einzigen Spuren, die von diesem menschlichen Trachten geblieben waren, jene, die die Natur hinterlassen hatte. Unter der ehemaligen Obstplantage gediehen Brennnessel, niedriger Holunder und Kirschlorbeer. Der Grauschimmel witterte, dann machte er sich gemütlich auf in Richtung auf den einsamen Baum. Fabio hielt den Atem an, aber das Tier stoppte nach wenigen Schritten und begann erneut zu äsen – ein Connaisseur, wenn es je einen gegeben hatte.

Corto kündigte sich mit langsamem Hufschlag an. Er saß hinter Fabios Begleiter auf der Kruppe des Pferdes. Als die zwei Männer bei Fabio angekommen waren, glitt Corto vom Rücken des Gauls und spähte zu dem Grauschimmel hinüber. Der tat, als habe er nichts von der Ankunft seines prospektiven neuen Herrn mitbekommen.

»Tja«, sagte Corto nach einiger Zeit. Er kratzte sich am Kinn und dann unter seiner Kappe. »Da läuft der Gegenwert von zwanzig Kühen herum und hofft auf eine neue Heimat. *Deus lo vult.*«

»Wie willst du es einfangen, Corto?«

Corto tippte sich an die Schläfe. »Mit Verstand.«

»Mein Vater würde sagen: Nimm lieber einen Strick.«

»Deines Vaters Rat bezüglich Stricken kann mir gestohlen bleiben. Wenn er nicht schon vor Jahren heruntergefallen wäre, hinge er immer noch an dem Strick, den sie ihm um den Hals gewunden haben, als sie ihn mit zwei Hühnern unterm Hemd im Stall entdeckten.«

»Mein Vater hatte Angst vor Hühnern. Und er ist ruhig im Bett gestorben«, erklärte Fabio.

»Wenn es nur mal seines gewesen wäre«, sagte Corto. Er zwinkerte Fabio zu. Wer genau hinhörte, erkannte, dass das Geplänkel zwischen den beiden Männern wohleingeübt war und keinerlei Feindseligkeit enthielt.

Fabio holte Haferkörner aus einer Tasche. Er streute sie Corto in die Handfläche. Fabios Pferd wandte den Kopf und versuchte, die Leckerbissen zu erhaschen. Corto zog die Hand zu schnell weg und verstreute die meisten Körner auf dem Boden. Das Pferd reckte den Hals danach, und Fabio wäre beinahe nach vorn aus dem Sattel gefallen.

»Ich weiß schon, warum ich die längste Zeit meines Lebens zu Fuß gelaufen bin«, brummte er. »Wir sollten die alte Marschordnung wieder aufnehmen und die Gäule an den Wagen binden.«

»Die neue Marschordnung ist sicherer«, sagte Corto. »Auf diesen Straßen soll sich noch schlimmeres Gesindel herumtreiben, als du in deiner Verwandtschaft hast.«

»Mein einziger Verwandter, der noch am Leben ist, bist du, geehrter Vetter.«

»Da kannst du mal sehen«, erwiderte Corto. »Ohne die Pferde kämt ihr und Giulielmo niemals schnell genug zum Haupttrupp zurück, wenn was passiert. Und jetzt nehmen wir den gut aussehenden jungen Mann dort drüben unter unsere Fittiche.«

Er sammelte so viele Körner auf, wie er aus dem Staub der Straße picken konnte, und bewegte sich langsam auf den Grauschimmel zu. Dieser hatte sich beim Grasen ein hübsches Stück entfernt und stand jetzt etwa in der Mitte zwischen der Straße und dem knorrigen alten Obstbaum. Der Hengst äugte zu Corto, der vorsichtig herankam und beruhigend murmelte, und wandte sich dann wieder dem Gras zu. In seiner Gelassenheit lag etwas Provokantes. Corto kniff die Augen zusammen.

»*Deus lo vult*«, murmelte er. »Kennst du das, du Klepper? Das haben die

Kreuzfahrer gerufen, als sie die Mauern von Jerusalem erstürmten. Sie dachten, Gott sei mit ihnen und Gott habe es gewollt, dass sie Jerusalem befreiten. Soll ich dir was sagen? Die Burschen dachten völlig falsch.«

Corto streckte die Hand mit den Haferkörnern aus. Der Schimmel schaute auf und schüttelte seine Mähne. Er schien zu schnuppern.

»Mhm«, machte Corto und lächelte. »*Das* ist die Stimme des Herrn, nicht wahr? Die Kreuzfahrer hätten verlieren müssen – sie waren zu wenige, der Proviant war ihnen schon lange ausgegangen, und sie waren zerstritten. Dennoch nahmen sie Jerusalem ein. Weil Gott es so gewollt hat? Blödsinn.«

Der Schimmel machte einen langen Hals und näherte sich mit der Oberlippe den Körnern auf Cortos Handfläche. Corto zog die Hand zurück, woraufhin der Schimmel einen vorsichtigen Schritt auf Corto zu machte.

»Weißt du, warum die Kreuzfahrer Jerusalem eingenommen haben? Weil sie die Stärkeren waren. Sie waren zwar zahlenmäßig unterlegen, aber was bedeutet das schon? Ich habe gehört, Löwen greifen ganze Büffelherden an – sie sind ein halbes Dutzend, und die Büffel sind ein halbes Tausend. Und die Löwen gewinnen. Weil auch sie die Stärkeren sind. Auf die Anzahl kommt es nicht an. Und auf Gottes Willen erst recht nicht. Der Sieg gehört dem Starken, und solange er stark bleibt, wird er weiterhin siegen. Danach unterliegt er; oder wenn er auf einen Stärkeren trifft.«

Der Schimmel naschte die Haferkörner aus Cortos Hand. Corto trat so nahe an ihn heran, dass er die Zügel fassen konnte. Der Schimmel schnaubte und ließ es geschehen. Corto zog den Zügel nach unten, und der Schimmel senkte den stolzen Kopf. Corto klopfte ihm auf den Hals.

»Wenn er unterliegt, muss er sich damit abfinden. So ist es eben«, sagte Corto. »Schau uns an, dich und mich. Ich bin der Stärkere. Du bist größer und schneller als ich, aber ich bin der Stärkere. Ich habe gesiegt, und jetzt gehörst du mir. Braves Pferd.«

Der Schimmel senkte den Kopf erneut und schnupperte an Cortos Füßen herum, dann begann er wieder, Gras zu rupfen. Cortos Hand am Zügel schien ihm nicht das Geringste auszumachen. Corto musterte das Tier, das aufwendige Zaumzeug, den Sattel, der aussah, als hätte der, der darauf zu sitzen pflegte, Ahnung von dem, was er tat. Die Steigbügel waren eher kurz geschnallt, sodass der Reiter mit angezogenen Beinen sitzen musste – keine Haltung, um fest im Sattel zu bleiben, aber im Galopp war man sicher schneller als die anderen. Corto grinste und wand den Stiefel heraus, der im rechten Steigbügel hing. Man war schneller, aber man konnte auch leichter herunterfallen – was zu beweisen war. Er schnupperte an dem Stiefel, stellte fest, dass er getragen worden war, und ließ ihn auf den Boden fallen. Er packte den Sattelrand und rüttelte probehalber an ihm. Das Ding saß fest. Der Idiot, dem das Pferd gehörte, musste tatsächlich aus dem Sattel gefallen sein. Wahrscheinlich hinkte er ein paar Meilen entfernt auf der Straße heran in der Hoffnung, sowohl seinen Gaul als auch seinen Stiefel unversehrt wiederzufinden. Nun, da hatte er sich verrechnet. Und Gott würde ihm auch nicht helfen. Gott hasste Idioten, die dumm genug waren, beim Reiten aus dem Sattel zu fallen.

Corto schob den linken Fuß in den Steigbügel. Das Pferd wandte sich um und beobachtete ihn. Corto lächelte ihm zu. Er verlagerte das Gewicht auf den Fuß im Steigbügel. Das Pferd wandte sich wieder dem Grasen zu. Corto schwang das rechte Bein über den Sattel und setzte sich hin. Er hielt den Atem an.

Der Schimmel rupfte ein Grasbüschel aus, schüttelte es, wie um es vom Dreck zu befreien, und begann zu kauen.

Corto atmete aus. Er schob den rechten Fuß in den Steigbügel. Er flickte mit den Zügeln und schnalzte mit der Zunge.

Und das Pferd explodierte.

Im einen Augenblick war es noch ein scheinbar sanftmütiges Tier gewesen, das sich der Willenskraft seines neuen Herrn gebeugt hatte; zwei weitere Augenblicke später befand es sich schon im gestreckten Galopp und hielt auf den alten, knorrigen Obstbaum zu, so schnell, dass ein Pfeil wahrscheinlich nicht in der Lage gewesen wäre, es einzuholen. Corto hing auf seinem Rücken wie etwas, das aus Versehen von irgendwoher daraufgefallen war und sich von dieser Position innerhalb kürzester Zeit wieder verabschieden würde, bevorzugt vermittels eines kurzen Fluges durch die Abendluft. Die Hufe des Schimmels trommelten auf den Boden und rissen ganze Händevoll trockener Erde heraus. Über dem Getrommel, das selbst den entfernt auf der Straße ungläubig zuschauenden Männern das Zwerchfell erbeben ließ, erhob sich ein Schreien wie ein *UAAAAAH!* …, das nur von Corto stammen konnte. Eine Kappe flatterte davon und entblößte Cortos kahlen Schädel. Der Schimmel jagte mit gerecktem Hals, geblähten Nüstern und gebleckten Gebiss auf das Gebüsch zu, die Zügel, die Corto losgelassen hatte, schlugen ihm um die Ohren, ohne dass er sich davon beirren ließ. Corto krallte sich an der Mähne fest und versuchte gleichzeitig, nicht heruntergeschleudert zu werden, die Füße in den Steigbügeln zu behalten, die Zügel zu erhaschen und durch das Auf und Ab nicht entmannt zu werden. In keiner der Disziplinen schien ihm noch länger anhaltender Erfolg beschieden zu sein. Das Gebüsch mit dem Baum und seinem mörderisch ausgestreckten Ast kam immer näher heran, aus Cortos Perspektive etwas, das in seinem Gesichtsfeld wild herumtanzte und bei jedem Aufprall zurück auf den Sattel in doppelte und dreifache Konturen auseinanderplatzte. Der Gaul hielt stracks auf den Baum zu. Der Ast war einer von der Sorte, an die man Stricke knüpfte, um einen Kerl sich damit die Reise ins Vergessen erstrampeln zu lassen. Corto, der die Absicht des Pferds plötzlich erkannte, begann ebenfalls zu strampeln und versuchte in Umkehrung seiner Taktik die Steigbügel abzustreifen, um abspringen zu können. Er würde sich wahrscheinlich den Hals dabei brechen, aber wenn das Pferd unter dem Ast hindurchbrauste und Corto daran abstreifte, brach er sich den Hals *auf jeden Fall.* Die Steigbügel saßen stramm wie Fesseln. Der Ast tanzte heran, als ob er winken würde. Corto, dem die Augen in den Höhlen herumschlackerten und dessen Zähne aufeinanderschlugen, stierte das wankende Bild an. Das Donnern der Hufe war überall um ihn her wie die Trommeln des Jüngsten Gerichts. Der Gaul wieherte und schien noch zu beschleunigen. Der Ast flog über den Kopf des Pferds auf Corto zu. Corto warf sich zur Seite, kleine Ästchen prasselten ihm um die Ohren. Es würde nicht reichen. Niemals. Plötzlich verschwand Corto aus dem Sattel, verschwand in einem Schauer aus Blättern, Zweigen und dem Staub und den Erdbrocken, die die Hufe aufwirbelten. Das Pferd raste weiter, eine gerade Linie, von wo es losgestürmt war, bis unter die Obstbäume jenseits des Gebüschs, wo es entweder stillhalten oder einschlagen musste wie das Geschoss eines Katapults. Der Ast, den der Obstbaum Corto in den Weg gestreckt hatte, wippte auf und ab und verteilte noch immer Zweige und Blätter um sich her, als das Pferd schon mehrere Längen weiter war. Die Zuschauer auf der Straße gafften. Das Pferd warf den Kopf zurück und wieherte. Corto erschien unvermittelt wieder über der Kruppe des Pferdes, ein Bein zuerst und dann ein Arm. Dann schwang er sich zurück in den Sattel, auf und ab gestoßen wie vorher, aber er drehte sich zu dem Baum um, der ihm ans Leben gewollt hatte, und stieß eine Faust in die Luft.

»Du nicht!«, brüllte er über dem Hufetrommeln. »Du NICHT!«

Der Gaul schien langsamer zu werden. Corto wandte sich ab, um zu sehen, wohin die Raserei ihn trug.

Genau in diesem Augenblick fegte ihn das Seil aus dem Sattel, das Lorenzo zwischen den Bäumen geknüpft hatte.

Lorenzo sprang auf, als sein Pferd an ihm vorbeitrabte. Mit zwei Sätzen war er bei der reglosen Gestalt des Mannes, der mit einem Salto vom Rücken des Pferdes geflogen und zwischen den Brennnesseln gelandet war. Der Kahlkopf lag auf dem Rücken und schnappte nach Luft. Lorenzo fuhr ihm mit der Hand an den Gürtel, zog den Dolch heraus und nahm ihn an sich. Weitere Waffen konnte er nicht entdecken. Er richtete sich auf und starrte auf den Mann hinunter. Dieser hatte seine Blicke fokussiert und musterte Lorenzo unverwandt. Lorenzo war überrascht, wie schnell der Kahlkopf sich in der neuen Situation zurechtfand. In seinem Kopf mussten noch die Glocken eines halben Dutzends Kirchen zu hören sein. Lorenzo hatte sich nach der Erzählung Antonio Bandinis ein grobes, breites Gesicht vorgestellt, aber die Gesichtszüge des Mannes auf dem Boden waren eher schmal und fein gemeißelt. Er hatte Grübchen links und rechts der Mundwinkel und ein Netz von strahlenförmigen Falten um seine Augen. Es schien beinahe, als ob er resigniert lächelte.

»Das ist mein Pferd«, sagte Lorenzo. »Ich brauche nur mit der Zunge zu schnalzen, dann kommt es angerannt. Es hört mich über eine Meile hinweg.«

Der Kahlköpfige sagte nichts.

»Das ist auch mein Seil«, fuhr Lorenzo fort und nickte zu der Falle hinüber, die er aufgebaut hatte. »Ich hoffe, du hast keine ernsthaften Verletzungen davongetragen. Ich wollte nicht abwarten, bis wir einander auf höfliche Weise vorgestellt werden.« Er lächelte auf den am Boden liegenden Mann hinab. »Du bist mein Gefangener.«

»Es war einmal eine Maus«, erklärte eine Stimme in Lorenzos Rücken, »die schaute aus ihrem Käfig hinaus und sagte: Unglaublich, die ganze Welt ist hinter Gittern – außer mir.«

Lorenzo blickte dem Kahlkopf in die Augen. Dieser hatte nicht einmal geblinzelt oder den Blick abschweifen lassen. Unverwandt starrte er Lorenzo ins Gesicht.

»Ist das einer von deinen Männern da hinter mir?«, fragte Lorenzo.

Der Kahlkopf nickte. »Das ist Enrico«, sagte er schließlich. »Wir nennen ihn auch den Erzähler.«

Lorenzo nickte ebenfalls. Er drehte sich nicht um. »Hat er eine Waffe?«

»Es war einmal eine gespannte Armbrust«, fuhr Enrico der Erzähler fort, »die zielte auf den Hinterkopf eines ganz bestimmten Idioten und hoffte, dass der Idiot eine weitere Dummheit begehen würde und sie losgehen dürfe.«

»Na ja«, sagte Lorenzo und reichte dem Kahlkopf seinen Dolch zurück, mit dem Griff voran. »Leider ist *meine* Rückendeckung gerade nicht vor Ort.«

»Manchmal hat man eben Pech«, sagte der Kahlkopf. Er nahm den Dolch an sich. Noch immer hatte er sich nicht von der Stelle gerührt. Schließlich blickte er über Lorenzos Schulter und nickte, und Lorenzo war nicht überrascht, dass etwas mit großer Wucht auf die Stelle traf, an der sein Kopf in den Nacken überging, und ihn kopfüber neben seinem Beinahe-Gefangenen in die Brennnesseln fallen ließ – was er bereits nicht mehr spürte.

10.

Selbstverständlich weigerte sich Antonio Bandini, etwas zu besteigen, das einer Trage auch nur im Entferntesten ähnlich sah.

Buonarotti hatte den Kopfverband gelöst und die üble Schwellung begutachtet, die sich unter der Platzwunde an der Seite von Bandinis Schädel gebildet hatte. Mit der geübten Grobheit des langjährig Erfahrenen hatte er an den Knochen herumgedrückt, bis Bandini Funken an der Peripherie seines Gesichtsfelds herumschwimmen sah und die Männer, die um sie beide herumstanden, sich hinter einem verzerrenden Glas zu befinden schienen. »Die Schädelknochen sind heil, *capitano* Bandini«, sagte er dann. »Aber was sich dahinter befindet, hat einen ordentlichen Stoß abbekommen und wird sich noch eine Weile so anfühlen wie rohes Fleisch.« Buonarotti deutete auf die vernarbte Augenhöhle, und Bandini lernte, dass der Mann absolut respektlos war und in seiner, Bandinis, Truppe keinen Tag lang geduldet worden wäre. »Sie haben das ja auch überlebt, selbst wenn es nicht zu Ihrer Schönheit beigetragen hat. Dagegen ist ein Schädel, in dem das Hirn noch eine Weile herumschlackert, bis es wieder seinen Platz gefunden hat, ein Klacks.«

»Meine Leute nennen mich *patron*«, sagte Bandini und schob die verrutschte Augenklappe wieder an ihren Platz.

»Das mag schon sein, *capitano* Bandini«, erklärte Buonarotti und begann, einen neuen Verband aus Leinenstreifen, die er aus seiner Satteltasche gekramt hatte, um Bandinis Schädel zu wickeln. Als er die Platzwunde bedeckt hatte, quetschte er aus einem Ledersäckchen eine bräunliche Paste, die eine scharfe Geruchsmischung aus Schweineschmalz und Kräutern ausströmte. »Das ist eine Salbe aus Bockskraut, Sempervivum, Wundkraut und Totenblume. Sie lässt die Schwellung zurückgehen und verhindert, dass die Wunde sich entzündet. Ich schmiere sie nicht direkt drauf, weil sie auf offenen Stellen brennt wie ein Teufelsfurz und ich keine Lust habe, sie wieder abzukratzen, weil Sie wie ein Irrer rumlaufen und kreischen: Mach es ab, mach es ab!«

»Tu dir keinen Zwang an«, knurrte Bandini. Der Geruch der Salbe ließ seinen Magen eine langsame Rolle beschreiben, doch er konnte sich beherrschen, nicht erneut zu würgen. Er fing einen Blick des Mannes auf, der als Pietro vorgestellt worden war; dieser lächelte Bandini an und schüttelte kaum merklich den Kopf. »Na gut«, sagte Bandini. »Danke.«

Nachdem der Verband erneuert war und Bandini mühsam aufstand, erkannte er überrascht, dass der pochende Schmerz leichter geworden war. Entweder die Salbe oder die Art, wie Buonarotti den Verband kontrolliert stramm angelegt hatte, zeigte Wirkung. Bandini wusste nun, weshalb Buonarotti unter seinen Kameraden geduldet war. Giuliano musterte ihn besorgt. Bandini straffte sich und schritt auf das nächstbeste Pferd zu.

»Giuliano und ich nehmen zwei Pferde«, erklärte er. Er sah den Mann an, den Lorenzo Ghirardi zu seinem Truppführer gemacht hatte – Nicodemo? Nino? Auf jeden Fall eine Fehlentscheidung – und zwang dessen Blick nieder.

»In Ordnung, *patron*«, sagte die Fehlentscheidung.

»Jetzt aber mal langsam, Niccolò«, protestierte der Kerl namens Pietro. »Lorenzo hat gesagt …«

»Es ist mir egal, was euer verdammter *capitano* gesagt hat«, zischte Bandini. Er drängte die Funken, die wieder vom Rand seines Gesichtsfelds her auf ihn zuschwammen, zurück. »Giuliano und ich nehmen zwei Pferde und reiten ihm hinterher.«

»Sie sind hier nicht der Anführer, *ser* Bandini«, erklärte Pietro betont.

»Für dich immer noch *patron*!«, fauchte Giuliano.

Bandini stellte den Fuß in den Steigbügel und stieß sich ab, um sich in den Sattel zu schwingen. Nach einem kurzen Augenblick des Schwindels sah er zu seinem Erstaunen eine Anzahl von Gesichtern, die auf ihn herabblickten, und hörte das Gemurmel des Kerls namens Buonarotti bei seinem Ohr. Die Funken am Rand seines Gesichtsfeldes tanzten träge durcheinander, einige wanderten quer über das Bild, das er sah, sein Magen fühlte sich an wie etwas, in dem der Hund geschlafen hatte, und die Kopfschmerzen waren so schlimm, dass er dachte, Blut im Mund zu spüren; sie wurden nur von den Schmerzen am entgegengesetzten Ende seines Körpers übertroffen.

Mit der Zeit realisierte er, dass er einfach auf der anderen Seite des Pferdes wieder heruntergefallen war.

»Wenn Sie auf Ihren Dickschädel gefallen wären, würden wir Sie jetzt mit den anderen da drüben einscharren«, sagte Buonarotti und zerrte den Kopfverband wieder fest. »Ich weiß gar nicht, ob ich mich darüber freuen soll, dass Sie stattdessen auf dem Hintern gelandet sind.«

Bandini war ein Mann mit Grundsätzen, und einer davon war, der Vernunft nachzugeben, wenn sie sich hartnäckig genug zeigte. Er seufzte und schloss sein verbliebenes Auge. »Gut«, flüsterte er mit schmerzender Kehle. »Bringt mich nach Florenz. Aber der Teufel soll euch holen, wenn ihr glaubt, ich lasse mich auf eine Trage schnallen.«

Am folgenden Morgen hatte eine Art von Fieber Antonio Bandini ergriffen, das alle Töne und Geräusche hallen ließ wie in einer großen Kirche und dafür sorgte, dass er das, was um ihn herum gesprochen wurde, erst verstand, wenn das Gespräch sich schon lange um etwas anderes drehte.

»Wird ihn das Ding halten?«, hörte er eine Stimme, die nicht die Buonarottis war, während Buonarottis Gesicht vor ihm schwebte und die Lippen bewegte.

»So eine Konstruktion hat den Cid im Sattel gehalten, und der war tot«, sagte Buonarotti, nur dass es nicht Buonarotti war, der sich nun in seinem Blickfeld befand, sondern Giuliano. »Was das Fieber angeht, das wird ihn entweder umbringen oder heilen.«

»Glauben Sie wirklich, dass Sie reiten können, *patron*?«, fragte Giuliano, oder vielmehr schien das Pferd dies zu fragen, vor dem er plötzlich stand, irgendwie aufrecht gehalten von Händen unter seinen Achselhöhlen.

»Natürlich«, sagte Bandini oder glaubte wenigstens, es zu sagen.

Buonarotti schwamm in Bandinis Sichtfeld, starrte in sein Auge und bewegte den Mund. Dann war er wieder verschwunden, und Bandini fand sich halbwegs auf dem Pferd, an dessen Sattel etwas wie ein Rattenkäfig geschnallt war, der aus den Bruchstücken des Reisewagendachs bestand und mit Riemen zusammengebunden war. Eine Seite war offen.

»Macht vorsichtig«, sagte die Geisterstimme Buonarottis zu dem Bild von der groben Konstruktion, die auf dem Pferderücken schwankte. Bandini spürte, wie er in den Sattel geschoben wurde, versuchte nachzuhelfen und musste die Demütigung über sich ergehen lassen, dass jemand auf der einen Seite des Pferdes seinen Fuß in den Steigbügel schob, während auf der anderen Seite jemand anderer sein Bein unter der Käfigkonstruktion hindurchzog und ihn auch dort mit dem Fuß im Bügel verankerte. Hände griffen von hinten nach ihm und verhalfen ihm zu der Erkenntnis, dass einer der Männer auf der Hinterhand des Pferdes saß und von dort mitgeholfen hatte; jetzt schnallten ihn diese Hände vorsichtig an das Tragegitter. Er wandte den Kopf und sah Giulianos besorgtes Gesicht.

»Keine Bange, es geht mir gut«, sagte Bandini, aber mittlerweile kamen seinem träge herumrudernden Geist Zweifel, ob er sich wirklich verständlich machte.

»Wir nehmen die Pilgerroute«, sagte jemand, vermutlich Buonarotti oder der Mann namens Pietro. Wenn es darum ging, Befehle zu erteilen, war jener Niccolò, den der verfluchte Ghirardi zu seinem Vertreter ernannt hatte, nie zu hören; aber wenn es darum ging, sie infrage zu stellen …

»Das ist ein Umweg«, sagte Niccolò. »Wir müssen auf dem schnellsten Weg zu Ser Bianchi zurück, damit er weiß, was passiert ist.«

»Willst du die Strecke nehmen, die wir gekommen sind? Da kommen wir mit *ihm* niemals durch.«

»Du hast nicht den Befehl, Pietro. *Ich* bin der Stellvertreter von *capitano* Ghirardi.«

»Freunde, hört es ohne Klagen, Niccolò hat hier das Sagen«, sang Pietro.

»Und daher befehle ich dir, Pietro Trovatore, dass du nach Florenz voranreitest und Ser Bianchi Bescheid gibst, was wir hier vorgefunden haben. Ich gebe dir eine Nachricht mit. Hat jemand ein Wachstäfelchen oder etwas anderes, worauf …«

»Lorenzo hat mir befohlen, beim Trupp zu bleiben und auf *capitano* Bandini aufzupassen«, sagte Pietro mit einem unüberhörbaren Grinsen in der Stimme.

Bandini versuchte, sich einzumischen, stellte aber fest, dass niemand ihm zuhörte. Es fiel ihm zusehends schwerer, sich auf die Geschehnisse um ihn herum zu konzentrieren oder sie mit dem nötigen Interesse zu bewerten. Schließlich setzte sich das Pferd mit ruckenden Bewegungen in Gang, und Bandinis Gedanken nahmen den Rhythmus auf und wanderten in Gefilde, in die ein stärkerer und wacher Antonio Bandini sie nie hätte wandern lassen. Sie machten sich auf in die Vergangenheit, wo sie auf Bernardo Bandini trafen, Antonios Onkel, und den zehnjährigen Antonio selbst, der sich im Leben nichts sehnlicher wünschte als genauso zu werden wie dieser Onkel – dieser jüngste Bruder seines Vaters, der stets am lautesten lachte, am weitesten sprang, am schnellsten rannte und am ehesten von allen bei irgendeinem Unsinn mitmachte. Der ein enger Freund von Giuliano und Lorenzo de'Medici war, mit denen auch nur entfernt auf gutem Fuß zu stehen für drei Viertel der Florentiner Bevölkerung schon die Erfüllung der gesellschaftlichen Anerkennung gewesen wäre. Bandinis wandernde Gedanken stöberten ein Bild auf, das längst hätte vernichtet sein sollen. Doch da war es immer noch, und was das Wundfieber seinerzeit nach der Verletzung, die ihn sein Auge gekostet hatte, nicht vermocht hatte, gelang den Nachwirkungen des Schlages mit dem Eisenschuh der Pike; was der Zwang damals, mit einer Hand, von der ein Axthieb sämtliche Finger abgetrennt hatte, mehrere Stunden vor Schmerz halb besinnungslos eine steile Felswand hinunterzuklettern, nicht vermocht hatte, vollbrachten nun die Kopfschmerzen, seine Hilflosigkeit und der schaukelnde Schritt des Pferdes.

Bernardo Bandini drehte sich nicht um, als Antonio ihm von der Türschwelle des Hauses seiner Eltern nachwinkte. Antonio ließ die Hand sinken und sah seinem Onkel verwundert hinterher. Womit hatte er Bernardo verärgert? Bernardo war den ganzen Morgen wortkarg gewesen; es schien Antonio, dass er schon in dieser Stimmung angekommen war, aber da es nicht sein konnte, dass Bernardo, dieser perfekte Mensch, Launen hatte, suchte der kleine Junge die Schuld bei sich selbst. Er holte Atem, um Bernardo nachzurufen, aber dann hatte er nicht genug Mut dazu. Mit Tränen in den Augen sah er dem langsam davonschreitenden Mann nach, der sich in tiefem Gespräch mit Franceschino de'Pazzi befand. Franceschino hatte Bernardo abgeholt und ein paar Albernheiten zu Antonio gesagt, die dieser ignoriert hatte, weil er den ständig nervösen und überdrehten Franceschino für einen ausgemachten Trottel hielt. Antonios Eltern traten aus der Tür; in der Erinnerung, die zu dem Bild gehörte, klangen ihre Stimmen wie durch eine Wasserwand, als sie ihn zurück ins Haus schickten, damit er sich in der Frühlingskälte nicht den Tod holte – gerade erst genesen von einer schweren Erkältung, die ihn einen langen Teil des Winters ans Bett gefesselt hatte. Eine schwächliche Konstitution hat dieses Kind, hörte er die Stimme seines Vaters mit einer Portion Verachtung, und: Was dem Kind fehlt, wird der Mann auskuriert haben, die Entgegnung seiner Mutter. Antonio schob sich an der Reihe der Dienstboten entlang in die Dunkelheit des Hausinneren, vage erleichtert, dass sie die Tränen nicht sehen konnten, die weniger aus Enttäuschung über die Ostermesse, die er versäumen würde, über seine Wangen liefen als vielmehr aus Schmerz über das abweisende Verhalten Bernardos.

Das eine Bild führte zum anderen; eigentlich gehörten sie beide zusammen, so wie sie auch, in ihrer unseligen Einheit, auf ewig mit der Person Bernardo Bandinis verbunden sein würden, dem Mann, dem Antonio sein Kinderherz und sein Kindervertrauen geschenkt hatte und an den er seinen Kinderglauben geheftet hatte, dass es kein höheres Ziel gäbe als Bernardos

Beispiel nachzueifern. Das andere Bild: Es bestand aus seinem Vater, der mit wirrem Haar und zerrissenem Gewand in den Saal platzte, die Augen irr und das Gesicht kalkweiß, eine klägliche Anzahl von ebenso zerschunden aussehenden Dienstboten hinter sich herziehend. O mein Gott, o Herr hab Erbarmen, o Grundgütiger schütze uns, drang die Stimme des Vaters verzerrt durch Zeit und Raum, o Jesus Christus, er hat ihn umgebracht … Giuliano … und Lorenzo vielleicht auch. Heilige Maria Mutter Gottes, wir müssen das Haus befestigen, sie werden kommen und uns alle aufhängen, verrammelt die Türen, worauf wartet ihr noch? Alle Heiligen, was sollen wir tun? Kind, los, was sitzt du da herum und spielst! Wir sind verloren … Dieser gottverlassene Idiot von einem verdammten Verräter! Antonio starrte die in Panik auseinanderfallende Gestalt seines Vaters an. Seine eigene Stimme war piepsig in der Rückschau. Wo ist die Mutter? Antonios Vater griff sich in die Haare und zerrte an ihnen. Ich weiß es nicht … alle waren in Panik … ich habe sie stürzen sehen, und dann … Habt ihr die Tore verschlossen, ihr Nichtsnutze? Und die Fensteröffnungen im Erdgeschoß? Womit können wir uns verteidigen? Wo ist der Kaplan? Er soll sich in den Palazzo Medici durchschlagen und in unserem Namen um Gnade bitten. Wir wussten doch nichts … Antonios Vater rannte zur Tür, drehte auf halbem Weg um und stürzte zum Fenster, starrte hinunter in die Gasse. Antonio spähte zur Saaltür hinaus, wo sich die Dienstboten aneinanderdrängelten und verängstigt den Zusammenbruch ihres Herrn beobachteten. Wo ist Onkel Bernardo?, fragte Antonio. Warum ist er nicht mitgekommen? Antonios Vater blieb auf halbem Weg zurück zur Tür stehen, als wäre er an eine Wand geprallt. Er starrte seinen Sohn an, und mit allem Hass, der in ihm tobte und seinen Magen umdrehte, brüllte er: Weil dein Onkel Bernardo ein Mörder ist!

»Was sind das für Leute?«, fragte jemand. Das Pferd hielt an, das Ruckeln hörte auf, und Bandinis Geist schwamm aus dem Saal im Hause Bandini in Florenz heraus, schwamm aus dem Körper des kleinen Jungen, dem die Tränen über die Wangen liefen, schwamm über vierzig Jahre aus Vergessen und Erinnerung, Schmerz und Freude, Liebe und Hass; überwand die Zeit, so wie die Zeit selbst fast alles überwunden hatte, was damals geschehen war, und fand sich in dem Mann wieder, der daraus geworden war und in dessen Herz das als feste Überzeugung geblieben war, was die Zeit nicht hatte überwinden können: dass es seine Aufgabe war, all die Verräter und Mörder zu jagen, ihnen nachzustellen über Meilen hinweg und durch Jahre hindurch und sie zur Strecke zu bringen und damit die Schutzlosen vor ihnen zu behüten und zu verhindern, dass sie ihnen Schaden zufügen konnten. Der kleine Antonio hatte dem in die Gegenwart zurückeilenden Geist des großen Antonio etwas mitgegeben: die Tränen, die er damals geweint hatte und die jetzt aus Antonio Bandinis verbliebenem Auge liefen, ohne dass es jemandem aufgefallen wäre, denn Bandinis Gesicht war schweißnass. Die Schutzlosen zu behüten … zu verhindern, dass ihnen Schaden zugefügt wurde … die Verräter zur Strecke zu bringen. Für einen kleinen Moment tauchte die Erkenntnis in Bandinis gepeinigtem Hirn auf, dass er sein ganzes Leben nur versucht hatte, das gebrochene Herz seines zehnjährigen Ichs zu heilen, und dass er bei all dem Guten, das er vollbracht, und bei allem Recht, das er durchgesetzt, und bei allem Frieden, den sein Kampf gegen das Verbrechen geschaffen hatte, er das eine Ziel, um dessentwillen er all den Schmerz auf sich genommen hatte, nicht zu erreichen vermocht hatte: Das Herz des zehnjährigen Knaben war immer noch gebrochen.

»Lenkt die Pferde mal ein bisschen beiseite«, sagte Pietro. »Lasst die Leute vorbei.«

Bandini blinzelte und nahm wahr, dass Giuliano den Zügel seines Pferdes führte und den Gaul jetzt zur Seite zog. Auf der Straße näherte sich ein Grüppchen von vielleicht zwanzig Personen. Alle starrten sie an. Bandini, dessen Wahrnehmung weiterhin hinter den realen Geschehnissen herhinkte, spürte es wie einen Schlag, als ihm der Anblick bewusst wurde, den die Menschen boten.

»Buonarotti«, sagte Niccolò rau, »sieh mal nach, ob du ihnen helfen kannst.«

Buonarotti war schon abgestiegen, bevor Niccolò ihn angesprochen hatte. Bandini stierte die Männer, Frauen und Kinder an, die sich im Vorwärtsstolpern zusammendrängten.

Sie gingen alle auf ihren eigenen Füßen, aber nicht, weil es ihnen leicht gefallen wäre, sondern weil niemand sie hätte tragen können. Die Glücklicheren unter ihnen trugen Verbände über ihren Wunden; sie waren in der Minderzahl. Stofffetzen klumpten rot an den Stellen, an denen Ohren gewesen waren – oder man konnte die blutverkrusteten Löcher sehen, an denen sie hätten sitzen sollen. Nasen … die älteren Frauen hatten keine Nasen mehr, und ihrem schmerzverzerrt zusammengekauerten Hinken konnte man entnehmen, dass noch weitaus schlimmere Schmerzen dort tobten, wo zerrissene und blutige Röcke sie bedeckten. Ihre verstümmelten Gesichter waren die von Monstren, aber die Monster waren in Wahrheit die gewesen, die ihnen das angetan hatten. Die jüngeren Frauen und die Mädchen – und ein paar von den Jungen, der Himmel erbarme sich – hinkten ebenfalls, waren jedoch, von blau geschlagenen Augen oder Kratzern abgesehen, scheinbar äußerlich unverletzt. Die kleineren Kinder weinten. Ein Mann röchelte mit jedem Schritt, den er machte, aus seinem freien Oberkörper starrten die Federn von fast einem halben Dutzend Armbrustbolzen, die alle miteinander keine lebenswichtigen Organe verletzt hatten.

Bandini starrte die Prozession fassunglos an. Er hörte das mitleidige Gemurmel von Lorenzos Männern und sah dann eine Hand, die sich von einem Pferderücken herunter ausstreckte und Münzen in der Hand hielt. Ein junges Mädchen schnappte sie und musterte den Geber – Franceschino – mit hasserfülltem Blick. Sie zog ein noch jüngeres Mädchen hinter sich her, das mit stierem Blick vor sich hin stolperte und den Anschein machte, in sich zusammenzusinken, sobald die andere sie losließ. Buonarotti versuchte die schlimmsten Wunden anzusehen, doch die Menschen hielten weder an, noch ließen sie ihn an sich heran. Bandini glaubte in dem missmutigen, platt geschlagenen Gesicht Buonarottis Verzweiflung wahrzunehmen. Eine Hand hielt den Beutel mit den Bandagen und den Salben, als wäre darin nur nutzloser Müll. Über der gesamten Gruppe hing – greifbarer noch als der Straßenstaub und der Geruch nach Gewalt – ein Gefühl des Schocks: Menschen, in deren Leben plötzlich eine Tür aufgegangen war und denen auf die harte Tour gezeigt worden war, dass die Mächte der Finsternis jederzeit in ihre Mitte treten konnten und dass die Finsternis dort am dunkelsten war, wo sie Eingang in die Herzen ihrer Mitmenschen gefunden hatte. Das Mädchen, das seine Leidensgenossin hinter sich herzerrte, schlurfte an Bandini vorbei.

»Mädchen, he, Mädchen«, sagte eine Stimme, die Bandini nicht als seine eigene erkannte, die aber aus seinem Mund kam. Er erschauerte, als sein Kopf mit jeder Silbe dröhnend pulsierte. So weit seine Stütze es zuließ, beugte er sich nach vorn, um die Unselige ansehen zu können, selbst ein Anblick, der dazu in der Lage war, den Tod aufmerksam werden zu lassen. Sein Gesicht troff, die grauen Haare, die unter dem Kopfverband hervorschauten, waren nass und fettig, er hing in seinem Stützgerüst wie ein lebloses Stück Fleisch. Sein gesundes Auge zuckte. »He, Mädchen, was ist passiert?«, krächzte er. In seinem Hirn verwirrten sich die Bilder, die sein Auge wahrnahm, und diejenigen, die aus der Erinnerung emportaumelten.

Er stierte die Unglücklichen an und stöhnte; er wusste nicht, was er wirklich sah.

Das Mädchen warf ihm einen mörderischen Blick zu. Sie richtete sich unwillkürlich auf und zuckte zusammen, eine Faust vor dem Schoß verkrampft. »Sie sind in unser Dorf gekommen«, flüsterte sie. »Wir sind die Einzigen, die überlebt haben.«

Pietro Trovatore beugte sich nach vorn. »Wo liegt euer Dorf?«

Sie wandte den Kopf ab und machte Anstalten, weiterzugehen.

»Was haben sie von euch gewollt?«

Das zweite Mädchen gurgelte und fuchtelte mit der freien Hand herum.

»Waren es Männer mit Piken?«, fragte Pietro. »Und mit einem Trosswagen? Ein Kahlkopf ... war ein Kahlkopf dabei?«

Das zweite Mädchen öffnete den Mund und schien nach Luft zu schnappen. Sie schwankte. Ein Blutschwall schwappte über ihr Kinn. Pietro versuchte abzusteigen, aber Buonarotti war schneller und fasste sie unter, ohne dass ihre Führerin sie deswegen losgelassen hätte. Bandini blinzelte; die Erinnerung tat sich auf, und er sah sich einen Augenblick selbst, wie er eine Reihe von blutigen, geschundenen, stöhnenden Menschen entlanglief und an gebeugten Schultern schüttelte, nass geweinte, vom Herbstregen und vom kalten Wind blaue Gesichter packte und zu ihm herumdrehte, unter behelfsmäßige Wundverbände zu blicken versuchte und bellte: »Und du? Gehörst du zu ihnen? Und du? Wohin gehörst du?« Er starrte entsetzt in das Geschehen, das vor seinem inneren Auge ablief und sich über die Realität schob wie eine Theaterszene geisterhafter Schausteller, durch die hindurch man das wahre Leid sehen konnte, das sie zu verkörpern versuchten.

»Was ist mit ihr?«, fragte Buonarotti. »Lass mich sehen, Kindchen, was hast du ...?«

»Zeig's ihm«, flüsterte das erste Mädchen. Ihre Begleiterin stöhnte und öffnete den Mund, und mit einem weiteren Schwall Blut wurde ein zerfetzter, zuckender Lumpen in einer pulsenden Wunde sichtbar, wo einmal eine Mundhöhle und eine Zunge gewesen waren. »Sie hat den Ersten von ihnen angespuckt, als er sich über sie hermachte«, flüsterte das erste Mädchen und bohrte ihren Blick in den Pietros.

»Sag es mir, Mädchen«, flüsterte Pietro, dessen Gesicht zuckte. »Was für Männer waren das?«

Das Mädchen senkte den Blick nicht. »Männer wie ihr«, sagte sie dann und wandte sich endgültig ab, ihre Leidensgenossin hinter sich herzerrend.

Buonarotti blieb wie ein Geschlagener stehen und starrte ihnen nach. Pietro atmete tief ein und schlug sich dann mit der Faust auf den Oberschenkel. Bandini sah sich selbst in der Gestalt Buonarottis am Straßenrand stehen und der Prozession hinterherstarren, die an ihm vorbeigezogen war. Ihr Bild verblasste vor seinen Augen, so wie die schwankenden Gestalten kleiner wurden, die sie in der Realität passiert hatten. Er spürte wieder das Gefühl des Verlierens, das er damals gespürt hatte, als tatsächlich geschehen war, wovon ihm sein Geist nun das vage Bild der Erinnerung vorgespielt hatte. Die missbilligenden Blicke seiner Truppe brannten auf seinem Rücken; auf seinen Händen brannte das Blut derer, die er gepackt und gezwungen hatte, ihn anzusehen und ihm Rede und Antwort zu stehen … Er war so sicher gewesen, dass er recht gehabt hatte. Er hatte unrecht gehabt. Nein, er hatte nicht unrecht gehabt; es war nur so, dass er getäuscht worden war. Ein Verband um das halbe Gesicht, die andere Hälfte verdreckt und blutverkrustet, ein stammelnder Mund, Hände, die schwächlich versuchten, ihn abzuwehren … Die eigene Mutter hätte dieses Gesicht nicht erkannt, und dennoch war der Funke der Erkenntnis in ihm hochgezuckt … hatte er sich an die Beschreibung erinnert, die *monna* Estefania Menafoglio – selbst noch grün und blau geschlagen und geschwollen im Gesicht – von den Männern gegeben hatte, von denen sie überfallen worden war, und die Fresse da vor ihm schien genau zu passen. Aber jemand hatte gebrummt, er solle doch die Unglücklichen in Ruhe lassen, bei der heiligen Jungfrau und allen Aposteln, *bitte, patron!* Es hatte ihn unsicher gemacht, das zuckende Bündel, das ein Mann gewesen war. Es riss sich von ihm los und taumelte weiter.

Und die Vergewaltigung von Baronessa Estefania Menafoglio war niemals vollkommen gesühnt worden, weil ihm *ein* Mann durch die Finger geschlüpft war.

»Heilige Maria«, flüsterte Bandini, aber niemand hörte ihm zu. Buonarotti kletterte wieder in den Sattel und schien versucht zu sein, seinen Beutel mit der Medizin fortzuschleudern, band ihn aber dann doch wieder am Sattel fest. Giuliano zog am Zügel von Bandinis Pferd, und es nahm seinen schwankenden Schritt wieder auf.

Bandini starrte vor sich hin. Seine Lippen bewegten sich unter Flüchen oder Gebeten, er war sich selbst nicht darüber im Klaren.

Klar war nur eines: Er wusste jetzt, woher er Lorenzo Ghirardi kannte.

11.

Bruder Girolamo nahm die Kapuze ab und trocknete sich mit der Handfläche die schweißnasse Stirn. Schmutzstriemen blieben zurück. Die beiden anderen Mönche und die Waffenknechte senkten die Köpfe. Magdalena spähte zu ihren Schwestern hinüber. Radegundis hatte sich – die Menschen können einen immer wieder überraschen, manchmal sogar im Guten – nach einiger Zeit in die Behausungen gewagt und geholfen, bis sie auf die Schwangere gestoßen waren. Sie hätte noch einige Monate gebraucht, um niederzukommen. Sie hatten weder auf das Kind noch auf die Mutter Rücksicht genommen. Ohne das viele Blut hätte es beinahe friedlich ausgesehen, wie sie nebeneinanderlagen. Das Kind war so winzig gewesen wie eine Faust, und doch war schon alles an ihm so, wie es später hätte sein können. Radegundis hatte gewürgt und sich ihren Weg nach draußen mit den Ellbogen gebahnt. An der Beerdigung hatten weder sie noch Immaculata sich beteiligt. Beide kauerten aneinandergedrängt ein ganzes Stück entfernt von den Gräbern, abseits der Spur, die beim Rücktransport des Toten, auf den Immaculata gestoßen war, in das Gras getrampelt worden war. Das Abendlicht reichte noch dazu, ein Gebet für die Ermordeten zu sprechen. Magdalena sah auf ihre Hände hinab, die von Blut und Erde gleichermaßen verkrustet waren und zitterten. Entschlossen verschränkte sie die Finger ineinander.

»Wie der Schatten zum Licht gehört, so gehört der Tod zum Leben«, sagte Bruder Girolamo, der während der grimmigen Arbeit im Inneren der Hütten etwas mehr Menschlichkeit hatte durchblicken lassen als während der Reise zuvor. »Trotzdem gehen wir dem Tod aus dem Weg. Er ist geheimnisvoll, und manchmal ist er schrecklich. Wir wissen zwar, dass wir sterben müssen. Aber wir wissen nicht, wann der Tod kommt, wie er kommt und wie es nach dem Tod weitergeht. Im Glauben wird uns die Gewissheit geschenkt, dass uns nichts – auch nicht der Tod – scheiden kann von der Liebe Gottes.«

»Amen«, sagte Magdalena. Sie sah aus dem Augenwinkel, dass Radegundis sich aufrecht hingekniet und die Hände vor der Brust gefaltet hatte. Immaculata dagegen kauerte wie ein Bündel Kleider auf der Erde. Sie wirkte wie die einzige Überlebende des Massakers, der jetzt die Kraft fehlte, dem letzten Gebet für ihre Lieben beizuwohnen. Vielleicht nahm sie diese Rolle ein, weil es keine Überlebenden gegeben hatte. In Magdalena stieg Sorge auf, wie sie mit ihr die Reise fortsetzen sollten.

»So spricht der Herr: Wer an mich glaubt, wird leben. So spricht der Herr: Heimkehren sollen alle, die ich erlöst habe. So spricht der Herr: Die Seelen der Gerechten sind in Gottes Hand, und keine Qual kann sie mehr erreichen. Ihr Scheiden scheint uns wie ein Untergang, aber sie sind im Frieden.«

»Amen«, sagten alle.

Bruder Girolamo schlug das Kreuz. »Mitten im Leben sind wir vom Tod umfangen«, sagte er und wandte sich ab. Seine Blicke trafen sich mit denen Magdalenas. Beide nickten einander zu.

Die anderen Brüder und die Waffenknechte legten die Grabstöcke und hölzernen Schaufeln, mit denen sie gearbeitet hatten, auf den flachen Hügel des Massengrabs und wankten ein paar Schritte beiseite, um sich niederzusetzen. Die Mönche kramten in den ledernen Beuteln mit den Vorräten, die sie bis jetzt abwechselnd getragen hatten, und zogen die Wasserschläuche hervor. Magdalena stellte fest, dass Bruder Girolamo und der Scharführer sich nicht setzten, sondern abseits standen und leise diskutierten. Wenn sie in den letzten Tagen aus Bruder Girolamos steifer Haltung etwas gelernt hatte, dann, dass seine noch ärger als sonst verkrampften Schultern einen grundsätzlichen Dissens zwischen ihm und dem Scharführer ausdrückten. Sie trat zu ihnen, und die Männer verstummten.

»Ich habe dort drin das Gleiche gesehen und die gleiche Arbeit verrichtet wie ihr«, sagte sie.

Der Scharführer und der Mönch sahen sich an. Bruder Girolamo zuckte mit den Schultern.

»In ein paar Minuten wird es dunkel«, sagte der Scharführer. »Wir können nicht mehr weiterreisen. Das heißt, wir müssen in diesem Gehöft übernachten – mit den Geistern der Ermordeten.« Er spreizte Zeige- und kleinen Finger in Richtung der Hütten ab, für den Fall, dass die Geister die Gewohnheiten ihrer stofflichen Existenz noch nicht abgestreift hatten und sich dort verbargen.

»Ich denke, unsere größere Sorge sollte sein, dass wir heute Nacht eigentlich in einem Hospiz übernachten wollten und daher die Vorräte nicht ausreichen werden«, erklärte Magdalena. Bruder Girolamo verzog keine Miene.

»Sie haben völlig recht, Schwester«, sagte der Scharführer nach einer kleinen Pause, in der Magdalena seinen inneren Kampf zu hören glaubte. Sie versuchte in ihn hineinzusehen, aber sie war zu erschöpft und ihre Seele zu beladen mit den Schrecklichkeiten der letzten Stunden. Sie drückte sich die Handballen in die Augen; das Brennen wurde davon nicht besser.

»Schwester Immaculata und Schwester Radegundis sind am Ende«, sagte sie. »Abgestandenes Wasser allein bringt sie nicht wieder zu Kräften.«

»Natürlich nicht.«

»Wo hätten wir heute übernachten wollen? Der junge Mann sagte, in der Nähe von Bologna.«

Bruder Girolamo öffnete den Mund, aber Magdalena war schneller. Sie stellte fest, dass sie von allen Emotionen, die in ihr brodelten, den Ärger am stärksten verspürte – Ärger darüber, dass nach allem, was sie hier vorgefunden hatten und was ihre eigene heile Welt erschüttert und zumindest die von Schwester Immaculata offenbar zerschmettert hatte, trotzdem kein anderes Problem drängender war als das der täglichen Aufgabe, sich zu ernähren; und dass von den beiden Männern, die für den guten Verlauf der Reise zuständig waren, der eine sich vor den Toten fürchtete und der andere einen Besenstiel so tief ins Kreuz gerammt hatte, dass das Stroh oben seinen Kopf ausfüllte.

»Wenn das stimmt, dürfte es ja kein Problem sein, mit einem deiner Männer durch die Dunkelheit zum nächsten Dorf zu marschieren und dort etwas zu essen zu erstehen.«

»Das läßt sich machen«, sagte der Scharführer und räusperte sich. »Ich habe schon daran gedacht … Ich wollte nur nicht …«

»Schwester …«, begann Bruder Girolamo.

»Du wolltest was nicht? Uns nicht allein lassen? Die Toten können uns nichts mehr anhaben. Und so was will ein erwachsener Mann sein. Warum tust du nicht, was dir schon selbst eingefallen ist?«

»Weil ich dagegen war«, sagte Bruder Girolamo.

»Ach ja?« Magdalena spürte die kühle Ablehnung, die der Mönch ihr entgegenbrachte, und den einen Gedanken: Weiberlaunen!, der wie eine grelle Flammenzunge aus der Kühle emporloderte. »Du und deine Brüder mögen herumgekommen sein und so etwas wie das hier schon hundertmal gesehen haben. Für meine Schwestern und mich trifft das nicht zu! Ich persönlich habe nicht geglaubt, dass die Welt gut und edel ist, aber ich hätte auch nicht im ärgsten Traum daran gedacht, dass sie *so* schlimm ist. Was denkst du, wie es den beiden anderen geht? Ich weiß nicht viel, aber wenn ich eines weiß, dann, dass ein warmes Essen die Wunden der Seele besser heilt als Fasten.«

»Nun, meine Schwester, ich denke nicht, dass du in dieser Situation …«

»… Befehle geben solltest?« Magdalena kniff die Augen zusammen. »Ich bin für meine Schwestern verantwortlich. Sie sind beide fast noch Kinder. Ich danke dir und deinen Brüdern dafür, dass ihr uns begleitet, und ich danke dem Scharführer und seinen Männern dafür, dass sie uns beschützen, aber ich habe mit keinem Wort, das irgendjemand bei unserem Abschied gesprochen hat, gehört, dass wir euren Befehlen zu gehorchen hätten. Ich bin die Magistra von Schwester Immaculata gewesen und bin immer noch die von Schwester Radegundis, und auch wenn sich das innerhalb der Gemeinschaft nur auf ihr Seelenheil erstreckt, dann nehme ich doch an, dass es außerhalb der Klostermauern für alles gilt. Und daher sage ich: Die beiden brauchen etwas zu essen und einen tiefen Nachtschlaf, oder sie werden morgen keinen Schritt mehr weitergehen und immer noch in der Nacht schreiend aufwachen, wenn sie schon alte Weiber sind und keine Zähne mehr haben.«

Bruder Girolamo trat einen Schritt auf sie zu, und sie wich unwillkürlich zurück, bevor sie stehen blieb und den Kopf trotzig hob. Der Mönch beugte sich zu ihr herab und zischte: »Sei still, Schwester, du weißt nicht, was du …«

»Ich weiß genau, was ich sage. Und ich weiß noch genauer, was ich will!« Magdalena hob die Stimme. »Scharführer, ich möchte, dass du tust, worum ich dich gebeten habe. In aller Demut!«, fügte sie hitzig hinzu.

Der Scharführer räusperte sich ausgiebig. Er vermied es, Bruder Girolamo in die Augen zu sehen, der sich aufgerichtet hatte und mit den Kiefermuskeln mahlte. »Wie Sie es wünschen, Schwester!« Er wandte sich mit einer abgezirkelten Bewegung um, sprach den älteren seiner beiden Begleiter an, und gemeinsam marschierten sie davon. Der zurückbleibende Waffenknecht, der junge Mann, der die Nachhut gebildet hatte, ließ den Kopf hängen und schien nicht einmal wahrzunehmen, dass sie gegangen waren. Magdalena holte Atem, um ein letztes Wort zu Bruder Girolamo zu sagen, blickte in sein Gesicht und verzichtete darauf. Ihr Zorn verflog schneller als die Wärme eines Kochfeuers in einer Winternacht, und sie bedauerte die Schärfe ihrer Worte; aber seine Miene war so abweisend, dass sie sich nicht überwinden konnte, ihn um Vergebung zu bitten. Sie stapfte zu ihren Schwestern hinüber, ohne sich noch einmal zu ihm umzudrehen.

Schwester Immaculata kauerte im schwindenden Licht mit um den Oberkörper geschlungenen Armen, als hinge nicht die Wärme eines späten Sommerabends über Feldern, auf die den ganzen Tag die Sonne geschienen hatte. Sie pendelte mit kleinen Bewegungen vor und zurück und wimmerte tief in der Kehle. Radegundis hielt sie in den Armen und hatte sich unwillkürlich ihren Bewegungen angepasst. Sie lächelte Magdalena an, und ohne in sie hineinsehen zu müssen, erkannte diese allein am Lächeln der Novizin, dass das Pendeln in den nächsten Minuten auch Radegundis in die gellende Panik schaukeln würde, in der Immaculata bereits verloren gegangen war.

Magdalena schaute zur Straße hinüber. Die Gestalten des Scharführers und des Waffenknechts waren bereits klein und fern und verschwammen mit dem Abenddunst. Plötzlich fühlte sie sich allein. Sie wünschte, sie hätte sich nicht hinreißen lassen, Bruder Girolamo die Stirn zu bieten. Sie wünschte, sie wüsste mit der Situation besser umzugehen und könnte ihre Schwestern bei der Hand nehmen und sanft aus der Erinnerung an das Entsetzen, das sie gesehen hatten, herausleiten. Doch ihr fiel nur der grobe Weg ein. Sie musterte Radegundis und wusste, dass sie nicht mehr lange warten sollte.

»Ich möchte, dass du heute das Nachtlager richtest«, sagte Magdalena. Als sie keine Reaktion erhielt, fügte sie hinzu: »Drüben bei den Häusern.«

Radegundis blickte zu ihr hoch. Ihr Lächeln zitterte.

»Drüben …?«

»In einem der Gebäude, genauer gesagt. Wir wollen ein Dach über dem Kopf haben.«

Das Lächeln der Novizin fiel in sich zusammen. Sie versteifte sich, die Pendelbewegung hörte auf, und in ihre Augen trat ein Abscheu, der Magdalena noch mehr ins Herz getroffen hätte, wenn er ihr nicht hundertmal besser erschienen wäre als die Schatten der Panik, die sie zuerst darin gesehen hatte.

»Aber … die haben sie doch alle in diesen Häusern …«

»Im Stall nicht«, sagte Magdalena.

»Was?«

»Im Stall nicht. Sie haben nur die Tiere rausgetrieben. Im Stall ist niemand ermordet worden.«

»… aber in den …«

»Ich betone das nur für den Fall, dass du vor den Seelen der Unglücklichen Angst haben solltest, die hier umgebracht worden sind und die Gott in seiner Gnade bestimmt sofort in sein Reich aufgenommen hat ob der Martern, die sie hier erleiden mussten.«

Radegundis blinzelte. »Nicht einmal die Heiligen sind sofort in den Himmel …«

»Wo immer sie sind, hier sind sie nicht mehr.«

»Ich kann nicht …«

»Nein? Schade. Dann muss es Schwester Immaculata tun. Schwester Immaculata?«

Die junge Schwester, die ihr Hin- und Herpendeln eingestellt hatte und stattdessen auf den Boden starrte, die Hände abwechselnd zusammenballend und öffnend, schrak zusammen.

»Schwester Radegundis braucht deine Hilfe«, sagte Magdalena laut. »Beatrice, hörst du mich?«

Die junge Schwester nickte und stöhnte. Ihre Blicke zuckten nach oben und irrten sofort wieder ab.

»Muss ich dich an deine Pflicht erinnern, Schwester?«

»Was soll ich …«

»Lass sie in Ruhe, Schwester Magdalena«, erklärte Radegundis. »Ich kann tun, was du mir aufgetragen hast.«

»Das glaube ich nicht.«

»Doch.« Radegundis richtete sich trotzig auf. Die Überraschung, die durch Immaculatas Betäubung drang, veranlasste diese dazu, sich ebenfalls zu erheben. Als sie auf den Beinen stand, blickte sie sich verwirrt um.

»Ich helfe euch«, sagte Magdalena und versuchte, sich ihre Erleichterung nicht anmerken zu lassen. Sie streckte eine Hand aus. »Komm, Schwester Immaculata, unsere Schwester Radegundis braucht Unterstützung.«

Immaculata nahm Magdalenas Hand wie ein Kind, das fürchtete, von dieser Hand an einen dunklen Ort gezerrt zu werden. Magdalena umfing die kalten, feuchten Finger entschlossen und nötigte die junge Schwester dazu, ein paar Schritte auf sie zuzustolpern. Immaculatas Augen waren weit. Magdalena griff mit der freien Hand nach Radegundis und verschränkte die Hände der beiden jungen Frauen ineinander.

»Na los«, sagte sie und lächelte schwach. »Heute gibt es kein Nachtmahl. Sehen wir zu, dass wir unser Schlaflager so schnell wie möglich beziehen und schlafen können, bevor der Hunger uns wachzuhalten beginnt.«

»Ich will nach Hause«, schluchzte Immaculata.

Ja, dachte Magdalena. Wer möchte das nicht? Sie sah zu, wie die beiden Schwestern Hand in Hand auf die geduckten Gebäude zustapften. Sie wollte ihnen folgen, doch dann sah sie, dass Bruder Girolamo allein abseits im hohen Gras stand und die Straße im Auge behielt. Sie atmete ein, dann ging sie zu ihm.

An den Schatten unter der Kapuze des Mönchs wurde ihr bewusst, wie sehr das Licht den Tag schon verlassen hatte.

»Ich möchte dich um Verzeihung bitten, Bruder«, sagte sie. »Es wäre meine Aufgabe gewesen, dich zu überzeugen, anstatt dich zu bezwingen zu versuchen. Bitte vergib mir meine Hoffart.«

Bruder Girolamo wies mit dem Kopf zur Straße. »Die sehen wir niemals wieder«, sagte er statt einer Antwort.

»Es wird ihnen nichts zustoßen. Der Scharführer ist ein vorsichtiger Mann.«

»Der Scharführer ist ein Feigling«, erwiderte Bruder Girolamo. »Noch bevor du dich eingemischt hast, stand er schon bei mir und versuchte mich zu überreden, ihn ziehen zu lassen, um etwas zu essen zu besorgen.«

»Was ist daran so verwerflich?«

»Meine liebe Schwester, niemand kann dir zum Vorwurf machen, dass du die Menschen nicht kennst. Die Fähigkeit zur Einsicht hat Gott den Männern verliehen, aber nicht den Weibern. Der Scharführer ist ein feiger Mensch, das musste jedem klar sein, der seine Nervosität bemerkte, wenn unsere Reihe sich zu sehr auseinanderzog und er den Überblick verlor. Du glaubst, du hast ihn auf die Idee gebracht, irgendwo im nächsten Dorf um Essen zu bitten? Ich sage dir, er hat innerlich den Schöpfer angefleht, einen solchen Befehl zu erhalten, damit er gehen kann. Das ist das besondere Merkmal an wahren Feiglingen: dass sie sogar zu feige sind, ihren Ängsten nachzugeben, wenn man sie nicht dazu ermuntert.«

»Ich glaube nicht, dass ...«

»Die dieses Verbrechen hier begangen haben, sind keine Tagesreise von uns entfernt – und dabei nehme ich noch an, dass sie sofort nach Verübung der Morde und der Plünderung der Gebäude abgezogen sind und nicht noch hier Rast gemacht haben. Im ungünstigsten Fall trennen uns nur ein paar Stunden. Was glaubst du, passiert, wenn wir auf diese Ungeheuer stoßen? Drei tote Mönche, drei tote Knechte, und was mit drei jungen Frauen passieren kann, selbst wenn sie das Ordensgewand tragen, hast du mit eigenen Augen heute ansehen können.«

»Aber er kann uns doch nicht …«

»Er und sein Kamerad sind jetzt nur noch zu zweit. Selbst wenn es ihnen nicht gelingt, einer Begegnung mit den Verbrechern auszuweichen, wird ihnen kaum etwas geschehen. Sie sind uninteressant, und es gibt bei ihnen nichts zu holen.«

»So soll er gedacht haben?«

»Meine liebe Schwester …«, sagte Bruder Girolamo. »Wenn ich mir über etwas sicher bin, dann das.«

»Warum hast du mich nicht aufgehalten?«

»Was?«

»Warum hast du mich nicht beiseitegenommen und gesagt: Schwester Magdalena, halt den Mund, und hör mir zuerst zu, bevor du eine Dummheit begehst?«

Das Schattengesicht unter der Kapuze musterte sie. »Manche Menschen sind nicht glücklich, wenn man sie ihre Dummheiten nicht begehen lässt.«

»Ach so? Ist dir schon mal aufgefallen, dass diese Dummheit dazu geführt hat, dass du genauso in der Klemme steckst? Der Scharführer und sein Kamerad mögen Feiglinge sein, und wenn ich mir ansehe, dass sie ihren dritten Kameraden einfach zurückgelassen haben, wird mir klar, dass du mit deiner Einschätzung recht hast – aber sie hatten Waffen und hätten uns zumindest ein bisschen Schutz geboten. Und du hast zugesehen, wie ich ihnen eine Ausrede geliefert habe, uns im Stich zu lassen, nur weil du beleidigt warst, dass ich dir über den Mund gefahren bin? Und redest über meine Dummheit? Zu welchen Menschen gehörst du – zu denen, die in den Fluss waten und sagen: Geschieht den anderen gerade recht, wenn ich ertrinke?«

Bruder Girolamo schwieg einen langen Augenblick. Dann wandte er sich ab und murmelte: »Ich vergebe dir, Schwester.«

Kochend vor Wut sah Magdalena zu, wie er davonschritt. Unwillkürlich sah sie sich zur Straße um, die nur noch ein helles Band in der Trübnis war, die die untergegangene Sonne zurückgelassen hatte. Die Bäume waren senkrechte Schattenrisse. In Magdalenas Augen sahen sie auf einmal aus wie Kratzer, die eine riesige Klaue in die Gegenwart der Szenerie gerissen hatte, und durch die Kratzer schimmerte die Schwärze des Chaos, das unter der dünnen Kruste der Normalität verborgen lag. Sie wandte sich ab und sah Radegundis und Immaculata im Stall verschwinden, immer noch Hand in Hand. Der Stich, der plötzlich durch ihren Leib fuhr, kam nur zum Teil von den Unpässlichkeiten der fast überstandenen Monatskrankheit.

Ich will auch nach Hause, dachte sie. Aber im Gegensatz zu Schwester Immaculata wusste sie nicht, wo dieses Zuhause sein mochte. Dort, wohin sie ging, war es vermutlich nicht. Hier, wo sie stand, war es auch nicht. Und dort, von wo sie gekommen war, war es nie gewesen.

12.

Das Gesicht war verzerrt wie die Fratze eines Wasserspeiers. Es bewegte sich in Lorenzos Blickfeld hin und her und schien dabei Spuren durch die Luft zu ziehen, als furche eine Barke zitternde Kielwellen auf eine bis dahin durchsichtige Wasseroberfläche.

»Sieht so aus, als käme er zu sich«, sagte jemand.

Das Gesicht wandte sich ab. »Wo du hintrittst, wächst kein Gras mehr.«

»Wenn ich zuhau, hau ich zu«, brummelte eine dritte Stimme.

Das Gesicht wandte sich wieder Lorenzo zu. Zwei tiefblaue Augen in einem Netzwerk aus strahlenförmigen Fältchen musterten ihn.

»Wenn du noch lebst, sag was«, befahl das Gesicht.

»Gebt mir was zu trinken«, sagte Lorenzo und merkte erst hinterher, dass er gesprochen hatte. Er fühlte, wie eine geschmacklose Feuchtigkeit seinen Mund erfüllte. Kopfschmerzen schossen in seinen Schädel. Er kniff die Augen zusammen und blinzelte. Das Gesicht vor ihm verlor seine verzerrten Formen und zog sich langsam zum Antlitz eines kahlköpfigen Mannes zusammen, dessen Augen wie blaues Glas waren und dessen Mund selbst dann spöttisch zu lächeln schien, wenn er es nicht tat. Es war noch immer dämmrig, doch irgendetwas schien an der Dämmerung falsch zu sein.

Lorenzo strengte sich an, um die Umgebung zu erfassen. Einige Männer standen um ihn herum; hinter ihnen erhob sich die Plane des Trosswagens mit dem Zeichen der Familie Tintori. Ein Feuer, das in einer Mulde aus Asche auf kleiner Flamme brannte, gab wenig Wärme und noch weniger Helligkeit ab. Lorenzo erschauerte. Langsam drang die Tatsache in seinen Verstand, dass das graue Licht von der Morgen- und nicht von der Abenddämmerung stammte. Er versuchte, nicht zu auffällig zu dem Trosswagen hinüberzusehen. So nahe … Dann erfasste sein Gehirn die Situation endgültig, und er erkannte, dass er zwar näher denn je an Clarice Tintoris Aufenthaltsort war, aber zugleich so weit wie nie von jeder Chance entfernt, sie zu befreien. Tatsächlich war er selbst ein Gefangener, wenn auch einer mit deutlich unklareren Überlebensaussichten als Clarice. Plan zwei war ebenfalls fehlgeschlagen. Sieh der Wahrheit ins Gesicht, Alter, dachte er: *Alle* deine Pläne sind fehlgeschlagen. Er holte Atem und wandte seine Aufmerksamkeit dem Mann mit dem kahlen Schädel zu. Was Lorenzo zuerst für einen Stock gehalten hatte, entpuppte sich als Bogen mit gelöster Sehne, der quer über den Knien des Mannes lag.

»Wenn ich dich richtig verstanden habe, war das also dein Pferd«, sagte der Kahlkopf. »Und dein Strick.«

»Und mein Stiefel«, erklärte Lorenzo.

Unwillkürlich wanderten alle Blicke zu Lorenzos bloßem rechten Fuß.

»Ihr habt ihn hoffentlich nicht liegen gelassen«, sagte Lorenzo. »Er ist erst zwei Jahre alt und von einem erstklassigen Schuhmacher in der Nähe des Doms.«

»Wir können ihn suchen gehen, wenn du Wert darauf legst, mit ihm zusammen begraben zu werden«, brummte jemand.

»Wenn ich ehrlich bin, würde ich lieber mit ihm zusammen noch viele Jahre lang Arschtritte verteilen.«

Er vernahm unterdrücktes Lachen. Während er ein selbstbewusstes Grinsen im Gesicht zu behalten versuchte, unternahm er gleichzeitig den Versuch, festzustellen, wo sie sich befanden. Sie mussten weitergezogen sein und ihn mitgenommen haben, bis sie diesen Lagerplatz gefunden hatten. Tatsächlich hätte der Platz auch nur fünfhundert Schritt von der alten Obstplantage entfernt sein können. Lorenzo hatte die Umgebung seines Verstecks nicht kontrolliert. Er war orientierungslos.

Die Männer bewegten sich um das Zentrum des Lagers – das kleine Feuer mit dem dahinter aufragenden Trosswagen und der Gruppe um Lorenzo davor – mit der lässigen Sicherheit derer, die sich überall zu Hause wissen, wo sie sich niederlassen. Es schien keinen Unterschied zu geben zwischen denen, die beritten waren, und den Fußgängern; bis vielleicht auf den Umstand, dass die Pferdebesitzer hier ein wenig steifbeinig waren und beim Hinsetzen verhalten ächzten. Lorenzo hatte nichts anderes erwartet. In seiner eigenen Truppe gab es nur einen einzigen Menschen, der sich von den anderen abzusetzen versuchte: Niccolò, den allein schon deswegen keiner ernst nahm. Es war die einzige Art, eine Truppe Männer wie diese hier oder Lorenzos eigene Leute zu führen: sich auf ihre Professionalität zu verlassen und ansonsten dafür zu sorgen, dass ihnen bewusst war, wohin es ging und zu welchem Zweck, und seine eigene Aufgabe innerhalb der Gruppe genauso gut zu lösen wie sie. Abgesehen davon, dass er von ihrer Richtigkeit überzeugt war, war es die einzige Art zu führen, die Lorenzo beherrschte.

Dennoch fühlte er bei aller Gleichheit einen Unterschied zwischen seinen Männern und diesen hier: Lorenzos Truppe hatte sich aus freiem Willen zusammengefunden; wer nicht dabei sein mochte, für den fand Ser Bianchi entweder eine andere Aufgabe oder die Zeit, eine Empfehlung für einen anderen Kaufmann auszufertigen. Lorenzo hatten sie als ihren *capitano* anfangs toleriert, weil Ser Bianchi ihnen gesagt hatte, er *sei* ihr *capitano*, später akzeptiert, weil sie festgestellt hatten, dass Lorenzo sie nicht in die Irre führte. Die Männer hier hielten zwar nicht weniger zusammen als Pietro und Buonarotti und der Rest der Truppe; doch ihr Zusammenhalt kam nicht aus freier Entscheidung, sondern weil sie nirgendwo sonst mehr einen Platz hatten, zu dem sie gehen konnten, und aus der Kraft ihres Anführers, dem sie folgen würden, solange er stärker, schneller und skrupelloser war als sie. Lorenzo merkte, dass etwas seine Kehle heraufstieg, was sich schon lange nicht mehr gemeldet hatte: der Gestank von brennendem Fleisch, das Echo von Schmerzensschreien, das Bild des Flüchtenden, der davonzukriechen versuchte, das des Mannes, der ihm nachsetzte und seinen Spieß hob … und das Gefühl des Widerstands, den ein Körper seiner Pike entgegenbrachte, bevor er nachgab und die Spitze durch Fleisch, Muskeln und Organe glitt. Es war der Geschmack des Wissens, dass er zu weit gegangen war und dass er alles hätte verhindern und diesem Wahnsinn schon lange zuvor ein Ende hätte setzen können – wenn er nicht selbst daran geglaubt hätte, dass er am Ende seines Wegs angekommen war und dass es für ihn nur noch eine Entscheidung gegeben hatte, nämlich seine Seele und seinen Körper einem Stärkeren, Schnelleren, Skrupelloseren anzuvertrauen. In diesen Geschmack mischte sich derjenige der Tränen, die er weinte, als sein Opfer sich von der Pike freizumachen versuchte und vor seinen Augen zu Boden sank und zuckte und starb.

»Ein Witzbold«, sagte der Kahlkopf. »Der macht dir Konkurrenz, Enrico.«

»Nicht mehr lange«, sagte Enrico und tat einen langen Schritt auf Lorenzo zu.

Lorenzos Verstand starrte immer noch in die Vergangenheit, voller Entsetzen, mit welcher Schnelligkeit die Ereignisse ihn wieder dorthin zurückgeführt hatten, drei Jahre innerhalb von drei Augenblicken; seine Instinkte jedoch waren in der Gegenwart, so, wie sie es stets gewesen waren. Enrico trug noch immer seine Armbrust, die Sehne gespannt, einen Bolzen in der Rinne, den Kolben in die Seite gestützt, ohne Zweifel im Begriff, nach einem weiteren Schritt, der ihn an Lorenzos Seite bringen sollte, einen Fußtritt in die Rippen auszuteilen; keinen wirklich heftigen Tritt, der eine ernste Verletzung hervorgerufen hätte – wenn das gewünscht gewesen wäre, wäre Lorenzo nicht mehr lebend erwacht –, einfach nur den nachlässigen, freundlichen Tritt des Überlegenen, der dem Schwächeren klarmacht, dass er gerade ein wenig über die Stränge geschlagen hat und sich leider nicht in der Position befindet, das ungestraft tun zu dürfen. Lorenzo, der sich inzwischen in den Schneidersitz begeben hatte, stützte die Hände auf den Boden, seine Beine schossen seitlich hinaus und scherten Enricos Kniekehlen ein. Ein Ruck, und die Energie des fallenden Körpers zog Lorenzo halb in die Höhe, während Enricos Gesicht sich vom grinsenden Antlitz eines Fuchses in etwas mit drei großen Löchern verwandelte, von denen das größte das O seines Mundes war.

Enrico prallte auf den Rücken, ohne dass er sich noch mit den Händen hätte abstützen können; seine rechte Faust drückte unwillkürlich den Kolben der Armbrust zusammen und löste den Haken, der die Sehne hielt. Lorenzo, der schon halb über Enrico kniete, warf sich zur Seite, und der Bolzen summte an seiner Wange vorbei senkrecht in die Höhe. Enrico starrte ihm hinterher, nach Luft schnappend wie ein Fisch. Lorenzo drückte den schmächtigen Mann auf den Boden und spähte gleichzeitig über die Schulter dem Bolzen nach. Aus dem Augenwinkel sah er, dass alle Männer, die um ihn und Enrico herumsaßen, es ihm gleichtaten, ein Kreis von nach oben gewandten Gesichtern und ein Anblick, der komisch gewesen wäre, wenn nicht …

»O Scheiße, er kommt wieder runter«, rief der Kahlkopf und krabbelte rücklings auf allen vieren nach hinten.

Lorenzo packte Enrico am Kragen, warf sich nach hinten und zerrte seinen Gefangenen über sich, rollte sich mit ihm herum und kam auf dessen Brustkorb sitzend wieder nach oben. Der Bolzen schlug mit einem trockenen Ploppen ungefähr dort auf, wo Enrico gelegen hatte, und bohrte sich in den Boden.

Alles schwieg. Enrico starrte zu Lorenzo empor. Lorenzo starrte zurück. Obwohl es kein Echo gab, schien das Geräusch des Bolzens und wie er auf die Erde traf, nachzuhallen. Enrico hielt immer noch die Armbrust in der Hand. Sein Blick fiel auf sie, dann auf den im Boden steckenden Bolzen und von dort zu Lorenzo zurück.

»Ein guter Witz«, sagte Lorenzo und stellte fest, dass er außer Atem war.

»Die Armbrust direkt nach oben abzufeuern. Von dir kann ich tatsächlich noch was lernen.«

Er blickte auf und sah, dass sich mehrere Piken auf ihn gerichtet hatten. Die Augen, die über die langen Schäfte hinweg auf ihn starrten, waren groß. Der Kahlkopf schob sich in Lorenzos Blickfeld. Er trat an ihm und Enrico vorbei, zog den Bolzen mit Mühe aus dem Boden und betrachtete die Spitze.

»Das ist so witzig«, sagte er, »dass ich glatt vergessen habe, wie man lacht.«

Er warf den Bolzen neben Enrico auf den Boden und sah auf Lorenzo hinab. »Ich unterstelle mal schlicht, du bist vollkommen verrückt.«

»Da haben wir ja was gemeinsam«, krächzte Lorenzo.

»Geh von mir runter«, sagte Enrico.

Lorenzo sah dem Kahlkopf in die Augen.

»Geh von ihm runter«, sagte der Kahlkopf. »Ihr anderen, die Piken weg. Es ist ja nicht so, dass der gute Mann bewaffnet wäre, oder?«

Lorenzo kam geschmeidig in die Höhe und trat beiseite. Enrico rappelte sich mühsam auf. Lorenzo hielt ihm die Hand hin, aber der Mann funkelte ihn nur hasserfüllt an. Er bückte sich nach seinem Bolzen und wischte die erdige Spitze an seiner Hose ab. Lorenzo ließ die Hand sinken.

»Du schuldest ihm eines«, rief der Kahlkopf dem davonstapfenden Enrico hinterher.

»Wenn er sich einmal umdreht und mir den Rücken zuwendet, werde ich ihn nicht kaltmachen«, sagte der schmächtige Mann. »Dann sind wir quitt.«

Lorenzo nickte. Der Kahlkopf musterte ihn.

»Du hast mich zweimal überrascht«, sagte er. »Das nächste Mal wirst du derjenige sein, der auf dem Boden liegt. Und du wirst nicht wieder aufstehen.«

Lorenzo nickte erneut. Er ließ den Blick des Kahlkopfs nicht los. Erstaunt registrierte er, dass sie beide gleich groß waren. Die meisten der Männer um sie herum waren ein Stückchen größer. Der Kahlkopf blinzelte.

»Und was soll das alles?«, fragte er schließlich. »Deine ganze Vorstellung?«

Lorenzo erkannte unvermittelt, dass das ganze Geplänkel genau auf diese Frage hin zugelaufen war. Nicht nur die Kapriole mit Enrico; nicht nur die Falle, die er mithilfe seines Pferdes gestellt hatte; nein, es hatte von dem

Moment an angefangen, sich auf diesen Augenblick zuzubewegen, als er im Gebüsch gelegen und festgestellt hatte, dass er Clarice nicht einfach unter den Nasen ihrer Wächter fortschaffen konnte. Sein Plan zwei war in Wirklichkeit nur die halbe Lösung; der eigentliche zweite Plan trat jetzt in Kraft. Lorenzo fühlte, wie sich ein Abgrund vor ihm auftat. Zugleich wusste er, dass es die einzige Möglichkeit war.

»Wenn ich mich einfach auf die Straße gestellt und auf euch gewartet hätte, hätte mir niemand zugehört«, sagte Lorenzo. »Ich musste dich auf mich aufmerksam machen, nicht wahr? Wer kauft schon die Katze im Sack?« Er holte Atem, faltete die Hände, und während eine kleine Stimme in ihm schrie und seine Worte verfluchte, hörte er sich selbst sagen: »Ich möchte zu dir gehören. Nimmst du mich in deinen Dienst, *patron?*«

Es galt, schnell zu sein: Er musste die erste wirkliche Gelegenheit ergreifen, mit Clarice zu fliehen – das kleine Problem, dass er sie noch gar nicht gesehen hatte und nur vermuten konnte, dass sie sich im Trosswagen befand, mal außer Acht gelassen. Vor allem aber galt es, klug zu sein. Eine zweite Gelegenheit würde es nicht geben; ein Fehler bedeutete nicht nur das Scheitern seiner Mission, sondern auch das Ende seines Lebens. Lorenzo gab die verblüfften Blicke der Männer, die ihn umringten, so freimütig wie möglich zurück. Er spürte, wie sein Mund sich zu einem selbstbewussten Grinsen verzog, ohne dass er sich so fühlte. Die blauen Augen des Kahlkopfs musterten ihn so eingehend, dass Lorenzo Mühe hatte, seine Pose aufrechtzuerhalten. Enrico stand abseits und durchbohrte ihn mit Blicken; einen Feind hatte er sich schon gemacht.

»Meine Mannschaft ist vollzählig, wie du siehst«, sagte der Kahlkopf.

Abzüglich des jungen Burschen, der vor meinen Augen gestorben ist, dachte Lorenzo, aber den hast du vielleicht schon vergessen. »Ich hätte Enrico liegen lassen sollen, als der Bolzen runterkam, dann hättest du jetzt Ersatzbedarf«, sagte er stattdessen.

»Warum hast du's nicht getan?«

»Ein Feind, den man kennt, ist mehr wert als tausend falsche Freunde.«

Der Kahlkopf nickte. Dann zersplitterte sein schmales Gesicht in Hunderte von Lachfalten. Er hielt Lorenzo seine offene rechte Hand hin. »Der Neue ist immer der Trottel der Kompanie, das ist dir hoffentlich klar.«

Lorenzo ließ die Hand vor sich in der Luft hängen. »Derjenige, der vor mir der Neue war, wird diesen Titel noch ein wenig behalten müssen.«

»Das musst du mit ihm selbst ausmachen.«

»Wer ist es?«

»Glaubst du, du kannst den Trottel der Kompanie nicht selbst ausfindig machen?«

»Manchmal bewerben sich mehrere darum.«

Der Kahlkopf sah auf seine Hand hinunter. Lorenzo wusste, dass er den Bogen nicht überspannen durfte. Er setzte ein Lächeln auf, packte die Hand des Kahlkopfs und drückte sie. »Ich bin Lorenzo.«

»Ich bin Corto.«

Lorenzo ließ die Hand, die er ergriffen hatte, nicht los. »Wo ist mein Stiefel, Corto?«

Der Kahlkopf sah ihn überrascht an. Dann begann er laut zu lachen.

Diesen Augenblick nutzte der Kastrat für seinen Fluchtversuch.

13.

Der dickliche Bursche pflügte durch das hohe Gras. Lorenzo meinte, seinen pfeifenden Atem selbst auf die Entfernung zu hören. Einer von Cortos Männern taumelte ihm hinterher, stolperte und fiel, versuchte aufzustehen und fiel erneut auf den Boden, wo er liegen blieb, sich zusammenrollte und mit beiden Händen seinen Kopf umklammerte. Die stämmigen Beine des Fliehenden pumpten und wirbelten Schleier aus Grassamen und Fetzen von Halmen, Samenständen und Erdreich auf, die ihn als eine im Frühmorgenlicht golden schimmernde Wolke begleiteten und in seiner Spur einen träge sinkenden Streif bildeten wie das Kielwasser, das sich hinter einer im Sechserschlag hektisch rudernden Galeere nur widerwillig beruhigt. Die paddelnden Arme machten den Eindruck der Galeere vollständig, wenngleich Lorenzo mit Galeeren nur die Erinnerung an elegante, schlanke Umrisse verband. Der Mann rannte in gerader Linie vom Lager Cortos davon, ohne dass ersichtlich gewesen wäre, ob er auch nur den Hauch einer Ahnung hatte, wohin er überhaupt fliehen wollte; eine in zweihundert Pfund Fleisch körperlich gewordene Form der Panik, die schnurstracks von einem bestimmten Punkt fortstrebte, ausschließlich vom Willen beseelt, so schnell wie möglich so viel Distanz wie möglich zwischen sich und ihren Ausgangsort zu bringen, getrieben von der falschen Gewissheit, dass dazu eine exakte Gerade notwendig war. Er mähte einen Strich ins Gras, mit dem ein römischer Landvermesser eine neue Straße hätte planen können, die ohne die geringste Kurve bis hinter den Horizont führte.

»Haltet das Arschloch auf!«, rief Corto.

Der Flüchtling drehte sich im Laufen um und produzierte eine gespannte Armbrust. Jetzt hörte Lorenzo ihn wirklich stöhnen. Er stolperte seitwärts im Krebsgang, fiel wie durch ein Wunder nicht hin, peilte wild schwankend die Gruppe Männer mit Corto und Lorenzo an und drückte ab. Der Bolzen schwirrte davon, Cortos Männer sprangen auseinander, obwohl sie damit den in ihrer Mitte stehenden Anführer entblößten; Corto und Lorenzo wechselten einen Blick, dann blieben beide regungslos stehen, und der Bolzen flog harmlos an ihnen vorbei und schlitterte über den niedergetretenen Boden.

Weitere Sehnen knallten gegen die Schäfte, ein halbes Dutzend Armbrustbolzen machte sich in die Gegenrichtung auf. Der Flüchtling warf seine Waffe fort und versuchte, noch schneller zu rennen. Die Bolzen gingen hinter ihm nieder; die Entfernung war schon zu groß.

Corto bückte sich und hob seinen Bogen auf. Lorenzo sah ihm überrascht zu, wie er mit blitzartigen Bewegungen das Ende mit der dort festgemachten Sehne auf den Boden stellte, den Bogen scheinbar ohne Kraftanstrengung zusammendrückte, das andere Ende der Sehne einhängte und einen Pfeil einlegte, alles innerhalb eines Herzschlags. Dann spannte Corto die Sehne; der Bogen knackte. Er warf Lorenzo einen Seitenblick zu.

»Noch zweihundert Schritte, dann kann er nicht mehr«, sagte Lorenzo mit trockenem Mund. »Du brauchst ihn nur aufsammeln zu lassen.«

»Du hast recht«, sagte Corto. Er hob die Hand, die den Bogen umklammert hielt, hoch an, spannte die Sehne noch das eine letzte Stück, das einen Bogenschützen von einem Mann mit einem Bogen unterscheidet, und ließ die Sehne los.

Der Pfeil schoss wild schwänzelnd davon, fast zu schnell, um ihm mit dem Auge zu folgen.

Der Flüchtling drehte sich nochmals im Laufen um, sein Gesicht ein weit aufgerissener Mund, mit dem er Luft zu holen versuchte. Man konnte nicht erkennen, wohin er blickte, aber er blickte nicht nach oben.

Der Pfeil überschritt den Zenit seiner flachen Parabel und senkte sich nach unten, jetzt vollkommen ruhig in der Luft liegend.

Lorenzo hatte das Gefühl, als ob der Blick, den der Fliehende zurückwarf, direkt ihn träfe. Er sah die wild rudernden Arme, die Beine, die durcheinanderzukommen drohten, die goldene Wolke, die von seinen stampfenden Füßen aufgewirbelt wurde ...

Dann war er weg, und es war nur noch die Wolke da. Der Strich durch das Gras, mit dem der römische Landvermesser seine Straße hätte planen können, endete und würde nie mehr bis zum Horizont führen.

Corto senkte den Bogen. »*Jetzt* können wir ihn aufsammeln«, sagte er ruhig.

Der Mann lag auf dem Rücken, als sie bei ihm eintrafen. Seine Augen waren offen. Er blinzelte nicht, obwohl sich der Staub, den er aufgewirbelt hatte, in sie hineinsenkte. Das Gesicht war noch rot, wo es nicht vom Staub lehmfarben gefärbt wurde. Die Schweißtropfen liefen noch an seinen Wangen herab und zeichneten ebenso gerade Spuren in seine weichen staubgepuderten Züge, wie er selbst sie ins Gras gezogen hatte. Er war tot. Das hintere Viertel des Pfeils ragte unterhalb des rechten Schlüsselbeins aus seinem nass geschwitzten Hemd; der Blutfleck um den Schaft herum war nicht größer, als wenn er sich einen Pickel aufgekratzt hätte. Unterhalb der Achselhöhle kam der Pfeil wieder zwischen seinen Rippen zum Vorschein. Die Spitze war abgebrochen, als er gefallen war. Cortos Schuss war durch sein Herz gegangen.

»Ich werd verrückt, Corto«, sagte jemand. »Wie hast du ihn nur auf diese Entfernung noch treffen können?«

Corto sah auf den Toten hinunter. »Verdammte Verschwendung«, murmelte er, und Lorenzo fragte sich, ob er seinen ruinierten Pfeil meinte oder den Umstand, dass ein Mensch tot vor ihm auf dem Boden lag. Corto drehte sich um und musterte das Lager. Der größte Teil seiner Männer hatte Disziplin bewahrt und war beim Trosswagen geblieben. Die zwei Kinder, die Lorenzo schon gesehen hatte, standen neben dem Wagen und spähten in ihre Richtung. Während Lorenzo noch hinsah, beschrieb der eine der beiden Jungen mit der Hand einen Bogen durch die Luft, und der andere fasste sich ans Herz und tat so, als würde er nach hinten umfallen. Dann schüttelten beide die Köpfe, offensichtlich beeindruckt von Cortos Meisterschuss.

»Wer war der Bursche?«, fragte Lorenzo. Er hatte immer noch den Eindruck, dass der Blick des Mannes direkt ihm gegolten hatte und dass er auch jetzt auf ihm ruhte, obwohl die toten Augen ins Leere starrten. Manch ein Gesicht, das im Leben lächerlich gewirkt hatte, bekam im Tod eine gewisse Würde, aber mit diesem Gesicht hier vor ihm verhielt es sich wie mit allen anderen toten Gesichtern, die er gesehen hatte: Es wirkte schlaff und gedunsen und wie ein Tonklumpen, der immer weniger menschlich aussah, je länger man ihn betrachtete. Er hatte sich manchmal gefragt, ob es überhaupt möglich war, dass jemand einen toten Angehörigen auf einem Schlachtfeld wiederfand; die Gesichter der Toten schienen nicht mehr zu den Menschen zu gehören, die sie im Leben getragen hatten.

Corto musterte die Umgebung und strich mit der Handfläche über die Rispen des hohen Grases, dann polkte er nachdenklich mit der Schuhspitze in den niedergetretenen Halmen herum.

»Die Straße ist weit genug entfernt«, sagte er schließlich. »Das Gras wird sich zwar nicht aufrichten, aber was soll's – wer verirrt sich schon hierher? Wir können ihn liegen lassen.«

Lorenzo schluckte seinen Widerspruch hinunter. Tatsächlich konnte es dem Toten egal sein, ob man seinen leeren Körper unter die Erde brachte oder ihn liegen ließ – ob ihn die Würmer oder die Füchse fraßen; dennoch empfand er Cortos Entscheidung als Sakrileg. Was hatte er erwartet von einem, der einen sterbenden Kameraden unter den Leichen seiner Feinde zurückließ? Aber Cortos Auftreten war so widersprüchlich, dass er gedacht hatte …

… was?

Verborgen unter der rauen Schale einen Kern Menschlichkeit zu finden?

»Komm mit«, sagte Corto zu Lorenzo und stapfte zum Lager zurück. »Du hast noch nicht alles gesehen.«

Als die Kinder Corto und die anderen näher kommen sahen, kletterten sie in den Trosswagen und verschwanden darin. Corto hielt bei dem Mann an, der dem Getöteten hinterhergelaufen war. Dieser saß mit hängenden Schultern und angezogenen Knien auf dem Boden. Zwischen seinen Füßen waren die Grashalme dunkel und nass von Erbrochenem. Als er hochsah, war sein Gesicht grün. Er konnte nicht älter als achtzehn, neunzehn Jahre sein.

»Verruca«, sagte Corto. »Ich bin enttäuscht.«

Einer der anderen Männer trat hinzu. Er hielt einen knorrigen Ast in die Höhe.

»Er kann nichts dafür, Corto. Der Fettsack hat ihm den von hinten über die Rübe gezogen. Wenn er nicht nur Talg in den Armen gehabt hätte, wäre Verruca jetzt eine Mahlzeit für die Würmer. Toller Schuss, im Übrigen, Corto.«

»Du brauchst den Welpen nicht zu beschützen. Ich reiße ihm schon nicht den Kopf ab.«

»Ich wäre dir dankbar, wenn du's tätest«, stöhnte Verruca.

»Was hat der Kastrat außerhalb des Wagens zu tun gehabt?«

Der andere Mann zuckte mit den Schultern und deutete auf seinen Schritt. »Bäume wässern.«

Corto verdrehte die Augen. »Das Erste, was die Weiber tun, wenn sie für ein paar Augenblicke Ruhe haben, ist pissen.«

Der andere Mann zuckte mit den Schultern. Er musterte Lorenzo mit einem kurzen Seitenblick, der keine Feindseligkeit enthielt und nur ein begrenztes Ausmaß an Interesse. Lorenzo verstand. Corto hatte die Möglichkeit gehabt, ihn, den Fremden, zu töten, aber er lebte noch und lief sogar neben Corto her; folglich hatte Corto einen Beschluss gefasst, der dem Fremden das Weiterleben gestattete, und das war genauso gut wie die gegenteilige Entscheidung. Selbst Enrico zweifelte keinen Moment an, dass Cortos Entschluss nicht zu diskutieren war. Hier waren Männer, die ihrem Anführer vertrauten und ihm in seinen Ratschlüssen folgten wie einem Leitwolf.

»Der Kastrat ist wie immer mit ihr gegangen. Wir dachten uns nichts dabei, Corto. Dann kam er plötzlich herangeschlendert, latschte zu Verruca …«

»… ich hab mich noch zu ihm runtergebeugt, weil ich dachte, er will mir sagen, dass die Madonna sich weigert zurückzukommen und jemand sie hertragen müsse«, ächzte Verruca.

»Dann zog er den Prügel hinter seinem Arsch hervor, dellte Verrucas Schädel ein und begann zu rennen. Den Rest hast du ohnehin selbst erledigt, Corto.«

»Ich gehe davon aus, dass jemand was wegen der Madonna unternommen hat«, sagte Corto ruhig.

»Urso hat den Blubbersack zu ihr gebracht und wartet dort drüben, dass sie ihr Geschäft zu Ende bringt.« Der Mann deutete auf eine Gestalt, die neben einer Hecke in einigen Dutzend Schritten Entfernung stand und in der Nase bohrte.

»Na gut.« Corto deutete mit dem Daumen auf Lorenzo. »Der da ist Lorenzo. Wir haben uns die Hände geschüttelt.«

»Salve, Lorenzo«, sagte der Mann.

Corto zog die Plane des Trosswagens auf und wies hinein. Lorenzo sah die beiden Jungen, die seinen Blick ohne Furcht erwiderten. Sie mochten zehn und zwölf Jahre alt sein. Ihre Kleidung war schmutzig und ihr Haar verfilzt, doch man konnte ihnen ansehen, dass sie ihr bisheriges Leben nicht auf der Straße verbracht hatten. »Eduardo und Raffaelle Cantafini aus Brescia«, sagte Corto. Er wandte sich an die Jungen. »Der Kastrat ist tot. Tut mir leid, Jungs.«

Die beiden nickten. Ihren Gesichtern war keine Trauer anzumerken. Der Größere der beiden griff sich ans Herz und ließ sich nach hinten umfallen, wobei er ein überzeugendes Röcheln ausstieß. Sein kleiner Bruder kicherte. Corto ließ die Plane wieder zufallen.

»Wir haben die beiden zusammen mit dem Kastraten in der Nähe von Rimini aufgesammelt. Das war vor drei Wochen. Wenn ich richtig verstanden habe, waren sie auf dem Weg zu ihrer Tante. Sie hatten noch zwei Waschlappen mit schön geschmückten Obstschälern dabei, die auf sie hätten aufpassen sollen. Wir haben die Waschlappen zur Tante nach Rimini geschickt, damit sie unsere Forderungen überbringen. Ich hoffe, die haben das Geld bald zusammen; die Knaben gehen mir auf die Nüsse, die sind frecher und unerschrockener als meine Leute zusammen. Wenn's noch lange dauert, zahle ich dafür, dass man sie wieder mitnimmt.«

Lorenzo grunzte, als ihm klar wurde, dass Corto eine Antwort erwartete. Er wusste nicht, was er hätte sagen sollen. Schließlich fragte er: »Was für eine Rolle spielte der Kastrat?«

»Der war ihr Gesangslehrer.« Corto zuckte mit den Schultern. »Wer schickt schon zwei Kinder mit einem fetten Gesangslehrer über Land in diesen Zeiten? Vermutlich ging es ihren Eltern wie mir – die waren froh, die beiden mal los zu sein.«

Verruca trat an Corto und Lorenzo heran. Er war noch immer fahlgrün im Gesicht und roch nach Erbrochenem. »Bin wieder auf dem Damm, Corto«, sagte er, obwohl man klar sehen konnte, dass es nicht der Fall war. Corto musterte ihn.

»Wenn das so ist, dann geh und löse Urso ab – und sieh zu, dass die Madonna ihr Pelzchen endgültig abtrocknet und sich wieder zu uns gesellt.«

»Wie soll ich das denn machen, Corto?«

»Keine Ahnung. Du bist doch wieder auf dem Damm, oder? Dann wird dir schon was einfallen.«

Verruca stapfte zögernd los. Er ging mit Schlagseite; er war alles andere als auf dem Damm, und Corto wusste es so gut wie Lorenzo. Der kahlköpfige Mann sah dem jungen Burschen hinterher. »Ich denke, Verruca wird seinen Titel nicht an dich abgeben.«

»Der Trottel der Kompanie?«

Corto grinste und nickte. Das Grinsen war nicht bösartig, es war lediglich das eines Mannes, der seine Leute einschätzen konnte und wusste, was von wem zu erwarten war – und der, wenn er große Worte hörte, auch große Taten sehen wollte. Verruca war wieder auf dem Damm? Fein, dann sollte er auch eine Aufgabe bekommen. Lorenzo wusste plötzlich, dass Corto den jungen Burschen, hätte dieser ehrlich zugegeben, dass ihm elend zumute war, in Ruhe gelassen hätte.

»Sieht so aus, als bliebe Verruca der schlimmste Teil erspart«, sagte Lorenzo und deutete mit dem Kopf in Richtung der Hecke. Sein Herz begann schneller zu schlagen, und er bemühte sich, so ruhig und gelassen wie möglich zu erscheinen.

Begleitet von dem Mann namens Urso und einem ältlichen Kerl mit schlechter Haltung schritt Clarice Tintori durch das Gras. Bis sie heran war, wusste Lorenzo, warum Antonio Bandini nicht mit ihr zurechtgekommen war, warum Cortos Männer sie Madonna nannten und dass es an ein Wunder grenzen würde, wenn Corto sie bändigen konnte. Gleichzeitig dachte er an Clarices Bräutigam, Ser Domenico Bianchi junior, und er lächelte in sich hinein bei dem Gedanken, dass ein solches Wunder von dem jüngeren Bianchi niemals zu erwarten war. Der Mann würde innerhalb von Minuten seiner Braut aus der Hand fressen, und Ser Domenico Bianchi senior hätte Ruhe vor dem Genörgel seiner Frau, sobald Clarice im Haushalt der Bianchi eingezogen war, weil nämlich Beatrice Bianchi ihrer Schwiegertochter sofort den Krieg erklären und hinfort mit dem vergeblichen Bemühen beschäftigt sein würde, die Frau ihres Sohnes unterzubuttern ... wenn es Lorenzo gelang, sie zu befreien und alles zum Guten zu wenden, was dem Gedankengang einiges von seiner Heiterkeit nahm. Lorenzo blickte von der heranschreitenden Gestalt zum ausdruckslosen Gesicht Cortos und zurück und fragte sich, ob Corto seinen Entschluss, den Hochzeitstreck zu überfallen, nicht bald von Herzen bereuen würde.

Clarice war keine Schönheit, aber sie strahlte noch von Weitem die Selbstsicherheit einer Herzogin aus. Die Energie und die Überheblichkeit, die die Vorfahren der Tintori benötigt hatten, um aus dem Färbermilieu in die Kreise der respektablen Kaufleute zu gelangen, schienen in Clarice kulminiert zu sein. Sie trug ihr Haar gerade so hochgesteckt, dass man es nicht wirklich als frivol gelöst betrachten konnte, und das Schleierchen, das ihr Haupt umwehte, war gerade so dicht, dass man es nicht als unverschämt bezeichnen musste, wie eine unverheiratete Frau hier ihr Haar entblößte. Sie bewegte sich unter den Männern, die sie entführt hatten, als wären diese lediglich ein etwas rauerer Typ von Beschützern – Antonio Bandinis oder Lorenzos Männer in ungeschliffener Form. Lorenzo war beeindruckt von ihrer Unerschrockenheit.

Clarice blieb vor Corto stehen und gab dessen Blick zurück, ohne mit der Wimper zu zucken. Corto lächelte.

»Alles in Ordnung, *principessa?*«, fragte er.

Sie zuckte mit den Schultern. Corto gestikulierte in die Richtung, in die der Gesangslehrer der beiden Cantafini-Burschen zu fliehen versucht hatte. »Der Kastrat hat leider diese Welt verlassen müssen.«

Sie starrte ihn unbewegt an. Corto fügte nach kurzem Zögern hinzu: »Das bedeutet, er hier wird ein Auge auf dich haben müssen.«

Der ältliche Mann schrak zusammen und verzog das Gesicht; Clarice sagte gleichzeitig: »Das akzeptiere ich nicht.«

»Die Alternative ist«, sagte Corto und kratzte sich am Kopf, »dass einer meiner Männer mitkommt, wenn du dich wäschst oder den Boden düngen gehst. Natürlich haben meine Männer den Befehl, dich nicht anzurühren, aber wer weiß, ob sie sich daran halten, wenn du ihnen ein bisschen was zeigst? Er hier hält sich daran, das kann ich garantieren, weil er weiß, dass ich ihn sonst mit seinen eigenen Eingeweiden erdrossle.«

Clarices Begleiter schluckte und versuchte sich klein zu machen. Clarice würdigte ihn keines Blickes. »Ich akzeptiere es nicht«, erklärte sie aufs Neue.

»Rein in den Wagen«, sagte Corto. »Hättest du den Kastraten aufgehalten, wären wir jetzt nicht in dieser Lage und der Idiot nicht tot.«

Clarice warf den Kopf zurück und hob den Saum ihres Rocks. Der ältere Mann bückte sich und verschränkte die Hände zu einem Steigbügel, in den sie trat, um sich von ihm in den Wagen hieven zu lassen. Sie zog das Knie so scharf nach, dass ihr Galan nur mit Mühe seine Nase davor bewahren konnte, platt gedrückt zu werden.

»Der da gehört ab sofort zu uns. Er heißt Lorenzo«, sagte Corto. Clarice warf Lorenzo aus dem Wagen heraus den gelangweiltesten aller Blicke zu. Lorenzo machte einen übertriebenen Bückling. Corto gab ihm einen Fußtritt. Der ältere Mann sah von Corto zu Lorenzo – sein Blick traf Lorenzo fast ebenso wie der des fliehenden Kastraten; hier sah ein Hündchen einen neuen Herrn an, wider alle Erfahrung hoffend, gestreichelt statt getreten zu werden. Lorenzo nickte ihm zu und tat so, als hätte er den Blick nicht bemerkt. Der Mann öffnete den Mund, aber Corto schnitt ihm das Wort ab und schickte ihn mit einer Kopfbewegung in den Wagen. Dann wandte sich der kahlköpfige Anführer brüsk ab.

»Jetzt weißt du alles«, sagte er.

»Beeindruckende Sammlung. Was ist mit dem Mädchen?«

»Das Schmuckstück«, erwiderte Corto und grinste breit. »Die wird uns reich machen.«

»Der Kastrat war der Aufpasser nicht für die Jungs, sondern auch für sie?« Lorenzo wies mit dem Kopf zum Wagen, von wo man eine weibliche Stimme sehr pointiert sagen hörte: »Verschwindet aus *meiner* Ecke, ihr kleinen Kröten!«

»Dieser schwanzlose Idiot«, sagte Corto, ohne die Stimme zu erheben.

»Natürlich hätte ich ihn samt den beiden Burschen zurückgegeben. Was hat er denn geglaubt? Hier hatte er's doch schöner als vorher – die Männer haben ihn zwar verarscht, aber sie haben ihn in Ruhe gelassen, und wenn er sang, haben sie ihm sogar zugehört. Selbst die Madonna hat ihn akzeptiert.«

»Vielleicht hatte er einfach zu viel Angst«, sagte Lorenzo und dachte an den Blick, den der fliehende Gesangslehrer scheinbar nur ihm zugeworfen hatte.

»Er hätte mehr Angst vor zu Hause haben sollen, wo die zwei Jungs die Kinder der Herrschaft sind.« Corto kratzte sich unter seiner Kappe. Sein Gesicht verzog sich. »Wir müssen Ersatz für ihn finden.«

»Wie lange willst du denn brauchen, bis du das Geld für deine Geiseln eingetrieben hast?«

»Es dauert so lange, wie's dauert. Aus dir spricht der blutige Anfänger.«

»Wohin reist denn der Bote mit der Lösegeldforderung für die Madonna?«

Corto schwieg ein paar Momente lang. »Ich habe noch niemanden losgeschickt«, sagte er. »Zuerst will ich sie in Sicherheit wissen.«

Lorenzo machte eine weite Geste, die die gesamte Szenerie um sie herum erfasste. »Wo willst du mehr Sicherheit finden?«

»Wart's nur ab.« Er kletterte auf den Bock des Wagens. Derjenige seiner Männer, der die Zugpferde lenkte, erklomm den Wagen von der anderen Seite. »Wir brechen auf!«, rief Corto.

Lorenzo beobachtete die Männer dabei, wie sie sich abmarschbereit machten. Er blieb neben der Kutsche stehen. Corto beugte sich zu ihm herab.

»Dein Pferd kannst du selbst reiten«, sagte er. »Deine Waffen behalte ich, bis du es dir verdient hast, sie in meiner Gegenwart zu tragen.«

Lorenzo hatte nichts anderes erwartet. Er nickte. Corto fasste unter den Kutschbock und warf Lorenzo etwas zu. Er fing es überrascht auf.

»Passte keinem von uns«, sagte Corto. »Und roch außerdem streng.«

Lorenzo betrachtete seinen Stiefel. Corto zwinkerte ihm zu. Dann stand er auf und brüllte: »Es geht los! Wer noch nicht fertig ist, kann hinterherrennen!«

Lorenzo schlüpfte in seinen Stiefel, stieg auf sein Pferd und reihte sich zwanglos in den lockeren Haufen der Berittenen ein. Sie nahmen ihn in ihre Mitte, und es sah so zufällig aus, dass Lorenzo wusste, Corto hatte es so angeordnet. Es würde ihm nicht gelingen, aus dieser Bedeckung heraus davonzusprengen; abgesehen davon hatte das Schicksal des Kastraten ihm gezeigt, dass er auch dann nicht lebend davonkäme, wenn er den Ring durchbrechen könnte. Corto hatte sich seinen Bogen heraufreichen lassen und hielt die Waffe über den Knien; die Sehne war weiterhin gespannt. Corto hatte ihn aufgenommen, doch das hieß nicht, dass er ihm bereits vertraute. Lorenzo ertappte sich bei dem Gedanken, wie er es anstellen könnte, das Vertrauen des Mannes zu gewinnen und in seiner Achtung zu steigen, und er spürte Entsetzen, wie schnell alte Gewohnheiten wieder zu leben begannen, selbst wenn sie unter gänzlich anderen Voraussetzungen geweckt wurden.

Hinter ihnen blieb der tote Gesangslehrer zurück, schon nach wenigen Dutzend Schritten unsichtbar im hohen Gras, noch nicht einmal von denen betrauert, zu denen er gehört hatte.

14.

Gegen Abend war das Problem mit dem Pferd so drastisch geworden, dass selbst der unfähige Niccolò es nicht mehr ignorieren konnte. Bandinis Kopfschmerzen hatten sich so weit gebessert, dass er an seiner Umgebung Anteil nahm, und was er sah, gefiel ihm ganz und gar nicht. Außerdem verfluchte er sich dafür, sich nicht doch durchgesetzt und den kürzeren Weg direkt über die Berge genommen zu haben; wenn er sich darauf verlassen hätte, dass er sich so rasch wie sonst auch von seiner Verletzung erholen würde, wäre ihm dieser Fehler nicht passiert. Aber es hatte sich wirklich so angefühlt, als würde ihm in den nächsten Augenblicken der Kopf von den Schultern rollen.

Nun, Wasser unter der Brücke … Buonarottis famoses Stützgerüst lag irgendwo hinter ihnen im Feld, und jetzt sollte er zusehen, dass er diesen lahmen Haufen schnell genug vor sich hertrieb, um den Zeitverlust wettzumachen. Zum Beispiel sollte er dafür sorgen, dass das Problem mit dem Pferd behoben wurde.

»Der Gaul ist nicht mehr zu gebrauchen«, sagte Bandini. »Wir müssen ihn auswechseln.«

Niccolò nickte mit säuerlicher Miene. »Das ist Ghirardis Schuld«, brummte er. »Ich habe gleich gesagt, wir sollten Michèle und das Tier zurücklassen, als es in das Loch getreten war und Michèle abgeworfen hatte, aber nein …« Er warf einen zornigen Blick in die Runde, der Bandini bewies, dass Lorenzos Männer und ihr Anführer sich darin einig gewesen waren, Niccolòs Ratschlag nicht zu beachten.

Michèle seufzte. »Ich kann absteigen und nachkommen, wenn es sich erholt hat«, bot er an. »Was soll mir schon hier auf der Pilgerstraße zustoßen?«

»Wir bleiben zusammen«, schnappte Bandini, bevor Niccolò etwas sagen konnte. »Das Pferd wird gewechselt, und wir besorgen gleich noch zwei neue dazu, damit wir wieder allesamt beritten sind.« Er sah Niccolò an und hatte plötzlich eine Eingebung. »Oder was meinst du? Natürlich ist es deine Entscheidung als Anführer.«

Überraschung und Freude über die Schmeichelei spiegelten sich schneller in Niccolòs Gesicht, als dieser es verbergen konnte. »Äh …«, sagte er. Bandini schaffte es, sein freundliches Lächeln beizubehalten. Er tat so, als würde er auf die Antwort dieses Totalversagers warten und sich dann nach ihr richten wollen. »Äh … und mit wessen Geld?«

»Dein Herr hat sicher nicht nur deinem *capitano* ein Siegel anvertraut.«

»Nein, wir haben beide eines. Aber meines gilt nur, wenn Ghirardi mitsiegelt … ich meine …«

Bandini schluckte seine Zunge hinunter. »Sehr kurzsichtig von deinem Herrn, nur diesem Ghirardi zu vertrauen.«

»Sie haben recht, aber was sollte ich machen?«

»Na gut. Vorwärtskommen müssen wir. Was hältst du davon, wenn ich mit dem Siegel des Hauses Tintori einen Schuldschein abstemple? Dann sollen die Herrschaften es untereinander ausmachen, wer dafür aufkommt, dass ein paar tapfere Männer keine Anstrengung gescheut haben, die Neuigkeiten schnellstens nach Florenz zu bringen.« Er zwinkerte vertraulich. »Na?«

Die Erleichterung war beinahe zu greifen. »Gute Idee.« Dann hatte Niccolò noch die Frechheit, hinzuzufügen: »Ich nehme Ihren Vorschlag an, *patron*.«

»Freut mich.« *Arsch.* »Eine weise Entscheidung.« Bandinis Grinsen hätte einem empfindsameren Mann ein Loch in den Mantel gebrannt.

Niccolò sah sich um. »Und wo …?«

»Was hältst du von Bobbio?«

»Genau. Bobbio.«

Niccolò nickte. Bandini nickte mit.

»Wir wechseln Michèles Pferd in Bobbio aus und besorgen zwei neue Gäule für Giuliano und den *patron*«, rief Niccolò. »Das Haus Tintori übernimmt fürs Erste die Sicherheit dafür.« Er sagte es so, als wäre es seine Idee gewesen. Niccolò drehte sich zu Bandini um und lächelte, und das Lächeln sagte Bandini, dass sich die paar Augenblicke dramatischer Selbstverleugnung gelohnt hatten. Niccolò würde ihm von nun an aus der Hand fressen. Bandini lächelte zurück.

»Vor drei Jahren«, sagte Niccolò halblaut und schüttelte den Kopf. Bandini erwartete, dass Niccolò eine Bemerkung anfügte, wie schnell doch die Zeit vergehe oder dass sie sich wie dreißig Jahre angefühlt hätten, aber manche

Plattheit war selbst jenseits dieses leuchtenden Beispiels eines Mannsbildes. »Ser Bianchi war auf der Rückreise von Pisa nach Florenz. Er hatte gute Geschäfte gemacht und einen Batzen Geld in der Tasche, als wir ihn wieder nach Hause eskortierten.«

»Wer ist ›wir‹?«, fragte Bandini.

»Pietro Trovatore war dabei, Buonarotti, Maffeo … und ein paar andere, die jetzt nicht mehr bei Ser Bianchi sind.«

»Wer war der *capitano*? Du?«

»Nein«, stieß Niccolò hervor. »Ich war einer aus der Mannschaft. Ser Bianchi hatte allerdings erkannt, dass ich mehr Verstand habe als die anderen, und mich zu seinem persönlichen Leibwächter ernannt, sodass ich stets neben ihm ritt.«

Wahrscheinlich hielt er dich von deinem *capitano* fern, damit du ihm nicht dauernd dreinreden konntest, dachte Bandini. Laut sagte er: »Wer war denn nun der Anführer?«

»Der alte Luigi Testanera. Er hatte die rechte Gesichtshälfte ganz schwarz von einer Muskete, bei der das Pulver falsch gemischt war, als er sie abfeuerte, und Sie müssen wissen, dass einem dann das ganze Zeug ins Gesicht fliegt und sich …«

»Kann's mir vorstellen«, sagte Bandini und unterdrückte den Wunsch, eine Muskete mit falscher Pulvermischung abzufeuern, während Niccolòs Kopf daran festgebunden war.

»… in die Haut einbrennt«, erklärte Niccolò. »Wenn man ihn von der falschen Seite aus ansah, hätte man denken können, er sei ein Mohr. Jedenfalls …« Er stockte, sah sich um, als ob die Gefahr bestünde, dass man sie belauschte, doch die anderen Männer ritten in weitem Abstand vorn, Michèle und Giuliano auf neuen Gäulen. Schließlich beugte er sich zu Bandini hinüber. Seit den Verkaufsverhandlungen für die neuen Pferde in Bobbio, bei denen Niccolò gnädig den Vorschlag Bandinis, diese durch Buonarotti führen zu lassen, angenommen hatte – wer einen Blick für Menschen hatte, hatte auch einen für Pferde, und Buonarotti hatte Bandinis Erwartungen nicht enttäuscht –, übte sich der Schlappschwanz in beinahe kumpelhafter Vertraulichkeit, als wäre der erfolgreiche Rosskauf ein gefährliches Abenteuer gewesen, das sie Seite an Seite überstanden hatten.

»… Sie müssen wissen, Antonio, mein Freund«, sagte Niccolò halblaut, »dass der alte Luigi schon längst hinter den Ofen gehört hätte. Ich will beileibe nichts gegen ihn sagen. Als er ein junger Mann war, zitterte alles Gesindel vor ihm. Er konnte mit Daumen und Zeigefinger eine getrocknete Kastanie aufbrechen, aber damals war er bestimmt schon an die fünfzig, und das ist für die Aufgabe, eine Eskorte für einen reichen Mann zu führen, zu alt. Außerdem hatte er ein böses Knie, sodass er zur falschen Seite hin vom Pferd absteigen musste, weil es sein Gewicht nicht immer trug.« Er seufzte und machte eine Miene, die suggerieren sollte, dass er Ser Bianchi auf Knien angefleht hatte, den alten Luigi Testanera des Kommandos zu entheben. Und Bandini, der die fünfzig knapp überschritten hatte, sagte: »Tja.« Zugleich fragte er sich, ob seine Männer irgendwann einmal von ihm, wenn sie abends am Feuer erzählten, ebenso nachlässig vom alten Antonio *Unocchio* reden würden anstatt von ihrem *patron*.

»Kennen Sie die Straße von Pisa nach Florenz?«

»Ja«, log Bandini, um einer langatmigen Ortsbeschreibung zu entgehen. Vergeblich.

»Dann wissen Sie ja, dass es eigentlich zwei Straßen sind. Eine folgt der alten Via Cassia nördlich des Arno über Lucca und Prato nach Florenz, die andere, die Via Francigena, verläuft dicht am Südufer des Arno entlang über San Miniato und Empoli nach Florenz. Die Via Francigena ist kürzer, aber im Sommer und Herbst die Hölle wegen der Mücken und weil sie sich durch die vielen Pfade der Fischer und die Treidelwege fortwährend gabelt und verzweigt und so kaum zu überblicken ist. Man kann sich zwar nicht wirklich verirren, weil man ja zwangsläufig irgendwann am Arno-Ufer landet, aber man kann es schaffen, sich als Reisegruppe zu verlieren, wenn Sie wissen, was ich meine.«

»Mhm.«

»Wir nahmen die Route über die Via Francigena. Es war schon später Herbst, der Wind blies uns von den Bergen herunter ins Gesicht und verjagte die Mücken und vertrieb die böse Luft, von der das Fieber kommt. Wenn Sie sich erinnern, Antonio, dann waren das damals ohnehin ein ziemlich kalter Sommer und ein noch schlechterer Herbst gewesen.«

»Hm.«

»Ser Bianchi hatte den alten Luigi und die anderen Männer vorgeschickt, weil er den Weg vor sich sicher wissen wollte. Nun will ich ja wie gesagt nichts gegen den alten Luigi sagen, aber irgendwie gelang es ihm und den anderen Hanswursten, auf einen Nebenweg zu wechseln, der sich immer weiter von der Straße entfernte, sodass Ser Bianchi und ich eigentlich allein unterwegs waren, ohne es zu ahnen.«

Bandini verdrehte die Augen. Niccolò fasste es falsch auf und nickte.

»Genau. Ich hätte es ihnen schon sagen können, dass sie aufpassen müssen – ich stamme nämlich aus der Nähe von Empoli und kenne die Verhältnisse auf der Via Francigena. Aber mich fragte ja keiner.«

»Hast du deinen *capitano* nicht trotzdem angesprochen?«

»Wieso denn? Er wusste ja, dass ich aus der Gegend stamme, er hätte mich ja bloß zu fragen brauchen. Abgesehen davon sagte ich was zu Ser Bianchi, und er meinte lediglich, ich solle mich mit Luigi abstimmen, und danach war es mir zu dumm, sie aufzuklären.«

»Was geschah?«, fragte Bandini, der sich wünschte, gewusst zu haben, dass seinerzeit Pietro, Buonarotti und Maffeo schon bei der Truppe gewesen waren; er hätte mit jedem Einzelnen von ihnen lieber gesprochen als mit Niccolò – sogar mit Buonarotti –, selbst wenn er dafür hätte bezahlen müssen.

Niccolò kniff die Lippen zusammen, als er in die Vergangenheit schaute.

»Sie waren zu viert, und sie standen plötzlich in einem lockeren Kreis um uns herum. Einer hatte einen Bogen, die anderen Piken aus langen, zugespitzten Holzstangen.«

»Straßenräuber. Feiges Dreckspack«, knurrte Bandini. »Der Appenin ist wie ein Paradies für sie; auf zehn Schritte finden sich elf Versteckmöglichkeiten. Man kann nicht genug von ihnen aufknüpfen.«

»Wir zügelten die Pferde. Ich weiß noch, dass ich dachte: Oh-oh ... Ser Bianchi hatte ein Schwert in eine Decke eingerollt hinter den Sattel geschnallt, aber um es zu fassen und zu ziehen, hätte er eine halbe Stunde Zeit benötigt. Ich machte mich bereit, ihn zu verteidigen und dabei den Tod zu finden, aber ich wusste genau, wenn ich mein Schwert zog, würde mich der Bursche mit dem Bogen vom Pferd herunterschießen, also hielt ich mich still. Ich meine, ich war natürlich darauf vorbereitet, für meinen Herrn zu sterben, aber was hätte ich tun sollen?«

Bandini, der in keiner Sekunde seines Lebens zum Sterben vorbereitet gewesen war – noch nicht einmal damals bei Onkel Bernardos Verrat – und der fand, dass ein Kämpfer, der die Möglichkeit seines eigenen Todes in Betracht zog, wenn er in den Kampf ging, es gleich sein lassen und sich selbst die Kehle durchschneiden konnte, gab keine Antwort auf die Frage und auch nicht seiner Überzeugung Ausdruck, dass Niccolò angesichts des nahen Todes wohl eher seine Hosen nass gemacht hätte, anstatt darüber nachzudenken, wie er seinen Herrn verteidigen konnte.

»Wir standen da und starrten sie an, und sie starrten uns an. Dann machte einer von ihnen den Mund auf und sagte zu Ser Bianchi: ›Du siehst aus wie jemand, der gern eine kleine Spende machen möchte.‹«

Niccolò schluckte. Wider Erwarten war Bandini gespannt darauf, wie es weiterging.

»Dann sagte eine andere Stimme: ›Aber du siehst nicht aus wie jemand, der eine kleine Spende kassiert.‹«

»Ghirardi?«, fragte Bandini schockiert, dem plötzlich bewusst wurde, dass diese Geschichte – in einigermaßen entstellter Form – etliche Monate lang in den Kreisen seiner Zunftgenossen mit Bewunderung und Häme erzählt worden war.

»Er stand ein bisschen außerhalb des Kreises«, sagte Niccolò widerwillig. »Sie haben ihn ja gesehen, Antonio – ich hielt ihn zuerst für einen von den Strauchdieben mit seinem langen Haar und allem. Aber dann erkannte ich, dass er nicht zu ihnen gehörte.« Er versuchte es mit einem ironischen Grinsen, das vollkommen misslang. »Nicht, dass ich nicht im selben Augenblick gedacht hätte, wenn er nicht zu denen gehört, ist er eben ein allein arbeitender Strauchdieb. Wie gesagt: Sie haben ihn ja selbst gesehen, Antonio.«

Bandini antwortete nicht. Niccolò suchte in seinem Gesicht nach einer Bestätigung, fand keine und sprach, plötzlich unsicher geworden, weiter: »Also, wie auch immer, die drei mit den Piken verständigten sich mit einem Blick, dann rückten sie auf ihn zu. Sie grinsten noch mehr als zuvor. Ghirardi hatte nicht mal eine Waffe.«

»So hat man's erzählt«, brummte Bandini, ohne dass Niccolò ihn verstanden hätte.

»Der Erste hob die Stange über den Kopf und stürmte auf ihn los. Ghirardi wich aus, und ich weiß nicht, wie, plötzlich lag der Angreifer auf dem Boden, und Ghirardi hatte die Stange. Er packte sie quer, wirbelte herum, duckte sich – die Stange des zweiten Strauchdiebs schwirrte über seinen Kopf hinweg –, und schon schlug der zweite der Kerle lang hin. Dann kam der dritte und stieß nach ihm, Ghirardi parierte, griff an, der andere blockte – ich habe noch nie gesehen, dass zwei Männer mit Piken kämpfen, als wären es Schwerter, die zufällig sieben Fuß lang sind. Die Stangen wirbelten und knallten aufeinander, die Männer sprangen hoch und duckten sich. Ghirardi stürzte und rollte sich herum, die Pike seines Gegners knallte auf den Boden, und er kam unverletzt wieder in die Höhe. Dann duckte sich der andere, aber er kam nicht mehr hoch, und so schwer, wie er aufs Gesicht fiel, wusste ich, dass er tot war.«

Niccolò erzählte mit weit ausholenden Armbewegungen. Bandini nickte grimmig.

»Die anderen beiden waren mittlerweile wieder auf die Beine gekommen und umkreisten ihn, und in dem Moment, in dem Ghirardi selbst angriff, erkannte ich, dass sie versucht hatten, ihn dem Kerl mit dem Bogen in die Schussrichtung zu treiben, und ich schrie: ›Achtung!‹ Er wehrte die Attacke seines Gegners ab, umklammerte ihn mit beiden Armen, drückte ihm die Pike gegen den Hals und wirbelte ihn herum. Der Pfeil fuhr dem Burschen in den Leib anstatt in den Ghirardis, und er ließ ihn einfach fallen, schwang die Pike in einer Hand herum, und plötzlich war sie ein Wurfspeer. Er schleuderte ihn, und der Bogenschütze brach zusammen. Die Pike ragte hinten aus seinem Körper fast weiter heraus als vorn.«

Niccolòs Augen waren weit aufgerissen und seine Lippen so dünn wie aufgemalt.

»Bleibt noch einer«, sagte Bandini.

»Der Anführer«, sagte Niccolò. »Der, der das mit der Spende gesagt und Ghirardi als Erster angegriffen hatte. Die Pike des zweiten Mannes lag zwischen ihnen. Sie starrten sich an. Der Strauchdieb riss plötzlich ein Messer heraus und sprang über die Pike hinweg auf Ghirardi zu, aber der war noch schneller, hatte die Pike auf einmal in beiden Händen. Ein Aufwärtsstoß, der Angreifer stoppte, ein wuchtiger Schlag zur Seite, das Messer flog davon. Die Pike wirbelte über Ghirardis Kopf, und am Ende ihres Schwungs traf sie mit einem lauten Knall gegen den Schädel des Strauchdiebs und schleuderte ihn ein paar Schritte davon. Er blieb genauso tot liegen wie der erste seiner Kumpane und der Bogenschütze.«

»War der mit dem Pfeil im Leib auch tot?«

»Ser Bianchi und ich starrten uns an. Es war so schnell gegangen, dass keiner von uns Atemnot hatte, obwohl wir seit dem Beginn des Angriffs nicht geatmet hatten. Ghirardi trat zu dem mit dem Pfeil in der Brust und sah ihm ein paar Augenblicke lang zu, wie er versuchte, sich das Ding aus dem Leib zu ziehen. Dann bückte er sich, griff den Pfeilschaft und trieb ihm die Spitze mit einem einzigen Ruck ins Herz.«

Bandini atmete aus. Niccolò wischte sich über den Mund.

»Dann kam er auf uns zu, sah mich an und sagte ›Danke, mein Held‹. Und Ser Bianchi sagte: ›Wir haben *Ihnen* zu danken.‹ Und Ghirardi sagte:

›Da könnten Sie recht haben.‹ Dann kamen der alte Luigi und die anderen daher, die den Lärm gehört hatten, und gafften, und Ser Bianchi sagte zu Luigi: ›Nehmen Sie diesen jungen Mann unter Ihre Fittiche, Luigi, als wäre er der Nachfolger, den Sie für sich ausgesucht haben. Er wird nämlich Ihr Nachfolger *sein*.‹«

»Hm«, machte Bandini, und Niccolò fasste es erneut falsch auf. Sein Blick kehrte in die Gegenwart zurück, seine Lippen pressten sich zusammen, und er zischte: »Genau! Wo es doch natürlicherweise ich gewesen wäre, der Luigi Testaneras Nachfolger hätte werden sollen!«

Ein paar Meilen weiter tat Bandini so, als setzten die Kopfschmerzen wieder ein, damit Niccolò den Mund hielt und ihn in Ruhe ließ. Niccolò war ein Mensch, den Gott geschaffen hatte, als Er zu einem schlechten Scherz aufgelegt war, aber Bandini würde ihn noch brauchen, wenn sie erst in Florenz waren, und daher wollte er ihn nicht beleidigen. Die Geschichte, die er erzählt hatte, zeigte neben einigen anderen Dingen ausgezeichnet, dass ein Niccolò Labbrosottile einen Groll sehr lange mit sich herumzuschleppen pflegte. Antonio Bandini hingegen wollte in Ruhe nachdenken.

Eines der anderen Dinge, die die Geschichte gezeigt hatte, war, dass in Lorenzo Ghirardi mehr steckte, als er nach außen hin sehen ließ – aber das war Bandini nichts Neues gewesen. Neu war lediglich, dass das, was hinter der Fassade Lorenzos steckte, nicht ausschließlich Abscheu in Bandini weckte.

Fast begann es ihm leidzutun, dass er in ein paar Tagen würde zusehen müssen, wie Lorenzo Ghirardi am Henkersstrick baumelte.

15.

Sie hatten einen ganzen Tag verloren, verschwendet in dem einsamen Gehöft mit den frischen Gräbern davor, über den sich die Ruhe eines Schlachtfeldes vierundzwanzig Stunden nach der Schlacht gesenkt hatte und von dem am Ende des Tages selbst Magdalena zu glauben begann, dass die Seelen der Ermordeten dort immer noch umherirrten. Verschwendet war der Tag, nicht vertrödelt, denn – sie fuhr sich über das Gesicht und rieb sich die brennenden Augen, während sie die Wolkenwand beobachtete, die sich von Westen heranschob und dem Sonnenuntergang eine gewisse Düsternis verlieh – getrödelt hatten sie keine Sekunde.

Schuld daran war eine lebende Seele gewesen; eine, der der Anblick der geschundenen Leichen und möglicherweise die Nachtstunden in der Nähe der Folterkammern, zu denen die Häuser geworden waren, am Ende so sehr zugesetzt hatten, dass sie die Flucht aus der dünnen Schicht der Realität angetreten hatte. Offensichtlich hatte es dort, wohin sie geflohen war, aber auch keine tröstlicheren Dinge gegeben, zumindest wenn man anhand des panischen Heulens urteilen wollte, das sich in den noch finsteren Stunden des Morgengrauens dem Körper entrang, in dem die Seele beheimatet war, und das lange Stunden nicht mehr aufhören wollte.

Schwester Immaculata war es nicht gewesen. Wenigstens nicht von Anfang an … wenigstens so lange nicht, bis das Geheul sie ebenfalls schreiend und stöhnend in die Felder stolpern ließ, die Hände über den Ohren, nachdem sie stundenlang zusammen mit Magdalena und Schwester Radegundis versucht hatte, das Heulen zu lindern.

Das Grauen, das von den Gebäuden Besitz genommen hatte und das hier noch viele Jahre eine Heimat finden würde, solange die Erinnerung ihm Nahrung gab, hatte das Opfer gefunden, das von ihrer Gruppe am verletzlichsten war, weil es allein war.

Der übrig gebliebene Klosterknecht … Magdalena schauderte, als sie daran dachte, wie sie alle miteinander von seinem Heulen in die Höhe gefahren waren. Ihr Herz hatte so hart gepocht, dass ihre Zähne aufeinanderschlugen, während das Kreischen durch die Dunkelheit drang und sie in den ersten Momenten des Halbwachseins überzeugt war, dass die Geister der Toten über sie herfielen. Der junge Mann hatte auf der Strohschütte gelegen, die er sich im Stall bereitet hatte, und hatte geschrien. Man hätte meinen mögen, dass jemand, der derart vom Terror erfüllt war, vor sich selbst geflohen wäre, aber der Klosterknecht war tatsächlich gelähmt gewesen vor Entsetzen. Er stierte mit offenen Augen ins Nichts, fuchtelte mit den Händen vor seinem Gesicht herum und brüllte. Seine Hosen waren nass, wo seine Blase nachgegeben hatte. Bruder Girolamo, der ein kleines Feuer vor dem Eingang zum Stall unterhalten und sich mit seinen drei Brüdern die Wache geteilt hatte, war mit einem brennenden Ast als Fackel hereingestürmt. Das Licht hatte den Tobenden nicht beruhigt, es stachelte seinen Schrecken eher noch an. Schaum spritzte von seinen Lippen, dann spritzte Blut, als er sich die Zunge aufbiss.

Die Mönche hatten gebetet und versucht, seine Glieder mit kleinen Gaben Weihwasser aus einem Lederbehältnis abzureiben. Bruder Girolamo, immer der Pragmatiker, solange es nicht darum ging, dass sein Stolz verletzt war, hatte kräftige Güsse aus einem Wassereimer hinzugefügt. Es hatte nichts geholfen; so wie es nichts geholfen hatte, dass sie ihm ein Kruzifix auf verschiedene Körperteile drückten, ihm Psalmen in die Ohren brüllten und ihn schließlich ohrfeigten. Das war besonders gespenstisch daran gewesen: dass sich sein Heulen weder linderte noch steigerte, egal, was sie mit ihm anstellten. Manchmal ist das Entsetzen so groß, dass es nichts gibt, was es noch vergrößern kann, und manchmal ist es zu groß für jede Maßnahme, die es wieder verkleinern soll.

Ihre Bemühungen hatten Stunden gedauert. Die Mönche hatten sich mit den Schwestern abgewechselt, die es mit sanfterem Streicheln der Hände und Schläfen des Unglücklichen und mit ungleich melodischeren Gesängen versuchten. Dann war etwas in Schwester Immaculatas Seele, etwas, das gestern zwar nicht geheilt, aber doch beruhigt worden war, weiter aufgerissen, und sie hatte sich aufgerappelt, ihren Schleier fast herabgezerrt in dem Bemühen, mit den Händen die Ohren zu schützen, und war hinausgestolpert, selbst schreiend und weinend.

Irgendwann war dann Magdalena allein mit dem Tobenden gewesen; Schwester Radegundis war draußen mit Schwester Immaculata, um sie zu beruhigen, die Mönche – überzeugt, dass es nichts gab, was sie für den Unseligen noch tun konnten – auf der Suche nach etwas Essbarem, das die Angreifer irgendwo in einem der Gebäude übersehen haben mochten. Die

Stimme des jungen Mannes war ruiniert, sein Heulen mittlerweile nur noch ein heiseres Stöhnen, seine Finger und Schultern verkrampft und schwach zuckend. Sie hatte ihn betrachtet, während das Mitleid ihr die Tränen übers Gesicht laufen ließ, und dann hatte sie sich an ein viel jüngeres Selbst erinnert, das in der Werkstatt ihres Vaters auf dem Boden kniete und ein kleines Brüderchen im Schoß hielt, das vor Schmerz und Entsetzen brüllte, weil Gips- und Kalkstaub eines seiner Augen verbrannten, während der Vater und die großen Brüder sekundenlang voller Panik zwischen den Bänken und Fässern umherirrten auf der Suche nach einem Becher klaren Wassers.

Magdalena hatte sich neben den stöhnenden Klosterknecht gekniet, seinen Kopf auf ihren Schoß gezogen, seine Wangen gestreichelt und das nächstbeste Lied gesungen, das ihr in den Sinn gekommen war, das Lied vom Vöglein im grünen Busch, und nach jeder Zeile hatte sie gehaucht: »Alles wird gut.«

Das Auge des kleinen Bruders war gerettet worden. Der Klosterknecht hatte aufgehört zu stöhnen und war irgendwann eingeschlafen. Magdalena taumelte nach draußen, die Beine eingeschlafen und fühllos, und erkannte erstaunt, dass der Tag sich bereits neigte.

Die Wolkenwand sah aus wie eine von der Sorte, die in ihrem Inneren langsam und bedächtig ein Unwetter zusammenbraute; eine von denen, die sich manchmal mehrere Tage damit Zeit lassen, ihre Energie zu entladen, während sie sich über die Bäume und Dämme und Ortschaften jener gewaltigen flachen Ebenen legen, die der Po geschaffen hat, und sie selbst im Sommer in einen Nebel hüllen, in dem die Sonne nicht sichtbar und alles, was weiter als zweihundert Schritte entfernt liegt, nur zu ahnen ist. Magdalena drehte sich um und beobachtete ihre Schwestern, die gebückt durch das hohe Gras schnürten auf der Suche nach Wildkräutern. Wie es aussah, hatte Radegundis es diesmal allein vermocht, Immaculata in die Realität zurückzuholen. Magdalenas Lippen verzogen sich zu einem schwachen Lächeln. Dann sah sie die drei dunklen Gestalten der Mönche, die vom Stall her auf sie zukamen, und ihre Kehle zog sich zusammen.

»Folge mir«, sagte Bruder Girolamo nur, drehte sich wieder um und stapfte zurück.

Der Platz, auf dem der junge Mann geschlafen hatte, war leer. Wenn nicht das niedergedrückte und von ihren Bemühungen in alle Richtungen verteilte Stroh gewesen wäre, hätte er ebenso gut niemals hier gelegen haben können. Magdalenas Blicke huschten unwillkürlich durch den Stall, aber Bruder Girolamo schüttelte den Kopf. »Er ist nicht hier«, sagte er. »Wir haben in alle Gebäude hineingesehen.«

»Ich habe ihn doch nicht … Ich habe ihn doch nur ein paar Augenblicke allein gelassen«, stotterte Magdalena.

Bruder Girolamos Blick war ruhig. »Niemand gibt dir eine Schuld.«

»Wo ist er hin?«

Bruder Girolamo zuckte mit den Achseln. »Vielleicht ist er zu sich gekommen und versucht, seine Kameraden zu erreichen.«

»Dann hätte ihn doch jemand auf der Straße sehen müssen.«

»Hast du auf die Straße geachtet? Wir haben uns auf die Suche nach Essbarem konzentriert.«

»Nein«, gab Magdalena zu. »Und meine Schwestern auch nicht.«

»Was ist mit den Schwestern?«, erklang die relativ muntere Stimme von Radegundis. Sie stand mit Immaculata im Eingang. Beide hatten ihren Habit vorne gerafft und transportierten etwas. »Sollen die Schwestern euch verraten, dass sie einen kleinen aufgelassenen Gemüsegarten gefunden haben, in dem noch ein paar vergessene Samen steckten und sich in Zwiebeln, Salat und Rettich verwandelt haben?« Sie grinste. »Wir haben geerntet.«

Immaculatas Blick fiel auf die leere Stelle. Ihr Kinn begann zu zittern. »Was ist mit ihm geschehen?«, flüsterte sie.

»Er ist weggegangen«, sagte Magdalena.

»Er ist tot.« Immaculatas Augen waren Wunden in ihrem Gesicht.

»Nein, ist er nicht«, erwiderte Magdalena ungeduldig.

Immaculata sagte nichts. Sie trat zu der leeren Stelle auf dem Boden, kniete dort nieder und ließ ihre Ernte aus ihrer gerafften Kutte herauskollern. Dann stand sie auf, strich sich den Stoff glatt und ging wortlos zwischen den Brüdern, Magdalena und Radegundis hinaus in die Abenddämmerung.

Radegundis legte ihren Fund ebenfalls ab. Sie folgte der jüngeren Schwester nicht nach draußen, doch Magdalena hatte das Gefühl, dass ein vorwurfsvoller Blick sie aus einem Augenwinkel traf. Auf dem Boden lagen pralle Zwiebeln, an denen noch die rötlich-braune, trockene Erde haftete, drei fast unterarmdicke, unverschämt weiße Rettiche und mehrere Salatstauden, die so ausgewachsen waren, dass sie eher wie fantastische Blumen wirkten, deren mächtige Blüten aus weißen, hellgrünen und dunkelgrünen Blättern bestanden. Sie würden heute Abend nicht hungrig zu Bett gehen müssen. Die Rettiche konnte man roh essen, die Zwiebeln konnte man kochen, und wenn man sie noch warm über den zerpflückten Salat schüttete, würde das den Geschmack zwar nur unwesentlich verbessern, aber man würde es essen können, und abgesehen davon steckte nirgends so viel Kraft für den Esser als in den festen grünen Blättern.

Radegundis brachte es auf den Punkt: »Er hat uns auch im Stich gelassen«, sagte sie. »Ob er nun davongelaufen oder von den Geistern geholt worden ist oder ob er sich in Luft aufgelöst hat, er ist weg, und wir sind noch da, und mit jedem Tag schmilzt unsere Gruppe weiter zusammen.«

»Vielleicht holt er Hilfe«, sagte Magdalena und kam sich lächerlich vor.

»Ich werde etwas suchen, worin wir die Zwiebeln kochen können«, erklärte Radegundis. Sie sah Magdalena gerade ins Gesicht: »Beatrice wird mir helfen. Du brauchst dich nicht zu bemühen, Schwester Magdalena.«

Sie ging hinaus. Beinahe erwartete Magdalena, dass sie sie mit der Schulter streifte, aber nichts passierte. Warum bin ich plötzlich an allem schuld?, fragte sie sich. Die Antwort hatte sie schon parat: Weil ich selbst mich schuldig fühle.

»Also gut«, sagte sie und sah an Bruder Girolamo und den beiden anderen Mönchen vorbei. »Niemand braucht mir zu erklären, dass wir heute nicht mehr aufbrechen können. Demnach bleiben wir eine zweite Nacht hier an diesem Ort, an dem wir schon die erste Nacht nicht hätten verbringen sollen. Also gut. Da ich beim Zubereiten des Abendessens nicht erwünscht bin, werde ich für die arme Seele des jungen Mannes beten und dafür, dass er heil dorthin kommt, wohin es ihn getrieben hat. Du und deine Brüder könnt euch ja anschließen, wenn ihr nichts Besseres zu tun habt, Bruder Girolamo.«

»Wir haben nichts Unrechtes getan«, sagte Bruder Girolamo. »Du brauchst uns gegenüber nicht diesen Ton anzuschlagen.«

»Tut mir leid«, sagte Magdalena und verbiss sich ein paar Tränen der Wut.

Bruder Girolamo raffte seine Kutte und kniete sich auf den Boden. Aus dieser Haltung spähte er zu Magdalena nach oben.

»Und du hast auch nichts Unrechtes getan, Schwester«, sagte er. »Dass wir hier sind und in dieser Lage …«, er hob den Rest des Astes auf, der noch von der Nacht halb verkohlt herumlag, und feuerte ihn mit einer schnellen Bewegung in eine Ecke. Ein graues, bepelztes Etwas mit langem Schwanz pfiff schrill und sauste ins Freie hinaus, »… ist die Schuld von keinem von uns. Betrachten wir es als eine Prüfung Gottes und freuen wir uns darüber, dass Er uns für wert erachtet, geprüft zu werden. Herr, wir danken Dir.« Er senkte den Kopf und begann zu beten, und Magdalena und die anderen knieten neben ihm nieder und taten es ihm gleich.

Niemand hatte in den Schuppen gesehen, der sich wie ein architektonisches Unglück an eine der Hütten lehnte und in dem ein erwachsener Mann gerade so aufrecht stehen und ausgestreckt hätte liegen können. Der Schuppen besaß eine Tür, die nur deshalb diesen Namen verdiente, weil sie die Funktion einer Tür erfüllte. Sie stand einen Spaltbreit offen. Vielleicht lag es daran, dass niemand sie geöffnet und in den Schuppen geblickt hatte – es sah so aus, als könne man hineinschauen, auch ohne sie zu öffnen, und was man sah, war Schwärze, die suggerierte, dass sich nichts darin befand.

Im Schuppen lehnte an einem Holzstapel eine menschliche Gestalt. Eigentlich lehnte sie nicht – vielmehr schien sie in der Luft zu schweben. Der Hosenboden berührte die Erde nicht, nur die Fingerspitzen der lose herabhängenden Hände streiften leicht darüber.

Die Gestalt war der dritte Klosterknecht, und dass er zu schweben schien, lag an dem Strick, der vor Kurzem noch von einem Balken im Stall gebaumelt war und dessen eines Ende in einer Schlinge auslief, in der der Hals des Klosterknechts steckte, während das andere Ende um einen Holzpfriem geschlungen war, der in einer Tragsäule des Schuppens steckte. Der Strick hielt ihn. Er war gerade lang genug gewesen, um die ihm zugedachte Aufgabe zu erfüllen. Die Fingerspitzen des Klosterknechts berührten zart den Boden.

Der Klosterknecht starrte mit weit offenen Augen zur Tür. Wäre sie weiter offen gewesen, hätte er direkt in den Stall hineinsehen können, wo Bruder Girolamo, Schwester Magdalena und Girolamos Mitbrüder knieten und für ihn beteten. Die Tür war nicht weit genug offen, aber das machte keinen Unterschied; dort, wohin die Bilder der Außenwelt drangen, die durch seine Augen fielen, war kein Leben mehr.

Der Klosterknecht war weit jenseits aller Gebete.

Am folgenden Morgen hatte das Wetter sein Versprechen wahr gemacht. Was außerhalb eines Kreises mit einem Radius von vielleicht zweihundert Schritten war, dessen Mittelpunkt der Betrachter bildete, lag hinter einer undurchdringlichen, trübe gleißenden Nebelwand. Die Linie aus Pappeln, Platanen und der einen oder anderen Kiefer, die die Straße markierte, kam aus dem Nichts und führte ins Nichts, lag selbst schon an der Grenze der klaren Sicht und hätte auch ein Phantom sein können. Es war kühler geworden, doch nicht so sehr, dass man wirklich fror; die Nebelfeuchte war klamm und machte die Kleider schwer. Magdalena schüttelte es, wie es sie jeden Morgen schüttelte: Auch das Klosterleben hatte sie nie daran gewöhnen können, in ihren Kleidern zu schlafen, und sie erschauerte jeden Morgen, an dem sie in ihrem Habit erwachte. Im Kloster hatte sich das Gewand nicht so wie hier über Nacht mit Feuchtigkeit vollgesogen – dafür war die Temperatur in ihrer Zelle selbst im Hochsommer deutlich kälter gewesen.

Sie betrachtete einen Wassertropfen, der an der Borke eines Strauchs herunterlief, ein Zickzack-Kurs, von den Hindernissen in seinem Lauf erzwungen, und wie der Tropfen immer mehr an Substanz verlor, je weiter sein Weg wurde. Bevor er auf die Erde gelangen und seinen Beitrag zu ihrer Tränkung leisten konnte, versickerte er auf der Astrinde; nach dem nächsten Blinzeln sah man nicht einmal mehr seine Spur. Magdalena wandte den Blick ab und sah zu, wie Bruder Girolamo aus dem Wohngebäude trat.

»Ich habe eine Nachricht hinterlassen und zu erklären versucht, was hier geschehen ist«, sagte er. »Ich denke, demnächst werden die Bewohner nahe liegender Höfe nachsehen kommen, warum man von den Leuten, die hier gelebt haben, nichts mehr hört und sieht.«

»Ich glaube kaum, dass die lesen können«, erwiderte sie. Sie ahnte, woher ihr Widerspruch kam – er hatte nichts mit der Sache zu tun, sondern damit, dass Bruder Girolamo mit seiner Meldung, wo er gewesen war und was er getan hatte, ganz subtil anzudeuten schien, dass sie die Anführerin war. Seit ihrer Auseinandersetzung wegen der Desertion des Scharführers hatte er sich so verhalten. Sie brauchte nicht einmal in ihn hineinzusehen, um zu wissen, dass sie ihn treffend charakterisiert hatte: Er war so beleidigt, dass er eigene Nachteile in Kauf nahm – zum Beispiel den, jemandem die Führung auf einem Weg zu überlassen, der diesen Weg noch nie gegangen war, nur um den vermeintlichen Kontrahenten zu strafen und ihm die Gelegenheit zu verschaffen, sich zu blamieren. Der Trotz, den sie gegen ihn spürte, war absolut unchristlich und einer Magd des Herrn nicht würdig, aber sie spürte ihn dennoch.

Sie musterte die kleine Gruppe. Radegundis und Immaculata gaben ihren Blick zurück, Immaculata mit Nervosität, Radegundis mit Gelassenheit. Ihr gestriger Ausbruch schien vergessen und der Grund dafür auch ihr selbst nicht mehr klar, doch Magdalena empfing die klaren Signale, dass etwas zwischen ihnen sich geändert hatte und dass dieser Prozess fortschreiten würde, bis sie beide an Positionen angelangt waren, an denen sie sich gegenseitig nicht mehr wiedererkennen würden. Bruder Girolamo und die anderen beiden Mönche hatten die Kapuzen übergestreift und waren einheitlich aussehende Fremde. War Magdalena wirklich mit diesen Menschen bis hierher gereist? Sie fühlte sich, als wäre ihre Verbindung zur Welt lose geworden, und wenn sie sich umsah, schien der Anblick ihr Gefühl zu bestätigen. Sie wusste, dass sie, wenn das Wetter sich nicht änderte, nun die nächsten paar Tage in einer sich im Tempo ihres Fußmarsches vorwärtsbewegenden Blase reisen würden, als endete die reale Welt an den Grenzen des Sichtbaren – oder schlimmer noch, als wäre die reale Welt da draußen und hätte nichts mit ihnen zu tun.

Sie spähte zur Straße hinüber. Wenn sie sich die Richtung nicht von gestern her noch eingeprägt hätte, wüsste sie nicht einmal, wohin sie zu gehen hatte.

»Wir gehen nach Bologna und melden den Stadtbehörden, was wir hier vorgefunden haben«, sagte sie. »Danach reisen wir so schnell wie möglich weiter.«

Bruder Girolamo senkte den Kopf in einem leichten Nicken. Und nach Bologna wird Bruder Girolamo uns führen wie ein liebevoller Schäfer seine Herde, fühlte sie sich versucht hinzuzusetzen. Sie schwieg; ihr Stolz ließ es nicht zu. Tauben und Falken, dachte sie. Wahrscheinlich bin ich wirklich vom Heiligen Geist verlassen.

Der Morgen ging in einen Mittag über, der sich nur dadurch manifestierte, dass Bruder Girolamo und seine Gefährten stehen blieben, die Hände falteten und das Sext-Gebet sprachen. Sie schienen sich der Zeiteinteilung völlig sicher, während Magdalena jegliches Gefühl dafür verloren hatte. In den vergangenen Stunden hatte niemand ein Wort gesprochen. Ihre Schritte waren das einzig identifizierbare Geräusch in dieser Blase aus Irrealität gewesen. Andere Geräusche waren von jenseits der Nebelwand zu ihnen gedrungen, ohne ihre Quelle preiszugeben. Einmal waren sie an einem Grüpplein alter Männer und Frauen vorübergekommen, das am Straßenrand gesessen hatte. Sie hatten sie als dunkles Häufchen wahrgenommen, sobald der Nebel es zuließ, und im Näherkommen war Magdalena sicher gewesen, es mit Leichen zu tun zu haben, und sah die gnadenlos verstümmelten Körper im Wohngebäude des Gehöfts vor sich. Es waren jedoch lebende Menschen gewesen, die ausdruckslos zu ihnen aufsahen, als sie vorüberschritten; kein Gruß, kein Kopfnicken, keine Reaktion auf Bruder Girolamos in die Luft gezeichneten Segen. Als dunkles Häufchen verschwanden sie wieder hinter ihnen auf der Straße, und als Magdalena sich noch einmal umdrehte, hatte der Nebel sie bereits wieder verschluckt. Sie faltete die Hände und schloss sich ihren Weggefährten im Gebet an, obwohl sie sich nicht sicher war, ob die Worte es durch den Nebelvorhang hindurch bis an die Ohren Gottes schafften.

Das neue Geräusch klang wie das unrhythmische Klopfen eines Hammers, der den Putz von einer Wand aus Hohlziegeln schlägt, um eine neue Schicht aufzutragen und ein Fresko zu malen. Sie blickte auf und sah die Schatten durch den Nebel näher kommen.

»Reiter nähern sich«, sagte sie.

»Sie haben uns schon gesehen«, erklärte Girolamo, als wäre dies ganz allein Magdalenas Schuld.

Magdalena bekreuzigte sich. »Amen«, sagte sie. Und einem plötzlichen Einfall folgend: »Gehen wir weiter. Wer sich bewegt, wirkt nicht so ängstlich.«

Sie wartete nicht auf die anderen; die Verblüffung, die sie empfing, machte sie sicher, dass sie ihr folgen würden. Die Schatten wurden größer, während sie sich näherten, und zugleich kleiner, als das Ungewisse immer weiter zurücktrat und schließlich zwei Reiter enthüllte, die in langsamem Schritt herankamen. Magdalena hielt sich an der linken Seite der Straße, nicht so weit, dass es wirkte, als drücke sie sich an der zu erwartenden Begegnung vorbei, aber auch nicht so weit zur Mitte, dass es provokant wirkte. Nach ein paar Schritten schloss Schwester Immaculata plötzlich auf. Magdalena wappnete sich gegen die Welle aus beginnender Panik, die mit Immaculatas Nähe einherging und die die junge Klosterschwester ausstrahlte wie einen Geruch.

Die Reiter waren jetzt fast heran. Sie verlangsamten ihr Tempo ebenso wenig wie Magdalena und ihre Truppe. Sie lenkten ihre Pferde zur anderen Seite der Straße. Als sie gleichauf waren, rief Magdalena mit aufgesetzter Aufgeräumtheit: »Gott zum Gruß und einen guten Weg, die Herren.« Sie hörte, wie Girolamo ein Geräusch machte, das vermutlich der Beginn eines verschluckten Grußes war. Die Reiter wandten ihr die Köpfe zu, und Magdalena empfing einen Stich aus plötzlichem Interesse an ihrer Person, der wie ein Sonnenstrahl war, den jemand mit einer Glasscheibe einfing und in ihre Augen reflektierte.

»Gott zum Gruß, Schwester«, sagte der eine der Reiter. Sie nickte. Im nächsten Moment waren sie an ihr vorbei und passierten die Reihe, die hinter Magdalena kam. Magdalena beobachtete aus dem Augenwinkel und mit ihrem besonderen Sinn, wie sie einen ihrer Weggefährten nach dem anderen taxierten: Schwester Radegundis, die ihre Blicke offen zurückgab; die beiden Mönche in Begleitung Bruder Girolamos, die die Augen gesenkt hielten; und Bruder Girolamo, der starr geradeaus schaute wie jemand, der sich einredet, unbeschadet durch ein Wolfsrudel marschieren zu können, wenn er nur nicht zugibt, dass er die Tiere sieht. Die Reiter hingen in den Sätteln, als befänden sie sich bereits lange Zeit darin. Sie kamen ans Ende der Reihe, die Pferde schritten weiter. Magdalena spürte immer noch, wie sie sich auf sie konzentrierten, ein Interesse, das sie weder als gut- noch als bösartig einordnen konnte. Das Geräusch der Hufe wurde langsamer. Magdalena biss die Zähne zusammen. Das Geräusch verstummte.

»Was tun sie?«, flüsterte Schwester Immaculata.

»Dreh dich nicht um«, zischte Magdalena. Sie fühlte, wie sich eine eiskalte Hand in die ihre schob, und hätte sie am liebsten sofort zurückgestoßen, aber die Not Schwester Immaculatas war zu groß, als dass sie es übers Herz gebracht hätte. »Sie sind stehen geblieben«, sagte sie.

Der Schritt der jüngeren Schwester stockte. Magdalena zerrte an ihrer Hand.

»Geh weiter«, raunte sie. »Immer in Bewegung bleiben.«

Sie hörte, wie die Pferde wieder weitergingen. Aber das Geräusch entfernte sich nicht. Ihr Herz schlug in der Kehle. Das Hufgeklapper klang plötzlich gedämpft, und während Magdalena dem noch nachhörte, wurde ihr klar, dass die beiden Männer die Pferde von der Straße heruntergetrieben hatten und ihre Gruppe jetzt durch das Gras überholten.

Etwas in ihr sagte ganz nüchtern: Mitten im Leben sind wir vom Tod umfangen, nicht wahr? Bist du bereit? Die Bilder der geschändeten Leiber aus dem Gehöft begleiteten die nüchterne Stimme und sorgten dafür, dass Magdalenas Atem in ihrer Kehle eng wurde.

Die Reiter überholten sie jetzt auf der linken Seite. Magdalena spürte die Blicke. Sie warf den Kopf zurück und begegnete den Augen des vorderen Reiters. Er nickte ihr zu. Sie nickte zurück. Er grinste mit einer Reihe von Zahnlücken. Magdalenas Gesicht blieb unbeweglich.

»Wohin führt der Weg, Schwester?«, fragte der Mann.

»All unsere Wege führen zu Gott«, sagte sie.

Er legte zwei Finger an die Lippen und küsste ihre Spitzen. Dann sah er himmelwärts und legte die Finger auf seine Herzgegend. Der Blick, mit dem er Magdalena danach ansah, war abschätzend. Magdalena war sicher, dass er die aufsteigende Panik in ihrem Blick bemerken musste. Er war sich offenbar nicht schlüssig, was er von ihr zu halten hatte. Magdalena unterdrückte den Drang, trocken schlucken zu müssen. In der Angst, die immer stärker in ihr wurde und die vom Zittern der Hand Immaculatas und von den fast körperlich spürbaren Schwaden des Terrors, die von ihr herüberwehten, noch befeuert wurde, verwirrte sich ihr Sinn bezüglich der Intentionen anderer Menschen. Sie wusste nicht, was die Signale bedeuteten, die sie empfing. Als er seine Augen als Erster niederschlug, wurde ihr klar, dass er nichts von ihrer Not bemerkt hatte. Es gab ihr ein klein wenig Sicherheit zurück, gerade so viel, dass sie es schaffte, nicht langsamer zu werden und Schwester Immaculata mit sich zu zerren.

»Auf Wiedersehen, Schwester«, sagte der Mann. Die beiden trieben ihre Pferde an, erklommen weiter vorn die Straße wieder und trabten langsam in die Richtung, aus der sie gekommen waren.

»Sie verschwinden«, flüsterte Immaculata.

Magdalena schüttelte den Kopf.

Es war ein Spiel, so viel verstand sie. Keines von denen, die die Klosterbediensteten und die Bauern spielten, wenn bestimmte Festtage im Jahr es erlaubten; es war eines, das nach Regeln funktionierte, die Magdalena nicht verstand. Sie wusste nur, dass das Spiel noch nicht beendet war.

Die Reiter zügelten ihre Pferde und stellten sich hart an den rechten Rand der Straße. Sie wandten ihre Köpfe Magdalenas Gruppe zu und beobachteten sie, wie sie näher kamen. Immaculata stöhnte leise. Magdalena drückte ihre Hand, bis es ihr selbst wehtat.

»Schwester Radegundis«, sagte sie halblaut.

»Ich bin hier.«

»Alles wird gut.«

»Wenn du es sagst, Schwester Magdalena.« Zu anderen Zeiten wäre Magdalena über den Sarkasmus in Radegundis' Stimme bestürzt gewesen, jetzt hoffte sie, dass er ihr half, dic Furcht zu unterdrücken.

»Bruder Girolamo?«

»Wir sind alle in Gottes Hand«, sagte der Mönch.

Sie passierten aufs Neue die beiden Reiter, die sie offen von oben bis unten musterten.

»Wohin führt *euch* der Weg, meine Herren?«, fragte Magdalena, ohne anzuhalten.

»Das ist noch nicht ganz raus, Schwester«, erwiderte der erste Reiter. »Vielleicht schließen wir uns ja deiner Gruppe an?«

»Jeder ehrliche Weggefährte ist willkommen«, sagte Magdalena. Sie musste den Kopf drehen, um ihren Gesprächspartner weiterhin anblicken zu können. »Und es heißt: *Ihrer* Gruppe.«

»Was?«

»Es heißt: Vielleicht schließen wir uns ja *Ihrer* Gruppe an. Auch ein so kräftiger Mann wie du erinnert sich sicherlich daran, was seine Mutter ihm einmal als gute Manieren beigebracht hat.«

Sie löste sich von seinem Blick. Weitergehen, einfach weitergehen. In ihrem Hirn hallte die Sprachlosigkeit, die die zwei Reiter, aber auch ihre gesamte Gruppe ausstrahlte. Gut so, dachte sie grimmig. Kerle wie die sind stets drei Augenblicke weit von der Gewalt entfernt. Solange du sie aus dem Gleichgewicht bringen kannst, fangen die drei Augenblicke immer wieder von vorne an.

»Um Vergebung, Schwester«, sagte der Reiter schließlich.

Sie winkte nach hinten, ohne sich umzudrehen. »Bete ein Ave Maria, um die Vergebung des Herrn zu erlangen.«

Sie lauschte im Weitergehen. Das Hufgetrappel blieb aus. Sie stehen immer noch neben der Straße, dachte sie. Heilige Maria Mutter Gottes, ich habe sie tatsächlich aus dem Gleichgewicht gebracht. Lass sie nur noch ein paar Augenblicke länger zaudern, dann haben wir gewonnen!

In diesem Moment versteifte sich Immaculata. Magdalena blickte auf. Das Hufgeräusch hinter ihnen erklang aufs Neue und folgte ihnen. Aber es spielte ohnehin keine Rolle mehr. Weiter vorn auf der Straße stand ein weiterer Reiter und blickte ihnen entgegen.

»Die Sache ist die, Schwester«, sagte der kahlköpfige Mann auf dem Kutschbock. »In unserer Begleitung befinden sich unter anderem zwei Kinder und eine junge Dame. Sehen Sie sich um – wir sind lauter Männer. Wir sind nicht die Richtigen, wenn es darum geht, auf Kinder aufzupassen oder die Nöte einer Frau zu beachten. Ich möchte Sie daher bitten, für eine Weile mit uns zu reisen. Außerdem«, er lächelte und entblößte große Eckzähne, »kann ein bisschen geistiger Beistand nicht schaden.«

Magdalena musterte ihn. Nach der lähmenden Panik, der sie ebenso wenig hatte entgehen können wie Schwester Immaculata, als die drei Reiter vor und hinter ihnen die Straße blockiert und sie am Weitergehen gehindert hatten, kehrte Stück für Stück ein wenig Ruhe in Magdalenas Seele zurück. Es war nicht die aufgesetzte Höflichkeit des Kahlkopfs, die ihr vermittelte, dass Leib und Leben ihrer kleinen Gruppe im Augenblick nicht in Gefahr waren – Höflichkeit konnte nichts weiter sein als ein zusätzliches Mittel, das Opfer zu verspotten. Nein, es waren die Signale, die sie empfing. Nicht von dem Kahlkopf – er glich, was das In-ihn-Hineinsehen betraf, der Äbtissin Giovanna; es waren die Signale der Männer um ihn herum, die anzudeuten schienen, dass sie in allem, was sie taten, auf ihren Anführer hörten, und dies nicht aus Angst oder weil es ihnen einen Vorteil brachte, sondern weil es für sie ganz natürlich war, dass er derjenige war, der sie führte. Solche Sicherheit in der Unterordnung hatte sie nicht einmal gespürt, wenn sie beobachtet hatte, wie die Mönche mit dem Vater Abt umgingen. Es war nur ein Missklang in dieser Schwingung, die sie erreichte, eine Seele, die besser zu dieser Gruppe zu passen schien als alle anderen und die sich am meisten dagegen wehrte. Sie konnte nicht ausmachen, welcher der Männer um sie herum diese Botschaft ausstrahlte, nicht ohne den Blickkontakt zu dem Kahlkopf zu unterbrechen, und sie hatte nicht vor, diesen Kontakt abreißen zu lassen. Seine blauen Augen warteten ihre Antwort ab.

»Wir sind in dringenden Geschäften unterwegs«, sagte sie schließlich. »Es tut mir leid, dich enttäuschen zu müssen. Gott der Herr wird dich und die deinen zu besseren Menschen führen, als wir es sind.«

Der Kahlkopf hatte nur ein paar Worte mit den Reitern gewechselt, die sie aufgehalten hatten, dann hatte er die Kutsche bis zu ihnen lenken lassen und sofort Magdalena angesprochen. Magdalenas Gedanken arbeiteten fieberhaft. Sie wünschte sich, dass sie die Bürde der Führerschaft niemals angenommen hätte und dass Bruder Girolamo an ihrer Stelle über ihr Geschick mit diesem kahlköpfigen Mann verhandelte. Ganz offensichtlich war jener der Anführer einer Räuberbande, die Geiseln mit sich führte, wenn auch nicht verantwortlich für das Massaker in dem Bauerngehöft, jedenfalls nicht, wenn sie den Schwingungen trauen durfte, die sie empfing. Wie so oft war ihre Gabe mehr Fluch als Geschenk: Wer konnte ihr versichern, dass das, was sie zu vernehmen meinte, die Wahrheit war und nicht bloßes Wunschdenken, das die Angst ihr eingab?

»Nun, Schwester«, erklärte der Kahlkopf, »es liegt mir nicht, eine Dienerin Gottes zu etwas zu zwingen …«

»… aber wenn es nichts hilft, wirst du es trotzdem tun«, vollendete sie.

Er breitete die Arme aus. »Sehen Sie es so: Wenn Sie und Ihre Schwestern aus freien Stücken mitkommen, muss ich mich nicht sorgen, dass Sie bei der nächsten Gelegenheit das Weite suchen. Dann muss ich Sie nicht ständig bewachen und in der Nacht nicht festbinden lassen. Außerdem denke ich, dass Sie Ihrer Aufgabe, sich um unsere Gäste zu kümmern, freudvoller nachkommen, wenn Sie es ohne Zwang tun, und das ist es, worauf es meiner Meinung nach letztlich ankommt: dass es hier gute Christen gibt, die in eine missliche Lage geraten sind«, sein Grinsen verriet keinerlei Zweifel daran, dass er mit der misslichen Lage den Umstand meinte, dass sie ihm und seinen Männern in die Hände gefallen waren, »und die Beistand brauchen. Sie können den Unglücklichen nicht den Beistand der Kirche verweigern, wenn Sie sich nicht versündigen wollen.«

Sie sah in das schmale, grinsende Gesicht mit seinen tausend Lachfalten, seinem kahlen Schädel, über dessen Flanken sich feine Adern zogen und ihm einen feinnervigen Ausdruck verliehen, die blauen Augen. Sie hatte das Gefühl, einem Wolf ins Antlitz zu blicken, der sie über seine Beute hinweg anlächelte, im Augenblick zu satt, um mehr zu tun als über seine nächste Mahlzeit nachzudenken, aber nichtsdestoweniger sofort in der Lage, sie zu seiner Mahlzeit zu *machen,* wenn es ihm plötzlich in den Sinn kam. Seine Argumentation war unlogisch und plump, doch das half nichts gegen die Erkenntnis, dass die Wahrheit immer in den Händen derer ist, die über die nötigen Mittel verfügen, sie auch durchzusetzen. Das eine kleine, unpassende Signal aus der Mitte der Männer verwirrte sie und brachte ihre Gedanken durcheinander.

»Wir werden in unserem Zielkloster erwartet«, sagte sie.

»So viele Menschen werden irgendwo erwartet. Wer kommt in diesen Zeiten schon pünktlich an? Wir wollen euch ja nicht kaufen, Schwester, wir wollen euch nur für kurze Zeit zu unseren Weggefährten machen.«

»Mein Sohn«, sagte Bruder Girolamo plötzlich, »es ist eine große Sünde, die Diener des Herrn von ihren Verrichtungen abzuhalten. Wir stehen nicht zu deiner Verfügung.«

»Es sind ja die *Dienerinnen* des Herrn, an denen ich interessiert bin«, erwiderte der Kahlkopf. »Du und deine kuttentragenden Freunde, ihr könnt euch verziehen, wohin ihr wollt.«

Es war die eine halbe Sekunde des Zögerns vor Bruder Girolamos Protest, die ihn verriet. »Wir werden uns auf keinen Fall trennen«, sagte er.

»Also, Schwester«, sagte der Kahlkopf, ohne weiter auf den Mönch zu achten. »So sind die Waagschalen gefüllt. Auf der einen Seite das Bedürfnis von drei Unschuldigen, die Beistand brauchen, mein Wunsch, dass Sie und Ihre Schwestern diesen Beistand spenden, und die Tatsache, dass es nur für eine überschaubare Zeit ist. Auf der anderen Seite: die Notwendigkeit, Sie ansonsten unter Zwang mitzunehmen, sowie die Notwendigkeit, die drei Kuttengesichter in Ihrer Begleitung umzubringen und zu verscharren, damit sie nicht zum nächsten Abt oder Prior laufen und dafür sorgen, dass sich eine Meute auf unsere Fersen setzt, weil wir drei Nonnen entführt haben.«

»Jetzt zeigst du dein wahres Gesicht.«

»Aber, aber, Schwester«, die blauen Augen sahen mühelos in sie hinein, »ich bin sicher, dass Sie mein wahres Gesicht von Anfang an wahrgenommen haben.«

Bruder Girolamo, der noch nicht glauben konnte, dass die Verhandlungen ohne ihn geführt wurden, sagte: »Wer garantiert dir, dass wir nicht trotzdem Soldaten auf eure Fährte hetzen?«

»Niemand«, sagte der Kahlkopf. »Aber wenn die Soldaten uns finden, werden drei Nonnen sagen, dass sie ohne Zwang mitgekommen sind und dass die Fantasie mit dir durchgegangen sein muss. Selbstverständlich kommt es auch darauf an, wie viele Soldaten es sind. Wenn es wenig genug sind, töten wir sie, bevor sie Fragen stellen können.« Er legte den Kopf schief und sah Bruder Girolamo mit aufgesetzter Freundlichkeit an. »Hast *du* noch Fragen?«

Einer der Männer hatte offenbar ein Signal aufgefangen, das Magdalena entgangen war. Er stemmte den Schaft einer Armbrust in die Hüfte. Die Armbrust war gespannt. Es lag kein Bolzen in der Rinne, doch Magdalena sah den gedrungenen Köcher, der am Sattelknauf baumelte und aus dem die gefiederten Enden ragten, und wusste, er würde seine Waffe geladen und schussbereit haben, noch bevor Bruder Girolamo sich ganz herumgedreht und zur Flucht gewendet haben würde. Der Mann war schmal und drahtig. Er musterte Bruder Girolamo und sagte halblaut und wie zu sich selbst: »Es war einmal ein Mönchlein, das zu viele Fragen stellte.« Sie fühlte eine verwirrende Mixtur von ihm ausgehen: den Wunsch, Bruder Girolamo möge ihn nicht zwingen zu schießen, die absolute Ergebenheit, trotzdem zu schießen, wenn sein Anführer es verlangte, und vermischt mit allem ein Groll, der nicht erst von gerade eben stammte und der ihn unberechenbar machte.

»Gesetzt den Fall, wir schließen uns dir und deinen Männern an«, hörte Magdalena sich sagen. Die Schwingung, die nicht in den Chor der anderen Schwingungen passte, war hektischer geworden, als der schmale Mann die Armbrust gehoben hatte. »Bist du dann bereit, dir meine Bedingungen anzuhören?«

»Schwester Magdalena, du versündigst dich!«, zischte Bruder Girolamo, der, so viel musste man ihm zugestehen, von der Bedrohung mit der Waffe nur mäßig beeindruckt schien. Der Kahlkopf legte den Kopf schief wie jemand, der darauf wartete, belehrt zu werden.

»Meine Schwestern und ich werden so behandelt, als befänden wir uns in einem Kloster und ihr wärt die Gäste«, sagte sie. »Wenn ihr von einer von uns etwas wollt, sprecht ihr mich an und nicht meine Schwestern. Ihr redet leise und respektvoll. Wenn wir etwas im Namen unserer Schützlinge fordern, kommt ihr dieser Forderung nach. Wenn ihr eure schmutzigen Geschäfte erledigt habt, lasst ihr uns sofort ziehen.«

»Sollen wir vielleicht auch noch sechsmal am Tag beten?«, fragte der Mann mit der Armbrust.

»Nein«, sagte Magdalena. »Wir beten für euch. Ich bin sicher, dass ihr es längst verlernt habt.«

Magdalena spürte, wie das Zittern von Immaculatas Hand sich verstärkte. »Ich will nicht bei diesen Männern bleiben«, wisperte sie. Der Kahlkopf öffnete den Mund, aber Magdalena kam ihm zuvor.

»Es sind im Augenblick nicht unsere Wünsche, die unser Geschick steuern«, sagte sie.

Der Kahlkopf lächelte. »Ich hätte es nicht schöner sagen können, Schwester Magdalena.«

Schwester Immaculata und Schwester Radegundis erklommen den Wagen, Immaculata schluchzend, Radegundis schweigend, beide die mit großer Geste angebotene Hilfe des Kahlkopfs verschmähend; Magdalena wartete ab, bis ein älterer Mann, der sich im Wageninneren befand, nicht gerade freundlich dazu aufgefordert wurde, auszusteigen und den Schwestern Platz zu machen; Girolamo und die beiden anderen Mönche standen am Rand der Straße, Girolamo offensichtlich kochend vor Zorn. Da hielt es der Mönch plötzlich nicht mehr aus. Er trat vor, noch ehe jemand reagieren konnte, stellte sich direkt vor den Kahlkopf, riss sich theatralisch die Kutte vor der Brust auf und rief: »Erstich mich, du Teufel, oder erschieß mich, oder schinde mich zu Tode, wie du die armen Kreaturen in jenem Gehöft zu Tode geschunden hast – aber ich werde nicht zulassen, dass du meine Schwestern im Glauben fortführst.«

Magdalenas Herz setzte aus bei Girolamos närrischem Schritt. Zwei, drei Männer rissen ihre Piken hoch, der schmale Mann legte die Armbrust an. Schon lag der Bolzen in der Rinne. Girolamo wandte dem Mann den Rücken zu.

»Weg von ihm, aber sofort!«, schrie der Mann mit der Armbrust. »Zurück, sage ich, oder ich drücke ab.«

»Tu es doch!«, schrie Girolamo zurück, ohne sich umzudrehen. »Schieß einen Mann Gottes in den Rücken, du Heide! Verdammt sei deine Seele!« Er breitete die Arme aus, schloss die Augen und warf den Kopf in den Nacken. »Schieß, wenn du es wagst! Ich werde nicht weichen!«

Der Kahlkopf sah zu dem Mönch auf. Er hatte weder geblinzelt, noch war er auch nur einen Zoll zurückgewichen.

»Die Arme runter!«, schrie der Schütze. »Ich mach dich kalt, du Narr! Corto, geh beiseite, dann mach ich Schluss mit dem Trottel!«

Die anderen Männer wechselten nervös die Griffe an ihren Piken. Magdalena sah von einem zum anderen. Ihr Herz raste. Sie wusste, wenn Girolamo hier starb, dann würde das zumindest Immaculata über eine Grenze stoßen, über die sie niemals mehr wieder würde zurückschreiten können.

»Ganz ruhig, Enrico«, sagte der Kahlkopf.

»Diesen Kuttenträgern ist nicht zu trauen!«, schrie Enrico. »Wenn er ein Messer hätte, wärst du jetzt schon Würmerfraß, Corto!«

»Ich besitze kein Messer«, rief Bruder Girolamo mit noch immer geschlossenen Augen. »Drück ab, und töte einen weiteren Unschuldigen, du Ungeheuer! Ich weiche nicht, bis meine Glaubensschwestern wieder frei sind.«

Enrico schäumte. Er hob die Armbrust und zielte. »Du blödes Schwein!«, brüllte er. »Wen nennst du ein Ungeheuer?«

»Gottverdammt, Enrico«, sagte eine Stimme etwas abseits. »Wenn du abdrückst, wird deine Seele mit der seinen Händchen halten, wenn ihr beide zur Hölle fahrt.«

Magdalena starrte den Mann an, der gesprochen hatte. Es war der Reiter, der sie auf der Straße zuerst angesprochen hatte. Er hatte einen Bogen gespannt und zielte über die Breite der Straße hinweg auf Enrico.

»Fabio!«, kreischte Enrico, ohne den Blick von Bruder Girolamos Rücken abzuwenden. »Bist du verrückt geworden?«

»Ich bin nicht so gut wie Corto, aber auf die Distanz würde sogar Verruca irgendwas treffen. Tu die Armbrust weg, Enrico.«

»Dieses blöde Arschloch! Er hätte Corto abstechen können, mitten unter uns.«

»Corto lebt aber noch. Und wir alle möchten, dass der Mönch ebenfalls am Leben bleibt. Wir haben uns gegenseitig was versprochen, erinnerst du dich?«

»Lass die Armbrust sinken, Enrico«, sagte der Kahlkopf – Corto. »Und du, Fabio, leg den Pfeil weg. Das möchte ich nicht noch mal sehen, dass zwei meiner Männer aufeinander zielen.«

»Dein Wunsch ist mir Befehl, Vetter«, sagte Fabio zwischen den Zähnen. »Aber Enrico ist zuerst dran.«

Corto sah von einem zum anderen. An Fabios linkem Arm, mit dem er den Bogen hielt, wölbten sich Muskelstränge, und doch zitterte seine Hand. Unter Enricos Haar liefen Schweißtropfen über seine Stirn. Der schmale Mann stöhnte. Die Armbrust bebte.

»Meine Güte«, erklärte ein Mann, der sich in der Nähe Cortos aufgehalten hatte. »Da, wo ich herkomme, kreischen nur die Weiber, wenn sie auf der Straße eine Kröte sehen. Die Männer packen sie und tragen sie weg.«

Er trat vor, umfing Bruder Girolamo um die Mitte und hob ihn auf, als wäre er ein Kind. Girolamo riss die Augen auf. Für fünf lange Sekunden und fünf lange Schritte wanderte die Armbrust Enricos mit, als Bruder Girolamo beiseitegetragen wurde, und es war nicht klar, auf wen Enrico zielte: auf den Mönch oder auf den, der ihn davontrug. Dann wurde Girolamo unsanft zwischen seinen Brüdern auf die Beine gestellt. Der Mann trat zurück, richtete die Kapuze und die aufgerissene Kutte des Mönchs, tätschelte ihm freundlich die Wange und ging dorthin zurück, wo er hergekommen war. Die Armbrust folgte ihm. Magdalena schluckte. Girolamo schwankte, wie es jeder getan hätte, der sich auf den Tod vorbereitet hatte und feststellte, dass die Situation vorüber war und er immer noch lebte. Enrico atmete mit einem Winseln aus und senkte die Armbrust. Fabio entspannte den Bogen. Es war so still auf der Straße, dass man das Knacken des Holzes hören konnte.

Corto stapfte zu Enrico hinüber und reichte ihm die Hand nach oben. Enricos schweißüberströmtes Gesicht zuckte. Zögernd schlug er ein. Corto drückte Enricos Hand und legte seine andere darüber. »Danke, dass du auf mich aufpassen wolltest, Enrico«, sagte Corto ruhig. »Du bist ein guter Mann.«

Enrico blinzelte verwirrt. Sein Atmen hörte sich fast wie Schluchzen an. Corto wandte sich ab, kniff ein Auge in Richtung Fabio zu und erntete ein schiefes Lächeln. Dann stapfte er zurück, passierte den Mann, der sich eingemischt hatte, und schlug ihm leicht gegen den Oberarm. Zuletzt wies er ins Wageninnere.

»Schwester Magdalena?«, sagte er, als wäre nichts gewesen.

»Ich gehe nebenher«, erwiderte Magdalena mit blutleeren Lippen.

Corto zuckte mit den Schultern. Er kletterte auf den Kutschbock und gab das Kommando. Die Gruppe setzte sich in Bewegung.

Girolamo war auf den Boden gesunken. Er blickte nicht auf, als die Kolonne an ihm und seinen Brüdern vorüberzog. Magdalena versuchte ihn in Gedanken zu rufen und ihn dazu zu veranlassen, seinen Kopf zu heben, damit sie ihm danken konnte, doch er reagierte nicht. Als sie sich abwandte, wurde sie sich bewusst, dass sie neben einem Pferd herging, und der Reiter auf dem Rücken des Pferdes war der Mann, der sich eingemischt hatte. Er blickte sie an. Sie starrte zurück und sah Augen, die nur unwesentlich weniger blau waren als die Cortos, langes, struppiges Haar und das Gesicht eines Jungen, das hinter dem Gesicht des Mannes hervorblickte.

»Willkommen bei Cortos Wolfspack«, sagte der Mann.

Sie sah ihn schockiert an und brachte kein Wort hervor. Er war die Quelle jener störenden Schwingung, die sich weigerte anzuerkennen, dass ihr Sender dort war, wo das Leben ihn haben wollte.

16.

Im Inneren des Schilfstücks stank es nach abgestandenem Wasser, Erde, die nie richtig trocken wird, faulendem Kraut und vage nach den toten Tieren vom letzten Jahr. Der Nebel schien jeden Lufthauch erstickt zu haben, dennoch bewegten sich die langen Lanzen der Schilfblätter, rieben sich aneinander und knisterten und raschelten. Für jemanden, der sich seiner Nervenkraft absolut sicher war, war es ein hervorragendes Versteck: Gleich, welches Geräusch man aus Versehen machte, es ging im allgemeinen Flüstern des Schilfs unter. Jemand mit schwächeren Nerven schnappte nach einer Stunde über, weil er ständig denken musste, dass sich von allen Seiten Feinde anschlichen. Corto und die Männer, die er ausgesucht hatte, besaßen die erforderliche Nervenstärke. Lorenzo stand ruhig neben dem kahlköpfigen Anführer und versuchte, sich über sein weiteres Vorgehen klar zu werden.

Dass es ihm nicht gelingen würde, Clarice Tintori aus der Mitte von Cortos Leuten heraus zu entführen, stand fest. Clarice ließ sich offenbar nur so wenig wie möglich außerhalb des Wagens sehen, eine weitere Vorsichtsmaßnahme Cortos gegen das Begehren, das seine Männer unberechenbar machen konnte. Selbst wenn Lorenzo es schaffte, unbemerkt ins Innere des Wagens zu gelangen, waren da noch die beiden Jungen, die alles offenbar als großen Spaß auffassten und von denen nur eines als sicher anzunehmen war: dass sie Lorenzos Unterfangen aus Herzenslust sabotieren würden, nur weil dies neuerlichen Spaß versprach. Lorenzo hatte immer noch den Fluchtversuch des Kastraten vor Augen. Nicht zuletzt waren jetzt die drei Nonnen bei der Gruppe, und was sie tun würden, wenn Lorenzo mit Clarice zu fliehen versuchte, war erstens vollkommen unabsehbar und zweitens Gegenstand der brennenden Frage: Durfte er sie in der Gewalt von Cortos Männern zurücklassen? Sie waren drei junge Frauen – wie lange würden der Habit und Cortos Charisma sie schützen? Ganz abgesehen davon, dass die Frage, wer zu befreien war, sich auch auf die beiden Jungen und den ältlichen Mann erstreckte, von dem es Lorenzo immerhin gelungen war zu erfahren, dass er Francesco Giallo hieß.

Lorenzo fuhr mit dem Finger über die Kante eines der Schilfblätter. Es war so scharf wie ein Messer. Jemand, der im vollen Lauf hindurcheilte, würde am anderen Ende aussehen wie einer, der inmitten einer Horde von Landsknechten eine Beleidigung vom Stapel gelassen hatte und dann nicht schnell genug davongerannt war. Es blieb die Möglichkeit – und Lorenzo war der Gedanke daran alles andere als willkommen –, Corto bei passender Gelegenheit zu töten. Die Männer waren ihm treu ergeben, und genau darin lag die Gefahr für die Gruppe: Wenn Corto nicht mehr da wäre, würde sie innerhalb kürzester Zeit auseinanderfallen. Enrico und Fabio würden als Erste aneinandergeraten, und diesen Streit würde nur einer von beiden überleben. Der Überlebende würde vermutlich die Führerschaft über die Gruppe reklamieren; der Unterlegene hatte aber auf jeden Fall – gleich, um wen es sich handelte – eine Gruppe von Anhängern, die wiederum die nächste Gelegenheit nutzen würden, den Sieger aus der Auseinandersetzung zu töten.

Sie waren tatsächlich wie ein Rudel Wölfe, aber eines, das nur aus männlichen Tieren bestand, und wenn das Leittier weg war, würden die anderen sich gegenseitig anfallen. Inmitten dieser Wirren würde es Lorenzo ein Leichtes sein, mit Clarice und den anderen zu entkommen. Was stand zwischen ihm und der Durchführung dieser Idee? Die Tatsache, dass es ein kaltblütiger Mord war? Was war das Ende des Kastraten anderes gewesen?

Der Unterschied ist, dachte Lorenzo, dass der Mensch sich entscheiden kann. Der Pferdefuß dabei ist, dass er sich manchmal entscheiden *muss.* Und dass er dann die Verantwortung auf niemanden schieben kann. Es mochte nötig sein, Corto zu ermorden, aber der Mord würde für alle Zeiten auf Lorenzos Seele lasten. Es war erstaunlich, wie wenig ihn diese Aussicht noch vor drei Jahren berührt hätte. Jetzt aber … Wenn man in einem schmutzigen Haus lebte, machte es einem wenig aus, zu weiterem Schmutz beizutragen. Wenn man das Haus aber einmal sauber gemacht hatte, fing man plötzlich an, die dreckigen Stiefel vor der Haustür auszuziehen.

Lorenzo wurde sich bewusst, dass Corto ihn aus dem Augenwinkel musterte. Sie standen nahe beieinander, er, Corto, der massige Urso und ein Mann, den alle Pio-Pio nannten, weil er auf diese Anrede zuverlässig schnappte: »*Nur* Pio, wenn ich bitten darf!« Enrico, Giuglielmo, Verruca und noch ein Mann, dessen Namen Lorenzo nicht kannte, waren weiter in den Schilfwald eingedrungen. Corto hatte Lorenzo nicht mitgeteilt, was hinter dem Manöver steckte. Der Wagen mit dem Hauptteil der Männer war ein ganzes Stück weit abseits der holprigen Seitenstraße zurückgeblieben, die sie vor einiger Zeit von der Via Aemilia aus genommen hatten. Lorenzo wusste, dass Corto ihm nicht genug traute, um ihn beim Haupttross zu lassen, wenn er selbst sich davon entfernte. Lorenzo hätte nicht anders gehandelt; dennoch wünschte er sich, dass er wenigstens seine Waffen wiederbekommen hätte.

»Die Blätter sind wie kleine Klingen«, sagte Corto halblaut.

Lorenzo nickte. »Wenn du sie trocknest, wird es noch schlimmer«, erwiderte er. »Bündle trockene Schilfblätter zusammen, und …«

»… deine Hände sehen aus wie rohes Fleisch.« Cortos Blick änderte sich nicht. »Was hast du gebaut?«

»Schilfunterstände. Besser als jede Plane, wenn es regnet. Darunter bleibst du am längsten von allen trocken.« Lorenzo gab dem Blatt, das er gefühlt hatte, einen Schnipp mit dem Finger. »Wenn du auf der Straße gelebt hast, denkst du nach einiger Zeit nur noch daran, wie du dich am besten trocken halten kannst.«

»Ich habe Hausdächer gebaut«, sagte Corto zu Lorenzos Erstaunen. »Eigentlich sollte man sagen, ich habe *ein* Hausdach gebaut. Das Dach meines Elternhauses war aus Schilf, und jedes Jahr war irgendwas daran undicht. Man muss so ein Dach in einem Schwung machen, dann verrottet das Schilf gleichmäßig und kann komplett ersetzt werden. Mein Vater hatte es aber stückchenweise errichtet, und so vergammelte es nach und nach. Ich musste immer hinauf, weil ich der Leichteste von allen war.«

»Wir haben alle Erinnerungen, die wir nicht loswerden können«, erklärte Lorenzo.

Corto betrachtete die Innenflächen seiner Hände. Er lächelte. »Wer sagt, dass ich diese Erinnerung loswerden will? Unser Haus stand nicht weit vom Po entfernt. Wenn ich den Fluss sehen wollte, musste ich nur ein paar Minuten laufen und war dort.« Er fasste nach einem Blatt und rieb es zwischen den Fingerspitzen. Danach klopfte er mit einem Fingernagel an den dicken Halm. »Es gibt nichts, was man am Schilf nicht brauchen könnte: die Blätter für die Dächer, die Halme zum Pfeifenschnitzen und für Blasrohre, die Wedel zum Feuerentzünden – und außerdem gibt es prima Verstecke für einen kleinen Jungen, der nicht gefunden werden will.«

»Essen kann man's nicht«, konstatierte Urso, der bislang wenig gesagt hatte und wenn, dann nur im Zusammenhang mit der Nahrungsaufnahme.

Corto lächelte. »Zumindest hab ich's noch nicht probiert«, gestand er.

»Was tun wir hier eigentlich?«, fragte Lorenzo. »Wohin hast du Enrico und die anderen geschickt?«

Corto kratzte sich am Kopf. »Überraschung«, erklärte er. »Nicht nur für dich.« Er zwinkerte Urso und Pio-Pio zu, und die beiden gaben das Zwinkern mit der Miene von Leuten zurück, die sich in der Ahnungslosigkeit wohlfühlen, weil sie überzeugt sind, gut geführt zu werden. »Was ich dir noch sagen wollte: Das mit dem übergeschnappten Mönch hast du gut gemacht.«

»Du hättest genau das Gleiche getan.«

»Und warum hab ich's dann nicht getan?«

»Weil Enrico, wenn du den Mönch gepackt hättest, mit ziemlicher Sicherheit abgedrückt hätte, und dann wäre der Mönch tot gewesen, Fabio hätte Enrico erschossen, die anderen Mönche hätten auch dran glauben müssen, und der Friede im Wolfspack wäre für alle Zeiten zerstört gewesen.« Lorenzo lächelte. »Als kleine Zugabe bestand die Gefahr, dass Enrico aus Versehen dich hätte treffen können.«

»Als *kleine* Zugabe«, sagte Corto.

Lorenzo zuckte mit den Schultern.

»Was soll das mit dem Wolfspack?«

»Hat sich mir so aufgedrängt.«

Corto musterte ihn. »Erzähl mir mal 'n bisschen was über dich. Woher kommst du?«

»Was habt ihr euch gegenseitig versprochen?«

Corto gab Lorenzos Blick zurück, ohne zu blinzeln, aber auch ohne zu antworten.

»Fabio hat zu Enrico gesagt, niemand wolle den Mönch tot sehen, weil ihr euch alle gegenseitig etwas versprochen habt. Ich meine, vielleicht ist es ja ein Gelübde, das ich auch ablegen sollte, wenn ich zu euch gehören will?« Mit hinter dem Rücken gekreuzten Fingern, dachte Lorenzo. »Keine Mönche töten, keine Hunde treten, keine alten Mütterchen in die Latrine schubsen?«

»Damit hast du nichts zu schaffen«, sagte Corto.

»Etwas aus den guten alten Zeiten, hm?«

»Nein«, sagte Corto, »nicht aus den *guten* alten Zeiten.«

»Jemand kommt«, sagte Urso.

Corto horchte. »Enrico oder einer der anderen, die uns sagen wollen, dass die Luft rein ist.« Er holte tief Atem und grinste breit, wie jemand, der sich auf die Gesichter seiner Freunde freut, wenn er hinter seinem Rücken einen Weinschlauch hervorzieht, mit dem keiner gerechnet hat.

Dann wand sich Enrico aus dem Schilfrohrdickicht heraus, schaute Corto mit bestürzter Miene an und sagte: »Das musst du dir ansehen, Corto.« Und alle miteinander folgten Enrico zurück auf dem Weg, auf dem er gekommen war und Cortos Vorfreude verdorben hatte.

Das Dorf lag hart am Rand des Schilfdickichts; keine zweihundert Schritte trennten die letzten Halme von den klapprigen Zäunen aus Holz und Rohr, die die Gärten rund um das Dorf einfassten. In den vielleicht zwanzig Häusern lebten Menschen, in deren Handflächen die gleiche Erinnerung wie in denen Cortos eingeschnitten sein musste: Die Dächer waren aus trockenem Schilf. Die Wände bestanden entweder aus Weidengeflecht, das mit Schlamm und Lehm verschmiert war, oder aus Holz. Stein gab es nur wenig in diesem Land, in dem der große Fluss das, was er nicht hatte zerreiben können, fortgenommen und ins Meer gespült hatte. Die Häuser waren über eine relativ weite Fläche verstreut und ließen das Dorf größer wirken, als es war. Es war nichts Besonderes an dieser Siedlung, die zusätzlich zu den Wohnhäusern eine Kapelle mit einer Art Turm aus Ästen und dünnen Stämmen besaß, eine eigene Schmiede, ein paar Kühe, Schafe und Schweine auf einer eingezäunten Allmende, und deren Bewohner ihre Nahrung aus Reis, Getreide und Gemüse mit Fischfang – vom Schilfwald aus gesehen hinter dem Dorf schlängelte sich ein breiter Bach – und mit Fallenstellerei aufbesserten; sie hatten auf dem Weg durch das Schilf etlichen Schlingen ausweichen müssen. Das Einzige, was nicht alltäglich war, waren die Geräusche, die aus dem Dorf an ihre Ohren drangen und die an ihrem vorherigen Standort vom Wispern des Schilfs verschluckt worden waren, und die Szene, die sich direkt vor ihren Augen zwischen den ersten Häusern abspielte.

Die drei Männer, die auf den Beinen waren, trugen farbige, an den Knien abgeschnittene Landsknechtshosen über ihren Beinlingen, die üblichen, übertrieben großen Schamkapseln, abgesteppte, feste Gambesons über ihren Wämsern, deren Ärmel zum Teil geschlitzt, zum Teil verschiedenfarbig bunt abgesetzt waren, auf den Köpfen Barette. Ihre Kleidung sah von der Machart her so aus, als hätten sie soldreiche Zeiten gesehen, und vom Abnutzungsgrad so, als hätten sie diese soldreichen Zeiten schon *lange* hinter sich. Sie lachten lauthals. Zwei der langen Piken mit der scharfen Spitze und dem Widerhaken lehnten am tief heruntergezogenen Grasdach des nächsten Hauses.

Der vierte Mann war an Armen und Beinen so gefesselt, dass er sich, wenn er auf den Boden fiel, nur vorwärts bewegen konnte, wenn er sich aufbäumte und mit dem Körper nach vorn stieß wie eine Raupe auf einem Ast. Er *war* auf den Boden gefallen. Er lag auf dem Bauch und versuchte zu entkommen, und die Panik war so groß, dass er dabei stöhnte und winselte und nicht darauf achtete, dass er mit dem Gesicht über den Weg schrammte.

»Malocher …«, flüsterten Lorenzo und Corto gleichzeitig und sahen sich an.

»… Plünderer«, sagte Enrico zu Corto, und Lorenzo erkannte, dass er einen ganzen Teil von Enricos Worten nicht gehört hatte, weil das Entsetzen in ihm alle Geräusche übertönt hatte, die nicht aus dem Dorf und der Szene vor seinen Augen kamen. »Als sie das Feuer angezündet haben, bin ich gekommen, dich zu holen.«

»Das sind nicht die Einzigen«, wisperte Verruca.

»Wie viele sind es?«, fragte Corto, der Lorenzo immer noch Seitenblicke zuwarf.

Der gefesselte Mann auf dem Boden versuchte, vom Feuer davonzukriechen. Zwei der Landsknechte hinderten ihn daran, indem sie ihn mit einer zweizinkigen Holzgabel in Richtung der Flammen zurückstießen. Der dritte sah ihnen dabei zu und riss mit den Zähnen an etwas Essbarem, das er in einer Faust hielt. Mit der anderen Hand hatte er eine gespannte Armbrust in die Hüfte gestützt. Der Gefesselte rollte sich herum und versuchte, in einer anderen Richtung zu entkommen, und seine Peiniger lachten und sahen ihm zu und ließen ihn genau so weit entkommen, dass sie keine langen Schritte machen mussten, um ihn wieder mit der Gabel am Boden festzunageln und dann zurückzuschubsen. Der Atem des Gefesselten ging pfeifend, Blut lief ihm übers Gesicht. Das Feuer war noch jung und leckte an dem unordentlichen Haufen aus getrocknetem Torf, Schilf und Feuerholz, den jemand in der Mitte der Straße aufgehäuft hatte. Es war noch nicht kräftig genug und würde nie so groß werden, dass es einen Scheiterhaufen abgeben konnte, aber ein Mensch, der in den Flammen festgehalten wurde, würde sicherlich verbrennen – qualvoller, als wenn er auf einem Marktplatz dem Feuer übergeben würde. Der Gefesselte überschritt die unsichtbare Grenze, die Landsknechte setzten sich in Bewegung und schoben ihn wieder zurück. Der Gefesselte weinte jetzt.

»Zwanzig mindestens«, sagte Enrico. »Wir sind nicht sicher, ob wir alle gesehen haben.«

»Also rechnen wir mit mehr als zwanzig«, sagte Corto.

»Corto, was hast du vor?«, fragte Lorenzo.

Corto sah nicht Lorenzo an, sondern seine Männer, die in einer weit auseinandergezogenen Linie am Rand des Schilfdickichts lagen. Ihre Augen waren alle auf ihn gerichtet. »Wir machen sie fertig«, sagte Corto zu der Reihe von Männern.

»Wir sind acht gegen mindestens zwanzig!«, stieß Lorenzo hervor. »Auf jeden von uns kommen vielleicht drei Gegner. Was ist so besonders an diesem Dorf? Warum willst du das tun?«

Der Gefesselte rollte sich winselnd davon, in der Hoffnung, seinen Peinigern so entkommen zu können. Die Landsknechte verspotteten ihn und machten seine Geräusche nach. Derjenige mit der Armbrust warf seinen abgenagten Knochen ins Feuer. Die anderen beiden verstanden das als Zeichen. Sie stiegen über ihr Opfer hinweg und begannen nun ernsthaft damit, es zum Feuer zu schieben. Lorenzo sah ihrem Treiben zu und lauschte gleichzeitig dem Lärm, der von anderen Stellen des Dorfes kam: Gebrüll, Gelächter, Geräusche von zerbrechendem Eigentum, Schmerzensschreie. Eine Frau kreischte lang und anhaltend. Er lauschte seinen eigenen Worten nach. Warum willst du das tun? Eine Bande von Plünderern marodierte in einem Dorf friedlicher Bauern und Fischer, und er hatte *das* gefragt? Aber die Erinnerung war noch immer so stark, dass die Furcht größer war als das Mitleid, und der Wunsch, Augen und Ohren zu verschließen und davonzurennen, war stärker als der Drang, sich als *Mensch* zu erweisen und zu helfen. Sollte Corto, dieser Anführer von Strauchdieben und Straßenräubern, dieser Leitwolf, der die Landsknechtssprache mindestens genauso beherrschte wie Lorenzo, sich plötzlich als der bessere Mensch erweisen?

»Das ist *mein* Dorf«, sagte Corto. »Wir haben es vor ein paar Wochen ausgespäht. Es liegt wunderschön abseits. Der Plan war, mit den Gefangenen dort unterzutauchen, uns von Einwohnern versorgen zu lassen und so lange von der Straße zu verschwinden, bis alle Lösegelder eingetroffen wären.«

»Deine Melkkühe«, sagte Lorenzo.

»Natürlich. Und ich mag es nicht, wenn jemand anderer meine Milch klaut.« Corto grinste Lorenzo plötzlich an. »Außerdem war deine Rechnung falsch. Wir sind erst mal nur sechs gegen zwanzig. Giuglielmo wird zurücklaufen und die anderen holen, und du hast keine Waffen und bleibst hier.«

Giuglielmo schob sich ohne weitere Worte zurück und schlüpfte durch das Schilfrohr. Draußen hatte der Gefesselte angefangen zu schreien und zu flehen. Er zappelte wie ein Fisch. Eine der Zinken der Gabel brach ab. Ihr

Träger fluchte und drosch mit dem Rest ein-, zweimal auf den Gefesselten ein, dann machten er und sein Kumpan sich daran, ihn mit Fußtritten in das mittlerweile hoch lodernde und qualmende Feuer zu rollen. Sie lachten jetzt nicht mehr, aber sie kamen auch nicht auf die Idee, einzuhalten. Als Lorenzo sich Corto wieder zuwandte, stand dieser bereits so weit außerhalb des Schilfs, dass die drei Männer ihn hätten sehen müssen, wenn sie von ihrer Tätigkeit aufgeblickt hätten. Sein Bogen war gespannt. Enrico stand neben ihm und zielte mit der Armbrust. Die Entfernung war eigentlich zu groß für die kleine Waffe. Der Kastrat war nur wenig außerhalb dieser Entfernung gewesen, und die Bolzen hatten ihn schon nicht mehr erreicht. Enrico hob die Armbrust noch höher und sagte leise: »Fertig.«

Die Männer neben Lorenzo lagen nicht mehr, sondern kauerten. Sie waren sprungbereit. Was sie an Waffen hatten – Äxte, Katzbalger, lange Messer –, hielten sie in den Händen.

»Das ist Wahnsinn!«, flüsterte Lorenzo.

Corto ließ die Sehne los, Enricos Armbrust knallte im gleichen Augenblick. Die Männer vorn sahen nicht auf. Der Lärm um sie herum hatte die beiden Geräusche unhörbar gemacht. Der Plünderer mit der Armbrust prallte zurück und setzte sich auf den Hosenboden. Der Mann mit dem Rest der zerbrochenen Gabel wirbelte herum und fiel hin. Der übrig gebliebene Plünderer blinzelte seine beiden Kameraden blöde an. Dann machte er plötzlich einen Satz, fiel auf die Knie, kam wieder auf die Beine, taumelte im Kreis und brach endgültig zusammen, Cortos zweiten Pfeil unter sich abbrechend. Lorenzo starrte die drei Leichen an. In seiner Lähmung blitzte ein Gedanke auf, heiß und zornig: JA!

Corto legte den Bogen auf den Boden. Enrico spannte die Armbrust. Sie lauschten einen Augenblick. Der Rhythmus des Plünderungslärms hinter den Häusern änderte sich nicht. Corto gab den Männern hinter sich ein knappes Zeichen. Sie sprangen auf und hasteten über die freie Fläche zu den ersten Häusern, hinter Corto und Enrico her. Als sie sich hinter dem zunächst stehenden Haus zusammendrängten, stellte Lorenzo fest, dass er mitgekommen war. Er blinzelte verwirrt, seine Gefühle ein wirbelndes Knäuel, das sich jeder Festlegung entzog.

»Ich bin waffenlos«, keuchte er.

Corto, der sich die beiden Piken geschnappt hatte, zögerte einen winzigen Moment, dann warf er Lorenzo eine davon zu. Er wandte sich ab und spähte um die Ecke. Klatschen und Gesang drangen zerstückelt zu ihnen.

Urso rannte gebückt zu dem Gefesselten und zog ihn ein Stück vom Feuer weg. Die Augen des Geschundenen waren rund und weiß in seinem zerkratzten Gesicht. Urso legte einen Finger auf die Lippen und zwinkerte mit einem Auge, dann riss er dem einen der Getöteten den Katzbalger aus dem Gürtel und nahm die immer noch gespannte Armbrust des anderen an sich. Er kam zurück und prallte gegen die Hauswand, dass die Hütte unter dem Gewicht des schweren Mannes erzitterte. Als er Lorenzos Blick bemerkte und die Pike in seiner Hand sah, grinste er übers ganze Gesicht und nickte ihm zu.

Enrico nahm Urso die Armbrust ab und wog sie in der Hand. Er verzog den Mund zu einer verächtlichen Grimasse, legte einen von seinen Bolzen in die Rinne, dann stemmte er beide Waffen in die Hüfte. Corto drehte sich zu ihnen um.

»Der Platz in der Mitte des Dorfes mit dem alten Baum – erinnert ihr euch?«, flüsterte er. Die Männer nickten. »Da ist ein ganzer Haufen von den Kerlen, neun oder zehn. Die anderen sehe ich nicht.«

»Die sind in den Hütten«, sagte Lorenzo. Die Pike war schwer in seinen Händen. Wenn er sich etwas hätte wünschen können, dann, die Pike wegzuwerfen und am anderen Ende der Welt zu sein. Seit er sie angefasst hatte, war das Knäuel in seinem Inneren zum Halten gekommen. Es saß jetzt wie ein fassbarer Klumpen in seinem Magen. Er war sicher, dass es den anderen nicht besser erging: Ein Kämpfer ohne Angst war wertlos, weil er unachtsam war. Ebenso war er sicher, dass keiner von ihnen das Gewicht fühlte, das sich, Zeit und Raum überbrückend, an seine Waffe geheftet hatte: das Gewicht des sterbenden Mannes, den er durchbohrt hatte, das Gewicht des Mannes, der ihm den Rücken zugewandt hatte, weil er geglaubt hatte, von Lorenzo drohe keine Gefahr. Er fühlte aufs Neue den prüfenden Blick Cortos.

»Wir machen zuerst die fertig, die außerhalb der Hütten sind«, sagte Corto. »Die drinnen haben die Hosen um die Knöchel, und bis sie sie hochgezogen haben, müssen wir draußen aufgeräumt haben. Dann nehmen wir uns die Hütten vor. Alles klar?«

»Es waren einmal ein paar Arschlöcher, die sich wunderten, was plötzlich mit ihnen geschah«, sagte Enrico.

»Du musst uns meinen«, sagte Urso und grinste.

»Also gut, ihr Welpen«, sagte Corto, dann huschte er um die Ecke, und der Tanz begann.

17.

Das Innere des Trosswagens war stickig von verbrauchter Luft, ungewaschenen Kleidern und Hass. Alles zusammen machte Magdalena schwindlig und gereizt. Sie kauerte neben dem ältlichen Mann und versuchte zu ignorieren, dass der Körpergeruch, den er ausströmte, ebenso von Angst stank wie seine Signale, die in Magdalenas besonderem Sinn pulsten. Keiner hatte ihnen gesagt, warum sie gehalten hatten. Sie versuchte zu erspüren, ob der Mann, der Bruder Girolamo von der Straße getragen hatte, irgendwo in der Nähe war, doch sie war nicht sicher, ob ihre Begabung ihr nur einen Streich spielte oder ob er tatsächlich verschwunden war. Sie wusste nicht einmal seinen Namen.

»Clarice?«, flüsterte sie schließlich.

Die junge Frau, derentwegen Corto sie festhielt, reagierte nicht. Sie saß in der rechten vorderen Ecke des Trosswagens, umgeben von Vorratssäcken und Truhen und hielt alleine schon durch ihr abweisendes Gebaren Distanz zu allen anderen. Selbst die beiden übermütigen Jungen schienen es längst aufgegeben zu haben, sie anzusprechen oder Scherze mit ihr zu treiben.

Magdalena warf einen Seitenblick zu Schwester Radegundis und Schwester Immaculata. Immaculata starrte auf den Boden des Wagens, blass und mit hochgezogenen Schultern. Radegundis gab Magdalenas Blick gleichmütig zurück. Es fiel Magdalena zusehends schwerer, an die Novizin als Schwester Radegundis zu denken; das Gebaren einer Braut Christi schien mehr und mehr von ihr abzufallen, und die Isabella Datini, die darunter wieder zum Vorschein kam, war unberührt von Demut, Gehorsam und Duldsamkeit. Magdalena gab den Blick zurück, bis Isabellas Blicke zu der schweigsamen Gestalt in ihrer Ecke huschten, wieder zu Magdalena zurückkehrten und dann zu sagen schienen: Du hast zugelassen, dass wir in *das* hier hineingezogen wurden, und wofür? Für die Prinzessin auf der Erbse?

»Clarice?«

Clarice wandte langsam den Kopf und starrte Magdalena an. Auf ihre Weise war sie ebenso schwer zu lesen wie Äbtissin Giovanna oder wie Corto, doch Magdalena atmete scharf ein, als sie erkannte, dass das dunkle

Wabern von Hass und Verachtung, das den Wagen durchpulste, von der zarten jungen Frau ausging.

»Der Mann mit dem struppigen schwarzen Haar und dem schönen Pferd … wie heißt er?«

»Wieso willst du das wissen?«, fragte Clarice nach einer Weile. Magdalena versuchte weder auf die respektlose Anrede noch auf den gereizten Unterton in Clarices Worten zu hören. Ihre eigene Gereiztheit ließ ihr Herz dennoch schneller schlagen.

»Er ist anders als die anderen«, sagte sie wahrheitsgemäß. »Und doch …«

»Er ist neu.« Clarice wandte sich demonstrativ ab.

»Sein Name ist Lorenzo«, sagte der Mann an Magdalenas Seite. Er lächelte sie unsicher und diensteifrig an. »Lorenzo. Mehr weiß ich nicht, ehrwürdige Schwester. Die Madonna hat recht, er ist …«

»Ich habe einen Namen, Giallo«, schnappte Clarice. »Ich akzeptiere nicht, dass du mich so nennst.«

»Diese Banditen nennen Sie doch auch so«, erwiderte Giallo.

»Die winseln auch nicht bei jedem Wort, das sie sagen.«

»Ich winsle nicht. Aber ich bin schon viel länger ein Gefangener dieser Unmenschen als Sie, und daher …«

Clarice verzog das Gesicht und machte das Greinen eines Kindes nach: »Nähnähnäh …« Die Cantafini-Burschen kicherten. »Haltet die Klappe«, zischte Clarice.

»Mein Name ist Francesco Giallo«, sagte der Mann und hielt an seinem Lächeln fest. Magdalena hatte plötzlich den Eindruck, Francesco Giallo würde dieses Lächeln noch dem Henker schenken, der ihm den Strick um den Hals legte, und bis zuletzt hoffen, es möge ihm Gnade zuteil werden – oder wenigstens die Chance, den Henker in die Hand zu beißen, wenn dieser den Strick stramm zog. Sie war selbst überrascht über ihre Gedanken und schämte sich dafür.

»Gott sei mit dir«, sagte Magdalena.

Giallo nickte dankbar. Er musterte Magdalena verstohlen. Sie spürte es, während sie sich bemühte, sich auf Clarice zu konzentrieren und einen neuen Weg zu ihr zu finden. Sie konnte verstehen, dass die junge Frau von Hass erfüllt war. Was sie nicht verstehen konnte, war, weshalb sich dieses Gefühl gegen die Insassen des Trosswagens richtete. Ein Gedanke fuhr wie ein Schock durch sie hindurch: Corto und seine Männer hatten Clarice Gewalt angetan, und was Magdalena als Hass interpretierte, war in Wahrheit entsetzliche Scham. Doch wie hätten Francesco Giallo und die beiden jungen Burschen nicht wissen können, was man ihr angetan hatte? Unwillkürlich strengte Magdalena sich an, tiefer in Clarices Herz blicken zu können, doch es war vergeblich. So schnell wie der Gedanke gekommen war, verließ er Magdalenas Hirn wieder. Unsinn, sagte sie sich, wenn man ihr *das* angetan hätte, dann würde ich es spüren, und wenn ich hundert Meilen von ihr entfernt wäre! Der Gedanke ging dennoch nicht, ohne einen nagenden Zweifel in Magdalena zu hinterlassen. Irgendeine Schwingung war da gewesen, sonst hätte sich diese Assoziation nicht eingestellt. Aber was sie bedeuten sollte …

»Clarice, wenn du möchtest … Ich kann dir zwar nicht die Beichte abnehmen, aber ich kann teilen, was dich bedrückt«, sagte Magdalena plötzlich.

»Wer sagt, dass mich was bedrückt?«, erwiderte Clarice nach einer aufreizenden Pause, ohne den Kopf zu drehen.

»*Ich* möchte beichten!«, sagte Francesco Giallo hastig.

»Ich habe doch gesagt, dass ich niemandem die Beichte abnehmen kann«, erklärte Magdalena und merkte, dass sie sich genauso anhörte wie Clarice.

»*Confiteor Deo omnipotenti*«, haspelte Giallo und bekreuzigte sich. »Herr, erbarme dich meiner, denn ich habe gesündigt.« Er starrte Magdalena an.

Magdalena biss die Zähne zusammen und schluckte eine Woge aus Wut hinunter, die plötzlich in ihr hochschoss. Sie war gewahr, dass sowohl Schwester Radegundis als auch Clarice Tintori sie beobachteten. Sie raffte sich auf und schlug die Plane über der Rückwand des Trosswagens zurück. Die Männer draußen fuhren herum.

»Folge mir«, zischte sie über die Schulter zu Francesco Giallo.

Als sie herunterkletterte, stand Fabio neben ihr.

»Ich möchte, dass Sie wieder zurück in den Wagen gehen«, sagte er leise. Als Giallos Kopf in der Öffnung erschien, knurrte er ihn an: »Das gilt auch für dich!«

»Dieser Mann will seine Seele erleichtern«, sagte Magdalena und starrte Fabio in die Augen. »Das ist ein Sakrament. Wage nicht, ihn daran zu hindern.«

»Unsinn!«

»Francesco, sag ihm, was du zu mir gesagt hast.«

»Ich …«, Giallo musterte Fabios Gesicht und senkte den Blick. »Ist nicht mehr wichtig, glaube ich …«

»Jetzt hab ich aber genug!«, rief Magdalena und kämpfte wütend darum, nicht die Fassung zu verlieren. »Komm raus aus dem Wagen, du Feigling, oder bleib drin, aber wenn du drinbleibst, dann jammere mir nicht noch einmal vor, dass du deine Seele erleichtern willst. Was glaubst du, warum es heißt, dass zu einem Schuldbekenntnis Mut gehört?«

Fabio gaffte sie an. Undeutlich erkannte sie, dass alle Männer aus Cortos Tross sie ebenfalls anstarrten. Über Fabios Gesicht huschte plötzlich ein Grinsen.

»He, die Schwester zeigt dir aber, wo's langgeht, Gelbar…«, begann jemand von den Umstehenden, schluckte und endete: »… popo!«

Giallo blickte zwischen Fabio und Magdalena hin und her.

»Na mach schon, wenn's gerade jetzt sein muss!«, sagte Fabio und trat einen Schritt zurück. »Aber redet leise, verdammt noch mal!«

Magdalena kniete sich ein paar Schritte abseits auf den Boden. Giallo schlurfte zu ihr, noch immer zu Fabio und den anderen spähend, als erwartete er jeden Moment, dass sie ihn mit Steinen bewerfen würden. Die Plane über dem Trosswagen bewegte sich erneut, und die Gesichter von Eduardo und Raffaelle Cantafini erschienen. Nach einem Augenblick zeigte sich darüber Clarice Tintori. Magdalena fühlte ihren Blick auf sich ruhen.

»Confiteor Deo omnipotenti, beatae Mariae semper virgini, beato Michaeli Arcangelo …«, flüsterte Giallo, kaum dass er sich neben Magdalena gekniet hatte.

»Hör auf damit, Francesco«, sagte Magdalena. »Dies ist keine Beichte, wie oft soll ich das noch sagen! Ich habe nicht das Recht, dir die Beichte abzunehmen. Wenn du dein Herz erleichtern willst, dann rede einfach!«

»Schwester!«, flüsterte Giallo. »Ich will auch gar nicht beichten. Ich wollte nur allein mit Ihnen reden, ohne diese beiden Blagen und ohne die Madonna in Hörweite. Schwester! Sie sind mein Retter in der Not. Mein Engel! Gottes Gesandte! Ich möchte Ihre Hand küssen …!« Er beugte sich so nahe zu Magdalena, dass diese den sauren Atem des Mannes riechen konnte. »Schwester, retten Sie mich!«

»Was soll das heißen?«

»Schwester, mir geht es wie Hiob. Unschuldig bin ich von Gott geschlagen worden, und der Teufel treibt sein böses Spiel mit mir.«

Magdalena sah ihn von der Seite an. Es fiel ihr schwer, den Blick vom Trosswagen zu wenden. Clarices blasses, makelloses Gesicht war ein heller Fleck vor dem dämmrigen Inneren des Wagens. Sie sah unverwandt zu Fabio hinüber, der sich halblaut mit einem der anderen Männer unterhielt und dabei nervös den Bogen von einer Faust in die andere wechselte.

Die Nähe Giallos machte es Magdalena unmöglich, Clarices Schwingungen zu erspüren; Giallos erdrückende Gefühlsmischung aus Angst, hilflosem Ärger und schwächlicher Empörung hing wie ein zäher Geruch um Magdalena herum. Sie erkannte, dass Giallo weitergesprochen hatte.

»Was hast du gesagt?«

»Ich habe gefragt, ob Sie auch meiner Meinung sind, Schwester.«

»Welcher Meinung?«

»Dass Corto der Teufel ist!«

Magdalena suchte nach einer Antwort. Am liebsten hätte sie gesagt: wenn Corto der Teufel ist, dann verstehe ich, warum so viele ihm folgen und nicht Gott dem Herrn. Sie erschrak über die Blasphemie, noch mehr aber darüber, dass es ihre ehrliche Meinung war.

»Seit Wochen bin ich Gefangener dieses Satans«, wisperte Giallo. »Sie müssen wissen, dass ich der Agent eines Kaufmanns aus Bologna bin. Aus Bologna, Schwester! Wissen Sie, wie weit das von hier entfernt ist? Keine Tagesreise! Seit Wochen werde ich von Corto und seinen Männern durch die Gegend geschleppt, ohne eine Gelegenheit zur Flucht zu finden, seit Wochen darauf wartend, dass Cortos Bote mit dem Lösegeld meines Herrn zurückkommt, und das alles niemals länger als eine Tagesreise von meinem Zuhause entfernt. Können Sie sich meine Qual vorstellen, Schwester?«

»Was hält deinen Herrn davon ab, zu zahlen?«, fragte Magdalena.

Giallo, der Atem geholt hatte, verstummte. Es war, als seien seine Gedanken in vollem Lauf gegen eine Mauer geprallt. »Äh?«

»Es liegt doch in der Hand deines Herrn, deine Qual zu beenden, oder nicht?«

»Wollen Sie diesen Teufel Corto auch noch verteidigen, Schwester? Hat ihm jemand befohlen, meinen Tross in alle Winde zu zersprengen und mich zu verschleppen?«

»Zisch mich nicht so an, Francesco Giallo, ich bin die Magd des Herrn, aber nicht die deine!«

»Entschuldigen Sie, Schwester, entschuldigen Sie. *Mea culpa, mea maxima culpa*! Ich wollte Sie nicht verärgern, gewiss nicht, glauben Sie mir!«

»Warum hast du gesagt, ich sei deine Retterin? Ich kann dich nicht aus deiner Lage befreien. Meine Schwestern und ich sind selbst Gefangene.«

Giallo lächelte plötzlich. Das Lächeln hatte zu viele Zähne, und seine Augen leuchteten zu stark. Seine Hand zuckte nach oben, als wollte er Magdalena am Arm packen, doch dann schreckte er zurück. »Auf Sie werden sie nicht schießen, nein nein«, murmelte er zusammenhanglos. »Das wagt nicht einmal dieser Teufel Corto! Auf Sie werden sie nicht schießen!«

»Was soll das heißen?«

»Schwester, es ist ganz simpel. Und es ist die Rettung! Sie und Ihre beiden heiligen Mitschwestern – der Herr schütze und behüte sie! – müssen nur eines tun: Sobald die Gelegenheit günstig ist, fliehen wir zusammen; wir laufen weg, und ich bleibe in Ihrer Mitte. Wir bleiben einfach in einer engen Gruppe zusammen. Die Gefahr, dass sie eine von Ihnen treffen, wenn sie uns Pfeile oder Armbrustbolzen hinterherschicken, ist viel zu groß. Sie werden es nicht wagen, und wir sind frei!« Jetzt packte er Magdalena doch am Arm. Sie sah seine Hand an. Giallo ließ los, aber seine Hand blieb in der Luft hängen. Er sah ihr ins Gesicht, lächelnd, hoffend, im Stillen flehend, dass sie zustimmen möge, innerlich bereits halb zu Hause, der Mann, der auf dem Schafott den Henker anlächelte und ihn zu überzeugen suchte, dass er sein Freund sei. Seine Gedanken standen so deutlich auf seiner Stirn geschrieben, dass Magdalena nicht einmal in sein Herz zu sehen brauchte. Sie war weitaus entsetzter über den Umstand, dass sie ihm ins Gesicht zu schlagen wünschte, als über seinen Vorschlag.

»Schwester, ich danke Gott, dass er Sie zu mir gesandt hat.«

Aus dem Schilfwäldchen, vor dem sie haltgemacht hatten, wand sich plötzlich ein Mann, orientierte sich kurz und lief dann auf Fabio zu. Die beiden steckten die Köpfe zusammen. Unwillkürlich blickte Magdalena zu Clarice. Auf der Stirn der jungen Frau stand eine steile Falte; ihre Blicke folgten Fabio und dem Neuankömmling, als diese beiseitetraten.

Fabio blickte auf. Über die Entfernung hinweg trafen sich seine Blicke mit denen Magdalenas. Sie zuckte zusammen, als er mit langen Sätzen zu ihr und Giallo herüberhastete.

»In den Wagen, sofort!«, zischte er. Als Magdalena nicht sogleich reagierte, packte er sie am Arm und zerrte sie hoch. »Machen Sie schon, Schwester.«

Magdalena riss sich los. Giallo gaffte und erhielt einen Fußtritt, der ihn in die Höhe trieb. Fabio schubste und stieß beide vor sich her, bis sie beim

Trosswagen waren. Fabio schwenkte wortlos seinen Bogen, und die Cantafini-Burschen fuhren zurück, um ihn nicht über die Nasen zu bekommen. Giallo strampelte mit den Beinen, um die Rückwand des Wagens zu erklimmen. »Um Gottes willen, um Gottes willen!«, hörte Magdalena ihn stöhnen.

»Was ist passiert?«, fragte sie.

Fabio warf ihr einen Blick zu. »Sehen Sie zu, dass Sie in den Wagen kommen, Schwester. Ich werde gleich mit den meisten der Männer aufbrechen. Die, die übrig bleiben, um Sie und die anderen zu bewachen, haben Befehl, jeden Unsinn Ihrerseits im Keim zu ersticken.« Er vollführte eine Bewegung, die ein Mann machen mochte, der einem anderen seine Pike in den Leib rammte. »Passen Sie auf die Jungs und auf die anderen auf, wenn Sie kein Blut sehen wollen.« Dann hob er den Kopf und rief über sie hinweg: »Kommt mit dem Wagen nach, wenn ihr fertig seid!«

Fabio wandte sich ab und rannte davon. Magdalena war schockiert über seine Grobheit und die offensichtliche Hektik, die ihn befallen hatte. Sie sah nach oben und in die Augen Clarice Tintoris. Dann riss Clarice ihren Blick los und schaute Fabio hinterher, der sich ungeschickt auf eines der Pferde schwang. In ihrer unmittelbaren Nähe konnte Magdalena die Schwingungen der jungen Frau wieder spüren. Sie waren voller Angst. Seltsamerweise aber hatte Clarice Tintori nicht Angst um sich selbst oder ihre Mitgefangenen.

Magdalena wandte sich um und sah Fabio zu, wie er in einem Pulk mit den anderen Berittenen davonsprengte, während der Großteil der Männer ihnen zu Fuß hinterherrannte. Sie drehte sich wieder um und starrte Clarice an, aber die Augen der jungen Frau hingen an Fabios Rücken, bis dieser mit den anderen Wölfen verschwunden war.

18.

Es war tatsächlich ein Tanz, das wurde Lorenzo später klar. Die Musik war lautlos und spielte in ihren Köpfen, und sie spielte in jedem Kopf einen anderen Rhythmus, aber allen gemeinsam war: Der Rhythmus war schnell. Sie rannten um die Hausecke in das Dorf hinein, Corto neben Lorenzo, sie beide mitten in der Gruppe, die sich um sie herum geformt hatte, die Piken in die Höhe und nach vorn gereckt, die vordere Hand am Drittelpunkt, die hintere fast am Ende des Schafts; das Wippen der langen Stange war Lorenzo nur zu vertraut. Sie rannten, ohne einen Ton von sich zu geben, kein Kriegsgeheul, kein triumphierendes Gebrüll, kein Grölen, um die Angst herauszuschreien – ein kompakter, keuchender kleiner Haufen, der den Tod zum Ziel hatte. Worauf sie zurannten, war dies:

Ein halbes Dutzend braun und grau gekleideter Menschen, hauptsächlich alte Frauen und Männer; fünf davon standen in einer Gruppe zusammen an der Ecke eines Gebäudes, bewacht von bunt angezogenen, in die Hände klatschenden und singenden Plünderern. Eine hagere Frau mit aufgelöstem Haar rannte die Längsseite des Hauses entlang. Vor ihr und hinter ihr schlugen Armbrustbolzen in den Riet, abgefeuert von einer Linie lachender Männer, die gleichzeitig schossen und Anfeuerungsrufe brüllten. Die Frau erreichte unverletzt das andere Ende der Hütte und fiel dort vor einem wartenden Landsknecht auf die Knie; von der Gruppe am Startpunkt erhielt einer der alten Männer einen groben Kopfstoß, er taumelte nach vorn, während die Plünderer in der Feuerlinie hastig ihre Waffen spannten. Alle Dörfler sahen so aus, als hätten sie schon mehrere Durchgänge hinter sich. Lorenzo wusste, dass die Fehlschüsse beabsichtigt waren, es machte keinen Sinn, das Spielzeug zu vernichten, solange es noch in der Lage war, zum Gaudium beizutragen. Der alte Mann torkelte an der Längsfront des Hauses entlang, unverständlich stammelnd und um sein Leben bettelnd.

Sie waren fast unter den Plünderern, als diese sie bemerkten. Zwei von ihnen hatten ihre Armbrüste schon schussbereit. Lorenzo sah in überrascht aufgerissene Augen und Münder, die Reflexe der Plünderer waren schneller als ihr Verstand, die beiden Armbrüste zuckten hoch.

Enrico feuerte im Laufen, und einer der Armbrustschützen wirbelte um seine eigene Achse und fiel zu Boden, der andere klappte in der Mitte zusammen und flog einen Schritt nach hinten, wo er aufschlug; ihre Bolzen schwirrten harmlos durch die Luft.

Urso sprintete an allen vorbei, in einer Hand seine Axt, in der anderen den erbeuteten Katzbalger. Dem Angriff des schweren Mannes fehlte jede Gewandtheit, aber die war nicht nötig. Er rannte einfach in den ersten Schützen in der Feuerlinie hinein, mit Klinge und Axt hackend, und der Mann ging zu Boden, als wäre er unter die Hufe eines Pferdes geraten.

Enrico rammte die Armbrust, die er Urso abgenommen hatte, einem Gegner ins Gesicht, duckte sich unter ihm hindurch, der Mann taumelte und geriet in Ursos Bahn. Ja, es war ein Tanz, eine Choreographie, die sich aus dem Moment ergab und die nur eine Gruppe aufeinander eingespielter Kämpfer erreichen konnte. Im Laufen lud Enrico seine eigene Armbrust nach, indem er einen Fuß in den Bügel stellte. Ein Sprung, eine Pirouette, die Sehne rastete hinter der Nuss ein, und Enrico schoss sofort aufs Neue. Ein Mann, der hinter den Häusern hervorkam, wurde von den Beinen gerissen und schlug der Länge nach hin.

Verruca und Pio-Pio prallten in die Landsknechte beim Startpunkt der Spießrutenbahn hinein, die Dörfler rannten auseinander, Verruca ging mit einem zu Boden, während Pio-Pio seinen ersten Gegner mit der Axt niederschlug, einen Purzelbaum unter der vorgereckten Klinge des zweiten hindurch machte und umklammert mit seinem Kontrahenten auf die Erde schlug.

Es war alles völlig lautlos geschehen, bis auf das heftige Atmen des Wolfspacks und das überraschte Keuchen der Angegriffenen. Dann war der Überraschungsmoment dahin, einer der Landsknechte brüllte zornig auf und warf sich Lorenzo und Corto entgegen, die immer noch Seite an Seite rannten. Die auseinanderrennenden Dörfler kreischten. Corto wich aus und senkte die Pike und rammte sie durch den Plünderer, der am Ende der Todesbahn gewartet hatte, hindurch, prallte mit ihm zusammen und wirbelte um ihn herum, und während die Knie des Mannes noch nachgaben, war Corto hinter ihm, stellte ihm einen Fuß in den Rücken und riss die Pike hinten wieder heraus.

Der Mann, dem Corto ausgewichen war, stand plötzlich vor Lorenzo. Lorenzos Muskeln und Sehnen machten die nötigen Bewegungen, während sein Geist immer noch versuchte, irgendwo in dem Chaos Fuß zu fassen. Er schwang die Pike herum und knallte den wippenden Schaft seinem Gegner vor die Stirn. Der Landsknecht überschlug sich fast in der Luft. Lorenzo taumelte weiter.

Überall war jetzt Geschrei. Die Dörfler versuchten irgendwo in Deckung zu gehen. Verruca und Pio-Pio hatten ihre Kontrahenten erledigt und sprinteten zu Corto hinüber. Ursos Gegner ging in einem Windmühlenwirbel aus Klinge und Axt zu Boden; Ursos Gesicht war über und über mit Rot bespritzt, aus dem seine Augen und seine Zähne schimmerten. Aus dem Dunkel eines Hütteneingangs tauchte eine Gestalt auf, die sich im Hüpfen die Hose hochzuziehen versuchte und von einem Bolzen Enricos in die Hütte zurückgeschleudert wurde. Der letzte Schütze aus der Spießrutenbahn warf seine nutzlose Armbrust weg und rannte davon, stürzte und prallte hart auf, die Axt des Wolfs, dessen Namen Lorenzo nicht kannte, zwischen den Schulterblättern.

Keuchend kamen sie bei Corto zusammen. Für einen Herzschlag lang schien alles außer dem Wolfspack und Lorenzo erstarrt. Der Namenlose zerrte seine Axt aus dem Rücken des Gefallenen und schlug noch einmal zu. Lorenzos Atem pfiff. Sie starrten sich an. Ein Herzschlag ... Lorenzo glaubte das Geräusch zu hören, mit dem einer der Besiegten endgültig in sich zusammensank ... mit dem ein Blutstropfen von Cortos Pike zu Boden fiel ...

Enricos Armbrust knallte und nagelte einen Angreifer an die Lehmwand der Hütte, aus der er gesprungen war. Der Herzschlag war vorüber.

»In die Hütten!«, keuchte Corto.

Lorenzo packte seine Pike fester, aber Urso war plötzlich neben ihm und drückte ihm seinen erbeuteten Katzbalger in die Hand, grinste und sprang mit erhobener Axt in den nächsten Eingang hinein. Lorenzo ließ die viel zu lange Pike fallen und rannte Corto hinterher. Enricos Blicke folgten ihm, während er durch seine Schusslinie rannte. Dann riss der schmale Mann die Armbrust hoch – Lorenzos Atem stockte plötzlich –, schwang sie herum und feuerte, und ein Plünderer, der brüllend über einen Zaun sprang, wurde zurückgeworfen und knallte zwischen die Zwiebelstauden. Enrico spannte erneut, ohne hinzusehen. Lorenzo hastete weiter.

Die Schwärze einer fensterlosen Hütte umfing ihn und der Geruch nach Rauch, Tieren, feuchtem Erdreich und menschlichen Körpern. Bunte Flecken tanzten vor seinen Augen. Er hörte Kampfgeräusche, Grunzen und Ächzen. Etwas schoss grell quiekend auf ihn zu und brachte ihn beinahe zu Fall:

ein Ferkel. Das Ferkel sauste zum Hütteneingang hinaus. Lorenzo stolperte über etwas Weiches und erkannte, dass eine Gestalt mitten in der Hütte lag, der Körper war zu nachgiebig, um noch Leben in sich zu haben. Corto war plötzlich neben ihm, und noch bevor Lorenzo denken konnte, schwang er die Klinge beiseite, anstatt die Gelegenheit zu nutzen und sie Corto in den Leib zu jagen; Corto zerrte ihn mit sich hinaus, stieß »Weiter! Weiter! Nächste Hütte!« hervor. Lorenzo sah im Halbdunkel im Hintergrund der Hütte eine Gestalt mit langen Haaren, die sich krümmte und schluchzte, an der Wand eine andere Gestalt mit Puffärmeln und Beinlingen, die sich um ihre Knöchel gewickelt hatten, still, ganz still. Lorenzo glaubte die schwarze Lache zu sehen, die sich zwischen ihren Beinen sammelte.

Sie kamen alle fast gleichzeitig wieder hervor; vier Hütten waren gesäubert. Lorenzo hatte Mühe, sich zu orientieren. Ein Bolzen pfiff an seinem Ohr vorbei und schlug in die Wand der Hütte ein, Corto keuchte und griff sich an den Oberarm, ein weiterer Bolzen klatschte hinter ihm in die Wand. Als Corto die Hand wegnahm, sah Lorenzo einen Striemen über den Muskel gehen, unter dem das rohe Fleisch hervorschimmerte. Sie sprangen auseinander. Weiter unten, zwischen den letzten Häusern, formierte sich der Widerstand; ein weiteres Dutzend Männer in allen Stadien der Unordnung, manche mit zerkratzten Gesichtern und Blut an den Wämsern, das vermutlich nicht ihres war. Zwei von ihnen trugen Armbrüste und spannten sie; einer flog hintenüber, und Enrico rollte sich beiseite, noch während der Bogen seiner Waffe bebte; wo er eben noch gewesen war, schlug der Bolzen aus der Waffe des zweiten Armbrustschützen auf und schlitterte über die Erde. Dann rannten die Männer auf sie zu.

Lorenzo klaubte seine Pike auf und zögerte einen Augenblick, und dieser Augenblick rettete Enrico das Leben. Lorenzo sah eine Bewegung aus dem Augenwinkel, fuhr herum und entdeckte einen Plünderer, der aus einem Winkel zwischen zwei Häusern direkt neben Enrico sprang, einen Bidenhänder in beiden Händen schwingend. Enrico, mitten im Spannen seiner Armbrust, blickte auf und erstarrte, als er erkannte, dass er nicht rechtzeitig fertig würde, um den Angreifer zu erschießen; der Bidenhänder beschrieb einen blitzenden Bogen, und Lorenzo stieß mit einem Ausfallschritt, der ihn selbst beinahe zu Fall brachte, seine Pike nach vorn und rammte sie in den Gassenhauer hinein. Gepfählt zuckte der Mann auf seiner Pike und sah ihn mit hervortretenden Augen an, bevor die Spitze nach unten zog, weil das Opfer sich nicht mehr aufrecht halten konnte.

Was hatte er falsch gemacht, dass er nach diesen drei langen Jahren jetzt wieder hier war, scheinbar keinen Schritt von dem Tag entfernt, an dem sein altes Leben verloschen war, und erneut mit aufgerissenen Augen zusah, wie eine dicke Bahn Blut an der Stange entlang auf seine Hände zurann?

Lorenzo ließ die Pike fallen. Ohne es zu bemerken, hatte er den Mann vor sich her in die Spalte zwischen den Hütten hineingetrieben, aus der er gekommen war. Der Mann sank zur Seite und ächzte. Lorenzo stolperte zurück. Der Mann öffnete den Mund und schrie. Lorenzo tastete blind an seinem Gürtel, aber Corto hatte seinen Dolch und selbst das kurze Messer an sich genommen. Der Mann streckte die Hand nach ihm aus. Es war genauso wie damals, nur dass die Überraschung in den Augen des Sterbenden fehlte, jenes vollkommene und absolute Entsetzen darüber, wer den Stoß geführt hatte. Der Kopf des Gepfählten rollte zurück, und die Hand sank herab.

Lorenzo drehte sich mit zitternden Beinen um und stolperte aus der Gasse hinaus, an Enrico vorbei, der die Armbrust fertig gespannt hatte und ihn anstarrte. »Jetzt sind es schon zwei Leben«, flüsterte er Enrico zu und taumelte davon, im Laufen den Bidenhänder aufraffend. Um den Spieß aus dem Körper des Toten zu ziehen, hatten ihm die Nerven gefehlt. Er warf sich in das Getümmel, jetzt endgültig fühllos geworden, getrieben vom Wunsch, der Schlachterei ein Ende zu machen, und sei es, indem er sich an ihr beteiligte. Die Waagschale schien sich zu neigen, und zwar zugunsten von Cortos Leuten: Lorenzo sah im Laufen, wie der Plünderer, den er mit dem Schlag gegen die Stirn betäubt hatte, auf allen vieren davonzukriechen versuchte, während eine ganze Handvoll Dörfler mit allem, was sie hatten, auf ihn einprügelten. Er sah, dass sich zu Corto und seinen Männern zwei junge Bauern gesellt hatten, die mit Leder eingefasste Ruder schwangen und gemeinsam einen zu Boden gegangenen Plünderer totschlugen. Dann war er mitten unter ihnen, und als ob es nur noch auf seine Ankunft angekommen wäre, wandten sich die Landsknechte zur Flucht. Sie kamen nicht weit; wer nicht von einem von Enricos Bolzen niedergestreckt wurde, fiel einer geschleuderten Axt zum Opfer; wer am Boden lag und noch lebte, wurde von den Dörflern, die jetzt allenthalben um sie herum waren, totgeprügelt, totgetrampelt, totgetreten.

Corto stützte sich keuchend auf die Knie. Lorenzo ließ den Bidenhänder fallen. Corto trug einen tiefen Kratzer in einer Wange, der eine Narbe zurücklassen würde; sein linker Arm war voller Blut, das aus der Streifschusswunde gelaufen war, und er atmete so angestrengt, dass Lorenzo dachte, er würde sich gleich auf den Boden setzen. In die Stille drang das Keuchen der Männer und aus vielen Hütten Schluchzen, Stöhnen und die ersten schrillen Laute von Klagegeheul. Von der Straße ertönte das Donnern von Pferden, die im Galopp vorangetrieben wurden. Lorenzo sah sich um. Sieben Männer hatten mindestens zwanzig schwer bewaffnete Feinde besiegt. Zwischen den gedämpften Farben des Nebellichts leuchteten die Blutlachen auf der Straße mindestens so grell wie die bunte Kleidung der reglosen Körper. Sieben Männer, die einen beispiellosen Totentanz veranstaltet hatten. Wie lange hatte er gedauert? Wie lange hatte Giuglielmo gebraucht, um zum Tross zu hasten, die anderen zu alarmieren, und wie lange hatten die Berittenen gebraucht, um herbeizueilen? Fünf Minuten? Corto richtete sich auf und winkte Fabio und den anderen zu, die ihre Pferde unter dem Baum zügelten und sich fassungslos umschauten. Kaum einer von ihnen war unverletzt geblieben, aber niemanden hatte es ernsthaft erwischt. Sie waren alle noch vollzählig. Sie hatten nicht nur gesiegt, sie hatten triumphiert. Lorenzo war zumute, als müsse er sich übergeben, und doch jubilierte eine Stimme in ihm, die die eines Tieres zu sein schien: gesiegt, gesiegt, GESIEGT!

»Wo ist Verruca?«, fragte Corto.

Sie blickten sich um. Verruca war nirgends zu sehen. Urso wischte sich das Blut aus dem Gesicht, das nun mindestens zur Hälfte auch das seine war und aus einem klaffenden Riss in seiner Stirn tröpfelte. Schließlich deutete er auf eine der Hütten. »Als ich ihn das letzte Mal gesehen habe, ist er da rein«, sagte er. Seine Stimme klang plötzlich dünn.

»Scheiße«, sagte Corto. Er stapfte auf die Hütte zu. Lorenzo folgte ihm zusammen mit den anderen. Aus der Hütte drang kein Laut. »Scheiße«, sagte Corto noch einmal. Er bückte sich unter der niedrigen Türöffnung und schlüpfte als Erster hinein.

Gleich hinter der Tür lagen zwei Tote. Verruca war nicht unter ihnen. Es waren Dörfler, ein Mann mittleren Alters und ein Halbwüchsiger. Ein weiterer Junge, noch keine zehn Jahre alt, lag unter einem umgefallenen kruden Tisch, als habe er vergeblich versucht, sich darunter zu verstecken. Ein Fischernetz, das an der Wand gehangen haben musste, war herabgefallen und bedeckte den vierten Toten, der halb nackt darunterlag, das Gesicht auf der Erde. Die zusammengesunkene Gestalt Verrucas lehnte in einer Ecke. Auf seinem Schoß ruhte der Kopf einer Frau.

Sie starrten das Tableau schweigend an. Der Geruch nach Blut und Tod war überwältigend. Pio-Pio machte einen Schritt zu einer Wiege für ein Kleinkind hin, die inmitten der Verwüstung stand und scheinbar unberührt war, und lüpfte die Decke, die darin lag. Er prallte zurück und ließ sie wieder fallen.

Der Brustkorb der Frau hob sich ruckartig. Ein Kittel war über sie gebreitet worden, der von Blut starrte.

»Sie lebt noch«, sagte jemand.

Verruca hob den Kopf. Seine Augen glänzten im Licht, das von der Türöffnung kam, und die Tränenspuren, die sich über seine Wangen zogen, glänzten ebenfalls.

»Ich dachte zuerst, sie sei tot«, sagte er mit einer ganz normal klingenden Stimme. »Dann sah ich, dass sie noch atmete. Von den Kerlen war keiner mehr hier drin.« Er wies mit einem Kopfnicken auf die Wiege. »Das Kind ist tot.« Neue Tränen traten in seine Augen, aber seine Stimmlage veränderte sich nicht.

Corto kauerte sich neben der Frau und Verruca nieder. Er packte einen Zipfel des Kittels und hob ihn hoch.

»O mein Gott«, sagte Enrico. Jemand anderer hustete. Lorenzo fühlte eine Hand, die mit eiskalten Fingern über seinen Rücken strich. Die Frau schlug die Augen auf und begann zu stöhnen. Ihre Blicke irrten in der Hütte umher, und jeder wusste, was sie suchte: das Kind. Unwillkürlich drängten sie alle näher heran, um die Wiege zu verdecken.

Was dann geschah, bildete in Lorenzos Geist eine Einheit, als wäre alles gleichzeitig innerhalb einer Sekunde geschehen, und vielleicht war es das auch. Er sah die zusammengefaltete Landsknechtshose mit den Schlitzen und dem bunten Innenfutter an der Wand hinter der Wiege liegen, fast unsichtbar im Dunkeln, halbhohe grobe Schuhe standen ordentlich daneben, aus einem der Schuhe ragte der Griff eines Hiebmessers, über den anderen waren Beinlinge gelegt, der Besitzer der Kleider musste einen Sinn für Ordnung und Symmetrie besessen haben. Dann blitzten die Bilder des Kampfes vor Lorenzos innerem Auge auf: Keiner der Plünderer war unten herum nackt oder im Hemd in die Schlacht gestürzt, und keiner war barfuß gewesen. Ein plötzliches Scharren aus Richtung der Türöffnung ließ ihn herumfahren, es hätte Fabio oder einer der anderen sein können, doch Lorenzo wusste, es war keiner von ihnen. Der Tote unter dem Fischernetz hatte seine Tarnung abgeworfen und war im Begriff, zur Tür hinauszustürzen, der Tote im Hemd und ohne Schuhe, der gar nicht tot war, so wie es nicht stimmte, dass keiner der Kerle in der Hütte gewesen war. Der Mann hatte sich nur versteckt und tot gestellt, in der Hoffnung, dass seine Kameraden entweder gewannen oder er die Aufregung nach dem Kampf zur Flucht nutzen konnte. Corto drehte sich ebenfalls um, aber Lorenzo hatte schon einen Satz auf den Mann im Hemd zu gemacht. Der Mann riss etwas in die Höhe, was Lorenzo für einen Prügel gehalten hatte, aber er sah, dass es ein Gewehr war, und der Gedanke zuckte durch ihn hindurch: Idiot, die Lunte ist ausgegangen, aus dem Ding kriegst du keinen Schuss abgefeuert. Etwas fiel von hinten auf ihn und riss ihn um. Das Gewehr donnerte mit einem Funkenregen und einer Explosion, die ihnen fast die Trommelfelle sprengte, los. In der Wand, vor der gerade noch Lorenzos Körper gewesen war, entstand ein faustgroßes, zackiges Loch, beißender Rauch wallte auf. Ein Schatten huschte durch die Türöffnung …

Lorenzo wurde bewusst, dass sich das zackige Loch nur deshalb nicht in seinem Körper befand, weil Corto ihn zu Boden gerungen hatte. Die Wut, die in ihm aufschäumte und sein rationales Denken in einem Augenblick wegschwemmte … die Wut darüber, dass der Mann, der das Blutbad unter den Hüttenbewohnern angerichtet hatte, zu entkommen drohte … und die fast noch größere Wut darüber, dass er Corto jetzt sein Leben verdankte, ließ den Gedanken nicht zu, dass das Gewehr nicht hätte losgehen dürfen, weil keine Lunte daran gewesen war, ebenso wenig wie den Gedanken, dass der Schütze sich einfach nur vor der Hütte postieren musste, um jeden zu Boden zu schlagen, der aus der Öffnung sprang.

Lorenzo brüllte auf, schüttelte Corto ab und war mit zwei, drei Sätzen aus der Tür. Das diffuse Nebellicht war grell in seinen Augen, und was er ansah, war in einen roten Schein getaucht. Der Mann im Hemd lag auf der Straße, sein Hexengewehr neben ihm, und versuchte sich wieder aufzurappeln, während er sich noch krümmte. Fabio stand mit geballten Fäusten über ihm und starrte auf ihn hinunter. Als er den Kopf hob, um den heranstürmenden Lorenzo anzublicken, war sein Gesicht kalkweiß.

»Er ist mir direkt vor die …«, begann Fabio.

Lorenzo riss den Kauernden in die Höhe. Seine blinde Raserei verlieh ihm die Kraft, ihn am Hemdkragen zu halten und vor sich herzutragen, bis er mit ihm an die nächste Hüttenwand prallte. Der Mann ächzte. Lorenzos Knie zuckte nach oben, und die Augen des Mannes traten hervor. Lorenzo hielt ihn senkrecht, obwohl seine Beine nachgaben; er krallte eine Faust in sein Haar und hämmerte seinen Hinterkopf gegen die Hüttenwand, immer wieder. Die Augen seines Opfers verdrehten sich.

»Du-Bas-tard«, keuchte er mit jedem Schlag. Spucke und Blut spritzten ins Gesicht des Mannes. »Du-Bas-tard! Du-Bas-tard!«

Arme umfingen ihn, hielten ihn fest und zerrten ihn zurück. Lorenzo strampelte mit den Füßen und schrie vor Wut. Der Mann im Hemd rutschte an der Hüttenwand nach unten und rollte sich auf dem Boden zusammen. Lorenzo versuchte nach ihm zu treten und wurde noch weiter zurückgezerrt. Dumpf wurde er gewahr, dass es Corto sein musste, der ihn hielt. Er versuchte sich loszureißen und taumelte mit Corto in einem irrsinnigen Pas de deux auf der Straße herum. Der Trosswagen schwankte in sein Blickfeld und verschwand. Cortos Männer, die Hütten, die Straße, die gekrümmte Gestalt in ihrem verschmutzten Hemd, der Trosswagen erneut, das bleiche Gesicht von Schwester Wie-hieß-sie-noch, die die Arme ausstreckte, als wäre sie in der Lage, ihn in seiner Tollwut zu stoppen, wo es nicht einmal Corto gelang – dann füllte Fabios besorgter Blick plötzlich Lorenzos Horizont aus, und Fabios besorgte Faust flog heran und machte Lorenzos Raserei ein Ende.

19.

Magdalena hatte erwartet, dass es eine Siegesfeier geben würde, komplett mit mindestens einer in Brand gesteckten Bauernhütte und Frauen in zerrissenen Kleidern, die vor Angst schreiend um das Feuer herumliefen, verfolgt von Männern, die bereits den Hosenlatz aufgeknöpft hatten, während die Ehemänner und Brüder und Söhne jener Frauen Essen und Getränke heranschaffen mussten. Stattdessen brannten nur zwei niedrige Lagerfeuer an unterschiedlichen Stellen des Dorfes. Um das eine von ihnen saßen Cortos Wölfe – seit der Mann, von dem sie mittlerweile erfahren hatte, dass er Lorenzo hieß, sie unter Cortos »Wolfspack« willkommen geheißen hatte, konnte sie von den Männern nicht mehr anders denken –, das andere brannte neben der plumpen Kapelle und beleuchtete die toten Dörfler. Es waren schon mehr als ein halbes Dutzend regloser Körper, und immer wieder tauchten ein oder zwei Bauern aus dem Inneren einer Hütte auf und trugen entweder ein kleines, stilles Bündel auf den Armen oder schleppten den schwereren Leichnam eines Erwachsenen zwischen sich. Magdalena dachte an die Hütte, in der die ermordete Familie lag. Noch hatte sich niemand der fünf Leichen angenommen. Was der sterbenden Frau angetan worden war, hatte Magdalena würgen lassen; die Tränen waren ihr in die Augen getreten, als sie den Säugling mit dem zermalmten Schädel in der Wiege gesehen hatte. Die Dörfler, die ihre Toten heraustrugen, weinten nicht. Ihre Gesichter waren dunkel und so starr, als wären sie aus tausend Jahre altem Holz geschnitzt und über dem Feuer gehärtet worden. Vor einer der verhüllten Kinderleichen kauerte eine Frau und wiegte sich mit leeren Armen hin und her. Selbst von ihr kam kein Laut.

Cortos Wölfe aßen und tranken. Die Dörfler hatten wortlos Vorräte vor ihnen ausgebreitet; Corto hatte sie ebenso wortlos angenommen. Ein zahnloser Alter hatte den still weinenden Jungen – Verruca? – an der Hand genommen und mit sich geführt. Corto hatte es geschehen lassen. Verruca saß jetzt an die Kirche gelehnt in dem kleinen Friedhof, in dem die Dörfler Gräber aushoben. Magdalena spürte, dass der heutige Tag für den jungen Mann ein Scheideweg war: Es mochte sein, dass er im Dorf blieb, wenn

Cortos Männer wieder weiterzogen. Magdalena war überzeugt, dass Corto ihn nicht daran hindern würde.

Während sie langsam und ziellos durch die fallende Dunkelheit schlurfte, dachte sie daran, dass die Welt auf den Kopf gestellt war. Wer im Glauben wankte, konnte zu der Überzeugung gelangen, dass es der Teufel war, der das Sagen hatte, und nicht Gott. Was Magdalenas Glauben betraf, so war dieser noch einen Schritt weiter gegärt und ließ sie ahnen, dass es tatsächlich weder Gott noch der Teufel waren, die auf der Welt regierten, sondern ganz allein die Menschen. Corto hatte sich mit seinen Männern in diesem Dorf einnisten und von den Dörflern aushalten lassen wollen wie ein Feudalherr, bis die Lösegelder gezahlt wären. Ohne Zweifel hätte das Wolfspack die Vorräte des Dorfes aufgefressen und sich den Teufel darum geschert, ob die Bauern nach ihrem Abrücken überhaupt über den Winter kamen. Ohne Zweifel wäre auch die eine oder andere Bauersfrau oder Magd vergewaltigt worden, und ebenfalls ohne Zweifel hätte sich irgendein junger Mann aus dem Dorf dagegen zu verwahren versucht, dass man seine Verlobte schändete, und wäre getötet worden. Man brauchte nicht Magdalenas besondere Gabe zu besitzen, um zu wissen, wie die Dinge gewöhnlich liefen.

Dann jedoch hatte jemand anderer versucht, Cortos Kühe zu melken, und statt die Dörfler auszupressen, hatten Corto und seine Männer sie gerettet. Cortos Motiv mochte vollkommen eigennützig gewesen sein, aber es war das Ergebnis, das zählte, und das Ergebnis war, dass Corto mit einer geradezu pathetisch kleinen Schar einen weit überlegenen Gegner angegriffen hatte, dass er sein Eingreifen als so dringend erachtet hatte, dass er nicht einmal die wenigen Minuten abwartete, bis der Haupttrupp nachgekommen war – und dass er dadurch vermutlich noch einmal so vielen Dörflern, wie umgekommen waren, das Leben gerettet hatte.

Magdalena wusste, dass der Vater Abt, wäre er mit seiner üblichen Bedeckung aus zwölf bewaffneten Klosterknechten hier vorübergekommen, nicht eingegriffen hätte; Magdalena wusste auch, dass sie, wenn sie zufällig in der Begleitung des Abtes gewesen wäre, die Entscheidung, die Dörfler ihrem Schicksal zu überlassen, um nicht auch die Leben der Klosterknechte aufs Spiel zu setzen – vom eigenen Leben ganz zu schweigen –, verstanden und gebilligt hätte. Corto hingegen, der unmoralische, ganz auf seinen eigenen Vorteil bedachte, die Welt als seinen Futterplatz betrachtende und die Menschen zu seinen Dienern machende Leitwolf …

Magdalena sah, wie Radegundis und Immaculata versuchten, den Dörflern zu helfen. Viele waren verwundet, die meisten Frauen vergewaltigt worden. Corto hatte darauf bestanden, dass sie sich zuerst um seine Männer kümmerten. Magdalena hatte sich um ihn selbst bemüht. Den Kratzer in der Wange und den Riss im Oberarm hätte sich ein Bader ansehen müssen, aber es war keiner vorhanden, und so hatte Magdalena mit den Kräutervorräten des Wolfspacks und dem, was die Dörfler ihnen gegeben hatten, versucht, einer Entzündung der beiden Wunden vorzubeugen. Francesco Giallo hatte versucht, sich nützlich zu machen, war aber zu nichts zu gebrauchen gewesen, außer Wasser über dem Feuer heiß zu machen, und selbst dabei hatte Magdalena den Eindruck gewonnen, dass er es nur tat, um sich bei ihr einzuschmeicheln. Eduardo und Raffaelle Cantafini waren angesichts des Schlachtfelds zuerst von kriegerischer Begeisterung, dann, als sie näher hingesehen hatten, von einer Art Schüttelfrost befallen worden. Clarice Tintori schließlich war, als Corto die Plane aufgerissen und allen auszusteigen befohlen hatte, mit der Haltung einer Königin aus dem Trosswagen geklettert, hatte sich umgesehen und dann die Hände vors Gesicht geschlagen. Nach einer Weile hatte sie sich neben Magdalena gesetzt und ihr dabei zugesehen, wie sie Corto verband, und Magdalena hatte die Nervosität bekämpft, die davon kam, dass sie bei ihrer Arbeit beobachtet wurde. An ihrer anderen Seite hockte Fabio, reichte ihr, was sie verlangte, und schien darüber zu wachen, dass sie Cortos Verletzungen mit ausreichender Sorgfalt behandelte. Magdalena fragte sich, ob Clarice auch die Hände in den Schoß gelegt hätte, wenn es um Fabio gegangen wäre, aber sie wagte nicht, mit ihrem besonderen Sinn Clarices Schwingungen nachzuspüren. Es lagen so viel Schmerz und Leid in der Luft, dass Magdalena vermutete, sie würde von dem Gewicht erschlagen werden, wenn sie sich öffnete. Clarice ging erst, als Urso sich neben Corto stellte, seine Hosen herunterrollte und geduldig darauf wartete, dass sich jemand um den klaffenden Schnitt in einer seiner haarigen Hinterbacken kümmerte. Corto und Fabio grinsten sich an und bezogen auch Magdalena in ihr Grinsen mit ein, doch sie weigerte sich, es zur Kenntnis zu nehmen.

Jemand sprach sie aus der Dunkelheit an. Sie schrak zusammen.

»Schwester?«

»Fabio?« Sie zögerte, dann schritt sie in die Dunkelheit hinein, die nicht einfach ein Schatten oder ein Fehlen von Licht war, sondern auch eine Dunkelheit, die sich auf die Seele legte, als würden die Leichen der getöteten Plünderer sie ausstrahlen, die hier, neben einem der Misthaufen des

Dorfes, übereinandergeworfen worden waren wie Holzscheite. Der einzige Überlebende der Landsknechte hockte ebenfalls dort, mit Stricken an mehrere Arm- und Fußgelenke seiner toten Kameraden gefesselt.

Fabio und ein weiterer von Cortos Wölfen saßen abseits im Dunkeln. »Geht es Corto gut?«, fragte Fabio.

»Ich habe gerade noch einmal nach den Wunden gesehen. Sie bluten nicht mehr. Ich nehme an, er hat Schlimmeres überlebt.«

»Möchten Sie was trinken? Wir haben Wein. Und Reis haben wir auch noch.« Fabio hatte von Anfang an einen gewissen Entdeckerstolz auf Magdalena und ihre Schwestern erkennen lassen. Bislang hatte er sich darin geäußert, dass er sie ständig mit Essen und Trinken zu versorgen versuchte.

»Nein, danke.« Magdalena sah zu dem Gefesselten hinüber, der auf den Boden starrte. »Hat er schon etwas bekommen?«

»Nein, und er bekommt auch nichts.«

»Was für einen Sinn hat es, ihn zu quälen?«

»Nicht alles, was man so tut, hat Sinn, Schwester.« Fabio zuckte in der Dunkelheit mit den Schultern. »Oder zumindest erschließt er sich nicht jedem auf Anhieb.«

»Dann erschließe du ihn für mich. Seine Kameraden sind tot. Was wollt ihr mit ihm machen? Die Dörfler werden verlangen, dass ihr ihn aufhängt.« Unwillkürlich sprach sie leise. »Warum soll er Hunger und Durst leiden, wenn er morgen sterben wird?«

»Haben Sie gesehen, was er der Frau in der Hütte angetan hat?«, fragte Fabio.

»Willst du mir erzählen, ihr versucht Gerechtigkeit zu üben, indem ihr versucht, ihm einen geringen Teil des Schmerzes heimzuzahlen, den er verursacht hat?«

»Ich will Ihnen gar nichts erzählen, Schwester. Sie wollten etwas von mir wissen. Alles, worum es mir ging, haben Sie schon beantwortet: dass Corto nicht in Gefahr schwebt und dass Sie nichts essen und nichts trinken mögen.«

»Ich kann spüren, dass du mir etwas verheimlichst«, erwiderte Magdalena und versuchte, es leichtherzig klingen zu lassen.

»Ich kann spüren, dass es bald regnen wird.«

»Den beiden Jungen geht es nach ihrem ersten Schrecken recht gut«, sagte Magdalena und versuchte, in Fabios beschattetem Gesicht eine Regung zu erkennen. »Und Clarice ebenfalls. Sie hat sich ganz gut gehalten dafür, dass sie aus einem behüteten Nest stammt, findest du nicht?«

Der Schuss ging fehl, soweit Magdalena es feststellen konnte. Fabio gab ihren Blick unbewegt zurück. »Sie und Ihre Schwestern haben sich gut gehalten, das ist mir aufgefallen«, sagte er. »Gute Nacht, Schwester Magdalena, und passen Sie auf sich auf.«

Verwirrt stapfte Magdalena weiter zum Rand des Dorfes. Jenseits der Grenze, die die letzten Häuser und ihre Gartenparzellen bildeten, war die Nacht eine diffuse Wand, die nicht vollkommen schwarz war. Irgendwo auf dem Weg zur Kuppel des Himmels musste der Nebel zu Ende sein, und der Mond und die Sterne strahlten darauf hinab. Ein bisschen von dem Licht schien aus diesen oberen Sphären herabzusickern. Der Nachtnebel roch nach Flusswasser, nassem Gehölz und Schlamm.

Magdalena konnte nicht enträtseln, was das seltsame Verhalten der Wölfe dem Gefangenen gegenüber zu bedeuten hatte. Wenn Corto ihn auf der Stelle erschlagen lassen oder den Dörflern vorgeworfen hätte, wäre sie entsetzt gewesen, aber sie hätte es verstanden. Wenn er ihn am Feuer gefoltert hätte, um herauszubekommen, woher er und seine Männer stammten und wohin sie gewollt hätten, wäre sie angewidert gewesen, aber sie hätte es ebenfalls verstanden. So jedoch ... Allein schon die Tatsache, dass der Überlebende zum Beispiel allen Vorsichtsmaßnahmen zum Trotz auch noch bewacht wurde, war unerklärlich. Sie fragte sich, ob sie Corto mitteilen sollte, dass sie ahnte, schon zuvor Zeugin des Werks der Plünderer geworden zu sein, doch erst wollte sie sich Klarheit darüber verschaffen, was hier vorging. Sie, Radegundis und Immaculata waren Corto und seinen Männern auf Gedeih und Verderb ausgeliefert – es erschien tröstlich, etwas zu wissen, das Corto unbekannt war und das womöglich wichtig sein konnte.

Etwas stahl sich in ihre Gedanken, etwas, das von außen kam und ihre Barrieren mühelos zu überwinden schien. Sie erkannte es sofort. Der Schwingung einer anderen Person war schwieriger zu folgen als einem Geräusch, doch sie wusste, sie würde hinfinden. Es war nicht einmal schwer. Sie fiel fast über Lorenzo, der völlig allein am Rand des Schilfwaldes auf dem Rücken lag, den Kopf auf den verschränkten Händen ruhend und dorthin starrend, wo irgendwo hinter der Nebeldecke das Firmament sein musste.

»Darf ich mich zu dir setzen?«, hörte sie sich fragen, noch bevor ihr Herz überhaupt entschieden hatte, ihn anzusprechen.

»Der Boden ist feucht«, sagte er nach einer Weile.

Magdalena bauschte ihre Kutte und setzte sich dennoch. Ihr wurde bewusst, dass der Saum ihres Habits zerschlissen und fransig war und dass er sich über ihre Knöchel nach oben verschoben hatte. Sie versuchte ihn nach unten zu zerren und zog schließlich die Füße an. Ein Seitenblick sagte ihr, dass er sie nicht angesehen hatte. In diesem Moment wandte er ihr das Gesicht zu. Die Dunkelheit machte seine Züge zu einer Ansammlung von grimmig wirkenden Schatten in Augenhöhlen, Wangen und Mundwinkeln. Er sagte nichts.

»Fühlst du dich wieder besser?«, fragte sie.

»Habe mich selten wohler gefühlt.«

Sie nickte. Es brauchte ihren besonderen Sinn nicht, um festzustellen, dass er log. Er hatte sich keine Mühe gegeben, seine Lüge zu verstecken.

»Wenn du verletzt bist, kann ich mich darum kümmern.«

»Ich habe keinen Kratzer. Ich habe mich durch das Getümmel bewegt wie ein Fisch durch Wasser.« Er lachte hart. »Bis zu dem Moment, an dem ich erschossen worden wäre, wenn Corto mich nicht gerettet hätte.«

»Ihr alle verehrt euren Anführer sehr.«

»Ich frage mich, wie das Ding losgehen konnte. Es hatte keine Lunte, ich sah nichts brennen – gar nichts. Hauptsächlich aber frage ich mich, wie Corto wissen konnte, dass der Prügel trotzdem schussbereit war.«

»Der Mann, den du angegriffen hast – er ist gefesselt. Fabio bewacht ihn.«

»Und nicht irgendeiner«, sagte Lorenzo. »Fabio – Cortos bester Mann!«

»Was hat es mit dem Mann auf sich?«

Magdalena fühlte, wie Lorenzos Blicke versuchten, die Dunkelheit zu durchdringen. Sie wappnete sich so gut es ging gegen die Schwingungen, die von ihm kamen, um einen klaren Kopf zu behalten.

»Sagen Sie es mir, Schwester.«

»Was sollte ich davon wissen? Wir sind erst seit heute Morgen Cortos … Gäste!«

»Ich bin noch nicht viel länger dabei, Schwester.«

»Man hat mir gesagt, dass du neu seist. Warum bist du kein Gefangener wie wir?«

»Ich habe mich Cortos Leuten freiwillig angeschlossen.«

Sie spürte, dass er log, obwohl er die Wahrheit erzählte. Es gelang ihr nicht, festzustellen, worin die Lüge lag.

»Weshalb?«

»Vielleicht hat er gedroht, mein Pferd zu verprügeln, wenn ich ihm nicht aus freien Stücken folge?«

»Unsinn«, sagte sie, ohne nachzudenken.

Er wandte sich wieder ab und schwieg. Sie sah, dass er erneut in das Nichts über ihren Köpfen blickte. Zwischen den Hütten hervor erklang das ununterscheidbare Gemurmel von Stimmen, das Knacken des Feuers und kaum hörbar das rhythmische Schippen vom anderen Ende des Dorfes. Der Feuerschein drang nicht bis zu ihnen herüber, aber über den Hüttendächern hingen zwei trübgelbe Lichtdome, wo die beiden Lagerfeuer brannten. Tief drin im Schilf ließ ein Tier ein regelmäßiges Glucken vernehmen. Es klang wie ein Echo auf die Schaufeln, die die Gräber für die Getöteten aushoben. Etwas, das sie von ihm auffing, gab ihr die nächste Frage ein.

»Warum haben die Plünderer das getan?«

»Irgendwo gibt es immer ein Heer, das fouragiert.«

Es war nicht die Antwort auf ihre Frage. Sie wartete.

»Das gesamte Heer zu bewegen ist zu aufwendig. Wenn geplündert werden muss, schickt man kleine Abteilungen los. Sie überfallen ein Dorf, schnappen sich alle Lebensmittel und die Tiere, nehmen die jungen Frauen mit und verschwinden wieder, so schnell es geht. Wenn sie im Feindesland plündern, brennen sie die Hütten ab.«

»Das ist so ziemlich das Gegenteil von dem, was hier passiert ist.«

Er zog die Nase auf. »Hier haben sie sich Zeit gelassen«, gab er schließlich zu.

»Sie hatten noch nicht einmal angefangen zu plündern. Sie hatten nur …«, das Wort bereitete ihr Mühe, »… ihren Spaß mit den Leuten. Was ist der Grund dafür?«

Er antwortete lange Zeit nicht. Sie lauschte mit all ihren Sinnen in die Finsternis. Was sie empfing, war Bitterkeit und das Gefühl, das jemand haben musste, der eine Schlucht überwunden hatte, am anderen Rand drüben stand und zurückblickte und feststellte, dass er hüben etwas Wertvolles vergessen hatte.

»Entweder ist ihr Heer in unmittelbarer Nähe und hat die Gegend weitgehend unter Kontrolle, oder sie sind verrückt, oder …«

»Oder?«

Lorenzo schwieg.

»Oder es ist so, weil es einfach so ist und weil solche Dinge nun mal passieren, wenn Krieg herrscht, und weil es der Teufel ist, der das Kriegshandwerk betreibt?«

»Der Teufel hat damit nichts zu tun, Schwester.«

»Ich habe es metaphorisch gemeint.«

»Der Teufel begnügt sich damit, die Sünder zu bestrafen, die zu ihm in die Hölle geschickt werden. Er zerschmettert nicht einem unschuldigen Säugling den Schädel oder schneidet seiner Mutter die Brüste ab, während er sie vergewaltigt.«

»*Das* habe ich damit gemeint«, sagte Magdalena und mühte sich, ihre Stimme nicht zittern zu lassen. »Wolltest du den Mann deshalb umbringen? Weil er dies getan hat?«

Lorenzo antwortete nicht. Sie tastete sich zaghaft vorwärts.

»Oder wen hast du in seinen Augen gesehen? Wen wolltest du wirklich umbringen? Ihr seid doch alle gleich, ob ihr Landsknechte seid, die plündern und rauben, oder Räuber, die sich zusammentun und wie Landsknechte auftreten. Weißt du, was der Unterschied zwischen einem wie Corto oder dir und den Männern ist, die ihr heute niedergemacht habt? Nur die Zeit, sonst nichts. Ihr seid noch nicht lange genug im Geschäft, das ist alles.«

Lorenzo schwieg weiterhin, aber sie wusste, dass er jedem ihrer Worte lauschte.

»Du kannst weder auslöschen, was du gewesen bist, noch was du werden wirst, indem du einen umbringst, der sich dem Ungeheuer tief in seinem Herzen bereits ergeben hat. Du kannst nur umkehren, zurückblicken, dich selbst erkennen und Buße tun und dann die Pfade nie mehr betreten, die zu dem Schatten führen, den jeder in sich trägt. Der gerade Weg führt zu Gott.«

»Der gerade Weg, Schwester«, sagte Lorenzo. »Was wissen Sie vom geraden Weg? Ich dachte, wer um den Kreuzgang wandelt, geht immer nur im Kreis.«

»Was weißt du vom Kreuzgang, Lorenzo?«, erwiderte Magdalena, überrascht von ihrer eigenen Hitzigkeit. »Wer dauernd vor sich selbst davonläuft, hat natürlich keine Zeit, einen Weg auch einmal in stiller Kontemplation zu gehen.«

»Was? Was sagen Sie da?«

»Ihr habt euch doch nicht freiwillig zusammengefunden, um über die Straßen zu ziehen und Unschuldige gefangen zu nehmen – um mit ihrer

Angst und der ihrer Lieben ein Geschäft zu machen! Jeder von euch läuft vor sich selbst weg, vor etwas, das er getan hat, vor etwas, das jemand anderer ihm angetan hat, oder nur vor dem Bild, das er in einem schwachen Moment von sich selbst hatte, als er seine eigene Zukunft betrachtete und dort nur einen armen Bauern, einen frierenden Fischer, einen schwitzenden Knecht oder einen demütigen Schreiber sah!«

»Falsch, Schwester«, sagte eine neue, ironische Stimme. Magdalena sah überrascht auf. Corto stand im Dunkeln, keine zehn Schritte entfernt. Er war allein. Sie hatte ihn weder kommen gehört noch gespürt. »Manche laufen nicht vor etwas weg, sondern zu etwas hin. Sie haben ein Ziel vor Augen. Was halten Sie davon?«

»Es kommt darauf an, was sie treibt: der Wille, das Ziel zu erreichen, oder die Angst, es nicht zu erreichen.«

Corto stapfte heran und sah auf sie hinunter. Er grinste. Unterm Arm trug er ein Bündel, von dem Magdalena zuerst dachte, es sei etwas zu essen darin eingewickelt, doch Corto machte keine Anstalten, es ihnen zu reichen.

»Hoho! Leg dich nie mit einem Pfaffen an, selbst wenn unter seiner Kutte etwas so Hübsches steckt wie unsere Schwester Magdalena.«

»Ich bin nicht ›deine‹ Schwester Magdalena, Corto«, sagte Magdalena kalt. »Und ich messe nicht die Schönheit meines Körpers, sondern die Klarheit meiner Seele.«

Corto setzte sich. Er ächzte. »Ich werde zu alt für so was«, sagte er. »Der einzige Körperteil, der mir nicht wehtut, ist mein linkes Ohrläppchen.« Magdalena spürte, dass er es nicht sagte, um zu kokettieren, und dass er vor all seinen Männern das Gleiche geseufzt hätte. Corto war einer von den Menschen, deren Größe zunahm, wenn sie eine Schwäche zugaben. Vielleicht war es seine Selbstsicherheit, die es ihr so schwer machte, seine Schwingungen zu empfangen. Sein Geist war wie ein Diamant – hell, kalt und absolut unnahbar. Äbtissin Giovanna war ihm ähnlich; sie hatte sie erst zu verstehen begonnen, als sie auf ihre Schwäche gestoßen war, und selbst dann hatte sich das Verstehen auf diese Schwäche beschränkt. Die Schwäche der Äbtissin war ihr Wunsch gewesen, in den Annalen des Klosters einen persönlichen Eindruck zu hinterlassen, der ihre Zeit überdauerte. Cortos Schwäche wollte erst noch gefunden werden. Sie versuchte, Abneigung gegen ihn zu empfinden, doch es gelang ihr nicht. Selbst die Furcht vor ihm, die in ihrem Herzen schlummerte, war mehr die Furcht davor, dass sie irgendetwas tun könnte, was ihn zu ihrem Feind machte, als vor dem Mann an sich.

»Wie geht es deinen Verletzungen?«, fragte sie unwillkürlich.

»Ich wünschte, ich hätte noch ein paar mehr, nur um Ihre Behandlung genießen zu können.«

»Du solltest dem Herrn danken, dass er dich verschont hat.«

»Der Herr hat damit nichts zu tun, Schwester«, sagte Corto im selben Tonfall, in dem vorher Lorenzo das Gleiche über den Teufel gesagt hatte. »He, Lorenzo, du sprichst ja so wenig. Hat's dir schon die Stimme verschlagen?«

»Ja«, brummte Lorenzo.

»Ich erinnere mich, dass ich dir befohlen hatte, dich rauszuhalten«, sagte Corto.

Magdalenas Herz sagte ihr, sie solle sich zurückziehen, doch es war etwas, das sie verharren ließ. Nicht nur an den beiden Männern an sich, sondern vor allem daran, was zwischen ihnen geschah, wenn sie beisammen waren ... etwas Ungesagtes, Ungehörtes, etwas, das sich selbst Magdalenas Gabe entzog. Eine kleine Stimme in ihr erklärte, dass sie dabliebe, um zu schlichten, falls Streit zwischen den beiden aufkäme und Lorenzo Corto angriffe, und sie fragte sich verblüfft, woher dieser abwegige Gedanke kam.

»Ich erinnere mich, dass du mir eine Pike gegeben hast, anstatt mich zurückzuschicken«, sagte Lorenzo.

Magdalena spürte den Blickwechsel, den die beiden durch die Dunkelheit über ihren Kopf hinweg austauschten.

»Andererseits«, sagte Corto, »hast du wahrscheinlich Enrico das Leben gerettet.«

»Wenn es so weitergeht, muss ich Enrico noch adoptieren und ihn in meinem Testament bedenken.«

»Weil du noch neu bist, möchte ich dir dafür danken. Grundsätzlich ist es unter meinen Leuten selbstverständlich, dass einer für den anderen einsteht.«

»Oder einer dem anderen gefahrlos den Rücken zuwenden kann.«

»Und jetzt schon zweimal«, sagte Corto. Magdalena hörte das Lachen in seiner Stimme.

»Weil ich noch neu bin«, sagte Lorenzo nach einer Pause, »möchte ich dir danken, dass du mein Leben gerettet hast.«

»War ein Reflex«, erklärte Corto.

»Woher hast du gewusst, dass das Gewehr schussbereit war?«

Etwas klimperte metallisch. Magdalena lehnte sich zurück, als Corto an ihr vorbeifasste und das Bündel neben Lorenzo ins Gras fallen ließ.

»Hier sind deine Waffen zurück.«

Lorenzo fasste sie im ersten Augenblick nicht an. Er atmete tief ein. Die Schwingungen, die Magdalena von ihm empfing, verstummten. Die Stille, die plötzlich um ihn war, stellte Magdalenas Nackenhaare auf. Unwillkürlich hielt sie den Atem an.

»Aus der Beute kannst du dir noch den Bidenhänder nehmen von dem Kerl, den du erledigt hast«, sagte Corto. Hatte der Augenblick des Zögerns, bevor er das sagte, verraten, dass auch er die Veränderung gespürt hatte, die in Lorenzo vorgegangen war? Lorenzos Haltung gab zu keinerlei Spekulationen Anlass, er hatte sich nicht bewegt. Magdalena fror, als ihr klar wurde, dass die Möglichkeit über ihnen hing, Lorenzo könnte sich auf Corto stürzen. Aber ... warum? Was stimmte nicht mit diesem Mann, dessen Aura die eines Menschen war, der sich an keinem Ort, an dem er sich befand, zu Hause zu fühlen schien – eine Aura, die Magdalena nicht zuletzt deshalb so deutlich empfangen hatte, weil sie mit diesem Gefühl vertraut war?

»Ich kann mit dem Ding nicht umgehen«, sagte Lorenzo langsam. Ohne sich aus seiner liegenden Haltung aufzurichten, faltete er das Leder auseinander, in das seine Waffen eingewickelt gewesen waren. Metall blinkte matt. Magdalena konnte ein langes Messer erkennen, das in einer gekrümmten Scheide steckte, die gedrungene Form eines Dolchs und ein kurzes Schwert. Lorenzo starrte darauf hinunter.

»Ich bin sicher, Urso wird gern mit dir tauschen. Da er sich so fleißig beim Köpfeeinschlagen gezeigt hat, verfügt er über ein ganzes Sammelsurium von Beutestücken. Du kannst dir wahrscheinlich was aussuchen.«

»Ich habe den Katzbalger lieber«, sagte Lorenzo. Endlich setzte er sich auf und nahm das kurze Schwert in die Hand. »Mit einem Bidenhänder würde ich nur Luft zerschneiden. Mit dem Katzbalger bin ich gut. Ich bin ein Mann für kurze Entfernungen, schätze ich.«

So wie ich hier müsste sich die Planke fühlen, dachte Magdalena, über die hinweg zwei Turnierkämpfer gegenseitig ihre Kräfte messen – wenn eine Planke Gefühle hätte. Sie begann sich zu fragen, wer in dem Spiel der beiden Männer die Katze und wer die Maus war. Wahrscheinlicher war, dass es nur zwei Katzen gab und überhaupt keine Maus. Hatte Corto sich bewusst so hingesetzt, dass sich Magdalena zwischen ihm und Lorenzo befand?

Dass er Lorenzo seine Waffen zurückgegeben hatte, war ein Vertrauensbeweis … oder war es eine Prüfung?

»Nein«, widersprach Corto. »Du bist ein Pikenier. Ich habe dich das Ding tragen sehen.«

»Ich habe es nicht anders getragen als du.«

»Sag ich doch«, erklärte Corto. Magdalena schielte zu ihm hinüber. Er schmunzelte ins Leere. Er schien Lorenzo nicht mehr Aufmerksamkeit zu zollen als dem Vogel im Schilfwald, der beharrlich vor sich hin gluckte. »Wenn man sie zu hoch hält, kriegt man sie nicht mehr rechtzeitig herunter, bevor man am Feind ist. Wenn man sie zu tief hält, fängt sie an zu wippen, und entweder verliert man sie, oder die Spitze bohrt sich vor einem in den Boden und lässt einen hilflos daran zerren, was so ziemlich die lächerlichste Art und Weise für einen Pikenier ist zu sterben.«

Mit einem leisen Scharren zog Lorenzo das Schwert aus der Scheide.

»Der Trick mit dem Schlag gegen die Birne war nicht schlecht«, fuhr Corto im Plauderton fort. »Die Pike so schnell herumzuschwingen – das war Maßarbeit. Ich hätte schwören können, dass du nicht zum ersten Mal in so einen Kampf zwischen Häusern verwickelt warst. Aber dir muss man ja jedes Wort aus der Nase ziehen. Schneid dich nicht, ich habe die Klinge geschärft. Sie war gut, jetzt ist sie perfekt. Du solltest dich nicht mit weniger als Perfektion abgeben, wenn es um deine Waffen geht.«

»Fast so scharf wie ein Schilfblatt«, sagte Lorenzo. Er spähte an der Klinge entlang. Magdalena konnte erkennen, dass seine Fingerknöchel weiß waren vor Anstrengung. »Da ist eine kleine Scharte.«

Corto warf Lorenzo einen Blick zu. Dann lehnte er sich so weit über Magdalena zu Lorenzo hinüber, dass Magdalena zurückweichen musste. Corto streckte die Hand aus, und Lorenzo legte die Klinge hinein. Die Spitze zitterte. Corto hielt sich die Klinge nahe an die Augen. Die Spitze war jetzt in der richtigen Position; Lorenzo musste nur einmal zustoßen, und sie fuhr Corto durch den Hals. Magdalena hörte Lorenzos Atem.

»Du hast recht«, sagte Corto. Er blickte die Klinge nicht einmal an. Über die gesamte Länge des Schwertes hinweg hielten seine Augen die Lorenzos fest. »Und ich dachte, ich hätte dir eine perfekte Waffe in die Hände gedrückt.«

»Ich glaube, ich muss dir eine Eröffnung machen …«, begann Lorenzo.

Etwas in Magdalena sagte: Zerstöre ihren Rhythmus, sie tanzen zu ihm in die Katastrophe. Sie richtete sich auf, ohne nachzudenken, legte eine

Hand auf Lorenzos verkrampfte Faust und die andere auf Cortos Handgelenk. Sie drückte beide Hände nach unten. Die Schwertklinge sank mit ihnen. Sie spürte fast das Pulsieren der Kraft, die von den beiden Männern ausströmte und durch sie hindurchfuhr, dieselbe Kraft, die vorher die Klinge hatte zittern lassen. Nun war sie, Magdalena, das Bindeglied zwischen beiden. Das Schwert sank noch weiter herab, bis seine Spitze den Boden berührte.

»Eine Waffe hat den Zweck, Menschen zu töten«, hörte Magdalena sich sagen. »Zu töten ist eine Sünde. Also ist eine Waffe ein sündiges Instrument und kann von daher nicht perfekt sein.«

»Schön argumentiert, aber falsch, Schwester Magdalena«, sagte Corto. »Eine Waffe ist nur ein Ding. Ein Ding kann nicht sündigen. Es ist der Arm, der die Waffe führt, und der Geist, der den Arm steuert. Die Waffe ist ein Werkzeug. Werkzeuge kann man perfektionieren.«

»Dinge besitzen eine Kraft, die sich aus dem bildet, was man von ihnen erwartet. Waffen sind nicht leblos. Sie wollen benutzt werden. Sie verführen den, der sie besitzt, dazu, sie zu benutzen. Dagegen ist keiner gefeit.«

»Ein starker Geist ist nicht verführbar; er tut, was *er* will«, erwiderte Corto. Gleichzeitig sagte Lorenzo: »Jeder Mensch hat jederzeit die Wahl, das Gute oder das Böse zu tun.«

Sie sahen zuerst Magdalena und dann sich gegenseitig an.

»Wenigstens sind wir Männer uns einig«, stellte Corto fest.

»Ich würde nie meinem *capitano* widersprechen«, sagte Lorenzo. In Magdalenas besonderem Sinn hallte das Echo, das von ihm stammte, als hätte sich ein eisernes Tor aufgetan, das vorher plötzlich geschlossen worden war. Sie bemerkte, dass sie immer noch die Hände beider Männer berührte, und zog sich beinahe verlegen zurück. Lorenzo steckte das Schwert in die Scheide zurück. Seine Rechte zitterte so stark, dass er mit der Linken nachhelfen musste, um mit der Spitze in die Öffnung zu treffen. Corto und Magdalena taten so, als würden sie es nicht sehen.

»Welche Eröffnung wolltest du mir machen, Lorenzo?«, fragte Corto.

Lorenzo erwiderte seinen Blick lange. »Es war tatsächlich nicht das erste Mal, dass ich zwischen Häusern gekämpft habe.«

»Na, siehst du«, erklärte Corto. In seiner Stimme schwang ein winziger Unterton der Enttäuschung mit. Was hätte er gern gehört?

Aus Richtung des Dorfes kam plötzlich ein Rufen. »Corto? Corto!« Jemand näherte sich, jemand, der offenbar gerade eben noch beim Feuer gesessen hatte und jetzt in der Dunkelheit noch halb blind war. »Corto? *Capitano?*«

Mitten aus der Finsternis sagte Enricos Stimme: »Hier sind wir.«

Der Mann stolperte heran.

»Corto, du musst kommen. Fabio schickt mich. Der Gefangene will mit dir reden.«

Corto sah Lorenzo und dann Magdalena an. Er stand auf und grunzte, als der Schmerz durch seine Glieder fuhr. »Wenn es am schönsten ist, soll man aufhören. Ich bin geradezu neidisch auf Sie, Schwester. So wie Sie mich immer ansehen, habe ich das Gefühl, Sie können meine Gedanken lesen. Ich wäre froh, wenn ich das auch könnte, um festzustellen, ob unser Gefangener es ehrlich meint.«

Irrtum, dachte Magdalena. Du bist einer der Wenigen, die ich nicht lesen kann. Laut sagte sie: »Der Schein trügt.«

»Lorenzo?«

»Ich komme schon«, sagte Lorenzo mit einer fremd klingenden Stimme.

Enrico stand zwei Dutzend Schritte entfernt in der Finsternis. Er musste mit Corto gekommen sein und sich auf Posten geschlichen haben, während Lorenzo und Magdalena von Corto abgelenkt gewesen waren. Corto hatte nichts dem Zufall überlassen. Wenn Lorenzo irgendeine Dummheit mit dem Schwert versucht hätte, hätte Enrico ihn erschossen. Wenn Enrico noch immer so nervös gewesen wäre wie bei ihrer ersten Begegnung, hätte er auf Magdalena geschossen, als sie Cortos Handgelenk packte. Das Leben ist eine Abfolge verpasster Gelegenheiten; Magdalena war sich darüber im Klaren, dass sie nur mit viel Glück die Gelegenheit verpasst hatte, mit einem Bolzen auf den Boden genagelt zu werden. Sie zog die Schultern hoch und eilte an Enrico vorbei.

»Ich scheiße auf dein Testament«, sagte Enrico zu Lorenzo, als dieser an ihm vorbeistapfte.

»Dann werde ich dich wohl enterben müssen«, sagte Lorenzo. Seine Stimme klang immer noch fremd.

20.

Nach Florenz zurückzukehren war … eine Überraschung.

Wenn Antonio Bandini erwartet hatte, dass die Stadt sich in den vierzig Jahren seiner Abwesenheit grundlegend geändert hatte, dann blieb diese Erwartung unerfüllt. Lorenzo de'Medici mochte Schönheit erschaffen haben; Girolamo Savonarola mochte diese Schönheit vernichtet haben; Lorenzos Nachfolger mochten das ihre zum Stadtbild beigetragen haben – Schöpfung und Vernichtung hielten sich bei ihnen die Waage –, aber das allgemeine Bild der Stadt am Arno war dadurch nicht verändert worden. Es konnte daran liegen, dass die Stadt ein Gesamtkunstwerk darstellte, das mit kleinen Änderungen wie einem neuen Palazzo, einer umgebauten Kirchenfassade oder einem großen Loch, wo einmal irgendein Gebäude gestanden hatte, nicht wesentlich modifiziert werden konnte. Es mochte auch an der berühmten Langsamkeit der Florentiner Handwerker liegen, die selbst vierzig Jahre Gestaltungswillen der Herrschenden zum Erliegen brachte.

Andererseits stellte Bandini eine Veränderung fest, doch diese hatte mit ihm selbst zu tun. Die Gassen waren enger, als er sie in Erinnerung hatte, die Häuser niedriger, der Arno träger, sein Ufer flacher, die dort aufgereihten Getreidemühlen hässlicher. Lang gestreckte Wege wie der Prato gleich nach der Porta al Prato wirkten kürzer, die Säule an der Stelle, an der die Pferde beim *pallio* wendeten, war weniger bunt als früher, und die vielen *piazze* waren nur noch Plätze und keine atemberaubenden Weitungen mehr, in die man staunend stolperte, wenn man aus einer dunklen, kleinen Gasse kam. Offensichtlich stimmte auch nicht, was er bislang für eine unumstößliche Tatsache gehalten hatte: dass die Menschen in Florenz besser gekleidet, besser genährt und schöner anzusehen waren als anderswo auf der Welt. Das Gewimmel, durch das sich die Gruppe mit ihren Pferden langsam einen Weg in Richtung auf die Piazza della Signoria zu bahnte, unterschied sich in nichts vom Gewimmel in Mailand, Mantua, Padua, Turin … Es warf auch niemand einen zweiten Blick auf Antonio Bandini, den Verbannten, den Heimkehrer, den Neffen des verfluchten Mörders von Giuliano de'Medici, vor dessen Tat sich noch der türkische Herrscher von Konstantinopel so geekelt hatte, dass er den Flüchtigen an die Florentiner Behörden ausgeliefert hatte. Wer sich doch nach ihm umdrehte, tat es wegen der Augenklappe und des düsteren Gesichts, das den Gefühlsaufruhr widerspiegelte, der in seinem Herzen tobte.

Bandini hätte den Weg zum Haus seiner Familie mit verbundenen Augen zurücklegen können; genauso wie den Weg zum Haus seines Onkels, den zum Haus der Pazzi, die sich der Verschwörung angeschlossen hatten ... und natürlich den zum Palazzo Medici, von dessen Loggia aus der verletzte Lorenzo de'Medici vergeblich versucht hatte, den Mob davon abzuhalten, Rache für den Mord an Lorenzos geliebtem Bruder Giuliano zu nehmen. Er wusste, dass er keine dieser Lokalitäten aufsuchen würde, und auch sonst keinen Ort in Florenz außer denen, die er besuchen musste, um die Mannschaft zusammenzustellen, die er für die Jagd auf Lorenzo Ghirardi brauchen würde. Vierzig Jahre hatte er keinen Fuß in die Stadt gesetzt, dennoch hätte er jedem Fremden den Weg zu einer beliebigen Stelle innerhalb der Mauern beschreiben können. Er ließ sich von Niccolò führen, roch den Duft, lauschte den Geräuschen, betrachtete das Licht, schmeckte den Staub seiner Geburtsstadt und fragte sich, warum in seinem Gedächtnis scheinbar eine ganz andere Stadt festgehalten war.

Antonio Bandini kehrte in seine Heimat zurück und stellte fest, dass die Erinnerung sie größere Dimensionen hatte annehmen lassen, als sie in Wirklichkeit besaß.

Antonio Bandini versuchte sich der Erkenntnis zu verschließen, dass er vierzig Jahre lang Heimweh gehabt hatte.

Domenico Bianchi war ein Hüne. Er stand im mittleren der drei weiten Torbögen, die die Zugänge zu seinem Haus bildeten. Das Haus ragte über ihm auf, drei Stockwerke mit einer Loggia als Krönung, sandgraue Quadersteine, bedacht von dunkelroten Ziegeln, in fast allen Fensteröffnungen Rahmen aus umbrafarbenem Holz, in fast allen Rahmen Fensterglas, das den metallblauen Himmel spiegelte. Von den Querstangen vor den Fenstern hingen Wäschestücke, bunte Wimpel, Fahnen von blutrotem oder safrangelbem Tuch – Farben, die sich in geometrischen Mustern an den Säulen der Loggia wiederfanden, zusammen mit ein paar weiteren in gebrochenen Blau- und Grüntönen, die sich harmonisch in den Farbkreis schmiegten und dennoch nicht darüber hinwegtäuschen konnten, dass das Haus alt war und eigentlich eine Festung innerhalb der Stadt sein sollte. Bianchi hatte das Haus entweder gekauft, oder seine Familie reichte bis in die Zeiten zurück, in denen sich auch über Florenz Dutzende von Geschlechtertürmen erhoben hatten, deren Besitzer einander in herzlicher Feindschaft zugetan waren. Bianchi sah ihnen entgegen, und seine breitschultrige, hochgewachsene Gestalt wirkte nicht einmal vor dieser geschmückten Klippe von einem Haus klein.

Niccolò hatte von der Porta al Prato aus einen Läufer losgeschickt, um seinem Herrn die schlechten Neuigkeiten beizubringen und ihm so die Gelegenheit zu geben, seine erste Überraschung mit sich allein abzumachen. Antonio Bandini, der sich selbst ein Bild vom Herrn des Hauses Bianchi zurechtgelegt hatte, das einem kleinen, dicken Mann mit Fischaugen, schlecht rasierten Hamsterbacken und Plattfüßen ziemlich ähnlich sah, schüttelte eine große harte Pranke und gab sich Mühe, seine Überraschung zu verbergen. Ghirardi und seine Männer – selbst Niccolò, die Fehlentscheidung – wirkten so selbstsicher, dass er einen Schwächling erwartet hatte, der seinen Knechten zu lange Leine gab, weil er eine kurze nicht halten konnte. Der wahre Bianchi hingegen schien einfach aus dem einen Grund Charaktere wie Ghirardi, Pietro Trovatore oder Buonarotti zu dulden, weil es ihm so gefiel. Er sah jünger aus, als er war, sein Haar war schwarz, sein Gesicht scharf geschnitten, und wenn er sich gerade hielt, fiel es nicht auf, dass sich auf seinen Hüften die Jahre jenseits der vierzig und das gute Essen eines erfolgreichen Kaufmanns abzusetzen begonnen hatten. Er gab jedem Einzelnen der Gruppe die Hand, sah dann zu, wie außer Niccolò und Antonio Bandini alle in einem der Torbögen verschwanden, um die Pferde zu versorgen, und erlaubte sich erst dann ein finsteres Gesicht.

»Niccolò, ich möchte deinen Bericht hören«, sagte er. Niccolò nickte. Bianchi wandte sich an Antonio. »Ich habe unter dem Dach ein paar Kammern frei. Ich hoffe, ich kann Sie als meinen Gast begrüßen. Ich habe schon viel von Ihnen gehört.« Er lächelte flüchtig. »Wenn dieses Unglück vorbei ist, werde ich mich darüber freuen, unter meinem Dach nicht nur einen Mann wie Lorenzo, sondern auch Sie zu beherbergen. Beinahe schade, dass die Zeiten vorbei sind, in denen sich die Familien hier gegenseitig bekämpften – ich hätte gern gesehen, wie Sie und Lorenzo Seite an Seite dieses Haus verteidigen.«

Niccolò machte ein Gesicht wie jemand, der einen großen Schluck von etwas genommen hat, das er für Wein hielt, und nun feststellt, dass er aus

Versehen den Nachttopf seiner Großmutter erwischt hat. Antonio erlaubte sich keine Regung. »Zu viel der Ehre, Ser Bianchi«, sagte er.

»Ich habe angeordnet, dass Sie ein heißes Bad und eine warme Mahlzeit bekommen. Niccolò kann sich daran leider erst erfreuen, wenn er mir berichtet hat. Nun, der Dienst im Haus Bianchi erfordert manchmal ein wenig Leidensfähigkeit – nicht wahr, Niccolò?« Bianchi sagte es, als handle es sich dabei um eine Auszeichnung, und Niccolò, der ausgemachte Trottel, lächelte stolz. »Ich hoffe aber, dass ich danach ein paar Worte mit Ihnen wechseln kann, *messere* Bandini?«

Antonio bemühte sich erneut um ein neutrales Gesicht. Sehr elegant weggeschickt, dachte er. Woanders sagte man: Ich kenne dich nicht gut genug, um deinem Bericht Glauben zu schenken, bevor ich mir nicht eine andere Quelle angehört habe, die ich kenne. Es ärgerte ihn, dass ein Versager wie Niccolò seiner Person vorgezogen wurde, obwohl es im Hause Tintori nicht anders gewesen wäre. Wer zur »Familie« gehörte, besaß größeren Kredit als ein Fremder, selbst wenn der Fremde Antonio Bandini hieß und das Familienmitglied eine zweibeinige Katastrophe war, deren Selbstwahrnehmung keinerlei Deckung mit seinem Ansehen beim Rest der Menschheit aufwies. »Sehr großzügig von Ihnen, Ser Bianchi«, sagte Antonio. »Ich stehe zu Ihren Diensten.«

Etwas später stand er in einer niedrigen Dachkammer, die ihr Licht vom Innenhof des Gebäudes bezog. Es war nur selbstverständlich, dass man einen Fremden nicht in einem Raum unterbrachte, von dem aus er unbemerkt Signale an jemanden außerhalb geben konnte. Dennoch verärgerte die Vorsichtsmaßnahme Antonio noch mehr. Er trat an die glaslose Fensteröffnung und sah in den Lichthof hinab. Ein ganzes Stück weiter unten blinkten bunte Bodenfliesen in einem Mosaik, das eine mit Früchten und Gemüse gefüllte Schüssel zeigte. Irgendwo plätscherte ein Brunnen. Es ging auf den Abend zu, und hier stand er, Antonio Bandini, zurück in der Stadt, die zu meiden er die meiste Zeit seines Lebens bemüht gewesen war, und verschwendete die Zeit, die er gebraucht hätte, um sofort eine Gruppe aus zuverlässigen Männern auszuheben. Seite an Seite mit Lorenzo Ghirardi, um das Haus Bianchi zu verteidigen, eh? Eine schöne Pleite! In einem solchen Fall hätte Ghirardi dem Feind wahrscheinlich schon längst den Schlüssel zum Hintereingang verkauft.

Antonio dachte daran, wie Lorenzo zu Domenico Bianchi gekommen war und an den ehrlichen Glauben im Gesicht Bianchis, als er über Lorenzos Zuverlässigkeit gesprochen hatte. Er schob alle Bedenken, die sich im Zusammenhang damit ergaben, wütend beiseite und starrte weiterhin zum Fenster hinaus.

Als die Magd das heiße Wasser brachte und in den Zuber goss, wunderte sie sich, dass der große hagere Mann mit der Augenklappe sich nicht einmal umwandte, um ihr beim Bücken in den Ausschnitt zu glotzen. Offensichtlich verlangte es nicht alle Männer, wenn sie von einem mehrtägigen Ritt wieder in ein Haus kamen, sofort nach einer Frau. Die Magd war enttäuscht. Sie hatte gehört, dass der Bursche mit der Augenklappe ein berühmter *condottiere* sein sollte, der Hunderte von Feinden seines Herrn erledigt hatte, und sie hätte gern am Brunnen damit geprahlt, dass sie diesen Helden zum Stöhnen gebracht hatte.

21.

Der Gefangene hatte sich auf einen Ellbogen gestützt zurückgelehnt, als lungere er auf einer Liege herum und warte darauf, dass jemand seinen Becher nachfüllte. Dass er sich auf einen seiner toten Kameraden stützte, schien ihn nicht zu belasten. Jemand hatte ihm seine Kleidung wiedergegeben; das Leder seiner Stiefel glänzte. Fabio blickte Corto mit einem müden Gesichtsausdruck entgegen. Corto schritt auf den Gefangenen zu, blieb hart vor ihm stehen und sah auf ihn hinunter. Der Gefangene legte den Kopf in den Nacken und erwiderte den Blick.

»Wie geht's, Corto?«, fragte er.

Lorenzo atmete vor Überraschung ein. Schwester Magdalena schien ebenso schockiert zu sein. In all ihren bisherigen Wortwechseln schien sie immer eine vage Vorahnung gehabt zu haben, was Lorenzo sagen würde – die Eröffnung, dass der Gefangene Corto kannte, hatte sie jedoch unvorbereitet getroffen.

Der Gefangene lehnte sich seitwärts, sodass er an Corto vorbeiblicken konnte. Wenn man seine Körperhaltung deutete, war er nicht unter Feinden, sondern unter Verbündeten, die ein wenig unter ihm standen und in deren Gegenwart man eine freundlich-herablassende Verhaltensweise an den Tag legte. »Und da ist ja auch Enrico. Es war einmal, Enrico, was? Fabio hier habe ich ja schon gesehen. Wer läuft sonst noch hinter dir drein? Urso? Giuglielmo? Verruca, der Hosenscheißer?«

Der Gefangene sprach mit einem schwerfälligen Akzent, den Lorenzo nicht einordnen konnte. Seine Worte schienen keinerlei Sinn in Lorenzos Ohren zu ergeben; erst sein Hirn setzte sie – mit Verspätung – zusammen und gab ihnen eine Bedeutung, die Lorenzo nicht glauben konnte.

»Halt's Maul, Macello«, sagte Enrico. Am Tonfall seiner Stimme vermutete Lorenzo, dass Enricos Knöchel weiß hervortraten, so verkrampft umklammerte er seine Armbrust.

»Freut mich, dass du dir meinen Namen gemerkt hast, Geschichtenerzähler.«

»Ich denke jedes Mal an dich, wenn ich meinen eigenen Arsch ansehe«, sagte Enrico.

»Also immer, wenn du in den Spiegel schaust«, sagte Macello.

Corto drehte sich zu Enrico um. »Lass ihn in Ruhe, Enrico«, sagte er. »Hol Urso her.«

»Und Giuglielmo? Verruca? Pio-Pio und die anderen? Alle haben ein Recht darauf, zuzusehen, wenn du ihn aufhängst.«

»Ich hänge ihn nicht auf«, sagte Corto. »Er will uns was erzählen, und ich möchte, dass das außer mir noch ein paar andere hören.«

»Hast du Angst, dass du allein es dir nicht merken kannst?«, spottete Macello.

»Genau. Und jetzt ab mit dir, Enrico. Sprich Urso so an, dass die anderen nicht gleich aufmerksam werden.«

»Corto, du solltest den Scheißkerl sofort ...«

»Enrico ...«

»Du machst einen Fehler, *patron*!«, stieß Enrico hervor. Er stapfte davon.

»Wir schaffen ihn in den Trosswagen«, sagte Corto zu Fabio. »Wenn wir hier um ihn herumstehen, werden noch alle neugierig. Lorenzo, Fabio, ihr haltet ihn fest. Beim ersten Versuch, abzuhauen, schneidet ihr ihm die Kniesehnen durch.«

»Warum fangen wir nicht gleich mit einer davon an?«, murmelte Fabio. Lorenzo war fassungslos über den Hass, der offenbar in Fabio schwelte. »Mit einem Bein kann er doch ganz gut humpeln.«

»Du hast zu lange neben ihm gesessen, er färbt schon auf dich ab«, erwiderte Corto. Fabio schnappte nach Luft und erblasste. Sein Blick flackerte seitwärts.

Macello musterte Lorenzo. »Ein Neuer, was? Wie geht's dir als Trottel der Kompanie, Kleiner? Geben Sie dir was von der Beute ab?«

Lorenzo sagte: »Sie wollten mir deinen Schwanz geben, aber ich bezweifle, dass ich ihn finden kann.«

Der Gefangene lachte. »Da hättest du aber das größte Stück von allen erhalten. Nicht wahr, Schwester?« Er strahlte Magdalena an.

»Wenn er nur halb so groß wäre wie dein Messer, hättest du der Unglücklichen in der Hütte nicht die Brüste abschneiden müssen. Nicht wahr, mein Sohn?«

Lorenzo wandte sich überrascht um und starrte die junge Klosterschwester an. Sie fixierte den Gefangenen mit hervortretenden Wangenmuskeln.

Corto hatte sich ebenfalls umgedreht und grinste. Nur Lorenzo sah, dass Magdalena zitterte und dass ihre Fäuste zuckten. Aus einer Aufwallung heraus fasste er nach unten und nahm eine der zuckenden Fäuste in die Hand. Sie fühlte sich an wie Wurzelholz und war eiskalt. Magdalena riss sie heftig weg.

»Fabio und Enrico wollten dir sofort die Kehle durchschneiden, als sie dich erkannten«, sagte Corto zu Macello. »Die anderen haben noch gar nicht mitbekommen, dass du es bist. Du bist alt geworden.«

»Ein Jahr ist eine lange Zeit.«

»Du tust die falsche Arbeit. Du hättest in die Stadt gehen und bei den Fleischbänken arbeiten sollen. Dann könntest du dir auf totem Fleisch einen runterholen, ohne vorher jemanden umbringen zu müssen.«

»Du musst es ja wissen«, sagte der Gefangene.

Urso kam heran. Sein mächtiger Körper strahlte die Hitze des Feuers aus, er roch nach Rauch und guter Laune. Er klopfte Lorenzo gegen den Oberarm, nickte der Schwester zu, schob sich an ihnen vorbei und sagte zu dem Gefangenen: »Na, Junge, da hast du dich ja in eine schöne Lage gebracht. Du erwartest ja doch … hoffentlich … keine Gnade …?« Er starrte den Mann auf dem Boden betroffen an. »Sieh mal an«, murmelte er dann. Seine Augen verengten sich.

»Ab mit ihm«, sagte Corto.

Die beiden Klosterschwestern sahen Corto mit aufgerissenen Augen an, als er die Plane des Trosswagens beiseiteschob, hineinstieg und die Insassen aufforderte, herauszukommen. Die Cantafini-Burschen und Francesco Giallo kletterten sofort heraus – die Jungs offenbar in der Hoffnung, dass es draußen spannender war als drinnen, Giallo in der Hoffnung, dass seine fortdauernde demonstrative Kooperation seine Lage irgendwann verbessern würde. Nach einem Kopfnicken Fabios trollten sich die drei in Richtung des Feuers, wo das Wolfspack saß und der Szene beim Trosswagen, halb versteckt im Dunkeln zwischen zwei Hütten, keinerlei Beachtung schenkte. Lorenzo und Fabio hielten den Gefangenen zwischen sich fest, der mit sich und der Welt vollkommen im Reinen schien. Vor dem Trosswagen steckten zwei rußende Fackeln im Boden, und in ihrem Licht erkannte Lorenzo, was ihm bisher entgangen war: eine Binde um den rechten Oberarm des Mannes. Macello bemerkte Lorenzos Blick und lächelte ihm zu. Lorenzo erinnerte sich an die Szene in der Hütte und den Schuss und was danach geschehen war, und er bemühte sich vergebens, den lächelnden Mann vor ihm mit all dem in Einklang zu bringen. Fabio schien seine Gedanken erraten zu haben; ihre Blicke trafen sich. Vielleicht hätte ich dich doch nicht dabei aufhalten sollen, ihn zu erschlagen, sagte Fabios Blick. Lorenzo zuckte mit den Schultern.

»Es ist kalt und neblig draußen«, sagte Clarice. »Mein Kleid und meine Haare werden ruiniert. Außerdem bin ich gerade in den Wagen zurückgekehrt. Ich bleibe hier drin.«

»Du gehst raus«, sagte Corto.

»Das akzeptiere ich nicht.«

Lorenzo sah aus dem Augenwinkel, wie das Lächeln Macellos breiter wurde. Die Blicke des Gefangenen folgten den Bewegungen der beiden Klosterschwestern, die ungeschickt nach draußen kletterten, Schwester Immaculata voran. Schwester Radegundis hielt sich an der Plane fest und ignorierte die helfenden Hände, die ausgestreckt wurden, auch wenn sich die Öffnung dadurch schloss und sie beinahe heruntergefallen wäre. Schwester Immaculata drängte sich sofort an Magdalena und gab den Blick Macellos zurück wie der Hase das Starren der Schlange. Macello leckte sich langsam über die Lippen und züngelte dann obszön in Immaculatas Richtung. Seine Blicke krochen über das Vorderteil der Kutte, unter dem sich undeutlich die Brüste der jungen Schwester abzeichneten. Immaculata schrak zurück.

Macello knickte ein und ächzte. Lorenzo hob den Absatz wieder von den Zehen des Gefangenen. »Ups«, sagte er.

Magdalena warf Lorenzo einen Blick zu, der zwischen Missbilligung und Dankbarkeit schwankte und bei Missbilligung verharrte.

Schritte näherten sich, dann sagte Verrucas helle Stimme: »Da bin ich wieder, Fabio. Wo ist Corto? Ich möchte ihm sagen, dass ich wieder …« Er verstummte und gaffte den Gefangenen an. Wenn es einen Unterschied zwischen seinem Starren und dem Schwester Immaculatas gab, dann nur den, dass Schwester Immaculatas weit aufgerissene Augen in einem hübscheren Gesicht saßen.

»Hallo, Hosenscheißer«, sagte Macello. Verrucas Mund arbeitete.

»Zähl schon mal deine Zehen«, warnte Lorenzo.

Der Gefangene wandte sich ihm zu. Er nestelte an dem Band an seinem Oberarm und machte es los. Fabios Messer saß ihm plötzlich an der Kehle. Der Gefangene ließ das Band zwischen zwei Fingern baumeln, um zu zeigen, dass er keinen Trick vorhatte.

»Tu mir den Gefallen«, sagte Fabio. Er ließ das Messer zögernd sinken.

Die Plane des Trosswagens schlug zurück. Clarice kletterte steif über die Rückwand. Corto hielt sie an einer Hand fest. Er musterte Verruca, dann sagte er: »Verruca, du wolltest doch auf unsere Madonna aufpassen. Begleite sie zum Feuer. Sie soll essen und trinken. Nimm dir auch, was du haben willst. Wenn sie abhaut, gebe ich dir deine eigenen Eingeweide zum Nachtisch.«

»Es ist dunkel rund herum«, sagte Clarice verächtlich. »Wo sollte ich schon hin?« Sie stapfte davon. Verruca folgte ihr mit Verzögerung, den Kopf noch immer nach hinten verdreht, um den Gefangenen anzustarren. Lorenzo fragte sich, was Corto in den wenigen Augenblicken, in denen die Plane geschlossen gewesen war, Clarice zugeraunt hatte, um sie zur Mitarbeit zu bewegen. Vermutlich hatte er ihr angeboten, ihr einen Platz unter den Gräber schaufelnden Dörflern zu beschaffen. Corto nickte Magdalena zu.

»Das gilt auch für Sie und Ihre beiden Schwestern. Am Feuer ist es warm.«

»Was geschieht mit diesem Mann?«, fragte Magdalena und nickte zu dem Gefangenen hin. »Ich verbiete dir, ihn zu quälen.«

»Keine Sorge«, sagte Corto. »Wir geben ihm nicht, was er verdient.«

Macello, der das Band immer noch zwischen Zeige- und Mittelfinger hielt, machte eine gezierte Geste mit der rechten Hand und verbeugte sich vor Magdalena. Als er sich wieder aufrichtete, hielt er die Handfläche vor seinen Mund und leckte mit der Zunge darüber; am Ende des Mittelfingers angekommen, schnappte er die Zähne plötzlich zusammen. Es klickte. Magdalena zuckte nicht mit der Wimper; Schwester Immaculata stieß einen Laut aus. Der Gefangene lächelte.

»Fabio, Urso, bringt ihn rein«, sagte Corto. »Enrico, gib Lorenzo deine Armbrust. Lorenzo, du bleibst hier draußen stehen und wimmelst alle ab, die reinwollen.«

»Ich gebe ihm meine Armbrust nicht«, sagte Enrico.

»Du gibst sie ihm, oder du stehst selber draußen Wache«, sagte Corto.

Enrico bleckte die Zähne, dann drückte er Lorenzo die Armbrust so hart in den Arm, dass der Schaft eine Schramme über seine Rippen schlug.

»Gut gemacht, Enrico«, lobte der Gefangene. »Es war einmal ein Mann mit Grundsätzen, nicht wahr?«

Enrico kletterte als Erster in den Wagen, vermutlich um sich selbst davon abzuhalten, Macello die Kehle durchzubeißen. Fabio und Urso stemmten den Gefangenen hoch. Corto hielt die Plane auf.

»He«, sagte Lorenzo plötzlich. »Das Gewehr. Wieso konntest du damit ohne Lunte schießen?«

Der Gefangene drehte sich um und beugte sich über die Rückwand zu Lorenzo herab. Urso packte ihn an der Schulter, aber er ignorierte den Griff. Sein lächelndes Gesicht befand sich nur wenige Zoll weit von Lorenzos eigenem Gesicht entfernt.

»Frag Corto, Kleiner«, sagte der Gefangene. »Du kannst erkennen, ob er dir vertraut, wenn er's dir verrät.« Seine Hand zuckte nach vorn. Urso schnappte sein Handgelenk, aber er hatte Lorenzo nur das schwarze Band in den Halsausschnitt seines Hemdes gestopft. »Trag es mit Würde, Kleiner«, lächelte er. »Nicht jeder hat die Ehre, so eines zu besitzen.« Urso zerrte ihn zurück, und die Plane schlug zu und verhüllte den Blick darauf, was die vier Männer und der Gefangene taten.

Lorenzo stemmte die Armbrust in die Hüfte und zog das Band heraus. Seine Gedanken kämpften sich durch einen zähen Strudel. Hier stand er, eine gespannte Armbrust in der Hand. Clarice befand sich nur wenige Dutzend Schritte entfernt am Feuer. Was hinderte ihn daran, zu seinem Pferd zu schleichen, aufzusitzen, zum Feuer zu sprengen, Verruca oder wer auch immer in Clarices Nähe war zu erschießen, die junge Frau zu sich aufs Pferd zu zerren und in die Nacht hinein davonzusprengen? Die Chancen standen hervorragend, mit ihr zu entkommen. Er hörte die Stimmen aus dem Trosswagen, ohne verstehen zu können, was sie besprachen. Das Fackellicht fiel auf das Band, das von so dunkler Farbe war, dass es das Licht förmlich aufsaugte. Es hing von seinen Fingern herunter wie ein Riss im Gewebe der Realität. Wenn er sich beeilte, konnte er die Sättel der anderen Pferde unbrauchbar machen und die Pferde selbst mit Lederriemen fesseln – bis sie wieder einsatzfähig waren und Reiter tragen konnten, die ihn verfolgten, würden er und Clarice schon fast am Fuß der Berge sein. Es konnte klappen; es war die beste Gelegenheit, seit er sich in Cortos Wolfspack eingeschlichen hatte. Corto würde den anderen Entführten nichts antun – nun, da sie seine einzige Geldquelle wären, schon gar nicht. Er würde vermutlich auch Wort halten und Magdalena und die beiden anderen Schwestern ziehen lassen. Das Band war an beiden Enden ausgefranst; man hatte es von einem größeren Stück abgetrennt. Lorenzo hatte plötzlich die Vorstellung, wie eine Anzahl Männer vor einem Stoffballen stand, wie jeder von ihnen eine Länge des Bandes abrollte, mit dem Messer abschnitt und es sich um den Arm, das Bein oder um die Stirn band.

Er blickte auf und sah die gebückte Gestalt Francesco Giallos in der Nähe stehen. Der Kaufmann beobachtete ihn. Als Lorenzo ihn nicht anschnauzte, glitt er näher. Seine Blicke waren auf das Band geheftet. Lorenzo musterte ihn. Giallo deutete auf das Band.

»Wissen Sie, was das ist?«, fragte seine ängstliche Stimme.

»Ein Truppenabzeichen«, sagte Lorenzo.

Giallo nickte. »Die Männer, die Sie und die anderen getötet haben, hatten jeder so eines«, flüsterte er. »Ich hab's gesehen.«

Lorenzo zuckte mit den Schultern. Er hielt das Band Giallo entgegen, doch dieser zuckte zurück. Lorenzo begann sich zu fragen, ob der Verdacht, der langsam in ihm keimte, zutreffen konnte.

»Sie haben es schon vorher mal gesehen«, sagte er. »Bevor ... das hier alles geschah.«

Giallo schüttelte den Kopf. »Lorenzo ... wer es gesehen hat, ist nicht mehr am Leben! Aber ich weiß, was es bedeutet«, wisperte er.

Lorenzo beugte sich vor. Der Mann war kaum zu verstehen. Lorenzo verstand ihn dennoch. Er verstand plötzlich alles, bis hin zu Macellos Akzent.

»Wer es trägt«, sagte Francesco Giallo, »gehört zur Schwarzen Schar.«

22.

Domenico Bianchis großer Saal befand sich im ersten Geschoss seines Hauses, über den Lagerräumen und dem Kontor im Erdgeschoss. Es mochte von außen wie eine alte Festung wirken, innen war es dem Haus der Familie Tintori in Mailand zum Verwechseln ähnlich; jenes war auf keinen Fall alt, weil Ser Tintoris Familie weder lange genug reich war, um seit Generationen ein Haus zu besitzen, noch etwas *Gebrauchtes* um sich herum geduldet hätte. Die Farben und Muster der Fresken an den Wänden waren anders – rote und goldfarbene Rauten –, der Kamin verrußter, die schweren, freiliegenden Deckenbalken in achtzehn Fuß Höhe dunkler, aber sonst … Sogar die Wandteppiche zeigten die gleichen Themen, auch wenn die Motive anders aussahen. Geld mag zu altem oder neuem Reichtum führen, aber es geht immer die gleichen Wege.

Antonio Bandini saß Domenico Bianchi an einer Ecke des gedrungenen Tisches gegenüber und sah ihm dabei zu, wie er ein Hähnchen in Einzelteile zerlegte, ohne jedoch davon zu essen. Bevor Bandini zu berichten begonnen hatte, mochte Bianchi noch der Meinung gewesen sein, ein herzhaftes Abendmahl in Männergesellschaft sei das Richtige. Bandini betrachtete Bianchis plötzliche Appetitlosigkeit mit grimmiger Befriedigung. Er selbst hatte seinen Teller blank geputzt. Der Saal war leer; Bianchi hatte nach dem Auftragen des Essens alles Gesinde hinausgeschickt, und weder seine Frau noch eines seiner Kinder waren zugegen. Am Kamin hantierte lediglich der Knecht herum, der dafür zu sorgen hatte, dass das Feuer nicht ausging; zwei ältere Frauen knieten in einer Ecke und schrubbten, und ein Handwerker mit einer Fahne, die eine Fliege, wäre sie zufällig durch seinen Atem geflogen, sofort in einen brennenden kleinen Kometen verwandelt hätte, besserte das Schnitzwerk am Rahmen der großen Fenster aus. Dabei lehnte er sich so weit über, dass er jeden Moment hinausfallen musste, und Bandini fragte sich, ob der Bursche, wenn er unten aufschlug, *klirren* würde – ein zerschellender Weinkrug. Ab und zu rülpste der Handwerker, spuckte aus dem Fenster und sagte: »Pfui!« Grundsätzlich waren Bandini und Bianchi also allein.

»Ich fasse das noch mal zusammen«, sagte Bianchi und betrachtete Bandini scharf. »Sie sind davon überzeugt, dass Lorenzo Ghirardi mit den Bastarden, die meine Schwiegertochter entführt haben, gemeinsame Sache macht; dass er den Treffpunkt verraten hat und absichtlich zu spät dort erschienen ist; dass er die erstbeste Ausrede genutzt hat, um sich abzusetzen; und dass er sich mittlerweile längst den Entführern hinzugesellt hat, um in irgendeinem Versteck abzuwarten, bis Tintori und ich das Lösegeld aufgebracht haben, über dessen Höhe in den nächsten Tagen vermutlich ein arroganter Bursche mit Parlamentärsstatus mit mir verhandeln wird.«

Bandini nickte. Bianchis direkte Art gefiel ihm.

»Sie stützen Ihre Vermutung auf den Umstand, dass Sie sich an Lorenzos Gesicht von einem Begebnis vor etwa drei Jahren zu erinnern meinen; eine Truppe Marodeure hatte in der Nähe von Piacenza ein Dorf überfallen und dort gehaust wie Barbaren, und Lorenzo – so ist Ihre Überzeugung – war einer von ihnen.«

»Wir haben die Schweine tagelang verfolgt, Ser Bianchi, weil sie schon vorher eine Dame und ihr Geleit überfallen hatten. Ich wusste genau, wie viele es waren. Als wir die Toten und die Gefangenen auseinandersortiert hatten, fehlte einer. Er hat sich als verletzter Dörfler verkleidet und ist so entkommen; ich hatte ihn schon am Kragen, aber dann befielen mich Zweifel ...« Bandini ballte die Faust und klopfte hart gegen seinen Schädel.

»Jetzt haben Sie aber keine Zweifel?«

»Nicht den geringsten.«

»Sie gelten als ein Mann, dessen Wort noch in der Hölle Gewicht hat«, sagte Bianchi.

Bandini neigte den Kopf. Er hasste es, wenn jemand ihm das Lob offen ins Gesicht blies.

Bianchi feuerte die Fleischfetzen, die er an den Fingern hatte, zurück in das Schlachtfeld, in dem die Reste des Hähnchens lagen.

»Verdammt!«, knurrte er. »Wissen Sie was? *Ich* gelte als Mann, dessen Menschenkenntnis einiges Gewicht hat.«

»Keine Sorge«, sagte Bandini. »Dass man sich einmal irrt, ändert nichts an der grundsätzlichen Richtigkeit einer Anschauung.«

Bianchi betrachtete ihn. »Sie haben mich falsch verstanden«, sagte er schließlich. »Ich bin überzeugt, dass *Sie* sich irren.«

Bandini starrte den Mann vor sich an. In der Stille des Saals erklang das

Kratzen des Schürhakens, mit dem der Knecht die Asche im Kamin verteilte, das Schrapp-Schrapp der Bürsten, die den Boden säuberten, und das leise Gemurmel des Handwerkers, der sein weiteres Vorgehen mit sich selbst diskutierte, zwischendurch rülpste und spuckte – »Pfui!« –, zu keinem Entschluss gelangte und daher sicherheitshalber das Arbeiten einstellte, bis er mit sich selbst zu einer Einigung kommen würde. Bianchi gab Bandinis Blick zurück. Bandini fiel erst jetzt auf, dass die Augen des Kaufmanns dunkelblau waren, von schweren Wimpern fast verhangen ... dunkelblau wie Onkel Bernardos Augen, die immer vor Vergnügen gefunkelt hatten, wenn er sich einen Streich ausdachte. Nur an jenem Tag nicht, an dem Antonio Bandinis altes Leben geendet hatte; das Blau war nicht schön, sondern kalt gewesen, und die Augen hatten nicht gefunkelt, sondern fiebrig geglänzt. Der alte Hass auf Florenz stieg in Bandinis Mund wie Magensäure, wenn man sich an ein halb verdautes, schlechtes Mahl erinnert.

»Ich höre wohl nicht recht«, sagte er.

»Sie halten sich für unfehlbar«, sagte Bianchi.

»Wenn ich zu einer Überzeugung gelange, dann habe ich vorher intensiv darüber nachgedacht und alle Aspekte abgewogen. Wenn ich mir nicht sicher wäre, würde ich meine Überzeugung nie aussprechen. Wenn Sie das für Unfehlbarkeit halten wollen ...«

»Wenn ich eine Entscheidung über einen Mann treffe, dann frage ich meinen Bauch«, erklärte Bianchi. »Das dauert ungefähr einen halben Moment. Wenn mein Bauch nach dieser Zeit noch immer unsicher ist, dann treffe ich die Entscheidung nicht. Ich habe mich vor drei Jahren dafür entschieden, Lorenzo Ghirardi zu vertrauen. Ich halte meinen Bauch für unfehlbar.«

»Und ich mein Urteil.«

Bianchi lächelte. »Ich habe niemals gehört, dass ein Gericht einen der Männer, die Sie geschnappt haben, *nicht* zum Galgen verurteilt hätte.« Er seufzte. »Dennoch – diesmal irren Sie sich.«

»Nein.«

»Ich möchte Ihnen Folgendes vorschlagen: Ich rüste eine Truppe Männer aus, damit Sie die Banditen zur Strecke bringen können, sobald Lorenzo meine Schwiegertochter befreit hat oder sobald wir Nachricht von ihm erhalten, dass er Hilfe braucht.«

»Nachricht?«, japste Bandini. »Die einzige Nachricht, die Sie erhalten werden, ist die mit der Lösegeldforderung, und bei deren Abfassung hat Ghirardi mitgeholfen.«

»Hören Sie endlich auf damit, Bandini. Sie sind ein großartiger Mann. Dass Sie sich einmal irren, ändert doch nichts daran.«

»Das müssen ausgerechnet Sie sagen.«

Bianchis Lächeln wurde bemühter. »Lorenzo geht in meinem Haus aus und ein, als wäre er ein Sohn. Wenn er's wäre, hätte ich wahrscheinlich überlegt, ob ich die Hochzeit nicht zwischen ihm und Clarice hätte arrangieren sollen. Sie beleidigen nicht nur ihn, sondern auch mich, wenn Sie auf Ihrer Anschuldigung beharren.«

»Sie beleidigen sich selbst mit Ihrem naiven Glauben an die Güte dieses Straßenräubers.«

»Jetzt reicht's aber, Bandini. Sie mögen für viele eine lebende Legende sein, und Sie haben es sogar geschafft, dass die meisten Florentiner, wenn man den Namen Bandini nennt, nicht sofort an das Verräterschwein Bernardo denken, sondern zuerst an Sie … Aber Sie befinden sich unter meinem Dach …« Bianchi brach ab; vielleicht sprach er aber auch weiter, nur dass Antonio Bandini ihn nicht mehr hören konnte. In seinen Ohren gellte es.

»Was haben Sie gerade gesagt …?«, fragte er. Er sah wie von ferne, dass Bianchi zurückzuckte. Er zog die Möglichkeit in Betracht, dass er geschrien hatte. Das Kratzen des Schürhakens war verstummt und das Schrapp-Schrapp ebenso. »Was haben Sie gesagt!?« Er wusste jetzt, dass er geschrien hatte.

Bianchi kam langsam in die Höhe. Bandini spürte plötzlich, wie die Finger seiner linken Hand juckten … die Finger, die seit vielen Jahren nicht mehr da waren.

»Sind Sie verrückt geworden?«, fragte Bianchi. »Was glauben Sie, wen Sie vor sich haben?«

»Sie blöder Idiot!«, schrie Antonio. »Was wissen Sie von Bernardo Bandini? Sie haben noch in die Windeln geschissen, als man ihn aufhängte und meine Familie aus der Stadt vertrieb! Sie nennen ihn ein Verräterschwein und sind zu blind, um zu erkennen, dass Sie das größte Verräterschwein an Ihrem Busen nähren! Sie würden Clarice und Ghirardi verheiraten, wenn Sie könnten? Ha! Passen Sie nur auf, dass da nicht schon lange eine Hochzeitsnacht stattgefunden hat, bei der die Braut an einem Pfahl neben dem Feuer angebunden war und die Bräutigame Schlange standen! Sie suchen Ihre Leute mit dem Bauch aus? Mein Arsch weiß mehr als Ihr Bauch! Ihr *capitano* ist eine verräterische Schlange, der mit Banditen gemeinsame Sache macht, einer Ihrer Männer trällert bei jeder zweiten Antwort einen Reim, einer fällt beim Reiten auf offener Straße vom Pferd, Sie lassen einen Kerl als Feldscher arbeiten, dessen erstes Wort zu einem Verletzten lautet, dass es ihm scheißegal ist, ob er verreckt oder nicht, und Ihr Truppführer … Ihr *Niccolò*! … ist das schleimigste und unfähigste Arschloch, dem je erlaubt worden ist, einen Trupp Männer zu führen, und wenn es mit rechten Dingen zuginge, würde es ihm nicht mal erlaubt sein, einen Löffel zum Mund zu *führen*. Das sind die Männer, die Ihr Bauch ausgesucht hat! Ich scheiße auf Ihren Bauch! Ich mache Ihren Lorenzo Ghirardi fertig, und wenn ich dafür sorgen muss, dass er so aussieht wie Ihr gottverdammtes Hähnchen da auf dem Teller, bevor er gesteht, und wenn er baumelt, dann springe ich ihm eigenhändig ins Genick, wenn es sein muss, nur damit er auch wirklich abkratzt!« Bandini setzte sich, weil ein Stich durch seinen Kopf fuhr, der ihm das Wasser in das gesunde Auge trieb. Seine Kehle war wund. Das waren nicht seine Worte gewesen, die da aus seinem Hals geröhrt waren, das waren … das waren die Worte des zehnjährigen Antonio gewesen, der immer noch irgendwo tief im Inneren von Bandinis Seele in der Stube stand und seinen Vater berichten hörte, was Onkel Bernardo getan hatte … Die Worte, die der zehnjährige Antonio nicht gefunden und nicht gebrüllt hatte. Nimm den Namen Lorenzo Ghirardi, und ersetze ihn durch Bernardo Bandini, und die Worte passen immer noch … Bandini sah zu Bianchi auf, der mit bleichem Gesicht auf ihn heruntersah, vollkommen sprachlos. Der Knecht stand neben dem Kamin und umklammerte den Schürhaken. Die Mägde in der Ecke duckten sich und taten so, als würden sie den Boden weiter bearbeiten, aber sie hatten vergessen, dass man in diesem Fall ein Schrapp-Schrapp hätte hören müssen. Der Handwerker saß auf dem Fenstersims und gaffte zum Tisch herüber. Bandini meinte das Echo seines Geschreis zu spüren, das in der Stille zwischen den Deckenbalken hin und her prallte. Seine Wut war so groß, dass von allen Gefühlen, die in ihm loderten, nur das Entsetzen darüber noch größer war, dass er derart die Nerven verloren hatte.

Bianchi öffnete den Mund. »Und trotzdem irren Sie sich«, sagte er tonlos. »Mein Angebot steht. Teilen Sie mir morgen mit, ob Sie es annehmen wollen.«

Er drehte sich um und stapfte aus dem Saal. Seine Schultern waren verkrampft. Bandini starrte ihm hinterher, bis er durch die Doppeltür verschwand und nur noch seine Schritte auf dem Flur vor dem Saal hörbar waren. Dann verklangen auch sie. Das Schweigen im Saal war etwas, das auf dem Tisch lag und mit Schaufeln hätte weggetragen werden können.

Der Schürhaken begann wieder zu kratzen.

Die Bürsten machten Schrapp-Schrapp.

Der Handwerker rülpste, spuckte aus dem Fenster und sagte undeutlich: »Pfui Deibel.«

Als Antonio Bandini auf den Flur hinaustrat, stieß er auf Niccolò. Der Mann brauchte nicht erst zu gestehen, dass er gelauscht hatte – der verwundete Ausdruck auf seinem Gesicht sagte alles. Bandini sah Tränen in seinen Augen schimmern, als er sich auf ihn zuschob und aus dünnen Lippen eine Frage zu formulieren versuchte, die sich vermutlich in einem tödlich gekränkten »Warum?« zusammenfassen ließ. Bandini verhinderte, dass die Frage je gestellt wurde.

»Leck mich am Arsch, du Idiot«, sagte er und drängte sich an Niccolò vorbei.

23.

»Sie gehören nicht zu denen«, sagte Giallo und lächelte dabei erneut wie einer, dessen edlere Teile im Maul eines Löwen stecken und der zu dem Löwen sagt: Ich weiß *genau,* dass du nicht zubeißen wirst. Giallos Gefangenschaft schien ihm die Fähigkeit genommen zu haben, mehr als zwei Gesichtsausdrücke zu produzieren; der andere bestand aus dem Lächeln eines Mannes, der soeben feststellen musste, dass er sich in Bezug auf den Löwen geirrt hat.

»Wenn Sie meinen«, brummte Lorenzo. Er wünschte sich, Giallo würde wieder zum Feuer zurückkehren.

»Nein, nein, ich weiß es. Sie sind anders.« Er sah sich um und trat einen Schritt näher an Lorenzo heran. Er roch nach Angstschweiß und furchtsamer Hoffnung. »Sie reden anders. Sie begegnen mir mit Respekt.«

Lorenzo starrte ihn an. Giallo blinzelte entsetzt.

»Ich meine natürlich ... Ich meine ... das nicht so, wie es klingt ...«, stotterte der Kaufmann. Er ließ die Schultern sinken. »Sie reden mich so an, wie ein Mensch den anderen ansprechen sollte. Sie sagen nicht: He, Giallo, bist du immer noch da? Warum will niemand was für deinen gelben Arsch bezahlen?«

»Ich bin noch nicht lange genug im Geschäft«, erwiderte Lorenzo und dachte an das, was Schwester Magdalena gesagt hatte.

Giallo schwankte und trat schließlich einen Schritt näher. »Sie brauchen mir nichts zu erklären«, raunte er. »Ich weiß, wie das ist. Der Kaufmann, für den Sie arbeiten, trifft eine Fehlentscheidung – sein Vermögen steckt in Waren, die mit einem Schiff vor der irischen Küste untergehen, oder sein Treck gerät in den Bergen in schlechtes Wetter, und alles verdirbt, oder er hat sich verschuldet, um dem Papst blauen Samt und Silber für die Ausstattung seiner Pferde zu liefern, und jetzt will der Papst plötzlich rote Seide und Gold – und schon ist kein Geld mehr da, um die Kontoristen und Schreiber und Buchhalter und Handelsagenten und Mannschaften zu bezahlen, und Sie stehen da, haben vielleicht noch Frau und Kinder und müssen das Essen für sie bezahlen, und da kommen Sie auf die Idee, es mit Straßenraub zu versuchen, und weil Sie ein guter Mensch sind und nicht wissen, wie man das macht, schließen Sie sich einer Bande an und …«

»Ich könnte ja der Kaufmann selbst sein, der Bankrott gegangen ist, nicht nur einer seiner Handlanger«, unterbrach Lorenzo, halb belustigt.

Giallo stutzte.

»Nein«, sagte er dann schlicht. Er wirkte ausnahmsweise sehr bestimmt.

»Gehen Sie wieder zum Feuer«, sagte Lorenzo. »Ich erinnere mich, dass Corto Sie dort haben wollte und nicht hier.« Er nickte zur Feuerstelle hinüber. Das Gelächter der Männer drang gedämpft zu ihnen. Magdalena und die beiden anderen Schwestern waren umringt. Einen Augenblick lang sah es so aus, als würden Cortos Wölfe zudringlich, doch dann erkannte Lorenzo, dass sie den jungen Frauen Essen und Trinken aufzudrängen versuchten. Lorenzo neigte dazu, den Männern im Allgemeinen nicht weniger Anstand zuzubilligen, als seine eigene Truppe in vergleichbarer Situation besessen hätte, doch er wusste auch, wie schnell die Lage außer Kontrolle geriet, wenn nur einer der Männer die Nerven verlor. Die Schwesterntracht allein hätte vielleicht dazu geführt, dass einer sich zum Beweis gedrängt fühlte, auch ein Sakrileg könne seine Männlichkeit nicht aufhalten – Cortos Befehl sorgte dafür, dass niemand glaubte, sich beweisen zu müssen. Lorenzo beobachtete, wie einer – Pio-Pio – sein Hemd aufschnürte und Schwester Magdalena den Rücken zuwandte, wo von fern der dunkle Fleck eines Heilverbands aus Kräutern und Schlamm zu sehen war. Magdalena fuhr mit beiden Händen darüber und dann über die Schultern und die Rippen Pio-Pios, die ganz und gar unzärtliche, geschäftsmäßige Berührung einer Heilerin, die untersuchte, wo es dem Patienten sonst noch wehtat. Lorenzo spürte die Berührung auf der eigenen Haut, als stünde er dort vorn. Zu seiner eigenen Überraschung stellten sich ihm die Haare auf den Oberarmen auf. Er spürte gleichzeitig die Erinnerung an das Gefühl, das ihn immer durchrieselt hatte, wenn seine Mutter dem kleinen Lorenzo die Decke bis zum Kinn hochgezogen und unter seinen Schultern festgestopft hatte, und die Erinnerung an jenes andere, auf ganz unterschiedliche Weise süße Gefühl, als dem nur wenige Jahre älteren Lorenzo eines der Mädchen auf einem Dorffest das Hemd bis zum Kinn hochgeschoben hatte, um in der Dunkelheit unter den Bäumen selbst die Dinge auszuprobieren, von denen alle, deren Väter und Mütter noch lebten, nachts auf der Strohschütte unfreiwillige Zeugen wurden. Das Feuer vom Dorfplatz hatte matten Lichtschein durch die Baumstämme geworfen, und das Gelächter und die Lieder waren gedämpft zu dem vierzehnjährigen Lorenzo und seiner Gespielin gedrungen, nicht viel anders als hier … Schockiert erkannte Lorenzo plötzlich, dass Magdalena sich umgedreht hatte und anscheinend genau in seine Richtung blickte, als ob er seine Gedanken laut ausgesprochen und sie ihn gehört hätte. Er trat einen Schritt weiter in die Dunkelheit neben dem Trosswagen zurück.

»Lorenzo, ich bezahle dafür!«, sagte Francesco Giallo.

»Wofür?«, fragte Lorenzo.

»Sie sind stark und kampferprobt und haben ein Pferd. Von der Bande hier kann keiner vernünftig reiten. Sie bringen mich in Sicherheit, und sobald wir in Bologna sind, bezahle ich Sie. Das sind nur ein paar Meilen … Seit Wochen sind es nur ein paar Meilen bis nach Bologna …« Er atmete ein und versuchte, die Hysterie aus seiner Stimme zu verbannen. »Helfen Sie mir zu fliehen, und ich bezahle Sie. Wie viel wollen Sie?«

»Es kommt aufs Gleiche raus, ob Sie mich für Ihre Flucht bezahlen oder ob Sie abwarten, bis man das Lösegeld für Sie beisammenhat.«

»Sie würden weniger verlangen«, sagte Giallo.

»Das glauben *Sie*.«

»Ich weiß es. Sie sind ein guter Mann. Ich kann Ihnen Arbeit geben, wenn ich erst wieder zu Hause bin. Lorenzo, holen Sie Ihre Familie nach Bologna! Ich sorge dafür, dass Sie wieder auf die Beine kommen. Was halten Sie davon?«

»Corto würde das nicht gefallen«, sagte Lorenzo langsam. Er hatte seine Augen kaum von der Szene am Feuer abgewandt. Clarice saß abseits und blickte zum Trosswagen herüber; Verruca schnürte nervös zwischen ihr und den Nonnen hin und her. Die drei Schwestern bewegten sich mit wachsender Sicherheit zwischen den Männern, als handle es sich um übermütige Knaben aus einem Waisenhaus, das unter ihrer Leitung stand. Schwester Immaculata blieb zwar in der Nähe Magdalenas, aber die andere, Schwester Radegundis, bei der nicht einmal die Kutte verleugnen konnte, dass darunter ein Körper steckte, der Kardinälen das Wasser im Mund hätte zusammenlaufen lassen – Kardinälen *vor allem* –, lachte und scherzte und trank, wenn man ihr einen Becher vor die Nase hielt. Lorenzo hätte gern mit am Feuer gesessen, und sei es nur, um Teil der Verbundenheit zu sein, die sich unbemerkt gebildet hatte. Er ahnte, dass er sich in Wahrheit auch dort vorn zwischen den Männern allein fühlen würde; er ahnte aber auch, dass es Schwester Magdalena nicht anders erging, mochte sie auch noch so eifrig bemüht sein, die Verbände zu überprüfen. In ihrer Einsamkeit wären sie beide zusammen gewesen. Kein Fundament, um Hoffnung darauf zu bauen, aber ab und zu war es schon wohltuend, eine verwandte Seele in der Nähe zu wissen. Worüber dachte er eigentlich nach? Hier gab es überhaupt nichts, worauf man bauen konnte, hier gab es nur den Plan, Clarice zu befreien und mit ihr zu fliehen, sobald sich die Gelegenheit ergab, und was Francesco Giallo sagte …

»Corto hat verspielt«, sagte Giallo. »Wir sind nicht mal einen Tagesritt von Bologna entfernt. Sobald wir dort sind, trommle ich eine Truppe zusammen, die mit ihm Schluss macht. Sie können diese Truppe führen, wenn Sie möchten. Wir werden sie einholen, und dann machen wir ihnen Mann für Mann den Garaus und holen die beiden Jungs und Monna Clarice hier heraus.«

»Sie werden die Geiseln umbringen, wenn sie angegriffen werden.«

»Mann für Mann«, wiederholte Giallo. »Diese Männer verdienen keine Gnade. Sie gehören nicht dazu, Sie sind anders … aber diese Kerle …«

»Und was ist mit den Schwestern?«

»Wir müssen das Zug um Zug angehen. Befreien Sie zuerst mich, das ist der Schlüssel zu allem. Meine Heimat liegt diesem Ort hier am nächsten.«

Lorenzo bemerkte eine Bewegung am Rand des Lichtkreises, den das Lagerfeuer bildete. Es sah aus, als stünde jemand dort, wo ihn das Licht gerade nicht mehr erreichte. Es sah aus, als wären es mindestens drei. Sie trugen etwas in den Händen. Er änderte seinen Griff um die Armbrust. Er sah, wie Verruca mit offener Glückseligkeit – und offenem Mund – strahlte, als Schwester Immaculata eine Schüssel von ihm annahm und ihm schüchtern zunickte. Verruca wandte den drei Männern im Schatten den Rücken zu. Wenn das, was sie in den Händen hielten, Piken oder Bögen waren, würde Verruca als Erster dran glauben müssen.

»Sie haben sich in mir getäuscht«, sagte Lorenzo. »Gehen Sie auf die andere Seite des Wagens.«

»Nein, ich habe recht …«, begann Giallo.

Lorenzo hob die Armbrust. Giallo erstarrte, dann hoben sich seine Hände. »Aber nein …«, stammelte er. »Aber nein …«

Lorenzo drückte mit einer schnellen Handbewegung die Federn des Bolzens hinter der Nuss fest. Giallo begann rückwärtszugehen, obwohl Lorenzo nicht einmal in seine Richtung zielte.

Schwester Immaculata gab die Schüssel zurück, und Verruca vollführte eifrige Gesten: Soll ich nachfüllen? Es schien Lorenzo das erste Mal zu sein, dass die junge Schwester nicht zurückzuckte, wenn einer der Männer eine schnelle Bewegung machte. Die Gestalten in den Schatten schienen jetzt zu viert zu sein. Wenn Verruca als Erster dran glauben musste, dann wäre Schwester Immaculata die Nächste gewesen, Clarice die Übernächste … Magdalena trat heran und legte Verruca eine Hand auf die Schulter.

»Verdammt«, murmelte Lorenzo. Er hob die Armbrust an die Schulter. Der Schaft fühlte sich nicht richtig an; zu leicht und schmal. Enrico hatte daran herumgeschnitzt, um die Waffe für einen schnellen Schuss aus der Hüfte tauglich zu machen. Schwester Immaculata schüttelte den Kopf. Einige der Männer hatten die Köpfe in die Richtung gewandt, in der die schattenhaften Gestalten standen, aber dazwischen war das Feuer, und was sie jenseits des Feuers sahen, war einfach eine schwarze Wand. Lorenzo, der versuchte, nicht direkt zu den Gestalten zu blicken, weil er wusste, dass sie dann nicht mehr zu sehen sein würden, zielte aus dem Augenwinkel. Er spürte die Vorwärtsbewegung eher, als dass er sie erblickte. Schwester Magdalenas Kopf schnappte nach oben, und sie fuhr herum – diesmal wusste er, dass sie zu ihm herüberspähte. Sie führte ihre Drehung fort, nur schien sie plötzlich verlangsamt zu sein, langsam wie unter Wasser. Die erste Gestalt trat in den Lichtschein …

»Gottverdammt«, flüsterte Lorenzo. Sein Daumen schien wie erstarrt, als er versuchte, ihn auf den Abzug zu senken.

»Wenn *du* jetzt anfängst, die Dörfler umzulegen, wissen sie gar nicht mehr, wer ihr Freund ist«, sagte die Stimme Cortos nahe an seinem Ohr.

»Verflucht, verflucht, verflucht«, zischte Lorenzo und senkte die Waffe. Zwei alte und zwei jüngere Männer standen jetzt am Rand des Feuerscheins. Sie trugen noch die Schaufeln bei sich, mit denen sie die Gräber ausgehoben hatten. Cortos Männer am Feuer winkten ihnen zu. Verruca hatte sich umgedreht und lächelte sein nervöses Lächeln. Lorenzo hörte, dass jemand die vier Männer fragte, ob sie ihnen noch mehr zu trinken gebracht hätten, während ein anderer rief, wenn sie nichts mehr hätten, könnten sie am Feuer noch etwas bekommen. Von den Personen am Feuer rief und lachte und winkte nur eine Einzige nicht zu den Neuankömmlingen hinüber: Schwester Magdalena. Lorenzo sah sie als Silhouette vor dem Feuer stehen. Sie schaute ihn über die ganze Distanz hinweg an.

Lorenzo sah sich um. Er blinzelte. Francesco Giallo stand halb verdeckt hinter dem Trosswagen und starrte mit hervortretenden Augen zu Lorenzo herüber. Wenn er die Geste gewagt hätte, hätte er den Finger auf die Lippen gelegt. Enricos Gesicht schob sich in Lorenzos Blickfeld; Enrico streckte die Hand nach der Armbrust aus.

»Ich habe dir gleich gesagt, Corto, gib ihm einen Grashalm«, sagte Enrico. »Damit kann er wenigstens keinen Schaden anrichten.«

»Das Ding liegt schlecht in der Hand«, sagte Lorenzo und gab die Armbrust zurück. »Du hast es mit deiner Schnitzerei ruiniert.« Enrico riss ihm die Waffe aus der Hand.

Ein paar von den Männern am Feuer deuteten zum Trosswagen hinüber. Die Köpfe der Dörfler drehten sich herum. Verruca stand auf und rief etwas und winkte. Corto legte Lorenzo die Hand auf die Schulter, schob ihn sanft beiseite und machte sich auf den Weg zum Feuer hinüber. Urso folgte ihm; Enrico war in der Dunkelheit verschwunden. Der Gefangene war nirgends zu sehen. Lorenzo drehte sich um und sah zu, wie Fabio als Letzter aus dem Wagen kletterte. Bevor die Plane sich schloss, sah er das Lächeln des Gefangenen, der mit auf dem Rücken gefesselten Händen und zusammengeschnürten Beinen zwischen Clarice Tintoris Kissen saß und so zufrieden aussah wie ein Burgvogt. Fabio nickte Lorenzo zu und sah mit zusammengekniffenen Augen zum Feuer.

»Was ist los? Was wollen die Dörfler?«, fragte er.

»Vielleicht sagt mir jemand, was hier los ist?«, erkundigte sich Lorenzo. »Was hat euch der Kerl erzählt?«

»Schlechte Neuigkeiten«, sagte Fabio, ohne den Blick vom Feuer zu nehmen, vor dem Corto jetzt angekommen war und in seiner üblichen Art begonnen hatte, die Schultern der Dörfler zu klopfen.

»Dem Papst hat jemand das Mittagessen versalzen?«, fragte Lorenzo, als Fabio nicht weitersprach.

»Nein«, sagte Fabio geistesabwesend. »Wir haben nicht alle von den Kerlen erwischt. Zwei sind entkommen und jetzt wahrscheinlich schon auf dem halben Weg zu ihrem Heerhaufen. In der Dunkelheit haben wir keine Chance, sie zu finden und abzufangen.«

»Sagt er«, knurrte Lorenzo und deutete mit dem Daumen hinter sich zum Trosswagen. »Wer sagt euch, dass er nicht lügt?«

»Warum sollte er? Was kann er damit gewinnen, wenn er uns in Alarmbereitschaft versetzt?« Fabio strich sich übers Kinn. »Was zeigen ihm die da? Kannst du was erkennen?«

Lorenzo sah, dass der älteste der Männer etwas Langes, Schlappes in die Höhe hielt und hektisch darauf deutete. Das Gelächter und Gemurmel um das Feuer herum erstarb. Lorenzo sah an sich herab. Im Ausschnitt seines Hemdes baumelte das schwarze Band. Er war sicher, dass der alte Mann vorne beim Feuer ebenfalls ein schwarzes Band in die Höhe hielt.

»Wer weiß, was er für Pläne ausheckt. Es geht um seinen Hals, oder nicht? Da wird jeder Mann erfinderisch.«

»Nein«, sagte Fabio ungeduldig. »Er lügt nicht. So gut kenne ich ihn; so gut kennen ihn die meisten von uns.«

»Woher kennt ihr ihn?«

Fabio wandte sich endlich vom Feuer ab, wo die Dörfler flehend die Hände gehoben hatten und alle Gespräche des Wolfspacks verstummt waren. Er sah Lorenzo in die Augen, dann wanderten seine Blicke hinab bis zu dem schwarzen Band in seinem Kragenausschnitt. Er pflückte es heraus und hielt es mit spitzen Fingern hoch. »Das ist Georg Vogler«, sagte er zuletzt. Seine Zunge stockte bei dem fremden Namen, aber nicht so sehr, als hätte er ihn zum ersten Mal ausgesprochen, »Genannt Macello, der Schlächter, worauf das Arschloch auch noch stolz ist. Du hast seine Arbeit heute bewundern können.«

»Und er …?«

Fabio seufzte. Er betrachtete das schwarze Band, das leise hin und her pendelte. »Er war unser *capitano.* Wir waren alle bei der Schwarzen Schar, Kleiner. Wir sind abgehauen.«

»… warum …?«

»Ist der da drin kein guter Grund? Aber ich will nicht für die anderen sprechen – ich nehme an, jeder hatte seine eigenen Gründe, mit Corto zu gehen.«

Fabio öffnete die Finger. Das schwarze Band begann zu fallen, schlang sich um sich selbst, vollführte einen flatternden Tanz und schien noch immer zu leben, als es auf dem Boden landete. Fabio stellte einen Fuß darauf und verrieb es so hart, dass das Leder seines Stiefels knarrte. Als er den Fuß hob, lag das schwarze Band wie ein obszöner Schmutz zwischen den beiden Männern.

»Tja«, sagte Fabio und sah zum Trosswagen, »heute ist Macello der zweite Trupp Männer abhandengekommen – allerdings ein bisschen endgültiger als wir. Die zwei Kerle, die uns entwischt sind, werden der Schwarzen Schar berichten, dass ihre Genossen in diesem Dorf hier kaltgemacht worden sind. Konrad von Landau kann nicht zulassen, dass es sich herumspricht, dass seine Leute von Dörflern mit Dreschflegeln und von ein paar

Landstreichern wie uns aufgerieben worden sind. Das kratzt am Nimbus der Unbesiegbarkeit. Also wird er sich mit seinem Heer hierher auf den Weg machen, und wenn er wieder weg ist, wird es nicht aussehen, als habe an dieser Stelle jemals ein Dorf gestanden. Das ist die schlechte Neuigkeit, Kleiner. Wir müssen hier weg. Corto hatte sich alles gut ausgedacht, aber jetzt ist der Plan zum Teufel, und wir müssen sehen, wo wir bleiben.«

»Verdammt!«, sagte Lorenzo.

Fabio schien zu wissen, dass Lorenzo nicht so sehr den Umstand meinte, dass sie hier bedroht waren. Er nickte.

»Hast du nicht in deiner Vergangenheit etwas, auf das du nicht gerade stolz bist? Das dir manchmal beim Aufwachen einfällt, und dann denkst du: Mensch, das habe *ich* getan!, und dann würdest du kotzen, wenn du was im Magen hättest?«

Lorenzo antwortete nicht.

»Schön für dich«, sagte Fabio. Er wandte sich ab. »Ich geh mal nachschauen, was die Dörfler wollen.« Obwohl es unglaublich klang, schien es Lorenzo, als wäre der muskulöse Mann verlegen.

»Was ist es?«, rief Lorenzo ihm hinterher. »Was macht die Schwarze Schar so unbesiegbar? Warum konnten wir sie heute schlagen?«

Fabio kehrte wieder um.

»Zaubergewehre«, sagte er. Er zuckte mit den Schultern »Der Zauber beschränkt sich allerdings auf eine neuartige Mechanik. Der Zündfunke kommt nicht mehr von einer brennenden Lunte, sondern von einem Feuerstein, aus dem ein Rad Funken schlägt, wenn du den Abzug drückst. Du kannst die Dinger wahrscheinlich sogar unter Wasser abfeuern, wenn du willst – und sie auch noch schneller nachladen.«

»Das ist alles?«

»Mein Freund«, sagte Fabio, »wenn du angreifst und aus zehn vermeintlich nicht einsatzfähigen Schießprügeln fliegen dir plötzlich die Kugeln um die Ohren, dann glaubst du schon an Zauber. Vor allem, wenn diejenigen, die den Dingern nahe gekommen sind, nicht mehr leben, um erzählen zu können, was der wahre Zauber ist.«

»Zehn Stück? Diese Gewehre müssen doch ein Vermögen wert sein.«

»Die Dinger sind unbezahlbar«, nickte Fabio. »Konrads Schwarze Schar hat etwa fünfzig von ihnen.«

»Du lieber Gott.«

»Das sagte der Schmied auch, der seine gesamte Jahresproduktion über die Berge hierher nach Rom bringen wollte und der Schwarzen Schar in die Hände fiel. Ausgenommen, dass wir damals noch nicht die Schwarze Schar waren. Dazu sind wir erst geworden.«

Lorenzo schüttelte den Kopf. Fabio wandte sich erneut zum Gehen. Lorenzo blieb stehen.

»Macello brauchst du nicht zu bewachen. Der entkommt nicht, da gebe ich dir Brief und Siegel.«

»Geh du nur schon vor«, hörte Lorenzo sich sagen.

Fabio musterte ihn. »Du denkst, du bist jetzt mit dem Teufel und seinen Dämonen im Bunde, was, Kleiner? Ich sage dir, was das betrifft, sind wir alle nur Kesselheizer. Der eigentliche Teufel ist ein anderer, und der ist ab morgen hierher unterwegs, und die Hölle ist immer da, wo er gerade haltmacht.« Fabio tippte sich lässig an die Stirn. »Nacht, mein Kleiner.«

Lorenzo sah zu, wie Fabio sich zu den anderen ans Feuer gesellte, wo die Diskussion mittlerweile mit Händen und Füßen geführt wurde. Er probierte aus, ob der Boden, auf dem er stand, fest war. In den letzten Momenten schien er schwankend geworden zu sein. Corto und seine Männer waren nichts als Deserteure von der Schwarzen Schar? Und er war in einen inneren Konflikt geraten, weil er überlegt hatte, wie er Corto überlisten und Clarice entführen konnte? Er hatte gezögert und die Situation nicht genutzt, als Corto ihn provoziert und sich die Klinge förmlich selbst an die Kehle gesetzt hatte? Unfassbar. Diese Männer waren mit Teufeln gezogen, von denen das lächelnde Ungeheuer im Trosswagen nur ein Beispiel unter vielen war, waren wahrscheinlich in ähnliche Teufeleien verstrickt gewesen … Und er, Lorenzo, hatte so etwas wie Widerstand in sich selbst zu spüren begonnen, weil er freundlich aufgenommen und behandelt worden war? Wenn er sich von dem vorsichtigen Umgang mit den Geiseln hatte einlullen lassen, hätte er nur an das Schicksal des Kastraten zu denken brauchen, den Corto kaltblütig erschossen hatte. Nein, mein Held, dachte Lorenzo, wütend auf sich selbst. Diese Kerle mögen sich selbst lediglich als die Kesselheizer in der Hölle sehen, aber auch in den Kesseln sitzen arme Seelen und schreien vor Qual. Dass sie der Vergangenheit den Rücken gekehrt hatten, war keine Entschuldigung, im Gegenteil. Zu glauben, dass sie durch ihre Desertion Absolution von ihren früheren Sünden erhalten hatten, war geradezu vermessen. Lorenzo stampfte ärgerlich auf den Boden, der wieder fest war.

Dann fühlte er plötzlich das Gewicht, das seine Pike nach unten zog, während der aufgespießte Mann daran sich umzudrehen und mit weit aufgerissenen Augen zu verstehen versuchte, warum am anderen Ende der Pike, am Ende des Mörders, der Mann war, dem er vertraut hatte … erinnerte er sich daran, warum das Vertrauen so lange Zeit berechtigt gewesen war … Ihm ging auf, dass, wenn es um Corto und seine Männer ging, niemand weniger berechtigt war als er, den ersten Stein zu werfen. Und der Boden schwankte erneut.

24.

Jemand hustete so lange vor Antonio Bandinis Tür, dass er sie schließlich aufriss. Als er erkannte, dass der Besucher Niccolò war, spannte er unwillkürlich seine Muskeln an, weil er erwartete, dass der Mann versuchen würde, ihn zu schlagen. Und Bandini *hoffte,* dass er es versuchen würde.

»Ich soll Ihnen ausrichten, dass Monna Bianchi mit Ihnen sprechen möchte«, sagte Niccolò.

Bandini gaffte ihn an. Niccolò zuckte mit den Schultern.

»Der junge Ser Bianchi wird auch zugegen sein, und Monna Beatrices Magd und ich. Es hat alles seine Ordnung.« Niccolò seufzte. »Ich habe böse Worte gehört, als Sie mit Ser Bianchi im Saal stritten«, sagte er. »Aber ich weiß, dass Sie recht haben in Bezug auf Ghirardi, und ich wäre genauso wütend geworden wie Sie, wenn ich an Ihrer Stelle gewesen wäre und nicht gegen Ser Bianchis Sturheit angekommen wäre. Ich kann Sie daher verstehen und bin nicht böse mit Ihnen.«

»Da fällt mir aber ein Stein vom Herzen«, sagte Bandini, der wusste, dass Niccolò den Sarkasmus nicht erkennen würde.

»Folgen Sie mir bitte«, sagte Niccolò.

Bandini spähte zur Öffnung des Lichthofs hinauf, die sich als schwarzes Rechteck vor den schwach beleuchteten Flanken und Kurven des Treppenhauses abzeichnete. Unten auf dem Mosaikboden standen vier Feuerschalen in den Ecken und sandten den Geruch von heißem Tran nach oben. »Jetzt? Um diese Zeit?«, fragte er.

»Monna Bianchi ist es nicht gewöhnt zu warten, wenn sie einen Wunsch ausspricht, auch nicht in der Nacht«, sagte Niccolò. Wenn der Mann überhaupt in der Lage war, Zweideutigkeiten auszusprechen, dann war es ihm gerade eben gelungen. Bandini horchte auf.

»Wo ist der Hausherr in diesem Arrangement?«, fragte er.

»Ich bin von Monna Beatrice geschickt worden.«

Bandini spürte wieder das Jucken in seinen fehlenden Fingern. Er ballte die verstümmelte Faust. Niccolò stand vor seiner Tür und sah ihn drängend an. Bandini machte eine einladende Geste in keine bestimmte Richtung. »Nach dir.«

Die Wände des Schlafzimmers waren in denselben Rot- und Goldtönen gehalten wie der große Saal. Da es auf demselben Geschoss lag, war auch seine Decke so hoch, dass das Dach eines durchschnittlichen Handwerkerhauses nicht oben angestoßen wäre, hätte man es hier hereinverfrachtet. Das Zimmer war geräumig, doch sparsam eingerichtet, ein Bett mit gedrechselten Bettpfosten und einem Himmel aus Samt und Brokat, das frei in der Mitte stand, fing den Blick als Erstes ein – aber nur so lange, bis man auf die Frau aufmerksam wurde, die neben dem Fenster auf einer Truhe saß. Danach verblassten all die anderen Dinge in dem Zimmer und dienten nur noch dazu, den passenden Hintergrund für die schlanke Gestalt abzugeben. Antonio Bandini folgte Niccolò bis zu der Truhe und verbeugte sich. Er fühlte, wie die Blicke Beatrice Bianchis ihn musterten, ermaßen, erwogen, registrierten und schließlich einordneten. Bandini streckte sich und sah auf sie hinab. Sie hatte ihre Haltung auf der Truhe keinen Zoll geändert, doch jetzt lächelte sie.

»Danke, dass Sie meiner Bitte so rasch gefolgt sind«, sagte sie. »Ich fühle mich geehrt.«

Vor mehr als vierzig Jahren, als Antonio Bandinis Welt noch heil und Onkel Bernardo ein lustiger Spielkamerad gewesen war, hatte es eine Frau gegeben, die eine ähnliche Erscheinung war wie Beatrice Bianchi: Clarice Orsini, die Frau von Lorenzo de'Medici, de facto die Herrscherin über Florenz. Wie Beatrice war sie nicht im landläufigen Sinn schön gewesen – ein zu langer, aristokratischer Hals, ein zu energisches Kinn, zu schmale Lippen, eine zu lange Nase, zu weit auseinanderstehende Augen und Brauen, deren Schwung zu kühn aufgemalt war – und dennoch, an wem sie vorüberging, der drehte sich nach ihr um und hätte sich auch umgedreht, wenn sie nicht Clarice Orsini in sündhaft teurem Staat, sondern Maria Magd im zerrissenen Kittel gewesen wäre. Auch Clarice Orsini hatte sich das Haar blond gefärbt, und auch Clarice Orsini hatte alterslos attraktiv gewirkt: ein herbes Antlitz, dem man nicht ansah, ob seine Besitzerin zwanzig oder vierzig Jahre alt war.

Wenn Beatrice Bianchi der Typ Frau war, die jede Pracht in ihrer Umgebung mit ihrer bloßen Erscheinung in den Hintergrund drängte, dann galt dies erst recht für andere Personen, die sich in ihrer Nähe befanden. Die

Magd war ein Schatten in Kleid und Haube, Niccolò ein Hündchen, und Domenico Bianchi junior … Nun, Domenico Bianchi junior hätte keine dominierende Gestalt neben sich benötigt, um nebensächlich und wie ein zweitklassiger Komödiant zu wirken, der so zurechtgemacht worden war, dass er eine gewisse optische Ähnlichkeit mit seinem Vater aufwies – ohne mehr zu sein als das: eine durchsichtige Hülle über einem aufgeblasenen Popanz.

»Die Ehre ist ganz auf meiner Seite, Monna Bianchi«, sagte Antonio Bandini.

»Ich höre, dass Sie Nachrichten von meiner zukünftigen Schwiegertochter haben? Leider wurde mein Gatte von dringenden Geschäften eingeholt, sodass er mir noch nicht berichten konnte.«

»… von meiner Braut«, sagte Domenico Bianchi junior.

Beatrice Bianchi bot Antonio nicht an, sich zu setzen. Er hatte es nicht anders erwartet … schon gar nicht hier, in dieser Situation, aber auch sonst. Oh, Antonio Baldini, die lebende Legende, der Mann, der die Straßen Italiens jeden Tag ein bisschen sicherer machte; der dafür sorgte, dass Warentransporte auch ihr Ziel erreichten und wohlhabende Reisende nicht mit durchgeschnittenen Kehlen im Feldrain verbluten mussten; der mehr Gesindel dem Strang zugeführt hatte als König David Philister erschlagen; dem man im großen Saal seines Hauses seinen vereinbarten Lohn aushändigte und augenzwinkernd noch etwas drauflegte; von dem man sich mit dankbarem Händedruck und schulterklopfend und glückwünschend und ich-hoffe-ich-darf-demnächst-wieder-auf-Ihren-Schutz-zählen salbadernd vor dem Hauseingang verabschiedete … Diesen Mann lud man nicht zum Essen mit der Familie ein, diesen Mann bat man nicht in die Privatheit des Schlafzimmers – und wenn doch, dann nicht, um mit ihm am Kaminfeuer in aller Stille darauf anzustoßen, dass man die Reise überlebt hatte. Baldini wusste, dass die guten *capitani,* die Geleitzugführer, die Leibwächter, die Trossmannschaften, ebenso unter sich blieben wie das Gesindel, vor dem sie ihre Auftraggeber behüteten. Mochten die redlichen Leute denken, dass etwas von der Gemeinheit der Straße auf ihre Beschützer abgefärbt war, mochten sie peinlich berührt sein von ihrer eigenen Abhängigkeit, mochten sie sich unter den ruhigen Blicken der abgebrühten Männer unbehaglich fühlen, weil sie wussten, dass die Hälfte ihrer Geschäfte genauso gesetzlos war wie die Pläne der Verzweifelten draußen im Gebüsch, die auf eine passende Gelegenheit für einen Überfall lauerten … Was immer es war, es hatte dazu geführt, dass die meisten von ihnen wahrscheinlich zum Brunnen gingen und sich die Hände wuschen, nachdem sie sich von den Antonio Bandinis dieser Welt verabschiedet hatten. Antonio lächelte und legte sich seine Antwort zurecht.

»Ich würde mich glücklich schätzen, Ihre Wünsche zu befriedigen«, sagte er.

Beatrice Bianchi musterte ihn scharf. »Stimmt es wirklich, was Sie über Lorenzo Ghirardi erzählen?«

»Warum sollte ich lügen?«

»Was weiß ich? Ich kenne Sie nicht gut genug, um Ihre Motive zu durchschauen.«

Sie besaß dieselbe unverblümte Direktheit wie ihr Mann. Antonio blickte in braune Augen, die nur an der Oberfläche weich und schimmernd waren. Wenn man näher hinsah, erkannte man die Härte von lange und sorgsam poliertem Kirschholz unter dem Glanz. Sie hatte sich damit beschäftigt, in ein umhäkeltes kleines Kissen an einem Holzstab getrocknete Nelken zu stecken, eine dicht neben der anderen, eine ebenmäßige Oberfläche aus braunen Köpfchen und bitter-herbem Duft, die davon zeugte, dass Monna Beatrice den Willen hatte, perfekt zu arbeiten, und die nötige Disziplin dazu besaß. Bei der Nennung von Lorenzos Namen hatte sie eine Nelke in das Kissen gestochen und damit die letzte Lücke in einer Reihe geschlossen. Bandini gestattete sich keinerlei Lächeln. Die geschlossene Reihe sah aus wie eine Mauer, in der soeben der letzte Durchschlupf versperrt worden war. Bandini wagte kaum zu glauben, dass das Gespräch in die Richtung laufen würde, die sein Instinkt ihm zu verraten schien.

»Ich bin sicher, dass ich die richtigen Schlüsse gezogen habe.«

Sie begann mit einer neuen Reihe. »Es ist schwer zu glauben. Lorenzo Ghirardi! Wer ihn kennt, wäre absolut überzeugt, dass er meinem Mann und dem Haus Bianchi treu ergeben ist.« Die braunen Augen ließen Bandinis Blicke nicht los.

»Ich sage schon seit Langem, dass der Kerl nichts taugt«, trug Domenico junior bei.

»Er ist geschickt«, sagte Bandini und erwiderte den Kirschholzblick, ohne zu blinzeln. »Selbst wenn Sie ihn auf die Probe gestellt hätten, hätte er sich nicht verraten.«

»Vielleicht *hätte* ich ihn auf die Probe stellen sollen«, sagte Beatrice Bianchi. Eine weitere Nelke wurde in den Stoff getrieben, mit etwas mehr *forte* als ihre Vorgänger, wenn Antonio richtig sah.

Bandini antwortete nicht.

»Der junge Herr des Hauses, mein Sohn hier, ist sehr besorgt um das Wohlergehen seiner Braut. Er hat beschlossen, dass er es nicht riskieren kann, Ihre wohlgemeinten Warnungen und Ratschläge in den Wind zu schreiben.«

»Genau«, sagte der junge Herr des Hauses.

»Schon gar nicht, wenn sich herausstellt, dass Lorenzo Ghirardi die in ihn gesetzten Erwartungen so grob enttäuscht.« Eine weitere Nelke gesellte sich den exakten Reihen ihrer Kameraden hinzu. Es gab ein leise ploppendes Geräusch, wenn das Nägelchen den Stoff durchdrang. Wenn man weit genug vom Richtplatz entfernt war, klang das Schwert des Henkers ebenso, wenn es den Hals des Delinquenten durchschlug – *wock!*

»Niccolò hier, das ist der Mann, in den mein Vater sein Vertrauen hätte setzen sollen, ein treuer und fähiger Knecht«, sagte Domenico Bianchi junior und hätte Antonios Meinung über ihn damit noch weiter verschlechtert, wenn sie nicht von vornherein schon abgrundtief schlecht gewesen wäre. Niccolò nickte und tat so, als sei er verlegen, während er gleichzeitig geschmacklos genug war, vor Stolz zu erröten.

»Ich freue mich zu hören, dass meine Worte in diesem Haus nicht überall auf unfruchtbaren Boden fallen«, sagte Bandini.

Beatrice Bianchi schien plötzlich genug von der Farce zu haben. Sie legte das Gesteck beiseite und legte die Hände in den Schoß.

»Mein Sohn rüstet eine Truppe aus, die Sie aufstellen werden. Sie haben dazu bis morgen Abend Zeit. Dauert es länger, kommt die Sache meinem Mann zu Ohren, und dann wird er Ihre Aktivitäten unterbinden. Sie ziehen mit den Männern los, legen den Banditen das Handwerk, bringen die kleine Tintori unverletzt zurück und außerdem einen Sack, in dem sich Lorenzo Ghirardis Kopf befindet und dessen Gewicht in Münzen Sie als zusätzliche Belohnung betrachten können.«

»Ich kann Ihnen jedes Körperteil von ihm bringen, das Sie in Geld aufgewogen haben möchten«, sagte Antonio, der die Antwort wieder sorgfältig überlegt hatte.

Beatrices Blick flackerte nicht einmal. »Ich verstehe Ihre Anspielung nicht.«

»Ich verstehe mich manchmal selbst nicht. Verzeihen Sie bitte, Monna Bianchi.«

Niccolò holte Atem. »Darf ich vorschlagen, dass ich den *patron* – ich meine: *capitano* Bandini – begleite? Als sein Stellvertreter?«

Bandini öffnete den Mund, um abzulehnen, aber Domenico Bianchi war schneller. »Gute Idee, Niccolò. Auf diesem Ritt können Sie nicht genug fähige Männer bei sich haben, was, Bandini? Seien Sie Niccolò dankbar, dass er die Strapazen auf sich nehmen will, wo er doch gerade erst zurückgekommen ist.«

»Ich bin sprachlos vor Dankbarkeit«, sagte Bandini, ohne den Blickkontakt mit Beatrice Bianchi zu unterbrechen. Ihre Lippen zuckten leicht, als müsse sie ein spöttisches Lächeln unterdrücken. Bandini war sicher, dass sie es spurlos hätte unterdrücken können, wenn sie dies gewünscht hätte.

»Viel Erfolg«, sagte sie und neigte leicht den Kopf. Die Audienz war beendet. Antonio verbeugte sich.

»Ich erlaube Niccolò, Sie morgen durch die Stadt zu begleiten, Bandini«, sagte Domenico Bianchi. »Sie kennen sich hier ja nicht aus, stimmt's?«

»Ich bin hier geboren«, sagte Bandini fast gegen seinen Willen.

»Ach was? Dann ist die Namensgleichheit mit diesem Verräterschwein Bernardo Bandini kein Zufall?«

Antonio erwürgte den ahnungslosen Vollidioten in Gedanken, doch es gelang ihm, nach außen hin vollkommen unbewegt zu bleiben. »Er war mein Onkel«, sagte er.

»Santa Maria del Fiore!«, sagte Domenico junior. »Ich werd verrückt.«

»Kein Grund dazu, Ser Bianchi«, erwiderte Antonio. »Seither ist viel Wasser den Arno hinuntergeflossen.« Die Lüge ging glatt über seine Lippen.

»Viel Wasser den Arno hinuntergeflossen? Das hört sich gut an. Heutzutage würden wir sagen: Es ist scheißlange her! Gefällt mir, dieser antike Stil. Wissen Sie, was der Mann sagte, der in Florenz in den Arno pinkelte, weil das Boot seines Bruders in Pisa auf Grund gelaufen war? ›Jedes bisschen hilft.‹ Hahahaha … Der hätte sich auch gewünscht, dass viel Wasser den Arno hinunterfließt, was, Bandini? Hahaha!«

Schweigsam trottete Antonio Bandini hinter Niccolò her, der darauf bestanden hatte, ihn auf dem wohlbekannten Weg zu seiner Dachkammer zu führen, um seinen Wert als Stellvertreter zu beweisen. Diese Wendung der Dinge war vollkommen unerwartet gekommen. Dabei waren die Motive, die Mutter und Sohn Bianchi dazu trieben, ihn hinter dem Rücken des Familienvorstands zu unterstützen, sonnenklar.

Domenico Bianchi junior steckte nominell hinter der Aktion, weil Beatrice Bianchi als gute florentinische Ehefrau im Hintergrund zu bleiben hatte. Natürlich war die Idee dazu aber nicht auf Domenicos Mist gewachsen, sondern ausschließlich in Beatrices Herz entstanden. Sie benutzte den Kretin von einem Sohn lediglich als Strohmann. Der Kerl glaubte wahrscheinlich noch, bei seiner Mutter in besonderer Gunst zu stehen.

Warum Beatrice ein solches Interesse daran hatte, Lorenzo tot zu sehen, lag auf der Hand. Antonio lächelte in sich hinein, als er sich fragte, ob sie ebenso hoheitsvoll wie eben auf der Truhe gesessen hatte, oder ob sie nackt im Bett gelegen und die Decke für ihn hochgehalten hatte, als sie ihn vergeblich dazu zu überreden versuchte, ihren Mann mit ihr zu betrügen. Er wusste es, und sie wusste, dass er es wusste, denn mit jedem ihrer verschlüsselten, zweideutigen Sätze hatten sie sich gegenseitig darüber informiert. Diese Dominanz bei einer Frau! Er schüttelte leicht den Kopf, nicht abgestoßen, sondern fasziniert, und auch nicht ausschließlich fasziniert, sondern ... Er war ehrlich genug, sich selbst gegenüber zuzugeben, dass er, wäre er an Lorenzos Stelle gewesen, zwar ebenfalls abgelehnt hätte, aber dass die Loyalität gegenüber ihrem Ehemann, seinem Herrn, nicht der einzige Beweggrund dazu gewesen wäre, sondern ganz simpel die Angst davor, sich in die Hände dieser Frau zu begeben. Er nahm an, dass es Lorenzo ebenso ergangen war. Dabei waren die Gelegenheiten für Männer wie sie, eine Frau mit Klasse zu besitzen, denkbar gering. Lorenzo mochte das Idol seiner merkwürdigen Truppe und sogar das seines Herrn sein, und Bandinis Name hatte in jeder Stadt einen guten Klang, in der Kaufleute lebten, die ihre Waren und ihre höchsteigenen Personen gern unversehrt von A nach B verfrachtet sahen – aber wenn es darum ging, ihre menschlich-männlichen Bedürfnisse zu stillen, waren sie auf willige, kichernde Mägde angewiesen, die keinerlei Raffinessen kannten, weil sie daran gewöhnt waren, dass sich jemand im Stall von hinten an sie heranmachte, ihnen den Rock über den Hintern schob und zu rammeln begann, während sie damit fortfuhren, die Ziege zu melken, den Boden zu kehren oder die Wassereimer in die Zisterne zu leeren. Bandini nahm an, dass Beatrice Bianchi im Vergleich dazu eine Offenbarung im Bett gewesen wäre und dass sie auch den Vergleich mit jeder anderen ihrer Standesgenossinnen aushielt, und er war überzeugt, dass von zehn Männern acht ihrem Ruf gefolgt wären.

Blieben zwei übrig – er selbst und Lorenzo Ghirardi.

Jeden Tag lerne ich ein bisschen mehr über dich, *messere* Ghirardi, dachte er. Wenn du mir so weit vertraut bist, dass deine Gedankengänge die meinen sind, gehörst du mir.

Nachdem er Niccolò die Tür vor der Nase zugeschlagen hatte, blieb er mitten in seiner Kammer stehen. Die Dunkelheit war fast vollkommen, aber es störte ihn nicht. Sein Geist war hell erleuchtet – das Jagdfieber brannte wieder in ihm. Zugleich brannte auch ein leiser Zweifel: Lorenzos Gedankengänge waren bereits die seinen, aber nicht, weil er sie sich angeeignet hatte, sondern weil Bandini und seine Beute sich im Grund ihrer Herzen so ähnlich waren wie zwei Stücke vom selben Brot. Er schaffte es, den Zweifel mit den Flammen seines Jagdeifers zu ersticken, und machte sich daran, das weitere Vorgehen in seinem Gehirn zu skizzieren.

25.

Die vier Abgeordneten des Dorfs saßen zwischen Cortos Wolfspack am Feuer. Nur die gedämpfteren Farben ihrer Kleidung unterschieden sie auf den ersten Blick von den Wölfen; sie machten ebenso lange Gesichter wie Cortos Männer und starrten ebenso schweigend ins Feuer. Als Lorenzo in den Lichtkreis trat und die Szene betrachtete, meinte er, vor einer Gruppe Menschen zu stehen, denen ein Maultier kollektiv vor die Stirn getreten hatte. Er spürte Schwester Magdalenas Anwesenheit zu seiner Linken. Schließlich wandte er den Blick ab und sah sie an. Er glaubte in ihren Augen eine Botschaft zu erkennen, doch er konnte sie nicht lesen.

Die beiden anderen Klosterschwestern saßen bei Clarice Tintori und den beiden Jungs. Einer der Jungen war mit dem Kopf im Schoß von Schwester Radegundis eingeschlafen. Clarice starrte mit undeutbarem Gesichtsausdruck vor sich hin; als Lorenzo ihrem Blick folgte, sah er Corto und Fabio dicht beieinanderstehen. Er wandte sich wieder Clarices Augen zu, doch schien diese seinen Blick bemerkt zu haben. Für einen Herzschlag lang kreuzten sich ihre Blicke, dann sah sie beiseite und machte ein Gesicht wie eine Fürstin, die sich herabgelassen hatte, einmal im Jahr bei ihrem Gesinde zu sitzen, und diese Tradition verabscheute. Corto stand abseits der anderen mit einem Bein auf einem Holzklotz aufgestützt; Fabio neben ihm wirkte wie sein Knappe, der darauf wartete, von seinem Herrn um Hilfe gebeten zu werden.

»Dann hängen wir das Schwein wenigstens auf!«, sagte einer aus dem Wolfspack schließlich.

Corto schüttelte den Kopf. »Wir lassen ihn hier im Dorf zurück. Vielleicht können die Dörfler um sein Leben verhandeln.«

Einer der beiden jungen Männer aus dem Dorf schnaubte verächtlich. Die beiden älteren seufzten.

»Konrad von Landau ist es doch scheißegal, was aus einem seiner Männer wird«, murmelte Pio-Pio. »Wann hätte sich die Schwarze Schar jemals darum gekümmert, auch nur die Verwundeten mitzunehmen?«

Weniger Überlebende bedeutete: größere Teile der Beute für den Rest, dachte Lorenzo. Zugleich sicherte es die Kampfeswut der Männer – wer wusste, dass er im Ernstfall von seinen Kameraden verwundet auf dem Schlachtfeld zurückgelassen wurde, würde noch mit dem Kopf unterm Arm kämpfen, nur um nicht lebend in die Hände der Überfallenen zu geraten. Andererseits bildete sich dadurch gerade nicht jene Kameradschaft zwischen den Männern, die schon manchmal eine Schlacht entschieden hatte – wenn zum Beispiel ein Haufen, der eingeschlossen war, von den anderen freigekämpft und so die Umklammerung einer feindlichen Armee an einer Stelle aufgebrochen werden konnte. Weshalb die Männer Corto bei seiner Desertion gefolgt waren, wenn in der Schwarzen Schar jeder Mann auf sich selbst angewiesen war, wunderte Lorenzo nur kurz. Corto hatte eben nicht nach jener Philosophie gelebt; der bedenkenlose Sturm der Männer in die Hütte, in der sie Verruca in Schwierigkeiten vermutet hatten, hatte es bewiesen. Warum hatte Corto aber dann einen seiner Leute sterbend an der Stelle des Überfalls auf Antonio Bandinis Lager zurückgelassen?

»*Wir* haben den kleinen Gattonero liegen lassen«, sagte einer der Männer leise.

»Warum fängst du immer wieder damit an?«, sagte Fabio. »Das Kätzchen hat uns doch darum gebeten. Er hatte mehr Angst vor den Schmerzen des Transports …«

»Das war ein privater Geleitzug, den wir überfallen haben, nicht so eine Bande wie die Schwarze Schar«, sagte Corto, ohne aufzusehen. »Wenn der Einäugige meinen Schlag überlebt hat, dann hat er sich wahrscheinlich eher um Gattonero gekümmert, als ihn umzubringen. Außerdem habt ihr ja gehört, dass sie sich bald mit den Abgesandten aus Florenz treffen wollten – darum mussten wir ja so schnell zuschlagen, bevor sie uns noch überlegen gewesen wären. Wenn Gatto lange genug gelebt hat, dann haben die sicher versucht, ihn zu verarzten. Wenn wir ihn mitgeschleppt hätten, hätte ihn das auf jeden Fall umgebracht. Er hatte größere Chancen, wenn wir ihn zurückließen, und schließlich hat er es selbst so gewollt.«

»Wozu denn? Wenn sie ihn wirklich wieder zusammengeflickt haben, dann doch nur, um ihm den Prozess zu machen und ihn aufzuhängen.«

»Es ist ja nicht so«, sagte Corto und blickte den Sprecher plötzlich scharf an, »dass ich den alten Gatto nicht darauf hingewiesen hätte, nicht wahr?«

»'tschuldige, Corto, du hast ja recht.« Der Mann zuckte mit den Schultern und gab dem Boden einen Tritt.

»Schön und gut«, brummte einer der Dörfler auf einmal, der junge Mann, der seinem Ärger mit dem verächtlichen Schnauben Luft gemacht hatte. Er sprach schwerfällig. »Is' ja schön, dass ihr 'n reines Gewissen habt wegen eures Kumpels. Un' was ist mit uns? Wir ham uns nich gewünscht, dass ihr ankommt, un' wir ham euch sogar noch geholfen mit den Kerlen. Zum Dank dafür wollt ihr uns jetz' verarschen?«

»Halt die Klappe, Mann«, sagte Fabio. »Wenn wir nicht gekommen wären, hätten Macello und seine Strauchdiebe noch ein paar mehr von euch umgebracht.«

»Ja, un' jetz' seid ihr gekommen, und wegen euch kommt jetz' auch noch die Schwarze Schar hierher und bringt uns alle um. Aber ihr seid dann ja schon weg!«

»Wenn ihr das Dorf verlasst und euch im Schilf versteckt, werden sie nur eure Hütten niederbrennen«, sagte Corto. »Hütten kann man wieder aufbauen.«

»Vor 'n paar Jahren«, sagte einer der älteren Dörfler und starrte Corto an, »vor 'n paar Jahren gab's nich weit von hier 'ne Köhlerei – den alten Klumpfuß un' seine Familie. Kommt so'n Pinkel auf 'nem Gaul mit zwei, drei Männern bei ihm vorbei un' verlangt was zu essen. Klumpfuß hatte 'nen ganzen Stall voller Söhne, die war'n alle halbe Viecher vom Leben im Wald, un' die haben Pinkel un' seinen Kerlen gesagt, sie soll'n verschwinden, un' damit die sich das auch merken, ham sie die sicherheitshalber verdroschen und den Gaul behalten; 'n paar Tage später kommt Pinkel zurück, aber diesmal hat er zehnmal so viele Kerle dabei. Klumpfuß, der nich blöd war, hatte Lunte gerochen und sich mit seiner Bande im Schilf versteckt, Weiber, Kinder, sogar die Sau un' die Ziegen ham sie mitgenommen. Pinkel war aber auch nich blöd, un' als ihm klar wurde, wo Klumpfuß und die anderen steckten, ließ er das Schilf umstellen un' anzünden. So viel zum Verstecken im Schilf!«

»Woher willst du das alles wissen?«, fragte Fabio.

»Weil 'n paar von uns hier aus'm Dorf die verbrutzelten kleinen un' großen Klumpfüße eingesammelt und beerdigt ham«, sagte der Dörfler mit unbewegtem Gesicht.

»Wir haben keine Chance, wenn wir hierbleiben«, sagte Corto. Er stand auf und stapfte vom Feuer weg in die Dunkelheit hinein. »Deshalb bleiben wir nicht hier. Mein letztes Wort.«

Die meisten Männer aus dem Wolfspack nickten. Ein paar machten betretene Gesichter. Fabio blickte zu Lorenzo herüber und gleich wieder weg. Er wirkte ebenso verlegen wie vor dem Trosswagen. Der aufsässige junge Dörfler sprang auf, spuckte ins Feuer und schlurfte davon; seine drei Nachbarn blieben sitzen und ließen die eine oder andere tröstende Geste unglücklich über sich ergehen. Sie nahmen keines der angebotenen Lebensmittel an. Fabio zuckte mit den Schultern und mischte sich unter die anderen. Lorenzo blieb als Einziger abseits der anderen stehen. Er blickte nach dorthin in die Dunkelheit, wo Corto verschwunden war. Corto war allein gegangen. Er brauchte ihm nur nachzuschleichen ... Wenn Enrico Corto wieder deckte, dann konnte er jederzeit zum Feuer zurückkehren, wenn nicht: ein Dolchstoß aus dem Dunkel ... Einen Zeitpunkt wie jetzt, an dem das Wolfspack noch verwirrter und unschlüssiger war und damit einen günstigeren Moment zur Flucht würde es nicht mehr geben.

Lorenzo wandte sich ab. Schwester Magdalena stand neben ihm und starrte gleich ihm in die Nacht hinein.

»Bist du der gleichen Meinung?«, fragte sie, ohne ihn anzusehen.

»Welcher Meinung?«

»Dass es unmöglich ist, dass Dorf gegen die Schwarze Schar zu verteidigen.«

»Weshalb sollte es auf meine Meinung ankommen?«

»Und dass es das Beste ist, aus dem Dorf zu flüchten und die Leute hier sich selbst zu überlassen?«

»Corto würde es nicht Flucht, sondern Rückzug nennen.«

»Ich frage mich, wie du es nennst.«

»Ist es das, worum die Diskussion zwischen Corto und den Dörflern gegangen ist? Die Bitte der Leute, dass Corto das Dorf befestigt, und Cortos Ablehnung?«

»Wir«, sagte Schwester Magdalena.

»Wie bitte?«

»Aus deinem Mund müsste es heißen: dass *wir* das Dorf befestigen.«

»Dass *wir* das Dorf befestigen«, sagte Lorenzo, ohne die Bestürzung ganz aus seiner Stimme verbannen zu können. Sein spöttisch gemeintes Grinsen gelang nur mangelhaft.

»Ich frage mich, was du hier suchst.«

»Was suchen wir denn alle, Schwester? Sie haben es selbst so schön ausgedrückt, bevor Georg Vogler der Schlächter unser nettes Gespräch unterbrach: Wir suchen eine Heimat.«

»Du bist nicht hier, um eine Heimat zu suchen«, erklärte sie. »Das hier ist deine Heimat. Du bekämpfst den Gedanken daran in deinem Herzen, aber in Wahrheit bist du dort, wo du hingehörst.«

»Nein«, sagte er, schneller als er denken konnte. Er biss sich auf die Zunge.

»Nein? Ich sehe in dein Herz, aber ich kann nicht in deinen Kopf sehen. Was suchst du hier, wenn du überzeugt bist, nicht hierherzugehören?«

Lorenzo starrte weiter geradeaus in die Finsternis. Er hörte hinter sich die Stimme Clarice Tintoris, die sich über etwas beschwerte, ohne dass er verstand, worum es ging; vermutlich war der Tenor: »Das kann ich nicht akzeptieren!« Im nächsten Moment hörte er sie diesen Satz schon sagen, durchaus nicht leise. Er ahnte, wenn er sich auch noch so nebensächlich umgedreht und zu der Gefangenen hinübergeblickt hätte, hätte ihn sein Gesichtsausdruck verraten. Dann schoss ihm der Gedanke durch den Kopf, dass er sich genauso verdächtig verhielt, wenn er nicht das Naheliegende tat, nämlich nachzusehen, auf welche Weise die Gefangene ihren Wärtern diesmal auf die Nerven ging. Er musste zugeben, dass er sich vor der jungen Schwester an seiner Seite fürchtete. Es war keine Furcht, die Abscheu nach sich zog, sondern eher eine Art Respekt, die einen zu nötigen schien, über alles, was man zu ihr sagen wollte, zweimal nachzudenken und es auf Widersprüche, Banalitäten oder Blödsinn abzuklopfen, bevor man den Mund auftat. Er ahnte, dass die meisten Menschen, mit denen sie es bisher zu tun bekommen hatte, sie wahrscheinlich so schnell wie möglich wieder aus ihrer unmittelbaren Umgebung hatten verschwinden sehen wollen. Was ihn betraf – in sich entdeckte er den Wunsch, ihr von seiner eigentlichen Mission zu erzählen und zu hören, wie sie sagte: »Ich werde dir dabei helfen.«

Um diesem unsinnigen Gedanken nicht noch weiter nachzuhängen und um die merkwürdige Pause in ihrem ohnehin stockenden Gespräch zu überbrücken, entschloss er sich seinerseits zum Angriff. Vielleicht ließ sie ihn dann sogar in Ruhe über die Möglichkeit nachdenken, Corto hinterherzulaufen und ihn zu ermorden.

»Was ist mit Ihnen, Schwester?«, fragte er so herablassend wie möglich. »Wo gehören Sie hin? Man möchte meinen, in ein Kloster, aber stattdessen haben *wir*«, er betonte es so stark wie möglich, »Sie auf der Straße aufgegriffen.«

Sie blinzelte nicht, aber etwas in ihren Augen schien zu zucken.

»Wir waren unterwegs in ein anderes Kloster. Der Herr schickt seine Dienerinnen dorthin, wo sie gebraucht werden.«

»Der Herr? Oder eher die Äbtissin, die so viele Meilen wie möglich zwischen sich und eine bestimmte Schwester bringen wollte?«

Er sah, dass er sie getroffen hatte. Der Gedanke, dies zu sagen, war in einem Augenblick entstanden, in dem er das Gefühl gehabt hatte, der Blick in ihre Augen war weniger das Kreuzen zweier Klingen als vielmehr eine Brücke von einer Seele zur nächsten, und wenn er sich anstrengte, könnte er die Zeichen, die sie aussandte, ebenso gut erkennen wie sie offenbar die seinen.

Sie schwieg so lange, dass er das Gespräch für beendet gehalten hätte, wenn sie nicht den Blickkontakt aufrechterhalten hätte.

»Ich habe dort nicht hingepasst. Die Äbtissin war so gnädig, mich aus diesem Dilemma zu entlassen.«

»Passen Sie dorthin, wohin Sie unterwegs waren, bevor wir kamen?«

»Was ist mit dir, Lorenzo?«, fragte sie. »Wünschst auch du so viele Meilen zwischen dich und mich zu bringen wie möglich?«

»Je mehr, desto besser«, plante er zu erwidern und hörte zu seiner eigenen Überraschung seine eigene Stimme gepresst sagen: »Nein.«

»Ich habe Corto von dir reden gehört«, sagte sie. »Es klang, als würdet ihr euch schon seit Jahren kennen. Die Männer gehen mit dir um, als wärest du nicht erst vor zwei Tagen zu ihnen gestoßen. Der Name, den du ihnen gegeben hast: Wolfspack. Ist dir schon aufgefallen, dass sie ihn bereits angenommen haben? Warum glaubst du, dass du nicht hierher gehörst?«

Er wollte rufen: »Wissen Sie, dass diese Männer noch vor Kurzem zu der Schwarzen Schar gehörten, zu diesen Mensch gewordenen Ungeheuern?« Aber er wusste, was sie geantwortet hätte: »Jetzt tun sie es nicht mehr, oder?«

»Corto sagt, ihr sprecht die gleiche Sprache. Er sagt, vermutlich habt ihr beide aus demselben Kessel geschöpft. Was hat er damit gemeint?«

Malocher, dachte Lorenzo. Es war klar, dass mich das verraten würde. Es war das Wort, das die Landsknechte anstelle des Begriffs Plünderer verwandten. Natürlich hatte Corto es während seiner Zeit bei der Schwarzen Schar kennengelernt, so wie Lorenzo in den Jahren damit vertraut geworden war, die vor seiner Anstellung im Haus Bianchi lagen. Aus demselben Kessel geschöpft – wie wahr, mein Alter! Aber tatsächlich war damit nicht nur der Kessel gemeint, in dem in jedem Heer und jedem Haufen die Marketenderinnen den ewig gleichen Fraß anrührten, den sie untertags aus Rache dafür verkauften, dass die Männer sie des Nachts auf Pump zu vögeln versuchten.

Lorenzo machte sich klar, dass es auch noch eine metaphorische Bedeutung hatte: Sowohl Corto als auch er hatten festgestellt, dass der Inhalt des Kessels, in dem ihr Leben so lange auf der Flamme von Brutalität und Gedankenlosigkeit geköchelt hatte, auf Dauer zu bitter war, und sowohl Corto als auch er waren davor geflohen.

»Warum nehmen Sie an, dass Sie nicht in das Kloster passten, aus dem Sie gekommen sind?«, fragte er, statt ihr zu antworten.

»Ich habe einen Falken gesehen, wo ich eine Taube hätte sehen sollen«, erklärte sie.

Lorenzo deutete in Richtung der still und dunkel daliegenden Häuser. »Ich habe das hier gesehen«, sagte er. »Die Morde, die Bestialität, die absolute Gleichgültigkeit gegenüber dem Leid anderer.« Er wusste, dass sie nicht verstehen würde, was er eigentlich meinte, so wenig wie er ihr Gleichnis mit den Vögeln verstanden hatte. Was er gemeint hatte, war nicht die Szene von heute Nachmittag, sondern die vor drei Jahren, die in seinem Gedächtnis stets oben schwamm und ihn – wie hatte Fabio es ausgedrückt? – jeden zweiten Morgen mit dem Gedanken: Mensch, das habe *ich* getan! und mit dem Gefühl, sich sofort übergeben zu müssen, aufwachen ließ.

»Du bist bei denen, die verhindert haben, dass es noch schlimmer wurde«, sagte Schwester Magdalena zu Lorenzos großer Überraschung. »Was gefällt dir daran nicht?«

»Das zählt nicht!«, platzte er heraus. »Das geschah aus ganz eigennützigen Motiven!«

»Wenn Judas Ischariot nicht den Herrn verraten hätte, hätte sich Gottes Wort nicht erfüllen können, und die Menschen wären nicht erlöst worden.«

»Das Gleichnis hinkt.«

»Und wenn schon. Die Wahrheit, die darin liegt, bleibt.«

»Welche Wahrheit sollte das sein?«

»Dass sieben Männer heute ohne auf die Gefahr zu achten über zwanzig Feinde angegriffen und damit das Leben vieler Menschen gerettet haben.«

Lorenzo schwieg. »Völlig umsonst«, sagte er schließlich. »Aber das passt vermutlich auch in Ihr Gleichnis von vorhin. Oder haben Sie nicht das Gefühl, Jesus Christus ist umsonst am Kreuz gestorben, wenn Sie die Welt betrachten?«

»Nicht umsonst. Wir können die Dörfler vor der Schwarzen Schar retten.«

Wir, dachte Lorenzo. Cortos Wolfspack, verstärkt durch einen heimlichen Verräter, eine Handvoll Gefangener – die unbesiegbaren Cantafini-Burschen, der seine Gegner zu Tode lächelnde Francesco Giallo sowie Clarice Tintori, die ihren Untergang einfach nicht *akzeptieren* würde – sowie Schwester Magdalena mit ihren Kampfnonnen. Er spürte, wie er unwillkürlich grinste. Sie starrte ihn ohne jegliches Lächeln an.

»Wir können das Dorf nicht gegen die Schwarze Schar halten«, sagte er schließlich. »Hundert Mann würden nicht ausreichen.«

Im selben Moment wusste er, was sie dachte; worauf sie die ganze Zeit hinausgewollt hatte. Er starrte in die prüfenden Augen in ihrem schmalen, scharf gezeichneten Gesicht und erkannte das Flackern darin, das bedeutete, dass sie um seine Erkenntnis wusste, und obwohl sie schwieg, war ihm, als hörte er sie sagen: Nein – aber wir können die Dörfler auf unserem *Rückzug* mitnehmen.

Lorenzo fand Corto am Ufer des Baches, der sich hinter dem Dorf vorbeiwand. Er hatte nicht lange zu überlegen brauchen, wo er nach Corto suchen musste. Die Wasseroberfläche schimmerte, obwohl der Nebel Mond und Sterne erstickte und die beiden Feuer des Dorfes von den Hütten verdeckt wurden. Es war still bis auf das rasche Gluckern und Schlucken des Wassers, das sich seinen Weg um die kleinen Hindernisse bahnte, die das grasige Ufer ihm entgegenstellte. Lorenzo dachte an Enrico und seine Armbrust und rief, sobald er die hockende Gestalt gegen das Schimmern des Wassers sah: »Corto? Ich bin's – Lorenzo.«

»Schon gut«, sagte Cortos Stimme. »Ich bin hier.«

Er hockte auf seinen Fersen hart am Rand des Wassers. Als Lorenzo sich neben ihn kauerte, sah er auf. Im schwachen Widerschein des Wassers erkannte Lorenzo ein schiefes Lächeln auf Cortos schmalem Gesicht.

»Nicht der Po«, sagte Lorenzo und deutete auf das schimmernde Band vor ihnen.

»Nein, nicht der Po.« Corto rupfte ein Büschel Gras aus und flickte es mit einer Handbewegung in den Bach. Es war ein paar Augenblicke lang ein ungewisser Schatten im Lichtschimmer, dann trieb es davon. Der Bach lief ohne dramatische Kurven, aber er lief in die Dunkelheit hinein, und was auf ihm schwamm, musste in diese Dunkelheit und dort verschwinden. »Aber wenn man sich viel Mühe gibt, kann man sich einbilden, er wäre es.«

Lorenzo überlegte, wie er beginnen sollte. Von dem Augenblick an, als Magdalena den Vorschlag gemacht hatte, die Dörfler mitzunehmen, hatte er gewusst, dass sich damit *die* Lösung für sein Dilemma präsentierte. Die Dörfler würden das Wolfspack bis fast zum Stillstand verlangsamen; zusammen mit den Bauern und ihren Familien würde sich ein Heerwurm ergeben, der fast gezwungen war, einigermaßen befestigte Straßen zu benutzen, und er würde die Aufmerksamkeit jedes Reisenden, Pilgers oder Vogts erregen. Lorenzo rechnete mit nicht mehr als drei bis vier Tagen, dann würde sich Corto den Soldaten der nächstgelegenen Stadt oder des Papstes gegenübersehen, und er würde sich – mit all den Leuten am Hals – notgedrungen ergeben müssen. So lange, bis Corto und das Wolfspack am Galgen hingen, würde Lorenzo aber nicht bleiben. Er hatte genügend Legitimationen an seinem Körper versteckt, um sich als Abgesandter des Hauses Bianchi auszuweisen; selbst wenn man ihn zusammen mit den anderen gefangen nahm, würde es nur eine Frage von Stunden sein, bis er wieder frei und zusammen mit Clarice auf dem Weg nach Florenz wäre. Den Bauern wäre in jedem Fall geholfen; sie mussten lediglich ihre Hütten wieder aufbauen, die die Schwarze Schar dem Erdboden gleichmachen würde. Er wusste, dass seine Beweggründe denen gleich waren, die Corto dazu gebracht hatten, die Plünderer anzugreifen.

»Was sagen die Männer?«, fragte Corto, noch während Lorenzo an seinen Worten feilte.

»Die Männer? Wieso?«

»Ich führe diesen Haufen, aber das heißt nicht, dass niemand Vorschläge machen dürfte, wie's weitergeht. Es gibt eine starke Fraktion dafür, hierzubleiben und entweder zu hoffen, dass all das Gerede um das Kommen der Schwarzen Schar Unsinn ist, oder zu hoffen, dass wir im Fall eines doch erfolgenden Angriffs siegen werden.« Corto schleuderte ein neues Bündel Gras ins Wasser und sah ihm mit schief gelegtem Kopf nach, wie es in die Nacht trieb. »Im Übrigen sind beide Hoffnungen eitel.«

»Du denkst, die Männer haben mich vorgeschickt?«

»Sonst schicken sie immer Verruca«, sagte Corto und grinste Lorenzo diesmal offen an. »Den Trottel der Kompanie.«

»Ich möchte dir einen Vorschlag unterbreiten.«

»Das ist mal was Neues«, befand Corto. Er musterte Lorenzo. »Wer hat ihn sich ausgedacht?«

»Du steckst in einem Dilemma, Corto«, sagte Lorenzo. »In dem Augenblick, in dem du die Dörfler gerettet hast, hast du auch Verantwortung für sie übernommen. Wenn du sie jetzt einfach im Stich lässt, wäre das, als wenn du deine eigenen Leute zurücklassen würdest.«

»Ich habe das Gefühl, ich höre Schwester Magdalena reden.«

»Wenn sie hier wäre, würde sie mir zustimmen.«

»Was ändert das daran, dass dein Argument falsch ist?«

»Es ist nicht falsch«, sagte Lorenzo und dachte: Nur das Motiv, warum ich es mit dir diskutiere, ist falsch. Er fühlte sich schlecht.

»Niemand hat Verantwortung für die Dörfler außer ihnen selbst. Niemand hat Verantwortung für irgendeinen anderen Menschen. Wenn jeder sich damit begnügen würde, sich um seinen eigenen Pelz zu kümmern und den Rest der Menschheit in Ruhe zu lassen, wäre die Welt ein geordneterer Platz.«

»Das ist es eben, was uns von den Tieren unterscheidet.«

»Gar nichts unterscheidet uns von den Tieren«, sagte Corto. »Wir haben vielleicht ein bisschen mehr Grips, das ist alles. Schwester Magdalena würde mir beipflichten – als Gott die Welt schuf, nahm er für die Tiere und für den ersten Menschen den gleichen Grundstoff. Er hatte ja auch nichts anderes zur Verfügung. Mag sein, dass er bei Adam etwas mehr Übung hatte, weil er zuvor schon die Tierwelt geformt hatte, doch der Unterschied ist gering.«

»Nein«, sagte Lorenzo. »Tiere können nur ihrem Geschick folgen. Ein Mensch kann sich entscheiden.«

»Entscheiden? Wofür? Ob er sich gleich vom Nächstbesten massakrieren lässt, oder ob er wartet, bis einer kommt, der ihm tatsächlich überlegen ist? Darauf läuft es nämlich hinaus: Man ist so lange Herr über sich, bis ein Stärkerer kommt, und wenn man Pech hat, ist schon der Erste, der daherkommt, stärker.«

»Warum bist du dann das Risiko eingegangen und hast die Dörfler gerettet, wenn du so denkst?«

Corto grinste. »Vielleicht, weil ich wusste, dass wir stärker waren?«

»Deine Melkkühe«, sagte Lorenzo. »Selbst, wenn du sie wirklich nur als das betrachtest anstatt als Mitmenschen, dann musst du trotzdem die Verantwortung für sie übernehmen. Ein Kuhhirte würde seine Herde auch aus der Gefahr führen, wenn er sie erkennt.«

»Wenn ich zum Hirten taugen würde, säße ich nicht hier«, sagte Corto.

»Wenn du *nicht* zum Hirten taugen würdest, säßen jetzt Georg Vogler und seine Leute hier, und es gäbe keine Dörfler mehr, über die sich irgendjemand Gedanken machen muss.«

»Warum hast du vorhin das mit dem Po gesagt?«

»Weil du mir erzählt hast, dass du in seiner Nähe aufgewachsen bist.« Corto musterte Lorenzo von der Seite. »Und weil die Sache mit dem Verstecken im Schilf mir noch etwas verraten hat, was du nicht erzählt hast.«

Corto wandte den Blick ab und betrachtete den Bach. Die Situation war bizarr: die Nacht, der Nebel, der die Geräusche und Gerüche konservierte – der entfernte Rauch der Feuer, der Schlammgeruch des Schilfwaldes, nasses Gras, das Wasser, feuchte Erde –, und sie beide am Ufer des Baches, wie zwei Freunde, die sich von den anderen entfernt hatten, weil sie sich etwas mitteilen mochten und dabei unter sich sein wollten. Unsichtbar war noch eine dritte Person dabei: Schwester Magdalena, die sowohl in Lorenzos Gedanken war als auch in Cortos Denken eine Rolle zu spielen schien, so oft, wie er sie erwähnt hatte. Ein seltsames Gefühl stieg in Lorenzo auf, eine Art Konkurrenzempfinden mit Corto um Schwester Magdalena, als spielte es eine Rolle, was sie über sie beide dachte oder was sie womöglich empfand; und mit dem Konkurrenzempfinden eine leise Angst davor, sich mit Corto messen zu müssen, wenn es um die Zuneigung von Schwester Magdalena ging. Lorenzo hörte sich selbst bei seinen Gedankengängen zu und fragte sich, ob er vollkommen verrückt geworden war.

»Mein Vater war Fährmann«, sagte Corto. »Unser Haus stand abseits von der Fähre im Wald versteckt; neben der Fähre gab's eine Hütte, in der mein Vater tagsüber hauste und auf Kundschaft wartete. Er hatte unser Haus selbst gebaut, obwohl die Hütte am Wasser besser gewesen wäre, aber er sagte, er wolle nicht erleben, dass jemand ihn zum Übersetzen zwingt, indem er seiner Frau oder seinen Kindern ein Messer an die Gurgel hält. Hier in dieser Gegend kommt jede Menge Volk durchgezogen: Spanier, Franzosen, Schweizer, Deutsche, die Truppen des Papstes, die Kaufleute aus den Städten ... mein Vater war schwer beschäftigt, deshalb war unser Haus auch so mangelhaft gebaut. Das Erste, was mein Vater mir beibrachte, als ich alt genug war, ihm zur Hand zu gehen, war, die Fahnen und Wimpel zu lesen und zu erkennen, wer da am jenseitigen Ufer auf einen wartete oder wer gerade seine Pferde an die flache Stelle trieb, an der man auf die Fähre verladen konnte. Das Zweite, das er mir beibrachte, war in jeder Sprache ein Lied. Wenn wir mit den Spaniern auf der Fähre waren, sangen wir irgendwas auf Spanisch; mit den Schweizern was in Schweizerdeutsch und so weiter. Unseren eigenen Leuten erzählte mein Vater Witze. Wir hatten nicht viel zu beißen und sind jedem in den Arsch gekrochen, der auf unserer Fähre war und genug Schwerter hatte, um uns einzuschüchtern, aber es war eine schöne Zeit. Ich war am glücklichsten mit den Planken unter meinen Füßen, mitten auf dem Fluss. Wenn wir unsere Fuhre ans andere Ufer gebracht hatten und mein Vater die kleine Komödie vom tumben Fährmann und seinem einfältigen Sohn abschloss, winkte und lachte er ihnen hinterher und sagte dabei aus dem Mundwinkel: Adios, los Arschlochos, wenn es Spanier, und Auf Wiedersehen, ihr Arschlöchlis, wenn es Schweizer waren, und dann fühlten wir uns nicht mehr als arme Schweine, sondern als die, die das letzte Wort gehabt hatten.«

Corto rupfte erneut Gras aus, doch anstatt es ins Wasser zu werfen, hielt er es in der Hand und zupfte daran herum.

»Es gab natürlich auch schlechte Zeiten – wenn es tagelang nichts Warmes zu essen gab, wenn der Winterregen durchs Dach tropfte, wenn Hochwasser die Fähre zerstörte und Vater auf die Schnelle eine neue bauen musste. Wenn irgendwas über Bord fiel und der Eigentümer versuchte, meinen Vater dafür verantwortlich zu machen … Wenn eines meiner kleinen Geschwister starb … Dann bin ich zum Po gelaufen und habe mich im Schilf versteckt und der Strömung zugesehen, wie sie von Westen heranrollte und nach Osten davonzog, und habe darauf gewartet, dass mit all dem Wasser eine Idee zu mir herangetragen würde, wie es weitergehen solle. Einmal blieb ich zwei ganze Tage in meinem Versteck.«

»Weshalb?«, fragte Lorenzo, als Corto schwieg.

Corto lächelte. »Weil es so lange dauerte, bis endlich eine Idee angeschwommen kam. Das war, als ich alt und albern genug war, so etwas wie Stolz zu empfinden und das Gefühl zu entwickeln, dass unser Verhalten gegen meinen Stolz verstieß. Ich lehnte mich gegen meinen Vater auf und sagte, wir müssten uns für eine Seite entscheiden. Mein Vater sagte: Du bist ein Idiot. Ganz egal, welcher Kriegshaufen ankommt und die Fähre anfordert, sie hassen uns alle, weil sie auf uns angewiesen sind. Wer immer sie auch sind, sie halten uns stets für Anhänger der Gegenseite; selbst die Kaufleute glauben, dass wir nichts anderes als Wegelagerer darstellen. Wir sind nur zu zweit, mein Junge, und wie viel Angst sie auch vor dem Strom haben, vor uns haben sie keine, und stärker als du und ich sind sie allemal. Also singen wir ihre Liedchen und tun so, als wären wir geehrt, sie auf unserer Fähre zu haben.«

»Hast du dich ihm gebeugt?«

»Selbstverständlich nicht. Ich war ein Halbwüchsiger, ich hielt mich für den Stärkeren, was den Grips und das Herz anging. Also sagte ich ihm, dass es feige sei, immer nur nachzugeben, und dass es eine Frage der Ehre sei, gegen einen Widersacher aufzubegehren, selbst wenn er stärker als man selbst wäre, und was man so alles von sich gibt, wenn man die irrige Meinung gefasst hat, man hätte verstanden, wie die Welt funktioniert. Mein Vater sagte nicht viel dazu, aber am nächsten Morgen, als am jenseitigen Ufer eine Gesellschaft auf uns wartete, sprang er plötzlich von der Fähre ins Wasser, schwamm zurück und rief mir zu: Wenn es für dich eine Frage der Ehre ist, mein Junge, dann miss dich jetzt mit einem Stärkeren. Er meinte natürlich den Strom. Der Po scheint langsam und träge zu fließen, wenn man an seinem Ufer steht, aber hinter dieser Langsamkeit steckt seine wahre Kraft. Ich arbeitete wie ein Verrückter am Gierseil, um die nötige Geschwindigkeit zu erhalten, aber die Fähre stellte sich immer mehr quer, die Seile spannten sich, und schließlich hing sie mitten im Fluss, das Deck halb unter Wasser, tanzend und schlagend. Ich hatte nicht mehr genügend Kraft, die Fähre gegen den Widerstand des Wassers auch nur einen Zoll weit zu bewegen, und ich war überzeugt, dass ich nicht nur die Fähre ruinieren, sondern auch noch ertrinken würde. Die Leute drüben lachten wie blöde und halfen meinem Vater schließlich, mich von Land aus ans Ufer zu gieren. Ich rannte weg, sobald ich festen Boden unter den Füßen hatte, und versteckte mich zwei Tage im Schilf. Schließlich verstand ich, was mein Vater mir damit zu erklären versucht hatte und was der Fluss, dem ich die zwei Tage lang unverwandt zusah, mir mit jeder Welle, die an mir vorbeischwappte, demonstrierte: Irgendwann trifft man auf einen Stärkeren, und alles, was man tun kann, ist, sich um sich selbst zu kümmern und zu hoffen, dass man sich nicht zu lächerlich macht, wenn der Zeitpunkt gekommen ist.«

Lorenzo wusste nichts darauf zu antworten. »Du kannst nicht den Fluss und die Menschen miteinander vergleichen«, sagte er schließlich.

»Natürlich nicht. Der Strom hat es nicht persönlich auf dich abgesehen; er vernichtet dich nur, wenn du nicht schlau genug bist, dich zum rechten Zeitpunkt von ihm fernzuhalten.« Corto stand plötzlich auf, ging die zwei Schritte zum Rand des Bachs, bückte sich und schöpfte mit der hohlen Hand Wasser. Er trank und kostete dem Geschmack nach. »Das Wasser des Po schmeckt nach dem Land«, sagte er. »Der Po hat das Land hier geschaffen und baut es beständig um. Hier nimmt er den Herren was weg, dort wirft er den Bauern ein neues Stück Land vor die Füße. Der kleine Bach hier fließt zum Po. Auch sein Wasser schmeckt nach dem Land, so wie jeder Wasserlauf, der in den Strom mündet, aber erst der Strom selbst vereinigt alles miteinander und macht es vollständig.«

Lorenzo trat hinter ihn. Er konnte die Arme um Corto schlingen und ihn nach vorn zwingen und im Bach ertränken, er konnte ihm die Kehle durchschneiden, er konnte ihn hier und jetzt beseitigen, niemand im Dorf würde es hören, und dann konnte er sich Clarice schnappen und mit ihr zusammen fliehen. Er sah auf Corto hinab und hörte die Stimme in sich rufen: Versager! Corto richtete sich halb auf, die Hände zu einer Schale zusammengelegt, eine kleine Lache Wasser schimmerte darin; Lorenzo hielt unwillkürlich die eigenen Hände darunter, das Wasser floss aus Cortos Händen in seine hinein, und Lorenzo trank. Corto musterte ihn.

»Schmeckt nach gar nichts«, sagte Lorenzo.

Corto lächelte nachsichtig. »Du bist nicht zu mir gekommen, um mir vorzuschlagen, das Dorf zu befestigen und die Dörfler zu verteidigen«, stellte er dann fest.

Lorenzo schüttelte den Kopf.

»Du willst mir vorschlagen, dass wir zusammen mit den Dörflern fortziehen.«

Lorenzo schwieg, nicht wirklich verblüfft. Corto zuckte mit den Schultern. »Hier kommt zwar nicht so viel Wasser daher wie auf dem Strom, aber zum Nachdenken hat's gereicht. Also ist mir klar geworden, dass es zwischen Allein-davonziehen und Mit-den-Dörflern-hier-Untergehen noch einen dritten Weg gibt.«

»Werden wir ihn gehen?«

»Was denkst du? Wenn ich deiner Philosophie folge, habe ich ja die Wahl, mich zu entscheiden.«

»Ich habe keine Ahnung.«

Corto hockte sich wieder nieder, mit den Stiefelspitzen dicht am Wasser. Ohne hinzusehen rupfte er ein neues Grasbüschel aus, warf es ins Wasser und schaute ihm nach. »Ich auch nicht«, sagte er.

Lorenzo trat zurück. Er zögerte. »Ist das das Ziel, von dem du zu Schwester Magdalena gesprochen hast?«, fragte er Cortos Rücken. »Der große Strom?«

Corto wandte sich nicht um. »Jeder hat sein eigenes Ziel.«

»Gibt's die Fähre deines Vaters noch?«

»Schon lange nicht mehr«, sagte Corto. »Vor ein paar Jahren haben sie dort eine Brücke gebaut – es mussten wohl zu viele rüber.«

»Irgendwo braucht man immer einen Fährmann.«

»Besonders am Po.«

Lorenzo nickte. Corto sagte nichts mehr. Er kauerte am Ufer, ein gedrungener Schatten wie ein Wasserspeier am Turmkranz einer Kirche und genauso rätselhaft. Lorenzo spannte seine Muskeln ... fühlte den Dolch in seinem Gürtel. Dann zog er die Hand zurück. Er nickte ... schüttelte den Kopf. Schließlich zuckte er mit den Schultern und schritt zu den Häusern zurück.

»Er wird die richtige Entscheidung treffen«, sagte Schwester Magdalenas Stimme aus der Dunkelheit. Lorenzo blieb stehen. Er konnte ihre Gestalt mehr ahnen als erkennen. Hatte sie das ganze Gespräch belauscht, oder war sie ihm nachgekommen, weil es zu lange gedauert hatte? »Er ist ein guter Mann. Willst du immer noch nicht wirklich hierhergehören?«

Ein guter Mann, der eine Handvoll Leute entführt, Bandinis Mannschaft niedergemacht, einen fliehenden Gesangslehrer kaltblütig erschossen und sogar dich und deine Mitschwestern gefangen genommen hat, dachte Lorenzo. Ganz abgesehen von den Verbrechen, die er begangen haben mag, als er noch zur Schwarzen Schar gehörte.

Laut sagte er: »Ich weiß nicht, wo ich hingehöre. Und ich weiß nicht, wohin mein Weg mich noch führen wird. Aber wo immer es ist, ich würde mich wahrscheinlich wohler fühlen, wenn Sie dann irgendwo in der Nähe wären.«

Sie antwortete nicht. Aber es dauerte einige Sekunden, bis sie sich schließlich abwandte und ihn stehen ließ. Inmitten all der Probleme erfüllte diese Beobachtung Lorenzo mit Hoffnung.

26.

Die Schenke lag direkt unter einem tiefen Bogen, der die namenlose Gasse überspannte, die den Borgo Santissimi Apostoli mit der Via delle Terme verband. Es war schwer zu sagen, was zuerst da gewesen war: die Gasse oder das Wohnhaus, zu dem der Bogen gehörte und der quasi die Unterseite des ersten Geschosses darstellte. Jedenfalls war der Bogen so niedrig, dass man nur unter seinem Zenit aufrecht stehen konnte, und im Inneren der Schenke war es so dunkel, dass es nachts nicht mehr viel dunkler werden konnte.

Antonio Bandini saß mit Niccolò in einer Ecke des Schankraums, wo er sowohl die wenigen Treppenstufen im Auge behalten konnte, die vom Gassenniveau in die Wirtsstube herunterführten, als auch den gesamten Raum. Bänke standen ordentlich an langen Tischen, dreibeinige Hocker ergänzten das Sitzmobiliar. Zwischen den Säulen, die das Gewölbe trugen, spannten sich Ketten, von denen Tranlampen, und Schnüre, von denen Bündel getrockneter Kräuter baumelten. Die Tischkanten waren nicht schartiger als üblich, und der Boden erschien sogar sauber. Die Schenke versteckte sich an diesem dunklen Platz im antiken Herzen der Stadt, obwohl es keinen Grund dafür gab: Sie war eine anständige Lokalität. Niccolò hatte erklärt, dass sich hier die *capitani* der Geleitzüge mit den *patroni* der Wachmannschaften trafen, die für die reichen Kaufleute und den reich gebliebenen Stadtadel arbeiteten. In jeder größeren Stadt gab es eine solche Schenke, deren Publikum ausschließlich aus Wachmannschaften bestand; die einen Wirt hatte, der einem verbissen vor sich hin trinkenden Mann wortlos den Weinnachschub auf den Tisch stellte, während er gleichzeitig seine Kameraden auf ihn aufmerksam machte und ihnen das Versprechen abnahm, ihn später, wenn er besinnungslos war, nach Hause zu bringen; einen Wirt, der mit gleichmütigem Gesicht anschrieb und im Geiste die Hälfte des Kredits von vornherein als verloren abschrieb; der zwei Bänke zusammenschob und zu einem Nachtlager richtete, wenn der besinnungslos gewordene Trinker nicht mehr transportiert werden konnte; der einen anständigen Wein und ein anständiges Essen im Kessel hatte und damit zufrieden war, dass nur Wachmannschaften in seine Trinkstube kamen. Bandini versuchte sich vorzustellen, wie es hier zuging, wenn die Schenke voll war, und wie die Anführer der jeweiligen Parteien, an einem der langen Tische beisammensitzend, Informationen austauschten: Welcher Kaufmann rüstete wohin einen Warentreck aus, wer war gerade von welcher Reise zurückgekommen und brachte Neuigkeiten über die Sicherheit der Straßen, wo war eine Stelle für einen guten Mann frei geworden, wann würde der-und-der von seinen Verletzungen genesen, wie konnte man der Witwe und den Waisen eines anderen helfen, der von seinen Verletzungen nicht genesen war. Ihre Mannschaften, um die restlichen Tische gruppiert, lachten, prahlten, bewarfen sich freundschaftlich mit Geflügelknochen und begrabschten wahrscheinlich die Schankdirnen. Dass es Bandini nicht vollständig gelang, sich die übliche Szene in der Schenke vorzustellen, lag daran, dass das Lokal – von ihnen beiden abgesehen – völlig leer war.

»Es ist schon nach der Sext«, knurrte Bandini. »Ich dachte, du hättest die Nachricht verbreitet, dass ich hier bin und einen Trupp zusammenstellen will.«

»Das habe ich, *patron*«, sagte Niccolò, dem es nur unzureichend gelang, zuversichtlich zu wirken. »Überall, verlassen Sie sich drauf.«

»Vielleicht hast du ja ein wenig übertrieben mit deinen *Verbindungen*. Jetzt wäre der richtige Zeitpunkt, Farbe zu bekennen – solange ich noch in der Laune bin, dich dafür am Leben zu lassen.«

Niccolò schien beschlossen zu haben, es scherzhafter zu nehmen, als es gemeint war. »Meine Verbindungen sind vorzüglich, *patron*«, lachte er.

Bandini glaubte kein Wort. Andererseits war er auf den Narren angewiesen. Wenn er sich auch noch in Florenz zurechtfand, so hätte er doch nicht gewusst, wo er die Männer suchen sollte, auf die es ihm ankam. Er betrachtete ärgerlich den Weinkrug, der vor ihnen stand, samt den beiden Bechern, die dazu dienen sollten, dass er und der jeweils aufgenommene Bewerber einander zuprosteten. Der Wirt – mit den Ritualen vertraut – hatte einen dritten Becher mitgebracht, den Bandini sofort zurückgewiesen hatte. Niccolò sollte nur nicht auf die Idee kommen, auch mittrinken zu wollen; es gab nur einen Mann, mit dem man über seine Aufnahme in die Posse verhandelte und im Erfolgsfall darauf trinken durfte, und der hieß Antonio Bandini und war der *capitano*. Beatrice Bianchi hatte sich nicht lumpen lassen, was die Qualität des Weins anging, auch wenn sie es erst erfahren würde, wenn der Wirt ihr die Rechnung vorlegte – dennoch schmeckte das Getränk Bandini zunehmend fad. Sie waren nach dem Terzläuten vom Hause Bianchi aufgebrochen, hatten keine fünf Minuten gebraucht, um hierherzugelangen, und nun saßen sie seit gut drei Stunden untätig hier. Was war los mit den verfluchten Florentinern? Bandini bemühte sich, die Abneigung nicht erneut in sich hochsteigen zu lassen; die Männer, mit denen er zu reden beabsichtigte, besaßen zu gut trainierte Instinkte, um ihnen etwas vorzuspielen.

Er griff nach dem Becher und führte ihn an die Lippen, doch dann zögerte er. Der Wein war unverdünnt – man setzte einem Mann, mit dem man auf den Erfolg einer gemeinsamen Mission trinken wollte, keinen verwässerten Wein vor. Aber Bandinis Kopf pochte noch immer bei jeder schnellen Bewegung, und er hatte das Gefühl, dass der Alkohol ihm in seiner Verfassung schneller ins Blut ging als sonst. Er stellte den Becher wieder ab.

»Sag dem Wirt, wir brauchen Wasser«, brummte er. Er deutete auf seinen Becher. »Hier rein, nicht in den Krug.«

Niccolò nickte und stand auf. Er erstarrte, als ein Schatten über die ohnehin im Dunkeln liegenden Treppenstufen fiel und Schritte ertönten. Von ihrem Platz aus konnten sie zuerst die Füße des Neuankömmlings sehen, die die Treppenstufen herunterkamen, weder schnell noch langsam, und die von einem Stock begleitet wurden, der immer dann als Stütze diente, wenn das rechte Bein das Gewicht des Körpers tragen musste. Der Stock war das untere Ende einer Pike, komplett mit dem Eisenschuh, der es einfasste. Als der Mann auf dem Boden der Schenke stand, warf er einen Blick in ihre Richtung, ohne sich zuerst umzusehen – er war mit der Schenke vertraut, und wenn er in Antonio Bandinis Situation gewesen wäre, hätte er sich genau dorthin gesetzt, wo Bandini jetzt saß; das war es, was die kurze Geste bedeutete. Bandini lehnte sich zurück und fühlte Befriedigung: So verhielt sich die Sorte Mann, auf die er gehofft hatte. Obwohl es zu dunkel im Raum war, als dass es für den Neuankömmling sichtbar gewesen wäre, begann er zu lächeln.

Die Pike, die als Stock diente, war etwa in Hüfthöhe abgeschnitten. Gute zwei Handspannen unter dem T-Stück des Griffs war das Holz so zugeschnitzt, dass sich eine Form wie die eines Stundenglases ergab – wenn der Besitzer des Stocks die Notwendigkeit dazu verspürte, konnte er den Griff seiner Hand wechseln, die schmale Stelle packen, und er hatte statt einer Stütze eine Waffe, die einem Gegner den Schädel von den Schultern hauen konnte, wenn sie mit genügend Kraft geführt wurde. Dass der Arm, der die Waffe im Zweifelsfall führte, die nötige Kraft besaß, durfte angenommen werden. Der Mann trug altmodische Kleidung: den langen, vorne zugeknöpften *lucco,* der wie ein ungegürteter Mantel bis über seine Knie fiel, Stiefel mit runden Kappen und bar jeder Schnalle oder anderen Schmucks, und auf dem Kopf saß eine halbhohe Filzkappe. Er trat auf wie jemand, der noch dem alten Brunelleschi in einer Gasse zugenickt haben konnte, und Brunelleschi war vor siebzig Jahren gestorben. Er wirkte wie ein Relikt aus der Zeit, in der die alten Geschlechtertürme und festungsartigen Häuser noch einen Sinn gehabt hatten, anstatt bloße Hindernisse für ihre Besitzer zu sein, die gerne größer, prachtvoller und freizügiger gebaut hätten, um ihren Reichtum und Kunstsinn zu zeigen. Als er so nahe heran war, dass Bandini Gesichtszüge erkennen konnte, sah er, dass das Haar des Mannes grau und dass seine rechte Gesichtshälfte blauschwarz verbrannt war. Verblüfft erkannte Bandini, dass es sich um Luigi Testanera handelte, Domenico Bianchis alten *capitano,* bevor Lorenzo Ghirardi ihn abgelöst hatte. Leise Häme und ein beginnendes Triumphgefühl stiegen in ihm auf: Der alte Testanera musste allen Grund haben, Lorenzo zu verabscheuen.

Testanera blieb vor dem Tisch stehen und nickte zur Begrüßung. Bandini stand auf – die Höflichkeit des einen vor der Lebensleistung des anderen – und schüttelte ihm die Hand. Testanera setzte sich und lehnte seinen Stock gegen den Tisch. Er sah Niccolò an, als würde er ihn jetzt erst wahrnehmen.

»Niccolò …«

Niccolò nickte zurück. Er machte den Mund auf, um seiner Begrüßung etwas hinzuzufügen, aber Testanera schnitt ihm das Wort ab.

»Antonio Bandini«, sagte er. »Sie haben wahrscheinlich auch nicht gedacht, noch mal nach Florenz zurückzukehren, was?«

Bandini ließ sich seine Überraschung über diese Gesprächseröffnung nicht anmerken. »Ich hatte es jedenfalls nicht geplant.«

»Kann ich mir denken. Wenn Sie mich fragen, ist damals eine Menge Ungerechtigkeit geschehen, auch wenn Lorenzo de'Medici versuchte, einzugreifen. Dass zu diesem Zeitpunkt bereits so viele Pazzi-Parteigänger erschlagen worden waren, ist auf jeden Fall schlimm. Nicht alle von ihnen hatten gewollt, dass das Medici-Problem mit einem Mordanschlag gelöst wurde.«

»Mein Vater hatte keine Ahnung, was sein Bruder Bernardo plante«, sagte Antonio und fragte sich, warum er sich auf das Thema einließ.

»Glaub ich gerne. Trotzdem können Sie froh sein, dass Ihre Familie nur verbannt wurde. In jenen Tagen den Namen Bandini zu tragen war genauso gut, als wenn die Signoria ein Todesurteil auf Sie ausgestellt hätte. Wenn der alte Jacopo Pazzi mit seinem missglückten Sturm auf den Palazzo della Signoria nicht in solchem Maße den Volkszorn auf sich gezogen hätte, wäre es Ihren Leuten vermutlich an den Kragen gegangen. So aber hatte Lorenzo Zeit, die Zügel wieder in die Hände zu nehmen, während die Meute sich damit vergnügte, den alten Jacopo nach seiner Beerdigung auszubuddeln und durch die Gassen zu schleifen.«

»Im Nachhinein ist es schwer zu sagen, wer damals richtig und wer falsch gehandelt hat.« Antonio horchte seinen Worten nach und stellte fest, dass sie seine Gefühlslage nicht wirklich wiedergaben. Wir haben alles verloren, Mann, nur weil wir den falschen Namen trugen!, wäre seinen eigentlichen Gefühlen näher gekommen, und noch näher wäre gewesen: Ich war ein Kind, und der *eine* Mensch, dem ich vertraute, hat mich verraten – was glauben Sie, wie egal es mir damals war, ob der Leichnam des arroganten alten Pazzi an einem Pferdearsch angebunden durch die Stadt holperte?

»Ich weiß nicht«, sagte Testanera. »Mir kommt es eher so vor, als wäre im Nachhinein alles klarer, als es damals war, und als ob das alles nicht hätte passieren können, wenn man sich nur die Mühe gemacht hätte, einen Schritt zurückzutreten und das Ganze von der Ferne aus zu betrachten. Gut, da war der alte Stadtadel vom Schlag der Pazzi, der nichts mehr zu sagen hatte, weil die neureichen Bürgerlichen wie die Medici die Macht in der Signoria an sich gerissen hatten. Natürlich hatten sie Grund, wütend zu sein, aber andererseits hatte nicht zuletzt die Familie Medici dafür gesorgt, dass es Florenz richtig gut ging. Gut, da war der Papst, den Lorenzo de'Medici düpiert hatte und dessen Pläne zur Ausweitung des Kirchenstaats er durchkreuzt hatte. Natürlich musste der Papst über Lorenzos Intrigen empört sein, aber alles, was er an Plänen gehabt hatte, hätte sich für Florenz negativ ausgewirkt. Gut, da waren die Volterraner, die Geld gaben, damit der Aufstand finanziert werden konnte, weil Lorenzo de'Medici kurz nach seiner Übernahme der Signoria ein Blutbad dort hatte anrichten lassen. Natürlich hatte jeder von diesen Leuten Angehörige zu beklagen, die umgekommen waren, aber Lorenzo de'Medici hatte sich in aller Form dafür entschuldigt, Buße getan und Reparationszahlungen geleistet. Gut, da waren Männer wie Bernardo Bandini und Franceschino de'Pazzi, die überzeugt waren, dass die Medici-Herrschaft eine Tyrannei war und dass es edel sei, einen Tyrannen zu ermorden, und die diese Aufgabe für sich selbst vorsahen, obwohl sie wussten, wie es seinerzeit für Brutus und seine Freunde ausgegangen war. Natürlich war es ein Verbrechen, was sie planten, aber sie taten es nicht, um sich persönlich zu bereichern.«

Testanera seufzte und massierte unbewusst sein Knie. Bandini musterte ihn. Er wusste nicht, was er sagen sollte. Das Thema war schwierig genug für ihn, wenn er in aller Stille darüber nachdachte, doch jetzt war er hier, in Florenz, das ihn mit Hass und Sehnsucht gleichermaßen erfüllte, und ein völlig Fremder, den er anzuheuern versuchte, um damit einen Verräter einzufangen, bohrte mit Spitzfindigkeiten in den alten Wunden herum.

»Was zeigt uns das letztlich? Jede Seite hatte ihre Gründe, so zu handeln, wie sie es getan hatte, und jede Seite schob ihrem Gegner so unlautere Motive wie möglich unter, um nur ja nicht darüber nachdenken zu müssen, ob man selbst nicht vielleicht auf dem Holzweg war. Schon Kain und Abel sind aus diesem Grund aneinandergeraten.«

Testanera schwieg und schaute Antonio ins Gesicht. Die Pulverexplosion, die das Gesicht des Alten verbrannt hatte, hatte auch in seinem rechten Auge Spuren hinterlassen – Dutzende kleiner schwarzer Partikel waren über den Augapfel verstreut. Bandini fragte sich, ob Testanera auf diesem Auge überhaupt etwas sah … Zwei Versehrte waren sie, Bandini einäugig und mit einer zerstörten Hand, Testanera vermutlich ebenfalls einäugig und mit einem zerstörten Bein. Außerdem verband das graue Haar sie. Testanera mochte zehn Jahre älter sein, aber von Weitem hätte ein oberflächlicher Beobachter sie wahrscheinlich demselben Jahrgang zugeordnet. Sie hatten viele Gemeinsamkeiten, außer dem Umstand, dass Bandini keine Ahnung hatte, was Testanera ihm eigentlich mitteilen wollte.

»Tja«, sagte er schließlich diplomatisch.

»Jetzt fragen Sie sich, warum ich Ihnen das alles erzähle«, sagte Testanera.

Bandini lächelte.

»Weil Sie's vergessen haben«, sagte Testanera.

»Hä?«

»Es hieß, Sie suchen Männer, um einen Verräter einzufangen, der seinen Herrn verkauft hat und mit Straßenräubern gemeinsame Sache macht, um Lösegeld für die künftige Schwiegertochter seines Herrn zu erpressen. Es hieß, Sie suchen Männer, um Lorenzo Ghirardi zu schnappen, den Mann, dem Sie das alles zur Last legen.«

»Das hieß es nicht nur, das heißt es noch immer.«

Testanera beugte sich nach vorn. »Sie müssen sich irren«, sagte er.

»Das höre ich nicht zum ersten Mal«, erklärte Bandini mit jäh erwachendem Ärger.

»Warum glauben Sie's dann nicht?«

»Sie sind doch kein Dummkopf, Luigi«, knurrte Bandini. »Die Kerle haben genau gewusst, wo sie uns überfallen mussten. Rein zufällig verspätete sich Ghirardi mit seinem Abholkommando genau um den einen halben Tag, den es brauchte, damit wir zahlenmäßig hoffnungslos unterlegen waren. Dann unterband Ghirardi jeden Versuch, die Kerle zu verfolgen, sondern setzte sich ab und machte sich allein auf den Weg, angeblich um die Braut zu befreien. Das riecht so weit gegen den Wind, dass man den Gestank *sehen* kann! Wollen Sie wissen, wie viele von meinen Männern getötet wurden?«

»Ein heimtückischer Anschlag aus nächster Nähe während der Messe in der Kirche, als keiner darauf gefasst war, ein ehrloser Mord, den ein Feigling ausgeführt hat.«

»Lassen Sie …«, begann Antonio.

»Ein tapferer Versuch, einen Tyrannen zu stürzen, aus nächster Nähe ausgeführt, während der Messe in der Kirche, das eigene Seelenheil nicht achtend, unter Hunderten von Menschen, das Risiko eingehend, von der Meute in Stücke gerissen zu werden, die Verzweiflungstat eines Befreiungskämpfers.«

»Lassen Sie meinen Onkel aus dem Spiel«, sagte Antonio. Er musste die Zähne zusammenbeißen.

Testanera hielt sich das rechte Auge zu. »Ich sehe auch nur auf einem Auge«, sagte er. »Es braucht nicht beide Augen, um die zwei Seiten von allem zu erkennen.«

»Hier gibt es keine zwei Seiten!«

»Na gut«, sagte Testanera. »Ich bin auch nicht hergekommen, um Sie zu überzeugen. Eigentlich wollte ich Ihnen nur etwas mitteilen.«

»Und das wäre?«

»In Florenz werden Sie keinen anständigen Mann finden, der sich Ihnen anschließt, um Lorenzo Ghirardi fertigzumachen. Hier kennt ihn jeder, und jeder weiß, was von ihm zu halten ist. Sie sind im Irrtum, Bandini. Bitten Sie um Hilfe, die Banditen zu jagen und Lorenzo zu helfen, seine Mission durchzuführen, dann haben Sie uns auf Ihrer Seite, aber so …«

»Ghirardi ist ein Verräter, und ich werde ihn hängen sehen«, sagte Bandini.

Testanera seufzte. Er griff nach seinem Stock und stand auf.

»Das Reden ist was für die Priester und die Geldwechsler«, sagte er. »Ich brauche mich nicht zu wiederholen.«

»Nein«, sagte Bandini und starrte wütend zu dem alten Mann auf. Sein Schädel pochte, als hätte er den Krug Wein ausgetrunken. Testanera nickte ihm zu.

»Die meisten der jungen Kerle, die in unserem Gewerbe arbeiten, nehmen sich jemanden zum Vorbild und versuchen, ihm nachzueifern. Antonio degli Ademari ist populär, der den Aufstand gegen die Tyrannei von Herzog Walter von Brienne anführte, oder Michele di Lando, der das Durcheinander nach dem Wollweber-Aufstand bereinigte; es gibt aber nicht wenige, die Antonio Bandini als Vorbild genommen haben.«

»Wen hat Lorenzo Ghirardi sich als Vorbild ausgesucht? *Bernardo* Bandini?«

Die gelassene Haltung des älteren Mannes geriet zum ersten Mal ins Wanken. Er presste die Lippen zusammen und schüttelte den Kopf. »Schade«, sagte er, »schade. Ich hätte mehr von Ihnen erwartet.«

»Mir kommen gleich die Tränen.«

Testanera wandte sich ab. Er schaute Niccolò an. »Was hast du getan, um deinen *capitano* von dieser verdammten Verdächtigung reinzuwaschen?«

»Ser Bandini hat recht«, krächzte Niccolò, ohne dem Blick standhalten zu können.

»Du weißt es besser!«

»Ich weiß, was ich weiß«, behauptete Niccolò.

Testanera wandte sich ab. Er stapfte ein paar Schritte davon, den Stock laut auf den Boden knallend. Dann kehrte er wieder um, baute sich vor Niccolò auf und lehnte sich vor. Niccolò wich zurück, bis es aussah, als würde ein Lehrling von seinem Meister zurechtgewiesen.

»Dann weißt du auch, dass keiner von den anderen *capitani* dich haben wollte? Du weißt auch, dass ich Lorenzo geraten habe, dich wegzuschicken, als er endlich meine verdammte Nachfolge antrat? Du weißt auch, dass er daraufhin sagte, ich würde zu hart urteilen und dass es ihm egal sei, wie viele Fehler du in der Vergangenheit gemacht hättest, er würde nur beachten, was du in Zukunft alles richtig machen wolltest? Weißt du das auch, du Narr?«

»Ich weiß es, Vater«, brachte Niccolò hervor.

Bandini gaffte Niccolò an, bis Testanera durch die Tür verschwunden war.

»Ich dachte, du bist in Empoli aufgewachsen?«, fragte er schließlich, weil ihm nichts Besseres einfiel.

Niccolò schaute die Tischplatte an. »Ja, bei der Schwester meiner Mutter. Meine Mutter starb bei meiner Geburt. Mein Vater konnte sich nicht um mich kümmern. Er hat mich erst nach Florenz geholt, als ich halbwüchsig war.«

»Als du mir von ihm erzählt hast, hast du ihn einen Hanswurst genannt.«

»Er hat mich gerade einen Narren genannt, oder nicht?«

»Stimmt das, was er gesagt hat?«

»Nun, wenn man in Betracht zieht, dass …« Niccolòs Stimme verkümmerte. »Ja.«

Bandini schwieg. Nach einer langen Weile schaute Niccolò auf.

»Was machen wir jetzt, *patron*?«, fragte er.

Bandini schaute ihn finster an. Im Inneren seines Kopfes drehte ein Reiter auf einem durchgehenden Pferd seine Runden und hetzte Bandinis Gedanken mit dröhnendem Hufschlag vor sich her. Plötzlich packte er den Weinkrug, schenkte beide Becher voll, schob Niccolò den unbenutzten hin, und während er sich selbst fragte, ob er nun ganz und gar verrückt geworden war, sagte er: »Jetzt suchen wir die unanständigen Männer von Florenz auf.«

27.

Außer den Kleidern am Leib, ihren Werkzeugen und den Hütten schien den Dörflern kaum etwas zu gehören; aber auch, wenn man fast nichts hat, trennt man sich schwer davon – oder gerade deswegen –, und so dauerte es bis zum Mittag, bis die Kolonne abmarschbereit war. Lorenzo hatte erwartet, dass Corto nach seiner Entscheidung, die Dörfler mitzunehmen, schlecht gelaunt sein würde, aber er bewegte sich mit der üblichen gelassenen Eleganz zwischen den Leuten, einen halben Kopf kleiner als die meisten um ihn herum, und fasste mit an, wo jemandem die Kräfte nicht ausreichten oder wo seiner Meinung nach nicht effizient genug gearbeitet wurde. Im Wolfspack herrschte eine Mischung aus Erleichterung vor, dass man die wehrlosen Dörfler nicht im Stich ließ, und Beklommenheit darüber, dass man versehentlich Konrad von Landau und seine Schwarze Schar herausgefordert hatte und diese Herausforderung noch verschlimmerte, indem man seinem Heer die Gelegenheit entzog, Rache zu nehmen. Etliche der Männer schärften ihre Klingen nach, testeten die Festigkeit ihrer Piken, fetteten die Sehnen ihrer Bögen ein oder prüften ihre Brustharnische und Helme auf Schwachstellen. Lorenzo beobachtete sie dabei und machte sich seine Gedanken; er sah, wie unter den Dörflern der eine oder andere die Vorbereitungen ebenfalls als das erkannte, was sie waren. Schließlich kreuzten sich seine Blicke mit denen des ältlich aussehenden Dörflers – vermutlich nicht viel älter als Corto –, dem er half, seine Habseligkeiten auf einer Art Trage festzubinden. In den Augen des Mannes war nackte Angst zu lesen; seine Blicke irrten zu Urso ab, der zwischen seinen Beutestücken stand und mit ihnen herumhantierte, um die besten herauszusuchen, und in dessen Gürtel schon alles an Waffen steckte, was man dort unterbringen konnte. Lorenzo nickte dem Mann zu und lächelte, und das Lächeln rief einen schwachen Widerschein auf dem Gesicht des Dörflers hervor, doch die Angst konnte es nicht vertreiben. Die hagere Frau, die als laufender Eber von Macellos Armbrustschützen missbraucht worden war, gehörte zu dem Mann, ohne dass Lorenzo herausgefunden hätte, in welcher Weise – sie konnte seine Mutter ebenso gut wie seine Schwester oder Frau sein. Ihre Tortur schien etwas in ihr zerbrochen zu haben. Sie stand mit hängenden Armen herum, und wenn man ihr etwas in die Hände drückte, hielt sie es so lange fest, bis man es ihr wieder abnahm und selbst dorthin legte, wohin es sollte. Ihre Augen waren glanzlos, und nur wer ganz genau hinsah, erkannte darin ein winziges flackerndes Licht, das von den unhörbaren Schreien kam, die wahrscheinlich tief in ihrem Schädel widerhallten.

Die Schwestern dirigierten die Verladung der Verletzten in den Trosswagen. Die meisten von ihnen waren Frauen, deren Gesichter blutig geschlagen und deren Körper zerschunden waren. Eduardo und Raffaelle Cantafini waren von den Vorgängen ausnahmsweise bedrückt und hielten sich im Hintergrund; Francesco Giallo, der Lorenzo zugleich auswich und ihm von Weitem drängend-stumme Blicke zuwarf, flatterte herum und war entweder geschickt oder ungeschickt genug, allen Arbeiten aus dem Weg zu gehen. Clarice Tintori stand neben dem Trosswagen, half den Schwestern, wenn es sich nicht vermeiden ließ, verfolgte mit starrem Blick den Weg, den Corto zwischen den Hütten nahm, und schien zu hoffen, dass dieser seine Anweisung zurücknehmen und sich mit ihnen schnellstens aus dem Staub machen würde. Wenn sie genügend verängstigt war, würde sie umso eher bereit sein, das Wagnis der Flucht mit Lorenzo zusammen einzugehen … gut! Fabio trat zu ihr und sagte etwas, und Lorenzo wandte sich zur Trage um, damit nicht auffiel, wie er sie gemustert hatte.

Was immer dem schweigsamen Mann neben Lorenzo gehörte, war nun auf der Trage verstaut und festgebunden: zwei Tontöpfe, lumpenartige Kleidungsstücke, ein klappriger Verschlag mit einem missmutigen fetten Hasen darin, zerlegtes Holzwerkzeug … Der Mann lächelte sein schattenhaftes Lächeln und trat zu der reglos dastehenden Frau hinüber, um sie an den Schultern zu nehmen und zu der Trage zu dirigieren. Sie begann zu schreien, als er versuchte, sie zum Hinsetzen zu bewegen, und schlug mit den Armen um sich. Der Dörfler zuckte zurück. Die Frau begann mit fliegenden Fingern, die Schnüre aufzuknoten, die die Habseligkeiten des Paares festhielten. Lorenzo fiel ihr in den Arm. Sie stürzte auf den Boden und versuchte, vor ihm davonzukriechen, noch immer schreiend. Ihr Gefährte stolperte ihr hinterher und machte beruhigende Geräusche. Lorenzo richtete sich betroffen auf.

Wer sich in seiner unmittelbaren Umgebung befand, starrte ihn und seine Schützlinge an. Aber von anderswo kamen ähnliche Geräusche – bei jener Hütte hielt sich ein alter Mann mit beiden Händen in der Türöffnung fest und krächzte aus Leibeskräften Flüche, während ein jüngerer Mann und eine Frau versuchten, ihn aus der Hütte zu ziehen; bei einer anderen lag ein Kind auf dem Boden und strampelte mit den Füßen und kreischte; bei einer dritten saß eine mehrköpfige Familie auf dem Boden zwischen ihren ungepackten Sachen und sortierte hilflos darin herum; von dem Friedhof hinter der Kapelle erklang das verbissene Schaufeln von jemandem, der einen Angehörigen begrub, der in der Nacht noch gestorben war. Lorenzo nickte langsam. Es war genau das Chaos, das er erwartet hatte, und es würde noch schlimmer werden, wenn sie erst einmal einen halben Tag unterwegs waren. Auch Cortos kühle Effizienz und die Hingabe des Wolfspacks an seine Befehle würden daran nichts ändern.

Der Dörfler fing die hagere Frau ein und drängte sie, auf der Trage Platz zu nehmen. Sie wehrte sich. Lorenzo ergriff ihre Handgelenke und drückte sie auf das Gestell nieder. Sie versuchte, sich seinem Griff zu entreißen, und kreischte. Dann sackte sie in sich zusammen wie eine Lumpenpuppe und stöhnte, ohne sich weiter zur Wehr zur setzen. Der Dörfler stellte sich zwischen die Stangen, die an den Enden der Trage lang über das Geflecht hinausragten, bückte sich, packte die Stäbe wie Griffe und richtete sich wieder auf. Dann begann er, seine Last in Richtung des Trosswagens zu ziehen. Die am hinteren Ende herausragenden Stangen gruben zwei Furchen in den Boden, als er vorwärtsstapfte. Er allein würde schon dafür sorgen, dass die Geschwindigkeit des Wolfspacks sich auf ein Kriechen reduzierte.

Alles entwickelte sich so, wie Lorenzo gehofft hatte, nur dass er keinerlei Befriedigung dabei empfand.

28.

Magdalena musste nicht erst versuchen, die Signale zu entschlüsseln, die von den Männern ausgingen. Die Verbissenheit, mit der sie ihre Ausrüstung in Ordnung brachten, ließ keinen Zweifel daran, dass sie nicht erwarteten, die Schwarze Schar würde sich mit dem Niederbrennen der verlassenen Hütten zufriedengeben. Sie würden sie in Brand stecken, ganz sicher, und das Schilf um das Dorf herum mit. Dann aber würden sie aufbrechen und zur Straße zurückkehren und den langsamen Treck, in den sich Cortos Wolfspack verwandelt hatte, in kurzer Zeit einholen. Cortos Wölfe machten sich für eine Schlacht bereit, die nicht heute und nicht morgen stattfinden mochte, die ihnen aber so unausweichlich bevorstand wie die Niederlage, die sie dabei erleiden würden. Magdalena fragte sich, ob Corto sich auch entschieden hätte, die Dörfler mitzunehmen, wenn sie und Lorenzo ihn nicht darauf angesprochen hätten. Obwohl sie die Frage in ihrem Inneren mit Ja beantwortete, fühlte sie sich schuldig an allem, was noch kommen mochte. Und dennoch – die Dörfler nicht der Rache der Schwarzen Schar zu überlassen war richtig und würde weiterhin richtig sein, selbst wenn ihr Ende dadurch nur um ein paar Tage verzögert wurde und sie neben der Straße erschlagen wurden anstatt zwischen ihren Hütten; und selbst wenn die Wölfe dabei ebenfalls den Tod fanden. In ihrer Seele regte sich Zweifel an dieser Wahrheit. Sie wusste nicht, ob dieser Zweifel nur ihrer eigenen Angst zuzuschreiben war. Sie wusste jedoch, dass er ein Echo von draußen fand. Sie spähte zu Lorenzo hinüber, der die Scherben eines Tonkrugs mit den Füßen zusammenschob und dann langsam dem Dörfler folgte, der seine Mutter auf einer Trage hinter sich herschleifte.

Sie wurde des Blicks von Macello gewahr, der an eine der Achsen des Trosswagens gefesselt war und mit ausgestreckten Beinen an ein Hinterrad gelehnt auf dem Boden saß. Zwei Kinder aus dem Dorf standen dicht vor ihm und glotzten ihn an. Macello – Georg Vogler – beachtete sie anscheinend nicht. Er starrte Magdalena an und von ihr zu Lorenzo hinüber. Dann heftete er seinen Blick wieder auf sie, hob seine beiden gefesselten Hände, streckte die Daumen heraus und schob sie sich in den Mund; als er sie wieder herauszog, machte er ein ploppendes Geräusch. Dann grinste er über die ganze Breite seines Gesichts zu ihr herüber.

»Der Herr erbarme sich deiner Seele«, sagte sie.

Macello lachte. Plötzlich fuhr er herum und tat so, als würde er nach den Kindern greifen. Die Fessel hielt ihn zurück. Eines der Kinder fiel vor Schreck auf den Hintern und kroch schreiend davon; das andere musterte ihn nur unverwandt, bevor es sich umdrehte und langsam hinter seinem flüchtenden Spielkameraden herstolperte. Macello lachte noch lauter.

Von allen Seiten stapften die Dörfler jetzt auf den Trosswagen zu. Das Paar ließ den alten Mann, der sich im Eingang der Hütte verkrallt hatte, zurück. Er stolperte in die Hütte hinein. Der jüngere Mann schüttelte den Kopf und begann zu weinen; die Frau an seiner Seite führte ihn davon. Die Familie, die inmitten ihrer kargen Besitztümer auf dem Boden saß, machte keinerlei Anstalten, sich für alles oder nichts zu entscheiden, sondern blieb, wo sie war, anscheinend völlig unschlüssig in dem Exodus, der um sie herum Fahrt aufnahm. Niemand versuchte sie zu überreden, schneller zu machen.

Corto wand sich durch die Leute und kletterte auf den Bock des Trosswagens. Seine Männer stellten ihre Tätigkeiten ein und versammelten sich nach außen hin gelassen in einem engen Kreis um den Wagen. Den äußeren Kreis bildeten die Dörfler, die mit grauen Gesichtern zu Corto aufsahen. Enrico knuffte und drängte sich an ihnen vorbei und nahm direkt unterhalb von Corto Aufstellung, den Zuhörern zugewandt wie ein Leibwächter. Er hatte die Armbrust in die Hüfte gestemmt, doch Magdalena sah, dass sie nicht geladen war. Sie und ihre beiden Schwestern waren ganz natürlich Bestandteil des inneren Kreises geworden, doch jetzt ließ Magdalena sich nach außen schieben und treiben, bis sie zuletzt ganz für sich hinter den Dörflern stand. Über die vor ihr Stehenden hinweg konnte sie Cortos Gesicht erkennen. Er zog sich die Kappe über seinen kahlen Schädel und lächelte.

»Bologna und Modena sind gleich weit von hier entfernt«, rief er. »Große Städte, große Mauern. Welche von beiden suchen wir uns aus?«

Die Dörfler schwiegen verwirrt. Das Wolfspack sagte nichts; ganz gegen ihre sonstige Gewohnheit machten die Männer nicht einmal Scherze. Magdalena sah Fabio, der ein Kind auf den Schultern trug. Das Kind hatte den Kopf auf Fabios Schädel gesenkt und schien zu schlafen. Fabio stand zwischen den Dörflern und seinen Kameraden, als hätte das Kind auf seinen Schultern dafür gesorgt, dass er nicht wusste, wohin er gehörte.

»Kluge Entscheidung!«, rief Corto. »Wir suchen uns nämlich keine davon aus!«

Magdalena spürte Lorenzos Anwesenheit. Als sie sich umwandte, stand er direkt neben ihr. Wenn sie die Hand ausgestreckt hätte, hätte sie seine berühren können. Sie kämpfte gegen den Impuls an, es zu tun, als sie erkannte, dass er von draußen kam, so wie der Zweifel an der Richtigkeit ihrer Pläne vorhin von außen gekommen war. Sie musterte Lorenzo von der Seite, doch er tat so, als wäre seine Aufmerksamkeit voll und ganz auf Corto gerichtet.

»Wir lassen die Straße hinter uns und gehen nach Norden«, rief Corto. »Nach Bologna oder Modena würden sie uns nicht hineinlassen. Wir würden vor den Mauern verschimmeln. Aber im Norden finden wir ein sicheres Plätzchen für uns alle.«

Es kam keine Frage. Die Wölfe schienen zu wissen, welches Ziel Corto vor Augen hatte, und die Dörfler waren zu erschöpft, um nachzufragen. Corto hatte sie vor den Plünderern gerettet, Corto hatte sich dafür entschieden, sie vor dem Anrücken der Schwarzen Schar in Sicherheit zu bringen – Corto würde wissen, was das Richtige war.

»Alter Fuchs«, murmelte Lorenzo.

Magdalena sah ihn an, bis er ihren Blick zurückgab. »Was ist sein Ziel?«, fragte sie.

»Der Po«, sagte Lorenzo. »Er will quer durch das Land. Das ist die einzige Möglichkeit, der Schwarzen Schar die gleichen Nachteile zu bescheren, wie unser Haufen sie hat. Die Männer, die zur Schwarzen Schar gehören, mögen in ihren Herzen Ungeheuer sein, aber sie sind Menschen, und daher haben sie wie jedes andere Fußheer eine Menge Tross dabei – und der kommt in unwegsamem Gelände auch nicht viel schneller voran als wir. Wenn sich die Schwarze Schar lange genug damit aufhält, das Dorf und die Sturköpfe, die hierbleiben wollen, von der Erdoberfläche zu tilgen, haben wir eine reelle Chance, ihnen zu entkommen. Wir müssen nur über den Fluss setzen, bevor sie uns eingeholt haben.«

»Du bist sicher, dass Konrad von Landau uns weiter verfolgen wird, wenn er das Dorf niedergebrannt hat?«

Sie spürte, wie Lorenzos Blick versuchte, in ihr Herz vorzudringen. Gib dir keine Mühe, dachte sie, ich bin diejenige, die von uns beiden die Gabe hat, in den Seelen der anderen zu lesen, und glaub mir, es ist eine Bürde. Gleichzeitig spürte sie mit ihrem Sinn nach, welche Signale von ihm ausstrahlten, doch er war auf der Hut. Sie wünschte, sie fände eine Möglichkeit, ihn tatsächlich in ihr Herz blicken zu lassen, und fragte sich verwirrt, woher dieser Wunsch kam. Sie sah ihn lächeln. Das jungenhafte Gesicht, das einen weitaus leichtfertigeren Mann in ihm vermuten ließ, als es tatsächlich der Fall war, wirkte trotz des Lächelns starr. Lorenzo war ebenso erschöpft von den Ereignissen des gestrigen Tages wie alle, aber zusätzlich fraß etwas an ihm, das ihr noch immer nicht klar geworden war. Sicher war nur, dass es derzeit wieder mit aller Macht an ihm nagte.

»Also gut«, sagte sie zuletzt. »Ich weiß, dass es so kommen wird. Und das Wolfspack weiß es auch. Corto war sich bereits darüber im Klaren, noch während er heute Morgen seine Rede hielt, in der er den Dörflern eröffnete, dass sie ihre Heimat verlassen müssten.«

Lorenzo nickte.

»Ich glaube, dass Corto die Richtung zum Po einschlagen will, hat einen anderen Grund als den, den du genannt hast«, sagte sie.

»Und der wäre?«

»Corto ist überzeugt, dass der Fluss ihn auch jetzt wieder beschützen wird, so wie damals, als er ein Junge war.«

29.

Antonio Bandini stand unter den Arkaden des Palazzo Mercatanzia an der Westseite der Piazza della Signoria und betrachtete das Gebäude, das seine Front aus goldfarbenem Stein auf der gegenüberliegenden Seite aus dem Pflaster stemmte und mit seinem Glockenturm in den Himmel zeigte. Von den Zinnen flatterten die Wappen der Familien, die derzeit die acht Prioren und die zwölf Ältesten stellten, von der Gasse auf der Rückseite des Palazzo drang der scharfe Geruch der Löwenkäfige in Bandinis Nüstern. Er war sich bewusst, dass er nur um das Gebäude herum und in diese Gasse zu gehen brauchte, seinen Schritt nach Norden wenden und an den Käfigen vorbeimarschieren musste, vorbei an der Stadtfestung des *capitano del popolo,* vorbei an dem Haus, von dem der wütende Mob noch am Tag des gescheiterten Aufstands das stolze Pazzi-Wappen heruntergerissen hatte; dass er lediglich an der Gassenecke in die Via la Croce abzubiegen und weiter in Richtung zur Porta alle Croce zu stapfen hatte, um zu seinem Vaterhaus zu gelangen. Er wusste, dass er es nicht tun würde. Unterhalb der Fensterreihe im ersten Geschoss des Palazzo della Signoria, an der nördlichen Hälfte der Fassade, waren verwaschene, blassbunte Flecken zu sehen, die man für Verfärbungen hätte halten können, wenn man nicht wusste, dass es die Überreste der Fresken waren, mit denen Botticelli die Leichen der zwei verräterischen Priester, die Bernardo Bandini und Franceschino de'Pazzi bei ihrem Mordanschlag im Dom unterstützt hatten, porträtiert hatte – mit den Köpfen nach unten an der Fassade baumelnd, so wie sie gehangen hatten, bevor der Verwesungsgeruch die Signoria dazu gebracht hatte, die Leichen nach Tagen abzunehmen. Vierzig Jahre hatten sie zu Schatten reduziert, so wie sie die Erinnerung an Antonios Vater, seine Mutter, seine Geschwister und seine damaligen Freunde zu Schatten reduziert hatten.

»Patron?«

Bandini drehte sich um. Niccolò stand hinter ihm, in Begleitung des fuchsgesichtigen Mannes, den Niccolò und er in einer Kaschemme in der Nähe der Porta San Frediano aufgetrieben hatten. Der Mann entblößte ein Gebiss, das im Mund eines hundert Jahre alten Leichnams noch hässlich ausgesehen hätte, und grinste. Er tippte sich mit zwei Fingern ans Herz, ein spöttischer Salut: »Konsul.«

»T. G.«, sagte Bandini, der sich nicht die Mühe machte zu lächeln. »Sind deine Männer reisefertig?«

»Aber immer, Konsul.«

Bandini unterdrückte die Abneigung, die er gegen den Mann empfand. Er verabscheute sich selbst, dass er sich mit Leuten wie T. G. und seiner Bande zusammengetan hatte. Er hasste Florenz dafür, dass es ihn gezwungen hatte, diese Allianz einzugehen.

»Hat sich keiner in letzter Sekunde verdrückt?«

»Bei dem schönen Kopfgeld, Konsul?«

Niccolò räusperte sich. »Wir sind sogar noch zwei Männer mehr, *patron*.« Er sah unzufrieden aus. »Pietro Trovatore und Buonarotti haben sich freiwillig gemeldet.«

»Schick sie wieder nach Hause.«

»Monna Beatrice und Ser Bianchi junior haben ihnen bereits erlaubt, sich anzuschließen.«

Bandini musterte Niccolò, dass dieser sich krümmte.

»Dir ist doch klar, dass die beiden nur deshalb mit dabei sein wollen, um Lorenzo Ghirardi im Ernstfall zu …« Er brach ab. Natürlich war es Niccolò klar. Natürlich wünschte er ebenso wenig wie Bandini selbst, die beiden Männer dabeizuhaben. Natürlich hatte er es nicht vermocht, sich mit diesem Wunsch bei seiner Herrschaft durchzusetzen. Bandini fluchte in sich hinein. Doch deswegen Stunk zu machen lohnte sich nicht. Wichtig war, so schnell wie möglich aus Florenz zu verschwinden und sich auf Lorenzos Fährte zu setzen, bevor sie vollkommen erkaltete. Vage wurde er sich bewusst, dass er zum ersten Mal, seit er seiner Profession nachging, ausschließlich von Gefährten umgeben war, denen er nicht traute.

»Gehen wir räudige Hunde jagen, meine Herren«, sagte er und stapfte davon.

30.

Das alte *dominium* mit der Burganlage auf ihrer Motte lag nur wenig weiter von Bologna als von Modena entfernt; die Straße führte genau so weit weg davon vorüber, dass ein Reisender es nicht der Mühe wert erachtet hätte, von ihr abzubiegen, ein Bewohner des Guts aber nicht allzu lange brauchte, um zu ihr vorzustoßen. Es bestand aus den üblichen niedrigen Hütten, mit Schilfgras gedeckt, dazwischen eine kleine steinerne Kapelle, dahinter der aufgeschüttete Erdhügel, gut zwanzig Fuß hoch, auf dem die Burganlage saß. Schwalbenzinnen erklärten die Zugehörigkeit der einstigen Herren zur Partei des Kaisers aus einem Konflikt, der seit zweihundert Jahren niemanden mehr interessierte. Es gab neue Herren auf dem *dominium;* der Teil des Gesindes, der die Machtübernahme überlebt hatte, schlich verängstigt zwischen den Gebäuden umher, der andere Teil inklusive der früheren Herrschaft lag, gesellschaftliche Schranken nicht mehr achtend, über- und untereinander im Obstgarten hinter dem Erdhügel, ein Geknäuel verrußter und verdrehter Gliedmaßen, dazwischen die runden Formen von Schädeln und die verkohlten Krallen von halb verbranntem Geäst, ein Komposthaufen voll von menschlichem Abfall, von dem seit Tagen der Qualm aufstieg, weil sich weder jemand die Mühe gemacht hatte, den Scheiterhaufen richtig anzuzünden, noch, ihn vernünftig zu löschen. Die Obstbäume in der Nähe des Haufens waren geschwärzt und würden nie wieder Früchte tragen.

Die Burganlage verfügte über einen Saal im ersten Geschoss des stämmigen Turms. Dort gab es gemusterte Steinplatten auf dem Boden, geschnitzte Tragbalken an der hohen Decke, verblichene Teppiche an den Wänden; der hochlehnige Stuhl des Herrn stand neben dem Kamin. Im Kamin schwelte ein Feuer; die neuen Herren konnten es sich leisten, im Sommer ein Feuer zu entfachen, da sie nicht an die Vorräte für den Winter denken mussten. Im Stuhl saß ein schlanker Mann, vollkommen in Schwarz gekleidet, als wäre der Mann nicht er selbst, sondern nur der Schatten einer ganz anderen Kreatur.

»Wie viele sind es?«, fragte der Schatten.

»Schwer zu sagen, Meister Konrad.« Vor dem Sessel standen zwei Männer, deren Gesichter immer noch rot und verschwitzt waren vom Laufen. »Wir sin' abgehaun, eh die andern kamen, aber das halbe Dutzend, das wir gezählt ham, war sicher nich' alles. Zwanzig? Dreißig? Mehr nich', sonst wär ihre Vorhut mehr gewesen als die paar lächerlichen Kerls.«

»Die lächerlichen Kerls haben euch aufgerieben«, sagte der Schatten.

Verlegenheit vor dem Sessel. »Stimmt, Meister Konrad, aber Sie wissen doch, dass ...«

»Georg Vogler?«

»Wenn er nich' vor uns hier angekommen is', ham sie ihn wohl erwischt. Wir ham nich' gewartet, bis wir rausgefunden hatten, was aus ihm geworden is'. Wenn sie ihn erwischt ham, ham sie ihn sicher kaltgemacht.«

Der Schatten reagierte nicht auf die leise Häme, die man aus den Worten hören konnte. »Die Welt ist ein Dorf«, sagte er.

»Meister Georg wird ganz schön geguckt ham, dass es der gottverdammte Italiener und seine Bande war'n.«

»Corto del Traghetto, Fabio Ercole, Enrico der Geschichtenerzähler, Guglielmo, Urso, Pio-Pio, Verruca ...« Der schwarze Schatten beeindruckte die Männer vor seinem Sessel, indem er alle Namen der einstigen Kameraden aufzählte. Sie sahen sich an. Selbst in ihren verhärteten Herzen klang es, als würde ein Henker die Namen der Verurteilten vorlesen. »Wie weit ist dieses Dorf entfernt?«

»Wir sin' die halbe Nacht und 'n halben Tag gelaufen. Knapp vier badische Meilen, schätz ich, Meister Konrad.«

»Sind Cortos Leute noch dort?«

»Klar, Meister Konrad. Die ham uns doch nich' von dort vertrieben, weil sie grade mal zufällig vorbeikamen.«

»Zweimal falsch«, sagte der Schatten und stand auf. »Die Schwarze Schar wird nicht vertrieben; sie zieht sich höchstens zurück. Und sobald Corto auf Georg Vogler gestoßen ist, weiß er, mit wem er sich angelegt hat. Er wird nicht im Dorf bleiben.«

Die Männer duckten sich. Sie sahen zu Boden.

»Du«, sagte der Schatten zu einem der beiden, »wirst die dritte und vierte Kompanie zum Dorf leiten. Lasst nur so viele am Leben, dass sie die Botschaft weitertragen können, und brennt alles nieder – sorgt dafür, dass der Rauch weit zu sehen ist.«

»Jawohl, Meister Konrad.«

»Stellt fest, in welche Richtung Corto und seine Deserteure gezogen sind.

Wenn ich mit der ersten Kompanie dort ankomme, will ich wissen, wohin wir uns wenden müssen.«

»Die erste Kompanie? Das sin' doch die …«

»Genau«, sagte der Schatten. »das sind sie.«

Die beiden Männer warfen sich Seitenblicke zu. »Wann?«

Der Schatten musterte sie schweigend.

»Sofort?«, fragten die Männer, denen jeder Muskel am Körper schmerzte, deren Kehlen vor Durst wund waren und deren Mägen knurrten.

Der Schatten antwortete nicht. In seinem Schweigen erkannte der eine der Männer, dem der Schatten seine Befehle erteilt hatte, dass er sich glücklich schätzen durfte, nicht gehängt zu werden für das Versagen ihres Zugs im Dorf, und dass die leise Chance bestand, es wiedergutzumachen. Er legte die Hände vor die Brust, verbeugte sich und eilte davon. Der zweite Mann blieb zurück. Als das Schweigen immer länger wurde, stieg eine Furcht in ihm hoch, die einen anderen Mann, einen, der nicht so oft wie er dem Tod ins Auge geblickt hatte, die Kontrolle über seine Blase hätte verlieren lassen. Die instinktiven Reaktionen seines Körpers verhinderten, dass etwas Derartiges geschah, doch seine Angst war deswegen nicht geringer. Der Schatten trat an eines der Rundbogenfenster, die vom Saal hinaus in den Bereich mit den Stallungen und den Gesindehäusern schauten. Männer übten dort mit den acht Pferden, die ihnen beim Überfall auf das *dominium* in die Hände gefallen waren. Bislang hatten sie erbeutete Pferde geschlachtet, wenn sie sich nicht vor einen Karren spannen ließen; diesmal waren genug Vorräte vorhanden gewesen, um die Pferde zu schonen und eine andere Idee bezüglich ihrer Nützlichkeit zu entwickeln … Die Männer wirkten mittlerweile sicher im Umgang mit den Tieren, wenn auch nicht vertraut, doch eine Woche beharrliches Üben hatte ihre Wirkung gezeigt. Inmitten der Reiter stand ein grauhaariger Mann, der seine schwarze Binde um die Stirn geschlungen hatte. Ein Bein endete in einem hölzernen Stumpf, der zwei lange spitze Eisendornen aufwies an der Stelle, an der das Bein in das Fußgelenk übergehen würde. Der Mann schien den Blick zu spüren, der aus dem Rundbogenfenster auf ihn fiel; er drehte sich um und spähte nach oben. Nach einem Augenblick deutete er fragend auf sich; der Schatten nickte. Der Mann bellte den übenden Reitern einen Befehl zu und ging dann zum Eingang des Turms.

Der Schatten wandte sich dem noch immer vor seinem Stuhl stehenden Mann zu. »Wie gut kannst du reiten?«

Der Mann schluckte. »Gar nicht, Meister Konrad.«

»Dann sollen sie dich auf dem Pferd festbinden. Du bringst die Reiterei auf Cortos Spur. Ihr greift ihn an, sobald ihr auf ihn stoßt. Corto und seine Leute haben keine Pferde. Zermürbt sie, und nagelt sie an Ort und Stelle fest, bis wir euch eingeholt haben.«

»Jawohl, Meister Konrad.«

Der Schatten gab keine Antwort. Er drehte sich wieder um und starrte in den Nebel hinaus. Über sein Gesicht irrlichterte ein Zucken.

31.

Lorenzo stapfte auf seiner Runde um das Lager durch die Düsternis. Anfangs war er noch gegen Eschen- und Birkenstämme gerannt oder über Äste gestolpert, aber mittlerweile hatte er einen Pfad gefunden, auf dem er sich ungehindert bewegen konnte. Urso, der gut hundert Schritt vor ihm war, schien es genauso zu gehen: Zunächst hatte Lorenzo ihn noch trampeln und unterdrückt fluchen gehört, aber mittlerweile bewegte der große Mann sich so leise, dass Lorenzo ihn mehr ahnte als vernahm. Der Lärm, den er noch verursachen mochte, ging im Rauschen des Regens unter. Für den nächsten Wachposten hundert Schritt hinter Lorenzo galt das Gleiche. Corto hatte einen dichten Wachring um das Lager ziehen lassen und darauf geachtet, dass die Männer außerhalb des dürftigen Feuerscheins waren. Die Zugpferde des Trosswagens waren nicht ausgeschirrt worden; die Reitpferde befanden sich abseits des Lagers ebenfalls im Dunkeln, nicht weniger bewacht als das Lager selbst.

Lorenzo hatte keine Vorstellung, wie weit sie das Dorf hinter sich gelassen hatten; die eintönige Gleichförmigkeit der Landschaft und der Nebel hatten ihm die Orientierung erschwert, und als der Regen eingesetzt und den späten Nachmittag in Dämmerung verwandelt hatte, war sie ihm völlig abhanden gekommen. Sie hatten sich auf Schleichwegen, Tierpfaden und dem Netz aus getrampelten Spuren, das Fallensteller, Bauern und Fischer auf ihren Wegen in den Boden gezogen hatten, vorwärtsbewegt. Jetzt befanden sie sich in einem lichten Wald aus Eschen und Birken, dessen Blätterdach hier und da die Regentropfen abhielt. Sie waren langsam vorangekommen, obwohl Corto beinahe ohne Rücksicht auf die Beladenen vorwärtsgedrängt hatte. So hatte es einige kleinere Tragödien gegeben, als erschöpfte Dörfler ihre wenige Habe plötzlich fallen und neben dem Weg zurückließen, um weiter mithalten zu können, und einige größere, als Menschen zusammensackten und sich weigerten, das Marschtempo weiter zu halten. Wer sich auf einem Pferd halten konnte, hatte die Erlaubnis erhalten, zu einem der Reiter aufzusteigen; Lorenzos Pferd hatte zeitweilig drei Menschen getragen. Der eine oder andere hatte noch Platz im Trosswagen gefunden, doch es war nicht ausgeblieben, dass manch einer mit hängendem Kopf im Gras sitzen blieb und in Nebel und Regen hinter der weiterhastenden Truppe zurückblieb. Viele drehten sich ständig in die Richtung um, aus der sie gekommen waren. Ihre Heimat war ebenso vom Nebel verschluckt wie die Nachbarn und Freunde, die nicht mehr hatten mithalten können.

Einmal war Schwester Immaculata zu nahe an den gefesselt neben dem Wagen marschierenden Georg Vogler gekommen, und plötzlich war sie zu Boden gestürzt und vor das Hinterrad gefallen, das sie überrollt hätte, wäre Verruca nicht gedankenschnell hinzugesprungen und hätte sie beiseitegezogen. Danach hatte sich Verruca auf Vogler gestürzt und, schneller als der Mann ihn abwehren konnte, auf ihn eingeschlagen, bis man Verruca von seinem Opfer herunterzog. Lorenzo hatte sich an seinen eigenen Wutanfall im Dorf erinnert gefühlt. Zu welchem schwarzen Loch musste ein Mann wie Georg Vogler sein Herz verkommen haben lassen, dass es ihn amüsierte, wie die Menschen auf ihn reagierten? Corto hatte Vogler, dessen Gesicht anzuschwellen begann, hochgezogen, ihn gemustert, dann hatte er ihm das Knie zwischen die Beine gerammt, dass das Lächeln auf dessen blutig geschlagenen Lippen erstarrte, hatte kurzerhand einem Dörfler die klapprige Trage abgenommen, deren Last neben den Weg gekippt und den sich stumm windenden Vogler auf der Trage festgebunden. Der Dörfler hatte sich nicht gewehrt. Erst Augenblicke später erkannte Lorenzo in ihm den Mann, dem er im Dorf geholfen hatte; wo die Frau mit dem zerbrochenen Verstand abgeblieben war, konnte er nicht feststellen. Vogler wurde von da an auf der Trage verschnürt hinter dem Trosswagen hergeschleift, und Schwester Radegundis musste sich um Verruca kümmern, bis dieser sich so weit beruhigt hatte, dass er nicht erneut auf den Gefesselten losging und ihn zu Tode trampelte. Schwester Immaculata war nach diesem Vorfall erschüttert und blicklos weitergestolpert, und Lorenzo hatte sich gefragt, wann es so weit sein würde, dass sie neben dem Weg saß und nicht mehr weiterging, doch am Abend war sie immer noch da.

Einmal hatte Fabio plötzlich angehalten, war mit starrem Gesicht abgestiegen und hatte das Kind, das er anfangs auf den Schultern getragen und später vor sich im Sattel in den Armen gehalten hatte, ins Gras gelegt. Das Kind hatte die Augen geöffnet und schaute an Fabio vorbei in das Nichts, in das seine Seele bereits gereist war. Fabio war mit ebenso starrer Miene wieder aufgestiegen und hatte sich an die Spitze gesetzt, allein auf dem Pferd.

Für eine lange Weile hatte niemand ihn gebeten, zu ihm hinaufklettern zu dürfen. Der kleine Leichnam blieb hinter den Fliehenden zurück, nach kurzer Distanz schon wenig mehr als ein Bündel Lumpen im Gras, dann ein stumpfer Fleck im Grün, dann war er dahin. Niemand schien darum zu trauern; ob Fabio es tat, hätte vermutlich Schwester Magdalena beantworten können, aber Lorenzo kam während des Marsches nicht in ihre Nähe, und als Fabio sich wieder in die Marschordnung einreihte, war seinem Gesicht nicht mehr abzulesen, was er empfand.

Weitere Vorkommnisse hatte es nicht gegeben. Lorenzo wusste, dass sie sich glücklich schätzen konnten, am ersten Tag so verhältnismäßig gut vorwärtsgekommen zu sein.

Das Geräusch von Schritten auf dem Waldboden ließ Lorenzo die gespannte Armbrust heben. Da hörte er, wie Corto leise sagte: »Ich bin's nur, ich bin's nur, legt mich bloß nicht aus Versehen um, ihr Welpen!« Lorenzo ließ die Waffe sinken und ging weiter, bis er an Corto vorüberkam.

»Ablösung«, sagte Corto. »Da vorn bei dem Gestrüpp warten die anderen. Setzt euch ans Feuer, und esst was. Es gibt Wassersuppe mit Dörrfleisch oder Dörrfleisch mit Wassersuppe, du kannst's dir aussuchen.«

Lorenzo nickte und steuerte die Stelle an, an der vage die Wachablösung zu sehen war. Er hörte, wie Corto das Gleiche zu dem Mann sagte, der hinter Lorenzo kam, dann drückte er seine Armbrust in zwei wartende Hände, roch den Rauch eines mit feuchtem Holz angefachten Feuers in den Kleidern des anderen, erhielt ein Schulterklopfen und stolperte neben Urso, der auf ihn gewartet hatte, zum Zentrum des Lagers. Er überlegte, wieso Corto außerhalb des Kreises gestanden hatte, den die Wachrunde gebildet hatte – als ob er nicht vom Lagerplatz gekommen wäre, sondern von außerhalb –, aber er vergaß die Frage wieder, als er und Urso noch relativ weit abseits des Feuers an drei Menschen vorbeikamen, von denen zwei zu schlafen schienen, während der dritte aufrecht und mit um die hochgezogenen Knie geschlungenen Armen dasaß und in die Finsternis blickte. Es waren die beiden blutjungen Schwestern, Radegundis und Immaculata, und Clarice Tintori. Sie war es, die saß. Sie schien zu wütend oder zu ängstlich zu sein, um sich schlafen zu legen; Lorenzo hörte ihren schnellen Atem und spürte förmlich die Hitze, die von ihrem Körper ausging. Er drehte sich im Weiterstolpern zu ihr um und versuchte ihren Blick aufzufangen. Sie gab den seinen ausdruckslos zurück. Lorenzo spähte zu ihr hinüber, bis der Trosswagen, der zwischen dem Lager und den drei Frauen stand, ihm die Sicht nahm.

Lorenzo zwang sich, etwas von der Suppe zu sich zu nehmen, während sein Blick über die Gestalten beim Feuer huschte, die sich noch nicht zum Schlafen hingelegt hatten. Er sah Enrico, der kurze, gerade Stöcke vor sich auf den Boden gelegt hatte und an einem seiner bereits fertiggestellten Armbrustbolzen Maß nahm; Schwester Magdalena, die zwischen den Dörflern umherging und zu beten schien, Verruca, der finster im Feuer herumstocherte, einige Dörfler … Über allem hing der Regen, der durch das Blätterdach tropfte, und das Schweigen der Erschöpfung vom gestrigen Tag, der fast völlig durchwachten Nacht und der Reise hierher. Urso neben ihm rülpste. Lorenzo drehte sich zu ihm um.

»Das war kein Signal der Zufriedenheit, sondern eine Beschwerde«, sagte Urso und grinste resigniert.

Lorenzo rappelte sich an Ursos massiver Schulter hoch und streckte sich. »Ich geh mal pissen«, sagte er und rang sich ein Gähnen ab.

»Das kommt so raus, wie's reinkommt«, brummte Urso und winkte ihm zum Abschied.

Lorenzo stapfte in eine Richtung, bis er das Gefühl hatte, dass niemand mehr auf ihn achtete. Dann schwenkte er um und schlich so leise er konnte zu der Stelle hinüber, an der er die drei Frauen gesehen hatte. Clarice saß immer noch aufrecht da. Er baute sich vor ihr auf und sah auf sie hinab. Die Schwestern regten sich nicht; sie schliefen tatsächlich. Clarice erwiderte seinen Blick, ohne zu blinzeln. Lorenzo ging vorsichtig in die Hocke.

»Hallo«, flüsterte er und probierte ein Lächeln.

»Verschwinde«, sagte sie.

»Ich muss Ihnen etwas sagen, Clarice. Erschrecken Sie nicht, aber …«

»Erschrecken wovor? Dass Corto mir einen Wächter schickt? Ich weiß auch von allein, dass wir auf der Flucht sind.«

»Nein …« Lorenzo sah sich um. Er glaubte, einen der Männer auf Wache zu sehen, der dort hinten zwischen den Bäumen seine Runde abschritt, aber das lag nur daran, dass er ungefähr wusste, wo die Runde verlief. Er seufzte. »Sie sind nur deswegen in Cortos Hände gefallen, weil der Geleitschutz, der sie nach Florenz hätte bringen sollen, zu spät am Treffpunkt auftauchte.«

Sie betrachtete ihn schweigend. Es war kaum Licht vorhanden hier im Schatten des Trosswagens, doch es reichte Lorenzo aus, um sie zum ersten Mal genauer ansehen zu können. Sie war hübsch, wenn man ein herzförmiges Gesicht mit vollen Wangen, große Augen, ein zierliches Näschen, einen kleinen Mund mit akzentuiert geschwungenen Lippen und gekräuseltes Haar hübsch fand, das überall unter ihrer Kappe hervorlugte, als habe sie es gerade erst mühsam darunter zurückzustopfen versucht. Dass sich hinter dem reizenden Äußeren ein reizbares Wesen mit einer Giftzunge verbarg, war auf den ersten Blick nicht zu erkennen. Wenn sie erst in Florenz lebte, würde man ihre Schönheit preisen, ein paar vertrottelte Poeten würden Sonette zu dichten beginnen, und irgendeiner der bekannten Maler würde bei Ser Domenico junior vorsprechen und darum bitten, seine Gemahlin porträtieren zu dürfen, was den jungen Herrn so aufblasen würde, dass man ihn am Boden würde festbinden müssen, um ihn am Davonfliegen zu hindern. Lorenzo war von ihrem Aussehen unberührt; tatsächlich musste er blinzeln, weil sich plötzlich ein anderes Gesicht vor ihres zu schieben schien, eines, das von Schleier und Gebende der Schwesterntracht eingerahmt wurde und das einen Maler zum Porträtieren reizen würde, der die Schönheit von Entschlossenheit, Unbeugsamkeit und tatkräftigem Mitgefühl zu erkennen imstande war. Clarice wand sich unbehaglich unter seinem Blick; als sie das verrutschte Tuch in ihrem Dekolleté hastig zurechtstopfte, wurde ihm erst bewusst, wie zerzaust sie aussah.

»Wenn es Sie interessiert: Antonio Bandini und ein weiterer seiner Männer haben überlebt. Ihre Magd hat leider den Tod gefunden – sie ist in ihrer Panik einen Felsvorsprung hinuntergefallen.«

Ihre Lider zuckten. Sie räusperte sich.

»Woher weißt du das?«, flüsterte sie. »Ich dachte, Corto hätte dich auf der Straße aufgelesen?«

»Sagen wir mal, ich habe mich auflesen lassen.«

»Wer bist du?«

»Mein Name ist Lorenzo Ghirardi. Ihr künftiger Schwiegervater hatte mich ausgeschickt, um Sie nach Florenz zu geleiten. Wir sollten Sie von Antonio Bandini und seinen Männern übernehmen, aber wie gesagt …«

Ihre Blicke huschten über sein Gesicht, um zu erkennen, ob er die Wahrheit sprach. Sie war so fassungslos, dass sie sogar ihre übliche Maske aus Unnahbarkeit und Herablassung vergaß. Lorenzo konnte förmlich den einzigen Gedanken sehen, der in ihrem Hirn aufblendete: Was hat dieser Verrückte vor?

»Was hast du vor?«, fragte sie.

»Ich hole Sie hier raus. Heute Nacht ist die Gelegenheit günstig. Ich habe Sie nicht eher angesprochen, weil ich bislang keine Chance für das Gelingen meines Planes sah.« Jedenfalls keine, bei der ich nicht einem Mann, den ich gerne zehn Jahre früher kennengelernt hätte, ein Messer zwischen die Rippen hätte jagen müssen. »Corto hat ein so enges Netz an Wachen eingeteilt, dass jeder von den Männern zweimal drankommt. Das gilt auch für mich. Wenn es so weit ist, gebe ich blinden Alarm; das wird nicht nur Cortos Männer, sondern auch die Dörfler aufwecken, und in der Panik, die dabei entsteht, flüchten wir beide. Mein Pferd ist schnell; der Vorsprung, den wir gewinnen, bis sich das Chaos hier gelegt haben wird, reicht uns allemal, und …«

»Du willst WAS tun?«, unterbrach sie ihn.

Lorenzo holte Atem. »Ich befreie Sie. Es ist nicht ohne Gefahr, aber ich habe berechtigte Hoffnung, dass …«

Clarice hob die Hand. Sie musterte ihn erneut, diesmal mit einer Miene, aus der er Mitleid herausgelesen hätte, wenn es nicht so vollkommen unwahrscheinlich gewesen wäre, dass sie ausgerechnet jetzt und *mit ihm* Mitleid empfand.

»Bist du wirklich Lorenzo Ghirardi?«

»Ja. Wenn Sie einen Beweis brauchen … Ich habe hier von Ser Bianchi …«

»Lass nur.« Über ihr Gesicht huschte ein kühles Lächeln. »Lorenzo Ghirard… Ser Bianchi hatte dich meinem Vater angekündigt. Das war der Grund, weshalb der alte Antonio Bandini schließlich zugesagt hat.«

»Das verstehe ich nicht.«

»Bandini hat die ganze Zeit über von dir geredet. Er sagte, er kennt dich zwar nicht, aber er habe Geschichten über dich gehört von Leuten, die aus Florenz kamen. Er wollte dich kennenlernen.« Sie maß ihn mit einem beinahe spöttischen Blick. »Ich schätze, er hat so einen schartigen alten Burschen erwartet, wie er selber einer ist, und nicht so etwas wie dich.«

Lorenzo war sprachlos. »Er hat sich nichts anmerken lassen. Er ist mit meinen Männern nach Florenz geritten; er war verletzt«, sagte er dann und verschwieg, dass sie sich im Unfrieden getrennt hatten. »Ich nehme an, er hat dort nicht viel Zeit verschwendet. Mein Herr hat bestimmt eine Gruppe ausgerüstet, die jetzt schon wieder auf dem Weg hierher ist.«

Ihre Brauen zogen sich zusammen. »Das kann ich nicht akzeptieren.«

»Keine Sorge, es wird keinen Angriff geben, bei dem Sie in Gefahr kommen könnten. Wir werden vorher weg sein.«

Sie schüttelte den Kopf. »Du hast mich nicht verstanden. Ich lasse mich nicht von hier wegschleppen.«

Lorenzo spähte in die Dunkelheit unter dem Blätterdach hinauf. Er dachte, Donner gehört zu haben. Auf dem Weg hatte er Gesprächsfetzen aufgeschnappt, die Schwester Magdalena und ein paar Dörfler ausgetauscht hatten; es war um diese Art von Nebel gegangen, der nun schon den zweiten Tag über dem Land lag und versprach, irgendwann ein Unwetter zusammenzubrauen. Kam es jetzt? Lorenzo verdrehte die Augen bei der Aussicht, eine Nacht im Freien zu verbringen, während sich ein Gewitter über dem Lagerplatz austobte. Wahrscheinlich würde eine Prügelei um die trockenen Plätze im Inneren des Trosswagens ausbrechen.

»Ich werde Sie nicht wegschleppen«, sagte er zerstreut. »Ich besorge Ihnen sogar ein eigenes Pferd, sobald wir in Sicherheit sind.«

»Ich gehe hier nicht weg«, sagte sie.

Lorenzo blinzelte. Der Donner war lauter geworden. Er rollte förmlich heran.

»Sie gehen hier nicht weg?«, fragte er und erkannte, wie dumm er sich anhörte.

»Was soll ich in Florenz bei Ser Domenico Bianchi junior?« Lorenzo hatte den Namen seines jungen Herrn noch nie mit einer derartigen Verachtung gehört, und dabei rief der Erbe des Hauses Bianchi in der Regel bei jedem zweiten Menschen, mit dem er sprach, Verachtung hervor. »Ser Domenico ist ein Junge! Was soll ich mit einem Jungen? Er ist ein Schlappschwanz, so wie alle meine Brüder und mein Vater. Den ganzen Tag: Geld, Geld, Geld! Wo kann man was so billig wie möglich einkaufen, um es anderswo so teuer wie möglich loszuwerden? Welches Bankhaus im Deutschen Reich gibt Kredite zu niedrigen Zinsen, und welcher Konkurrent ist gerade in Geldnot, sodass er diesen Kredit zu viel höheren Zinsen übernimmt? Und mit so einem soll ich leben? Was soll ich tun? Den ganzen Tag meine Haare bleichen, weil in Florenz blond der letzte Schrei ist? Überwachen, dass auch die richtigen Perlen auf meine Schuhriemen genäht werden? Ausprobieren, ob helles oder dunkles Rot sich besser auf meinen Wangen macht? Das akzeptiere ich nicht!«

Lorenzo lachte. »Einen Augenblick dachte ich, Sie meinen es ernst, Monna Clarice. Tatsächlich gibt es nichts Schlimmeres als das Leben auf der Straße. Warten Sie erst mal ab, bis das erste Unwetter Sie völlig durchnässt hat und Sie tagelang keine Möglichkeit haben, Ihre Sachen zu trocknen.« Er deutete nach oben, wo der Donner nun so laut rollte, dass man ihn auch drüben beim Feuer über das Prasseln der Scheite hören musste. »Hören Sie?«

»Wir würden nicht auf der Straße leben«, zischte sie.

Lorenzo starrte in die Dunkelheit über ihren Köpfen. Etwas stimmte nicht. Etwas stimmte nicht mit dem Donner. Er konnte ihn nicht nur hören, sondern auch fühlen. Als er die Hand auf den Boden drückte, schien dieser zu zittern.

»Wir werden ein kleines Haus haben. Ich werde die leichten Arbeiten selbst machen. Ich werde sie lernen. Wir haben nur uns beide – und später die Kinder. Niemand wird mich hinter vier Mauern sperren, weil es unschicklich ist, als Frau zu häufig aus dem Haus zu gehen. Ich werde ihm eine Partnerin sein und nicht nur sein Schmuck. Und nachts ... hör zu, du ... du Knecht!« Lorenzos Blick zuckte überrascht zu ihr, und was sie gesagt hatte, tröpfelte langsam in sein Bewusstsein, während er gleichzeitig hörte, was sie noch zu sagen hatte, und er vergaß für ein paar Momente, dass der Donner stetig grollte und stetig näher kam und der Boden immer mehr zu zittern schien, »... nachts schenken wir uns Lust, so oft wir wollen, und ich werde ihn zum Schreien bringen, so wie er mich jetzt schon zum Schreien bringt, und ich werde schreien dürfen vor Vergnügen in unserem Haus am Fluss und nicht wie jetzt in den Stoff beißen müssen, damit mich niemand hört! Weißt du, was das heißt, du Krämerseele?« Ihre Augen funkelten im Dunkeln. »Reiß nur den Mund auf vor Überraschung, ich habe nichts anderes erwartet. Niemand wird mich von hier wegbringen! Wir werden unser Leben gemeinsam verbringen, und wir werden es jede Nacht miteinander treiben, dass selbst die Fische im Fluss noch geil werden von unserem Lärm, und wenn du wieder in deinem stinkigen Florenz bist und in irgendeiner finsteren Kammer allein auf der Matratze liegst, dann hoffe ich, dass du an uns denkst und wie wir unsere Freiheit genießen, während du gar nichts hast als das Geld, das man dir zahlt, um für deinen Herrn irgendwelche Besorgungen zu machen.«

Lorenzo sprang auf. Er starrte auf sie hinab. Ihr Gesicht war vor Zorn verzerrt. »Du bringst mich nie hier weg! Nie! Nie! NIE! Hau ab, bevor ich Corto noch sage, was du hier wirklich willst ... du ... du ... *Arschloch*!«

Lorenzo stolperte ein paar Schritte zurück. Als er um den Trosswagen herum war, vernahm er die Rufe vom Feuer; diejenigen, die wach waren, hörten das Donnergrollen nun deutlich, und diejenigen, die geschlafen hatten, erwachten und fragten verwirrt, was geschehe. Clarices Gestalt verschmolz mit den Schatten. Was hatte sie gesagt? WAS hatte sie …?

Aber es war unwichtig geworden, jedenfalls für den Augenblick. Das Donnern kam aus der Schwärze jenseits der letzten Baumstämme, die noch vom Lichtschein des Feuers angestrahlt wurden. In Lorenzo rastete etwas ein, und er warf sich herum, rannte in die Dunkelheit hinein, wo er die Postenkette ihre Runden drehend wusste, machte den Mund auf, um zu schreien …

… und rannte in Corto hinein, der plötzlich vor ihm stand und ihn mit weit aufgerissenen Augen ansah. Der Zusammenprall trieb Lorenzo die Luft aus den Lungen. Sein Schrei erstarb. Corto wirbelte ihn herum, packte ihn am Oberarm und zerrte ihn in Richtung zum Feuer.

»Corto …!«, keuchte Lorenzo.

»Ich weiß!«, keuchte Corto zurück. Er ließ Lorenzo im Laufen los, stieß ihn weiter zum Feuer, während er zum Trosswagen hin abbog. »Schlag Alarm! Ich bringe den Wagen in Sicherheit!«

Lorenzo war mit ein paar Sätzen mitten unter den Lagernden. Urso stand bereits auf den Beinen und gaffte ihn an. Lorenzo holte Atem und brüllte: »Wir werden ANGEGRIFFEN!«

Die Reiter kamen über sie wie eine schreiende, trommelnde Woge, die das Zwerchfell beben ließ. In dem Augenblick, in dem sie im Feuerschein sichtbar waren, waren sie auch schon direkt vor ihnen. Der Waldboden wirbelte um die Pferdehufe auf und hüllte die Reiter ein, Äste und Laub peitschten um sie herum. Lorenzo sah matt blinkende Brustpanzer und darüber gesichtslose Fratzen. Es war nicht zu erkennen, wie viele Reiter es waren; es konnten hundert sein. Das Getrommel hüllte den Lagerplatz ein, der Lärm schien auf die Menschen förmlich einzuprügeln. Die Reiter kamen in breiter Front auf das Feuer zugesprengt, nur die Bäume verhinderten, dass sie eine ununterbrochene Linie bildeten. Urso packte Lorenzo und riss ihn zu Boden. Ein Wurfspieß flog über sie hinweg und blieb im Feuer stecken. Lorenzo sah mit aufgerissenen Augen, wie jemand in den Weg der Pferde hineinrannte und sofort unter die Hufe geriet; er hoffte, dass es nicht Clarice oder eine der beiden Klosterschwestern gewesen war – und auch, dass es nicht Corto erwischt hatte. Urso rollte sich herum und riss dabei ein Bündel auf, das voller Waffen steckte; er hatte sich von keinem seiner Beutestücke trennen können. Als er auf die Beine kam, hielt er bereits in beiden Händen eine seiner Äxte; Lorenzo griff blind hinein und fühlte den schweren Bidenhänder. Er rollte sich zur anderen Seite. Der erste Angreifer war heran und donnerte zwischen ihnen hindurch, ein schnaubender Pferdekörper, beschlagenes Zaumzeug, der Panzer um den Oberkörper des Reiters im Feuerschein leuchtend und das Gesicht eine dunkle Ansammlung von Schatten und Formen. Eine abgesägte Hellebarde zuckte herab und verfehlte Lorenzo, er schwang den Bidenhänder um den Kopf und verfehlte ebenfalls; der Reiter setzte über das Feuer, dass die Funken aufwirbelten, und trampelte drüben über ein Knäuel von Leibern hinweg, das ihm nicht mehr rechtzeitig ausweichen konnte. Die anderen Reiter folgten sofort nach. Lorenzo warf sich erneut zur Seite, versuchte noch im Fallen vergeblich mit seiner Klinge die Beine eines Pferdes zu treffen, sprang auf und sah ein weiteres Pferd vor sich, wurde angerempelt und beiseitegestoßen, dass der Bidenhänder aus seinen Händen flog, prallte schmerzhaft auf und rang nach Atem. Er sah Urso, der sich zwischen den Reitern duckte und wand wie ein Gaukler bei einem irren Tanz, hörte das Klirren, mit dem er Hiebe parierte und mit dem seine eigenen Schläge pariert wurden. Dann verschwand Urso in der Welle aus Leibern, die direkt über ihn hinwegzuströmen schien, das Feuer loderte auf, als die Angreifer darübersetzten oder halb hindurchdonnerten, und die Dunkelheit verschluckte die Boten der Apokalypse jenseits des Lagers. Urso stand noch auf seinen Beinen, offenbar unverletzt. Das Donnern war noch immer zu hören, und das grelle Wiehern, das Pferde ausstoßen, wenn sie in vollem Lauf grob herumgerissen und zu einem neuen Lauf in die entgegengesetzte Richtung gezwungen werden. Die ersten Schmerzensschreie ertönten rund um das Feuer. Menschen begannen hin und her zu rennen, schreiende Dörfler, kreischende Kinder, fluchende Wölfe. Lorenzo sprang zu Urso hinüber, raffte im Rennen den Bidenhänder auf; seine Rippen schmerzten noch immer von dem harten Zusammenprall.

»Zur Seite, zur Seite«, keuchte er und zerrte Urso mit sich aus dem unmittelbaren Feuerkreis heraus in die halbe Düsternis, aus dem Weg, den die Reiter nehmen würden. Da waren sie schon wieder zurück, exakt an der Stelle, an der sie aus dem Lager hinausgesprengt waren. Mit unverminderter Geschwindigkeit ritten sie erneut an, galoppierten über fliehende Menschen hinweg, grelles Wiehern, grelles Angstgeschrei, Gebrüll, dröhnender Hufdonner … Ein Pferd stieg plötzlich hoch und wieder hinab, sein Reiter stürzte über seinen Hals nach vorn, das Pferd drehte sich, geriet den anderen in den Weg, stolperte und sprang wild ausschlagend davon, während sein gestürzter Reiter unter die Hufe der nachkommenden Pferde geriet. Das panische Tier sprang an Urso und Lorenzo vorbei, und Lorenzo konnte gerade noch sehen, wie Enrico, der herangelaufen war, sich im letzten Augenblick beiseitewarf, seine leer geschossene Armbrust umklammernd. Die Reiter setzten erneut über das Feuer hinweg.

»JEEEETZT!«, brüllte Lorenzo und rannte auf die Kavalkade zu, Urso neben sich, noch zwei, drei andere Männer, die aus der Erstarrung erwacht waren. Er hörte den Knall von Enricos Armbrust und sah, wie sich sein Bolzen in die Hinterhand eines Pferdes grub. Das Tier wirbelte herum, sein Reiter versuchte das Gleichgewicht zu halten und verlor seine Hiebwaffe; Lorenzo schwang den Bidenhänder und drosch die Klinge gegen den ungeschützten Rücken eines anderen Reiters, aber er konnte ihn nicht aus dem Sattel holen. Das galoppierende Pferd streifte ihn und warf ihn wieder zu Boden; die Armbrust knallte erneut, und der Reiter auf dem wild gewordenen Ross flog aus dem Sattel; einer der Wölfe war hinter einem weiteren Angreifer aufs Pferd gesprungen, konnte sich aber nicht halten und stürzte herab, rollte aus dem Gefahrenbereich der Hufe und sprang auf. Wieder verschwanden die Männer in die Dunkelheit, wieder das Wiehern von jenseits des Feuers, als sie die Pferde in den dritten Anlauf zwangen. Rund um das Feuer lag ein Dutzend regloser oder sich windender Menschen, fast alle in den Kleidern der Dörfler, dazwischen die beiden getöteten Angreifer. Einer hatte seinen Helm mit dem Gittervisier verloren, der ihn und die anderen in Horrorgestalten verwandelt hatte; darunter war er ein Mensch mit struppigen, mageren Wangen, der nicht anders aussah als die Dörfler oder Cortos Wölfe. Lorenzo wurde sich bewusst, dass noch keine zwei Minuten vergangen waren, seit er in den Feuerschein gesprungen und Alarm gegeben hatte. Mit allen möglichen Waffen versehene Wölfe rannten herbei und blickten sich wild um.

»Viertelkreis versetzt!«, schrie Lorenzo. Er dachte nicht darüber nach, ob Cortos Leute ihm folgen würden. Die dritte Angriffswelle stürmte heran. Die Wölfe gruppierten sich hastig um. Wie Lorenzo erwartet hatte, donnerten die Reiter nun in einer Linie heran, in der sie die Verteidiger hätten niedertrampeln können, wenn diese nicht erneut die Plätze gewechselt hätten. Lorenzo versuchte den Überblick zu gewinnen, aber das Chaos im Lager war hoffnungslos. Ein Mann, dessen Beine hinter ihm herschleiften, versuchte beiseitezukriechen und hatte keine Chance, als die Angreifer über den Lagerplatz preschten; Urso schnappte sich eine andere grau gekleidete

Gestalt und warf sie beiseite; die Pferde stürmten über die Stelle hinweg, an der sie eben noch versucht hatte davonzukrabbeln; Helmbarten und Äxte wirbelten, Schwertklingen schnitten durch die Luft, die Pferde streckten sich, um erneut über das Feuer zu springen, Lorenzo sah, wie die Angreifer überrascht die Köpfe drehten, als sie die Verteidiger in ihren Flanken sahen anstatt direkt im Weg der Vernichtung … und ein weiterer Reiter überschlug sich nach hinten und purzelte aus dem Sattel. Enrico hechtete den Pferden aus dem Weg, ein Wurfspieß verfehlte ihn, er kam auf die Beine und versuchte, einen neuen Bolzen einzulegen. Urso warf eine seiner Äxte und traf auch etwas, doch Lorenzo sah, wie die Axt davongeschleudert wurde, ohne großen Schaden anzurichten. Das Hufgetrommel schwemmte in den Wald hinaus und schien nach allen Seiten auseinanderzusplittern. Lorenzo horchte. Aus dem Augenwinkel sah er, wie der Trosswagen heranholperte, Corto auf dem Bock, die Zügel schwingend und auf die Pferde einschlagend. Er sah Corto brüllen, und ohne dass er über den Lärm verstehen konnte, was er schrie, wusste er doch, worum es ihm ging.

»Alle auf den Trosswagen!«, brüllte er und sprang auf das klobige Fahrzeug zu. Er schwang sich hinauf, die Plane stieß ihn zurück, er hieb mit dem Bidenhänder einen Riss hinein, hörte das Geschrei der Verletzten, die sich drinnen befanden, fand Halt und zog blindlings einen Mann, der hinter ihm war, mit hinauf. Sein Atem rasselte durch seine Brust.

Schon war die vierte Angriffswelle über ihnen. Eines der führerlosen Pferde rannte mit. Diesmal kamen sie von allen Seiten auf das Lager zugestürmt, doch Cortos und Lorenzos Trick mit dem Trosswagen ließ die Attacke aufs Neue ins Leere gehen. Einen Augenblick lang gab es ein Knäuel, als die Angreifer in der Mitte des Platzes zusammentrafen; das Chaos war jetzt unter ihnen. Corto stand auf dem Kutschbock auf, den Bogen gespannt, und schoss einen Pfeil ab. Einer der Reiter, dessen Pferd auf der Hinterhand tanzte, wurde von dem Treffer nach vorn geworfen, das Ross schrie grell auf, taumelte und fiel wie vom Blitz getroffen zu Boden, sein Reiter von dem langen Pfeil an seinen Hals genagelt; es wälzte sich und schlug mit den Hufen um sich und schrie und röhrte. Die Angreifer brachten wieder Ordnung in ihre Bewegungen und sprengten aus dem Feuerschein hinaus, bis auf einen, dessen Pferd mit den Vorderhufen durch die Luft drosch.

Lorenzo sah, wie der Reiter etwas an einer langen Schlinge wirbelte, etwas, das Funken sprühte. Das Ding flog durch die Luft auf den Trosswagen zu, der Bogen, den es beschrieb, schien nicht enden zu wollen, schien sich bis über die Baumwipfel hinwegzudehnen.

»Alles runter!«, röhrte Corto.

Enricos Armbrust knallte, und das Funken sprühende Ding zerplatzte über ihren Köpfen in einem Feuerball, aber es war zu spät.

Der Reiter brüllte einen Fluch, riss sein Pferd herum und sprengte davon.

Und der Trosswagen begann zu brennen.

32.

»Idioten«, sagte Antonio Bandini und drehte sich einmal um sich selbst, um die Szene der Verwüstung zu betrachten. Im Licht der wenigen Fackeln, die nicht verloschen waren, sah er ein Schlachtfeld. Eines musste man T. G. und seinen Leuten lassen – sie hatten weder elegant noch sauber gekämpft, aber sie waren effizient gewesen. Er blickte zu Buonarotti, Pietro Trovatore und Niccolò hinüber, die beisammenstanden. Sie hatten sich nicht weniger erbittert geschlagen als T. G.s Verbrecherbande, doch von der Schlächterei wollten sie nichts wissen. Bandini schnalzte verächtlich mit der Zunge, während zugleich in seinem Inneren etwas ganz ruhig fragte: Solltest du nicht eigentlich bei ihnen stehen? Er brachte die Stimme zum Schweigen. Dennoch konnte er Niccolòs – Niccolòs, bei allen Heiligen! – verstörtem Blick nicht standhalten, den dieser ihm über das Schlachtfeld hinweg zusandte. Bandini wandte sich ab. Er wurde sich bewusst, dass er ganz allein zwischen den drei Gefolgsleuten des Hauses Bianchi und T. G.s Bande stand. Das Schmerzgebrüll, das der Gefolterte ausstieß, zerrte an seinen Nerven. Er gab dem Leichnam zu seinen Füßen, der mit Armbrustbolzen förmlich gespickt war, einen Tritt, dann bückte er sich und begann, die Bolzen herauszuziehen, die von seinem Fall nicht abgebrochen waren.

T. G.s Leute hatten sich in zwei Gruppen geteilt: die, bei der T. G. selbst war und die dem einen der zwei überlebenden Angreifer die Fußsohlen rösteten, während T. G. immer wieder bellte: »Wo sind deine Kumpels, he? Wo sind deine Kumpels?«; und die andere, die den zweiten Gefangenen zwischen sich hin und her stieß und ihn mit Fußtritten traktierte, wenn er zu Boden fiel und sich nicht schnell genug aufrappelte.

Aus dem Augenwinkel sah Bandini, dass Buonarotti von Pietro Trovatore festgehalten wurde. Buonarottis finsteres, platt geschlagenes Gesicht glühte vor Wut. Bandini biss die Zähne zusammen. Er drückte die verstümmelte Hand auf den Brustkorb des Gefallenen vor ihm und riss mit der anderen den nächsten Bolzen heraus. Der Körper des Mannes fühlte sich knochig an. Er tastete ihm über die Rippen und konnte jede einzelne davon fühlen. Der graubraune Kittel, die formlose Stoffkappe, die schwieligen Hände, die

Zähne, die wie vereinzelte Grabsteine im aufgelassenen Kirchhof seines im Tod offen stehenden Mundes standen, das Netz von Falten um seine Augen herum … Bandini wurde sich plötzlich bewusst, dass der leere Blick des Toten direkt auf ihn gerichtet war. Er drückte ihm die Lider zu und starrte die hohlen Wangen und den dürren Hals des Mannes an. Als er erkannte, dass seine Hand ganz ohne sein Zutun in seiner Gürteltasche zu wühlen begonnen hatte, um zwei Münzen zu finden, die er dem Getöteten auf die geschlossenen Lider legen konnte, zuckte er zurück. Plötzlich fehlten ihm die Nerven, die restlichen unversehrten Bolzen aus dem Körper zu ziehen.

Er stand so schnell auf, dass das Blut aus seinem Kopf wich und er einen Augenblick wie erstarrt dastand, um nicht das Gleichgewicht zu verlieren. Dann schritt er über den Toten hinweg und auf die Gruppe um T. G. zu, der versuchte, den besinnungslos gewordenen Gefolterten mit heftigen Ohrfeigen aufzuwecken.

»Hör auf damit«, sagte Bandini. »Und deine Freunde da drüben sollen auch aufhören. Wenn noch weitere von den Kerlen im Unterholz steckten, haben sie Fersengeld gegeben.«

T. G. musterte Bandini über die Schulter. »Kann man nie wissen, Konsul.«

»Das sind keine Banditen«, sagte Bandini. »Das sind Bauern, denen man die Pacht gekündigt hat oder deren letztes Stück Vieh gestorben ist oder deren Höfe geplündert worden sind und die keinen anderen Ausweg mehr sahen, als ihrerseits jemanden zu überfallen. Falls noch welche irgendwo versteckt waren, wissen sie jetzt, dass sie uns in Ruhe lassen sollten.«

T. G. musterte ihn noch immer. Er hatte es nicht der Mühe für wert befunden, aufzustehen, um mit Bandini Auge in Auge zu sprechen. Der Gefolterte stöhnte.

»Banditen«, sagte Bandini mit Betonung, »sind feige. Sie hätten nie zu zehnt eine schwer bewaffnete Gruppe von über einem Dutzend Männer angegriffen. Die hier sahen hingegen keine andere Wahl, und sie hatten auch keine Ahnung, wie man einen Überfall vorbereitet.« Er stieß mit dem Fuß gegen einen Spieß, dessen Spitze lediglich über dem Feuer gehärtetes, angeschärftes Holz war. »So, wie sie auch keine vernünftigen Waffen hatten.«

»Sie kennen sich ja aus mit Banditen, Konsul.«

»Nicht so gut wie du.«

T. G. warf einen Blick in die Runde. Seine Augen funkelten. Plötzlich lachte er. »Deswegen haben Sie uns ja mitgenommen, nicht wahr? Weil wir so gut Bescheid wissen.« Er ließ den Mann, dessen Kragen er gepackt hatte, einfach los. Der Mann schlug mit dem Hinterkopf auf den Boden und stöhnte erneut. T. G. stand auf und gab ihm einen Fußtritt. »Heute ist dein Glückstag, Scheißkerl.« Er wischte sich mit der Hand über die Nase und putzte die Hand dann an seinem Wams ab. »He, Kardinal, hör auf damit!«, rief er schließlich zu den anderen Männern hinüber.

Einer der Männer, der die Faust in die Haare des zweiten Gefangenen gekrallt hatte und diesen so aufrecht hielt, um ihm besser ins Gesicht schlagen zu können, hielt inne. »Warum?«

T. G. schwieg einen Augenblick. »Weil der, den wir uns hier vorgenommen haben, um Gnade für seinen Kumpel gefleht hat. Sein Kumpel ist nämlich in Wahrheit sein Sohn, stell dir vor.«

»Das ist kein Grund«, sagte der Kardinal. Die Männer lachten.

Bandini stapfte zu ihnen hinüber. »Der Grund ist, dass *ich* gesagt habe, ihr sollt aufhören«, sagte er zwischen den Zähnen. Der Gefangene starrte ihn mit verdrehten Augen an. Auch er war mager und so schmutzig wie die anderen, doch man konnte sehen, dass er noch keine sechzehn Jahre alt sein konnte, ein Bursche, der vielleicht sogar hübsch gewesen wäre, wenn ihm ein anderes Leben vergönnt gewesen wäre. Auf seinen Wangen waren Schrammen, und seine Ohren waren geschwollen. Der Kardinal und seine Kumpane hatten ihn hauptsächlich mit Ohrfeigen zwischen sich herumgestoßen, um den Spaß länger auszudehnen. »Lasst ihn los. Er ist fast noch ein Kind.«

Der Kardinal musterte Bandini gelassen. Dann sah er den Gefangenen von oben bis unten an. »Na gut«, seufzte er, »keine Prügelei mehr.« Sein Gesicht verzog sich zu einem Grinsen. »Ein junges Bürschchen, was? Gönnen wir ihm wenigstens einen Prügel.« Bevor Bandini reagieren konnte, zog der Kardinal den halb ohnmächtigen Gefangenen zu sich heran, küsste ihn auf den Mund, dann zwang er ihn auf die Knie und begann mit der freien Hand an seinem Schambeutel herumzunesteln. »Lass uns lieb zueinander sein, Kleiner.«

Buonarotti stürmte plötzlich an Bandini vorbei. Bandini wirbelte herum, packte ihn am Kragen und stieß ihn von sich, dass der magere Mann auf den Boden prallte. »ZURÜCK!«, schrie er. Dann fuhr er herum, drosch dem Kardinal die Faust in die Nieren, und als dieser mit einem überraschten Schrei einknickte, schlang er den Arm um seinen Hals und zerrte ihn mit sich. Der Kardinal strampelte und versuchte, Luft zu bekommen. Der Gefangene sank vollends zu Boden. Bandini schleppte den Kardinal zu dem Toten mit den Armbrustbolzen im Leib und schleuderte ihn auf den reglosen Körper. Der Kardinal jaulte auf, als sich die Bolzen in seine Haut bohrten. Bandini bückte sich, griff ein Büschel Haare seines Kontrahenten und drehte ihm den Kopf herum.

»DU WILLST EINEN KUSS?«, brüllte er. Er drückte den vergeblich Strampelnden nach unten, bis dieser mit seinem Mund den Mund des Toten berührte. Der Kardinal begann zu ächzen und wild mit den Augen zu rollen. Bandini drückte ihm den Kopf erbarmungslos nach unten. »HOL DIR DEINEN KUSS, SCHÄTZCHEN! FÜHLST DU NICHT, WIE ES IHM GEFÄLLT? DER TOD HAT IHN STEIF GEMACHT, SCHÄTZCHEN, WARUM NUTZT DU NICHT DIE GELEGENHEIT UND HOLST IHM NOCH EINEN RUNTER, BEVOR DIE HERRLICHKEIT GANZ VORBEI IST?« Mit jedem Wort stieß er des Kardinals Kopf gegen den des Toten und drückte Lippen auf Lippen. Schließlich richtete er sich auf, zerrte den Kardinal halb mit sich und schlug ihm mit aller Kraft in den Leib. Der Kardinal rollte sich auf dem Boden zusammen und röchelte. Bandini drehte sich um. »Hat noch jemand Lust, einen Befehl von mir auszulegen, statt ihn zu befolgen?«

T. G. stand dicht vor ihm, die Arme abgespreizt. Er blickte über Bandinis Schulter an ihm vorbei.

»Die Welt ist gemein, lasst uns lieber Freunde sein«, sang Pietro Trovatore. Bandini spähte über seine Schulter und sah, dass Pietro mit einer geladenen Armbrust auf T. G. zielte. T. G. stieß die Luft aus, ließ die Arme sinken und lächelte verzerrt. »Sie sind der Boss, Konsul«, sagte er.

Bandini nickte. Er ging an T. G. vorbei und streifte ihn mit der Schulter. T. G. trat mit erstarrten Gesichtszügen beiseite. Bandini bückte sich und streckte dem auf dem Boden sitzenden Buonarotti die Hand hin, aber dieser kam ohne seine Hilfe auf die Beine und ließ ihn stehen, ohne ihn eines Blickes zu würdigen.

»Zündet alle Fackeln wieder an«, sagte Bandini. »Wir reiten sofort weiter. In dieser Nacht wird uns keiner mehr aufhalten. Morgen zur Terz möchte ich am Rand der Berge stehen und auf Bologna runterpissen können.«

33.

In Lorenzos Gruppe waren drei kleine Kinder. Eines trug er, eines Enrico, das dritte und älteste saß auf den Schultern Ursos. Als Corto ihren Haufen in drei Gruppen geteilt hatte, hatte er sich nicht darum gekümmert, wer zu wem gehörte; wer von den Dörflern nicht sofort darum bat, in eine andere Gruppe zu kommen, blieb bei der, zu der ihn Corto gesteckt hatte. Magdalena fragte sich, ob die drei Kinder tatsächlich ihre Eltern oder Geschwister bei den Ereignissen der letzten beiden Tage verloren hatten. Sie sprachen nicht, sie lachten nicht, sie weinten nicht. Sie war sicher, dass sie, hätte man sie zurückgelassen, einfach stehen geblieben wären, bis sie vor Erschöpfung umfielen und an Ort und Stelle starben. Ihr Herz krümmte sich vor Kummer über all das Leid, das die kleinen Seelen durchzustehen hatten. Auf den Fresken in den Klöstern waren die Kinder, die Jesus Christus um sich versammelt hatte, entweder lachend oder mit ernsthaft-wichtigen Gesichtern dargestellt gewesen; einen vollkommen leeren, von der Wirklichkeit durch einen Schleier aus Grauen getrennten Gesichtsausdruck hatte sie nie gesehen, und ohne selbst Kinder zu haben, wusste sie doch, dass dieser auf einem Kindergesicht auch nichts zu suchen hatte. Was immer ihr besonderer Sinn an Schwingungen empfing, war so von Entsetzen erfüllt, dass sie über jeden Augenblick froh war, an dem ihre Fähigkeit stumm blieb.

Sie hatten den Wald schon längst hinter sich gelassen und bewegten sich durch lichtes Gebüsch. Die Dunkelheit wich langsam einem Grauton, der andeutete, dass die Prim nicht mehr fern sein konnte. Solange sie konnten, liefen sie – eine lang gestreckte Reihe, bei der Lorenzo und die meisten der Wölfe, die Corto seiner Gruppe zugeteilt hatte, die Spitze bildeten, während die zu Tode erschöpften Dörfler in langem Abstand hinterdreinkamen. Magdalena war selbst überrascht, dass sie nicht nur vorne mithalten konnte, sondern sogar, wann immer Lorenzo stehen blieb und die gesamte quälend lange Schlange an sich vorbeitaumeln ließ, um festzustellen, wie viele er bereits verloren hatte, ihm Gesellschaft leisten und nachher mit ihm wieder nach vorne laufen konnte.

Wenn sie an den Überfall auf ihr Lager dachte, sah sie immer wieder den

Trosswagen vor sich – wie Corto ihn kaltblütig mitten ins Lager gelenkt hatte, wie die Männer sich an ihn klammerten und so dem letzten Ansturm der Reiter entgingen, wie er plötzlich in Flammen gestanden hatte, wie die eine Hälfte der Männer rufend und hustend und fluchend die Verletzten aus dem Feuer zerrte, während die anderen mit Decken und geschaufeltem Dreck die Flammen zu ersticken versuchten; am meisten hatte sich jedoch das Bild in ihr Gedächtnis eingebrannt, wie sich zuletzt der noch immer rauchende Trosswagen, nun nicht mehr als ein rußgeschwärztes Skelett auf quietschenden Rädern, mit all den Verletzten darauf in Bewegung setzte und zwischen den Bäumen verschwand, ein Symbol der Niederlage und der Unbeugsamkeit gleichermaßen.

Die Verluste, die ihnen beigebracht worden waren, waren immens: Drei der Dörfler waren tot, drei weitere würden binnen Kurzem sterben, fünf konnten es schaffen, wenn sie Glück hatten. Mehrere von den Wölfen waren verletzt, einer von ihnen war gestorben, noch während Magdalena versucht hatte, seine Wunden wenigstens notdürftig zu säubern. Sie hatten ihn zusammen mit den anderen Toten beim Lager zurückgelassen, als sie aufgebrochen waren; die Wölfe waren einer nach dem anderen an ihm vorbeidefiliert, hatten ihm zugenickt und »Mach's gut, Pio-Pio« gesagt, als hofften sie, der Tote würde sich aufrichten und »*Nur* Pio, wenn ich bitten darf!« erwidern.

Corto hatte seine Truppe aufgeteilt, ohne viele Worte darüber zu verlieren. Zumindest Magdalena hatte sie nicht benötigt; ihr war sofort klar gewesen, dass sie gegen die Reiter nur dann eine Chance hatten, wenn sie in mehreren Kolonnen weiter vorrückten. Die Reiter waren zu wenige, um sich selbst effektiv aufteilen zu können, und wenn sie versuchten, die drei Marschkolonnen nacheinander anzugreifen, mussten sie jede Menge Zeit mit der Suche nach ihnen verschwenden. Die Art und Weise, wie Corto die Aufteilung vorgenommen hatte, hatte sie ebenfalls nicht überrascht; sie sprach dafür, dass Corto sich diese Option schon überlegt hatte, als er den Entschluss fasste, mit den Dörflern zusammen zu flüchten. Sie hatte lediglich dagegen aufbegehrt, dass sie von Radegundis und Immaculata getrennt wurde, aber Corto hatte sich nicht umstimmen lassen.

Fabio führte einen Trupp zusammen mit Verruca, dem jüngsten der Wölfe, und zwei, drei anderen, deren Namen sie nicht kannte. Corto hatte ihnen Schwester Radegundis beigesellt.

Von Lorenzos entschlossener Verteidigung des Lagers war Corto offenbar beeindruckt genug gewesen, um ihm den zweiten Trupp zu überantworten. Urso hatte nur gegrinst und Lorenzo in einen spaßhaften Würgegriff genommen; dass Corto auch noch Enrico zum zweiten Trupp eingeteilt hatte, sprach dafür, dass er Lorenzo nicht hundertprozentig vertraute. Enrico, dessen Haare sich vor Wut aufstellten, sobald er nur in die Nähe Lorenzos kam, würde besser als jeder andere auf den Neuen aufpassen. Als sie erkannt hatte, dass Corto dabei bleiben würde, die drei Schwestern nicht zusammen zu lassen, hatte sie sich zu Lorenzos Gruppe gemeldet – ihr Mund hatte schneller gesprochen, als ihr Gehirn mit dem Denken nachgekommen war, und danach war es zu spät, die Sache noch einmal neu zu sortieren.

Corto behielt die meisten seiner Männer, den Trosswagen, die Nutztiere der Dörfler und alle Pferde bei sich. Sein Trupp bestand aus allen Verletzten, den Geiseln und Schwester Immaculata, die sich dieser Einteilung voll stummer Panik ergeben hatte. Seine Aufgabe war am gefährlichsten, seine Truppe am verwundbarsten. Wenn Magdalena über einen von Cortos Beschlüssen erstaunt war, dann, dass er die Geiseln nicht auch aufgeteilt hatte, anstatt sie der größten Gefahr auszusetzen. Vielleicht fürchtete er, außer ihm würde niemand mit Clarice Tintori fertig werden, eine Befürchtung, für die es Gründe gab.

Die Angreifer selbst hatten vier Tote auf dem Schlachtfeld zurückgelassen. Lorenzo und Corto hatten einen Blick gewechselt, als sie die schwarzen Armbinden erkannten. Keiner von ihnen hatte sich anmerken lassen, das der Umstand, dass die Schwarze Schar offensichtlich über eine Kavallerie verfügte, in Cortos Plänen nicht vorgesehen gewesen war. Es hat e einen Vorschlag gegeben, die Getöteten an Bäume zu binden und ihnen Nasen und Ohren abzuschneiden, um der nachfolgenden Trup e zu zeigen, wie sehr man sie verachtete, doch Corto hatte ihn abgelehnt. Am Ende hatten sie Freund und Feind nebeneinander liegen lassen, so wie der Tod sie alle gleichmachte.

Lorenzo verlangsamte seinen Laufschritt und scherte aus. Magdalena blieb stehen. Ihr Atem pfiff. Sie fühlte, wie ihr der Schweiß unter dem schweren Habit über den Körper rann. Lorenzo versuchte das Kind, das sich an ihn klammerte, auf den anderen Arm zu wechseln.

»Zeit für die neue Bestandsaufnahme«, keuchte er und rief den Vorbeihastenden zu: »Weiter, weiter, tut nicht so, als ob ihr müde wärt. Sobald es hell wird, fangen wir *richtig* zu laufen an.« Er lächelte aufmunternd; nur

Magdalena sah, dass es ihm schwerfiel. Geistesabwesend schüttelte er den frei gewordenen Arm. Magdalena sah ihn an.

»Die werden schwer wie ein Pferd, wenn man sie eine Weile trägt«, sagte er und deutete auf das Kind in seinem Arm.

»Jede Mutter könnte dir das bestätigen«, erwiderte Magdalena und lächelte.

Eine der Frauen aus dem Dorf stolperte vorbei, stieren Blicks und mit hochrotem Gesicht. Sie stöhnte beim Atemholen. Sie schlug mit fahrigen Händen ein Kreuz; als Magdalena sagte: »Der Herr Jesus Christus wird deine Schritte lenken«, nickte sie und taumelte mit einem kleinen Zipfelchen neu erwachter Zuversicht weiter.

»Danke, dass Sie mit mir kommen wollten.«

Magdalena wich seinem Blick aus. Sie deutete mit vager Geste in die Richtung, in die sich die Gruppe bewegte. »Findest du den Treffpunkt, den Corto bestimmt hat?«

»Enrico sagt, er kennt ihn. Ich würde wahrscheinlich nach Revere finden, aber ›die Stelle eine Meile flussaufwärts bei dem Kiefernwäldchen, wo der Fluss flach genug zum Überqueren ist‹?« Er zuckte mit den Schultern.

»Corto ist überall am Fluss zu Hause«, sagte Magdalena.

Lorenzo nickte.

»Wann werden wir dort sein?«

»Heute nach der Vesper, wenn wir das Tempo halten können? Fragen Sie Enrico. Ich habe nicht mal das Gefühl, dass wir uns überhaupt vorwärtsbewegen. Hier sieht alles gleich aus.«

Sie nickte. Sie wusste, dass er wusste, dass sie nicht loslaufen und Enrico fragen würde. Nicht, wenn sie hier neben ihm stehen und verschnaufen und so tun konnte, als bestünde mehr als nur eine kleine Chance, dass sich noch alles zum Guten wenden könnte, und als würden sie nicht längst gejagt wie … wie ein Rudel Wölfe! Sie tastete vorsichtig nach den Schwingungen, die von ihm ausstrahlten, und glaubte herauszufühlen, dass er zufrieden war, neben ihr zu stehen.

»Das flache Land ist nichts für dich, Lorenzo? Wo kommst du her?«

»Aus den Bergen.« Er deutete in Richtung Südwesten. »Aus der Garfagnana. Kennen Sie die Gegend?«

Sie zuckte mit den Schultern und lächelte.

»Mein Elternhaus stand zwischen Barga und Castelnuovo. Man muss diese Orte nicht kennen, fürchte ich.« Er zwinkerte ihr zu. »Aber die Garfagnana selbst ... weißer Fels, grüne Büsche, enge Schluchten mit kleinen Wasserläufen. Im Sommer ist der Himmel darüber dunkelblau wie ein klarer Tümpel, im Winter tiefgrau wie das Meer bei Sturm. Wenn man auf einem der Gipfel steht, kann man das Meer sehen, und der Wald rauscht um einen herum, dass man glaubt, das Meer auch zu hören. Da sollte man zumindest einmal im Leben gewesen sein, wenn man darüber urteilen will, welche schönen Fleckchen es auf der Welt gibt. Und Sie, Schwester Magdalena?«

Es gab ihr plötzlich einen Stich, als sie erkannte, dass sie ihm nur schildern konnte, wie es innerhalb von Gebäuden aussah – in ihrem Elternhaus in Piacenza und der Werkstatt ihres Vaters, im Kloster von San Sisto, später in San Paolo ... Gebäude, die er niemals würde betreten können, um sie sich von ihr zeigen zu lassen. Sie glaubte, eine Schwingung zu spüren, die genau diesen Wunsch beinhaltete: Zeig mir, was dein Leben bestimmt und dich zu dem gemacht hat, was du bist – oder lag es daran, dass sie diesen Wunsch in Bezug auf ihn spürte? Sich von ihm auf einen Berggipfel führen und das Meer zeigen zu lassen, das Rauschen der Bäume bewusst als das Rauschen der Wellen zu empfinden? Sie räusperte sich.

»Was hat dich hierher verschlagen, Lorenzo, wenn es in der Garfagnana so schön war?« Sie hörte ihren Worten nach und erschrak darüber, wie grob sie geklungen hatten. Noch bestürzter war sie, als sie spürte, wie sich sein Geist dem ihren unvermittelt wieder verschloss.

Er musterte sie. Sie wusste, dass er log, als er sagte: »Nur der ganz normale Lauf der Dinge, Schwester.« Er spähte in die Richtung, aus der sie gekommen waren. »Ich glaube, die Nachzügler sind durch.«

Magdalena biss sich auf die Lippen, dass sie diesen Moment zwischen ihnen zerstört hatte. Beinahe verzweifelt starrte sie in die gleiche Richtung wie er, hoffend, dass noch jemand herantaumeln möge, hoffend, dass ihnen noch ein paar Augenblicke beschieden waren, in denen sie versuchen konnte, die Nähe wieder herzustellen. Aber aus dem Nebel und dem Nieselregen tauchte keine verlorene Gestalt mehr auf. Lorenzo wandte sich ab.

»Dann los, Schwester.«

In diesem Moment sahen sie einen der Wölfe, der auf sie zurannte und schon von Weitem rief: »Lorenzo, komm schnell. Enrico braucht dich!«

Enrico kauerte auf dem Boden und sah zu ihnen auf. Das Kind, das er getragen hatte, ein Mädchen von vielleicht acht oder zehn Jahren, lag mit dem Kopf auf seinem Schoß und mit schlaffen Gliedern im Gras. Ihre Augen waren offen, ihr Gesicht blass, ihre Lippen erschreckend blau. Magdalena warf einen Blick auf ihre Fingernägel. Unter dem Dreck waren sie so blau, als hätte jemand sie mit Indigo bemalt. Sie atmete so schnell, als wäre sie eine lange Strecke gerannt, und so flach, dass sie dabei kaum Luft bekommen konnte.

»Das hat plötzlich angefangen«, sagte Enrico verbissen.

Lorenzo kniete neben ihm nieder. Magdalena raffte ihren Habit und kniete an der anderen Seite. Die Augen des Kindes rollten hin und her, ohne etwas zu sehen. Magdalena versuchte mit ihrem besonderen Sinn den Geist des Mädchens zu erreichen, aber alles, was sie fühlte, war das vage Zucken eines Bewusstseins, das schon sehr weit weg war und auf die Grenze zutrieb, von der es kein Zurück gab. Sie fühlte die Schwingungen der Männer und Frauen, die um sie herum standen, und wusste, dass diese das Mädchen bereits aufgegeben hatten. Sie konnte ihnen keinen Vorwurf machen. Selbst Urso, seinerseits mit einem Kind auf dem Arm, zog eine hoffnungslose Miene.

»Hat sie was verschluckt?«, fragte sie.

Enrico schüttelte den Kopf. »Was gäbe es denn hier zum Verschlucken?«, zischte er.

Erstaunt wurde ihr bewusst, dass der bärbeißige, jähzornige Mann Angst davor hatte, dass das Kind, das er die ganze Strecke getragen hatte, sterben würde. Sie sah ihn wieder vor sich, wie er mit der Armbrust auf Bruder Girolamo gezielt hatte und ihn erschießen wollte, aus dem Schrecken heraus, dass dieser Corto hätte ermorden können. Sie nahm eine der leblosen Hände des Kindes in die ihren und sagte hiflos: »Ich habe Kräuter gesammelt, aber die habe ich Corto überlassen. Und ich wüsste auch nicht …«

Lorenzo beugte sich hinab und drückte den Unterkiefer des Kindes noch weiter auf. Der Atem des Mädchens wurde lauter und schneller. Er spähte in den Mund hinein. Als die Atemgeräusche plötzlich ganz aussetzten, war es Magdalena, als hätte jemand sie ins Gesicht geschlagen. Ungläubig starrte sie in das bleiche Gesicht und sah zu, wie die Augen nach oben rollten.

»Verdammt!«, flüsterte Enrico. Magdalena empfing eine Schwingung, die so nahe an der Hysterie war, dass sie erwartete, Enrico würde aufspringen und schreiend davonlaufen.

Lorenzo schob eine Hand unter den Nacken des Kindes und hob es von Enricos Schoß auf den Boden. Er handelte schnell und als ob er einer inneren Anleitung folgte. Nur Magdalena vernahm die Panik, die er unterdrückte, als er versuchte, sich zu erinnern, was er schon einmal gesehen hatte …

Er legte eine Hand auf den Brustkorb des Mädchens, drückte ihren Kopf nach hinten und den Unterkiefer noch weiter auf, hielt ihr mit zwei Fingern die Nase zu und küsste sie auf den Mund.

»Was zum …«, stieß Enrico hervor.

Lorenzo spähte zu seiner Hand auf dem Brustkorb des Mädchens, holte Atem und beugte sich wieder über sie.

»Hör auf damit, du verdammtes …« Magdalena packte Enricos Arm, und der Mann verstummte. Er sah mit großen Augen zu, wie Lorenzo wieder und wieder in den geöffneten Mund des Kindes atmete, seine Hand beobachtete, Luft holte, die Luft in die Lunge des Mädchens blies, bis sich ihr Brustkorb plötzlich aufbäumte und sie um sich schlug und hustete und sich dann nach vorn rollte, um einen dünnen Strahl Galle zu erbrechen. Danach sackte sie in sich zusammen und begann zu weinen.

Lorenzo setzte sich auf seine Fersen zurück und wischte sich den Mund ab. Magdalena sah ihn wie durch einen Schleier; verspätet wurde ihr bewusst, dass sie Tränen in den Augen hatte. Sie blinzelte, und die Tränen rollten über ihre Wangen hinab. Enrico starrte Lorenzo mit offenem Mund an, während er mit einer Hand ungeschickt den Rücken des Kindes streichelte.

»Mein Gott«, sagte er zuletzt. »Du hast sie zurückgeholt. Ich will verdammt sein. Du hast sie *zurückgeholt.*«

»Nein«, sagte Lorenzo. »Man kann niemanden zurückholen. Aber man kann jemanden, der noch vor der Schwelle steht, aufhalten und zur Umkehr überreden.«

Enrico zog das Mädchen auf seinen Schoß und hielt es fest. Der kleine Körper wurde von Schluchzen geschüttelt. Enrico sah blicklos auf. »Ich hab die Kleine in einer der Hütten gefunden, als wir aus dem Dorf aufbrachen«, sagte er zu niemandem. »Ich weiß auch nicht, warum ich noch mal nachgeschaut habe. Die Leute aus der Hütte waren alle tot. Sie hatte sich in der Futterkrippe der Ziegen versteckt … die ganze Nacht, während wir draußen bei den Feuern saßen. Ich weiß nicht mal, wie sie heißt.«

»Felicità«, sagte eine der Frauen aus dem Dorf.

»Tja«, sagte Enrico. »In der Tat, was?« Er schüttelte den Kopf. »Woher hast du gewusst, wie man das macht?«, fragte er dann Lorenzo, der die ganze Zeit über in Magdalenas Augen geblickt hatte, ein Blick, von dem er ebenso wenig loszukommen schien wie Magdalena selbst.

»Buonarotti hat mir das mal gezeigt«, sagte er langsam. »Beim Ponte Santa Trinità war ein Kind ins Wasser gefallen, und als sie es direkt hinter Ser Bianchis Haus aus dem Fluss zogen, atmete es schon nicht mehr. Buonarotti und ich waren unter den Ersten, die am Ufer eintrafen, und Buonarotti hat sich das Kind geschnappt und angefangen, ihm wieder Leben einzuhauchen.«

Magdalena lächelte. Lorenzos Blick flackerte keine Sekunde.

»Er kam leider zu spät«, sagte er.

»Wer zum Teufel ist Buonarotti?«, fragte Enrico. »Und wer ist Ser Bianchi?«

Und von einem Sekundenbruchteil auf den anderen wusste Magdalena alles, was es über Lorenzo Ghirardi und seine wahren Motive zu wissen gab, eine Wissensübermittlung, die nur bedingt durch ihren besonderen Sinn stattfand und zum weitaus größeren Teil durch ihren beiderseitigen Augenkontakt. Noch während der Schock der Erkenntnis durch ihren Körper fuhr und sie keuchen ließ, blickte Lorenzo zu Boden, die Schwingungen von seiner Seite verstummten, und er stand auf. Magdalena sah fassungslos zu ihm auf. Er gönnte ihr keinen Blick.

»Niemand, den du kennst, Enrico. Wollen wir weiter?« Er hielt Enrico die Hand hin, und nach einem winzigen Zögern griff dieser danach und ließ sich von Lorenzo auf die Beine ziehen.

»Jetzt«, hörte Magdalena Enrico leise sagen, »jetzt bin ich dir wirklich was schuldig.«

Lorenzo lächelte schwach. Magdalena konnte immer noch nicht anders, als ihn anzustarren. Seine Blicke streiften die ihren, und als neuer Schock durchfuhr sie das Wissen, dass Lorenzo klar war, dass er sich ihr gegenüber auf irgendeine Weise vollkommen enttarnt hatte. In seinem Blick lag ein stummes Drängen ebenso wie eine schweigende Drohung. Er wandte sich ab und fiel wieder in einen leichten Laufschritt, seufzend und stöhnend schlossen sich die anderen an, und so trabten sie an Schwester Magdalena vorbei, die erschüttert auf dem Boden saß und noch einige lange Augenblicke benötigte, bevor sie sich aufrappeln und dem Trupp folgen konnte.

Gegen Mittag wurde aus dem Niesel- ein Landregen, und sie krochen in eine Gebüschgruppe, die locker verteilt neben dem Weg lag. Kiefern, junge Platanen, dünne Birken und die allfälligen Eschen bildeten mehrere dicht von Knöterich und Winden überwucherte Pflanzenknäuel, in deren Innerem jeweils ein halbes Dutzend Menschen Platz fand und halbwegs trocken saß. Alles, was sich zu Schüsseln umfunktionieren ließ – Helme, Lederkappen, in einem Fall ein Schuh –, wurde in den Regen nach draußen gestellt, um das Wasser aufzufangen. Es war nicht wirklich kalt, aber es reichte, um zu zittern und sich nur einen einzigen Komfort zu wünschen, nämlich den, die nassen Kleider ausziehen zu können. Überrascht sah Magdalena zu, wie die Menschen, mit denen zusammen sie Schutz gesucht hatte, genau das taten. So, als wäre es das Natürlichste, zogen Männer und Frauen ihre formlosen Kittel aus, wrangen das Wasser aus ihnen und warfen sie auf einen Haufen; und so, wie sie es irgendwie schafften, die Schamgrenze aufrechtzuerhalten und sich gegenseitig nicht zu sehen, obwohl sie auf Tuchfühlung aneinandergekauert saßen, so schaffte es Magdalena nicht, die halb nackten Körper *nicht* anzustarren. Sie waren alle sehnig und knochig, die Haut bleich und fleckig und gepuckert wie die von gerupften Gänsen in der Kühle; die Arme der Männer besaßen weniger Muskeln als vielmehr knotige Sehnen, und die Brüste der Frauen waren nicht viel mehr als schlaffe Hautsäcke, die auf deutlich sichtbaren Rippen baumelten. Sie massierten sich mit unbewussten Bewegungen über Körper und Gliedmaßen und hielten sich so warm, bis Magdalena es vor Verlegenheit und Kälte gleichermaßen nicht mehr aushielt und mit der gemurmelten Erklärung, nach den anderen Mitgliedern ihres verlorenen Haufens sehen zu wollen, hinaus ins Freie kroch. Der Regen schlug ihr ins Gesicht; sie fühlte den völlig durchnässten Stoff auf ihrer Haut nochmals abkühlen und erschauerte.

Draußen kam ihr zu Bewusstsein, dass es ein drittes Gefühl gab, das sie dort im Gebüsch gepeinigt hatte, und dass es eigentlich dieses Gefühl war, das sie am heftigsten dazu gedrängt hatte, den Unterschlupf zu verlassen – das Gefühl, nicht dazuzugehören, das sich in vielen Dingen manifestierte, aber vor allem in der Tatsache, dass die Dörfler ihre Halbnacktheit miteinander teilten, wogegen sie, Magdalena, in ihren klatschnassen Habit gehüllt, zwischen ihnen gesessen hatte wie eine zerschlissene Krähe, die sich auf einen Hühnerhof verirrt hatte und um die alle anderen Vögel einen weiten Bogen machten. Allein, allein, allein ... die Jahre im Kloster hatten sie darin geübt, allein zu sein, ohne sie jemals an die Bitterkeit dieses Daseins zu gewöhnen. Der Falke unter den Tauben … ein guter Witz. Sie war so wenig ein Falke, wie die anderen Frauen sanfte Tauben gewesen waren. Alles, was sie gewesen war, war ein Jemand, war eine Hülle namens Schwester Magdalena Caterina, die die geflüsterten Unterhaltungen im Kapitelsaal zwar gehört, aber nie daran teilgenommen hatte, die die stumme Gestensprache im Refektorium zwar verstanden, aber nichts dagegen hatte unternehmen können, dass sie an ihr vorbeigeführt worden war. Nun war sie in der Welt draußen, unter den Menschen, und es war wieder genauso: Sie war kein Bestandteil des Lebens, sie war lediglich eine Beobachterin. Ihr besonderer Sinn ließ Gefühlsfetzen zu ihr dringen: die mühsam unterdrückte Panik einer Gruppe von Menschen auf der Flucht; Wut und Entsetzen über den Verlust ihrer Heimat; den winzigen warmen Hauch von Komfort, den sich ein Paar gab, das es bis hierher gemeinsam geschafft hatte und sich in der Kälte gegenseitig umarmte; eine verworrene Mischung aus Dankbarkeit, Unglauben und Misstrauen, die aus einem Geist stammte, der sprudelte und siedete wie ein Wasserkessel und der zu Enrico gehören musste; die stille Kampfbereitschaft, vermischt mit Angst, die die anderen Wölfe ausstrahlten, ein einfaches Gemüt, das im Strudeln all dieser Schwingungen in sich selbst ruhte wie ein Felsbrocken in einem Wildbach: Urso … Magdalenas Gabe hatte sie zu einer natürlichen Beobachterin des Lebens gemacht; ihr Charakter und ihre Erziehung ließen es nicht zu, dass sie die Distanz von der Beobachterin zur Teilnehmerin einfach überschritt. Gewiss, sie mischte sich ein, sie tröstete, stillte Schmerzen und gab Beistand oder diskutierte auf der leidenschaftlichen philosophischen Basis ihres Glaubens … Aber während Schwester Magdalena Caterina dies tat, blickte der Mensch, der Schwester Magdalena Caterina eigentlich war, aus ihren Augen, hörte mit ihren Ohren und fragte sich, warum niemand die Hand ausstreckte und in diese Hülle aus schwarzem Habit, weißer Haut und kühler Kompetenz hineinfasste und das kleine Mädchen dort drin berührte und streichelte.

Das Zittern war so schlimm, dass ihre Zähne aufeinanderschlugen. Die Hitze, die vom Laufen gekommen war, hatte sich längst in Erschöpfung verwandelt. Das kalte Regenwasser lief unter dem Habit an ihrem Körper hinunter, wie es zuvor der Schweiß getan hatte, und sie spürte das leichte Ziehen im Unterleib, das ihr sagte, sie hätte nach ihren Monatsblutungen eigentlich Ruhe und Wärme gebraucht. Der schwere, triefende Stoff auf ihrer Haut war die Berührung eines Amphibiums, das sich an ihren Leib schmiegte. Ein Teil ihres Geistes sagte kühl: Mach es wie die Dörfler, sie wissen, wie man mit so einem Wetter umgeht, um sich nicht den Tod zu holen; der andere Teil sagte: Ich halte es nicht mehr aus, ich muss dieses Kleid ausziehen, das ich immer mehr als Verkleidung empfinde, das meine Haut jetzt wegen seiner Kälte und Klammheit so abstößt, wie meine Seele es schon lange abstoßen möchte. Ihr Zittern verstärkte sich, als sie sich dieser Gedanken bewusst wurde. Wie jemand, der sich verirrt hatte, starrte sie das Gebüsch um sich herum an, bis sie plötzlich bemerkte, dass eines von ihnen für ihren Sinn wie ein blinder Fleck war. Sie wühlte sich hinein und fand in seinem Inneren den gleichen, nur halb durchnässten, vom Blätterdach behüteten und mit dem Laub und Mulch vom Vorjahr bedeckten Raum wie vorhin, nur dass sie hier allein war.

Schwer atmend kauerte sie auf dem Boden. Als sie versuchte, das Gebende zu lösen und mit dem Schleier abzustreifen, bebten ihre Finger so sehr, dass sie sich die Haare dutzendweise ausriss. Schließlich legte sie die Kopfbedeckung so sorgsam neben sich, als wäre sie in ihrer Zelle im Kloster, und fuhr sich durch das achtlos kurz geschorene Haar, das sich kalt, nass und fettig anfühlte. Seit sie ins Kloster eingetreten war, war dies das erste Mal, dass sie ihr Haupt unter freiem Himmel entblößte. Sie gab einen kleinen Laut von sich. Als sie die Hände sinken ließ, drang die Kühle an ihren Schädel und ließ sie noch mehr erschauern.

Die Kukulle war so mit Nässe vollgesogen, dass es beinahe unmöglich war, sie über den Kopf zu streifen. Der klamme Stoff strich über ihr Gesicht. Einen Augenblick blieb sie, wie sie war, die Arme halb erhoben, verborgen im Inneren des Kleidungsstücks, eingehüllt in dessen Geruch nach Rauch, ruinierter Wolle und ihrem eigenen Schweiß. Kühle kroch über die Knie an ihre Schenkel, und mit Entsetzen wurde ihr bewusst, dass das Hemd mit hochgerutscht war und dessen Saum jetzt oberhalb ihrer Knie auf ihrer Haut klebte. Sie begann sich zu winden und zu drehen; wenn der Stoff ihrer Kukulle sich mittlerweile nicht so nass und schwer und vollkommen widerwärtig angefühlt hätte, hätte sie die Nerven verloren und die schwarze Kutte wieder übergestreift. Sie fühlte, wie das Hemd wieder nach unten rutschte, klemmte es unter den Knien ein, verdrehte ihren Oberkörper und arbeitete mit den Schultern, und plötzlich war die Kutte über ihrem Kopf, rutschte aus ihren Händen und ploppte mit einem schweren Geräusch auf den Boden. Ein unpassend sarkastischer Gedanke flatterte durch ihren Kopf: Das war wie bei einer Geburt! Das Hemd, viel dünner als die Kukulle und nicht nur vom Regen, sondern auch vom Schweiß des Rennens feucht, kühlte sich ab; es gab ihr das Gefühl einer metallenen Rüstung, an der sich an einem Frosttag langsam der Reif niederschlägt. Sie stöhnte leise und biss die Zähne zusammen, um das Klappern zu unterdrücken.

Die Dörfler hatten ihre Kleider abgestreift, ausgeschüttelt und auf den Boden gelegt und dann mit beiden Händen begonnen, ihre nackte Haut abzureiben. Magdalena, das nasse Hemd als letztes Hindernis zwischen sich und diesem Versuch, sich selbst zu erwärmen, erkannte, dass es vergleichsweise leicht gewesen war, die Kukulle abzustreifen. Unter dem Hemd war sie nackt. Splitternackt. Der Leinenstreifen, der ihr als Bruche gedient hatte, war von ihrer Monatsblutung ruiniert worden, und sie hatte keinen Ersatz mitgenommen. Sie begann, die Kukulle auszuschütteln und dann auszwringen, als wäre sie tatsächlich so triefend nass, dass sie das Wasser nicht halten konnte, doch es war nur ein Versuch, Zeit zu gewinnen. Sie zitterte in der Kälte. Sie war noch niemals völlig nackt gewesen, nicht einmal zu den Zeiten, als sie fiebrig auf ihrer Pritsche lag und ihre Schwestern ihre Brust mit warmem Schweineschmalz, Kamillenextrakt und Minze eingerieben hatten; die warmen, massierenden Hände waren einfach unter Kukulle und Hemd geschlüpft und hatten ihr Werk im Geheimen verrichtet.

Der Gedanke, dass ihr eine weitere fiebrige Erkältung bevorstehen mochte, wenn sie es nicht über sich brachte, auch das Hemd abzuwerfen und sich warm zu massieren, blitzte so deutlich in ihr auf, dass es schien, als käme er von außen. Dann erkannte sie, dass er tatsächlich von außen kam, und sie drehte sich um und hatte das Gefühl zu sterben.

Lorenzo stand hinter ihr und starrte auf sie hinab. Sie gab den Blick zurück. Sie ahnte, dass es so aussah, als kauere die Delinquentin im Marterhemd vor dem Henker. Selbst ihr kurz geschorenes Haar trug zu diesem Eindruck bei. Lorenzo war dem Beispiel der Dörfler gefolgt und hatte bis auf eine enge, an den Knien endende und an der Hüfte mit einem Stoffband zusammengeschnürte Hose alle Kleidungsstücke abgelegt. Ihr wurde bewusst, dass sie niemals zuvor einen Mann in unbekleidetem Zustand gesehen hatte. Im Kloster waren die wenigen Knechte selbst bei größter Hitze stets sittsam gekleidet gewesen. Sie hatte sich den Körper eines Mannes wie die größere Ausgabe eines Knaben vorgestellt, knochige Schultern, schlaksige Arme, ein magerer Brustkorb ... Die Wahrheit war so anders, wie ihr eigener Körper anders war als der eines kleinen Mädchens, und sie wurde sich dieses eigenen Körpers unvermittelt bewusst. In diesen kurzen Augenblicken, in denen sie Lorenzo Ghirardi anstarrte, machte ihr Geist einen

Sprung und überwand fünfzehn Jahre Dunkelheit und Ignoranz und medizinisches Halbwissen über die mechanischen Funktionen des menschlichen Körpers und fand sich fassungslos all den anderen Möglichkeiten gegenüber, zu denen Gott das Wunder Mensch bestimmt und nach seinem eigenen Vorbild geschaffen hatte. Durch ihren Leib rann ein Schauer, der nur halb unangenehm war; als es ihr bewusst wurde, starb sie noch ein bisschen mehr.

Lorenzo ließ sich auf ein Knie nieder. Er unterbrach den Blickkontakt keinen Moment lang. In der durcheinanderwirbelnden Mischung aus eigenen Gedanken und fremden Schwingungen erkannte sie, dass er ebenso wenig dazu in der Lage war wie sie selbst. Sie starrte in seine dunkelblauen Augen und sah gleichzeitig seinen weißen, mit Muskeln und Sehnen wie gemeißelten Oberkörper, die scharf gezeichneten Schultern, die Muskelpakete an den Armen, die flache, harte Senke seines Bauchs. Sie wusste, dass in diesem Augenblick wie schon in anderen zuvor ihr besonderer Sinn keine Einbahn war, sondern dass er ebenso in der Lage war, ihre Gefühle zu empfangen, wie sie die seinen empfing. Irgendwann in der Spanne zwischen der Erkennung ihres Körpers und seinem Entschluss, sich vor sie hinzukauern, war das Entsetzen darüber und die Panik, welche Gedanken sich plötzlich in ihr befreit hatten, gewichen. Ohne es genau zu wissen, verlangte sie danach, dass er über ihre Gefühle Bescheid wusste. Seine Hose war durch die Bewegung und die Feuchtigkeit, die sie an seinen Oberschenkeln kleben ließ, nach unten gezogen worden; auf die gleiche Weise, auf die sie ihn ermessen hatte, ohne den Blick von seinen Augen abzuwenden, sah sie nun die Halbmonde der Beckenknochen, über die der obere Hosensaum gerutscht war, sah das scharfe V, das von den Hüften nach unten führte … Sie ahnte, wo sich dieses V treffen würde, wenngleich sie keine Ahnung hatte, wie es aussehen würde. Von seiner Brust zog sich ein dunkler Haarflaum über seinen Bauch, verengte sich beim Nabel und fiel von dort in einem schmalen Streifen nach unten ab, unter den Hosensaum, aus dem ein etwas breiterer Streifen dunklen, wolligen Haares aufstieg und sich mit ihm traf. Sie starrte in seine Augen. Er starrte in ihre Augen. Sie hörte seinen Herzschlag und spürte seine Verwirrung und was in dieser Verwirrung mitschwang. Es übertrug sich auf sie. Es öffnete eine Tür in ihrem Geist und eine Schleuse in ihrem Körper.

Er streckte eine Hand nach ihr aus.

Sie wusste, dass sie zum Tod verurteilt war, wenn die Hand sie berührte. Schwester Magdalena Caterina würde sterben. Es war unklar, wer aus diesem Tod in ihrem Körper auferstehen würde. Es war möglich, dass es niemand war, dass die Erfahrung die bange kleine Seele tief dort drin einfach verbrennen würde. Sie wurde sich darüber klar, dass die Angst davor nicht größer war als der Wunsch, dass es so geschehen möge.

Lorenzos Hand hing vor ihrem Gesicht.

Sie empfing das Bedürfnis, die Bewegung zu vollenden und sie auf ihre Wange zu legen, und sendete das Bedürfnis, die Berührung zu spüren. Sie empfing den Wunsch, die andere Hand ebenfalls auszustrecken und ihren Körper zu umfangen und heranzuziehen und an sich zu pressen, und sendete den Wunsch, in der Umarmung aufzugehen. Dann verwirrten sich beide Gefühlsstürme vollkommen, und sie spürte unter ihren Fingerspitzen die kühle Haut des Mannes vor ihr und wie sich die Muskulatur seines Brustkorbs über seinem Sternum teilte und das harte Haar in diesem Tal, die Narben über seinem Oberkörper, ihre Finger strichen über seine Brustwarzen und ließen sie hart werden, ihre eigenen Brustwarzen wurden zu Knoten und die Berührung des nassen Hemdes schmerzhaft und lustvoll gleichermaßen, der Streifen der Körperbehaarung führte ihre Hand nach unten, seine Bauchdecke zuckte und brach in Gänsehaut aus, der kleine Brunnen seines Nabels und darunter die Senke, die unter der Berührung ebenfalls zuckte, ihr eigener Bauch zuckte mit, sie sah seine Hand immer noch reglos in der Luft hängen und wusste, sie würde verbrennen unter seiner ersten Berührung, Ströme aus Eiswasser und flüssigem Feuer rannen unter ihrer Haut und sammelten sich in ihrem Becken, senkten sich südwärts und überschwemmten ihren Schoß, sie fühlte sich nach vorn sinken und in seine Arme, das glattraue, kalt-warme, beruhigend-erregende Gefühl von sich überall berührender bloßer Haut füllte sie aus, sammelte sich in ihrem Rückgrat und schoss auf einer Bahn aus unhörbarem Jauchzen nach oben, explodierte in ihrem Kopf und sprengte ihren Geist auseinander. Tausend Fünkchen auf perfekten Parabeln, die in allen Richtungen davonwirbelten, und jedes einzelne von ihnen taumelnd, flirrend, schreiend, zuckend, in jedem der Fünkchen steckte Magdalenas Seele, und die Blume aus Funken sank zu Boden und flimmerte und ließ ein tausendstimmiges Seufzen hören und verlosch in einem weiten, hallenden, schwarzen Raum …

Magdalena starrte Lorenzo an. Keiner von ihnen beiden hatte sich bewegt. Lorenzos Augen waren glasig. Er ließ die ausgestreckte Hand sinken. Auf seinen Wangen brannten rote Flecken. Magdalena spürte die Berührung des nassen Hemdes auf ihrem Körper wie eine Umhüllung aus erstarrten Flammen. Sie ahnte, dass die Nässe, die sie zwischen ihren Schenkeln spürte und die sich anfühlte wie ein gewaltsamer Ausbruch ihrer Monatskrankheit, kein Blut war. Sie wusste nicht, was ihr zugestoßen war, aber sie wünschte sich schon jetzt, das Erlebnis wiederholen zu können. Vor ihrem inneren Auge senkten sich immer noch die Nachbilder der Funkenparabeln zu Boden. Sie versuchte zu erfühlen, welche Schwingungen von Lorenzo ausgingen, und stellte fest, dass ihr besonderer Sinn für den Augenblick verstummt war; er war nicht nötig, sie war sicher, dass sie nur die Hand ausstrecken und Lorenzo berühren musste, um zu wissen, was in ihm vorging.

Sie hob einen Arm aus Blei, der sich an einem Schultergelenk aus Sand drehte.

Lorenzo stand plötzlich auf. Er sah an sich herab. Ihre Blicke folgten den seinen. Aus seinem Schoß ragte ein Pfahl, der den dünnen Stoff der Hose spannte. Ihre Blicke trafen sich. Sie wusste, was er sich wünschte, und Angst schoss in ihr hoch, dass er diesen Wunsch aussprechen würde, denn ihr war klar, dass sie sich dem Wunsch nicht verweigern würde, weil es trotz all der Angst auch der ihre war. Am Rand ihres Blickfelds erhob sich der Pfahl unter seiner Deckung aus dünnem, in der Feuchtigkeit fast durchsichtigem Stoff und sah gleichzeitig mächtig und verletzlich aus. So, wie sie vor ihm kauerte, schien das verhüllte Organ direkt auf sie zu zeigen, sich ihr entgegenzurecken.

Magdalena ließ den angehaltenen Atem zischend entweichen. Ihr Geist verließ erneut das elende Gebüsch und die triefende Kälte. *Er* würde eindringen, aber *sie* würde ihn umfangen; *er* würde erobern, aber *sie* würde ihn aufnehmen; *er* würde der Schlüssel sein und *sie* das Schloss …

Seine Augen zuckten.

»Wir müssen weiter«, sagte er plötzlich, drehte sich um und floh aus dem Gebüsch, noch bevor Magdalena die Chance hatte, ihn zu berühren – oder ihm zu sagen, dass das, was er in diesen Bruchteilen von Augenblicken in ihr gesehen hatte, ihre nackte, reine Seele gewesen war und dass sie nichts sehnlicher gewünscht hatte, als ihm diese zu schenken.

34.

Die Rauchwolke hatte sich anfangs wie ein schütterer Bienenschwarm über dem Schilf und den Baumgruppen erhoben, war dichter und dunkler geworden und stand schließlich wie ein niedergedrückter, nach Osten zerfasernder Riesenpilz zwischen dem Land und dem Regen. Bandini lenkte sein Pferd von der Straße in das offene Feld hinein, ohne etwas zu sagen. Die Männer folgten ihm ebenso schweigend. Er ließ sein Pferd in langsamem Trab laufen, doch die dunkle, träge wallende Erscheinung schien ebenso zu locken wie zu warnen, und als die Lockung stärker wurde, spornte er seinen Gaul. Die letzten zehn Minuten legten sie in schnellem Galopp zurück, und als sie auf die Nebenstraße trafen, die nicht mehr als eine breite Spur im Gras war, schlossen sie zu einer engen, vorwärtsdonnernden Linie auf, die jeden Feind, der sich ihr entgegengestellte, niedergetrampelt hätte. Die Spur wurde zu einem breiten Pfad, und schließlich ließ Bandini halten. Die Wolke hing direkt über ihnen, rot und golden beleuchtet an der Unterseite, jetzt kein Pilz mehr, sondern die Hand eines Giganten, die sich drohend erhob und nach ihnen zu greifen schien. Funken wirbelten, der Geruch eines tosenden Feuers drang in ihre Nasen, vermischt mit dem Gestank nassen Rauchs und feuchter Asche. In die Stille nach dem Hufgedröhn hörten sie ein heftiges Prasseln. Zwischen ihnen und der Stelle, an der das Feuer wütete, lag eine ausgedehnte Fläche mit fast baumhohem Schilf.

»Niccolò, T. G., Kardinal – Zangenbewegung nach West!«, befahl Bandini. »Schaut nach, was da brennt. Wenn wir sicher vorrücken können, kommt der Kardinal zurück und holt uns andere.«

»Wann wissen wir, ob es sicher ist?«, fragte der Kardinal und grinste spöttisch.

»Wenn du mit einem Bolzen in deinem blöden Schädel zurückkommst, ist es nicht sicher«, sagte Bandini.

T. G. warf seinem Kumpan einen zornigen Blick zu. »Wenn wir angegriffen werden?«, fragte er dann knapp.

»Abhauen«, sagte Bandini.

»Es könnten die Leute sein, die wir suchen.«

»Ihr werdet sie zu dritt nicht schnappen.«

T. G. nickte. Er war ein Bandit, aber er war kein völliger Narr. Er schnürte den schweren Ballen aus Decken, Beuteln und Proviant hinter seinem Sattel los und ließ ihn auf den Boden fallen. »Vergesst ihn bloß nicht, ihr Pfeifen«, sagte er zu den Zurückbleibenden. »Da sind das Mehl und die Graupen drin.«

»Guten Appetit, wir bringen alles mit«, sang Pietro Trovatore.

Die Kundschafter entfernten sich nach Westen vom Weg und verschwanden hinter Buschwerk. Bandini nahm schweigend seine Armbrust vom Sattelhaken und stemmte sie ein, um sie zu spannen. Aus dem Augenwinkel sah er, dass Pietro schon damit angefangen hatte. Buonarotti lockerte den Katzbalger in seinem Gürtel und wog die Hiebaxt in der Hand, bevor er sie wieder in ihre Schlaufe am Sattel zurückschlüpfen ließ. T. G.'s Leute sahen ihnen mit dumpfen Gesichtsausdrücken zu, bevor eine Art Erkenntnis simultan durch sie hindurchging und sie hektisch begannen, ihre jeweiligen Waffen ebenfalls einsatzbereit zu machen. Bis auf das unvermeidliche Sattelknarren, Klingen von Metall und das Schnauben und Stampfen der Pferde gab es keinen Laut; als einer der Florentiner Banditen Rauch in den Hals bekam und zu husten anfing, versuchte er ihn zu unterdrücken und erstickte beinahe daran. Bandini blickte zu Pietro hinüber und stellte fest, dass der Mann ihn seit Längerem musterte; bevor Bandini den Blickkontakt unterbrechen konnte, lächelte Pietro und nickte.

Bandini biss die Zähne zusammen. Ein halber Tag und eine Nacht in Gesellschaft Pietros hatten ihn gelehrt, was die Geste bedeutete: Er hatte einen Befehl erteilt, den Lorenzo Ghirardi in ähnlicher Situation ebenfalls erteilt hätte. Die gleiche Wut wie beim ersten Mal, als er die Sachlage durchschaut hatte, schoss in ihm hoch, und genau wie beim ersten Mal bezwang er sie. Bandini traute Pietro und Buonarotti nicht über den Weg, was ihre Loyalität betraf, und er war überzeugt, dass die beiden versuchen würden, Lorenzo auf irgendeine Weise zu warnen. Zugleich waren sie bis jetzt die zuverlässigsten Mitglieder seines Haufens gewesen. Niccolò wiederum würde Lorenzo noch in die Wade beißen, wenn er Bandini damit helfen konnte, ihn festzunehmen, aber als Mitglied einer Truppe und gar als Bandinis Stellvertreter war er eine Zumutung. Die Banditen zuletzt waren, was Disziplin und Verstandesleistung anging, jenseits von Gut und

Böse. Es lief darauf hinaus, dass die einzigen verlässlichen Männer in Bandinis Gruppe die waren, denen er nicht trauen durfte. Bandini wandte den Blick erst ab, als Pietros Augen abdrifteten. Seine verstümmelte Hand zuckte.

Dann erschien der Kardinal weiter vorn in der Biegung der Straße, wo sie um den Schilfwald bog, und winkte ihnen zu. Die Banditen atmeten auf und packten ihre Waffen weg. Pietro und Buonarotti blickten Bandini an; sie senkten ihre eigenen Waffen keinen Zoll – so wenig wie Bandini selbst. Er schnalzte mit der Zunge und ritt an die Spitze der Truppe.

Der Kardinal saß mit hängenden Schultern im Sattel. Er war bleich. Der Regen lief ihm über das Gesicht. Die Straße machte einen weiteren Bogen; sie schlängelte sich in ziellosen Kurven und folgte dem Zickzack der trockenen Stellen in diesem wie ein Schwamm vollgesogenen Landstück. Etwas wie ein kleines schmutziges Bündel lag auf der Straße – Bandini beugte sich beim Vorbeireiten hinunter: ein Hund. Die abgebrochenen Stummel von zwei Armbrustbolzen ragten aus seinem schmächtigen Körper. Bandini schaute immer noch zu dem getöteten Tier, als er um die nächste Kurve bog. Dann warnte ihn sein Instinkt, nach vorn zu blicken.

Er sah ein gutes Dutzend Leute auf der Straße stehen, Niccolò und T. G., die abgestiegen waren, zwischen ihnen. Dann sah er, dass die Leute allesamt Männer waren und dass Niccolò und T. G. jeweils von zweien von ihnen festgehalten wurden, während ein dritter ihnen ein Messer an die Kehle hielt.

Bandini brauchte weniger lang, um die Situation zu erfassen, als Niccolò benötigte, um ein dämlich-entschuldigendes Lächeln auf sein Gesicht zu zaubern; er riss sein Pferd herum und machte den Mund auf, um »Zurück, alles zurück!« zu schreien. Der Befehl wurde nie erteilt.

Hinter ihnen trat ein weiteres Dutzend Männer aus ihrem Versteck im Schilfdickicht und hob Armbrüste, Bogen und Gewehre. Bandini sah sofort die beiden Schützen, die auf den Kardinal zielten und wahrscheinlich die ganze Zeit auf ihn gezielt hatten.

Sie waren in eine Falle gelockt worden.

Der Kardinal zuckte verlegen mit den Schultern und rollte mit den Augen zu den Männern hin, die ihn bedrohten. Die Florentiner warfen sich entsetzte Blicke zu und fluchten. Sie ließen ihre Pferde sich auf der Stelle drehen und rempelten sich gegenseitig an. Pietro Trovatore und Buonarotti senkten ihre Waffen und wechselten einen Seitenblick. Während ein Teil von Bandini vor Schreck und Wut gleichermaßen erstarrte, heftete der andere einen genaueren Blick auf die Bewaffnung der Schützen.

»Arschloch«, sagte er verächtlich zum Kardinal. »Die Lunten brennen nicht mal.«

Einer der beiden Männer, die auf den Kardinal zielten, musterte ihn, dann schwenkte er schweigend den Lauf seiner Waffe herum, zielte und drückte ab. Der Körper des toten kleinen Hundes auf der Straße sprang in einer Fontäne aus Wasser, Schmutz und Fleischfetzen in die Höhe und schleuderte ein paar Schritt weit davon. Die Florentiner waren mucksmäuschenstill. Ihre Gesichter bestanden aus Augen und Mündern und nicht viel mehr. Pietro und Buonarotti unterschieden sich nicht von ihnen. Bandini hatte den Verdacht, dass dies auch auf ihn selbst zutraf.

Der Schütze begann mit flinken Bewegungen sein Gewehr nachzuladen, ohne Bandini auch nur einen Moment aus den Augen zu lassen. Er vollführte alle Handgriffe blind. Es bedurfte nicht mehr dieser Demonstration, um zu beweisen, dass es sich bei ihm und seinen Kumpanen nicht um Bauern handelte, die zufällig zu Waffen gekommen waren. Am Oberarm des Schützen baumelte ein schwarzes Band.

Als der niemals in seiner Umsicht nachlassende Profi in Bandini unbewusst bis dreißig gezählt hatte, war das Gewehr wieder feuerbereit. Es brannte immer noch keine Lunte, doch Bandini war überzeugt, dass der nächste Schuss ebenso losgehen würde wie der erste. Der Lauf des Gewehres zielte jetzt auf ihn.

Bandini hängte seine Armbrust an den Sattelhaken und hob langsam beide Hände.

Niemand brauchte Antonio Bandini zu sagen, dass seines und das Leben seiner Männer an einem Faden hingen, gegen den die sprichwörtliche Seide ein Schiffstau gewesen wäre. Dass es die Schwarze Schar war, die das Dorf angezündet hatte und in deren Hände sie gefallen waren, stand außer Zweifel. Seine Gedanken rasten, während man sie vorwärtstrieb, doch sie rasten in geordneten, kühlen Bahnen, und während sein Auge alles aufnahm, was er zu sehen bekam, war sein Hirn bereits damit beschäftigt, es einzuordnen, zu bewerten und zu einem größeren Ganzen zusammenzufügen, und das hieß: Wie kommen wir hier wieder heraus?

Sie hatten von ihren Pferden absteigen und ihre Waffen abgeben müssen;

doch während die Waffen mit einer Art Achtlosigkeit auf einen Haufen geworfen wurden, nahm man die Pferde beim Zügel und führte sie beiseite, und die Männer, die das taten, benahmen sich nicht so, als hätten sie viel Erfahrung mit den Tieren.

Die Hütten brannten, und es mochten Tote darin liegen, aber erschlagen auf der Straße erblickte Bandini nur einen alten Mann und eine mehrköpfige Familie. Zusammen mit dem Hund und den eventuellen Leichen in den Hütten machte das immer noch zu wenig Opfer für die Größe des Dorfes aus. Es war fast verlassen gewesen.

Üblicherweise waren die Wege zwischen den Hütten eines geplünderten Dorfes übersät mit zerbrochenen Gegenständen und zerfetztem Stoff. Hier fand sich nichts. Wenn die Schwarze Schar zum Plündern hierhergekommen war, war sie umsonst gekommen; warum hatte man sich dennoch die Mühe gemacht, die wenigen Zurückgebliebenen zu ermorden und das Dorf in Brand zu stecken?

Eine Gruppe von knapp einem halben Dutzend zerzauster, verschwitzter Männer kümmerte sich um Pferde, denen der Regen den Schaum in Flocken vom Fell wusch. Ein Mann lag halb aufgerichtet auf dem Boden, den Rücken seines Hemdes blutgetränkt, schwer atmend und mit jener Grauheit im Gesicht, die besagte, dass ein Bader, der ihn retten wollte, sich höllisch beeilen musste. Es waren zehn Pferde; eines davon zuckte und rollte wild mit den Augen, schlug aus und wehrte sich mit aller Kraft gegen die Versuche, ihm einen Armbrustbolzen aus der Hinterhand zu ziehen. Niemand schien zu wissen, wie man ein panisches und verletztes Pferd beruhigen konnte. Ein lockerer Ring aus Zuschauern stand um die Gruppe herum; sie machten finstere Gesichter, aber ansonsten keine Anstalten, ihnen zur Hand zu gehen. Die überzähligen Pferde waren gesattelt und aufgezäumt, als hätten auch sie zuvor Reiter gehabt.

»Hier hat jemand was gesucht und nicht gefunden«, raunte Pietro Trovatore, der neben Bandini schritt.

»Die da haben jedenfalls was gefunden, was sie gar nicht finden wollten«, erwiderte Bandini und wies mit dem Kopf auf die derangierte Gruppe mit den Pferden.

Sie wechselten einen Blick miteinander. In Pietros Augen stand ganz klar: Lorenzo. Bandini schnaubte.

Zwischen den Hütten war die Hitze so groß, dass nicht einmal der Regen hierher durchzudringen schien. Als Bandini zu fürchten begann, dass man sie einfach ins Feuer hineintreiben würde, hielt man sie an. Der Ring aus Bewachern um sie herum öffnete sich nach vorn.

Mitten auf der Straße stand ein hochlehniger Herrenstuhl. Ein schmaler, dunkel gekleideter Mann saß darin und blickte ihnen ruhig entgegen. Hinter ihm bildete der Rauch eine pechschwarze Kulisse, in der Flammen loderten und Feuerwalzen, die aus den Hütten in die Luft gesogen wurden, rollten. Der Baum, an dem der Stuhl so nahe stand, dass der Mann kurz vorm Rösten sein musste, schwelte und rauchte. Die schwarze Kleidung des Mannes schien sich mit dem Hintergrund aufzulösen, als ob Rauch und Flammen ihn ständig neu bildeten. Bandini warf seinen Männern einen Blick über die Schulter zu. Wer nicht mit Entsetzen den Mann im Herrenstuhl anstarrte, blickte mit angstvollem Gesicht nach unten und schlug Kreuzzeichen. Pietro und Buonarotti versuchten den Eindruck zu erwecken, gelassen zu sein, schafften es aber nicht. Niccolòs Mund stand offen. Sein Gesicht hatte alle Farbe verloren.

»Das ist der Teufel«, hörte er jemanden flüstern.

Nein, dachte Bandini, dessen Gedankenlauf am Ziel angekommen zu sein schien und der förmlich gehört hatte, wie er in seinem Gehirn einrastete. Das ist Konrad von Landau, aber es kommt auf das Gleiche raus.

Der Mann in Schwarz stand auf und winkte einen seiner Leute heran. Dieser flüsterte ihm etwas ins Ohr. Über Landaus Gesicht huschte ein Lächeln.

»Ich höre, Sie haben uns Pferde mitgebracht«, sagte er mit nur dem leisen Anflug eines Akzents. »Vielen Dank. Leider müssen wir uns nun von Ihnen verabschieden.«

Die Bewacher um sie herum wandten sich ihnen zu. Armbrüste hoben sich, Äxte und Spieße, Bogen wurden gespannt und Gewehre in Anschlag gebracht. Jemand aus T. G.'s Gruppe stieß einen entsetzten Fluch aus. Unwillkürlich drängten sich die Männer näher aneinander.

»Sie haben jetzt schon mehr Pferde als Leute, die sie reiten können«, hörte Bandini sich sagen. »Falls Sie nicht Gäule zum reinen Vergnügen sammeln, sollten Sie mit dem Leben von Männern, die sich auf einem Pferderücken zurechtfinden, nicht so verschwenderisch umgehen.«

Konrad von Landau musterte Bandini eine lange Weile über die rauchgeschwängerte, hitzeflirrende Distanz hinweg, dann winkte er ihn heran. Zwei der Bewacher gesellten sich links und rechts zu ihm, packten seine Arme und trugen ihn fast nach vorn. Sie zwangen ihn nicht auf die Knie vor dem

Thronsessel, und Landau stand auch nicht auf, um den Größenunterschied wettzumachen. Bandini blickte auf den Mann hinab, und es bescherte ihm keinerlei Gefühl der Überlegenheit. In den Augen Landaus spiegelte sich das Feuer, die Hitze in seiner Nähe ließ Bandinis unrasierte Wangen knistern und die Luft in seiner Nase brennen.

»Hören die Männer auf Sie?«, fragte Landau.

»Ich bin ihr *capitano.*«

»Eine bunte Mischung.«

»So bunt wie das Leben, Herr Konrad«, sagte Bandini und versuchte, den Namen ohne Akzent auszusprechen. Er hatte stets gedacht, dass er damals in Florenz nach Onkel Bernardos Verrat aus dem tiefsten Quell seiner Furcht geschöpft hatte und dass er keine größere Angst mehr empfinden könnte. Bislang war er mit dieser Annahme nicht von der Wirklichkeit eingeholt worden, nicht einmal in den beiden scheinbar aussichtslosen Situationen, die ihn sein Auge und die Finger seiner Hand gekostet hatten. Nun stellte er fest, dass er zu zuversichtlich gewesen war. Der schmale Mann in seinem mitten im Inferno stehenden Thronsessel und seine schweigsame, wie ein mechanisches Uhrwerk funktionierende Truppe ließen sein Fleisch kribbeln und seine Hoden schrumpfen vor Angst.

Landau lächelte schwach. »Legen Sie Wert darauf, *capitano* Bandini?«, fragte er und bewies, dass auch er das Ohr im Wind hatte, wenn es darum ging, seine Gegner zu kennen. »Auf das Leben?«

»Solange es mir etwas nützt«, sagte Bandini heiser und schwor sich, nicht einzuknicken, »das Leben.«

Landau nickte langsam. »Ich lege auch Wert darauf, solange es mir etwas nützt – Ihr Leben.«

Bandini erwiderte nichts. Der Speichel in seinem Mund erstickte ihn fast, aber er würde den Teufel tun, jetzt zu schlucken. Er bohrte seinen Blick in den Landaus, aber der *condottiere* erwiderte die Herausforderung nicht. Seine Augen schienen auf etwas anderes fokussiert als auf das Gesicht seines Gesprächspartners, als blickte er diesen nicht an, sondern in ihn hinein, und der Fokus seines Blicks lag nicht *auf* den Pupillen seines Gegenübers, sondern einen Zoll dahinter, *in* seinem Hirn.

»Was tun Sie hier mit Ihrem Haufen?«, fragte Landau.

Bandini wagte es. »Das Gleiche, das Sie tun. Ich jage jemanden.«

Landau lehnte sich zurück. Bandini, der selbst sein Blinzeln unterdrückt hatte, hatte das Gefühl, seine Augäpfel würden in der Hitze vertrocknen.

Landau schwitzte nicht einmal. Das Dach einer der brennenden Hütten stöhnte plötzlich, sank in sich zusammen, blähte sich auf, als würde es noch einmal Atem holen, dann krachte es endgültig in das Feuer hinein. Lodernde Riedgrasbüschel wirbelten in die Höhe; einzelne brennende Halme tanzten mit einem langen Flammenschweif durch den Rauch und gaukelten über die Straße. Landau spähte müßig nach hinten und verfolgte die aufstiebenden Funken mit den Blicken. Ein Feuerhauch strich Bandini über das Gesicht und trieb einen neuen Schweißausbruch auf seine Stirn. Landau wandte sich wieder ihm zu. Er legte die Finger vor dem Gesicht wie ein Dach zusammen und spähte darüber hinweg zu Bandini nach oben.

»Vielleicht jagen wir ja die gleiche Beute?«, fragte er.

»Dann …«, sagte Bandini und wusste, dass jetzt begann, was er stets verabscheut hatte und dessen Preis diesmal sein eigenes und das Leben seiner Männer war: die Verhandlungen. Er hatte gedacht, nicht tiefer sinken zu können, als er T. G. und sein Gesindel angeheuert hatte. Er hatte sich geirrt. »… lassen Sie uns von Jäger zu Jäger miteinander sprechen.«

35.

Revere erhob sich aus der verregneten Dämmerung als ein kompakter Haufen Mauerwerk mit Dächern, über das sich der wuchtige Turm des Stadtpalasts mit seinen rechteckigen Welfenzinnen und dem Glockenhaus reckte. Über allem thronte die atemberaubende Form des Damms. Von Lorenzos Position aus schien er selbst das Dach des Glockenhauses zu überragen. Der Geruch des Stroms drang bis hierher, gemischt mit dem leichten Duft von nasser Erde und von warmem Essen, der von der vielleicht fünfhundert Schritt entfernten Stadt zu ihnen herüberwehte; der Geruch einer großen Menge Wasser, das durch fruchtbare Ländereien läuft und von allem einen Teil mit sich trägt – Erde ebenso wie Stein, Gräser ebenso wie Holz, lebendes und totes Material, Fisch und Tang … Lorenzo war überrascht. Die Bäche seiner Heimat hatten nach nichts gerochen und nach Frische und Kälte geschmeckt; der Arno hatte südlich von Florenz ebenfalls kein Aroma besessen und westlich von Florenz nach Kloake geduftet. Der Geruch des Stroms hingegen war mächtig und besaß von Edlem und Widerwärtigem in gleichem Maß. Der Damm, der ihn hinter Revere zu zähmen versuchte, war so gewaltig, dass Lorenzo danach verlangte, den Fluss zu sehen, der einen solchen Damm brauchte, um halbwegs friedlich zu bleiben. Ohne auch nur den kleinsten Blick darauf geworfen zu haben, schien es ihm, als könne er Cortos Sehnsucht verstehen.

Er wandte sich zu Enrico um, der neben ihm ebenso flach ins hohe Gras gepresst lag und die Mauern der Stadt betrachtete.

»Die Stelle, an der Corto uns treffen will, liegt westlich von Revere?«

Enrico nickte. »Stromaufwärts. Richtung Mantua, aber abseits aller bekannten Straßen.«

»Wie weit ist es noch?«

»Eine Stunde, wenn wir schnell sind.«

Lorenzo nickte. Seine Beine waren wie aus Blei, und sein Körper schmerzte. Er fragte sich, wie den Dörflern zumute sein musste, wenn er sich schon so erschöpft fühlte. Enrico war blass und hatte Augenringe.

»Die Vesper ist vorbei«, sagte Lorenzo. »Wann machen die guten Leute hier die Tore zu?« Er verfolgte den Gang eines Wächters auf der Stadtmauer, der sich als kleiner Schatten auf dem Kamm der großen dunkelroten Fläche der Mauer abzeichnete. Weitere Schatten – noch kleiner – patrouillierten auf der Krone des Damms.

Enrico antwortete nicht. Lorenzo seufzte.

»Wir warten bis Torschluss«, sagte er schließlich. »Ich will nicht riskieren, dass am Ende ein übereifriger Stadthauptmann seine Männer rausschickt, um uns genauer in Augenschein zu nehmen, selbst wenn wir nur an der Stadt vorbeiziehen. Lassen wir's noch ein bisschen dämmriger werden.«

»Ich kenne den Treffpunkt nicht genau«, warnte Enrico. »Wenn es zu dunkel wird, finde ich ihn nicht.«

»Wir kriegen unsere Gruppe auch nicht noch einmal durch die Finsternis, das ist mir klar.«

Enrico betrachtete Lorenzo, als dieser sich umdrehte. Lorenzo lächelte, und über Enricos Gesicht huschte das kurze Licht einer Antwort. Sie maßen sich gegenseitig.

»Es ist schon ein Glück, dass wir sie bis hierher gebracht haben«, sagte Lorenzo nach ein paar Augenblicken. »Danke für deine Hilfe.«

Enrico nickte würdevoll. »Ich sage den Leuten Bescheid. Wartest du hier, bis es so weit ist?«

»Ja. Ich gebe euch Signal.« Lorenzo tat einen Moment lang so, als müsse er nachdenken. In Wahrheit hatte er schon seit Langem geplant, was er als Nächstes tun würde. »Schickst du mir Schwester Magdalena her?«

Enricos Augenbrauen wanderten nach oben.

»Wenn's brenzlig wird, laufen die Leute eher ihr hinterher als dir oder mir oder Urso. Ich möchte ihr mitteilen, was wir vorhaben.«

Enrico kroch zurück, bis er offenbar das Gefühl hatte, gefahrlos aufstehen und gebückt davonhasten zu können. Die Bürger von Revere hatten die Fläche um ihre Stadt herum gerodet, um einem eventuellen Feind weder Belagerungsmaterial noch Deckung zu bieten. Erst in einiger Entfernung von der Mauer hatten sie struppiges Buschwerk stehen lassen. Dort hatten Lorenzo und Enrico den Rest ihrer Truppe zurückgelassen, während sie kundschaften gegangen waren. Lorenzo wandte sich wieder dem Anblick der Stadt zu, die sich an den Damm kauerte, aber er sah sie nicht. Er versuchte sich auf das Gespräch mit Schwester Magdalena vorzubereiten, ein Gespräch, das er fürchtete.

Er war ratlos, was es mit der jungen Frau auf sich hatte. In vielem konnte man ihr ansehen, dass sie den Großteil ihres Lebens hinter Klostermauern verbracht hatte. Andererseits war die Naivität, die sie deshalb teilweise an den Tag legte, von einem beinahe ängstigenden Zynismus durchzogen, als wären ihre Tage im Kloster zwar beschützt, aber nicht behütet gewesen. Dann war da diese offenkundige Fähigkeit, einem ins Herz blicken zu können. Das Problem war nur, dass man es ihr, wenn es ihr gelang, sofort anmerkte, und es genügte ein Blick in ihre Augen, um festzustellen, dass und wobei sie einen durchschaut hatte. Lorenzo wäre nicht im Traum auf den Gedanken gekommen, dass er der Einzige war, dem es gelang, derart in Magdalenas Augen zu lesen.

Irgendwie hatte er es geschafft, sich zu verraten. Die Erwähnung von Buonarotti und Ser Bianchi hätte ihn beinahe ans Messer geliefert, doch er hatte sogar Enricos Misstrauen zerstreuen können. Lediglich Schwester Magdalena … Es war, als wären seine Worte nichts weiter gewesen als ein Mittel, ihr seine Gedanken zu offenbaren, wie eine Brieftaube, die nur als Übermittler der Botschaft wichtig ist, die sie trägt. Wie auch immer, sie wusste, welches Ziel er bei Corto tatsächlich verfolgte. Lorenzo wäre nicht überrascht gewesen, wenn sie geahnt hätte, welche Chancen zur Erreichung seines Ziels er seither hatte verstreichen lassen und wie schwer es ihm fiel, die richtige Entscheidung zu treffen. Er starrte blicklos zu den Mauern Reveres hinüber und roch den Duft, der von Häusern ausgeht, in denen Menschen wohnen und in Frieden ihrem Tagwerk nachgehen können. Zog man den Kloakengeruch und den ganz allgemeinen Schmutz einer großen Stadt ab, dann duftete Florenz auf die gleiche Weise und mit ihm das Haus Bianchi … seine Heimat.

Er war Schwester Magdalena heute nicht zufällig ins Gebüsch gefolgt. Als er gesehen hatte, wie sie dort hineingekrochen war, hatte er gedacht, die Gelegenheit beim Schopf ergreifen und mit ihr sprechen zu können. Sie musste verstehen, dass sie ihn nicht verraten durfte. Er hatte sich nicht bewusst bis auf die Bruche ausgezogen – das hatte er schon vorher getan, ohne das Beispiel der Dörfler dazu zu benötigen –, doch er hatte sich bewusst nicht wieder angezogen. Er wusste, dass die meisten Klosterschwestern sich vor einem Mann, der keine Mönchskutte trug, beklommen fühlten und dass nicht wenige davon vollkommen verwirrt wurden, wenn der Mann nicht züchtig genug gekleidet war. Er hatte damit gerechnet, dass er Schwester Magdalena leichter würde einschüchtern können, wenn er sie verwirrte. Stattdessen …

… wie konnte es geschehen, dass zwei Menschen so völlig und uneingeschränkt miteinander in Kontakt gerieten?

… stattdessen war die Verwirrung auf seiner Seite gewesen, als er gesehen hatte, dass sie sich bis aufs Hemd ausgezogen hatte. Er hatte sofort gewusst, dass sie nur noch nicht genügend Mut gesammelt hatte, sich völlig zu entkleiden, sonst hätte er sie nackt angetroffen. Eine Klosterschwester ohne Habit … Er hatte das zerzauste, kurze, abgefressene Haar gesehen und Mitleid gefühlt … Er hatte das Entsetzen in ihrem Gesicht gesehen, als sie sich zu ihm umgedreht hatte, und das Bedürfnis verspürt, sich zu entschuldigen … Er hatte ihren Körper unter dem feuchten Hemd gesehen, das an ihrer Haut klebte, und hatte eine plötzlich emporschießende Erregung verspürt, die er nicht einmal empfunden hatte, als Ser Domenico ihn einmal in das teuerste Hurenhaus von Padua mitgenommen hatte, wo die Frauen Göttinnen des Eros gewesen waren und jede ihrer Bewegungen dies verdeutlicht hatte; damals war seine Erregung heiß und fiebrig und rein körperlich gewesen, aber im Gebüsch mit Schwester Magdalena … Er hatte ihre Erregung gespürt, ihren Willen, die Schranken zu überwinden, die bisher für sie gegolten hatten, und die Angst davor, es zu tun, und sein Herz, sein Kern, der *eigentliche Mensch* tief in seinem Inneren war davon berührt gewesen.

Während er all dies in Gedanken aufs Neue durchlebte, ergriff die Erregung ihn so stark wie zuvor. Sie war untrennbar mit den anderen Gefühlen verbunden, die Magdalena in ihm hervorrief. Er erkannte, dass es ihn ebenso verlangte, die Frau, die unter dem Habit von Schwester Magdalena steckte, zu erkennen und ihre Gedanken zu teilen, wie ihren Körper zu besitzen; dass er genauso stark wünschte, seine Gedanken, seine Sehnsüchte, seine Pläne mit ihr zu teilen, wie sich ihr hinzugeben und ihr Führer auf dem Weg der Lust zu sein; ihr Innerstes zu erkunden und jeden Quadratzoll ihres Körpers und welche Berührung dazu führen mochte, dass sie vor Wonne keuchte; von ihr zu lernen und sie im Gegenzug zu lehren, und nicht nur über Glaubensphilosophien oder wie man im Freien überleben konnte, sondern wie er ihr die höchste Lust schenken konnte und was ihm die höchste Lust bereitete …

Sein Glied war so prall, dass es schmerzte in der engen Schamkapsel seiner Kleidung, und unwillkürlich griff er hinunter und wand und drehte sich, bis er eine andere Lage gefunden hatte und der Schmerz verebbte. Dann sah er erschrocken hoch und erwartete, in Schwester Magdalenas bohrenden Blick hineinzusehen; doch er sah sie, wie sie gebückt aus dem Buschwerk kam, und war froh, dass noch ein paar Augenblicke verstreichen würden, bis sie bei ihm war. Sein Gesicht brannte, und der einzige Plan, den er wirklich fassen und festhalten konnte, war der, eine Erklärung zu finden, um sie zu berühren, sie zu halten und zu küssen. Was bedeutete ihm Revere, was bedeutete ihm der Treffpunkt mit Corto, was bedeuteten seine geheime Mission, der Auftrag Ser Bianchis, was bedeuteten Clarice Tintori oder jeder andere Mensch im Umkreis der nächsten hunderttausend Meilen?

Schwester Magdalena warf sich neben ihm ins Gras. Sie keuchte vor Anstrengung und hielt den Blick einige Momente lang starr auf Revere gerichtet, bis sie ihn endlich anblickte. Ihre schmalen Wangen waren gerötet, aber ihre Gesichtshaut war genauso grau und fleckig wie die der anderen.

»Wann kommen wir endlich zum Treffpunkt?«, stieß sie hervor. »Die Leute brauchen Wärme … ein Feuer, etwas Warmes zu essen … Corto hat die ganzen Vorräte bei sich.«

Lorenzo holte Atem. Er hatte sich hastig zurechtgelegt, was er sagen würde: Hören Sie, Schwester, ich weiß, dass Sie mich durchschaut haben. Clarice ist durch meine Schuld in Cortos Gefangenschaft geraten, und ich werde sie wieder daraus befreien. In Florenz rüstet mein Herr im Augenblick wahrscheinlich eine halbe Armee aus, um mir dabei zu helfen, aber ich muss sie allein hier herausholen. Nicht nur um meinetwillen, sondern auch Cortos und des Wolfspacks wegen. Ser Bianchi wird wahrscheinlich Antonio Bandini das Kommando über die Truppe übergeben, und Bandini wird Corto gnadenlos zur Strecke bringen. Wenn ich Clarice vorher retten und zurückbringen kann, wird er jedoch die Jagd abbrechen, schon weil Ser Bianchi sie nicht weiter finanzieren wird. Ich weiß, dass Sie denken, ich gehöre eigentlich hierher, zu Corto und seinen Leuten, und dass Sie als Verrat empfinden, weswegen ich hier bin. Aber es ist kein Verrat. Zuerst haben mir die Männer nichts bedeutet, doch nun … Ich hätte Corto mehrfach beseitigen können; ich habe es nicht getan …

Weiter war er nicht gekommen. Als er in Schwester Magdalenas Augen sah, wusste er, dass er auch nicht weiter kommen würde. Sie wusste bereits, was er ihr mitteilen wollte, wusste es besser, als wenn er versucht hätte, es ihr zu sagen.

Er hatte ihr die Wahrheit sagen und sie überzeugen wollen, dass er nichts Böses im Schilde führte. Nun, die Wahrheit war in mehrerlei Hinsicht nötig.

»Heute … in dem Gebüsch … da wollte ich dich«, hörte er sich sagen.

Sie schwieg. Ihre Augen sprachen für sie.

»Ich wollte dich auch«, sagte sie schließlich.

»Mein Name ist Lorenzo Ghirardi«, sagte er. »Ich bin dreißig Jahre alt. Ich arbeite seit drei Jahren für Ser Domenico Bianchi in Florenz. Davor habe ich jede Sünde begangen, die ein Mensch begehen kann. Ich habe von meinem zwanzigsten Jahr an zu einer Bande gehört, die das Land am Fuß des Appennin unsicher gemacht hat. Vor mehr als drei Jahren haben wir ein Dorf überfallen …«

Ihr Anführer war Martino gewesen, dessen Vetter Paolo seine rechte Hand. Mit seinen dreißig Jahren war Martino der Älteste der Bande gewesen; Lorenzo bei Weitem nicht der Jüngste. Sie hatten Trecks von Kaufleuten überfallen oder aufgehalten und geplündert, wenn ihre Bewachung gering genug war. In den Wintern hatten sie sich getrennt; nicht wenige waren zu ihren Familien zurückgekehrt, nur um sich wieder zu vereinigen, sobald die Straßen im Frühling passierbar wurden. Sie waren Flüchtlinge, so, wie Schwester Magdalena es geschildert hatte: auf der Flucht vor einer unerträglichen Gegenwart in Armut oder vor der Aussicht auf eine ebenso erbärmliche Zukunft. Als sie sich im sechsten Jahr trafen, war alles anders. Paolo war nicht mehr dabei. Das Gerücht machte die Runde, dass Paolo versucht hatte, Martino im Winter an den Stadthauptmann von Pistoia zu verkaufen, und dass Martino davon in letzter Minute Wind bekommen und Paolo getötet hatte, bevor er aus Pistoia geflohen war. Martino war jedenfalls vor allen anderen am Treffpunkt gewesen, hager und struppig, als ob er schon viele Tage dort verbracht hätte. Er war aufgestanden, hatte auf Lorenzo gezeigt und gefragt: »Kann ich auf dich bauen?«

»Ich sagte Ja«, erklärte Lorenzo. »Wenn ich einen älteren Bruder gehabt hätte, hätte er so sein müssen wie Martino. Wenn ich ein Knabe gewesen wäre, hätte ich mir gewünscht, dass Martino mein Vater sei. Ich sagte: ›Ich folge dir überallhin; nur wenn's um den Tod geht, laufe ich dir voran.‹ Ich meinte es. Ich dachte, einen Pfeil oder einen Bolzen für ihn abzufangen oder auch nur für ihn am Galgen zu hängen, damit er fliehen könnte, wäre mein höchstes Lebensziel.«

Doch Martino war nicht mehr der, der er gewesen war. Bei ihrem ersten Überfall auf Schweinehirten, die ihre Tiere auf den Markt trieben, nahm Martino nicht nur das halbe Dutzend Tiere, das sie für ihre Verpflegung haben wollten, sondern packte plötzlich seinen Spieß und rammte ihn einem weiteren Tier durch den Leib … und noch einem … und noch einem … Die Schweine wälzten sich quiekend und sterbend im Straßenschlamm, und einer der Hirten warf sich dazwischen. Martino stieß mit dem Spieß zu. Der Mann konnte den Stich ablenken, und statt durch seine Gedärme fuhr er durch seinen Oberschenkel. Sie ließen drei umsonst getötete Schweine und einen stöhnenden und fluchenden Mann in ihrem Blut auf der Straße zurück und schauten sich gegenseitig verstört an, als sie hinter Martino her davonrannten.

»Es hat bei vielen Überfällen Tote gegeben«, sagte Lorenzo. »Nicht immer nur auf der Seite derer, die wir überfallen haben. Wer sich wehrte, wurde niedergekämpft. Manchmal waren unsere Gegner jedoch geschickter als wir, und das eine oder andere Mal mussten wir unser Heil auch in der Flucht suchen, ohne Beute zu machen. Aber die sinnlose Brutalität, mit der Martino die Viecher abzustechen begann und dann auf den Hirten losging, der ein ebenso armes Schwein wie wir war … Und es wurde schlimmer. Ein paar von uns sahen dabei zu, die meisten machten mit, aber keiner schritt ein.«

Magdalena legte ihm eine Hand an die Wange, eine Geste, die sie vermutlich schon tausendmal vollführt hatte, um Beladene zu trösten oder Weinende zu beruhigen. Die Berührung schickte einen Strom aus Wärme über Lorenzos kalte Haut. Er ergriff Magdalenas Hand und drückte sie in einer Faust, die ebenso kalt war; ihre warme Hand in seiner fühlte sich heiß an.

Ein Überfall auf Pilger, von denen einer zu Pferd war und von Leibwächtern umringt: Martino brachte einen der Leibwächter um, als diese sich schon ergeben hatten, dann prügelte er auf den reichen Pilger ein, der flehend die Hände erhoben hatte, bis die anderen Pilger die Nerven verloren und schreiend davonliefen und Martino dadurch ablenkten; er schickte ihnen einen Armbrustbolzen hinterher, der nur deshalb nicht tödlich traf, weil Martino ein miserabler Schütze war.

Lorenzo sah sie wieder vor sich, wie sie rannten, die Mäntel flatternd, die Hüte fliegend und mit den Pilgerstöcken wedelnd … Sie lachten alle darüber, doch Lorenzo musste sich bemühen, auch nur zu grinsen. Er starrte Magdalena an und tauchte gleichzeitig in seine Erinnerung ein, wie sie – Wochen später – eine Reisegruppe überfielen, die gedacht hatte, in wenigen Stunden in Pistoia und damit in Sicherheit zu sein.

»Dann …«, stotterte er, »dann kam der Tag, an dem …«

Die Hälfte von ihnen waren so junge Kerle, dass sie ihre sexuellen Erfahrungen ausschließlich mit ihren eigenen Händen gemacht hatten, von den Glückspilzen abgesehen, die von einer älteren Base im Gebüsch hinter dem Schweinestall verführt worden waren. Sie kamen nicht auf den Gedanken, die Frauen zu vergewaltigen, auf die sie trafen, oder wenn sie auf den Gedanken kamen, wagten sie es nicht. An jenem Tag in der Nähe von Pistoia stand plötzlich eine nicht mehr ganz junge Frau zwischen ihnen, reich gekleidet, eine Schönheit, die noch lange brauchen würde, um zu verblühen, und niemand, der sich von einem Dutzend junger Burschen einschüchtern ließ, nur weil diese Spieße und Armbrüste hielten und die Begleiter der Dame mit erhobenen Händen neben der Kutsche standen. Lorenzo hörte ihre hochmütige Stimme und ihren Mailänder Akzent, mit der sie ihnen Feigheit vorwarf und sie aufforderte, zu verschwinden. Sie fragte, ob sie das, was sie taten, auch ihren Müttern erzählen würden, und ob sie glaubten, dass diese dann stolz auf sie wären. Sie hatte eine bezwingende Persönlichkeit; Lorenzo sah aus dem Augenwinkel, wie die Ersten unter ihnen die Waffen senkten. Martino starrte sie an wie eine Erscheinung. Ein vielleicht achtjähriger Junge kletterte aus der Kutsche und nahm seine Mutter an der Hand. Er gaffte mit bleichem Gesicht in die Runde. Sie bückte sich und hob ihn auf den Arm. Dann machte sie einen Fehler: Sie deutete auf Martino und sagte zu ihrem Sohn: ›Sieh dir diesen Burschen gut an, mein Liebling, und nimm dir vor, zu einem Mann heranzuwachsen anstatt zu so etwas wie ihm.‹

Martino packte das Kind, riss es aus ihren Armen und schleuderte es auf den Boden. Als der Kleine wieder auf die Beine kam, lag Martino schon auf seiner Mutter, zerrte an ihrem Kleid, ohne auf die Fäuste zu achten, mit denen sie auf ihn einhämmerte, klemmte sie mit den Beinen fest, während er ihr Gewand bis zum Bauchnabel aufriss, bauschte ihren Rock, fummelte seine Schamkapsel los und schrie: ›Kein Mann, was? Kein Mann? Ich zeig dir, was ein Mann ist, du Fotze!‹ Sie schrie und zerfurchte ihm das Gesicht und wand sich wie verrückt. Banditen und Überfallene standen gleichermaßen beklommen daneben und starrten. Der Junge hob die Fäuste und stürzte sich auf den Peiniger seiner Mutter. Lorenzo packte ihn und hielt ihn fest, weniger, um Martino zu schützen, als um des Jungen selbst willen. Martino sah mit blutunterlaufenen Augen auf. ›Dreh ihm den Hals um‹, röhrte er, ›bring die kleine Kröte um, worauf wartest du?‹ Die Frau erstarrte und ließ die Hände sinken. Lorenzo konnte in ihre Augen sehen, als sie so vor ihnen allen auf dem Boden lag, halb nackt, ihr bloßer Oberkörper von Martinos Blut bespritzt, die Schenkel zerschunden von Martinos Versuchen, in sie einzudringen. ›Tut ihm nichts‹, sagte sie und blickte Lorenzo in die Augen. ›Tut ihm nichts. Ich bin euch zu Willen, aber tut ihm nichts.‹ Sie öffnete die Beine, und Martino brachte sich mit einem Aufschrei in Position und stieß zu. Ihr Gesicht verzerrte sich, aber ihre Augen ließen Lorenzo nicht los. Von unten herauf sah sie ihn an, ihr Kopf ruckte hin und her von Martinos Gerammel. ›Bring mein Kind weg‹, sagten ihre Augen, während Martino wild zu stoßen begann, ›bring meinen Sohn weg, er muss das nicht mit ansehen, bring ihn weg …‹

Lorenzo schleppte den Kleinen davon. Er wehrte sich wie verrückt. Martino stieß so roh zu, dass es ihn selbst schmerzen musste. Er brüllte wie ein Verrückter alle Schimpfwörter, die ihm einfielen. Sein Körper war die Manifestation von Wut, und sein Glied war eine Waffe, mit der er die Welt aufspießte. Er richtete sich halb auf und begann mit jedem Stoß, die Frau unter sich zu ohrfeigen. Ein Stoß – ein Schlag – ein Stoß … Lorenzo blieb auf halber Strecke stehen, fassungslos und mit fliegenden Gedanken, wie er eingreifen könnte, ohne alle gegen sich zu haben. Der Junge riss sich los und rannte kreischend auf die beiden Menschen auf dem Boden zu. Martino blickte auf. Er rollte sich von der Frau herab, war mit einem Satz auf den Beinen, dass seine Hosen zerrissen, hatte plötzlich seinen Spieß in den Händen, sein Glied stand steil aufgerichtet und blutverschmiert vor seinem Schoß in die Höhe … Er machte einen Ausfallschritt und stieß den Spieß …

Magdalenas Augen zuckten. Lorenzo hielt ihre Hand umklammert und merkte nicht, dass er sie beinahe zerquetschte. Magdalena machte ein krankes Geräusch in ihrer Kehle.

… stieß den Spieß in Lorenzos zupackende Hände, die sich um den Schaft schlossen und ihn festhielten und die Spitze nur zollbreit am Körper des Kindes vorbeilenkten. Die Wucht von Martinos Angriff ließ Lorenzo nach hinten taumeln, bis er über seine eigenen Füße stolperte und zu Boden fiel. Martino stand über ihm und drückte immer noch gegen seine Waffe. Die Spitze sank herab. Lorenzo war kräftig. Martino war kräftiger, und er stand oben. Lorenzo keuchte und bemühte sich, die Spitze, die sich immer mehr auf seine Kehle herabsenkte, beiseitezudrücken. Er konnte nicht einmal rufen, um Martino zur Besinnung zu bringen. Aus den Augenwinkeln sah er, dass die anderen um diese Szene ebenso herumstanden wie um die Vergewaltigung. Dann blinzelte Martino, sein Griff erlahmte, er ließ den Spieß einfach fallen und stakste auf wackligen Beinen beiseite.

»Wir nahmen ihnen alles ab, dann verschwanden wir in alle Himmelsrichtungen, wie üblich«, sagte Lorenzo. »Die Frau kauerte auf der Erde, notdürftig verhüllt, und wiegte ihren Sohn in den Armen, der schluchzte und sich an sie klammerte. Jemand riss ihr das Silbernetz aus dem Haar und die Kette vom Hals. Sie sah nicht auf. Sie sah keinen von uns an, auch nicht mich. Ich hatte nicht gewollt, dass ihr etwas angetan wurde, ich hatte ihren Sohn gerettet und wäre beinahe dabei draufgegangen, doch sie hatte keinen Blick für mich. Ich war in ihren Augen nicht anders als meine Kumpane. Sie hasste mich. Ich hasste mich ebenfalls. Und ein paar Wochen später kamen wir dann zu jenem Dorf …«

»Stell es dir vor«, sagte Lorenzo. »Ein warmer Tag im Ostermonat. Alles, was halbwegs gehen oder kriechen kann, ist auf den Feldern, sät, gräbt oder klaubt Steine. Wer noch im Dorf zurückgeblieben ist, das wir beobachten, das sind die Alten, Kranken, die Wöchnerinnen und die ganz kleinen Kinder. Die ersten Mücken tanzen in der Luft, noch träge von der allnächtlichen Kühle; es ist leicht, sie zu erschlagen. Unsere Gruppe liegt im Gebüsch verborgen und wartet. Ich liege direkt neben Martino. Ich sehe Martinos immer leerer werdenden Blick und wie sich seine Lippen von den Zähnen zurückziehen. Ich weiß, dass etwas Schlimmes kommen wird, aber ich habe nicht die Kraft, es zu verhindern. Um es zu tun, müsste ich Martino hier und jetzt ein Messer ins Herz rammen. Wir laufen los. Es sind nur wenige Dutzend Schritte vom Gebüsch zu den ersten Häusern. Eine alte Frau kommt aus einer der nächstgelegenen Hütten, wendet den Kopf überrascht, als sie uns bemerkt; Martino stößt im Laufen mit dem Spieß zu …«

Lorenzo beschönigte nichts. Es war ein Massaker, und er war ein Teil davon gewesen. Die arbeitsfähigen Männer und Frauen waren nicht so weit entfernt gewesen, dass sie nicht hätten zurücklaufen können, aber sie kamen einer nach dem anderen und waren fassungslos vor Entsetzen, während Martinos Gruppe … in einen Blutrausch fiel …

Er spürte Schwester Magdalenas Hand auf der Wange. Ihr Daumen streichelte ihn sanft, und jetzt erst wurde ihm bewusst, dass ihm Tränen aus den Augen liefen. Er sah sich selbst, ständig an Martinos Seite inmitten der Schlächterei, ohne sich zu beteiligen, ein starrer und stummer Zeuge des Grauens. Einer seiner Freunde lief an ihm vorbei, trieb eine Frau vor sich her, keine zehn Schritte von ihm entfernt holte er sie und zwang sie auf den Boden. Martino schrie, er solle etwas von ihr für ihn übrig lassen. Ein Bauer rannte mit erhobenem Grabstock auf Lorenzo zu, den Mund brüllend aufgerissen, Lorenzo war dem Tod geweiht, ohne dass er sich bewegen konnte. Ein Armbrustbolzen riss den Angreifer von den Füßen, als er beinahe auf Reichweite an Lorenzo heran war. Martino jubelte und stieß eine Faust in die Luft und machte dem Schützen ein Kompliment. Jemand hatte eine krähende Gestalt, die nicht echter aussah als eine kleine Puppe, an den Füßen gepackt und schwang sie. ›Wirf her!‹, grölte Martino und wirbelte den Spieß wie man einen Schläger handhabt, um den Ball davonzudreschen. Dann sah Lorenzo die kriechende Gestalt, die versuchte, vor Martino zu fliehen, und Martino, der sie auch bemerkte, drehte seinen Spieß um …

Lorenzo spürte den Ruck wieder, mit dem seine Pike durch Kleidung, durch die zähe Haut und durch den Leib Martinos drang und vorne wieder austrat. Er spürte, wie sich der rasende Trommelwirbel von Martinos Herz scheinbar über die lange Stange bis auf seine Hände übertrug und ihn erbeben ließ. Er starrte in Schwester Magdalenas tränennasse Augen und sah Martino, der sich so weit umdrehte, wie es die durch seinen Rücken gedrungene Pike zuließ, und Lorenzo anstierte. Er erinnerte sich an sein Stolpern, als Martino versuchte, einen Schritt zur Seite zu machen und einen Arm nach Lorenzo auszustrecken und ihn zu packen. Er hörte Martino röcheln und lallen. Er fühlte, wie über seine Finger etwas Warmes rann und sie an die Pike zu kleben begannen.

In seiner Erinnerung hörte er ebenfalls das Hufgetrappel und die harten Schläge, die von abgefeuerten Armbrüsten stammten, aber der Lorenzo, der die Pike hielt, mit der er seinen Anführer und Freund Martino gepfählt hatte, kümmerte sich nicht darum. Er kümmerte sich nicht darum, dass von denjenigen seiner Kumpane, die seinen Mord mit offenen Mündern beobachteten, plötzlich einer nach vorn gerissen wurde und mit einem Bolzen im Rücken liegen blieb. Alles, was zählte, waren Lorenzo und Martino und die Pike, die sie in Schmerz, Blut, Verrat und Erlösung gleichermaßen verband. Dann kippte Martino zur Seite, die Pike wurde Lorenzo aus den Händen gewunden. Ein Reiter donnerte an ihm vorüber, ein Armbrustbolzen schlug in Martinos sterbenden Körper ein, und der Aufprall des rennenden Pferdes schleuderte Lorenzo zur Seite. Während die Reiter durch das Dorf stürmten und Vergeltung übten für die Vergewaltigung von Baroness Estefania Menafoglio und dadurch die übrig gebliebenen Dorfbewohner retteten – dabei ihr Dorf zum größten Teil abfackelnd –, gelang es Lorenzo, blutüberströmt von dem Zusammenprall mit dem Pferd, zerschunden am Leib und tot an der Seele, gemeinsam mit den flüchtenden Dörflern zu entkommen.

36.

Magdalena marschierte zwischen den Dörflern und spendete Trost und Zuspruch, wenn jemand glaubte, auf den letzten paar Schritten nicht mehr weiterzukönnen, aber ihr Herz war nicht bei der Sache. Die Dämmerung war noch hell genug, um alles rundherum sehen zu können, doch Lorenzo und Cortos Wölfe hatten darauf bestanden, dass sie nun dicht beisammen blieben. Sie fühlte immer noch die Tränen, die aus Lorenzos Augen über ihre Hand gelaufen waren; sein Gewicht, als sie ihn zu sich herangezogen hatte und er sich an sie geklammert hatte, und am Ende den Geschmack ihres Kusses – Salz von ihren beider Tränen, Bitterkeit von Schmutz und schlechtem Atem und miserabler Ernährung, und Süße von der nie zuvor gekannten Berührung. Sie hatte den Schauer wieder über ihren Leib laufen gespürt wie vor ein paar Stunden im Gebüsch. Das Glockenläuten von Revere und die bis zu ihnen dringenden dumpfen Schläge, mit denen die Tore geschlossen wurden, hatten ihre Umarmung unterbrochen; vielleicht war es gut so, denn sie wären in ihr ertrunken.

»Da ist es«, sagte Enrico und blieb stehen. Magdalena sah im grau werdenden Licht eine dunkle Spur, die sich über die massive Form des Damms zu ihrer Rechten emporzog. Die Spur war ein freistehendes Waldstück, um das herum mehrere Hundert Schritt freies Gelände in jeder Richtung lagen, als hätte eine gigantische Sense rundherum alles niedergelegt und nur diesen einen Fleck vergessen. Er zog sich vom Fuß des Damms zu dessen Krone und umfasste in etwa die Fläche eines großen Klosterbaus vor den Toren einer Stadt. Direkt vor dem Damm raschelte eine ausgedehnte Schilffläche; Buschwerk und Grasland reichten von allen Seiten an Schilf und Damm heran, rollten aus dem Nichts dämmerungsgrauen Nieselregens herbei.

»Wenn Mauern drum herum wären, wäre es eine Burg«, sagte Lorenzo.

Enrico nickte. »Noch weiter flussaufwärts ist der Damm zusammengesackt. Vermutlich hat die letzte große Flut alles an Obstgärten oder Feldern weggeschwemmt, und die Leute, die versucht haben, die Gegend zu roden, sind entweder abgesoffen oder hatten die Schnauze voll und haben sich anderswo niedergelassen.«

»Die Furt?«

»Führt mehr oder weniger direkt aus dem Waldstück heraus über den Fluss.«

»Na gut«, sagte Lorenzo. Magdalena vernahm Erleichterung wie einen warmen Hauch, der von ihm ausströmte. »Sieht so aus, als hätten wir's geschafft, oder?«

»Mit minimalen Verlusten«, sagte Enrico und warf einen Blick zu Felicità hinüber, die halb betäubt vor Müdigkeit an der Hand einer der Frauen aus dem Dorf dahinstolperte.

Magdalena sah Urso mit zusammengekniffenen Augen in die Trübnis starren. Sorge stieg in ihr auf. Lorenzo blickte auf und zu ihr; sie ahnte mittlerweile, dass ihr besonderer Sinn auf ihn eine außergewöhnliche Wirkung hatte: nicht, dass er ihn auch besessen hätte, aber was immer sie empfing, schien zu ihm durchzudringen. Dann sah er zu Urso.

»Irgendwer kommt«, sagte der große Mann.

Im nächsten Augenblick sah Magdalena sie auch: die dünne Linie aus Schatten, die sich in der Dämmerung manifestierte, schräg zu ihrer Marschrichtung und auf das Waldstück zuhaltend. Zuerst schienen sie sich nicht zu bewegen, sondern einfach nur Gestalt angenommen zu haben. Dann wurden sie größer und fester, und Magdalena erkannte, dass sie sich sehr wohl bewegten. Magdalenas Zwerchfell zitterte von etwas, das zu dumpf war, um als Geräusch wahrgenommen zu werden. Ihr Herzschlag beschleunigte sich. Die Schatten waren Menschen, die auf den Damm zuliefen … die auf den Damm zurannten. Das dumpfe Geräusch brachte Magdalenas Bauchdecke ins Schwingen und stellte die Haare auf ihren Armen auf.

»Das ist Fabios Gruppe«, sagte Enrico.

Magdalena spürte das Beben jetzt auch mit den Füßen. Sie sah in betroffene Gesichter rings um sich herum, deren Mimik innerhalb von Augenblicken zu Entsetzen und dann zu Panik wechselte.

Im nächsten Moment löste sich die Chimäre aus dem Grau.

Magdalena sah das Ungeheuer hinter der langen Linie aus flüchtenden Schatten vorbeistürmen, das Donnern seiner Füße ein Dröhnen, das mit Verspätung bei ihnen ankam. Es rannte an die Spitze, schrie grell und schnaubte und kreuzte den Pfad des vordersten Fliehenden, und dieser überschlug sich plötzlich, während das Monster in ihre Richtung rannte; der Schatten war wieder auf den Beinen und rannte weiter, und die Chimäre warf sich herum. Etwas wirbelte über ihrem aufgebäumten Körper wie eine lange Zunge aus Metall. Sie rannte aufs Neue los, kreuzte den Pfad eines der Menschen weiter hinten … Magdalena sah den Zusammenprall, sah eine auf die Entfernung bestürzend zerbrechliche Gestalt durch die Luft fliegen. Das Geräusch, das bei ihnen ankam und sich anhörte wie eine Faust, die in einen Sack voll Getreide schlägt, erklang erst, als die Gestalt schon zu Boden gestürzt war und nicht mehr hochkam.

Die Chimäre war ein Mann auf einem Pferd. Er war nicht allein. Magdalena sah seine Kumpane aus dem Dunst kommen und um die flüchtenden Menschen schwärmen wie Aasvögel. Die Verzögerung, mit der das Wiehern, die Wut- und Angstschreie, die Pfiffe und Befehle und die Geräusche von abgefeuerten und einschlagenden Armbrustbolzen, von auftreffenden Schwert- und Axtklingen und von niedergetrampelten menschlichen Körpern zu ihnen drangen, ließ die Szene wie etwas aus dem neunten Kreis der Hölle wirken. Fabio und seine Schützlinge waren zu erschöpft, um Gegenwehr zu leisten oder sich wenigstens in alle Richtungen zu zerstreuen; sie hetzten in gerader Richtung um ihr Leben, und die Reiter kreisten um sie herum und pickten einen nach dem anderen heraus und trampelten ihn nieder.

»Sie werden angegriffen!«, rief Lorenzo, und dann: »Urso, bleib HIER!«

Der große Mann hörte nicht. Er hatte das Bündel mit seiner Beute auf den Boden geworfen und stürmte auf das Schlachtfeld zu, seine beiden Äxte schwingend.

Magdalena fühlte, wie sie eiskalt wurde. Radegundis war bei Fabios Gruppe!

Enrico stieß einen Fluch aus und wand den Lederriemen der Armbrust von seinem Rücken. Lorenzo packte ihn am Arm. Enrico schüttelte ihn ab. Die anderen Wölfe machten Anstalten, hinter Urso herzulaufen. Lorenzo bekam Enrico am Kragen zu fassen.

»BLEIB HIER!«, brüllte er ihm ins Gesicht. »ALLE BLEIBEN HIER!«

Enrico versuchte sich freizumachen. Urso wurde zu einem Schatten wie die anderen, als er in die Dämmerung eintauchte. Jemand aus der zusammengedrängten Gruppe der Dörfler schrie auf und deutete in Ursos Richtung. Einer der Reiter war auf ihn aufmerksam geworden und scherte aus, um auf ihn zuzugaloppieren. Der Schrei löste das stumme Entsetzen, das bis dahin über den Menschen gehangen war: Alle begannen zu kreischen und sich gegenseitig vor Angst zu packen. Ein paar fielen einfach zu Boden und hielten die Hände über den Kopf.

»Bringt sie zum Treffpunkt, bringt sie zum Treffpunkt!«, donnerte Lorenzo und wies auf die Dörfler. Die Wölfe zögerten. »Bringt sie in SICHERHEIT!« Die Wölfe fuhren zusammen und wirbelten herum.

Magdalena fühlte sich vorwärtsgestoßen, als die Gruppe in ihrer Gesamtheit in Bewegung geriet. Die Wölfe bildeten einen Ring um sie. Sie begann zu laufen. Die Dörfler liefen mit. Die übrig gebliebenen Kinder kreischten. Die übrig gebliebenen Bündel Habseligkeiten landeten auf dem Boden. Magdalena sah Lorenzo, der Enrico in ihre Richtung stieß; was er schrie, konnte sie nicht verstehen. Enrico taumelte und fiel auf ein Knie. Lorenzo rannte los, hinter Urso her. Magdalena stolperte und wäre gefallen, wäre sie nicht Teil einer Masse von Körpern gewesen, die in gemeinsamem Entsetzen dahinrannte wie eine Viehherde in Auflösung. Sie wandte den Kopf und fing sich ab. In ihrem Herzen gellte die Angst: Lorenzo trug nicht einmal eine Waffe.

Sie sah den Angriff des Reiters in Bruchstücken, wie durch ein Fenster, an dem immer wieder ein Tuch vorbeigezogen wird. Wann immer sie ins Stolpern geriet, musste sie sich abwenden und nach vorn schauen; sobald sie ihr Gleichgewicht wiedererlangt hatte, drehte sie den Kopf zurück. Sie sah Urso und den Reiter in einer Linie aufeinander zustürmen. Dann stürmte nur noch der Reiter vorwärts, direkt auf Lorenzo zu, der hinter Urso herhetzte und damit auf ihre Gruppe zu … Beim nächsten Blick war Urso wieder auf den Beinen, offensichtlich völlig unverletzt, und rannte weiter auf Fabio und seine Schützlinge zu, unter denen die Aasfresser wüteten. Enrico war eine schmale Gestalt, die in einigem Abstand hinter Lorenzo rannte, seinen Befehl verweigernd. Der Reiter war fast bei Lorenzo angekommen und zielte mit der Armbrust, die er nicht mehr auf Urso hatte abdrücken können, auf ihn. »Lauf, lauf, lauf!«, schrie ein gerötetes Gesicht direkt vor ihren Augen, und sie erkannte, dass sie beinahe stehen geblieben wäre. Sie hörte das Keuchen und Ächzen der Fliehenden um sie herum. Das Pferd des Angreifers rannte immer noch auf sie zu, doch jetzt hing Lorenzo halb daran, während Enrico auf dem Boden kniete und seine Armbrust erneut spannte. Lorenzo saß jetzt im Sattel und raste zu Enrico hinüber, streckte die Hand aus. Enrico warf ihm die gespannte Armbrust zu, Lorenzo galoppierte um ihn herum, doch da war Enrico selbst schon am Laufen, auf die Stelle zu, an der der erschossene Reiter vom Pferd gestürzt sein musste. Lorenzo sprengte auf das Kampffeld zu, die Armbrust im Anschlag. Enrico richtete sich auf, eine neue Armbrust in der einen Faust und einen neuen Vorrat Bolzen in der anderen. Gebückt eilte er zu ihnen zurück. Die anderen Reiter waren aufmerksam geworden, die Aasfresser trennten sich in einem eleganten Manöver, und ein Rudel galoppierte jetzt zu ihnen herüber, galoppierte Lorenzo entgegen …

»Zusammenbleiben, zusammenbleiben!«, brüllten die Wölfe. Jemand neben Magdalena hustete und spie einen Strahl Flüssigkeit aus. Magdalena fasste ihn unter einen Arm und zerrte ihn weiter. Ihr Herz hämmerte gegen ihren Brustkorb, trommelte vor Anstrengung und wirbelte vor Angst um Lorenzo und Radegundis. Enrico schloss keuchend zu ihnen auf. Die Reiter wichen Lorenzo aus, vier von ihnen galoppierten weiter sowie ein plötzlich reiterloses Pferd. Die anderen drei rissen ihre Gäule herum, um Lorenzo zu verfolgen. Dann konnte Magdalena nichts mehr sehen, weil Enrico direkt vor ihr war und Felicità packte und an sich drückte, ohne im Laufen zu stocken, und brüllte: »Ins Schilf, ins Schilf, es gibt nur einen Weg hindurch!«

37.

Antonio Bandini schrie und spuckte vor Wut, doch weder Konrad von Landaus Landsknechte noch T. G.'s Leute ließen sich aufhalten. Bandini hatte sofort erkannt, dass die Banditen, zu denen Lorenzo Ghirardi sich gesellt hatte, sich unter die Bauern gemischt hatten, in deren brennendem Dorf er heute seinen Pakt mit dem Teufel geschlossen hatte. Vermutlich hatten sie diese sogar zum Mitkommen gezwungen. Jetzt suchten sie Deckung, indem sie zusammen mit ihnen rannten, und das konnte einen zur Weißglut treiben – doch dass man als Konsequenz daraus Schuldige und Unschuldige gleichermaßen niedermachte … Selbst Gott wollte Sodom und Gomorrha verschonen, wenn Lot nur zehn Gerechte dort gefunden hätte, und hatte es sich angelegen sein lassen, Lot und seine Familie zu retten, als sich außer ihnen niemand anbot.

»Sammeln, sammeln!«, schrie er und hetzte in gestrecktem Galopp über das Feld. Niemand hörte auf ihn. Die Menschen, die kreischend zwischen den wirbelnden Pferdehufen, fliegenden Wurfäxten und zustoßenden Spießen herumstolperten und zu dem Waldstück auf dem Damm zu entkommen versuchten, schreckten vor ihm genauso zurück wie vor den anderen. Ihm war klar, dass sie ihn in eine Reihe mit den menschlichen Ungeheuern stellten, und ihm war auch klar, dass sie seine Bemühungen, den Angriff einzustellen, nicht erkannten. Mitgegangen, mitgefangen … Bandini schrie so laut, dass er dachte, sein Kopf müsse zerspringen, doch es war vergeblich. Undeutlich sah er Pietro Trovatore und Buonarotti, die sich abseits hielten und immer wieder anhielten, um auf eine reglose Gestalt im Gras hinunterzublicken. Bis jetzt war Buonarotti noch kein einziges Mal abgestiegen. Es gab nichts mehr zu retten. Niccolò versuchte mit Bandini Schritt zu halten und wiederholte mit überschnappender Stimme Bandinis Befehle. Als ob er die Fruchtlosigkeit von Bandinis Tun verkörperte, konzentrierte sich Bandinis Hass schon nach wenigen Augenblicken auf ihn, und er war nicht mehr weit davon entfernt, sich umzudrehen und Niccolò vom Pferd zu schießen. Da sah er den einsamen Angreifer.

Er sprengte auf seinem Pferd heran, verfolgt von drei von Bandinis

Leuten. Er achtete nicht auf sie. Er kreuzte den Pfad des Anführers der Flüchtlinge, und dieser blieb plötzlich stehen. Der Reiter verringerte seine Geschwindigkeit nicht. Der Mann auf dem Boden warf ihm etwas zu, eine mannslange Stange mit etwas an einem Ende, der Reiter wirbelte sie einmal herum und lenkte seinen Gaul an der Linie der Fliehenden entlang, entgegen ihrer Laufrichtung; das Pferd streckte sich und rannte noch schneller, wenn das überhaupt möglich war. Der Anführer der Fliehenden fiel auf die Knie, hob etwas in die Höhe, und von den dreien, die dem einsamen Reiter folgten, stolperte plötzlich ein Pferd und überschlug sich. Der Reiter selbst galoppierte mit seiner über dem Kopf wirbelnden Waffe, ohne sich auch nur umzusehen. Zwei von Bandinis Leuten warfen sich ihm entgegen, aber er war zu gewandt und vor allem zu schnell. Sie flogen aus den Sätteln. Bandini stierte den Mann an. Unwillkürlich hatte er sein Pferd gezügelt. Die Waffe war ein Dreschflegel, nichts weiter. Einer von T. G.'s Männern brachte sein Pferd zum Stehen – schwerer Fehler!, dachte Bandini – und hob eine Armbrust, da war der einsame Reiter schon heran, und Bandini glaubte über das Hufgetrommel und das Gekreische der Schlacht den trockenen Knall zu hören, mit dem der Flegel sein Ziel fand und das Pferd von seiner Last befreite. Die Armbrust schleuderte davon. Der Reiter kam am Ende der erbärmlich zusammengeschmolzenen Reihe an, die die Flüchtlinge bildeten, und wendete sein Pferd in vollem Galopp. Bandinis Blicke folgten ihm voller Unglauben. Er hörte Niccolò neben sich keuchen.

Eine der fliehenden graubraunen Gestalten brach aus der Linie aus und rannte seitlich davon, einen Verfolger zu Pferd auf den Fersen. Der Verfolger schwang eine Hiebaxt. Bandini sah seinen lachend aufgerissenen Mund. Er schwang die Hiebaxt in einem Aufwärtskreis und kam seinem Opfer immer näher.

»Das ist doch ...«, knurrte er.

»Aber das ist doch ...«, stieß im selben Moment Niccolò hervor.

Der einsame Reiter änderte den Kurs und stürmte auf den Mann mit der Hiebaxt zu. Dieser riss den Kopf herum und sah ihn kommen. Er wich aus. Das verfolgte Opfer schlug einen Haken. Der einsame Reiter wechselte den Griff an seiner Waffe, hielt den Dreschflegel plötzlich am äußersten Ende, und statt ihn um den Kopf herum zu schwenken, ließ er ihn sinken, bis der bewegliche Kopf aus Hartholz und Lederriemen beinahe im Gras schleifte.

»... der Kardinal«, sagte Bandini.

Der Kardinal, der seine Axt gehoben und das Pferd herumgezogen hatte, konnte sich nicht mehr rechtzeitig auf die Finte einstellen. Statt dass der Dreschflegel von oben auf ihn zugesaust wäre, kam er von unten. Der Kardinal flog aus dem Sattel, seine Axt, sein Helm, selbst einer seiner Stiefel wirbelten davon, und so, wie der Mann auf den Boden prallte, wusste Bandini, dass er nie mehr aufstehen würde. Der Reiter stürmte weiter und wechselte den Griff an seinem Dreschflegel aufs Neue. Bandini stellte fest, dass er selbst die Faust geballt hatte und damit auf seinen Oberschenkel schlug. Ein Armbrustbolzen ging nur um Zollbreit fehl; der Reiter duckte sich und zerrte an den Zügeln, Dreck und Grassoden spritzten auf, als er sein Pferd herumzwang und auf den Schützen zujagte, der seine Armbrust wegwarf und zu fliehen versuchte.

»Mach ihn fertig!«, brüllte Bandini und merkte, dass er den einsamen Reiter anfeuerte. Er blinzelte verwirrt.

»… das ist doch …«, stotterte Niccolò, »Lorenzo Ghirardi!«

38.

Enrico hatte sich an die Spitze gesetzt. Statt sie geradewegs in die Deckung des Schilfs zu führen, rannte er außen herum. Sie folgten ihm – taumelnd, keuchend, stöhnend. An einer Stelle, die nicht anders aussah als alle anderen, blieb er stehen.

»Rein!«, schrie er. »Alles rein!«

Niemand stellte eine Frage. Magdalena ließ sich stoßen und schubsen und schaffte es, ans Ende der kleinen Kolonne zu gelangen, die mehr tot als lebendig in den Schilfwald stolperte. Sie reckte den Hals nach Lorenzo.

Sie hatte nicht gedacht, dass die vier Angreifer, die sich in ihre Richtung aufgemacht hatten, schon so nah waren. Das Pferd schien direkt über ihr aufzuragen, als der Reiter es herumriss. Sie sah ein verzerrtes Gesicht und eine Armbrust, die direkt auf sie zielte. Ihr letzter Gedanke war ein Stich des Bedauerns über die versäumte Gelegenheit heute Mittag im Gebüsch, sich mit dem Mann körperlich zu vereinigen, mit dem sie seelisch verbunden war, seit sie ihn zum ersten Mal gesehen hatte.

39.

Lorenzo Ghirardi wendete sein Pferd erneut und galoppierte zwischen einem mit letzter Kraft dahintorkelnden Bauern und einem von T. G.'s Banditen hindurch. Der Bandit konnte sich unter dem Dreschflegel ducken, aber er wurde abgelenkt, und der Bauer blieb unbehelligt. Lorenzo trieb sein Pferd weiter. Am Ende der Flüchtlingskolonne formierten sich jetzt die Landsknechte und T. G.'s Leute, um geballt über Lorenzo herzufallen. Lorenzos Weg führte in Rufweite an Bandini vorbei.

»Lorenzo GHIRARDI!«, brüllte Bandini. Er zielte über die Bolzenspitze seiner Armbrust und ließ sie mit Lorenzos Tempo mitwandern. Sobald der Mann das Pferd zügelte, würde er schießen.

Ghirardis Kopf fuhr herum, und er riss unwillkürlich an den Zügeln, so wie Bandini es erwartet hatte. Für den Bruchteil eines Augenblicks sah er das überraschte Gesicht seines Feindes. Er dachte Erleichterung zu spüren angesichts der Tatsache, dass er nun eine Jagd beendete, die vor drei Jahren begonnen hatte, und dass er eine Aufgabe erfüllt hatte, bei der ihm jeder Stein in den Weg gerollt worden war, der sich hatte finden lassen, und dass er einen besonders hinterhältigen Verräter damit eliminierte, der halb Florenz eingewickelt hatte, so wie Onkel Bernardo damals halb Florenz getäuscht hatte mit seiner beständig guten Laune und seinen Gauklereien ... Stattdessen hatte er das vage Gefühl, einen Fehler zu machen. Aber die Würfel waren gefallen. Er senkte den Daumen.

Die Armbrust zuckte mit dem Abschuss des Bolzens.

Er hakte sie in den Sattel ein, um sie erneut zu spannen, noch während er zu Lorenzo hinüberspähte. Sein Pferd wieherte und tanzte auf den Hinterbeinen. Als es wieder auf allen vieren stand, war sein Sattel leer.

Bandinis Ruck, mit dem er die Armbrust hatte spannen wollen, erstarb. Er fühlte massiven Unglauben. Er hatte den Schurken mit dem ersten Schuss aus dem Sattel gefegt.

Das Pferd machte einen seltsamen Tanzschritt, und Lorenzo schwang sich von der Seite zurück auf seinen Rücken. Das Pferd drehte sich einmal um sich selbst. Als es die Drehung vollendet hatte, sah Bandini, dass Lorenzo mit einem jener Teufelsgewehre auf ihn zielte. Er versuchte den Ruck zu vollenden, mit dem die Armbrust gespannt wurde, und stellte fest, dass er keine Kraft mehr hatte. Was um ihn herum war, verblasste; Ghirardis Augen über dem Lauf des Gewehrs füllten sein ganzes Blickfeld aus. Lorenzo blinzelte, und es schien Bandini, als könne er die Bewegung jedes tausendstel Zoll nachverfolgen.

Eine Gestalt war plötzlich zwischen ihm und dem Tod. In der Trägheit, mit der Bandini alle Bewegungen wahrnahm, sah er den Reiter den Mund öffnen und eine Hand zu Lorenzo ausstrecken.

»N-E-I-N!«, brüllte der Reiter.

Der Schrei fuhr wie ein Ruck durch Bandini. Das Pferd vor seinen Augen versuchte auszubrechen. Der Reiter konnte es kaum beherrschen. Grenzenlos überrascht erkannte Bandini, dass es sich um Pietro Trovatore handelte. Lorenzo hatte erneut freies Schussfeld.

Lorenzos Gesicht verzerrte sich. Er hob den Lauf in die Höhe, bis er fast senkrecht in die Luft ragte, dann riss er den Abzug zurück. Das Gewehr gab ein Ratschen von sich. In Bandinis Ohren klang das Geräusch überlaut. Es war nicht geladen gewesen.

Lorenzo riss sein Pferd herum und jagte davon.

Pietro brachte seinen Gaul mit einem Sprung längs zu Bandini, beugte sich aus dem Sattel und griff sich Bandinis Armbrust. Bandini leistete keine Gegenwehr. Er starrte Lorenzo hinterher, der auf einen groß gewachsenen Mann zujagte, vor diesem haltmachte, ihn hinter sich auf die Kruppe des Pferdes zog und dann auf den Schilfwald zustürmte. Dort sprangen vier Pferde ohne Reiter herum. Bandini meinte reglose Körper vor ihnen im Gras liegen zu sehen.

»Sie Idiot!«, schrie Pietro. »Wenn Lorenzo nicht gekommen wäre, hätten Ihre Leute all die Unschuldigen niedergemacht. Ist Ihnen endlich klar geworden, wen Sie da zur Strecke bringen wollen?«

Bandini blinzelte. Er sah aus dem Augenwinkel, wie T. G. die verbliebenen Männer heranführte. Niccolò trieb sein Pferd an, um zu Pietro aufzuschließen und diesen zurechtzuweisen. Bandini packte einen Zügel von Pietros Pferd und zog es beiseite, um Lorenzo weiter nachblicken zu können.

Der Schilfwald hatte ihn bereits verschluckt.

40.

Auf den ersten Blick schien es, als wäre Cortos Gruppe noch gar nicht angekommen, doch dann sah Lorenzo das Wrack des Trosswagens. Das geschwärzte Holz war in der halben Düsternis des Waldes gut getarnt. Corto trat hinter einem Baum hervor, lehnte seine Pike gegen den Stamm und hielt die Zügel des Pferdes, während Lorenzo Urso von der Kruppe rutschen ließ und dann selbst hinunterkletterte. Als er auf dem Boden stand, gaben seine Beine nach, und er wäre gefallen, wenn er sich nicht am Sattel festgehalten hätte. Enrico, der am Rand des Schilfwaldes gewartet und ihnen den Weg gewiesen hatte, trat schweigend neben sie. Der Wald hatte still geschienen; jetzt hörte Lorenzo überall das Keuchen, Stöhnen und Wimmern von Menschen, die dem Tod nur entronnen waren, weil sie zufällig schneller laufen konnten, und die gesehen hatten, wie er ihre Nächsten geholt hatte, die nicht schnell genug gewesen waren. Dunkle, sich wiegende oder lang ausgestreckte Formen stellten die Menschen dar, die dem Angriff entkommen waren. Schockiert stellte Lorenzo fest, wie wenige es waren. Der letzte Flüchtling, der vor ihnen angekommen war, der Bauer, den Lorenzo durch seine letzte fehlgeschlagene Attacke gerettet hatte, hockte gegen den nächsten Baum gelehnt und starrte sie blicklos an. Sein Brustkorb hob und senkte sich mühsam.

»Wo ist Fabio?«, fragte Corto.

»Tot«, sagte Lorenzo, als Urso keine Anstalten machte, die Geschichte zu wiederholen, die er Lorenzo ins Ohr gekeucht hatte. »Er hat mir den Dreschflegel zugeworfen und das Gewehr, und er hat einen Kerl vom Pferd geschossen, der mich beinahe erwischt hätte, dann verlor ich ihn aus den Augen.« Er warf den Dreschflegel beiseite und löste den Gurt, mit dem er das Gewehr über dem Rand des Sattels eingeklemmt hatte. Er hielt es Corto hin, und dieser nahm es, ohne hinzuschauen.

»Sie haben ihn fertiggemacht«, sagte Urso nun doch. Seine Stimme klang gequetscht. »Drei von den Kerlen. Bis ich dazukam, war er nur noch ...« Er machte eine flatternde, für ihn ganz uncharakteristische Handbewegung und ließ den Kopf hängen.

»Scheiße«, sagte Corto ins Leere. Seine Wangenmuskeln zuckten. Lorenzo betrachtete den auf dem Boden liegenden Dreschflegel und dann das Gewehr, das in Cortos leblosen Händen hing. Er hörte, wie Fabio sagte: »Die Dinger sind unbezahlbar.« Hatte er es ihm deshalb zugeworfen? Fabio hatte Lorenzos Leben gerettet, indem er seinen Verfolger aus dem Sattel geholt hatte, und dann nochmals, indem er ihm die Möglichkeit gegeben hatte, das ungeladene Gewehr auf Antonio Bandini zu richten. Was wäre gewesen, wenn er es behalten hätte? Hätte es seine Gegner so lange in Schach gehalten, bis Urso oder Lorenzo selbst ihm hätten beispringen können? Die Zaubergewehre waren nicht unbezahlbar – es war nur so, dass der Preis zu hoch war. Im vorliegenden Fall hatte er aus Fabios Leben bestanden.

Corto wandte sich ab und kletterte die steile Flanke des Damms hinunter zum Schilfwald. Lorenzo öffnete den Mund, aber nach einem Blick in Enricos Gesicht schloss er ihn wieder.

»Er geht nicht raus, keine Sorge«, sagte Enrico. »Er ist nicht lebensmüde. Hast du gewusst, dass er und Fabio Vettern waren?«

Lorenzo schüttelte den Kopf.

»Fabio stand eines Tages plötzlich da. Wir waren noch alle bei der Schwarzen Schar. Er war gekommen, um Corto mitzuteilen, dass die Fähre jetzt ohne Fährmann sei und er nach Hause kommen solle. Dann wich er nicht mehr von Cortos Seite, bis dieser seinem Ruf folgte. Ich glaube, dass Corto desertiert ist, lag nicht zuletzt an Fabio.«

»Corto sagte, die Fähre gebe es nicht mehr. Eine Brücke stehe jetzt dort.«

»Dann hat er gelogen«, sagte Enrico. Er musterte Lorenzo. »Oder auch nicht. Bevor uns die Madonna in die Hände fiel, sagte Corto immer: Wir brauchen einen fetten Brocken, bevor irgendjemand kommt und über meine Zukunft eine verdammte Brücke schlägt.«

»Wozu das Geld? Es ist doch die Fähre da?«

»Sie gehörte Cortos Vater nicht. Er war nur ein Pächter wie ein gottverdammter Bauer. Als Fabio auftauchte, fasste Corto den Plan, sie zu kaufen. Darum glaube ich, dass Fabio letztlich der Grund war, dass Corto uns überredete, die Schwarze Schar zu verlassen. Er hatte plötzlich einen anderen Grund, um zu leben, und das öffnete ihm die Augen für die Schweinereien, die Konrad und seine Offiziere anstellten. Georg Vogler hast du ja kennengelernt. Die anderen sind auch nicht viel besser.«

Enrico bückte sich nach Fabios Dreschflegel und lehnte ihn neben Cortos Pike an die Wand. Die Pike rutschte ab und kam an dem plumpen Dreschflegel zum Halten.

»Pass auf deinen Arsch auf, Fabio«, murmelte Enrico. »Du hättest nie mit uns gehen sollen.« Er streckte die Hand aus und pflückte ein altes, nasses Blatt von der Stange des Dreschflegels, das sich dort festgeklebt hatte.

Lorenzo holte Atem. »Und du?«, fragte er zuletzt.

Enrico drehte sich nicht um. »Ich wäre nicht desertiert«, sagte er schließlich in Richtung des Baums, an dem die beiden ungleichen Waffen lehnten. »Corto hat mir was über den Schädel gehauen und mich einfach mitgenommen. Als ich erwachte, sagte er, ich wäre zu schade, um mich wie Konrads andere Männer in ein Ungeheuer zu verwandeln.« Er schwieg einige Atemzüge lang. »Anfangs war ich überzeugt, dass er sich irrte.« Es klang, als habe Enrico Mühe, genügend Luft zu bekommen.

»Weißt du, dass wir quitt sind?«, sagte Lorenzo.

Enrico zuckte mit den Schultern. »Sind wir nicht«, sagte er.

»Das mit der losgegangenen Armbrust, als ich zu euch kam, zählt nicht. Das hatte ich selbst provoziert. Und für den Kerl im Dorf hast du mir vorhin da draußen das Leben gerettet.«

»Du hast das kleine Mädchen zurückgeholt«, beharrte Enrico. »Felicità.«

»Du hast unsere Gruppe in Sicherheit gebracht. Und Schwester Magdalena«, sagte Lorenzo.

Enrico wandte sich um und studierte Lorenzo, und Lorenzo ließ zu, dass der schmale Mann in sein Herz blicken und die Wahrheit in seinen Augen lesen konnte: dass Schwester Magdalena die andere Hälfte von Lorenzos Seele war. Enrico schluckte.

»Habe ich nicht«, sagte er.

Sie hatten sie auf den Trosswagen gebettet und versucht, das Blut aus ihrem Gesicht zu waschen. Im Halblicht unter den Bäumen war ihre Haut stumpf und fahl. Jemand hatte ihr Gebende und Schleier abgenommen. Ihr zerzaustes kurzes Haar war blutverbacken, der Striemen über ihrem Ohr, den der Armbrustbolzen hinterlassen hatte, eine schwarze, böse Spur. Lorenzo starrte auf ihre reglose Gestalt hinab, hörte das Schluchzen von Schwester Immaculata und die Erklärung Enricos, sah das grimmige Gesicht von Schwester Radegundis und die tränenfeuchten Augen Verrucas und hörte und sah das alles nicht. Er lauschte auf einen Atemzug Magdalenas, den er nicht vernahm, und wartete auf das Flattern ihrer Augenlider, das er nicht erkannte. Ihre Hände waren über ihrem Leib gefaltet und so farblos wie die einer Marmorstatue.

»Der Kerl hatte Zeit, auf sie zu feuern«, sagte Enrico. »Dann erwischte ich ihn. Als er aus dem Sattel fiel, hörte ich den Schlag. Das Pferd muss sie mit einem Huf getroffen haben – es stieg hoch, als ich seinen Reiter aus dem Sattel putzte.« Enrico schwieg und zog die Nase hoch. »Es tut mir leid.«

»Du kannst nichts dafür«, hörte sich Lorenzo durch einen dichten Nebel sagen.

»Es tut mir trotzdem leid.«

Lorenzo berührte eine ihrer Hände. Sie war eiskalt. Dann fühlte er sich plötzlich beiseitegestoßen; er stolperte und stieß an den Trosswagen. Schwester Immaculata ging mit fliegenden Fäusten auf ihn los. Ihr Gesicht war eine einzige Fratze aus Hass, zwischen geschlossenen Zähnen drang ein Knurren hervor, das nicht zu ihrem schmächtigen Körper zu passen schien, und ihre Fäuste droschen, was sie gerade erwischten. Lorenzo hob die Hände vor das Gesicht und versuchte, eine der Fäuste zu packen, aber sie wirbelten durch die Luft. Er verlor den Halt und fiel zu Boden. Immaculata fiel auf ihn und hämmerte auf sein Gesicht, seinen Hals, seinen Oberkörper ein. Das Knurren hörte auf, sie öffnete den Mund, als sei er zugenäht gewesen, und begann zu schreien. Schaum und Spucke spritzten Lorenzo ins Gesicht. Er bekam eine ihrer Fäuste zu packen und verlor sie wieder. Endlich zerrte jemand die Furie von ihm herunter. Er rollte sich zur Seite und betastete seine blutig geschlagenen Lippen. Schwester Immaculata stöhnte und zuckte unter Verruca und Radegundis, die sie festhielten. Schließlich sackte sie zusammen und begann rau zu weinen. Radegundis schloss sie in die Arme. Enrico zog Lorenzo auf die Beine.

»Was können wir tun?«, fragte Lorenzo und schielte zu der reglosen Form Magdalenas auf dem Trosswagen.

»Das fragst du mich? Hast du nicht Felicità wieder Leben eingehaucht?«

Lorenzo schüttelte den Kopf. »Buonarotti«, flüsterte er. »Er wüsste vielleicht, was zu tun ist.« Er erinnerte sich an Pietro, der sich plötzlich zwischen ihm und Bandini befunden hatte. Wen hatte Pietro versucht zu schützen? Wenn Pietro dabei war, dann war auch Buonarotti nicht weit, das ahnte Lorenzo. Und hatte er nicht halb versteckt hinter Bandini auch Niccolò gesehen? Aber seine Gedanken weigerten sich, das Rätsel zu lösen, das Antonio Bandini und drei von Lorenzos eigenen Männern bildeten, die zusammen mit einer Bande berittener Strauchdiebe auf fliehende Dörfler Jagd machten. Er ertappte sich dabei, wie er in seinem Kopf zu lauschen begann, ob er ein Echo von Magdalenas Geist spürte, doch da war nichts; er war überzeugt, dass er es sich all die anderen Male nur eingebildet hatte. Wenn man all den Prunk und die Selbsttäuschung wegnahm, blieb von dem Menschen, dem man sich nahe fühlte, nur dies: ein regloser, wie tot wirkender Körper auf einem verkohlten Wagengestell und das Loch im eigenen Herzen, das die Angst hineinfraß.

Eine Weile später kam Corto und setzte sich neben Lorenzo auf den Boden neben dem Trosswagen. Es war so dunkel, dass man nur wenige Schritt weit sah, und Lorenzo schloss daraus, dass die Nacht angebrochen war, ohne dass er es bemerkt hatte. Die Überlebenden ringsum hatten einen weiten Ring um den Trosswagen gezogen; diejenigen, die nicht schliefen, murmelten leise miteinander oder starrten in die Finsternis. Niemand war Lorenzo mehr nahe gekommen, nachdem er seine Wache neben Magdalena aufgenommen hatte.

Corto lehnte sich an ein Wagenrad. Lange Zeit sagte keiner der beiden Männer ein Wort.

»Gestern Abend war es die Schwarze Schar«, murmelte Corto schließlich. »Was für Kerle waren das heute?«

Sie sind hinter mir her, wollte Lorenzo sagen. Mittlerweile war er zu dem Schluss gekommen, dass dies die einzig sinnvolle Erklärung für die Wut war, die er in Bandinis Augen gesehen hatte, und für Pietros halsbrecherische Aktion, sich zwischen die beiden zu werfen. Bandini war zu der Überzeugung gelangt, dass er, Lorenzo, falsches Spiel spielte, hatte Ser Bianchi davon überzeugt – vermutlich mithilfe von Beatrice Bianchi –, hatte einen Trupp Männer zusammengestellt und die Jagd auf ihn eröffnet. Er vermutete, dass Pietro und Buonarotti mitgekommen waren, um sich selbst davon zu überzeugen, ob Lorenzo der Anklagen schuldig war oder nicht, und ihm gegebenenfalls beizustehen, so wie er sicher war, dass Niccolò sich *nicht* deswegen angeschlossen hatte.

Lorenzo behielt seine Gedanken für sich. Was hätte es genützt, Corto jetzt reinen Wein einzuschenken? Um sich und den Rest seiner Leute zu schützen, hätte er Lorenzo auf der Stelle töten müssen. Lorenzo an Cortos Stelle hätte auch nicht geglaubt, dass es für Lorenzo mittlerweile keine

Rolle mehr spielte, mit welcher Mission er hierhergekommen war und dass er … Nun, dem musste man ins Auge sehen, und Lorenzo fühlte sich nicht einmal schlecht dabei … dass er sich mittlerweile eher als Mitglied des Wolfspacks fühlte als irgendetwas anderes. Magdalena hatte gesagt, er gehöre hierher. Er wusste jetzt, dass er immer hierher gehört hatte, selbst in den drei Jahren im Hause Bianchi.

»Ich mochte Fabio«, sagte Lorenzo schließlich.

»Ja.« Corto räusperte sich. »Ich auch.«

»Hast du eine Bestandsaufnahme gemacht?«

»Wir haben über ein Dutzend Leute verloren. Drei davon auf unserer Seite, der Rest bei den Dörflern. Fabio, Anselmo und Giovanni Hasenzahn. Ein paar weitere sind ziemlich mitgenommen. Giuglielmo hat einen gebrochenen Arm, alle anderen haben die Schnauze voll.« Lorenzo ahnte das dünne Lächeln, das Cortos Gesicht in ein Meer von Fältchen zersplitterte. Sehen konnte er es nicht.

»Wenn ich die Lage richtig einschätze, befinden wir uns im Belagerungszustand«, sagte Lorenzo. »Der Feind kann nicht herein, es sei denn auf dem einen Weg durch das Schilf, den jetzt nur noch du und Enrico von draußen findet, und dieser ist so schmal, dass wir sie in aller Seelenruhe einzeln wegputzen können, wenn sie es doch versuchen. Was passiert, wenn sie vom Weg abweichen?«

»Der Fuß des Damms muss leck sein«, sagte Corto. »Eigentlich ist der Schilfwald ein einziger großer Teich. Wenn es noch einen zweiten Weg hindurch gibt, habe ich ihn nicht gefunden. Das Wasser ist zum Teil vier bis fünf Fuß tief. Wer da hineinfällt, ertrinkt nicht unbedingt, aber er ist wehrlos.«

Lorenzo nickte. »Sie können nicht herein, aber wir können auch nicht hinaus, weil sie uns draußen mit ihren Pferden jagen wie die Hasen.«

»Wir halten keine Belagerung durch. Die Kerle haben Pferde. Dies ist nicht das Ende der Welt. Es gibt jede Menge Dörfer und Städte, die von Berittenen leicht erreicht werden können, um Vorräte zu besorgen. Was wir zu essen und trinken haben, kannst du dagegen an fünf Fingern abzählen. Und wir haben auch nicht die Zeit, eine Belagerung auszusitzen. Irgendwann trifft der alte Konrad von Landau mit der Schwarzen Schar hier ein, und der treibt einfach so viele Männer ins Schilf, bis das Wasser eben mit Körpern aufgefüllt ist und er trockenen Fußes zu uns hereinspaziert, um uns zu massakrieren.«

»Was nun?«

»Unsere einzige Chance ist der Fluss. Wenn wir übersetzen, sind wir gerettet. Die Furt lässt sich von der jenseitigen Dammkrone aus mit drei Mann gegen ein halbes Heer verteidigen.«

»Während wir aber die Furt durchqueren, sind wir eine leichte Beute für die, die sich auf dieser Seite des Damms postieren.«

»So ist es.« Corto machte eine Bewegung, die Lorenzo mehr hörte als sah. Er erkannte, dass Corto sich halb aufgerichtet hatte, um Magdalena anzusehen. Nach ein paar Augenblicken ließ er sich wieder nieder.

»Warum wachst du hier bei ihr?«, fragte er Lorenzo.

Lorenzo antwortete nicht.

»Mhm«, machte Corto. »Enrico hat mir erzählt, du hättest ein Mädchen aus dem Dorf gerettet.«

»Ich habe Enrico schon erklärt, dass ich Magdalena nicht auf diese Weise retten kann.«

»Sie ist etwas Besonderes«, sagte Corto.

Lorenzos Hals schmerzte, als er sagte: »Ich weiß.«

»Manchmal überleben die Menschen, weil sie etwas haben, für das das Überleben sich lohnt.«

»Ein Ziel? Die Aussicht, die alte Fähre zu kaufen und wieder flottzumachen und am Fluss zu leben?«

»Enrico ist eine alte Plaudertasche«, brummte Corto. Nach einer Weile sagte er: »Ich meine eher: einen anderen Menschen.«

»Es ist wenig Verlass auf die Menschen.«

»Umso wichtiger, wenn man einen findet, auf den man sich doch verlassen kann.«

»Wie geht es weiter, Corto?«

»Es gibt drei Möglichkeiten, aus dieser Scheiße zu entkommen. Erstens: Die Kerle da draußen geben auf, die Schwarze Schar findet unsere Spur nicht, und wir spazieren einfach alle miteinander raus und leben glücklich bis ans Ende unserer Tage.«

»Gut«, sagte Lorenzo. »Ich bin dafür.«

»Zweitens: Wir setzen über die Furt, sobald es hell wird, wissend, dass wir dabei drei Viertel unserer Männer und fast alle Bauern verlieren werden. Dann leben die paar wenigen, die nach drüben durchkommen, glücklich bis ans Ende ihrer Tage.«

Lorenzo schwieg.

»Drittens: Wir lassen die Bauern zurück und überqueren die Furt bei Dunkelheit. Das wird auch nicht ohne Verluste abgehen, aber sie werden sich in Grenzen halten. Bis die da draußen was merken, sind wir über dem Damm. Die Bauern sind dann natürlich erledigt.«

»Soll ich was dazu sagen?«

»Ich bitte höflichst darum«, sagte Corto mit einem Lächeln in der Stimme.

»Erstens: Du hast die Heiligen vergessen, die vom Himmel herabsteigen und uns an der Hand in sichere Länder führen, in denen Milch und Honig fließt. Zweitens: Du wärst ein schlechter Anführer, wenn du dich dafür entscheidest. Drittens: Du hättest genauso gut bei der Schwarzen Schar bleiben können, falls du so handeln willst.«

Corto schwieg so lange, dass Lorenzo sich zu fragen begann, was der Mann dachte. Magdalena hätte es geahnt, sagte er sich. So wie sie geahnt hatte, was sich zwischen den beiden Männern abspielte, während sie am Rand des Dorfs zusammensaßen und Katz und Maus spielten. Wenn sie nicht eingeschritten wäre …

»Ich werde aus dir nicht schlau, Lorenzo«, sagte Corto. »Anfangs hielt ich dich für einen leichtsinnigen Narren. Dann war ich überzeugt, dass du was im Schilde führst. Jetzt habe ich das Gefühl, du hast schon immer zu uns gehört. Welches Ziel verfolgst du wirklich?«

»Manchmal denkt man, es führt eine Brücke über den Fluss, wo früher eine Fähre war. Doch die Brücke gibt es nur in Gedanken, weil sie uns hilft, uns einzureden, dass wir nicht mehr dorthin zurückkönnen, wo wir hingehören. Manchmal haben wir nämlich Angst davor, unser Ziel zu erreichen.«

»So wie du über Flüsse und Brücken redest, möchte man gar nicht glauben, dass du eigentlich ein Hinterwäldler aus den Bergen bist, der vorgestern noch Steine gefressen und die Schafe auf seiner Weide gevögelt hat.«

»Ich nehme das als Kompliment«, sagte Lorenzo.

»Was du als Argumente gegen meine drei Lösungen gebracht hast, habe ich mir selbst auch schon vorgehalten. Ich schätze, das gibt ihnen Gewicht.«

»Corto, ob du willst oder nicht: Du hast die Verantwortung für die Dörfler übernommen. Sie sind die Schwächeren, aber du musst sie trotzdem beschützen. Ich weiß, du glaubst, dass die Starken so lange recht haben, bis einer kommt, der noch stärker ist. Es gibt aber auch das Szenario, dass die Stärkeren ihr Leben riskieren, um den Schwächeren zu helfen. Dafür hat

Gott manchen Menschen die Stärke gegeben – und die Entscheidungsfreiheit, sie richtig einzusetzen.«

»Das ist *eine* Sicht der Dinge.«

»Das ist *meine* Sicht der Dinge. Und der Teufel soll mich holen, wenn es nicht auch deine ist.«

»Was gibt dir die Sicherheit im Glauben, mein Bruder?«

Lorenzo nahm den leichten Tonfall Cortos auf, aber er meinte bitter ernst, was er sagte: »Ich habe meine zärtlichen Lieblingsschafe und meine leckeren Steine nicht zurückgelassen, um mich einem gewissenlosen Monster anzuschließen. Und Magdalena hätte sich auf der Straße eher totschlagen lassen, als dir zu folgen, wenn sie befürchtet hätte, dass du so etwas tun würdest, wie die Dörfler dem sicheren Tod zu überantworten, nur um selbst fliehen zu können.«

»So gut kennt ihr euch mittlerweile?«

»Nein. So gut kennt sie jeden, mit dem sie zu tun hat.«

Corto schien das eine Weile zu verdauen. »Ich habe die Verantwortung für meine Leute«, sagte er dann.

»Die Dörfler sind jetzt auch deine Leute.«

»Was werdet ihr tun, wenn sie wieder gesund ist?«

Cortos Frage gab Lorenzo einen Stich. Sie war vollkommen abseits des Gesprächsfadens, doch er hatte keine Mühe, sich darauf einzustellen. Der weitaus größere Teil seines Geists beschäftigte sich nach wie vor mit *ihr.* Er versuchte zu antworten, aber es gab keine Antwort. Corto hörte sich sein Schweigen ein paar Augenblicke lang an.

»Du zweifelst doch nicht daran, dass sie wieder gesund wird?«

»Ich weiß es nicht«, flüsterte Lorenzo.

»Du bist ein Idiot«, sagte Corto. Lorenzo fand kein Argument dagegen. »Glaubst du, dass es eine Zukunft gibt – für einen wie dich und eine wie sie?«

Etwas drang durch Lorenzos Sorge. »Was willst du mich eigentlich wirklich fragen?«, erkundigte er sich.

Corto wich aus. »Wenn es eine Zukunft gibt, fällt mir vielleicht eine vierte Möglichkeit ein.«

Lorenzo musterte Corto, doch dessen Blick war in die Nacht gerichtet. Er wartete darauf, dass Corto weitersprach.

»Wir locken sie in die Falle«, sagte Corto.

41.

Francesco Giallo stierte mit offenen Augen in die Dunkelheit. Seine Furcht war so groß, dass er meinte, nicht still liegen zu können. Alle paar Augenblicke fuhr er sich über das Gesicht, kratzte sich am Körper, streichelte seinen angstgeblähten Bauch, ballte die Zehen oder blinzelte krampfhaft. Dann und wann löste sich ein Wind, und obwohl er die Hinterbacken zusammenpresste, entfuhren sie mit einem gequälten Flötenton. Selbst seine Därme schienen furchtsam zu wimmern.

Neben ihm, angebunden an einen Baum und nach außen hin mit sich und der Welt im Reinen, schnarchte der Mann, den die Banditen im Dorf gefangen genommen hatten. Bis jetzt hatte er Francescos Hoffnung, in einem unbewachten Moment fliehen zu können und ihn, Francesco, dabei mitzunehmen, nicht erfüllt. Nicht, dass nicht ein großzügiges Angebot vonseiten Francescos für diesen Fall im Raum stünde; ein Angebot, das Francesco immer mehr bereute, je länger er in der Nähe dieses Mannes saß und ihn beobachten konnte. Es war, als betrachtete man ein tollwütiges Raubtier, das auf der Lauer lag.

Als er die Schritte hörte, die sich näherten, schloss er erschrocken die Augen und stellte sich schlafend. Er hörte Cortos Stimme, der den jungen Kerl ablöste, der die Gefangenen bewacht hatte. Giallo drehte sich zur Seite und wagte es nach einem heftigen inneren Kampf, durch die Lider zu blinzeln. Er sah Verruca in der Nacht verschwinden; Corto hatte seinen Platz ein paar Schritte entfernt eingenommen und drehte ihnen halb den Rücken zu. Der Mann gähnte, doch Giallo war keine Sekunde lang bereit zu glauben, dass seine Wachsamkeit nachlassen würde. Georg Vogler grunzte und schmatzte im Schlaf, und Corto wandte sich um. Francesco presste entsetzt die Lider zusammen. Vogler lag wieder still. Als Francesco genügend Mut gesammelt hatte, um erneut zu spähen, saß Corto regungslos da und summte leise vor sich hin. Die beiden Jungen, die neben den unverletzt gebliebenen Klosterschwestern und Clarice Tintori lagen, wälzten sich herum. Einer fuhr plötzlich in die Höhe, murmelte etwas, fiel wieder um wie ein Sack und begann kurz darauf mit einem erstaunlich erwachsenen Schnarchen. Gleich danach richtete sich eine dunkle Gestalt langsam und fast lautlos auf – eine der beiden Nonnen. Corto unterbrach sein Summen und wechselte die Position, sodass er der jungen Frau komplett den Rücken zuwandte. Sie schien zu zögern, dann schlich sie in die Dunkelheit. Francesco nahm an, dass sie ihre Notdurft verrichten wollte, doch dann stellte er fest, dass sie in die Richtung huschte, in die Verruca verschwunden war. Sein Geist war noch damit beschäftigt, alle Implikationen dieser Beobachtung zu verarbeiten und mit der Tatsache abzugleichen, dass ein normaler Mensch für das, wonach es tatsächlich aussah, in ihrer momentanen Situation zu viel Angst hätte haben müssen, als Corto sein nervtötendes Summen wieder aufnahm.

Francescos Körper spannte sich, als sein verkrampftes Gedärm eine neue Blähung aufbaute. Er bemühte sich, seinen mittlerweile steinhart gewordenen Schließmuskel anzuspannen, doch er machte das gleiche winselnde Geräusch wie die anderen Male. Der Geruch stieg ihm in die Nase, dünn und lächerlich und schon verweht. Corto neigte den Kopf und horchte. Francesco gab einen wenig überzeugenden Schnarchton von sich, verschluckte sich und musste husten und klang nun doch wie ein Schläfer, dem im Traum etwas in den Hals geraten war. Corto blieb in seiner lauschenden Haltung, bis Francesco wieder Luft bekam und mit unregelmäßigen Schnarchlauten den Eindruck zu erwecken versuchte, wieder eingeschlafen zu sein.

Dann begann er erneut zu summen.

In all seiner Angst verspürte Francesco Giallo Hass auf dieses Summen.

Eine endlose Zeit später – tatsächlich keine fünfzig Schnarchlaute, hätte Francesco sie gezählt – stand Corto auf und streckte sich. Er kam zu Francesco herüber. Dieser kniff die Augen zu und schnarchte um sein Leben. Corto stupste ihn mit dem Fuß in den Hintern. Francescos Herz wirbelte vor Angst, während jemand in seiner Kehle sich aufmachte, den Großvater aller Bäume umzusägen. Corto grunzte, wandte sich ab und ging davon. Francesco blinzelte.

Dann vergaß er zu schnarchen, weil er beobachtete, wie Corto vorsichtig über ein paar Körper stieg und sich bei Clarice Tintori niederkauerte. Er rüttelte sie sanft an der Schulter. Sie fuhr hoch. Er legte den Finger auf die Lippen. Francesco konnte nicht sehen, ob sie lächelte oder entsetzt war, aber er sah, dass Corto sie an der Hand nahm, hochzog und mit sich führte, aus dem Kreis der Schläfer heraus und mit leisen, vorsichtigen Schritten in die Dunkelheit hinein. Schon waren sie verschwunden. Francesco versuchte mit der Beobachtung fertig zu werden, dass irgendwo in der nebelgetrübten

Finsternis dieses Stückchen Waldes zwei Paare einander in den Armen lagen und sich Nacht und Kälte gegenseitig vertrieben, sowie mit der Tatsache, dass Corto seinen Posten verlassen hatte und sie unbewacht waren.

»Fick dich ins Grab, Corto«, flüsterte Georg Vogler. Francesco fuhr herum und sah in die funkelnden Augen des Raubtiers. Der Mann hatte keine Sekunde lang geschlafen. »He, Giallo, gilt das noch mit der Belohnung für deine Befreiung?«

Francesco nickte bestürzt.

Vogler hob ihm die gefesselten Hände entgegen und grinste ihn auffordernd an.

42.

Zwei Gestalten huschten durch die tintenfarbene Finsternis. Der Nebel gab genügend Streulicht von den auf ihn herabscheinenden Sternen und dem Mond ab, sodass die beiden Männer halbwegs sahen, wohin sie traten. Sie trieften vor Nässe; sie waren einmal von dem Weg abgekommen, der sie trockenen Fußes aus dem Schilfwald hätte führen sollen. Einer von ihnen lief lautlos, der andere keuchte und winselte und stöhnte, und ab und zu entfuhr ihm ein anderer Ton, der dem einer ängstlichen kleinen Flöte ähnelte. Sie waren zwei Schatten in der Dunkelheit, zwei Waldtiere auf der Flucht über die große Ebene, zwei Seelen auf dem Weg über ein mit den Knochen unzähliger früherer Generationen gedüngtes und den Körpern der derzeitigen Generation bedecktes Land …

»O mein Gott, o mein Gott, hier liegt ein Toter!«

»Halt's Maul, du Trottel. Steh auf und komm weiter.«

Die Schatten hasteten weiter. Ihre Spuren waren wie ein dunkler Strich in der grauen Nässe des Grases. Der vordere der beiden wurde plötzlich langsamer und lauschte. Als er herumfuhr, war es bereits zu spät. Weitere Schatten erhoben sich um sie herum, Dutzende von ihnen. Sie waren umzingelt. Der vordere Schatten hob die Arme über den Kopf, der hintere Schatten sank wimmernd auf die Knie.

Eine Gestalt, die womöglich noch dunkler war als alle anderen, trat nach vorn und musterte die beiden Ankömmlinge.

»Der verlorene Sohn kehrt zurück«, sagte eine Stimme. Der vordere der beiden Schatten ließ die Arme sinken. Es war zu finster, um ihn lächeln zu sehen. »Und was ist das da?«

Die dunkle Gestalt deutete auf den zweiten Schatten, der versuchte, nicht bei jedem Atemzug vor Angst zu wimmern, und grandios dabei versagte.

»Das«, sagte der vordere Schatten, »ist sein Gewicht in Gold wert.«

»Es ist kein Ersatz für das Gewehr, das du verloren hast.«

»Nein«, sagte der vordere Schatten, »aber das können wir uns wiederholen. Ich kenne den Weg in Cortos Rattennest hinein.«

43.

Lorenzo spähte durch die letzten Schilfhalme auf die grasige Ebene vor dem Damm. Er konnte keinerlei Bewegung ausmachen. Das Gras schimmerte wie Perlmutt im frühen Morgennebel. Die Toten des gestrigen Abends waren dunkle Klumpen im widerwillig lichter werdenden Grau. Lorenzo lauschte in den Schilfwald hinein, doch er hörte keinen Ton. Mehr als zwanzig Männer steckten darin, einige davon in seiner unmittelbaren Nähe, und er konnte sie nicht sehen. Wenn Antonio Bandini und seine Männer kamen und in das Schilf eindrangen, hatten sie keine Chance. Sie würden umstellt sein, bevor sie wussten, was geschah. Lorenzo wandte sich lautlos um und sah Cortos schmales Gesicht neben sich. Cortos Augen funkelten.

»Glaubst du wirklich, Vogler führt die Kerle hierher?«, hauchte er.

»Wohin hätte er sonst flüchten sollen? Nach Revere? Die ganze Strecke durch die Nacht? Außerdem hätte man ihn in diesem Fall abgefangen. Die werden die ganze Nacht patrouilliert haben, damit wir uns nicht im Schutz der Dunkelheit davonschleichen.«

»Ich hätte nicht gedacht, dass Giallo so ein Narr ist und ihn losbindet.«

»Du hast auch nicht geglaubt, dass Vogler auf den Trick reinfällt.«

»Wie hast du es plausibel gemacht, dass du deinen Wachposten verlassen hast? Wenn du einfach nur aufgestanden und weggegangen wärst, hätte er sicher Verdacht geschöpft.«

Corto murmelte etwas Undefinierbares. Lorenzo zuckte mit den Schultern. Er musterte die vollkommen leere Ebene vor dem Schilfwald aufs Neue. Sein Herz schlug einen langsamen, harten Takt. Oben auf der Dammkrone waren die Dörfler zusammen mit Cortos verbliebenen Gefangenen und den beiden Klosterschwestern damit beschäftigt, sich möglichst lautlos auf die Durchquerung der Furt vorzubereiten. Lorenzo dachte an Magdalena, die immer noch wie tot auf dem Wrack des Trosswagens gelegen hatte. Sie sah noch schlechter aus als am Abend zuvor, falls das möglich war. Er versuchte, die Sorge um sie zu verdrängen, aber sie hielt sich hartnäckig im Hintergrund und meldete sich zu Wort, sobald seine

Gedanken ein paar Augenblicke in Leerlauf gerieten. Bestürzt machte er sich klar, dass er seit ihrem Gespräch im Wald kaum mehr an Clarice gedacht hatte.

»Die Madonna hat mir geholfen«, sagte Corto, und es dauerte einen Herzschlag, bis Lorenzo verstand, dass es nicht metaphorisch gemeint gewesen war.

»Was?«

»Ich sagte mir, Vogler ist schlau. Er rechnet vielleicht damit, dass wir einen Trick versuchen. Aber er rechnet nicht damit, dass jemand von den Gefangenen dabei mitspielt.«

»Und Clarice hat mitgespielt!?«

»Du hast ein zu schlechtes Bild von der jungen Dame.«

Lorenzo starrte Corto an. Ein ungläubiges Lächeln zog sich über sein Gesicht. Corto machte eine verdrossene Miene und wandte sich ab. »Wo bleiben sie denn?«, knurrte er zwischen den Zähnen. »Auf keinen Menschen ist Verlass!«

»Wer sich ergibt, wird verschont«, sagte Lorenzo. »Sag mir noch mal, dass wir es so halten wollen.«

»Du machst dir um diese Schweine Sorgen? Irgendwo da draußen liegen Fabio und die anderen!«

»Du hast es mir zugesichert.«

»Da hatte ich einen schwachen Moment.«

»Corto, es haben sich nicht alle an der Schlächterei beteiligt. Und ein Mord ist auch dann ein Mord, wenn das Opfer selbst ein Mörder ist.«

»Wir als gute Menschen haben ja die Freiheit der Entscheidung«, sagte Corto sarkastisch.

Lorenzo erwiderte nichts. Er hatte Corto das Zugeständnis abgerungen, Bandini und seine Männer zu verschonen, sobald sie sich ergeben hatten. Lorenzo dachte an Pietro und Buonarotti und hoffte für sie ebenso wie auf ganz widersinnige Weise für Niccolò und für Bandini, dass alle vernünftig blieben und niemand ein Blutbad heraufbeschwor. Er ließ sich von dem Gedanken leiten, dass Bandini die Erinnerung an das Massaker unter den Männern seines Geleitzugs noch als Warnung in den Knochen stecken musste – auch dieses hätte vermieden werden können, wenn alle ruhig und vernünftig geblieben wären.

»Wenn alles gut geht, sitzen die Kerle in einer Stunde angebunden unter den Bäumen, und wir sind auf der anderen Seite, um ein Dutzend Pferde reicher und in Sicherheit. Sobald wir drüben sind, verliert auch Konrad von Landau die Spur.«

»Du könntest Francesco Giallo nach Hause schicken«, schlug Lorenzo vor. »Die Pferde sind mindestens so viel wert wie er. Und ohne ihn hätte dein Plan nicht funktioniert.«

»Ein kleines Dankeschön dafür, dass wir alle den Rest unserer Tage glücklich und in Frieden leben?«

Lorenzo dachte an Magdalena. Er konnte an Cortos Gesicht sehen, dass die Gedanken sich in seiner Miene widergespiegelt hatten. Corto sah zu Boden. Überrascht erkannte Lorenzo, dass er den Mann zum ersten Mal unsicher erlebte.

»Ihr könnt mich ja mal besuchen, ihr zwei«, sagte Corto nach einer Weile. »Ich setze euch umsonst über.«

»Vielleicht wollen wir gar nicht über den Fluss?« Lorenzo hörte seine eigene Stimme scheppern.

»Jeder steht irgendwann mal am Ufer eines Flusses, um ihn zu überqueren, und ist froh, wenn ein freundlicher Fährmann ihm dabei hilft.«

»Wenn's so weit ist …«, sagte Lorenzo. Corto blickte auf. Für ein paar Momente trafen sich ihre Blicke, Cortos indigofarbene und Lorenzos dunkelblaue Augen. Wenn ich Magdalenas Fähigkeit hätte, in dich hineinzusehen, dachte Lorenzo, dann wäre es mir in diesem Augenblick möglich. Selbst so spürte er, dass Corto keine Schutzwälle errichtet hatte. Was er in den Augen des kahlköpfigen Mannes sah, war dessen reines, unverstelltes Selbst. Sie brachen den Blickkontakt ab, beide beinahe verlegen über das, was sie in den Augen des anderen gelesen hatten. Eine Rohrdommel gluckte in ihrer Nähe. Da sämtliche Vögel des Schilfwaldes schon gestern geflohen waren, konnte es nur Enrico sein, der sie warnte.

»Sie kommen«, sagte Corto.

Lorenzo schob die Schilfblätter beiseite und sah hinaus.

44.

Pietro saß neben seinem Pferd im Gras unterhalb der Dammkrone, weit genug weg von den letzten Ausläufern des Wäldchens, um von dort weder gesehen noch angegriffen werden zu können. Er spielte mit einem langen Grashalm, den er um die Finger wickelte, wieder löste und erneut wickelte. Sein Gesicht war starr. Buonarotti schnürte in gebückter Haltung nicht weit davon entfernt durch das Gras, sein verunstaltetes Gesicht nahe am Boden, und sammelte Kräuter. Bandini fragte sich, wie er sie im frühen Morgendämmer erkennen konnte. Die Luft war klamm und kühl. An den Morgen merkt man es zuerst, wenn der Sommer vorüber ist, dachte er.

Pietro blickte Bandini nicht an, als dieser ihn keuchend erreichte und auf ihn hinuntersah.

»Wir sind nicht mehr Ihre Männer, Bandini«, sagte Pietro. »Bei so etwas machen wir nicht mit.«

»Ich konnte nicht verhindern, dass einer von den Kerlen gestern Abend noch zurückreitet und die Schwarze Schar auf dem schnellsten Weg durch die Nacht hierherführt.«

»Sie konnten alles verhindern. Sie waren der *patron*.«

Bandini versuchte den Umstand, dass Pietro sich bislang geweigert hatte, ihn *patron* zu nennen, nicht zu werten; ebenso wenig wie Pietros besondere Betonung des Titels. »Ich bin immer noch der *patron*.«

Pietro schüttelte den Kopf. Er deutete auf die Grasebene vor dem Schilfwald hinunter, die abgesehen von den Leichen der gestern Getöteten völlig menschenleer war. »*Er* ist jetzt der *patron*. Sie sind gar nichts, sonst hätte er sie unten bei sich behalten und nicht einfach wegreiten lassen. Alles, wozu Sie und wir gut waren, war, Lorenzo und seine Gruppe so lange aufzuhalten, bis *er* seine Mörderbande herangeführt hatte.«

Bandini erwiderte nichts, weil er wusste, dass Pietro recht hatte. Er versuchte, nach der Wut zu greifen, die er die ganzen letzten Tage über verspürt hatte, doch sie war nicht mehr da. Stattdessen erfüllte ihn Trauer.

»Ich konnte nicht anders handeln als so, wie ich es getan habe«, hörte er sich sagen und wusste, dass es das erste Mal war, dass diese Worte ihm über die Lippen kamen. Sie waren nichts weiter als eine Rechtfertigung, und dazu noch eine, die nichts taugte.

»Doch«, sagte Pietro. »Sie hatten bis gestern Abend Gelegenheit dazu. Sie hätten diese widerliche Jagd auf die armen Teufel aufhalten können, die vor uns davonliefen. Sie hätten mit Lorenzo Kontakt aufnehmen und verhandeln und erfahren können, wie sich alles wirklich zugetragen hat, anstatt ihn einfach zu belagern, und Sie hätten jedem schwarz gebänderten Monster, das versuchte, seine Spießgesellen heranzuführen, einen Bolzen hinterherschicken können. Zusammen mit T. G., dessen Bande von Tagedieben gegen die Schwarze Schar ein Klosterschwesternverein ist, waren wir doppelt so viele wie die anderen.«

»Es ist jetzt zu spät, über Versäumtes zu klagen.«

»Ich habe Sie gestern rechtzeitig darauf hingewiesen«, beharrte Pietro.

Bandini schnaubte, doch er widersprach nicht. Die Fläche vor dem Schilfwald sah friedlich aus. Man hätte sich einreden können, dass nicht innerhalb der nächsten Augenblicke ein verheerender Kampf stattfinden würde.

»Landau hat mir versprochen, dass Clarice Tintori und den Dörflern nichts geschieht.«

»Nun hab ich keine Sorgen«, sang Pietro, »an diesem schönen Morgen.«

Bandini ballte hilflos die Fäuste. Er straffte sich, um zur Dammkrone weiter emporzusteigen.

»Wo ist Niccolò?«, fragte Pietro.

»Keine Ahnung. Irgendwo bei T. G. und seinen Männern.«

»Sie wissen nicht, wo Ihr Stellvertreter ist?«

»Nein«, schnappte Bandini, »und ich bin sicher, dass sein Verbleib dir genauso egal ist wie mir.«

»Er ist ein Arschloch, aber er ist einer von Ihren Männern«, murmelte Pietro. »Wie viel von Ihrer Ehre wollen Sie noch opfern, nur weil Sie glauben, Lorenzo zur Strecke bringen zu müssen?«

Bandini schwieg. Pietros Worte gellten in seinem Hirn nach. Wie viel Ehre hatte Onkel Bernardo geglaubt aufs Spiel setzen zu müssen, um Lorenzo de'Medici zu vernichten? Antwort: jedes einzelne Quäntchen davon. Und er hatte sie zu hundert Prozent verloren. Er wandte sich ab und klomm weiter nach oben, wo Buonarotti sich mit der eingedrückten Nase praktisch auf dem Boden näherte.

»Wenn *monna* Clarice was passiert, was wollen Sie dann Ser Bianchi sagen?«, fragte Pietro und warf ihm einen Blick über die Schulter zu. »Die

Geisel ist tot, der Mann, der sie befreien wollte, ist tot, ein paar Dutzend andere sind auch tot, Mission erfüllt?«

»Leck mich am Arsch«, sagte Bandini resigniert und kletterte weiter.

»Bandini«, rief Pietro. »Warten Sie!«

Bandini hörte nicht auf ihn. Er atmete tief durch, als er auf der Krone des Damms stand. Vor ihm lag der Strom, breit wie das Meer, ein vage schimmerndes, mächtiges Band, eingefasst von den Dämmen hüben und drüben. Der frühherbstliche Morgengeruch eines langsam fließenden Flusses wehte zu ihm – angenehm und unangenehm zugleich. Seine Mutter hatte stets gesagt, wenn der Arno so gerochen hatte: ›Der Fluss riecht nach seinen Toten‹, und sich mit einem Tüchlein die Nase zugehalten. Der kleine Antonio war davon nicht abgestoßen gewesen, ganz im Gegenteil. Der Gedanke faszinierte ihn, dass man all die Menschen, die im Fluss ertrunken waren, an solchen Morgen riechen konnte; dass der Fluss sich an sie alle erinnerte. Dann sah er die dünne Linie grauer Gestalten, die den steilen Abhang des Damms hinter dem Wäldchen zum Fluss hinunterkletterten. Die Linie verschwand oben im Gestrüpp, das am Ufer wucherte, und kam unten wieder daraus hervor, die Wasseroberfläche aufwühlend. Einige waren schon bis zum Bauch im Fluss und wateten langsam in die Strömung hinaus. Ganz weit draußen sah Bandini ein paar, die sich vorwärtskämpften. Manche hielten sich an Pferdeleibern fest. Entweder war der Strom grundsätzlich seicht, oder hier war … eine Furt!

Buonarotti stand plötzlich neben ihm. Bandini spürte die Spitze eines Messers, die sich in seine Kehle drückte. Pietro tauchte an Bandinis anderer Seite auf. Auch er hielt ein Messer in der Hand.

»Das geht schon seit dem ersten Licht so«, sagte Pietro und nickte in Richtung der Fliehenden. »Und es soll unser kleines Geheimnis bleiben.«

Bandini starrte in Pietros Augen und wusste, dass der Mann ihn ermorden würde, wenn es darauf ankam. Zugleich wusste er, dass Pietro innerlich flehte, dass es nicht so weit kam – und dass er an diesem Mord zerbrechen würde. Es hätte eine Schwäche Pietros sein können, doch in diesem Augenblick war es seine Stärke. Bandinis Schultern sanken herab. Pietro blinzelte und ließ die Faust mit dem Messer sinken.

»Es geht los«, sagte Buonarotti, der auf die Ebene vor dem Schilfwäldchen hinunterspähte. Die Blicke der beiden anderen Männer folgten ihm unwillkürlich. Als wären sie aus dem Nichts materialisiert, standen auf einmal Konrad von Landaus Männer auf der Ebene. Sie waren in drei Karrees gestaffelt; die Gruppe im Zentrum trug die Teufelsgewehre. Bandini meinte, den Thronsessel Konrads ein paar Dutzend Schritte hinter der Frontlinie zu sehen und eine Gestalt, die ruhig daraufstand, um den Überblick zu behalten. Von ferne wirkte es, als wäre ein ganzes Heer aufmarschiert.

»Ghirardi und seine Leute haben keine Chance«, sagte Bandini. »Selbst wenn er zwanzig Männer im Schilf postiert hat, um den Rückzug der anderen zu decken, reicht es nicht. Sie werden sie einfach überrennen, und sobald der erste der Landsknechte durchgekommen ist und auf dem Damm steht und sieht, was bei der Furt vor sich geht, sind nicht nur die Männer im Schilf, sondern auch die armen Schweine im Fluss erledigt.«

»Was würden Sie tun?«, fragte Pietro.

»Einen Ausfall wagen«, sagte Bandini. »Wenn es darum geht, dass so viele wie möglich über den Fluss kommen, muss die Schwarze Schar davon abgelenkt werden, auf den Damm zu gelangen.«

»Das ist ein Todeskommando«, sagte Pietro.

»Das ist es sowieso.«

Bandini fühlte plötzlich, wie das zweite Messer von seiner Kehle genommen wurde. Er drehte sich um. Buonarotti kletterte bereits auf sein Pferd. Die Kräuter, die er tatsächlich gefunden hatte, rieselten zu Boden. Er wandte sich Pietro zu, doch auch dieser schob schon den Fuß in den Steigbügel.

»Was soll das?«, fragte Bandini.

Pietro schwang sich in den Sattel. »Wenn Sie glauben, dass ein Ausfall das einzig Richtige ist, dann wird Lorenzo einen Ausfall versuchen. Und wir werden versuchen, ihm zu helfen.«

Er wartete keine Antwort Bandinis ab. Mit einem Zungenschnalzen trieb er sein Pferd die steile Flanke des Damms hinunter. Buonarotti folgte ihm, ohne Bandini noch einen Blick zu gönnen. Bandini blieb auf der Dammkrone stehen und sah ihnen zu, wie sie in halsbrecherischem Tempo nach unten eilten. Die Angriffsformation der Schwarzen Schar im Hintergrund schien sich nicht bewegt zu haben, doch Bandini wusste, dass die Männer langsam vorrückten. Er schaute zu der Furt hinüber. An der Situation dort schien sich nicht viel geändert zu haben. Weiter oben zwischen den Bäumen tauchte etwas auf wie das Skelett eines Wagens, der mühsam daran gehindert wurde, den Damm hinunterzurollen und seine Fracht ins Wasser zu werfen. Bandinis Auge war zu schlecht, um im trüben Licht und auf die Entfernung viel erkennen zu können, aber er meinte, dass mindestens eine regungslose Gestalt auf dem Wagenwrack lag und von einigen anderen festgehalten wurde, damit sie nicht hinunterfiel. Es sah so hilflos aus, dass es zum Lachen gewesen wäre, wenn es an der ganzen Situation irgendetwas zu lachen gegeben hätte. Bandini dachte an die Israeliten, die aus Ägypten geflohen waren; ihnen hatte wenigstens jemand das Wasser geteilt, während die Flüchtlinge dort drüben bis zum Hals darinsteckten und sich mühsam hindurchkämpften. Er dachte an eine ganz bestimmte Familie, die mit dem wenigen, das sie auf den erstbesten Wagen hatte laden können, aus Florenz floh, absolut überzeugt davon, dass man sie verfolgen und irgendwo außerhalb der Stadtmauern niedermachen würde und die immer noch auf diesen Überfall wartete, als sie schon ein halbes Jahr lang in Mailand lebte.

Sein Pferd stand klein wie das Spielzeug eines Jungen am Fuß des Damms und knabberte an den Gräsern. Pietro und Buonarotti waren zwei noch kleinere Figuren, die auf den Schilfwald zuhielten.

Bandini rannte in großen Sprüngen den Damm hinab.

45.

»Wo kommen die auf einmal her?«, fragte Corto, aber diesmal gelang ihm kein leichter Tonfall. Sein Gesicht war bleich, als er neben Lorenzo aus ihrer Deckung auf die Ebene hinausspähte.

Lorenzo versuchte etwas zu sagen und musste sich räuspern. Die Pike in seinen Fäusten fühlte sich plötzlich so schwer an, dass er zweifelte, sie noch länger halten zu können. In seinen Adern floss eisiges Wasser. Einen Augenblick lang wünschte er sich, es wäre das kalte Wasser des Stroms hinter ihm und dass er daraus Kraft beziehen könnte, doch es war das Eiswasser der kleinen Bäche seiner Heimat, und der hatte er schon zu lange den Rücken gekehrt, um noch Kraft darin zu finden.

Enrico tauchte neben ihnen auf. »Sieht so aus, als wäre der alte Konrad endlich da, um sich von uns zu verabschieden«, sagte er. Seine Augen waren groß und dunkel in seinem verkniffenen Gesicht.

»Ja«, sagte Corto. »Das schlechte Gewissen. Er schuldet uns noch den Sold des letzten Vierteljahres.«

»Oder er will sein Gewehr wiederhaben.«

»Wenn ihr mich fragt – geben wir's ihm zurück«, krächzte Lorenzo.

»Mit dem Pulver sieht's ohnehin mau aus«, sagte Enrico.

»Gut, dass wir ein Dutzend Pferde haben«, sagte Corto.

»Gut, dass wir sie alle den Dörflern gegeben haben, damit sie leichter durch den Fluss kommen«, erwiderte Enrico.

Corto antwortete nicht. Lorenzo konnte die Gegenwart all der anderen Männer im Schilf fühlen ... Urso mit seinen beiden Äxten und seinem Bündel Beutewaffen ... Giuglielmo mit dem gebrochenen Arm ... Verruca ... all die anderen, deren Namen er zum Teil nicht erfahren und zum Teil ständig durcheinandergebracht hatte ...

»Unter uns Helden«, sagte er, »gebe ich zu, dass ich leicht beunruhigt bin.«

Enrico nickte, ohne ihn anzusehen. »Hab's dir schon angesehen.«

»Hast du die Armbrust gespannt, Enrico?«

»Ja. Ich würde sie dir leihen, aber du hast gesagt, sie liegt schlecht in der Hand.«

»Du hast sie verhunzt mit deiner Schnitzerei.«

»Wie steht's mit deiner Pike?«

»Sie fühlt sich ein wenig schlüpfrig an, wenn du's genau wissen willst.«

»Die Armbrust auch«, sagte Enrico nach ein paar Herzschlägen.

Aus dem Schilfwald drangen mehr oder weniger schlechte Nachahmungen von Vogelrufen. Das Wolfspack war ratlos und fragte nach Cortos Befehlen.

»Wenn wir hierbleiben, überrennen sie uns«, sagte Corto leise. »Und dann kommen sie auf den Damm rauf, sehen die Leute in der Furt und fangen ein Wettschießen an.«

»Wir müssen sie so lange wie möglich ablenken«, sagte Lorenzo.

Enrico blickte von einem zum anderen. »Scheiße.«

Corto nickte. »Genau.«

»Also gut.« Lorenzo musste sich anstrengen, damit seiner Stimme nicht die Kraft ausging. »Wir machen einen Ausfall. Beschlossene Sache. Es sei denn, dir fällt noch eine fünfte Lösung ein, hier herauszukommen, Corto.«

»Im Augenblick wollte ich, die erste Lösung wäre eingetroffen.« Corto holte Atem. Er schüttelte langsam den Kopf. »Wo ist Verruca?«, fragte er schließlich.

Enrico deutete ins Schilf zu ihrer Rechten.

Von draußen ertönte ein dumpfer Schlag wie von einer Pauke. Sie fuhren zusammen. Lorenzo spähte hinaus, während Corto und Enrico die Gesichter verzogen.

»Der alte Konrad gibt den Rhythmus vor«, murmelte Enrico.

Der Laut wiederholte sich in langsamem Takt. Er wummerte in Lorenzos Bauch. Sein eigenes Herz zitterte in seiner Kehle. Er wechselte den Griff an der Pike, weil er dachte, sie würde ihm jeden Moment aus der Hand fallen.

»Verruca!«, rief Corto halblaut in die von Enrico angegebene Richtung. Nach ein paar Augenblicken wühlte sich der Junge durch das Schilf. Er sah aus, als würde er gleich anfangen zu weinen. Der Blick, mit dem er Cortos Gesicht nach einem Hinweis darauf absuchte, dass Corto einen Weg gefunden hatte, sie alle mit heiler Haut herauszubringen, schnitt in Lorenzos Seele.

»Sag überall durch, dass wir einen Ausfall machen. Wir laufen ihnen die erste Gewehrsalve lang und für die Zeit des Nachladens entgegen. Bevor sie wieder schussbereit sind, läuft alles in alle Richtungen auseinander – Hauptsache, weg vom Damm. Jeder ist sich selbst der Nächste, kapiert? Verwickelt sie in Einzelkämpfe, aber verkrallt euch nicht. So ein Haufen bewegt sich schwerfällig. Konrad wird nicht zulassen, dass die Disziplin vergessen wird. Das ist unsere Chance – einzelne Fluchtbewegungen. Wenn sie uns als Ganzes verfolgen, haben wir gewonnen.« Corto machte eine Augenbewegung zum Damm hin, und Verruca verstand. Er wurde noch bleicher. »Sag ihnen, wer draufgeht, ist selber schuld.« Er zögerte. »Nein. Sag ihnen, wenn ich vor ihnen draufgehe, halte ich ihnen die Pforte zur Hölle auf.«

Verruca nickte. Er machte Anstalten, sich zurückzuziehen. Seine Augen standen voller Angsttränen.

»Verruca!«, sagte Corto scharf. »Wenn du durch bist, schwingst du deinen Hintern zum Damm rauf. Hilf den Klosterweibern, die Leute über die Furt zu bringen. Hörst du mich? Ich will dich hier herunten nicht sehen.«

»Aber Corto …«

»Jemand muss die dämlichen Bauern antreiben, sonst war alles vergebens.«

»Aber ich …«

Corto fasste dem jungen Mann unters Kinn und hob sein Gesicht empor. Verrucas Augen flossen über. Seine Schultern zuckten. »Glaubst du, ich tue das, um dich zu verschonen? Deine Aufgabe ist nicht leichter als alles andere. Wenn du versagst, und es säuft auch nur einer von den verdammten Dörflern ab, ziehe ich dir die Haut mit einem stumpfen Messer ab, ist das klar?«

Verruca erwiderte nichts. Er kroch rückwärts zwischen die Schilfbündel und war verschwunden. Corto musterte Lorenzo und Enrico. Der Rhythmus der Pauke rollte über sie hinweg.

»Also gut, ihr Welpen«, sagte Corto. »Darf ich um diesen Tanz bitten?«

»Willst du nicht warten, bis die anderen …?«

»Nein. Je ungeordneter wir hier herausbrechen, desto schwieriger wird es, auf uns zu schießen. Und einer muss ja den Anfang machen, oder?«

Lorenzo hörte, wie Enrico tief Atem holte. »Mir fällt was ein, um das alles hier zu vermeiden«, sagte er. Sie starrten ihn an. Enrico versuchte ein verzerrtes Grinsen. »Es fällt mir allerdings dreißig Jahre zu spät ein. Ich hätte nicht geboren werden sollen.«

»Schneid dich nicht an den Schilfblättern beim Rauslaufen«, sagte Lorenzo. Er gab Enricos Blick eine Sekunde lang zurück, dann sprang er auf und brach gleichzeitig mit Corto ins Freie hinaus.

46.

Konrad von Landau konnte über die Köpfe seiner Männer hinweg die Fläche vor dem Schilfwald einsehen. Die Bewegung seiner drei Karrees verengte die Ebene von drei Seiten her und ließ sie in Richtung Damm zusammenschmelzen. Der Schilfwald war ein undurchdringliches Gestrüpp, in dem einzelne Nebelschwaden hängen geblieben waren. Kein Vogellaut erklang aus dem Schilf, woraus Konrad von Landau schloss, dass andere Lebewesen als Vögel sich im Schilf versteckt hielten. Der Damm mit seinem Waldstück ragte dahinter auf, ebenso uneinsehbar. Er hielt es für wahrscheinlich, dass Corto dort noch ein paar Leute hinter Bäumen versteckt hatte, aber er war überzeugt, dass das Gros der Deserteure im Schilf steckte. Vielleicht hatten sich auch ein paar von den Bauern bewaffnet, die Corto mitgeschleppt hatte, und vielleicht würden diese auch den einen oder anderen Unvorsichtigen aus der Schwarzen Schar überwältigen können. Aber sie waren sekundär. Das ganze Scharmützel hier wäre sekundär gewesen, hätte es sich nicht um Corto und seine Leute gehandelt und um die Tatsache, dass die Schwarze Schar seit Jahren nicht mehr so viele Männer auf einmal verloren hatte wie bei Cortos Attacke in jenem Dorf.

Georg Vogler kommandierte den linken Flügel. Normalerweise hätte er hier beratend neben dem Stuhl gestanden, aber Vogler musste sich wieder bewähren nach den beiden Schlappen, die Corto ihm beigebracht hatte. Er war nicht degradiert worden, aber er trug eine Pike statt eines Radschlossgewehrs, und der Mann wusste stumme Gesten zu deuten. Konrad von Landau rechnete damit, dass Georg Vogler heute seinem Spitznamen Macello alle Ehre machen würde, um die Schmach abzuwaschen.

Außerdem rechnete Konrad von Landau damit, dass Corto seine wenigen Kräfte so versteckt wie nur irgend möglich agieren ließ. Er würde die Schwarze Schar zwingen wollen, das Schilf zu durchkämmen und einen nach dem anderen aufzuspüren. Konrad lächelte. Mittlerweile hatte er sich einen neuen Stil angewöhnt, einen, den Corto noch nicht kannte und der auf dem Glücksumstand beruhte, dass sich mit den Vorräten in dem überfallenen Gut eine große Menge Pulver und Kugeln hatte herstellen lassen;

so viel Pulver, dass die im Umgang mit dem Radschlossgewehr erfahrenen Männer eine Mischung mit der allergrößten Triebkraft in die Pfanne füllten. Der neue Stil sah so aus: Die Erste Kompanie umstellte das Ziel und feuerte so lange, bis man annehmen konnte, dass auch noch die letzten Gegner, die sämtlichen Kugeln ausgewichen waren, am Pulverdampf erstickt waren. Jeder, der nach dem Abrücken der Schwarzen Schar an einen solchen Kampfplatz gekommen wäre, wäre überzeugt gewesen, dass hier Teufel gewütet hatten und keine Menschen. Die Aufrechterhaltung der Legenden um seinen Heerhaufen war Konrad von Landau wichtig. Trotz allem waren sie nur ein kleiner Haufen Männer in einem weiten Land, durch das die gekrönten Verbrecher mit ihren Armeen zogen, und wer sie erst einmal für verwundbar hielt, würde früher oder später auf die Idee kommen, sie zu jagen und zur Strecke zu bringen. Deshalb hatte sich Konrad von Landau mit seinem neuen Kampfstil angefreundet und verließ sich auf ihn – so sehr, dass die Erste Kompanie ihre Gewehre noch gar nicht geladen hatte. Die neue Pulvermischung mochte es nicht, wenn sie zu stark herumgestoßen wurde.

Und deshalb hatte die Schwarze Schar keine Chance, den plötzlichen, vollkommen unerwarteten, absurd tollkühnen und uncharakteristisch aufopferungsvollen Ausfall des Wolfspacks zurückzuschlagen.

47.

Als Lorenzo über das Feld stürmte, hatte er sich mit seinem Tod abgefunden. Er hatte deshalb nicht weniger Angst, aber er sträubte sich nicht mehr gegen den Gedanken. Er rannte zwischen Corto und Enrico, seine Pike im richtigen Winkel in die Höhe haltend, die Waffe wippend und in seinen Händen zuckend, auf die kleine Armee zu, die ihnen gegenüberstand. Er hörte nur seinen eigenen rasenden Atem und seinen Herzschlag, und seine Haut prickelte bei dem Gedanken, dass jeden Moment die Schüsse aus den Gewehren losbrechen und die Kugeln seinen Körper in Fetzen reißen würden. Seine Augen waren weit aufgerissen. Er sah die Gegner stolpern und ihren langsamen Vorwärtsmarsch durcheinandergeraten, und als er noch näher war, sah er, dass sie die Gewehre nicht im Anschlag hatten, sondern hektisch bemüht waren, sie zu laden. Er sah aus dem Augenwinkel, wie Enrico plötzlich nach links abbog und Corto nach rechts. Er sah, wie eine Gestalt an ihm vorbeistürmte und ihn auf seinem geraden Weg in die Linie der Gewehrschützen überholte – Urso, mit wirbelnden Äxten. Dann war er mitten unter den Männern, in der Bresche, die Urso geschlagen hatte. Gedämpft hörte er die Wut- und Schmerzensschreie und verlor jedes Gefühl außer für die Bewegungen, die er machen musste, um sich die Feinde vom Leib zu halten, seinen ganz speziellen Tanz, seine ganz spezielle Handhabung der Pike, die herumschwang und vor ihm auftauchende brüllende Gesichter wegfegte, die wie eine Sense über den Boden wischte und heranstürmende Gegner von den Füßen holte, die zustieß und hackte und drosch und zerschmetterte und ihn durch die Schützenkompanie trug, dass er drüben im Freien ins Stolpern geriet. Hinter ihm gellte Gebrüll. Er sah Urso, der getreu Cortos Befehl abschwenkte und hinter den Linien entlangrannte, die ersten Verfolger schon im Nacken. Er sah den Mann auf dem Thronsessel stehen und einen Arm in die Höhe reißen, und dann sah er Corto, der am rechten Flügel auftauchte, und Enrico, der eine erbeutete Armbrust abfeuerte und mit seinem akrobatischen Purzelbaum seine eigene nachspannte, während ein paar Bolzen über ihn hinwegzischten. Der Rest des Wolfspacks kam über das Feld. Noch immer war kein Schuss gefallen, doch jetzt kamen die ersten Gewehre in Anschlag. Lorenzo sah Cortos Blick und stürzte zurück in die Schützenkompanie.

Die erste Salve knatterte. Enrico versuchte, etwas zu erkennen. Keiner von den auf den Kampfplatz stürmenden Wölfen taumelte oder brach zusammen. Jeder Schuss war fehlgegangen. Lorenzos Pike mähte eine Schneise in die Schützenkompanie. Von dem Angriffsflügel, in den Enrico hineingefahren war, rannten die ersten zornigen Landsknechte auf ihn zu. Enrico sah sich um und beschloss, in die unwahrscheinlichste Richtung zu rennen: auf Konrad von Landau zu. Er drehte sich im Laufen um und feuerte die erbeutete Armbrust ab, und einer der Verfolger stürzte. Enricos eigene Armbrust war gespannt. Ohne anzuhalten, legte er einen neuen Bolzen ein. Etwas schwirrte an ihm vorbei, und er schlug einen Haken in die Schussbahn des Etwas hinein, und ein zweites Etwas sauste dort an seinem Ohr vorbei, wo er gewesen wäre, wäre er so ausgewichen, wie es jeder andere Mensch getan hätte. Er hörte jemanden kichern und stellte fest, dass er es selbst war. Konrad von Landau auf seinem Thronsessel war nur noch eine kurze Strecke entfernt. Enrico hob seine Armbrust und lachte laut. Drüben bei der Schützenkompanie hatte Lorenzo es geschafft, den Rest jeglicher Kampfordnung zu zerstören. Weitere Wölfe trafen ein und warfen sich in das Getümmel. Konrad von Landaus bleiches Gesicht schwebte scheinbar erstarrt über der Rinne der Armbrust. Enrico hatte nie gedacht, dass es dazu kommen würde, dass er, der sich von Corto hatte bewusstlos schlagen lassen müssen, um die Schwarze Schar zu verlassen … dass *er* es sein würde, der diesem Ungeheuer sein Ende bereitete. Für diese Aussicht stellte er alles hintenan. Das Gesicht des verwaisten Kindes, Felicità, tauchte vor seinem inneren Auge auf und mit ihm der Gedanke, den er seit gestern zu träumen gewagt hatte: dass er sie zu sich nehmen und für sie sorgen und ihr ein zweites Leben schenken würde. Doch selbst diese Aussicht schien nichtig im Vergleich zu der Möglichkeit, Konrad von Landau von der Erde zu tilgen. Ohne auf seine Verfolger zu achten, blieb er stehen und zielte sorgfältig.

Cortos Pike hatte jemand mitten durchgehauen, aber mit zwei halben Piken war Corto womöglich ein noch tödlicherer Feind als zuvor. Wem die Spitze an der einen Hälfte nicht durch den Leib fuhr, dessen Knochen zerschlug der Eisenschuh an der anderen Hälfte. Corto hatte sich gleich Lorenzo wieder in das Kampfgeschehen gestürzt, anstatt die Flucht anzutreten. Als die erste Salve ausgeblieben war, hatte er die Chance erkannt, dass die Wölfe unverletzt den Kampfplatz erreichen konnten, wenn sie nur verhinderten, dass der Widerstand der überraschten Schwarzen Schar sich zu schnell formierte. Die Gegner in seinem Flügel waren erfahrene Scharmützler, Gassenhauer und Nahkämpfer, anders als die Schützen, die sich zu sehr an ihre Zaubergewehre gewöhnt hatten. Cortos Angriff wurde zurückgedrängt, er verlor Boden, stolperte zurück. Ein Mann vor ihm hob plötzlich eine kleine Armbrust, die mit einer Faust bedient werden konnte, und zielte auf Corto. Corto trieb ihm die Spitze seiner Pike durch den Leib, ließ sie stecken, riss ihm die Armbrust aus der Hand und feuerte auf den Landsknecht direkt dahinter. Er ließ die Armbrust fallen und zerrte dem auf die Knie gefallenen Mann vor sich die Pike wieder heraus. Jemand sprang von links auf ihn zu, zwei hasserfüllt zusammengekniffene Augen in einem verzerrten Gesicht, ein Haumesser zwischen den Zähnen und zwei Hiebäxte um die Handgelenke wirbelnd – der Eisenschuh der zweiten Pikenhälfte wischte das Gesicht beiseite, das Haumesser flog davon und überschlug sich blitzend. Für einen Moment stand Corto frei. Sein Atem pfiff. Er sah, wie Lorenzo sich aus der Schützenkompanie herausarbeitete und wie Enrico auf Konrad von Landau zustürmte, Haken schlagend wie ein Hase. Seine Männer prallten in die aufgelösten Karrees, und die Linien wurden ein paar Schritte weit zurückgeworfen. Dann sah er den Mann mit der langen Pike auf sich zustürzen. Es war Georg Vogler. Die Spitze der Pike war gesenkt und zielte auf Cortos Leib. Corto war, als hörte er eine knöcherne Stimme neben seinem Ohr sagen: ›Nun bist du an der Reihe.‹ Er brüllte wütend, schaffte eine halbe Drehung, die beiden erhobenen Hälften der Pike kamen herunter und überkreuzten sich und drängten die Spitze der angreifenden Pike nach unten. Die Spitze drang in den Boden ein und rannte sich fest, und aus seiner gebückten Haltung heraus spähte er am bebenden Schaft der Pike entlang in die aufgerissenen Augen Georg Voglers, in die schlagartig die Erkenntnis drang, dass dies für einen Pikenier die lächerlichste Art zu sterben war.

In diesem Augenblick brachen die Reiter aus dem Gebüsch, donnerten in einer Linie hinter Konrad von Landaus Thronsessel vorbei. Ihr Anführer war T. G. Er hielt eine gespannte Armbrust in der Faust. Konrad von Landau senkte den erhobenen Arm. T. G. riss am Zügel und zielte mit der Armbrust auf Lorenzo, der eben begann, sich umzudrehen.

Enrico schwenkte seine Waffe herum. Er senkte den Daumen. Der Bolzen fällte das Ross des vorderen Reiters. Es überschlug sich und warf seinen Reiter in einem weiten Bogen ab. Der Schuss auf Lorenzo fuhr in den Boden. Die anderen Pferde konnten nicht schnell genug ausweichen und rannten in das sich aufbäumende Tier hinein. Weitere Pferde stürzten. Enrico schwenkte die Armbrust wieder zurück zu Konrad von Landau. Er sah ihm in die Augen. Mit einem Gefühl, das zum einen aus überwältigendem Bedauern wegen der verpassten Chance bestand und zum anderen aus dem befriedigenden Gedanken, seine Schuld bei Lorenzo eingelöst zu haben, spitzte er die Lippen, senkte den Daumen auf den unnützen Hebel und sagte: »Plopp!« Konrads Augen zuckten. Enrico grinste.

Dann bückte der Anführer der Schwarzen Schar sich, und als er wieder hochkam, hielt er eines der teuflischen Gewehre in der Hand. Er legte es auf Enrico an und drückte ab.

Corto umklammerte die vordere Hälfte seiner Pike mit beiden Fäusten. Er spürte, wie das Blut, das daran herunterlief, seine Finger verklebte. Er trieb Georg Vogler vor sich her, der die Pike ebenfalls hielt und versuchte, sie sich aus dem weichen Fleisch an der Unterseite seines Kiefers zu ziehen, wo Corto sie hineingerammt hatte. Vogler lallte und geriet immer mehr ins Stolpern. Er starrte in Cortos Augen, ohne zu blinzeln.

»So hätte ich mich damals von dir verabschieden sollen«, stieß Corto hervor. »Leb wohl, *capitano* Macello!«

Vogler gurgelte. Seine Hände rutschten ab. Corto rammte die Pike nach vorn. Voglers Beine sackten weg. Corto ließ die Pike los. Vogler fiel auf den Rücken, mit weit nach hinten überstrecktem Kopf. Der Schaft der Pike ragte in die Luft. Seine Glieder streckten sich. Corto nickte und atmete aus.

Dann prallte etwas gegen ihn und warf ihn zu Boden.

Die beiden Schüsse dröhnten fast gleichzeitig los und schienen für einen halben Herzschlag lang alle Kampfhandlungen zu stoppen. Lorenzos Kopf flog herum. Er sah Enrico, der wie von einer gewaltigen Faust davongestoßen wurde und inmitten der ihn verfolgenden Gegner und in einer roten Wolke aus Blut und Gewebefetzen zu Boden fiel. Enricos Armbrust löste sich aus seinem Griff, fiel vor die Füße eines der Landsknechte, der darüber stolperte. Der dünn geschnitzte Schaft brach ab.

Auf der anderen Seite des Kampfplatzes machte Corto einen Satz und fiel auf Hände und Knie. Er stand auf und fiel sofort wieder um. Die Vorderseite seiner rechten Schulter war in blutigen Fetzen.

Konrad von Landau senkte sein Gewehr. Inmitten des Getümmels in der Ersten Kompanie senkte ein Schütze sein Gewehr ebenfalls. Es schien, dass die beiden Männer einen Blick tauschten. Es schien, als sei es auf einmal vollkommen still auf dem Schlachtfeld, obwohl die Kämpfe weitergingen.

Lorenzo sah, wie Enrico den Kopf hob und seine ruinierte Armbrust betrachtete. Dann fielen seine Verfolger über ihn her, und der zerschmetterte Körper des schmächtigen Mannes verschwand.

Corto tappte nach seinen Waffen und fand sie nicht. Seine Hand sank herab.

Lorenzo warf sich herum und rannte auf die Stelle zu, an der Corto zusammengebrochen war. Die Gegner, die ihm in den Weg kamen, fegte er beiseite. Er langte bei Corto an und sah auf ihn hinab. Cortos Augen waren geöffnet. Die rechte Hälfte seines Gesichts war rot bespritzt von seinem eigenen Blut. Corto zwinkerte Lorenzo langsam zu. Seine Lippen bewegten sich.

Vier Armbrustbolzen schlugen fast gleichzeitig in Lorenzos Rücken ein und warfen ihn nach vorn.

Die Angriffsformation der Zweiten und Dritten Kompanie war aufgelöst und würde sich zumindest für diese Schlacht nicht mehr neu formieren. Überall waren kleine Häufchen von Männern in Einzelkämpfe verstrickt oder verfolgten Cortos Wölfe, die den Befehl ihres Anführers beherzigten und in alle Richtungen davonliefen. Aber die Erste Kompanie hatte ihre Ordnung wiedergefunden. Die Männer feuerten abwechselnd zu mehreren, und mit jeder Salve verwandelte sich einer der Wölfe in einen zerschundenen, aufgerissenen Körper, der von den Füßen gestoßen wurde und in den meisten Fällen tot war, noch bevor er auf dem Boden aufprallte. Die Salven dröhnten über den Lärm und lieferten den Kontrapunkt zu den langsamen Schlägen der Pauke, die ihren Rhythmus wieder aufgenommen hatte. Sie peitschten ein Dutzend Mal über das Feld, dann schwiegen sie. Ihr Schweigen breitete sich aus, ignorierte das Husten, Schmerzensschreie und das Ächzen der Verwundeten und legte sich über die Ebene, so dick wie der Pulverdampf.

An einer Stelle standen noch zwei Wölfe auf den Beinen. Urso hatte Giuglielmo gefunden, der sich nur mit dem gesunden linken Arm verteidigen konnte. Gemeinsam hielten sie ihre Angreifer in Schach. Als der Lärm der Schüsse verklang und ihre Gegner die Waffen sinken ließen und zurücktraten, lehnten sie sich keuchend aneinander. Urso hob seine beiden Äxte. Zwei Männer kamen heran. Sie trugen Gewehre. Die anderen schufen eine Lücke in dem Kreis, den sie um Urso und Giuglielmo geschlossen hatten. Die beiden Männer hoben ohne ein Wort ihre Gewehre und zielten.

48.

Als die letzten beiden Schüsse über den Damm hallten und sich als Echo auf der gegenüberliegenden Seite brachen, verlor Verruca die Nerven und versuchte umzukehren. Er ließ den Wagen mit Magdalenas reglosem Körper, der halb untergetaucht und halb schwimmend über den Strom gezerrt wurde, los und machte sich platschend und keuchend auf den Rückweg. Schwester Radegundis arbeitete sich ihm nach und bekam sein Hemd zu fassen. Von zwei stützenden Händen befreit, geriet der Wagen ins Schlingern. Schwester Immaculata schrie auf. Radegundis riss den jungen Mann, der kaum älter war als sie selbst, herum.

»Wo willst du hin?«, schrie sie.

»Ich muss zu Corto«, blubberte Verruca. »Ich muss zu meinen Freunden … sie brauchen mich …«

»Sie sind alle TOT!«, schrie Radegundis.

Verruca versuchte sich loszumachen. »Nein«, stöhnte er.

»Wenn du zurückkehrst, stirbst du so wie die anderen!«

»Und wenn schon!«, kreischte Verruca. »Sie waren alles, was ich hatte. Was soll ich hier noch?«

Radegundis' Augen blitzten. Sie griff mit einer Faust in Verrucas Haar und zog seinen Kopf zu sich heran. »Sie waren alles, was du hattest?«, schrie sie. »Und was ist mit dem Geschenk, das ich dir gestern Nacht gemacht habe? Hast du das nicht? Hast du es schon vergessen? Es war alles, was *ich* hatte, und ich habe es dir gegeben, und jetzt willst du es wegwerfen? Ich habe dir das Mädchen, das ich war, zum Geschenk gegeben, und ich werde nie wieder dieses Mädchen sein, doch ein bisschen von ihr lebt jetzt in dir, und du willst sie töten, indem du *dich* töten lässt?« Sie schüttelte ihn. »Das werde ich nicht akzeptieren!«, tobte sie.

Verruca starrte sie an und stotterte. Radegundis fühlte eine Hand auf der Schulter. Sie fuhr herum und sah Clarice Tintoris erschöpftes Gesicht.

»Der Wagen entgleitet uns«, sagte sie.

»Komm mit, du Vollidiot!«, schrie Radegundis und schleppte Verruca hinter sich her, der mit dem Kopf unter Wasser geriet und hustend und spuckend wieder auftauchte. Er machte sich von ihr los und planschte hektisch zurück zum Wagen. Das schwarz verräucherte Wrack drehte sich in der Strömung und drohte, von der Furt weg in tieferes Wasser getrieben zu werden. Sie stemmten sich dagegen und kämpften und zerrten und rissen an dem Gefährt. Mittlerweile waren nur noch sie im Wasser: Radegundis, Immaculata, Clarice, Verruca, die zwei Dörfler, die ihnen beistanden, und die reglose Magdalena auf dem Wagenskelett. Alle anderen hatten das jenseitige Ufer erreicht und krochen an der Flanke des Damms empor oder blieben auf dem Trockenen liegen, wo sie es erreicht hatten. Niemand kam zurück, um ihnen zu helfen. Radegundis hätte es auch nicht erwartet. Sie drückte und strampelte, um den Wagen zurück auf die Furt zu bekommen, und rutschte aus und fiel ins Wasser; ihr Griff löste sich vom schlüpfrigen Holz, ihre Füße fanden auf einmal keinen Grund mehr, und mit einem Ruck fuhr die Erkenntnis durch ihr Hirn, dass sie nicht schwimmen konnte. Sie streckte die Hände aus, aber es gab nichts, woran sie sich festhalten konnte, und sie ging unter.

Zwei Fäuste packten sie und zogen sie wieder nach oben, zerrten sie zum Wagen, bis sie sich daran festklammern konnte. Sie spuckte Wasser und blinzelte. Verruca und Clarice Tintori waren zu ihren beiden Seiten. Radegundis hustete und würgte und nickte ihnen zu. Clarices Augen ließen die ihren nicht los.

»Glaubst du das wirklich?«, flüsterte sie. »Alle sind tot?«

Radegundis machte ein grimmiges Gesicht.

»Auch … Corto?«

Radegundis spürte den Widerstand, als die Räder des Wagens im Schlamm am anderen Ufer Halt fanden. Sie stemmten sich ein und schoben ihn weiter. Der Wagen holperte und polterte über lose Steine.

»Corto … Urso … Enrico … wen du willst. Was glaubst du, warum wir keine Schüsse mehr hören?«

Clarice begann zu weinen. Radegundis seufzte und sah zu Verruca, über dessen Gesicht ebenfalls Tränen liefen.

»Lorenzo?«, hörte sie das Flüstern.

Sie ließ die Schultern sinken. »Tot wie alle anderen«, sagte sie und drehte sich zu Clarice um. Die junge Frau hatte die Hände vor das Gesicht geschlagen und weinte lautlos. Radegundis blinzelte verwirrt und verstand, dass es nicht Clarice gewesen war, die gesprochen hatte. Sie sah sich um. Sie begegnete den Augen Magdalenas, die sich auf die Seite gerollt hatte und sie mit unfokussiertem Blick anstarrte.

»O mein Gott«, sagte Radegundis.

Magdalena schloss die Augen wieder und begann zu schluchzen.

49.

Niemand nahm von Buonarotti und Pietro Notiz, die über das Schlachtfeld krochen und jedem Toten ins Gesicht schauten. Die Schwarze Schar kümmerte sich zuerst um ihre eigenen Leute, trug die Toten auf einen Haufen und die Verletzten auf einen anderen. Weder um die einen noch um die anderen bemühte sich jemand. Pietro hatte einen Blick mit Buonarotti gewechselt, als ihnen klar wurde, dass den Verletzten keiner beistehen würde. Dann hatte sich Buonarotti abgewandt und den nächsten Toten umgedreht, und Pietro hatte kein Wort mehr darüber verloren.

T. G. saß abseits unter den Überlebenden seiner eigenen Truppe und stöhnte und fluchte. Der Sturz vom Pferd hatte ihm das Nasenbein zerschmettert und ein paar Zähne ausgeschlagen. Pietro überlegte, dass der Mann vermutlich wie Buonarotti aussehen würde, wenn die Verletzungen verheilt waren, doch er verzichtete darauf, Buonarotti dies mitzuteilen.

Schließlich waren sie durch. Sie sahen sich gleichermaßen erleichtert und besorgt an.

»Nicht dabei«, sagte Pietro. Er hob die hintere Hälfte einer Pike auf und betrachtete die Bruchstelle. Neben ihnen lag ein Toter auf dem Rücken, dem eine abgebrochene Pike aus dem Hals ragte. Pietro hielt die Bruchstellen aneinander. Sie passten. Er seufzte und warf seine Hälfte ins Gras.

Zwei Mitglieder der Schwarzen Schar traten wortlos heran und fassten den Leichnam an Schultern und Füßen. Buonarotti machte einen Schritt beiseite, aber nicht weit genug, um die beiden nicht noch absichtlich zu behindern. Sie warfen ihm Seitenblicke zu, doch sie sagten nichts. Sie schleppten den Toten weg.

»Du kannst sie natürlich ärgern, womit du willst«, sagte Pietro.

Buonarotti trat beiseite und sah Pietro finster an. »Hätten sie das hier sehen sollen?«, fragte er.

Pietro gaffte. Buonarotti war vom Anfang einer schwach gezeichneten Spur aus zertretenem Gras und Blutspritzern heruntergetreten, die in direkter Richtung auf den Damm zu ins nächste Gebüsch führte.

50.

»Ich kann nicht mehr«, flüsterte Corto.

»Wir sind gleich da«, stieß Lorenzo hervor und lehnte sich an einen der Bäume des kleinen Waldstücks. In immer kürzer werdenden Abständen wurde ihm schwarz vor Augen. Sein Rücken war ein Schmerz, der jenseits aller Beschreibung war und nur dort noch schlimmer wütete, wo die Bolzen in seinem Körper steckten. Er fühlte, wie ihm das Blut zwischen den Hinterbacken und an den Innenseiten seiner Schenkel hinunterlief. Corto lag auf dem Boden, zuckte schwach und hatte die Augen geschlossen. Lorenzo zerrte ihn am Kragen seines Wamses hinter sich her. Cortos rechter Arm schleifte nach, die Austrittswunde der Kugel in seiner Schulter war ein Krater aus Fleisch und Knochensplittern. Als Lorenzo die Dammkrone überwunden hatte, ging es leichter. Er schleifte Corto hinter sich her, die Flanke des Damms hinunter zum Wasser. Die Dörfler hatten auf ihrer Flucht eine breite Spur aus nasser Erde und Schlamm in den Boden gezogen. Cortos schwerer Körper ließ sich darin schneller vorwärtsziehen.

Corto stöhnte. »Lass mich in Ruhe«, lallte er.

»Wir-sind-gleich-da«, ächzte Lorenzo.

»Wo bringst du mich hin?«

»Ans Ziel«, sagte Lorenzo.

Sein Atem rasselte in der Kehle, und sein Herz hämmerte bis in seine Schläfen. Mit einer letzten Kraftanstrengung schleifte er Corto ins Gebüsch. Als er das kalte Wasser an seinen Füßen spürte, sank er in sich zusammen und legte die Stirn auf Cortos Stirn.

»Welches Ziel?«, flüsterte Corto.

Lorenzo holte Atem und hob Cortos Kopf, sodass er den Strom sehen konnte. »Wo du immer Schutz gesucht hast«, sagte er.

»Ich kann nichts mehr sehen.«

Lorenzo schöpfte schlammiges Wasser in der hohlen Hand und ließ es Corto über die Lippen laufen. Corto leckte sich mit einer grau angelaufenen Zunge über den Mund.

»Das ist der Po«, sagte er. »Schmeckt man ganz eindeutig.«

Lorenzo sagte nichts. Er rückte nach vorn, zog die Füße aus dem Wasser und bettete Cortos Kopf auf seine Oberschenkel. Was er sehen konnte, sah er wie durch ein langes Rohr, das jemand anderer hielt und unberechenbar hin und her schwenkte. Corto hob eine Hand und tastete langsam nach der Wunde in seiner Schulter.

»Ich sehe ja schön aus«, sagte er leise.

»Mhm.«

»Sind die Bauern alle entkommen?«

»Ja«, sagte Lorenzo, der keine Ahnung hatte und dem die Kraft fehlte, sich aus dem Gebüsch zu erheben und über die Furt zu spähen.

»Und Verruca?«

»Natürlich.«

»Die beiden Cantafini-Burschen … sind die auch in Sicherheit?«

»Ja.«

»Und die Klosterschwestern?«

Lorenzo schluckte. »Ja.«

»Sie wird es schaffen.«

»Anders als wir.«

Corto lachte leise. Das Lachen verwandelte sich in ein Husten. Lorenzo beobachtete betroffen, wie blau seine Lippen waren. Seine Augen lagen in schwarzen Höhlen.

»Wolltest du noch älter werden, Bruderherz? Wer alt wird, wird hässlich.«

»Ich wäre gern noch ein bisschen hässlicher geworden.«

»Ja«, hauchte Corto. »Das wären wir alle gern.«

Er schwieg. Lorenzo spürte, wie sein eigener Geist wegdriftete. Sein Rücken pochte. Der Schmerz war unerträglich, aber er ertrug ihn.

»Und Clarice?«, fragte Corto zuletzt.

Lorenzo brauchte eine Sekunde, in der die gepeinigten Räder seiner Gedanken eine schmerzvolle Umdrehung machten. Dann verstand er, weshalb Corto keinen Lösegeldboten weggeschickt hatte, weshalb die aufsässige Clarice letzten Endes immer wieder auf Corto gehört hatte und wie er Georg Vogler überzeugt hatte, dass das Verlassen seines Wachpostens keine Finte war. Er verstand, was Clarice wirklich gemeint hatte – und wen –, als sie sich geweigert hatte, von Lorenzos Befreiungsmission Kenntnis zu nehmen.

»Sie ist in Sicherheit«, sagte er zu Corto. »Was anderes würde sie doch gar nicht akzeptieren.«

Corto lächelte. Lorenzo hob den Blick und spähte zur Dammkrone hinauf. Er fragte sich, wann die ersten Männer dort erscheinen und auf sie aufmerksam würden. Nicht, dass es noch etwas gegeben hätte, das Lorenzo von ihnen fürchtete.

»Ich habe Bandini gar nicht im Kampfgetümmel gesehen«, murmelte er. »Oder Pietro oder Buonarotti. Oder den alten Niccolò ...«

Er senkte den Blick wieder zu Corto.

»Es gibt noch was, was du nicht weißt«, sagte er.

Corto lächelte. Lorenzo schaute genauer hin. Das Lächeln war nicht in Cortos Augen. Es war gar nichts in Cortos Augen. Sie schauten an ihm vorbei in den grauen Himmel, und ganz gleich, wie er sich auch hingesetzt hätte, sie hätten immer an ihm vorbeigeschaut.

»Jetzt halten die anderen dir die Höllenpforte auf«, flüsterte er. Er hob die Hand, um Cortos Augen zu schließen, dann fiel ihm ein, dass er keine Münzen hatte, um sie auf die Lider zu legen. Zuletzt dachte er daran, dass es Corto wahrscheinlich lieber gewesen wäre, wenn er die Augen offen gehabt hätte, um den Strom noch einmal zu sehen. Er kroch unter dem Toten hervor und schubste und rollte ihn, bis er ihn im Wasser hatte. Er gab ihm einen Stoß. Der Leichnam schwamm hinaus in die Strömung, glitt tiefer ins Wasser und versank schließlich, nachdem der Fluss ihn schon eine kleine Strecke weit mitgenommen hatte.

Lorenzo kämpfte sich zurück ans Ufer. Das Rohr, durch das er sah, streckte sich immer weiter und weiter aus. Er wusste nicht, wie er sich hätte hinlegen können mit den Bolzen in seinem Rücken, so kniete er sich wieder auf seine Fersen und ließ den Kopf hängen. Er fragte sich, warum der Tod so lange brauchte, um ihn zu holen, und sagte sich, dass der Tod vermutlich noch draußen auf der Ebene beschäftigt war. Schließlich sah er auf, weil er mehr ahnte als erkannte, dass jemand neben ihn getreten war, und ihm wurde klar, dass der Tod jetzt endlich Zeit für ihn gefunden hatte. Das Rohr streckte sich und streckte sich und schob Lorenzos Bewusstsein im er weiter weg aus der Realität, aber er erkannte Antonio Bandini, der mit einer gespannten Armbrust vor ihm stand und auf Lorenzos Herz zielte.

51.

»Lassen Sie das Ding fallen, Bandini«, sagte Pietro. Bandini drehte sich langsam zu ihm um. Pietro sah mit grimmiger Freude über die Rinne seiner Armbrust, wie sich Bandinis Gesicht spannte. Bandini schwenkte ohne zu zögern seine eigene Waffe herum und zielte auf ihn.

»Verdammt!«, zischte Pietro. »Was für eine Sorte Narr sind Sie eigentlich? Wollen Sie's darauf anlegen, dass wir uns gegenseitig erschießen? Selbst wenn Sie mich erwischen – danach haben Sie keinen Schuss mehr. Und dann macht Buonarotti Sie fertig.«

»Buonarotti hat mich schon fertiggemacht mit seinem Kopfverband und seinen verdammten Salben«, sagte Bandini.

Buonarotti, der neben Pietro stand, grunzte.

»Geben Sie auf, Bandini«, sagte Pietro. »Lassen Sie Lorenzo in Frieden sterben. Sie sehen doch, wie's um ihn steht.«

»Ja«, sagte eine neue, dicke Stimme hinter Pietro. »Er erspart uns sogar die Mühe, ihn kaltzumachen. Wie hoch war noch mal das Kopfgeld, Konsul?«

Pietro wandte vorsichtig den Kopf. Er hatte die Stimme sofort erkannt und war nicht erstaunt, dass sich eine Armbrust auf seinen Kopf gerichtet hatte. T. G.'s geschwollenes Gesicht dahinter sah aus wie die Maske eines Komödianten. T. G. wandte sich wieder Bandini zu. Die Hand, mit der er die Armbrust hielt, zitterte nicht. Auch Bandinis Hand war vollkommen ruhig und immer noch auf den Punkt zwischen Pietros Augen gerichtet.

»Ich dachte mir doch, da stimmt was nicht, als ich euch beide so davonschleichen sah«, erklärte T. G. »Trotz meiner überaus schweren Verwundung habe ich mich sofort an die Verfolgung gemacht. Was sagen Sie dazu, Konsul?«

Bandini lächelte schwach.

»Ich ergebe mich nicht«, sagte Pietro zu ihm. »Wenn Sie wollen, dass ich die Armbrust weglege, müssen Sie schießen. Oder Sie lassen T. G. schießen, wenn Sie glauben, dass Sie sich schon genügend schmutzig gemacht haben.«

Bandinis Auge wanderte ab und richtete sich über Pietros Schulter auf T. G. Pietro biss die Zähne zusammen und folgte dem Blick nicht. Es wurde immer schwerer, die Armbrust ruhig zu halten. Bandini grinste T. G. zu.

»Ich mache es«, sagte er. Dann zuckte die Armbrust eine Handbreit herum und löste mit dem üblichen Knall aus; Pietro riss den Kopf zur Seite und hörte etwas an seinem Ohr vorbei in die Luft schnellen. Er fuhr herum. T. G. lag bereits auf dem Boden. Seine Hände und Füße zuckten noch, aber so, wie der Bolzen mitten in seiner Stirn steckte, konnte es keinen Zweifel geben, dass er tot war. Er hatte die Armbrust noch ausgelöst, aber getroffen hatte er nicht mehr. Der Bolzen, der an Pietros Ohr vorbeigeschwirrt war, fiel weit draußen ins Wasser und versank, ohne dass es jemand zur Kenntnis genommen hätte. Pietro wirbelte wieder zurück zu Bandini, der seine leer geschossene Armbrust hatte sinken lassen und ihn über den Bolzen in Pietros Armbrust hinweg musterte. Pietro senkte seine Waffe und stellte fest, dass das noch schwieriger war, als sie kurz zuvor ruhig zu halten. Er atmete so heftig wie nach einem meilenlangen Lauf.

Bandini trat zur Seite und gab den Blick auf Lorenzos zusammengesunkene Gestalt frei. Er nickte Buonarotti zu. »Unsereiner ist hart im Nehmen«, sagte er und berührte mit seiner verstümmelten Hand die Augenklappe. »Nun zeig du uns mal, wie gut *du* wirklich bist.«

EPILOG

Die Fähre glänzte wie ein Schmuckstück. Das frisch geschnittene Holz leuchtete gegen den schlammig-grünen Hintergrund des Stroms, der noch genügend Material von der Schneeschmelze in den Bergen und von den Verlagerungen von Landmasse, die er im Winter regelmäßig vornahm, mit sich führte. Das obere Gierseil führte von einem massiven Holzgestell auf dieser Seite in Hüfthöhe über den Strom, senkte sich in der Mitte bis fast zur Wasseroberfläche und endete drüben um den Stamm einer mächtigen Platane. Das untere Gierseil schnappte in der Strömung und ließ Wasserfontänen aufspritzen. Darüber tanzten Bachstelzen und Schwalben auf und ab und fingen Insekten. Die Luft war voll von Vogelgesang, dem Duft der Erde und des Stroms und dem Versprechen auf die Wärme eines frühen Frühlingstages voller Sonne.

Magdalena stapfte den ausgetretenen Weg am Damm entlang nach unten. Er war hier flacher als an vielen anderen Stellen, und dort, wo die Fähre landete, hatte sich eine Art halbkreisförmiger Landzunge gebildet, auf der ein Bretterverschlag stand. Auch der Bretterverschlag sah neu aus. Beim Näherkommen hatte Magdalena eine Hütte bemerkt, die auf der anderen Seite des Damms zwischen Bäumen stand und unbewohnt gewirkt hätte, wäre nicht ein schmaler Pfad durch die Bäume bis zu ihr gegangen, der neu gerodet aussah.

Der Fährmann hockte am Ufer und flocht an einem Netz herum. Es sah nicht so aus, als habe er darin allzu viel Geschicklichkeit, aber seine Finger bewegten sich unverdrossen. Er schien ihre Schritte gehört zu haben, denn plötzlich stand er auf und drehte sich um. Seine Bewegung wirkte steif und ungelenk. Magdalenas Herzschlag stieg in ihre Kehle.

»Setzt du mich über, Fährmann?«, fragte sie und bemühte sich, ihre Stimme fröhlich klingen zu lassen.

Der Fährmann lächelte. »Natürlich«, sagte er. »Soll's gleich sein, oder wollen wir warten, bis noch jemand kommt und ihr euch den Obolus teilen könnt …« Seine Stimme brach ab. Er stierte sie an.

»Hallo, Lorenzo«, sagte sie.

Seine Hände mit dem Netz darin sanken herab. Sie sah, dass seine Haltung leicht schief war, eine Schulter weiter nach unten geneigt als die andere, und dass die zwei letzten Finger seiner linken Hand steif waren. Er war noch magerer geworden, und das kurz geschorene Haar ließ ihn kleiner aussehen. Der Junge, der immer aus seinem Gesicht geblickt hatte, hatte sich zurückgezogen, aber wenn man sich anstrengte, konnte man ihn noch sehen. In Magdalenas Geist zuckten und hallten die Schwingungen, die von ihm kamen, doch sie bemühte sich krampfhaft, sie zu ignorieren. Sie wollte nicht in seine Seele schauen, nur in seine Augen; sie wollte nicht in seinem Herzen lesen, sondern seiner Stimme lauschen.

»Ich hätte dich beinahe nicht erkannt«, sagte er. Er trat an sie heran – nicht nahe genug, um sie zu berühren – und hinkte um sie herum. »Das lange Haar … der Kittel … das Kleid …« Er machte eine hilflose Handbewegung.

»Ich habe das Kloster verlassen«, sagte sie.

Er nickte langsam.

»Ich habe eine Stelle als Magd im Haus eines Kaufmanns angenommen. Ich kümmere mich um die Erziehung der Kinder. Rate mal, wie die Familie heißt.«

Sie sah den Schmerz in seinen Augen, der ihn unbeholfen machte. »Woher soll ich das wissen?«, fragte er.

»Cantafini«, sagte sie.

Er lächelte schwach. Dann wies er mit einer eckigen Handbewegung auf den Unterstand, die Fähre und den Strom. »Ich habe das hier …«, sagte er. Er schien mehr sagen zu wollen, aber nicht zu wissen, was. Magdalenas Herz blutete für ihn. Sie sah in dem zerschundenen, steifen, von seinen Wunden gezeichneten Fremden vor sich den Mann, der ihre Seele berührt hatte, aber dieser Mann hatte sich so tief in sich selbst versteckt, dass sie nicht wusste, wie sie ihn erreichen sollte.

»Ich möchte nicht warten«, sagte sie. »Setz mich über.«

Lorenzo atmete ein. Dann nickte er. Er zeigte ihr, wo sie sich am besten postierte, dann machte er die Fähre los. Er schob sie an, bis sie vom Ufer freikam, kletterte mit nassen Hosenbeinen hinauf und fasste nach dem Gierseil.

»Halt«, sagte sie. »Halt die Fähre an.«

Lorenzo starrte sie an. Er blickte zum diesseitigen Ufer zurück, von dem sie keine zwei Mannslängen entfernt waren. Die Fähre schwappte träge und friedlich auf den Wellen. Die Strömung hatte sie noch nicht erfasst.

»Wir sind weder hüben noch drüben«, sagte Magdalena. »Wir sind nicht mehr die, die wir waren, und sind noch nicht die, die wir sein möchten. Ich werde dir alles erzählen, was ich weiß, und danach erzählst du mir alles, was du weißt. Einverstanden?«

Lorenzo musterte sie. Schließlich nickte er.

Magdalena holte Atem und berichtete.

Sie hatte Schwester Radegundis' Worten geglaubt, dass Lorenzo zusammen mit allen anderen umgekommen war. Als die Schwarze Schar auf der Dammkrone erschien und die Männer zu ihnen herüberspähten, gerieten die Dörfler in Panik und flohen weiter, obwohl ihnen nichts geschehen konnte. Der Strom war zu weit, um sie mit Bleikugeln, Pfeilen oder Armbrustgeschossen zu erreichen. Wie Corto es vorausgesagt hatte, wagten die Landsknechte sich nicht in die Furt. Wenn es nach Magdalena gegangen wäre, hätten die anderen sie einfach vom Wagenwrack werfen und liegen lassen können. Sie hatte zum ersten Mal in ihrem Leben versucht, mit ihrem besonderen Sinn gezielt nach den Schwingungen eines anderen Menschen zu lauschen. Es war keine Antwort gekommen. Schließlich hatte sie sich ihrem Schicksal ergeben und gehofft, sterben zu können, aber auch das war ihr nicht vergönnt gewesen.

Die Bürger von Revere waren auf die Schlacht aufmerksam geworden; der Stadthauptmann hatte vorsichtig ein paar Männer auf Erkundung geschickt. Revere besaß eine Schwesterstadt auf der anderen Seite des Stroms, Ostiglia, und auch von dort waren Männer flussaufwärts patrouilliert. Diesen Männern liefen die Flüchtlinge in die Hände und wurden in Sicherheit gebracht.

»Das kleine Mädchen, um das Enrico sich gekümmert hatte … Felicità«, sagte Magdalena. »Das du gerettet hast … ein Bürger von Ostiglia hat sie in sein Haus aufgenommen. Ich glaube nicht, dass sie sich überhaupt an Enrico erinnert, aber das spielt keine Rolle – ohne ihn wäre sie in ihrem Heimatdorf umgekommen. Du hast sie wiederbelebt, aber er hat ihr das Leben gerettet.«

Lorenzo nickte. Er stand da, halb von ihr abgewandt, mit beiden Händen am Gierseil, und schien dem Wasser zuzusehen, das vor ihnen davonlief auf dem Weg zum Meer.

»Radegundis und Verruca waren ein paar Tage lang ein Liebespaar, kannst du dir das vorstellen? Ich fürchte, Verruca hatte dabei nicht viel zu sagen. Wusstest du, dass Verruca in Wirklichkeit Giovanni heißt und die Männer ihn Verruca nannten nur wegen einer winzig kleinen Warze, die er auf einer seiner Pobacken hat?«

»Wie ich sehe, hat Radegundis kein Detail ausgelassen in ihrer Beichte an dich.« Er warf ihr einen Seitenblick zu. Ihr Herz klopfte bei der trockenen Bemerkung, die sich eher nach Lorenzo Ghirardi anhörte als der einsilbige, unsichere Tonfall des Fährmanns.

»Nun«, sagte sie, »nicht sie hat bei mir gebeichtet, sondern ich bei ihr. Ich bin abtrünnig geworden, nicht Radegundis. Sie ist wieder zurückgegangen ins Kloster. Sie sagte, sie habe die Kraft entdeckt, die Gott einem schickt, der sich ihm voll und ganz verschreibt, und dass sie diese Kraft nutzen wolle, um Gutes zu tun. Verruca war am Ende, als sie ihm ihren Entschluss mitteilte, aber ein Teil seines Herzens war wahrscheinlich erleichtert. Sie mochte ihn, aber er hätte ihr nie das Wasser reichen können.«

»Schwester Immaculata?«

»Ist jetzt wieder Beatrice Casagrande. Ich glaube nicht, dass sie glücklich ist, aber sie wäre auch im Kloster nicht mehr glücklich geworden. Sie muss erst wieder Vertrauen darin fassen, dass alle Menschen Gottes Abbild sind. Ich weiß nicht, ob es ihr gelingen wird.«

»Beatrice Casagrande …«, sagte Lorenzo. Er lächelte leicht. »Wie hieß Schwester Radegundis in der sündigen Welt?«

»Isabella Datini.«

»Mhm.«

»Was ist aus Clarice geworden, nachdem sie in Florenz angekommen ist?«, fragte Magdalena, als Lorenzo keine weitere Frage stellte.

»Sie hat Domenico Bianchi junior geheiratet, was sonst? Glaubst du, jemand hätte von dieser Verbindung Abstand genommen nach dem ganzen Aufwand, der dafür nötig war? Ich nehme an, sie streitet den ganzen Tag mit Monna Bianchi über jede Kleinigkeit und wartet darauf, schwanger zu werden – wenn sie's nicht schon ist. Jedenfalls bin ich sicher, dass Domenico nie gemerkt hat, dass seine Braut nicht mehr unberührt war. Monna Bianchi hingegen wusste es vom ersten Augenblick, aber sie konnte es nie beweisen.« Lorenzo sah Magdalena von der Seite an, als wolle er sagen: ›Es sind etliche Liebesgeschichten in diesem Lied, in dem auch wir beide vorkommen, aber keine hat ein gutes Ende.‹

»Antonio Bandini ist wieder in Mailand. Er war beleidigt, als ich sein Angebot ausschlug, in seine Fußstapfen zu treten. Niccolò hat eine Weile die Truppe im Haus Bianchi geführt, aber dann hatte Ser Bianchi senior ein Einsehen. Er ist jetzt wieder Stellvertreter. Luigi Testanera hat einen seiner Schützlinge empfohlen, der jetzt bei Ser Bianchi die Rolle des *capitano* hat. Die Männer mochten ihn vom ersten Tag an.«

»Weißt du, was aus diesem anderen Gefangenen geworden ist – Francesco Giallo?«

»Er ist vom Regen in die Traufe geraten, als er sein Schicksal Georg Vogler anvertraute. Aber im ganzen Kampfgetümmel ist es ihm irgendwie gelungen zu entkommen. Er ist jetzt wieder in Bologna und kümmert sich um die Geschäfte seines Herrn.« Lorenzo drehte sich um und blickte ihr zum ersten Mal offen in die Augen. »Kannst du dir vorstellen, dass ich ihn erst vor zwei Wochen hier mit meiner Fähre übergesetzt habe? Er hat mich nicht erkannt. Er hatte zweimal so viele Leibwächter dabei wie Tragtiere.«

Magdalena lächelte. Dann schwieg Lorenzo, und sie wusste ebenso wenig wie er, was sie sagen sollte. Das von Vogelsang unterbrochene, vom Glucksen des Flusses untermalte und vom Summen der Insekten erfüllte Schweigen wurde schwerer. Lorenzo wandte den Blick ab. Magdalena fühlte Panik aufsteigen. Dann wandte er sich wieder ihr zu und öffnete den Mund. Magdalena sprudelte im gleichen Augenblick wie er los: »Wie ist es dir ergangen?«

Sie starrten sich an.

»Du zuerst«, sagte er.

»Nein, du zuerst.«

Er atmete tief ein und wieder aus. »Ich bin Fährmann geworden«, sagte er schließlich.

»Bist du glücklich?«

»Wenn ich auf dem Fluss bin, bin ich glücklich. Wie hast du vorhin gesagt? Nicht hüben und nicht drüben. So fühle ich mich. Mitten auf dem Fluss scheint das ein ganz natürlicher Zustand zu sein.«

»Warum hast du damals, in jenem Gebüsch, nicht mit mir geschlafen?«

Er hätte so tun können, als sei ihm ihr heimlicher Wunsch damals nicht bewusst gewesen, aber er entschied sich für die Ehrlichkeit. »Die Verantwortung war mir zu groß«, sagte er. »Ich hatte Angst davor, der Erste zu sein. Ich wusste nicht, welches Gewicht du dieser Tatsache beimessen würdest, und ich fürchtete, es könnte mir zu schwer sein.« Er grinste plötzlich. »Und diese Gedanken spielten eine viel größere Rolle als die kleine Nebensächlichkeit, dass wir um unser Leben rannten.«

»Jemand anderer hat dir die Verantwortung abgenommen«, sagte sie.

»Für immer?«, fragte er.

Sie schüttelte den Kopf. Auf einmal war sie den Tränen nahe. »Nein«, sagte sie mit heiserer Stimme. »Nur für dieses eine Mal. Ich stellte mir vor, du wärst es.«

»Es tut mir leid«, sagte er.

Sie warf den Kopf zurück. »Ich wollte es wissen. Zuerst war es nicht schön, später wurde es schön. Ich habe ihm unrecht getan, ihn zu verlassen, aber ich konnte nicht anders.«

»Mhm.«

Sie kämpfte jetzt vergeblich gegen die Tränen. Sie wandte ihr Gesicht ab, damit er sie nicht sah, doch ihr war klar, dass er um sie wusste. Er starrte den Fluss hinunter. Magdalena schloss die Augen. Ihre Kehle schmerzte, als ob jemand sie zudrückte. Ihr Herz flatterte verzweifelt hinter den Rippen wie ein Vogel im Käfig, der sich im nächsten Moment in sein Los ergeben würde.

»Nun, Schwester Magdalena«, sagte er plötzlich. »Wie heißt du eigentlich in der sündigen Welt?«

Sie blickte auf. Der Tränenschleier machte seine Gesichtszüge unkenntlich. Sie wischte sich ungeduldig über die Augen.

»Ich heiße Magdalena«, sagte sie. »Man muss sich keinen neuen Namen aussuchen, wenn man einem Orden beitritt, aber man kann. Ich fand immer schon, dass der Name, den meine Eltern mir gegeben haben, der einzige war, den ich haben wollte.«

»Magdalena ...«, sagte er. »Magdalena ...« Er schüttelte den Kopf und lächelte. »Magdalena.«

Er löste seine Hand vom Gierseil und legte sie über die ihre. Sie griff mit dem Daumen nach seinem Handballen und hielt ihn fest. Sie sah ihn nicht an, und er sah sie nicht an. Beide blickten ins Wasser des Stroms, das an ihnen vorbeifloss. Der Strom kümmerte sich nicht um hüben oder drüben. Er war da, wo er war, und folgte seiner Bestimmung. Er floss seinem Ziel entgegen.

Für alle Flüsse ist das Meer das Ziel, dachte Magdalena. Der Strom führt Schlamm und Sedimente, Gras und Erde, Holz und Steine mit sich, wie jeder andere Strom auch. Und ab und zu treibt auch eine Seele mit ihm und findet den Weg zum Meer, in das wir auf die eine oder andere Weise alle zurückkehren und aus dem wir alle gekommen sind. Bei den Menschen ist es komplizierter. Ziele ändern sich. Wünsche ändern sich. Sogar unsere Herzen ändern sich. Aber solange wir ihrem Ruf folgen, ist alles gut. Denn alle unsere verschiedenen Ziele führen letztlich zu einem großen Ziel, und das ist, am Ende sagen zu können: ›Ich weiß, wozu ich auf der Welt war.‹

DANKSAGUNG

Diese Menschen haben mir geholfen, die vorliegende Geschichte zu schreiben; wenn sie Fehler enthält, bin ich daran schuld, nicht sie:

Mein Kollege Bernd Klamet, der mir den Einfluss von Radschlossgewehren auf die Militärtaktik des frühen sechzehnten Jahrhunderts nahebrachte und der leider vergeblich die Szene mit den Käfern suchen wird, die ihm so am Herzen lag.

Mein Freund Rüdiger Chmiel, aus dessen vor langer Zeit erzählten Geschichten um Wilhelm von Frundsberg und seinen noch skrupelloseren Kollegen die Figur Konrads von Landau entstand, auch wenn es den wahren Konrad von Landau in anderer Form tatsächlich gegeben hat und Rüdiger sich wahrscheinlich nicht mehr daran erinnert, es mir erzählt zu haben.

Mein Freund Mike Schenker, der sich bis zum alten Lucan zurückbemühte, um etwas über die Deiche des Po herauszufinden, und der wahrscheinlich wieder behaupten wird, sein Beitrag zu diesem Buch wäre doch gering gewesen.

Meine Agentin Anke Vogel, ohne die Schwester Magdalena Caterinas Geschichte vielleicht nicht erzählt worden wäre – und ohne deren Zielstrebigkeit womöglich niemals Zeit gewesen wäre, das Buch überhaupt zu schreiben.

Meine Frau Michaela, indem sie die wenige gemeinsame Zeit, die wir während der Entstehung dieses Buches hatten, mit Lorenzo, Corto und Schwester Magdalena zu teilen bereit war und sich dann auch noch hinsetzte und meinem Manuskript auf die Sprünge half, wo es notwendig war.

Meine Probeleser Sabine Stangl, Angela Seidl und Thomas Schuster, die aufs Neue unerschrocken genug waren, die erste Version dieser Geschichte zu lesen und mir an der einen oder anderen Stelle auf den Zahn zu fühlen.

Danke, Leute. Es hat wieder großen Spaß gemacht, mit euch zu arbeiten!

Opulentes Mittelalter - und eine Frau, die ihren Traum erfüllt

Katia Fox
DAS KUPFERNE ZEICHEN
Roman
640 Seiten
ISBN 978-3-404-15700-6

England 1161. Die zwölfjährige Ellenweore, Tochter eines Schwertschmieds, möchte nur eines: ebenfalls Schwertschmiedin werden. Doch das ist für ein Mädchen undenkbar. Als sie nach einer ungeheuerlichen Entdeckung von zu Hause fliehen muss, verkleidet Ellen sich als Junge und nutzt die Chance: Sie begleitet einen berühmten Schwertschmied in die Normandie und erlernt dort als Schmiedejunge Alan das Handwerk. Doch die Lüge, auf der sie ihr Leben aufgebaut hat, wird ihr zum Verhängnis, als sie sich in einen jungen Ritter verliebt, denn sie darf ihre Identität nicht preisgeben. Zu spät erkennt sie, wem sie vertrauen darf – und dass sie bei Hofe einen Feind hat, der zu allem bereit ist …

Bastei Lübbe Taschenbuch